Die Insel der tausend Quellen

Sarah Lark

Die Insel der tausend Quellen

Roman

Weltbild

Besuchen Sie uns im Internet:
www.weltbild.de

Genehmigte Lizenzausgabe für Verlagsgruppe Weltbild GmbH,
Steinerne Furt, 86167 Augsburg

Dieses Werk wurde vermittelt durch die Literarische Agentur
Thomas Schlück GmbH, 30827 Garbsen
Umschlaggestaltung: büro**süd**°, München
Umschlagmotiv: büro**süd**°, München
Gesamtherstellung: CPI – Clausen & Bosse, Leck
Printed in the EU
ISBN 978-3-86365-491-7

2015 2014 2013 2012
Die letzte Jahreszahl gibt die aktuelle Lizenzausgabe an.

SCHWÄRMEREI

London
Spätsommer bis Herbst 1729

KAPITEL 1

»Was für ein Wetter!«

Nora Reed schüttelte sich, bevor sie aus dem Haus ihres Vaters trat und auf die davor wartende Kutsche zueilte. Der alte Kutscher lächelte, als sie trotz hochhackiger Seidenschuhe behände über die Pfützen hüpfte, um ihr Kleid nicht zu beschmutzen. Der voluminöse Reifrock entblößte weit mehr von ihren Knöcheln und Waden, als schicklich war, aber Nora hatte vor Peppers keine Hemmungen. Er war seit Jahren im Dienst ihrer Familie und kannte sie, seit er sie weiland zur Taufe gefahren hatte.

»Wo soll's denn hingehen?«

Lächelnd hielt der Kutscher Nora den Schlag des hohen, schwarz lackierten Gefährts auf. Die Türen waren mit einer Art Wappen verziert: kunstvoll ineinander verschlungene Initialen – T und R für Thomas Reed, Noras Vater.

Nora schlüpfte rasch ins Trockene und ließ sofort die Kapuze ihres weiten Mantels sinken. Ihre Zofe hatte an diesem Morgen dunkelgrüne Bänder in das goldbraune Haar geflochten, passend zu Noras vorn offenem sattgrünen Mantelkleid. Dem breiten Zopf, der ihr über den Rücken fiel, hätte der Regen jedoch auch ohne Schutz nichts anhaben können. Nora pflegte ihr Haar nicht weiß zu pudern, wie die Mode es vorschrieb. Sie bevorzugte es natürlich und freute sich, wenn Simon ihre Locken mit flüssigem Bernstein verglich. Die junge Frau lächelte versonnen beim Gedanken an ihren Liebsten. Vielleicht sollte sie doch im

Kontor ihres Vaters vorbeischauen, bevor sie Lady Wentworth besuchte.

»Erst mal runter zur Themse, bitte«, gab sie dem Kutscher eher vage Anweisungen. »Ich will zu den Wentworths … Sie wissen schon, das große Haus im Geschäftsviertel.«

Lord Wentworth hatte sich gleich in der Gegend der Kontore und Handelshäuser an der Themse angesiedelt. Der Kontakt mit den Kaufleuten und Zuckerimporteuren war ihm offensichtlich wichtiger als eine Residenz in einem der vornehmeren Wohnviertel.

Peppers nickte. »Ihren Vater möchten Sie nicht besuchen?«, erkundigte er sich.

Der alte Diener kannte Nora gut genug, um in ihrem schmalen, ausdrucksstarken Gesicht zu lesen. In den letzten Wochen bat sie ihn auffallend oft, sie hinunter zum Reed'schen Kontor zu kutschieren – auch wenn es eigentlich ein Umweg war. Und natürlich drängte es sie dabei nicht so sehr, ihren Vater zu sehen, sondern eher Simon Greenborough, den jüngsten seiner Sekretäre. Peppers ahnte, dass die junge Frau sich auch mit dem jungen Mann traf, wenn sie spazieren ging oder ausritt, aber er gedachte nicht, sich einzumischen. Zweifellos wäre es seinem Herrn nicht recht, wenn Nora mit einem seiner Angestellten tändelte. Doch Peppers mochte seine junge Herrin – Nora verstand es seit jeher, das Personal ihres Vaters um den Finger zu wickeln –, und er gönnte ihr die Schwärmerei für den hübschen, dunkelhaarigen Schreiber. Bislang hatte Nora auch niemals ernsthafte Heimlichkeiten vor ihrem Vater gehabt. Thomas Reed hatte sie praktisch allein aufgezogen, nachdem ihre Mutter früh verstorben war, und die beiden hatten ein enges, herzliches Verhältnis. Peppers glaubte nicht, dass sie dies für eine Liebelei aufs Spiel setzen würde.

»Mal sehen«, meinte Nora jetzt, und ihr Gesicht nahm einen spitzbübischen Ausdruck an. »Kann jedenfalls nicht schaden, wenn wir vorbeifahren. Fahren wir einfach ein bisschen spazieren!«

Peppers nickte, schloss die Tür hinter ihr und stieg auf den Bock. Dabei schüttelte er unwillig den Kopf. Bei allem Verständnis für Noras junge Liebe – zum Spazierenfahren lud das Wetter nun wirklich nicht ein. Es regnete in Strömen, und das Wasser schoss sturzbachartig durch die Straßen der Stadt, Unrat und Müll mit sich reißend. Regen und Straßenschmutz verbanden sich zu einer übel riechenden Brühe, die unter den Rädern der Kutschen gurgelte, und nicht selten verfingen sich weggespülte Bretter, von den Ladenfronten gerissene Schilder oder gar Tierkadaver in den Speichen.

Peppers fuhr langsam, um keinen Unfall zu riskieren und die Laufburschen und Passanten zu schonen, die trotz des Wetters zu Fuß unterwegs waren. Sie ergriffen vor dem aufspritzenden Wasser die Flucht, wenn eine Kutsche vorbeikam, schafften es aber nicht immer, dem stinkenden unfreiwilligen Duschbad zu entkommen. Nun musste Peppers seine Pferde auch nicht zurückhalten. Die Tiere gingen nur unwillig vorwärts, sie schienen sich unter dem Regen ducken zu wollen – ebenso wie der schmale junge Mann, offensichtlich ein Botenjunge, der aus dem Kontor des Thomas Reed heraustrat, als Peppers seine Kutsche vorbeilenkte. Peppers empfand Mitgefühl für den Armen, aber er wurde nun von Nora abgelenkt, die heftig gegen das Fenster zwischen Kutsche und Bock klopfte.

»Peppers! So halten Sie doch an, Peppers! Das ist …«

Simon Greenborough hatte gehofft, dass sich das Wetter bessern würde. Aber als er aus dem Halbdunkel des Kontors auf die Straße trat, belehrte ihn der Anblick der triefenden Pferde vor den geschlossenen Droschken eines Besseren. Simon versuchte, den Kragen seines fadenscheinigen Mantels hochzuziehen, um den Spitzenbesatz seines letzten brauchbaren Hemdes zu schützen. Er pflegte ihn an jedem Abend selbst zu plätten, um ihn halbwegs in Form zu halten. Jetzt war er aber in kürzester Zeit durchnässt, ebenso wie Simons spärlich gepuderte Frisur. Das Wasser lief an dem kurzen Zopf herab, zu dem er sein dichtes dunkles Haar zusammengefasst hatte. Simon sehnte sich nach einer Kopfbedeckung, aber darauf pflegte er schon deshalb zu verzichten, weil er nicht genau wusste, was für seinen neuen Stand als Schreiber schicklich war. Ganz sicher nicht der Dreispitz des jungen Adligen, selbst wenn sein einziger Hut noch vorzeigbar gewesen wäre. Und auch nicht die aufwändige Perücke, die sein Vater getragen hatte und der Gerichtsvollzieher …

Simon versuchte, nicht weiter darüber nachzudenken. Er hustete, als ihm das Wasser den Rücken herunterrann. Wenn er nicht bald aus dem Platzregen herauskam, würden auch sein Mantel und seine Kniehosen völlig durchnässt sein. Seine alten Schnallenschuhe hielten der Nässe schon jetzt nicht stand, das Leder quietschte bei jedem Schritt. Simon versuchte, schneller zu gehen. Letztlich waren es ja nur ein paar Blocks bis in die Thames Street, und vielleicht konnte er gleich auf die Antwort auf den Brief warten, den er sich erboten hatte zu befördern. Bis dahin würde der Regen hoffentlich nachlassen …

Simon bemerkte die von hinten herannahende Kutsche erst, als er Noras helle Stimme hörte.

»Simon! Was um Himmels willen machst du hier? Du holst dir noch den Tod bei dem Wetter! Was fällt meinem Vater ein, dich den Laufburschen spielen zu lassen?«

Der Kutscher hatte sein nobles Gefährt neben Simon zum Stehen gebracht, zweifellos auf Noras Anweisung. Die junge Frau wartete allerdings nicht, bis er vom Bock gestiegen war, um ihr den Schlag aufzuhalten. Stattdessen stieß sie die Tür schwungvoll von innen auf und klopfte auffordernd auf den Sitz neben sich.

»Komm rein, Simon, rasch! Der Wind weht ja den ganzen Regen auf die Polster.«

Simon blickte unschlüssig ins Innere der Kutsche, und auch der Kutscher schaute etwas betreten auf den jungen Mann, der nass wie eine Katze am Bordstein stand. Schließlich ergriff er das Wort.

»Es wäre deinem Vater sicher nicht recht …«

»Es wäre Ihrem Vater sicher nicht recht, Miss Reed …«

Simon und der Kutscher sprachen die Worte fast zur gleichen Zeit aus und blickten auch gleichermaßen indigniert, als Nora sie mit einem hellen Lachen quittierte.

»Nun sei mal vernünftig, Simon! Egal, wo du hinwillst, es kann meinem Vater auch nicht recht sein, wenn sein Bote da ankommt, als habe er eben die Themse durchschwommen. Und Peppers wird nichts verraten, nicht, Peppers?«

Nora lächelte ihrem Kutscher verständnisheischend zu. Peppers seufzte und öffnete den Kutschenschlag weit für ihren Gast.

»Bitte, Mister … äh … Mylord …« Alles in Peppers sträubte sich, diese unglückliche Gestalt mit einem Adelstitel anzureden.

Simon of Greenborough zuckte denn auch die Schultern. »›Mister‹ ist in Ordnung. Der Sitz im House of Lords ist ohnehin verkauft, ob ich mich nun Lord oder Viscount nenne oder wie auch immer.«

Es klang bitter, und Simon schalt sich dafür, dem Diener Einblick in seine Familienverhältnisse gewährt zu haben. Aber womöglich wusste der ohnehin schon zu viel über ihn. Nora betrachtete das Personal in ihrem Haus in Mayfair als ihre erweiterte Familie. Wer wusste, was sie ihren Zofen oder Hausmädchen alles erzählt hatte?

Simon ließ sich aufatmend in die Polster neben sie gleiten. Er hustete wieder, dieses Wetter schlug ihm auf die Lunge. Nora schaute den jungen Mann halb strafend, halb bedauernd an. Dann griff sie kurz entschlossen nach ihrem Schal und rubbelte sein Haar trocken. Natürlich hinterließ das Puderspuren auf der Wolle. Nora betrachtete sie kopfschüttelnd.

»Dass du da aber auch immer dieses Zeug draufgibst!«, rügte sie. »Eine dümmliche Mode, du hast so schönes dunkles Haar, warum es weiß färben wie bei einem Greis? Gott sei Dank kommst du nicht auch noch auf die Idee, so eine Perücke aufzusetzen …«

Simon lächelte. Er hätte sich die Perücke gar nicht leisten können, aber Nora weigerte sich beharrlich, seine Armut auch nur zu bemerken. Wie sie alle anderen Unterschiede zwischen ihrer eigenen Stellung und der Simons ebenso konsequent leugnete. Ihr war es egal, ob er adlig war und sie bürgerlich, ob er völlig verarmt war, während ihr Vater zu den reichsten Kaufleuten des Empire zählte, und ob er in einem Schloss wohnte oder im Kontor ihres Vaters als schlecht bezahlter Schreiber diente. Nora Reed liebte Simon Greenborough, und sie ließ keinen Zweifel daran, dass diese Liebe irgendwann Erfüllung finden würde. Jetzt lehnte sie sich vertrauensselig an seine Schulter, während die Kutsche über Londons Kopfsteinpflaster rumpelte.

Simon warf dagegen einen nervösen Blick in Richtung Kutschbock, bevor er sie lächelnd in die Arme nahm und küsste. Nora hatte sich an diesem regnerischen Tag natürlich für eine geschlossene Kutsche entschieden. Das Fenster, das ihr ermöglichte, Peppers anzusprechen, war winzig und obendrein beschlagen. Der Kutscher würde nichts von dem mitbekommen, was sich drinnen tat. Nora erwiderte Simons Kuss denn auch ohne jede Hemmung. Sie strahlte, als sie sich von ihm löste.

»Ich hab dich so vermisst!«, flüsterte sie und schmiegte sich an ihn, ohne Rücksicht darauf, dass ihr Umhang dabei nass wurde und die Spitzen am Ausschnitt ihres Kleides zerknitterten. »Wie lange ist es her?«

»Zwei Tage«, antwortete Simon sofort und streichelte zärtlich über den Ansatz ihres Haars und ihre Schläfe. Er konnte sich an den feinen Zügen und dem Lächeln der zierlichen jungen Frau kaum sattsehen, und die Tage ohne sie waren ihm ebenso dunkel und trostlos erschienen wir ihr. Nora und ihr Vater hatten das Wochenende auf dem Landsitz von Freunden verbracht, aber es hatte auch da schon anhaltend geregnet. Die Liebenden hätten sich also sowieso nicht heimlich treffen können. Schließlich gab es keinen öffentlichen oder gar privaten Raum, in dem ein so unpassendes Paar unbemerkt miteinander hätte plaudern können – vom Austausch von Zärtlichkeiten gar nicht zu reden. Wenn das Wetter schön war, trafen sich die beiden im St. James' Park, obwohl auch das nicht ungefährlich war. Auf den bevölkerten Wegen konnten sie von Noras Freunden und Bekannten gesehen werden, während in den verschwiegenen Nischen hinter dunklen Hecken oft auch dunkle Gestalten lauerten … Und nun wurde es obendrein Herbst.

»Wir müssen unbedingt mit Vater reden!«, erklärte Nora, der wohl ähnliche Gedanken durch den Kopf gingen. »Das geht nicht mehr mit den Spaziergängen im Park, das Wetter wird doch immer schlechter. Vater muss gestatten, dass du mir in aller Offenheit den Hof machst! Schon, weil ich dich herumzeigen möchte. Meinen wunderschönen Lord …«

Sie lächelte Simon spitzbübisch an, und er verlor sich wie so oft im Anblick ihres schmalen, klugen Gesichts und ihrer grünen Augen, in denen ein Kaleidoskop von helleren und dunkleren Lichtern aufzublitzen schien, wenn Nora erregt war. Er liebte ihr goldbraunes Haar, vor allem, wenn sie es mit Blumen schmückte. Orangenblüten … Weder Simon noch Nora hatten je einen Orangenbaum gesehen, aber sie kannten die Blüten von Abbildungen, und sie träumten davon, sie eines Tages gemeinsam zu pflücken.

»Dein Vater wird das nie erlauben …«, erwiderte Simon pessimistisch und zog Nora näher an sich. Es war schön, sie zu spüren, sich vorzustellen, dies sei seine eigene Kutsche, in der er seine Liebste heimbrachte, auf einen Herrensitz in der Sonne …

»Wo wollen Sie überhaupt hin?«

Peppers knappe Frage ließ die Liebenden auseinanderstieben. Dabei war es unwahrscheinlich, dass er viel gesehen hatte. Er hatte sich nur halb zu seinen Passagieren umgewandt, und der Verkehr auf Londons Straßen, noch dazu bei diesem Wetter, erforderte seine ganze Aufmerksamkeit.

»In … in die Thames Street«, antwortete Simon. »Zum Kontor von Mr. Roundbottom!«

Nora lächelte dem Kutscher und Simon gleichermaßen vergnügt zu. »Ach, da kommen wir praktisch vorbei!«, freute sie sich. »Ich bin auf dem Weg zu Lady Wentworth, um das Buch zurückzugeben.«

Sie zog ein kleines, hübsch gebundenes Buch aus ihrem spitzenbesetzten Beutel und hielt es Simon hin.

»*Barbados*«, die Falte, die stets auf Simons Stirn erschien, wenn er sich sorgte, glättete sich, »ich hätte es auch gern gelesen.«

Nora nickte. »Weiß ich. Aber ich muss es zurückbringen, die Wentworths reisen morgen ab, auf die Jungferninseln. Sie haben da eine Plantage, weißt du. Sie waren nur hier, um …«

Simon hörte nicht mehr zu, er blätterte bereits in dem Büchlein. Warum die Wentworths in England gewesen waren, konnte er sich denken. Wahrscheinlich hatten sie ihre karibischen Besitztümer nur verlassen, um einen Parlamentssitz zu kaufen oder sich um einen zu kümmern, der ihrer Familie bereits gehörte. Die Zuckerrohrpflanzer aus Jamaika, Barbados und anderen Anbaugebieten in der Karibik wachten eifersüchtig über die Preisbindungen ihrer Produkte und die Einfuhrverbote aus anderen Ländern. Zu diesem Zweck festigten sie ihre Macht durch den Ankauf von Sitzen im House of Lords, angeboten von verarmten Adligen wie Simons eigener Familie. Soweit Simon wusste, hatte die Vertretung der Grafschaft Greenborough heute ein Mitglied der Familie Codrington inne, der ein großer Teil der kleinen Karibikinsel Barbuda gehörte.

Aber auch Nora hielt sich nicht lange mit Geschichten über die Familie Wentworth auf. Stattdessen schaute sie erneut in das Buch, das sie schon mehrmals gelesen hatte.

»Ist das nicht hübsch?«, kommentierte sie eine Zeichnung.

Simon hatte eben eine Seite aufgeschlagen, deren Text eine Radierung vom Strand von Barbados illustrierte. Palmen … Sandstrand, der dann unmittelbar in dichten Urwald überzugehen schien … Nora beugte sich eifrig darüber und kam Simon dabei so nahe, dass er den Duft ihres Haars aufnehmen konnte: kein Talkumpuder, Rosenwasser.

»Und da steht unsere Hütte!«, träumte sie und wies auf eine Art Lichtung. »Gedeckt mit Palmenzweigen …«

Simon lächelte. »Was das angeht, wirst du dich aber irgendwann entscheiden müssen«, neckte er sie. »Willst du jetzt mit den Eingeborenen in ihren Hütten leben oder eine Tabakplantage für deinen Vater führen?«

Nora und Simon waren sich einig darüber, dass England überhaupt und London im Besonderen nicht die Orte waren, an denen sie ihr Leben verbringen wollten. Nora verschlang alle Literatur über die Kolonien, derer sie habhaft werden konnte, und Simon träumte über den Briefen, die er für ihren Vater schrieb, von Jamaika, Barbados oder Cooper Island. Thomas Reed importierte Zuckerrohr, Tabak und Baumwolle aus allen Teilen der Erde, die sich das britische Empire im letzten Jahrhundert einverleibt hatte. Er stand in regem Kontakt mit den dortigen Pflanzern, und Nora hatte insofern auch schon einen Plan zur Verwirklichung ihrer Wünsche. Gut, in England gab es für sie und Simon vielleicht keine Zukunft. Aber wenn sie eine Zweigstelle des Reed'schen Geschäftes irgendwo in den Kolonien eröffneten … Aktuell war Barbados ihr Traumland.

Aber sie hätte sich auch überall sonst angesiedelt, wo nur täglich die Sonne schien.

»Da wären wir … Miss Nora, Sir …« Peppers verhielt die Kutsche und machte Anstalten, die Türen für Simon zu öffnen. »48, Thames Street.«

Neben dem Eingang des Stadthauses prangte ein goldenes Schild, das auf Mr. Roundbottoms Kontor hinwies. Simon schlug das Buch bedauernd zu und schob sich hinaus in den Regen.

»Vielen Dank für die Mitfahrgelegenheit, Miss Reed«, verabschiedete er sich höflich von Nora. »Ich hoffe, Sie bald wiederzusehen.«

»Die Freude war ganz auf meiner Seite, Viscount Greenborough«, erwiderte Nora ebenso artig. »Aber warten Sie im Kontor, bis es aufhört zu regnen. Ich möchte nicht, dass Sie sich auf dem Rückweg verkühlen.«

Peppers verdrehte vielsagend die Augen. Bisher fand er Noras Liebelei eher erheiternd als besorgniserregend, aber wenn das so weiterging, manövrierte sich seine kleine Herrin in eine Geschichte hinein, die nicht glücklich enden konnte. Thomas Reed würde seine Tochter auf keinen Fall mit seinem Schreiber vermählen, egal, ob der irgendwann mal einen Adelstitel getragen hatte oder ihn sogar noch trug.

Simon quälten ähnliche Gedanken, als er schließlich zurück an seinen Arbeitsplatz lief. Der Regen hatte nachgelassen, aber seine Kleider waren längst noch nicht getrocknet, und auf dem Korridor, auf dem Mr. Roundbottom ihn hatte warten lassen, war es obendrein zugig und kalt gewesen. Simon fror bis ins Mark – die hartnäckige Erkältung, die er sich schon im Frühjahr in dem winzigen, ungezieferverseuchten Zimmer geholt hatte, das er im Eastend von London gemietet hatte, würde ihn noch lange quälen. Was für ein Abstieg nach Greenborough Manor, und natürlich auch nicht angemessen für einen Angestellten in einem angesehenen Kontor.

Thomas Reed entlohnte seine Schreiber nicht üppig, aber er war auch kein Ausbeuter. Gewöhnlich hätte Simons Verdienst für eine saubere kleine Wohnung ausgereicht, die älteren Sekretäre ernährten davon sogar eine Familie – bescheiden, aber annehmbar. Simon konnte allerdings nicht hoffen, irgendwann auch einmal eine Familie gründen zu können. Wenn nicht ein Wunder geschah, würde er sein Leben lang für die Schulden schuften müssen, die sein Vater angehäuft hatte, und das, obwohl bereits alles verkauft war, was die Familie an Wertsachen besessen hatte.

Der Absturz war für Simons Mutter, seine Schwester und ihn völlig überraschend gekommen. Natürlich wusste die Familie, dass es mit den Finanzen von Lord Greenborough nicht allzu gut stand. Der Verkauf des Parlamentssitzes stand schon lange im Raum, wobei Simon im Stillen längst zu dem Ergebnis gekommen war, dass dies der Entscheidungsfähigkeit des House of Lords nur guttun konnte. Sein Vater hatte seinen Sitz nur selten eingenommen, und wenn, dann konnte er den Debatten, wie man sich erzählte, ebenso wenig folgen wie zu Hause den Tiraden seiner Frau, die nie müde wurde, ihm seine Trunk- und Verschwendungssucht vorzuwerfen. John Peter Greenborough war weit häufiger betrunken gewesen als nüchtern – aber seine Familie hatte keine Ahnung davon, dass er obendrein versucht hatte, seine angeschlagenen Finanzen am Spieltisch wieder in Ordnung zu bringen.

Als er schließlich starb – offiziell ein Sturz bei der Reitjagd, aber tatsächlich die Folge davon, dass er zu betrunken war, um sich auch nur im Schritt auf dem Pferd zu halten –, meldeten mannigfaltige Gläubiger ihre Ansprüche an. Lady Greenborough verkaufte den Parlamentssitz und damit im Prinzip auch ihr Land und den Titel ihres Sohnes. Sie trennte sich von ihrem

Schmuck und ihrem Silber, verpfändete ihr Haus und musste es schließlich verkaufen. Die Familie Codrington überließ den Greenboroughs aus reiner Gnade ein Cottage am Rande des Dorfes, das immer noch ihren Namen trug. Aber Geld verdienen konnte Simon dort nicht. Inzwischen war zu den Schulden seines Vaters auch noch die Mitgift für seine Schwester gekommen, die man Gott sei Dank halbwegs standesgemäß hatte verheiraten können. Simons Zukunft dagegen war zerstört. In seinen dunkelsten Stunden fragte er sich, ob er die Liebe Noras, dieser ebenso schönen wie reichen jungen Frau, als ein Glück betrachten sollte oder ob sie nur eine weitere Prüfung darstellte.

Nora Reed war überzeugt, dass die Verwirklichung ihrer Träume nur eine Frage der Zeit war. Ihre Hoffnung, Thomas Reed würde Simon mit offenen Armen als Schwiegersohn aufnehmen, vermochte dieser allerdings nicht zu teilen. Im Gegenteil, eher würde der Geschäftsmann ihn als Mitgiftjäger aus dem Haus weisen. Dabei war Simon bereit, sehr hart für die Verwirklichung seiner Träume zu arbeiten. Er war ein ernsthafter junger Mann, hatte sich stets einen Posten in einer der Kolonien gewünscht und versucht, sich so gut wie möglich darauf vorzubereiten. Simon war kein großer Reiter, Jäger und Fechter – für die Zerstreuungen des Adelsstandes zeigte er weder besondere Neigungen noch Begabungen, ganz abgesehen von der finanziellen Situation seiner Familie. Aber er war klug und hochgebildet. Simon sprach mehrere Sprachen, war verbindlich und höflich und konnte im Gegensatz zu den meisten Peers auch gut mit Zahlen umgehen. Auf jeden Fall hätte er es sich durchaus zugetraut, ein Handelshaus wie das des Thomas Reed irgendwo in Übersee zu vertreten. Simon war bereit, sich hochzudienen, jeglicher Dünkel war ihm fremd. Man musste ihm nur eine Chance geben! Aber ob Thomas Reed seine Liebe zu Nora zum Anlass dazu nahm? Wahrscheinlich würde er Simon eher verdächtigen, seine Tochter als Sprungbrett für seine Karriere benutzen zu wollen.

Simon zweifelte jedenfalls daran, dass es richtig war, sich Thomas Reed so bald schon zu offenbaren. Es wäre auf jeden Fall besser zu warten, bis er sich selbst seine Achtung erworben und in eine höhere Position aufgestiegen war. Nora war erst siebzehn, und bisher machte ihr Vater keine Anstalten, sie zu vermählen. Simon hatte sicher noch ein paar Jahre Zeit, um sich so weit zu etablieren, dass er als Schwiegersohn des Kaufmanns in Frage kam.

Wenn er nur gewusst hätte, wie er das anstellen sollte!

KAPITEL 2

Was kann man denn sonst noch machen – also außer Zuckerrohr zu pflanzen oder Tabak?«, erkundigte sich Nora.

Sie saß auf der Chaiselongue der Lady Wentworth und balancierte geziert eine Teetasse zwischen Daumen und Zeigefinger. Seit Queen Anne das Heißgetränk einige Jahrzehnte zuvor bekannt gemacht hatte, wurde es in jedem besseren Salon in England serviert. Wie die meisten Damen hatte Nora reichlich Zucker hineingerührt – sehr zum Wohlgefallen ihrer Gastgeberin, die in jedem in England gesüßten Tee einen Beitrag zur Erhaltung ihres Wohlstandes sah.

»Also Tabak hat sich gar nicht besonders bewährt«, antwortete Lady Wentworth geduldig.

Die vielen Fragen der jungen Kaufmannstochter amüsierten sie. Nora Reed schien wild entschlossen, ihre Zukunft in den Kolonien zu sehen. Lady Wentworth bedauerte, dass ihre Söhne erst acht und zehn Jahre alt waren. Die kleine Reed wäre eine hervorragende Partie, und dass sie bürgerlich war, störte die Lady kaum. Schließlich hatte auch ihr eigener Mann den Titel käuflich erworben. Man musste längst nicht mehr heiraten oder sich aufwändig vom König zum Ritter schlagen lassen, um zu den Peers von England zu gehören. Wobei auch Letzteres für die Zuckerbarone machbar war. Gegen entsprechende Zuwendungen – Geschenke, Unterstützung der Flotte oder andere Wohltaten für die Krone – erkannte der König an, wie fleißig man dort am anderen Ende der Welt für das Gedeihen des Königreichs tätig war …

»In Sachen Tabak erzielen Virginia und andere Kolonien in der Neuen Welt bessere Qualitäten. Aber Zuckerrohr wächst nirgendwo so gut wie auf unseren Inseln. Wobei man natürlich auch Ausgaben hat …« Lady Wentworth erinnerte sich rechtzeitig, dass sie hier eine Kaufmannstochter vor sich hatte. Wenn sie zu sehr davon schwärmte, wie leicht sich der Zuckerrohranbau auf Jamaika, Barbados und den Jungferninseln gestaltete, mochte Noras Vater versuchen, die Preise zu drücken. »Allein die Sklaven!«

»Also, Sklaven halten wollten wir eigentlich nicht!«, bemerkte Nora leise, aber ehrlich. Auch darüber hatte sie sich mit Simon bereits ausgetauscht, und die beiden waren einer Meinung. »Das … das ist unchristlich.«

Lady Wentworth, eine resolute Frau in den Dreißigern, deren üppige Figur Korsett und Reifrock fast sprengte, lachte auf. »Ach, Kindchen«, wehrte sie ab, »Sie haben ja keine Ahnung. Aber die Kirche sieht das zum Glück ganz realistisch: Hätte Gott nicht gewollt, dass die Schwarzen für uns arbeiten, dann hätte er sie nicht geschaffen. Und wenn Sie erst mal in Übersee sind, Miss Reed, werden Sie das auch einsehen. Das Klima ist nichts für weiße Menschen. Zu heiß, zu feucht. Keiner kann lange da arbeiten. Die Neger dagegen, für die ist das ganz normal. Und wir behandeln sie ja gut – sie kriegen zu essen, wir stellen ihnen die Kleidung, sie …« Lady Wentworth brach ab. Viel mehr schien ihr zum Wohlbefinden ihrer Sklaven nicht einzufallen. »Der Reverend predigt ihnen sogar das Evangelium!«, erklärte sie schließlich triumphierend, als sei allein das schon die Arbeitskraft eines ganzen Lebens wert. »Wenngleich sie das nicht immer zu schätzen wissen. Da grassieren Rituale, Kindchen – furchtbar! Wenn die ihre alten Götzen beschwören … Es ist zweifellos gottgefällig, dass wir das einschränken.

Aber lassen Sie uns von angenehmeren Dingen sprechen, Miss Reed.« Die Lady griff nach einem Teekuchen. »Gibt es vielleicht schon konkrete Pläne, Sie auf eine unserer schönen Inseln zu verheiraten? Was sagt denn überhaupt Ihr Vater zu Ihren Auswanderungsplänen?«

Über dieses Thema wollte Nora nun überhaupt nicht reden. Stattdessen versuchte sie es noch mal mit der Erkundung von Alternativen.

»Wie ist es denn mit Kaufleuten auf den Inseln?«, fragte sie. »Gibt es keine … hm … Zwischenhändler oder so was, die …«

Lady Wentworth winkte ab. »Nicht in nennenswerter Anzahl, Kind. Ein paar Kapitäne importieren wohl auf eigene Faust, aber sonst verhandeln wir stets direkt mit dem Mutterland.«

Was weiter keine Schwierigkeit darstellte, da die meisten Pflanzer ohnehin einen oder mehrere Wohnsitze in England unterhielten. Den Wentworths gehörte zum Beispiel nicht nur dieses noble Stadthaus, sondern auch noch ein Landhaus in Essex. Bei größeren Familien hielt sich praktisch immer ein männliches Mitglied im Mutterland auf und konnte die Verhandlungen mit den Händlern führen. Wenn das Kartell nicht gleich für alle verbindliche Preisabsprachen traf.

Nora biss sich auf die Lippen. Die Lady hatte Recht, im Zuckerrohrbereich wurde kein Handelshaus auf Jamaika oder Barbados gebraucht.

»Natürlich gibt es ein paar Kaufleute«, fügte Lady Wentworth schließlich hinzu. »Besonders auf den größeren Inseln, in den Städten. Unsereins deckt sich natürlich im Mutterland mit den wichtigsten Gütern ein …«, mit einer knappen Bewegung umriss sie das wertvolle Mobiliar ihres Hauses, dem die Einrichtung ihrer Plantage sicher in nichts nachstand, die Gemälde an den Wänden und nicht zuletzt ihr prächtiges Hauskleid, dessen voluminöse Rüschen sich über die Armlehnen ihres Sessels bauschten, »... aber es gibt natürlich auch auf den Inseln Schneider, Bäcker, Krämer ...« Lady Wentworth' Ausdruck verriet, was sie von dieser Bevölkerungsschicht hielt. »Natürlich nicht vergleichbar mit einem Handelshaus wie dem Ihres Herrn Vaters!«, beeilte sie sich rasch hinzuzufügen.

Nora unterdrückte ein Seufzen. Schlechte Aussichten für sie und Simon – zumal sich ihr Liebster auch sicher nicht zum Bäcker, Schneider oder umtriebigen Besitzer eines Kramladens eignete. Nora selbst hätte sich notfalls vorstellen können, hinter einer Theke zu stehen und mit den Frauen von Kingston oder Bridgetown zu plaudern, während sie ihre Waren präsentierte. Aber der scheue, überaus korrekte Simon? Schon bei der ersten wirklich saftigen Klatschgeschichte würde er sich indigniert zurückziehen.

Simon betrat aufatmend das altehrwürdige Kontor des Thomas Reed am Nordufer der Themse. Es war ziemlich düster, besonders die Räume der Schreiber und Sekretäre waren klein und die Schreibpulte kaum beleuchtet. Den älteren Angestellten fiel es oft schwer, die Zahlen in den Geschäftsbüchern zu entziffern. Lediglich in Thomas Reeds Privatkontor, das bequeme Sitzgelegenheiten für Besucher und Kunden bereithielt, gab es hohe Fenster, die den Blick über den Fluss freigaben. Auch an diesem Tag schien Reed jemanden zu empfangen. Simon vernahm die dröhnende Stimme des Kaufmanns und eine nicht minder laute mit schottischem Akzent, als er sich im Korridor vor dem Kontor aus seinem Mantel quälte.

»Gott, Reed, nun kommen Sie mir doch nicht mit moralischen Bedenken! Bei uns geht es moderat zu, auf anderen Inseln sind die Gesetze viel strenger. Die Dänen erlauben sogar, dass man widerspenstige Neger lebendig verbrennt! So was ist natürlich nicht die Art aufrechter Briten. Aber Disziplin muss sein. Dann lässt es sich auf Barbados auch als Sklave aushalten.«

Der Sprecher lachte. »Ich muss es wissen, ich war schließlich selbst mal einer.«

Simon runzelte die Stirn. Das klang interessant. Von weißen Sklaven auf den Inseln hatte er nie gehört. Und den Besucher identifizierte er inzwischen auch mithilfe seines Wappens, das etwas aufdringlich eine im Korridor abgestellte Tasche zierte: Angus McArrow – seit Neuestem obendrein Lord of Fennyloch. Simon erinnerte sich, dass Thomas Reed beim Kauf seines Parlamentssitzes vermittelt hatte. Nun schien sich der Schotte, der eine Plantage auf Barbados sein Eigen nannte, zu revanchieren. Die Tasche enthielt ein paar Flaschen besten dunklen Rums, und die Stimmen der Männer hörten sich an, als hätten sie eine davon bereits geöffnet.

»Kann ich da jetzt wohl reingehen?«, fragte Simon nervös einen der älteren Bürodiener. Er musste schließlich seinen Brief abgeben.

Der Mann nickte ihm gelassen zu. »Hört sich nicht an, als tauschten sie Geheimnisse aus«, brummte er.

Simon klopfte vorsichtig, was sein Dienstherr und dessen Besucher vorerst überhörten, weil Reed gerade schallend lachte.

»Sie, McArrow? Sklave auf den Zuckerrohrfeldern? Unter lauter schwarzen Jungs?« Es klang ungläubig.

»Wenn ich's Ihnen doch sage!«

Simon hörte Gläserklirren. Anscheinend hatten sie sich nochmals nachgeschenkt.

»Nannte man damals natürlich nicht so, da sprach man eher von Fronarbeitern. Und unter Negern war man auch nicht, die kamen erst später. Aber es lief aufs Gleiche hinaus: Ich schuftete mich fünf Jahre krumm für einen der ersten Pflanzer, und dafür erhielt ich am Ende ein Stück Land. Das haben damals viele so gemacht, bevor man in großem Stil Schwarze auf die Inseln holte. Glauben Sie mir, so mancher heutige Zuckerbaron begann als armer Schlucker. Die meisten geben es bloß nicht mehr zu, erst recht nicht ihre Nachkommen, die meisten Lohnsklaven wurden schließlich nicht alt. Die Zeit der Fron war hart, und auf den eigenen Feldern ging's ja dann so weiter. Da haben's viele nur gerade noch ein paar Jahre gemacht, bis das Zuckerrohr wuchs und die Kinder groß waren. Dann waren sie fertig. Im wahrsten Sinne des Wortes totgeschuftet. Aber die Enkel gebärden sich jetzt wie die Könige!«

»Das ist interessant«, meinte Reed. »Wusste ich gar nicht … Einen Moment, bitte. Herein!«

Simons drittes Klopfen fand endlich Gehör. Der junge Mann schob sich schüchtern in den Raum und verbeugte sich vor Mr. Reed und Angus McArrow.

»Mylord …«, sagte er beflissen.

In McArrows breitem rotem Gesicht ging ein Strahlen auf.

»Tag, junger Mann! Simon … Greenirgendwas, oder? Sie haben meine Antrittsrede bei Hofe formuliert, richtig? Trefflich, trefflich, junger Mann! Kommen Sie, nehmen Sie sich auch einen Schluck! Sie sehen aus, als könnten Sie's brauchen. Was haben Sie gemacht, waren Sie schwimmen?« Er lachte über seinen eigenen Scherz.

Simons Haar war immer noch nass, und die schlaff herabhängenden Rüschen seiner am Morgen so sorglich geplätteten Hemdbrust boten ein Bild des Jammers.

»Sie waren bei Roundbottom, Mr. Simon, nicht?«, erinnerte sich Thomas Reed an seinen Auftrag. »Aber Himmel, sind Sie denn gelaufen, bei dem Wetter? Junge, da konnten Sie doch eine Droschke nehmen!«

Thomas Reed, ein großer, schwerer Mann mit erstaunlich sensiblen Gesichtszügen, schenkte seinem jungen Sekretär einen gleichermaßen mitleidigen wie missbilligenden Blick. Simon erschien ihm manchmal etwas lebensuntüchtig – wohlerzogen, ja, und ein vorzüglicher Schreiber und Buchhalter. Aber sonst … Allein, wie er herumlief, er konnte sich wirklich einmal neue

Kleidung leisten! Und bei Regen eine Droschke. Das sah ja aus, als würde Reed seine Leute nicht ordentlich bezahlen!

Simon senkte den Blick vor dem unwilligen Aufblitzen in Reeds grünen Augen. Sie wirkten so wach wie die seiner Tochter Nora, aber eher forschend als sanft, und Lachfältchen umgaben sie auch nicht. Nora würde später sicher Lachfalten entwickeln …

Simon lächelte verträumt, als er daran dachte, wie es sein würde, sie beim Älterwerden zu beobachten. Irgendwann würden sich auch in ihr bernsteingoldenes Haar weiße Fäden einschleichen, wie jetzt schon in den üppigen Schopf ihres Vaters. Simon würde sie necken, dass sie ihr Haar jetzt nicht mehr pudern müsste. Und er würde sie immer noch lieben …

»Was starren Sie denn so, Simon? Sie haben doch den Antwortbrief von Mr. Roundbottom, oder? Worauf warten Sie noch? Geben Sie her!« Thomas Reed hielt fordernd die Hand auf.

»Nehmen Sie erst mal einen Schluck!«, begütigte McArrow und reichte Simon zu dessen Schrecken wirklich ein Glas, gefüllt mit einer betörend duftenden bernsteinfarbenen Flüssigkeit. Rum aus Barbados – zweifellos vorzüglich. Aber Simon konnte nicht wie ein Gleichgestellter mit Thomas Reed trinken! Noch dazu während der Arbeitszeit. Er zögerte und nestelte erst mal das Schreiben des Kaufmanns Roundbottom hervor. Er hatte es in der innersten Tasche seines Rocks aufbewahrt, um es nur ja vor dem Regen zu schützen.

»Nun tun Sie ihm schon den Gefallen!«

Thomas Reed nahm den Brief entgegen und löste Simons Dilemma mit einer leichten Kopfbewegung in Richtung McArrow und des Glases, das er Simon hinhielt. Natürlich gehörte es sich nicht, seinem Schreiber einen Drink anzubieten, aber er wollte den Schotten nicht verärgern. Simon nahm einen kleinen Schluck. Er fühlte wohlige Wärme seinen Körper durchdringen, als das starke, fast etwas süßlich schmeckende Getränk seine Kehle herunterrann. Sehr gehaltvoll, sehr gut und weicher im Geschmack, als Rum es gewöhnlich war.

»Ginge fast als Brandy durch, was?«, fragte McArrow Beifall heischend. »Von meiner Plantage. Ein spezielles Brennverfahren, wir …«

»Jetzt erzählen Sie aber erst mal weiter von Ihrer seltsamen Art des Landerwerbs, McArrow«, unterbrach Reed. Sehr zur Freude Simons, der die »Versklavung« des Schotten auch wesentlich interessanter fand als die Herstellung von Rum. »Wird das heute noch gemacht? Also das mit dieser …«

»Lohnknechtschaft?«, fragte McArrow und griff erneut nach seinem eigenen Glas. »Nun, da gibt's nicht mehr viel zu erzählen. Es lief meist ganz ordentlich, die Pflanzer waren ja keine schlechten Kerle. Natürlich nahmen sie, was sie kriegen konnten. Ein Zuckerschlecken war das nicht, diese fünf Jahre auf der Plantage. Wobei ich Glück hatte. Nach drei Jahren kamen die ersten Neger, die durfte ich dann anlernen und beaufsichtigen. Keine gar so schwere Arbeit wie am Anfang also. Und mit meinem Herrn hatte ich auch Glück, der hat mir gutes Land abgetreten und noch zwei Sklaven, und meine Ernte konnte ich zusammen mit seiner vermarkten. Nur am Anfang natürlich, inzwischen hab ich mehr Land als er – oder eher seine Söhne. Die taugen leider nicht viel, deshalb musste ich jetzt auch einspringen mit dem Sitz im Parlament. Die jungen Drews führen das Lebenswerk des Vaters noch in den Bankrott …«

»Und gibt es das heute noch?«

Simon platzte mit der gleichen Frage heraus, die Reed eben schon gestellt hatte. Er biss sich gleich darauf auf die Lippen. An sich gehörte es sich nicht einmal für ihn, bei diesem vertrauten Gespräch der Geschäftspartner dabei zu sein, geschweige denn, sich daran zu beteiligen. Aber Reed lauschte genauso interessiert wie sein Schreiber, als McArrow jetzt antwortete.

»Das gibt's heute kaum noch«, meinte er. »Schon weil keiner Interesse hat, dass noch mehr Plantagen entstehen. Wenn das Angebot zu groß wird, sinken die Preise – sorry, Mr. Reed, aber das wollen wir Pflanzer natürlich eher verhindern. Vereinzelt hört man noch von solchen Arrangements, aber dann erwarten die Herren mindestens sieben Jahre Verpflichtung – und ziehen die Leute oft noch am Ende über den Tisch. Nein, nein, das hat sich erledigt, als die Neger kamen. Wobei wir wieder beim Thema wären: Die haben's gar nicht schlecht bei uns, die schuften nicht mehr als wir damals.«

Nur dass sie ihr ganzes Leben schuften und nichts haben, das ihnen nach fünf oder sieben Jahren gehört, dachte Simon und biss sich auf die Lippen. Er hätte noch eine dringende Frage gehabt, aber Reed hatte den Antwortbrief bereits kurz abgezeichnet und hielt ihn Simon nun hin. Eine klare Aufforderung zu gehen. Der Brief musste abgeheftet, der darin zugesagte Vertrag aufgesetzt werden.

Simon bedankte sich bei McArrow für den Rum und verließ den Raum, um seinen Platz am Schreibpult im Nachbarkontor wieder einzunehmen. Allerdings horchte er auf die Stimmen im Nebenzimmer und schlich sich auf den Korridor, als der Schotte sich schließlich verabschiedete.

»Mr. McArrow … äh … Mylord … Dürfte ich … Dürfte ich Ihnen noch eine Frage stellen?«

»Auch zehn, junger Mann!« McArrow lachte jovial. »Fragen Sie ruhig, ich hab Zeit. Vor morgen hab ich keine weiteren Besprechungen.«

Simon fasste Mut. »Wenn man es … Also, wenn ein junger Mann es auf den Inseln, irgendwo in Übersee … Jamaika, Barbados … Also, wenn man es da zu etwas bringen will … Gibt's … gibt's da gar keine Aussichten?«

McArrow musterte den jungen Mann forschend und verzog sein Gesicht dann erneut zu einem Grinsen. »Sie sind den

Regen leid, ja?«, fragte er verständnisvoll. »Kann ich verstehen, mir reicht's auch schon wieder. Aber die Inseln ... Tja, natürlich können Sie sich auf einer der Plantagen verdingen. Inzwischen nehmen wir die Weißen nicht mehr als Feldarbeiter, allerdings brauchen wir Aufseher. Ob Sie da jedoch der Richtige wären? So 'n Bürschchen wie Sie ... Sie seh'n ja aus, als ob Sie jeder kleine Windhauch schon umwerfen würde!«

Simon errötete. Er war nie ein sehr kräftiger Mann gewesen, aber die letzten Monate hatten ihn zusätzlich abmagern lassen. Er aß zu wenig, und der hartnäckige Husten zehrte ebenfalls an seinen Kräften. Aber wenn er erst mal im Warmen wäre ... Und bestimmt stellten die Pflanzer ihren Aufsehern eine Unterkunft. Das Geld, das er jetzt für das verwanzte Zimmer im Eastend ausgab, konnte er in Lebensmittel investieren.

»Das ... äh ... täuscht, Mylord!«, erklärte er fest. »Ich kann arbeiten, ich ...«

»Du siehst aber nicht aus, Junge, als könntest du die Peitsche schwingen!« Simon fuhr zusammen, nicht nur ob der Worte des anderen, sondern auch über das plötzliche Du. Aber er begriff, dass er als Arbeiter auf einer Plantage nicht darauf bestehen konnte, wie ein Gentleman behandelt zu werden. »Und das musst du bei den Negern«, sprach McArrow ungerührt weiter. »Wenn's ganz hart kommt, musst du vielleicht sogar mal einen hängen. Und das schaffst du nicht, Kleiner!«

McArrow wollte seinen Worten wohl die Schärfe nehmen, indem er Simon jovial auf die Schulter klopfte, aber der junge Adlige sah ihn nur verwirrt an. Peitschen? Hängen? Das klang ja wie die Arbeit eines Scharfrichters!

»Nein, wenn überhaupt, dann wärst du höchstens was für die Verwaltung. Aber die Posten bei der Krone gibt's nicht umsonst, da musst du dich einkaufen oder wenigstens jemanden kennen, der jemanden kennt ...« McArrow schüttelte den Kopf, als er Simons enttäuschtes Gesicht sah. »Kannst es natürlich auch als Matrose versuchen«, meinte er schließlich. »Aber da seh ich genauso schwarz, die wollen starke, harte Kerle, kein Jüngelchen wie dich. Nee, bleib du schön hier, Kleiner, und schreib deine Rechnungen. Und vielleicht noch mal 'ne Rede für den alten McArrow! Die war trefflich, Junge … fast als wärst du selbst 'n Peer!«

Damit griff der Pflanzer nach seinem Dreispitz, dachte aber rechtzeitig daran, ihn nicht auf seine voluminöse Perücke zu setzen, sondern stilvoll unter den Arm zu klemmen, bevor er in den Regen hinaustrat. Die Kutsche mit seinem Wappen wartete schon. Der frischgebackene Lord würde nicht nass werden.

KAPITEL 3

Es hilft alles nichts, wir müssen es Vater erzählen!«, sagte Nora.

Es war endlich wieder ein schöner Tag, fast noch sommerlich, obwohl die Blätter im St. James' Park sich schon herbstlich verfärbten. Allerdings wurde es jetzt gegen Abend, nachdem Simon das Kontor verlassen hatte, um sich erneut heimlich mit seiner Liebsten zu treffen, schon wieder kühl. Und dämmerig. Nora hätte die beiden Damen aus ihrer Bekanntschaft, die ihnen auf dem eher abgelegenen Weg eifrig plaudernd entgegenkamen, fast zu spät erkannt. Sie zerrte Simon gerade noch rechtzeitig hinter eine Hecke, bevor Lady Pentwood und ihre Freundin ihrer ansichtig wurden.

Nora kicherte, als sie vorbei waren, aber Simon machte sich Sorgen. Er sah kein Abenteuer in ihrer heimlichen Liebe, sondern bestenfalls eine Herausforderung. Unglücklich berichtete er Nora von seinem entmutigenden Gespräch mit McArrow. Die überraschte das nicht sonderlich. Sie fügte hinzu, was sie von Lady Wentworth erfahren hatte.

»Dieser McArrow hat Recht«, meinte sie dann fröstelnd. Ein guter Grund, sich enger an Simon zu schmiegen, der schützend den Arm um sie gelegt hatte und sich immer wieder zu ihr herabbeugte, um ihr Haar zu küssen. »Natürlich kannst du keine Neger schlagen! Wäre ja noch schöner, was sind das bloß alles für Leute, die sich da Lords und Ladys und Gentlemen nennen! Ich glaube nicht, dass Gott die Neger gemacht hat, damit sie für uns Zuckerrohr anbauen. Dann hätte er sie ja auch gleich auf die Inseln geschickt, und man müsste sie nicht aus Afrika holen! Auf den Schiffen soll es auch ganz schlimm sein, sagt mein Vater. Sie ketten sie an!«

Thomas Reed beteiligte sich nicht am Sklavenhandel – auch wenn er indirekt natürlich von der Arbeit der Schwarzen profitierte. Schließlich handelte er mit Zucker, Tabak und anderen Erzeugnissen aus den Kolonien, und ohne Sklaven wurde dort keine Plantage betrieben. Aber Menschen kaufen und verkaufen, sie einfangen, in Schiffsrümpfe zwingen, einkerkern und schlagen, obwohl sie nie ein Gericht verurteilt hatte – Thomas Reed hielt das nicht für vereinbar mit seinem christlichen Glauben. Egal, ob andere diese Meinung teilten oder nicht.

»Aber andere Arbeit gibt es nicht«, meinte Simon mutlos, woraufhin Nora die »Beichte« bei ihrem Vater wieder ins Gespräch brachte.

»Wir müssen Papa sagen, dass wir uns lieben. Du musst offen um mich werben, und dann finden wir schon eine Lösung. Ich bin überzeugt, dass Vater etwas einfällt. Wenn ich sage, ich will in die Kolonien, dann schafft er das auch!«

Nora hegte vollstes Vertrauen nicht nur zu den Möglichkeiten, sondern auch zur Bereitschaft ihres Vaters, ihr jeden Wunsch zu erfüllen. Sie war zweifellos ein verwöhntes Kind. Nach dem frühen Tod seiner Frau hatte Thomas Reed all seine Liebe auf sie konzentriert.

»Pass auf, wir machen es gleich morgen! Du kaufst ein paar Blumen ... Die sind gar nicht so teuer an der Cheapside, und wenn du das Geld nicht hast ...«

Simon lächelte zärtlich. Immerhin war Nora praktisch veranlagt. Wenn er sich Romantik nicht leisten konnte, so wusste sie klaglos darauf zu verzichten. Sie wäre glatt noch imstande gewesen, ihren Brautstrauß selbst zu pflücken. Er zog sie noch einmal näher an sich.

»Liebes, an ein paar Blumen soll es nicht scheitern. Aber lass mir noch ein paar Wochen, ja? Vielleicht findet sich doch noch eine Möglichkeit … Dieser McArrow zum Beispiel. Wenn der auf die Idee kommt, jetzt in London zu bleiben und im Parlament mitzureden, braucht er vielleicht einen Privatsekretär. Und als solchen nähme er mich mit nach Barbados … Außerdem ist in zwei Monaten wenigstens dieser leidige Kredit für Samanthas Hochzeit abgezahlt. Dann bleibt mir etwas mehr Geld jeden Monat. Himmel, Nora, ich kann nicht in diesem fadenscheinigen Anzug vor deinen Vater treten und um dich werben!«

Nora küsste ihn lachend. »Liebster, ich heirate doch nicht dein Jackett und deine Hose!«

Simon seufzte. Zu der Bemerkung würde Thomas Reed zweifellos einiges zu sagen haben. Aber immerhin war es ihm gelungen, Noras Ansinnen etwas aufzuschieben. Irgendwann musste einfach ein Wunder geschehen … Simon nahm Noras Hand und zog sie zu dem kleinen See inmitten des Parks, über dem schon Nebelschwaden waberten. Die Bäume warfen lange Schatten.

»Ich werde uns jetzt ein Boot mieten!«, beschloss er. »Dafür muss ein Penny da sein, und dann rudere ich dich über den See zu den Inseln. Wir können uns vorstellen, es wäre unsere Insel in der Südsee, die Wellen brechen sich am Strand …«

»Und wir können uns in aller Ruhe küssen!«, strahlte Nora. »Das ist eine wundervolle Idee, Liebster! Du kannst doch rudern, nicht? Alle Lords und Viscounts können rudern, oder?«

Wenn er ehrlich sein sollte, so beschränkten sich Simons Paddelkünste auf ein paar halbherzige Versuche, ein selbst gebautes Floß über den Dorfteich von Greenborough zu steuern. Korrekte Rudertechnik hatte er nie gelernt, aber er gab sich alle Mühe, seine Barke halbwegs geschickt über den See zu lavieren. So brachte Simon sie denn auch nicht zum Kentern, aber sein Husten, den er bei der Anstrengung kaum zu unterdrücken vermochte, beunruhigte Nora sehr.

In den nächsten Wochen wurde für die Liebenden natürlich nichts besser. Im Gegenteil, der Spätsommer wich einem ungemütlichen Herbst, und Simon fror in seinem feuchten, ungeheizten Zimmer bis ins Mark. Immerhin brannten stets großzügige Feuer in den Kaminen von Thomas Reeds Kontor, was nicht selbstverständlich war. So mancher Schreiber in den großen Handelshäusern führte die Feder mit klammen, behandschuhten Fingern und holte sich dabei die Gicht. Simon sandte aufatmend das letzte Geld für Samanthas Mitgift an seine Mutter, aber letztlich brachte ihm das keine Erleichterung. Fast zeitgleich erreichte ihn nämlich ein Brief aus Greenborough, in dem seine Mutter beglückt von Samanthas Schwangerschaft berichtete. Bis zur Geburt des Kindes, so hoffte sie, würde sie mit Simons weiteren großzügigen Zuwendungen den Silberleuchter auslösen können, der bislang die Taufkerze eines jeden Greenborough-Abkömmlings getragen habe.

Simon sandte also weiter Geld – obwohl Nora ihn streng dafür rügte.

»Aber sie haben das Recht darauf, es ist ein Familienerbstück«, verteidigte er seine Mutter und Schwester. »Und damit wird es doch auch uns zugute kommen. Wenn wir Kinder haben …«

Seine dunklen Augen, die bislang eher hoffnungslos in diesen grauen, windigen Novembertag geblickt hatten, leuchteten auf.

Nora seufzte und zog ihren Mantel enger um sich. Sie hatte ihren Liebsten trotz des unsicheren Wetters an die Docks von London begleitet. Thomas Reed hatte seinen jungen Schreiber mit der Kontrolle einer Ladung Tabak aus Virginia betraut. Der Kapitän des Schiffes galt als wenig zuverlässig, sodass der

Pflanzer Reed ausdrücklich ans Herz gelegt hatte, die tatsächliche Lieferung sorglich mit den Frachtpapieren zu vergleichen. Simon hatte das eben gewissenhaft getan, auch wenn sein alter Mantel ihn dabei kaum vor Regen und Wind geschützt hatte. Nora in ihrem pelzgefütterten Cape ging es da besser, aber sie bemerkte natürlich, wie Simon fror, und erregte sich insofern noch heftiger über die Ansprüche seiner Mutter und Schwester.

»Wenn wir Kinder haben, dann kommen die wahrscheinlich auf den Jungferninseln zur Welt, oder auf Jamaika oder Barbados!«, gab sie zu bedenken. »Und da glaubst du doch nicht wirklich, deine Mutter würde rechtzeitig ihren Silberleuchter auf den Weg schicken, damit die Taufkerze standesgemäß präsentiert wird! O nein, Simon, das Ding geht in die Familie der wunderbaren Samantha über, damit die Carringtons auch ja nicht schlecht über Lady Greenborough denken. Und du lebst in einem Loch ohne Heizung und kannst dir nicht mal einen Mantel leisten, der nicht nach drei Minuten durchnässt ist! Schlimm genug, dass du für die Schulden deines Vaters geradestehst!«

Auch dafür brachte Nora wenig Verständnis auf, zumal Lord Greenboroughs Schuldner keineswegs Ehrenmänner waren, sondern ziemlich üble Buchmacher und Spieler. Nora riet ihrem Liebsten bedenkenlos, sie zwei Monate hinzuhalten und sich dann mit dem gesparten Geld in eine der Kolonien abzusetzen. Die Gauner mochten in England einen gewissen Einfluss haben – wobei Nora überzeugt war, dass auch der sich weitgehend auf London beschränkte –, aber bis nach Barbados oder Virginia reichte er sicher nicht. Simon betrachtete Spielschulden jedoch als Ehrenschulden – und überhaupt entzog sich ein Gentleman nicht seinen Pflichten gegenüber Stand und Familie. Noras sich häufig wiederholende Bemerkungen zu dieser Angelegenheit ließ er unkommentiert.

»Auf jeden Fall musst du jetzt mit Papa reden!«, entschied die junge Frau schließlich, während sie sich bei Simon unterhakte und ihn damit unauffällig zu ihrer Kutsche manövrierte. Auf dem Hinweg war er wieder gelaufen, um die Kosten für eine Droschke zu sparen.

Peppers, ihr geduldiger Kutscher, hielt den beiden wortlos den Schlag auf.

»Vielen Dank, Peppers!« Nora vergaß nie, dem Diener ein Lächeln zu schenken. Sicher auch dies ein Grund, dass ihr Hauspersonal die heimliche Liebe immer noch deckte. »Papa findet eine Lösung. Und er mag dich. Er vertraut dir. Das sieht man doch schon daran, dass er dich die Ladungen kontrollieren lässt und all diese Dinge. Wer weiß, vielleicht ahnt er auch schon was. Du musst jetzt nur unbedingt förmlich um meine Hand anhalten. Sonst können wir uns im Winter ja auch kaum noch sehen.«

Simon nickte ergeben. Mit Letzterem hatte sie Recht, aber dennoch fürchtete er sich bis ins Mark vor der Unterredung mit ihrem Vater. Wenn es nicht so gut ausging, wie Nora hoffte, verlor er damit schließlich nicht nur seine Liebste, sondern womöglich auch seine Anstellung und den warmen Platz im Kontor. Einen vergleichbar guten Arbeitgeber würde er kaum wieder finden – Thomas Reed hatte ihn nicht einmal gerügt, als er Anfang des Monats zwei Tage gefehlt hatte. Simon versuchte, seine hartnäckige Erkältung zu ignorieren, aber zu dieser Zeit war er so fiebrig gewesen, dass er kaum aus dem Bett kam. Natürlich schleppte er sich trotzdem ins Kontor, aber Reed schickte ihn umgehend wieder nach Hause.

»So sind Sie doch zu nichts nütze, Junge, Sie können ja kaum die Feder halten, und ich möchte nicht wissen, was für Zahlen Sie da eben addiert haben.«

Simon wusste diese ungeheure Großzügigkeit zu schätzen – Reed hätte ihn ebenso gut hinauswerfen und eventuelle Verluste durch seine Fehler vom Lohn abziehen können. So große Unterschiede bestanden nicht zwischen Lohnsklaverei auf den

Inseln und einer ganz normalen Anstellung in London. Jetzt ahnte er jedoch, dass Nora sich nicht länger würde hinhalten lassen. Sie hielt die Zustimmung ihres Vaters zu ihrer Verlobung offensichtlich für eine beschlossene Sache.

»Nächste Woche, Simon! An diesem Samstag ist der große Ball der Kaufmannsvereinigung, da ist Papa abgelenkt – und ich muss auch noch das Kleid anprobieren und Frisuren besprechen … Und dann dieser Tanzunterricht, wer braucht schon die Bourgogne in den Kolonien?«

Nora tat stets so, als interessiere sie sich nicht für die Bälle und Empfänge, zu denen sie ihren Vater begleitete, weil Simon selbst natürlich nie geladen war. Aber im Grunde freute sie sich darauf. Sie liebte schöne Kleider und übte sich gern in den modischen Tänzen. Allerdings verzichtete sie auf jeden Flirt und jede Tändelei mit den jungen Männern, die ihre Tanzkarte füllten. Nora Reed hatte ihre Wahl getroffen – aber sie fieberte dem Tag entgegen, an dem Simon Greenborough sie zum ersten Mal durch ein Menuett führen würde. Und wer konnte es wissen, vielleicht tanzten sie ja übers Jahr schon unter Palmen! In London erzählte man sich von rauschenden Festen in den Residenzen der Zuckerrohrpflanzer auf den Inseln im Karibischen Meer.

»Aber in der nächsten Woche steht weiter nichts an, da haben wir dann auch Zeit, die Verlobung zu planen – mein Vater gibt bestimmt ein Fest! Und du musst über deinen Schatten springen und dir neue Sachen kaufen! Pass auf, wenn du erst mal den richtigen Leuten vorgestellt worden bist, findet sich auch ein Posten in den Kolonien! Oh, stell dir nur vor, Simon! Einmal aus dem Fenster sehen und nicht in strömenden Regen gucken, sondern in strahlenden Sonnenschein!«

Nora schmiegte sich an ihren Liebsten, sein wild pochendes Herz hielt sie für eine Freudenbekundung. Ein Scheitern seiner Werbung war unmöglich.

Nora genoss den Ball der Kaufmannsvereinigung, während Simon versuchte, an seinem freien Sonntag seinen Husten auszukurieren. Er erstand Kamillenblüten und wenigstens so viel Brennholz, um Tee kochen und seinen zugigen Raum halbwegs beheizen zu können. Seine bärbeißige Vermieterin, Mrs. Paddington, kommentierte das mit boshaftem Spott.

»Na, ist der Wohlstand ausgebrochen bei Mylord? Muss ich Euch womöglich bald wieder mit Eurem Titel anreden?«

Simon sparte sich die Bemerkung, dass sich dies ohnehin gehört hätte, egal ob arm oder reich. Mal ganz abgesehen davon, dass Mrs. Paddington es eigentlich immer tat. Allerdings klang ihr Mylord oder Viscount Greenborough eher wie eine Beleidigung als wie ein Ehrentitel. Die Frau fand offensichtlich größte Genugtuung bei der Feststellung, dass ein Mitglied des Adels in die Niederungen ihres schmutzigen, nach dem großen Feuer von London nur billig und hässlich wieder aufgebauten Viertels absteigen konnte.

Simon zerrte seine Bettstatt schließlich so nah wie möglich an den Kamin und verbrachte den Sonntag unter seinen kratzigen, klammen Decken. Sehr viel Besserung brachte das nicht, der Kamin war lange nicht befeuert worden und noch länger nicht gekehrt. Er zog schlecht, und Simon hatte insofern die Wahl zwischen Kälte und Qualm. Letztlich entschloss er sich wieder für Erstere. Der Rauch verschlimmerte den Husten zudem, und die Kälte war wenigstens umsonst.

Nora entschloss sich schließlich für den Dienstag als Tag ihrer offiziellen Verlobung. Simon sollte ihrem Vater gleich nach der Arbeit im Kontor seine Aufwartung machen. Thomas Reed würde es sich dann schon zu Hause gemütlich gemacht haben, er ging meist vor seinen Schreibern, die oft noch bei Kerzenlicht die letzten Bücher in Ordnung brachten.

Simon zögerte den Aufbruch denn auch so lange hinaus wie

eben möglich. Reed sollte auf keinen Fall denken, er zöge sich früh aus dem Kontor zurück oder drücke sich gerade an diesem Tag um die Arbeit. Aber schließlich ging auch der letzte Bürodiener, nachdem er das Kontor gefegt, die Federn angespitzt und die Tintenfässer für den nächsten Arbeitstag gefüllt hatte. Dem jungen Mann oblag es auch, die Feuer in den Kaminen und die Kerzen zu löschen, wenn der letzte Schreiber fertig war. Simon konnte ihn unmöglich noch länger warten lassen, indem er wichtige Arbeiten vortäuschte.

Zum Glück regnete es an diesem Tag nicht, sodass Simon den Weg nach Mayfair zu Fuß zurücklegen konnte. Er hätte sich sonst eine Droschke gegönnt – nicht auszudenken, dass er mit nassem, verknittertem Jabot vor seinen künftigen Schwiegervater trat. Das gesparte Geld hatte der junge Mann in einen Blumenstrauß für Nora investiert, der sich wirklich sehen lassen konnte – und dennoch verließ ihn fast der Mut, als er schließlich vor dem hochherrschaftlichen Haus in dem erst kurze Zeit zuvor erschlossenen Stadtteil Mayfair stand. Reed hatte das Herrenhaus vor wenigen Jahren bauen lassen. Seine Fassade war durch Pilaster in drei Teile gegliedert, der Dreiecksgiebel erinnerte an einen römischen Tempel, und dahinter erstreckte sich ein kleiner Park. All das war viel prächtiger, als Greenborough Manor je gewesen war.

Selbst in den besten Zeiten seiner Familie wäre Simon kein würdiger Bewerber um die Hand der Tochter dieses Hauses gewesen. Schließlich nahm er sich jedoch zusammen und betätigte den Türklopfer. Die Haustür wurde fast sofort geöffnet. Das zierliche junge Mädchen in der adretten Dienstbotenuniform schien nur auf ihn gewartet zu haben. Es blinzelte ihn verschwörerisch an, als er seinen Namen sagte und um eine Unterredung mit dem Hausherrn bat. Wahrscheinlich eine weitere »Vertraute« unter den Dienstboten, die Nora in ihre Liebesgeschichte eingeweiht hatte.

»Ich melde Sie dem Butler!«, erklärte die kleine Rothaarige freundlich. »Aber wenn ich Ihnen den Mantel schon mal abnehmen darf …«

Simon fand sich schließlich in einem kostbar möblierten Empfangsraum wieder und erwartete einen weiteren, diesmal höherrangigen Hausangestellten. Stattdessen erschien jedoch Nora.

»Simon!« Sie strahlte ihn an. »Du siehst gut aus! Wenn du bloß nicht so ängstlich gucken würdest!«

Simon versuchte, zurückzulächeln. Sie konnte das eigentlich nicht ernst meinen, er wusste nur zu genau, dass er blass war und in den letzten Wochen noch dünner geworden war. Aber seine Kleidung war immerhin untadelig. Er wurde immer besser in der Pflege der Spitze und Brustkrause an seinen letzten beiden Hemden, hatte selbst zu Nadel und Faden gegriffen, um Rock und Hose enger zu machen, und gestern einen Penny in Schmalz investiert, um seine abgetragenen Schnallenschuhe wieder auf Hochglanz zu polieren. Sein dunkles Haar hatte er wieder gepudert, aber diesmal nicht mit Talkum gespart. Mit ein bisschen gutem Willen konnte man die Pracht für eine der modischen Perücken halten.

»Und du siehst wunderschön aus«, gab er das Kompliment ehrlich an Nora zurück.

Sie lächelte geschmeichelt und strich den Stoff über ihrem Reifrock glatt. Zur Feier des Tages hatte sie sich für ein Kleid aus goldfarbenem Brokat entschieden, geschmückt mit unzähligen Schleifen und Bändern. Noras Haar war prachtvoll geflochten und wie immer nicht gepudert. Ihre Wangen waren vor Aufregung und freudiger Erwartung ganz rosig.

»Komm herein, Papa ist sehr gut gelaunt! Und was für schöne Blumen … Aber nein, das sage ich gleich erst! Vielleicht … vielleicht wartest du auch gerade, bis der Butler kommt …«

Im letzten Moment zeigte Nora denn doch etwas Angst vor

der eigenen Courage. Sie ließ es sich allerdings nicht nehmen, Simon kurz aufmunternd auf die Wange zu küssen – und errötete ebenso wie er, als der Butler in der Tür erschien und durch ein Räuspern auf sich aufmerksam machte. Augenblicklich stob sie davon – Simon folgte ihr langsam, geführt von dem würdigen Majordomus, dessen Dienstkleidung erheblich kostbarer wirkte als Simons so mühsam gepflegter Staat als Brautwerber.

Thomas Reed hatte es sich in seinem Herrenzimmer gemütlich gemacht – etwas verwundert darüber, dass sich seine Tochter mit einer Stickerei zu ihm gesellte. Gewöhnlich mochte sie das Herrenzimmer nicht und zog stets ihr Näschen kraus, wenn sie des anheimelnden Geruchs nach Tabak, altem Leder und Rum gewahr wurde.

Nun aber saß Nora ihrem Vater gegenüber und versuchte, sich auf ein Gespräch zu konzentrieren. Zwischendurch sprang sie aber immer wieder auf, um irgendetwas zu holen oder nervös aus dem Fenster zu sehen. Jetzt, als der Butler den Besuch des Schreibers Simon Greenborough ankündigte, wirkte sie aufgeregt. Nora machte Anstalten aufzustehen, als ob sie annähme, Thomas Reed würde den Besuch in einem der förmlicheren Empfangsräume erwarten wollen. Dafür sah ihr Vater allerdings keinen Anlass, denn er erwartete offensichtlich keinen Höflichkeitsbesuch, sondern eine geschäftliche Angelegenheit. Auch wenn sich die Meldung des Butlers anders anhörte.

»Mr. Reed, Viscount Simon Greenborough wünscht, Ihnen seine Aufwartung zu machen.«

Thomas Reed lächelte. Das sah dem jungen Simon ähnlich: Immer korrekt bis zur Karikatur – wer sonst würde sich mit all seinen Titeln ankündigen lassen, um irgendeinen dringenden Brief oder eine Akte vorbeizubringen? Und dann hatte der Schreiber, der sich jetzt schüchtern, aber aufrecht hinter dem

Butler ins Zimmer schob, sogar Blumen mitgebracht! Thomas fand das aufmerksam, aber übertrieben.

»Mr. Reed … Miss Nora …« Simon verbeugte sich förmlich.

»Kommen Sie rein, Simon!«, rief Thomas jovial. »Was liegt an um diese späte Stunde? Hat Morrisburg endlich geantwortet? Liefert er die Ware? Oder haben Sie was von diesem Schiff gehört, das angeblich verloren gegangen ist?«

Simon schüttelte den Kopf. Thomas Reeds Ansprache brachte ihn aus dem Konzept. Und was machte er jetzt überhaupt mit diesem Blumenstrauß?

»Was für schöne Blumen!«, brachte Nora ihren Satz an und lächelte ihm aufmunternd zu. »Für mich?«

Thomas Reed verdrehte die Augen. »Das nehme ich doch mal an, Kind, ich würde es jedenfalls befremdlich finden, wenn Mr. Greenborough mich mit floralen Zuwendungen bedenken würde. Wäre aber nicht nötig gewesen, Simon, dies ist schließlich kein Höflichkeitsbesuch, und so dicke haben Sie's ja auch nicht …«

Simon errötete, als der Blick des Kaufmanns auf seinen abgenutzten Rock fiel.

»Doch«, brach es dann aus ihm heraus. »Also, es ist doch eher ein …«

»Nun geben Sie mir erst mal die Blumen«, lächelte Nora.

Simon brauchte Zeit, sich wieder zu fangen. Dies war natürlich sein erster Heiratsantrag, und mit dem Reden aus dem Stegreif hatte er es ohnehin nicht allzu sehr. Ihr Liebster schrieb wunderschöne Briefe, und wenn sie allein waren, sonnte Nora sich in seinen Komplimenten. Aber sonst fand sie Simon oft etwas schüchtern – vielleicht normal, wenn man so aus der Bahn geworfen worden war wie er. Sie streifte seine eiskalte Hand, während sie den Strauß entgegennahm.

Thomas Reed schaute etwas verwirrt, als er ihre Blicke bemerkte.

»Gut, Nora«, meinte er dann. »Vielleicht gehst du jetzt und lässt den Strauß in eine Vase stellen. Und wir besprechen die für dich zweifellos langweiligen Dinge, aufgrund derer Mr. Greenborough sich so spät noch auf den langen Weg gemacht hat.«

Nora errötete. »Nein, Papa«, erklärte sie dann. »Ich wollte sagen … äh … für mich ist das keineswegs langweilig, weil, es …«

»Weil ich …« Simon konnte auf keinen Fall zulassen, dass seine Liebste den Heiratsantrag einfach vorwegnahm.

Thomas Reed runzelte die Stirn. »Also, was nun, Simon? Lassen Sie mich wissen, was Sie herführt. Und was daran so erbaulich für junge Ladys sein soll. Seit wann interessierst du dich für verloren gegangene Schiffe aus Virginia?«

Noras Augen blitzten. »Schon immer! Du weißt doch, mich interessiert alles aus Übersee. Die Kolonien, die Schiffe … Simon und ich …«

»Simon und du?«, fragte Thomas Reed.

Seine Stimme verlor jäh das jovial Freundliche. Er richtete sich jetzt im Sessel auf.

Simon holte tief Luft und musste dabei ein Husten unterdrücken. Er musste es jetzt sagen. Und so bedrohlich sah Noras Vater ja auch gar nicht aus mit dem Glas Rum neben sich, der Zigarre und in dem seidenen Schlafrock, gegen den er wie jeder Hausherr Jacke und Weste einzutauschen pflegte, wenn er seine Tagesarbeit beendet hatte.

»Mr. Reed, Sir, ich … ich bin hier, um Sie um die Hand Ihrer Tochter zu bitten!« Jetzt war es heraus.

Nora strahlte überirdisch, Thomas Reed jedoch hatte es die Sprache verschlagen. Simon hatte das Gefühl, die peinliche Stille überbrücken zu müssen, und sprach gleich weiter.

»Ich … ich weiß, ich bin keine allzu gute Partie, aber ich … ich liebe Ihre Tochter von ganzem Herzen, und Nora hat mir deutlich zu verstehen gegeben, dass sie meine Gefühle erwidert.

Ich bin nicht reich, aber ich werde alles tun, um ihr ein standesgemäßes Heim zu bieten, und …«

Thomas Reeds Lachen unterbrach seine Rede. »Wie wollen Sie denn das machen?«, erkundigte er sich.

Simon biss sich auf die Lippen.

»Wir dachten an die Kolonien, Papa!«, mischte Nora sich ein. Sie lächelte ihren Vater strahlend an. Bis jetzt fand sie, dass die Sache sich gar nicht so schlecht anließ. »Wenn Simon irgendwo auf Jamaika oder Barbados oder so einen Posten fände, wenn du vielleicht … Also, wir dachten, du hättest vielleicht Interesse, irgendwo eine Handelsniederlassung zu eröffnen, und wir … Also, wir möchten beide …«

»Sei du still!«, beschied Thomas Reed seine Tochter. »Am besten gehst du deine Blumen arrangieren – oder was auch immer. Aber hier kann ich dich im Moment nicht brauchen … Nora!«

Er setzte ihren Namen streng hinzu, als sie nicht gleich Anstalten machte, sich in Bewegung zu setzen. Nora verließ daraufhin den Raum, nicht ohne Simon einen ermutigenden Blick zuzuwerfen. Simon wusste nicht, ob er sich erleichtert oder verlassen fühlen sollte.

»Sir … Ich weiß, es kommt überraschend. Und Nora … Nora stellt sich das auch sicher einfacher vor, als es ist. Aber ich bin jung, ich kann arbeiten … Ich würde mich auch auf einer der Plantagen verdingen, ich …«

»Sie sind ständig krank, Simon«, beschied ihn Reed mit schneidender Stimme. »Der Bürovorsteher legt mir schon nahe, Sie zu entlassen, weil Ihre Arbeitsleistung nicht ausreicht. Und nun wollen Sie in Übersee Neger verprügeln, die doppelt so groß sind wie Sie? Mal ganz abgesehen davon, dass ich meine Tochter nicht als Gattin eines Sklaventreibers sehe.«

Simon biss sich auf die Lippen. »Ich habe die Fehlzeit immer nachgearbeitet, Sir«, verteidigte er sich. »Und … und Sie … Sie können mir vertrauen. Wenn ich in Übersee irgendwie für Sie tätig werden könnte …«

»Simon, ich sehe meine Tochter nicht in Übersee. Das sind kindliche Schwärmereien. Aber was soll's, sie ist siebzehn Jahre alt. Sie hat noch alle Zeit der Welt, sich in einen passenden jungen Mann aus der Londoner Geschäftswelt zu verlieben, ein Stadthaus einzurichten … Ich möchte meine Enkel gern aufwachsen sehen, Mr. Greenborough. Und mir keine Sorgen darüber machen müssen, ob sie auch genug zu essen haben.«

Simon richtete sich auf. »Die Kinder der Familie Greenborough haben noch nie gehungert!«, sagte er dann würdevoll.

Thomas Reed holte tief Luft und nahm einen Schluck Rum. »Aber fast, Simon. Und wenn ich mir Sie so ansehe, bin ich auch gar nicht sicher, ob Sie genug zwischen die Zähne kriegen. Jedenfalls hat Ihr Vater doch Ihr Land und Ihr Haus und seinen Titel verspielt, wenn ich recht informiert bin. Und Sie halten sich nun mühsam über Wasser – wobei ich Ihren Fleiß und Ihr Durchhaltevermögen durchaus schätze. Ich hörte, Sie tragen die Schulden Ihres Vaters ab – Respekt, junger Mann, so mancher andere hätte sich längst abgesetzt. Aber das sind doch keine Verhältnisse, in die ich meine Tochter verheirate!«

»Sie wäre immerhin eine Lady Greenborough«, wandte Simon ein.

Thomas Reed rieb sich die Schläfe. »Nicht einmal das, Simon, und das wissen Sie. Gut, niemand wird Ihnen die Anrede ›Viscount‹ absprechen, aber wenn Noras Kinder den Titel erben sollten, dann müsste ich sie doch eher mit einem Codrington verheiraten, nicht?«

Simon senkte den Kopf. Natürlich, Thomas Reed vermittelte mitunter selbst im Handel um Grafschaften und Parlamentssitze. Er wusste, was den Greenboroughs geschehen war.

»Mr. Reed … ich liebe Ihre Tochter!« Etwas anderes fiel Simon nicht mehr ein.

Thomas Reed zuckte die Schultern. »Das verstehe ich«, sagte er kurz. »Nora ist eine wunderschöne, kluge und äußerst liebenswerte junge Frau. Aber das ist kein Argument für eine nicht passende Ehe.«

»Nora liebt mich.« Simons Stimme klang erstickt.

Thomas warf ihm einen Blick zu und versuchte, in seinem Schreiber das zu erkennen, was seine Tochter offensichtlich in ihm sah: zweifellos einen Gentleman mit besten Umgangsformen. Er war sehr gut aussehend, wenn man diesen schmalen, etwas durchgeistigten Typ mochte. Simon hatte sanfte braune Augen, die im Dämmerlicht des Herrenzimmers fast schwarz wirkten, hohe Wangenknochen und volle, aber fein geschwungene Lippen. Seine sensiblen Hände mit den langen Fingern wirkten beinahe graziös – wahrscheinlich war er ein guter Reiter und Tänzer. Nora mochte wirklich in ihn verliebt sein, und vielleicht machte er sie sogar glücklich. Aber verdammt, es ging nicht mehr darum, seiner Tochter ein Spielzeug zu kaufen, um das sie bettelte. Nora war fast erwachsen. Er musste an ihre Zukunft denken.

»Das wird sich auch wieder ändern«, beschied er seinen Schreiber hart. »Es tut mir leid, Simon, aber ich kann Ihrem Antrag nicht entsprechen. Und Nora selbst kann Ihnen auch keine Zusage geben, dazu ist sie viel zu jung und unreif. Bleibt die Frage, wie wir jetzt verfahren. Ich möchte Sie nicht hinauswerfen, nur weil Sie meine Tochter lieben. Aber ich lege Ihnen doch nahe, sich in absehbarer Zeit nach einer anderen Stellung umzusehen. Vorzugsweise in einem Kontor, dessen Betreiber keine fast heiratsfähige Tochter hat. Selbstverständlich werde ich Ihnen hervorragende Zeugnisse ausstellen. Ich wünsche Ihnen nichts Böses, Simon Greenborough. Aber Sie müssen anfangen, sich mit Ihrem Stand und Ihrer Stellung abzufinden.«

Thomas Reed machte eine Handbewegung, die Simon hinauswies. Das Gespräch war für ihn offensichtlich beendet.

Simon verbeugte sich noch einmal, wie die Konvention es vorschrieb, aber er brachte kein Wort mehr heraus. Reed schien auch keines zu erwarten. Simon hatte das Gefühl, wie blind aus dem Zimmer zu stolpern. Zum Glück nahm ihn vor der Tür der Butler in Empfang, nach dem Reed wohl geklingelt hatte. Allein hätte er nicht hinausgefunden.

Es regnete wieder, als Simon auf die Straße trat, aber diesmal bemerkte er es kaum. Wie in Trance lief er die Straßen von Mayfair entlang, überquerte die Themse-Brücke und kehrte zurück ins Eastend. Er schleppte sich die knarrende, baufällige Holztreppe zu seinem Zimmer hinauf, hörte nicht auf Mrs. Paddingtons zänkische Stimme, die schon wieder irgendetwas zu beanstanden hatte, und versuchte, alle Sinne vor der hier ständig herrschenden Geruchsmischung aus Küchendünsten, Abtritt und nasser Kleidung zu verschließen. Schließlich erreichte er schwer atmend seinen Verschlag unter dem Dach. Seinem Stand und seiner Stellung angemessen …

KAPITEL 4

Thomas Reed machte sich keine großen Gedanken darüber, dass Simon Greenborough am nächsten Tag nicht zur Arbeit erschien. Er war sogar bereit, es dem jungen Mann nachzusehen. Gut, Simons Antrag war anmaßend gewesen, aber man musste ihm seine adlige Abstammung und Erziehung zugutehalten. Ein ordentlich situierter Landadliger hätte durchaus auf eine Ehe mit Nora hoffen können. Auch wenn Thomas Reed selbst sich eher einen Kaufmann als Schwiegersohn wünschte, er hätte hier Kompromisse gemacht, wenn Nora sich die Verbindung so sehr gewünscht hätte wie offensichtlich diese Heirat mit Simon. Thomas Reed hatte seine Tochter nie so aufgebracht erlebt wie an dem Abend, als er sie von der Ablehnung seines Antrags in Kenntnis gesetzt hatte. Nora weinte, schrie und flehte – Thomas hatte seine sonst so freundliche und im Allgemeinen gehorsame Tochter kaum wiedererkannt. Es fiel ihm schwer, ihr nicht nachzugeben, aber er war überzeugt davon, das Richtige zu tun. Auch Nora würde das irgendwann einsehen.

Als Simon auch am zweiten Tag nicht ins Kontor kam, begann Reeds Verständnis allerdings einem gewissen Ärger zu weichen. Gut, der Junge war stolz, aber jetzt ging er zu weit. Es stand seinem Angestellten nicht an zu schmollen. Schlimm genug, dass Nora es tat! Sie hatte sich seit dem Antrittsbesuch in ihre Räume zurückgezogen und wechselte kein Wort mit ihrem Vater. Thomas Reed klagte sein Leid darüber schließlich einer alten Freundin, die ihm schon oft in Erziehungsdingen zur Seite gestanden hatte.

»Ach, das müssen Sie nicht überbewerten!«, lachte Lady MacDougal, eine schottische Landadlige, deren Gatte einen Parlamentssitz innehatte. Ihre Familie hielt sich deshalb öfter in London auf. »Diese Mädchen mit ihren Schwärmereien! Das kommt alles nur rüber vom französischen Hof. Faire l'amour als Lebensinhalt! Wobei Ihre Tochter ja noch einen gewissen Stil bewiesen hat – der Junge ist immerhin ein verarmter Lord. Unsere Eileen meinte dagegen im letzten Jahr, einen Stallknecht heiraten zu wollen! Überlegen Sie sich das, der Kerl konnte kaum schreiben und lesen! Hat sie aber ein paarmal beim Reiten begleitet und völlig verrückt gemacht. Nun ließ sich das leicht abstellen … und das wird bei Ihrer Nora auch nicht anders sein. Sie muss nur mal auf andere Gedanken kommen. Wissen Sie was? Wir nehmen sie mit nach Balmoral, zur Jagdsaison, sie kann ein paar Jagden reiten. Kaufen Sie ihr ein neues Pferd, das wird sie glücklich machen. Und vor allem folgt da ja ein Ball dem anderen. Sie wird mehr junge Gentlemen kennenlernen, als sie an zehn Fingern abzählen kann, alle schneidige Reiter, gute Tänzer … Für den finanziellen Hintergrund kann ich natürlich nicht garantieren.« Die Lady lachte. »Aber das Thema ›Greenborough‹ ist damit sicherlich abgeschlossen.«

Thomas Reed verließ sie getröstet. Im Grunde hatte sie ja Recht: Nora fehlte es ein bisschen an Realitätssinn, aber nicht vollständig an Urteilsvermögen. Im Gegensatz zu Eileen MacDougal bewies sie mit ihrer heimlichen Liebe zumindest Würde. Insofern war er fast gut gelaunt, als er Nora am Abend zu einem gemeinsamen Dinner zitierte und mit seinen Plänen herausrückte. Noras Empörung darüber überraschte ihn.

»Ich will kein Pferd, Papa, ich will Simon! Ich bin kein Kind mehr, das man mit einem Puppenhaus von anderen Wünschen ablenkt!«

Nora warf ihre Serviette auf den Tisch und schob ihren Teller von sich.

»Vor drei Tagen hast du mir noch nahegelegt, deinem Auserwählten einen Posten in den Kolonien zu kaufen«, bemerkte Reed, den seine Hilflosigkeit gegenüber Noras fortschreitender Rebellion langsam wütend machte. »Früher war's ein Puppenhaus, jetzt ist es ein Kolonialhaus – dem ›Zuckerbäckerstil‹ bleibst du immerhin treu, und bunt zu bemalen pflegen die Pflanzer ihre Residenzen auch mitunter.«

»Ich würde mit Simon auch in einer Hütte wohnen!«, trumpfte Nora auf. Tatsächlich gehörte ein solches, mit Palmblättern gedecktes Domizil zu ihren liebsten Tagträumen. »Und ich werde ihn auf jeden Fall heiraten! Egal, was du sagst!«

Thomas Reed seufzte und verhängte erst einmal Hausarrest – nicht auszudenken, dass Nora ihm wirklich weglief! Worüber er sich allerdings keine größeren Sorgen machte: Simon Greenborough hatte ganz sicher kein Geld für eine Passage nach Übersee. Und grub sich zurzeit ohnehin sein eigenes Grab. Noch ein Tag unentschuldigtes Fehlen, und Reed würde dem Drängen seines Bürovorstehers nachgeben und den jungen Mann entlassen. Sollte er sehen, wie er fertig wurde!

Tatsächlich wartete er dann allerdings noch fast eine Woche, bis er sich endgültig entschloss, Simon Greenborough die Kündigung zustellen zu lassen. Außerdem beauftragte er den damit betrauten Sekretär, dem Schreiben einen Passus bezüglich eines Zeugnisses hinzuzufügen. Falls Mr. Greenborough ein solches wünsche, könnte er jederzeit im Kontor Reed vorsprechen. Mr. Simpson, der Bürovorsteher, grummelte, aber Thomas Reed beschwichtigte damit sein immer noch etwas schlechtes Gewissen. Er hatte alles getan, was er für seinen aufmüpfigen Angestellten tun konnte.

Thomas Reeds im Grunde viel aufmüpfigere Tochter hatte die Sache mit dem Hausarrest nicht sonderlich ernst genommen. In den ersten Tagen hatte das Hauspersonal sie zwar weisungsgemäß überwacht, aber als sie sich nach gut einer Woche zu Peppers in die Ställe schlich, machte dazu niemand eine Bemerkung.

Der Kutscher saß auf einem Holzstuhl in der Sattelkammer und polierte ein Geschirr mit einer Mischung aus Wachs und Kienöl.

»Das sieht gut aus«, meinte Nora, nachdem sie ihn begrüßt hatte. »Aber es ist viel Arbeit, bis es richtig glänzt, nicht wahr?«

Der Kutscher, ein kleiner, vierschrötiger Mann mit gutmütigem, rundem Gesicht, grinste und blitzte Nora mit seinen wissenden hellblauen Augen an.

»Na, nun geben Sie sich mal keine Mühe, kleine Lady«, sagte er gelassen. »Sie wollen doch nicht wirklich übers Geschirrputzen reden, oder? Was liegt an, Miss Nora? Wieder ein heimliches Rendezvous? Da kann ich Ihnen nicht mehr helfen, Ihr Vater hat mich ohnehin schon zur Rede gestellt. Nun konnt ich ehrlich alles abstreiten, gesehen hab ich ja nie nix«, er zwinkerte ihr zu, »aber jetzt geht's nicht mehr, Miss Nora, jetzt, da Ihr Vater Bescheid weiß und es ausdrücklich missbilligt.«

Nora nickte. »Ich … ich wollt ja auch bloß … Ich hör gar nichts mehr von Simon!«, brach es schließlich aus ihr heraus. »Und das ist gar nicht so seine Art. Er … er ist doch ein Gentleman. Aber jetzt … Er ist einfach verschwunden, grußlos, und … und da dachte ich, ob er nicht vielleicht bei Ihnen eine Nachricht …«

Peppers schüttelte den Kopf. »Nee, Miss. Und auch nicht bei den anderen. Mr. Reed hat auch schon gefragt, aber da hat keiner was gehört und gesehen. Können Sie glauben, Miss Nora, unter uns hätt's einer erwähnt …«

Nora rieb sich die Nase, wie sie es immer tat, wenn sie nachdachte und verwirrt war. Peppers fand, dass sie dabei anrührend zart und verloren wirkte, wie ein Kind. Er seufzte.

»Schauen Sie, Kleines, das Beste wäre, ihn zu vergessen«, meinte er dann väterlich. Solche Ratschläge überschritten natürlich seine Befugnisse, aber zum Teufel, er kannte diese junge Frau seit ihrer Geburt! »Der Mann ist weg. Und die guten Manieren gleich mit, der war doch nur auf Ihr Geld aus, Miss Nora …«

»Weg?« Nora runzelte die Stirn. »Was heißt das denn? Hat mein Vater ihn entlassen?«

Peppers schüttelte den Kopf. »Nein. Nicht, dass ich wüsste. Ich hab das sowieso nur mal nebenbei mitgehört. Aber wie's aussieht, ist er seit diesem Auftritt bei Ihrem Vater nicht mehr im Kontor erschienen.«

Noras Augen blitzten erschrocken auf. Sie wunderte sich nicht darüber, dass die Dienerschaft von Simons Heiratsantrag wusste. So etwas blieb nie verborgen, wahrscheinlich hatte der Butler gelauscht und alles brühwarm weiterverbreitet. Aber Simon sollte dem Kontor ferngeblieben sein? Sie konnte sich das nicht vorstellen. Zweifellos hatte ihr Vater seinen Stolz verletzt, aber Simon Greenboroughs Würde hatte schon andere Schläge hinnehmen müssen. Simon war ein Gentleman, und er hatte Verpflichtungen. Zudem konnte sie nicht glauben, dass er so leicht aufgab. Er liebte sie doch nicht weniger, als sie ihn liebte. Irgendetwas musste passiert sein …

Nora straffte sich und fasste einen Entschluss. »Fahren Sie mich zum Kontor, bitte?«, bat sie Peppers. »Ich muss … Ich muss da etwas herausfinden …«

Peppers sah sie mitleidig an. »Kindchen, geben Sie's doch auf. Der Kerl liebt Sie nicht!«

Nora schüttelte den Kopf. »Nee, Peppers!«, erklärte sie in Peppers breitem Cheapside-Dialekt. »So schnell werf ich die

Flinte nicht ins Korn. Und wenn Simon Greenborough mich nicht mehr liebt, dann muss er mir das schon selbst sagen!«

Peppers spannte schließlich wirklich an – sein Herr hatte ihm ja nicht verboten, seine Tochter in sein Kontor zu fahren. Thomas Reed selbst war dort jedoch nicht zugegen. Er war an diesem Tag zu einer Reise auf den Kontinent aufgebrochen, die ihn und einen Geschäftsfreund nach Amsterdam und Lübeck führen würde. Peppers hatte ihn am Morgen zu dem Mann gefahren. Die beiden wollten noch einiges besprechen, und gegen Abend würde ihr Schiff ablegen. Der Kutscher hielt es für eher unwahrscheinlich, dass Reed zwischendurch noch im Kontor vorbeischaute. Ein Glück für die kleine Miss Nora. Denn was auch immer die dort wollte: Ihren Vater zu sprechen, plante sie auf keinen Fall.

»Hören Sie auf, Miss Nora, ich kann Ihnen nicht sagen, wo Mr. Greenborough wohnt!« Mr. Simpson, der kleine, dickliche Bürovorsteher, verhielt sich, als empfände er Noras Bitte als persönliche Beleidigung. »Das wäre Ihrem Vater nicht recht. Außerdem arbeitet der Mann nicht mehr bei uns. Sie können ihn auf keinen Fall aufsuchen.«

»Vielleicht will ich ihm ja einfach nur einen Brief schreiben«, meinte Nora. »Aber ich brauche seine Adresse!«

Der Mann lachte geringschätzig. »Da wird sich wohl kein Postbote hin verirren«, meinte er. »Bitte gehen Sie jetzt, Miss Nora. Ich muss weiterarbeiten, und ich kann Ihnen nicht helfen.«

»Sie können sich natürlich auch ins Arbeitszimmer Ihres Vaters setzen und auf ihn warten«, bot George Wilson, einer der jüngeren Sekretäre, ihr beflissen an, als sie enttäuscht auf den Korridor trat. »Vielleicht kommt er ja doch noch vorbei. Ich serviere Ihnen da auch gern eine Tasse Tee.«

Nora wollte zunächst verneinen, entschloss sich dann aber doch, ihren Aufenthalt im Kontor auszudehnen. Vielleicht bot sich ja noch eine andere Gelegenheit, etwas über Simon herauszufinden.

»Mein Vater hat Mr. Greenborough gekündigt?«, erkundigte sie sich, als Wilson ihr den Tee brachte.

Der junge Mann lächelte ihr zu. Es sah bezaubernd aus, wie die zierliche junge Frau in dem voluminösen Sessel ihres Vaters thronte, den Reifrock darüber drapiert, und den Blick ihrer klugen grünen Augen über die Bücher und Akten an den Wänden des Kontors schweifen ließ. Ob es stimmte, dass Simon Greenborough es gewagt hatte, um Nora Reeds Hand anzuhalten?

»Ja, bedauerlicherweise«, antwortete Wilson schließlich. »Nachdem er eine Woche nicht zur Arbeit erschienen war. Das geht natürlich auch nicht. Wir …«

»Wilson?« Die Stimme des Bürovorstehers klang schneidend. »Was machen Sie da? Ich sehe wohl nicht recht, noch einer, der mit der Tochter seines Brotherrn tändelt? Ich habe Sie gebeten, nach Hause zu gehen, Miss Reed. Und Sie, Wilson, geben Sie Bobby endlich die Ermächtigungsschreiben, die er zu den Docks bringen soll!«

Der Mann blitzte sowohl Nora als auch seinen Untergebenen an. Er schien sich sehr sicher an seinem Arbeitsplatz zu fühlen, nicht jeder hätte gewagt, die Tochter seines Arbeitgebers so zu behandeln.

Wilson seufzte, als Simpson sich umwandte, die Tür des Kontors jedoch offen ließ. Ein klares Zeichen, dass er ein Auge auf ihn hielt. »Ja, dann, Miss Reed …«

Nora wollte schon aufstehen. Aber dann kam ihr plötzlich ein Geistesblitz. »Mr. Wilson, diese Kündigung an meinen … äh … an Mr. Greenborough. Wurde ihm die schriftlich zugestellt?«

Wilson nickte. »Selbstverständlich, Miss Reed, das muss ja alles seine Ordnung haben. Er hat auch den Rest von seinem Gehalt bekommen, Mr. Reed ist da sehr korrekt. Er bietet ihm sogar ein Zeugnis an. Ich habe den Brief selbst geschrieben … Aber ich … ich erinnere mich gar nicht mehr an die Adresse.«

Wilson errötete bei der Lüge, aber Nora achtete nicht auf ihn. Thomas Reed hatte einen Brief diktiert, und Bobby, der kleine Botenjunge, hatte ihn befördert! Nora wusste nun, an wen sie sich wenden konnte!

Rasch und förmlich verabschiedete sie sich von Wilson, der erleichtert wirkte. Er atmete zweifellos auf, als sie das Kontor verließ, ohne weitere Fragen nach der Kündigung zu stellen.

In der Hauseinfahrt, außer Sichtweite des Kutschers, wartete sie auf Bobby, einen mageren, rothaarigen Dreizehnjährigen, der für Reeds Kontor Briefe beförderte. Der Junge grinste sie furchtlos an, als sie ihn ansprach, die Sommersprossen tanzten in seinem noch kindlichen Gesicht.

»Kann ich was für Sie tun, Miss Reed?«

Nora nickte und nannte ihr Anliegen. »Du musst doch noch wissen, wo du die Kündigung hingetragen hast.«

»War der wirklich Ihr Liebster, Miss Reed?«, fragte Bobby frech, statt ihre Frage zu beantworten. »Das sagen sie im Kontor, aber der arme Schlucker und so 'ne Prinzessin wie Sie, Miss Reed …«

Nora bemühte sich, empört zu tun. »Das geht dich gar nichts an, Bobby!«, beschied sie den Jungen. »Und im Übrigen könntest du dich ein bisschen mäßigen! Mr. Greenborough ist schließlich nicht einfach Mr. Greenborough, sondern ein Viscount. Ein Peer, ein Lord …«

Bobby verzog das Gesicht. »Aber sein Schloss bricht bald über ihm zusammen«, höhnte der Junge. »Im Ernst, Miss Nora, das ist eine Absteige, wo ich den Brief hingebracht hab, da wohn ja ich noch hochherrschaftlich gegen … Und das Viertel da hinter dem Tower … die Schlachtereien …«

»Das werde ich dann ja gleich selbst sehen«, stoppte Nora seinen Redefluss. »Würdest du mich bitte hinführen?«

»Sie?« Bobby runzelte die Stirn. »Nee, Miss, das geht nicht, das ist kein Ort für eine Lady. Ihr Vater würde … der würde mich glatt …«

»Mein Vater muss das nicht erfahren«, sagte Nora und zog eine Münze aus der Tasche. Bobby musterte den Penny begehrlich.

»Das erzählt ihm doch schon Ihr Kutscher«, bemerkte er dann scharfsinnig und wies mit einer Schulter hinüber zu Peppers.

Nora biss sich auf die Lippen. Der Junge hatte Recht. Peppers durfte auch nichts mitkriegen.

»Können wir nicht irgendwie an der Kutsche vorbei, ohne dass er uns sieht?«, erkundigte sie sich.

Der Junge kicherte. Es amüsierte ihn offensichtlich, dass diese hochherrschaftliche Miss ein Abenteuer mit ihm plante.

»Nee. Wie soll denn das gehen, der guckt doch schon die ganze Zeit her. Wenn Sie einen Schritt vortreten, sieht der Sie. Aber warten Sie mal!«

Bobby zwinkerte ihr zu, trabte auf die Kutsche zu und wechselte ein paar Worte mit Peppers. Noch bevor er wieder da war, hatte der die Pferde antreten lassen. Die Kutsche fuhr ab.

»Ich hab ihm gesagt, dass Sie im Kontor auf Ihren Vater warten«, erklärte Bobby und zog Nora am Rock aus der Einfahrt. »Aber jetzt kommen Sie auch, sonst erwischt Sie hier noch wer – und mich auch. Außerdem ist das ein Umweg, wir müssen schnell machen, damit uns Simpson nicht draufkommt. Der zählt jeden Schritt, den ich zu machen hab zwischen dem Kontor und den Docks, und wehe, ich bin ein paar Herzschläge zu spät …«

Nora hoffte, dass Peppers die Ausrede wirklich geglaubt hatte – eigentlich hatte ihr Vater schließlich nicht geplant, vor der Abreise noch einmal ins Kontor zurückzukehren. Aber andererseits konnte er seine Pläne geändert haben, und zu viel zu hinterfragen stand dem Kutscher nicht zu. Insofern versuchte sie, sich keine allzu großen Sorgen zu machen, als sie Bobby jetzt entlang des Themse-Ufers folgte, zuerst vorbei an ordentlichen, neu gebauten oder altehrwürdigen Kontor- und Gildehäusern, dann in die Gassen der Armenviertel. Nora vergaß ihre Befürchtungen, der Kutscher könnte ihr unauffällig folgen. Tatsächlich waren die Straßen so eng, so schmutzig und überfüllt, dass die Pferde kaum durchgekommen wären. Man sah auch bald gar keine Kutschen oder Droschken mehr, allenfalls alte, zweirädrige Karren mit klapperigen Pferden oder Maultieren davor.

Nora wurde zusehends mulmig zumute. Simon hatte ihr erzählt, dass er sehr preiswert im Eastend wohnte, aber diese Hütten und engen, billig gebauten Häuser, diese unratübersäten Straßen, in denen schmutzige, barfüßige Kinder spielten, während dunkle Gestalten hinter den Ecken zu lauern schienen … Nora dankte dem Himmel für Bobby, der sich hier mit größter Selbstverständlichkeit bewegte. Anscheinend stammte er selbst aus kaum besseren Verhältnissen. Auf jeden Fall flitzte er so rasch durch die Straßen, dass Nora ihm kaum folgen konnte. Sie fühlte sich auch unsicher und deplatziert in ihrem schlichten, aber selbstverständlich aus bestem Stoff gefertigten Nachmittagskleid mit Reifrock und Mantille. Gut, dass sie ihr Haar nicht gepudert hatte. Niemand in diesem elendigen Viertel puderte anscheinend sein Haar. Die durch die Straßen hastenden oder am Rand des Weges irgendwelche Waren verhökernden Frauen wirkten genauso ungepflegt wie ihre Kinder.

»Hat … hat Simon, also Mr. Greenborough, irgendetwas gesagt, weshalb er nicht mehr ins Kontor kam?«, versuchte

Nora ein Gespräch mit ihrem Führer zu beginnen. Bobby war schließlich der Einzige, der nach dem verhängnisvollen Dienstagabend noch mit Simon gesprochen haben konnte.

Bobby schüttelte den Kopf. »Der hat gar nicht viel gesagt«, antwortete er dann. »Der lag im Bett und war krank, Miss. Und nicht nur 'n bisschen, wenn Sie mich fragen. Dazu sah er aus, als hätt er seit drei Tagen nichts zwischen die Zähne gekriegt. Trotzdem wollt er mir noch 'n Penny geben, für den Botendienst ... obwohl's ja weiß Gott keine guten Nachrichten waren. Ich hab den Penny dann dem Weib von unten in den Rachen geschmissen, damit's ihm mal was zum Essen raufbringt. Hoffe bloß, die Alte hat's getan ...«

Noras fühlte Angst in sich aufsteigen – und gleichzeitig ein warmes Gefühl für den Jungen neben sich. »Das war sehr anständig von dir, Bobby!«, lobte sie.

Der Rotschopf zuckte die Schultern. »Der Pastor sagt: ›Gebt, dann wird euch gegeben‹. Oder so was. Meine Mom glaubt da ja nicht dran, aber irgendwie hat er mich gedauert, Ihr ... Lord ...«

Der Junge grinste entschuldigend. Und verhielt dann vor einem zweistöckigen Haus, immerhin aus Stein gebaut, zweifellos nach dem großen Feuer. Allerdings sah es auch nach den wenigen Jahrzehnten schon verwahrlost und verwohnt aus.

»Hier ist es. Aber gehen Sie da besser nicht allein rein ...«

Ganz Gentleman hielt Bobby Nora die Tür auf, die in einen dunklen, stinkenden Flur führte. Er schien schon zur unteren Wohnung zu gehören, jedenfalls stand die Tür zu einem der Zimmer offen, das für Nora wie die Karikatur eines Salons wirkte. Es gab einen Kamin und alte Sessel davor, Stühle und einen Tisch, aber alles wirkte schmutzig, grau, fadenscheinig – und vor allem schien hier nie jemand aufzuräumen. Überall lagen Stoffreste und alte Kleidung herum.

»Damit handelt die«, klärte Bobby die entsetzte Nora auf.

»Die alte Paddington, mein ich, die Wirtin. An- und Verkauf von getragenen Kleidern, am Markttag steht sie damit auf der Cheapside. Und sonst vermietet sie das Haus – wie sie da dran gekommen ist, weiß keiner …«

Aus der Wohnung drang jetzt eine zänkische Stimme.

Bobby zog den Kopf ein. »Kommen Sie schnell rauf, Miss Nora, bevor das Weib Sie bemerkt!«, forderte er Nora auf und schob sie in Richtung einer Holztreppe, die eher den Namen Stiege verdiente.

»Ich hab euch schon gesehen!«, keifte die Frau jedoch gleich hinter ihnen her. »Den Jungen von der Fanny Deary und eine feine kleine Lady. Bist dir wohl zu gut, alten Freunden guten Tag zu sagen, Bobby, was? Und wo willste hin?«

»Hören Sie nicht auf sie«, flüsterte Bobby peinlich berührt. »Meine Mom ist nicht wirklich befreundet mit ihr, sie hat hier nur Kleider verkauft, als mein Alter starb … Besuch für Mr. Greenborough, Mrs. Paddington!«, rief er dann über die Schulter herunter zu der Vettel, die nun am Ansatz der Treppe stand und neugierig zu ihnen hochlugte.

Mrs. Paddington war noch nicht wirklich alt, aber unförmig dick und rotgesichtig. Ihr Haar hing strähnig herunter, ihre kleinen Augen blickten glasig, aber nichtsdestotrotz böse und misstrauisch. Nora meinte jetzt, den aus ihrer Wohnung dringenden Gestank identifizieren zu können: Gin oder irgendein anderer billiger Fusel.

Auch die Zimmer im ersten Stock schienen bewohnt zu sein, man hörte Stimmen hinter den geschlossenen Türen. Aber Bobby kletterte eine weitere schmale, wacklige Stiege hinauf. Nora befürchtete bei jedem Schritt, das morsche, knarrende Holz könnte nachgeben. Oben befand sich nur noch eine einzige Tür, niedrig und offensichtlich aus Altholz gezimmert. Sie wirkte, als hätte sie schon mehr als einen Hausbrand überstanden.

Bobby klopfte, und Noras Herz schlug so heftig, dass sie meinte, es müsse das Hämmern seiner Knöchel auf dem morschen Holz übertönen.

Von drinnen kam jedoch keine Antwort. Ob Simon ausgegangen war? Nora überlegte enttäuscht, wieder zu gehen. Aber dann stieß ihr junger Begleiter ohne weiteres Federlesen die Wohnungstür auf.

»Mr. Greenborough? Ich bin's schon wieder. Aber diesmal mit besseren Nachrichten!«

Die Stimme des Jungen klang gewollt fröhlich und optimistisch. Nora schob sich hinter ihm ins Zimmer – und hielt vor Entsetzen den Atem an.

Simons Verschlag lag direkt unter dem Dach. Der Raum enthielt keine einzige gerade Wand, und ein paar Eimer, die wahllos verteilt herumstanden, ließen den Schluss zu, dass es durchregnete. Auf jeden Fall musste es im Sommer unerträglich heiß, im Winter eiskalt sein – und es war dunkel, auf den ersten Blick konnte Nora kaum etwas erkennen. Im Kamin brannte kein Feuer. Erst als sich ihre Augen langsam auf das Halbdunkel einstellten, erkannte sie die notdürftige Möblierung – ein Tisch und ein Stuhl, über den Simon nachlässig die Kleidung geworfen hatte, die er an jenem Dienstagabend getragen hatte. Das sah ihm nicht ähnlich. An einem ungeschickt in die Wand geschlagenen Haken hing sein zweites Hemd sehr sorgfältig gebügelt, das zugehörige Plätteisen stand auf dem Tisch. Nora erinnerte sich mit Scham an den Tag, an dem er ihr gestanden hatte, dass er sich selbst um seine Kleidung kümmerte. Sie hatte ihn ausgelacht, weil er die Arbeit einer Wäscherin und Büglerin tat, und befürchtet, dass ihr Liebster doch etwas geizig sein mochte. Aber jetzt sah sie Simons harte Wirklichkeit – und dann endlich ihren Liebsten selbst auf der schlichten Bettstatt, die er aus unerfindlichen Gründen so nah wie möglich an den kalten Kamin gerückt hatte. In dem Ofen hatte schon lange kein Feuer mehr gebrannt. Und Simon lag zusammengekrümmt unter seiner dünnen Decke, verzweifelt bemüht, die geringe Wärme zu halten, die sie ihm spendete.

Nora lief auf ihn zu – und erschrak erneut, als sie in sein eingefallenes, fiebrig gerötetes Gesicht blickte.

»Simon! Warum sagst du denn niemandem, dass du krank bist? Warum hast du mich nicht benachrichtigen lassen? O Gott, Simon, du brauchst einen Arzt!«

Simon öffnete die Augen – sie waren rotgerändert und glasig vom Fieber, aber sie leuchteten auf, als er Nora erkannte.

»Nora … du … du bist es … oder … ein Traum …«

Nora lächelte und kämpfte mit den Tränen. Dies hier war schlimm. Viel schlimmer, als sie es sich je hätte vorstellen können.

»Nein, ich bin es wirklich!«, sagte sie fest und streichelte über Simons Haar. Es war schweißfeucht, obwohl er vor Kälte schlotterte. »Und jetzt werde ich mich um dich kümmern. Das hätte ich längst tun sollen … Himmel, Simon, du zitterst ja …«

»Es ist kalt …«, flüsterte Simon.

Er trug nur ein Hemd, das gleiche, in dem er bei Noras Vater vorstellig geworden war. An diesem Abend war er durchnässt, gedemütigt und mutlos auf seinem Bett zusammengebrochen und am nächsten Morgen mit Fieber erwacht. Er hatte es gerade noch geschafft, sich Jacke und Hose zu entledigen, dann war er erneut hustend aufs Bett gesunken. Er wusste kaum, wie er die ersten Tage überstanden hatte, bevor Bobby mit der Kündigung vorbeikam. Simon meinte sich dunkel zu erinnern, dass ihm die Tochter seiner Vermieterin gelegentlich zu essen heraufbrachte. Seit Bobby da gewesen war, schaute sie regelmäßig nach ihm – einmal täglich. Allerdings kontrollierte Mrs. Paddington, seit sie wusste, dass Simon krank im Bett lag, genau, was ihre Tochter trieb. Die mitleidige kleine Joan schmuggelte folglich nur noch manchmal dünne Biersuppe oder einen Brocken Brot hinauf.

Nora nahm ihre Mantille ab und legte sie Simon um.

»Wir müssen diesen Kamin befeuern!«, bestimmte sie dann – erstaunt über sich selbst. In den Romanen, die sie las, hätte die Heldin ihren Liebsten jetzt erst mal in die Arme geschlossen, und er hätte ihr versichert, dass allein ihre Liebe ihn umgehend heilen würde. Aber für Nora hatte das Abenteuer geendet, als sie diese Mansarde betrat. Jetzt forderte sie die Wirklichkeit, und da brauchte Simon weniger Küsse und Zärtlichkeiten als Decken, warmes Essen, ein Kaminfeuer und einen Arzt. »Kannst du irgendwo Holz besorgen, Bobby?«

Simon schüttelte den Kopf. »Qualmt …«, flüsterte er. »Er qualmt und rußt … Keine Wärme …« Er hustete, während er die Worte ausstieß.

Nora sah sich hilfesuchend zu Bobby um. »Was machen wir denn da?«, fragte sie ratlos.

Bobby zuckte die Schultern. »Kaminkehrer«, sagte er knapp. »Kann ich vorbeigehen. Wenn Sie …« Er machte eine Geste, die »Kostet aber Geld« signalisierte.

Nora gab ihm ein paar Pennys. »Reicht das?«, fragte sie unsicher.

Bobby verdrehte die Augen. »Das reicht für dreimal, Miss … Und noch für ’n paar andere Sachen … Lassen Se mich mal machen … Aber jetzt muss ich wirklich … Mr. Simpson wartet.«

Der Junge verzog sich zu seiner Arbeit, aber Nora hörte ihn auf der Treppe noch mit Mrs. Paddington reden. Sie antwortete zänkisch, dass dies hier wohl kein Hotel wäre und sie keine Dienstbotin. Aber dann verklang das Gekeife, und Nora fand sich allein mit Simon. In Ermangelung irgendeiner anderen Möglichkeit, sich zu betätigen, hockte sie sich neben sein Bett. Sie erinnerte sich dunkel, was sie über Krankenpflege wusste. Viel war es nicht, eigentlich nur das, woran sie sich aus eigenen Krankheitstagen erinnerte. Wenn Nora sich verkühlt oder sich den Magen verdorben hatte, machte die Haushälterin ihr Wadenwickel und kochte Kräutertee. Hier gab es allerdings nicht mal einen Kessel, von der fehlenden Kochstelle ganz zu schweigen. Nora legte den Arm um Simon. Wenn sie ihm half, sich aufzusetzen, konnte sie sein Kissen aufschütteln – sofern man dieses harte, verklumpte Ding als Kissen bezeichnen konnte.

Simon suchte ihren Blick. »Es tut mir leid …«, flüsterte er.

Nora überlegte es sich anders und zog seinen Kopf an ihre Brust. »Dir braucht nichts leid zu tun, Liebster«, flüsterte sie. »Du kannst nichts dafür, dass du krank bist. Und jetzt … jetzt bin ich ja hier …«

Simon regte sich. Er musste wieder husten, als er versuchte, sich von ihr zu lösen. »Du kannst hier nicht bleiben, Nora! Du solltest gar nicht hier sein, du musst …«

In dem Moment öffnete sich die Tür, und ein mageres, dunkelhaariges junges Mädchen schob sich durch die Öffnung. Es trug einen Krug mit einem bitter riechenden Gebräu. Nora meinte, Heißbier zu erkennen, vielleicht hatte man auch Kräuter hineingegeben. Sie verzog den Mund, aber das Zeug dampfte, es mochte Simon also wenigstens ein bisschen wärmen.

Das Mädchen knickste unsicher vor der vornehmen Besucherin. »Das schickt die Mutter«, sagte es leise. »Der Deary-Junge hat dafür bezahlt. Und es wär auch noch Eintopf da, sagt die Mutter, aber das kostet noch einen Penny …« Das Mädchen hielt den Kopf gesenkt. Die Raffgier seiner Mutter schien ihm peinlich zu sein.

Nora wollte schon nach ihrer Börse greifen, aber dann überlegte sie es sich anders. Sie war eine Kaufmannstochter! Und auch wenn es nur um ein paar Penny ging, sie sollte dieser Mrs. Paddington nicht erlauben, sie schamlos über den Tisch zu ziehen.

»Sag deiner Mutter, ich wüsste sehr gut, dass Bobby auch für das Essen bezahlt hat!«, sagte sie, so fest wie sie eben konnte. »Wenn sie noch einen Penny will, dann soll sie dich mit zwei weiteren Decken hochschicken, aber warmen Decken, keine Lumpen wie die hier!« Sie wies auf das fadenscheinige Ding, mit dem sich Simon notdürftig wärmte. »Ach ja, und ein Kissen gehört natürlich auch dazu!«

Das Mädchen nickte, stellte den Krug auf den Tisch und verzog sich nach unten, um seiner Mutter zu bestellen, was die junge Dame ihm aufgetragen hatte. Beim Hinausgehen warf Joan Nora einen bewundernden Blick zu. Nora atmete auf, als sie die Tür hinter sich schloss.

»Joan ist ein gutes Kind«, sagte Simon leise, als wollte er Nora für ihre harten Worte rügen.

Nora zuckte die Achseln. »Und ihre Mutter ist ein Drachen!«, erklärte sie. »Aber damit werde ich schon fertig, ich …«

Simon lächelte schwach. »Der Prinz sollte den Drachen töten …«, erinnerte er sie sanft.

Nora verdrehte die Augen. »Morgen, Liebster, morgen schlägst du einem Lindwurm den Kopf ab. Aber erst mal musst du diesen Husten loswerden. Und das kannst du nicht, wenn du es nicht warm hast und trocken und wenn dieser Drachen dich verhungern lässt! Jetzt trink erst mal …«

Nora machte sich auf die Suche nach einer Tasse oder einem Glas und fand schließlich einen angeschlagenen irdenen Becher. Sie füllte etwas von dem Bier hinein und reichte es Simon, aber er zitterte immer noch zu stark, um den Becher zu halten. Nora half ihm, ihn an den Mund zu führen, und schloss auch seine Hände darum, um sie zu wärmen.

»Wir hätten vielleicht Rum bestellen sollen …«, murmelte sie.

Simon trank durstig und schien sich gleich etwas besser zu fühlen. »Du kannst nicht hierbleiben!«, wiederholte er.

Nora verzog den Mund wie ein unartiges kleines Mädchen. Dann lächelte sie. »Versuch mal, mich dran zu hindern«, sagte sie kampflustig.

Simon richtete sich mühsam auf. »Nora, du darfst nicht allein mit einem Mann in einer Wohnung sein. Das … das ruiniert deinen Ruf … das …« Er sank zurück auf sein Lager.

»Das ist mir egal«, sagte Nora kurz. »Im Gegenteil, es passt mir sogar bestens. Mein Vater ist verreist. Und wenn er zurückkommt, weiß die halbe Stadt, dass die kleine Nora Reed mit ihrem Liebsten durchgegangen ist. Dann kann er mich verstoßen oder eine Hochzeit ausrichten. Glaub mir, er wird Letzteres tun …«

Simon schüttelte den Kopf. »Du hast dich schon einmal getäuscht«, erinnerte er sie leise. »Nora, all das, was er mir gesagt hat … Er wird niemals zustimmen, nie … Und … und er hat ja Recht …« Nora wollte ihn erneut in den Arm nehmen, aber er drehte sich weg. Schon die leichte Anstrengung ließ ihn erneut husten. »Er hat völlig Recht, Nora, ich werde dir nie ein standesgemäßes Leben bieten können. Und jetzt … Nora, dies ist keine kleine Erkältung, dafür geht es schon zu lange. Dies ist …«

Simon sprach das Wort nicht aus, aber auch Nora musste die Anzeichen der Schwindsucht kennen. Selbst in den besten Kreisen starben die Menschen daran. Und hier, in den engen Straßen des Eastend, war die Seuche allgegenwärtig.

Nora schüttelte den Kopf. »Das heilt aus, wenn wir erst mal im Süden sind!«, erklärte sie bestimmt. »Die Kälte hier, die Nässe – dafür sind wir nicht geschaffen. Aber du musst wieder Mut fassen, Liebster! Warte ab, wenn hier ein Feuer brennt und wir Kerzen haben … Kerzen, genau, wir brauchen Licht … Wir machen es uns gemütlich, und ich erzähle dir von Cooper Island. Lady Wentworth hat es mir genau geschildert. Und ich habe dir auch noch gar nicht alles von dem Buch erzählt, das sie mir geliehen hatte. Über Barbados ... den Dschungel und den Strand ... Aber es gibt auch schon eine richtige Stadt dort. Sie heißt ...«

Simon gab sich vorerst geschlagen – allerdings hatte er auch gar keine Zeit mehr, um weiter zu protestieren. Fast gleichzeitig erschien jetzt schließlich wieder Joan – diesmal mit einer Schüssel warmem Wasser – und etwas regte sich auf dem Dach.

»Der Kaminfeger ist da«, meldete das Mädchen. »Und die Mutter sucht Bettzeug zusammen. Sie schimpft, weil sie wohl ihr eigenes nehmen muss, und sie will zwei Penny, wenn sie's frisch beziehen soll. Und ich hab gedacht ... vielleicht möchte der Herr sich waschen ...«

Noras Herz flog dem Mädchen zu. Joan war wirklich ein gutes Kind und unzweifelhaft um Simon besorgt. Ob sie verliebt in ihn war? Aber dafür erschien sie Nora zu jung.

Andererseits wurde man im Eastend wohl früh erwachsen. Nora erschrak, als sich plötzlich etwas Kleines, Rußschwarzes durch den Kaminschacht abseilte und auf die kalte Feuerstelle plumpste. Sie dachte zunächst an einen Kobold – oder den Weihnachtsmann, für den sie am Heiligen Abend Strümpfe an den Kamin hängte. Aber dann entpuppte sich das winzige Ding als vielleicht fünfjähriger Junge, der den Kehrbesen schwang.

»Und mach's richtig, Tom, dass ich nicht wieder Klagen höre!«

Eine Männerstimme erklang von oben. Anscheinend der Kaminfeger, der den Kleinen am Seil herunterließ, um seine Arbeit zu tun. Der Schacht war eng, ein Erwachsener, oder auch nur ein größeres Kind, hätte nicht hindurchgepasst.

Nora blickte entsetzt auf das Kind, das mit allen Anzeichen der Anstrengung den Ruß von den Wänden des Kamins klopfte. Der Junge wirkte unterernährt und hustete. Nora wollte etwas zu ihm sagen, aber ihr fiel nichts ein, womit sie ihn hätte trösten können. Vielleicht ein Penny? Aber das war, wenn man

Bobby glauben konnte, ja schon der Lohn für die ganze Arbeit. Und der Meister würde es dem Kleinen sicher wegnehmen. Zu Hause hätte sie Zuckerzeug gehabt … aber hier …

Bevor sie noch irgendetwas tun konnte, hatte der Kaminfeger seinen kleinen Lehrling wieder heraufgezogen. Er fuhr fort, im Schacht hängend die Wände zu fegen.

»Gleich fertig!«, rief der Mann schließlich von oben. »Wenn wir weg sind, könnt ihr Feuer machen.«

Dazu fehlte es natürlich noch an Holz, aber Nora hoffte auch hier auf Bobby. Und vorerst musste sie Simon helfen, sich zu waschen. Der bestand allerdings darauf, dass sie sich dabei abwandte. Trotz seiner Schwäche richtete er sich auf, und Nora tat das Herz weh, als sie ihn wieder husten hörte. Anschließend wirkte er auch weniger erfrischt als zu Tode erschöpft.

Nora suchte derweil nach einem Nachthemd. Sie errötete dabei ein wenig, sie hatte nicht einmal ihren Vater je im Nachtgewand gesehen. Aber jetzt war keine Zeit für Scham – und wenn sie Simon heiratete, würden sie schließlich ohnehin das Bett miteinander teilen. Nora hatte verhältnismäßig genaue Vorstellungen darüber, was dabei auf sie zukam. Schließlich pflegten die Mädchen der besseren Gesellschaft pausenlos darüber zu tuscheln. Faire l'amour hatte am Hof des Sonnenkönigs als eine Art Gesellschaftsspiel gegolten, und nun schwappte die Sache langsam nach England über. Der Landadel erregte sich zwar eher über die Schamlosigkeit der Franzosen, aber die jungen Leute erzählten sich errötend von den Ausschreitungen in dem Land auf der anderen Seite des Kanals. Nora fürchtete sich jedenfalls nicht vor ihrer Hochzeitsnacht mit Simon, bisher hatte sie es stets genossen, sich im Sommer im Park neben ihm auszustrecken. Sie dachte noch immer voller Sehnsucht an ihre gemeinsame Bootsfahrt. Damals hatte sie sogar gewagt, unter sein Hemd zu greifen und seine nackte Brust zu liebkosen. Es gab keinen Grund, das jetzt nicht wieder zu tun.

Während sie Simons spärliche Besitztümer noch durchsah, kam Joan mit dem frischen Bettzeug – tatsächlich Daunendecken. Was allerdings den Bezug anging … Nora wusste nicht, ob sie lachen oder weinen sollte. Auf jeden Fall würde sie waschen müssen. Gleich am kommenden Tag, sobald sie … Himmel, sie würde einen Zuber brauchen und Töpfe zum Kochen und all diese Dinge, von denen sie kaum wusste, was man damit tat! Das Wort Aussteuer gewann plötzlich eine ganz andere Bedeutung, bisher hatte sie dabei nur an Silber und Porzellan, feine Möbel und Tischwäsche gedacht.

Simon ließ zu, dass Nora ihm in ein frisches Nachthemd half. Die neuen Decken und ein weiterer Becher von dem Biersud wärmten ihn wenigstens so weit, dass er nicht mehr zitterte. Nora setzte sich zu ihm, streichelte seine Stirn und massierte seine Schläfen, und als sie begann, von Barbados zu erzählen, schlief er gleich ein. Die Kälte hatte ihm wohl zu lange den Schlaf geraubt.

Nora dachte darüber nach, wo sie selbst sich in der kleinen Kammer zur Ruhe legen konnte. Aber erst aß sie ein wenig von dem Eintopf, den Joan vorbeibrachte, und dann erschien Bobby – mit einem großen Korb voller Feuerholz.

»Im Kontor ist der Teufel los, Miss, Ihr Kutscher hat nach Ihnen gefragt. Er sucht Sie«, erzählte der Junge, während er den Kamin anfeuerte. Nora schaute aufmerksam zu. Sie hatte das noch nie selbst getan, aber sie würde es lernen müssen. »Ich hab natürlich nichts verraten, aber sie vermuten schon so was.« Eine Bewegung seiner sprechenden Hände umfasste die Mansarde. »Ich glaub, sie wollen Ihren Vater benachrichtigen …«

Nora nickte, obwohl ihr mulmig zumute war. Gut, ihr Vater war jetzt auf See, der Brief konnte ihn frühestens mit dem nächsten Schiff in Amsterdam erreichen. Peppers traute sie jedoch durchaus zu, Simons Adresse ausfindig zu machen. Würde er hier auftauchen und sie herausholen? Ohne ausdrückliche Aufforderung seines Herrn? Nora war sich nicht sicher. Peppers betete sie an, aber er war Thomas Reed ein treuer Diener. Wahrscheinlich würde es von seiner Einschätzung der Lage abhängen: Wenn auch er ihre Liebe zu Simon für kindische Schwärmerei hielt, dann würde er sie zwingen, ihren Liebsten zu verlassen.

An diesem Abend geschah jedoch nichts. Ob Peppers die Anschrift noch nicht hatte? Mr. Simpson pflegte früh nach Haus zu gehen, und Mr. Wilson hatte Nora vielleicht nicht verraten. Aber womöglich war der alte Kutscher auch unschlüssig. Nora rollte sich, in ihren Mantel gekuschelt, vor dem heimelig flackernden Kaminfeuer zusammen und dachte, dass sie erst mal zufrieden sein konnte mit dem, was sie an diesem Nachmittag erreicht hatte.

Allerdings konnte sie ihren Schlaf nur kurze Zeit genießen. Simons Husten und seine mühsamen Atemzüge raubten ihr die Ruhe, und dann … Entsetzt schrak sie auf, als kleine ledrige Füßchen über ihre nackten Beine tapsten. Mäuse! Oder womöglich gar Ratten! Nora würde Gift auslegen müssen – oder eine Katze anschaffen. Letzteres war ihr sympathischer, aber sie machte sich schon im Vorfeld Sorgen um das Tier. Das Fleisch im Eintopf war Nora sehr seltsam erschienen.

Und dann, in der zweiten Hälfte der Nacht, begann Nora, sich um ihr Geld zu sorgen. Die Dinge waren billig im Eastend, aber dennoch verschlangen die notwendigsten Maßnahmen und Anschaffungen einen Penny nach dem anderen. Noras Börse würde bald leer sein. Die junge Frau geriet in Panik, als sie sich das vorstellte, aber dann erinnerte sie sich an die Existenz von Pfandleihen. Als Erstes würde sie ihren Reifrock versetzen. Die Frauen im Eastend taten gut daran, ohne herumzulaufen. Die voluminösen Röcke machten jede körperliche Arbeit unmöglich. Und von dem Geld würde sie einen Arzt bezahlen. Das war das Wichtigste. Simon brauchte einen Arzt.

KAPITEL 5

Es schien leicht, den Reifrock zu Geld zu machen – schließlich handelte Mrs. Paddington mit gebrauchten Kleidern. Sie machte Nora auch gleich ein Angebot, aber die tat ihr Bestes, den Preis höherzutreiben. Schließlich war sie eine Kaufmannstochter, und am Ende fiel ihr sogar die erste Regel ihres Vaters wieder ein: Immer mehrere Angebote einholen, bevor man sich auf einen Handel einließ.

Nora erklärte folglich Mrs. Paddington, sie würde sich noch bei anderen Kleiderhändlern umhören, worauf das Gebot ihrer Vermieterin sofort beträchtlich stieg. Nora nahm es schließlich an. Sie hatte noch mannigfaltige Erledigungen zu machen und mochte Simon nicht zu lange allein lassen. Am Morgen ging es ihm zwar etwas besser – er hatte sogar darauf bestanden, den Kamin selbst erneut anzufeuern, und einen Teekessel hervorgeholt, zu dem es allerdings an Tee fehlte. Nora versuchte, sich bei ihrer Nachbarin vom ersten Stock welchen zu borgen, und erwischte sie gerade noch, bevor sie aus dem Haus ging. Mrs. Tanner arbeitete als Weberin in einer der neuen Fabriken und war eben damit beschäftigt, ihre jüngsten Kinder zu beruhigen. Die zwei weinten ihr hartnäckig nach. Tee besaß sie nicht, sie schien kaum zu wissen, was das war. Als Nora es ihr erklärte, riet sie entsetzt ab, das Wasser aus den Leitungen in der Straße für einen Aufguss zu benutzen.

»Das kann man nicht trinken, Herzchen, das gibt die Scheißerei!«

Stattdessen empfahl sie Gin, die verwirrte Nora besann sich schließlich auf Biersuppe. Ihr Vater schwärmte noch heute von diesem traditionellen Frühstücksgetränk, das zu seiner Jugend allgegenwärtig, durch Königin Anna jedoch vom Tee verdrängt worden war. Einen Krug Bier hatte Mrs. Tanner noch im Haus und teilte ihn bereitwillig mit der neuen Nachbarin. Nora versprach, dafür ein bisschen auf ihre jüngsten Kinder zu achten. Sarah und Robert, zwei und drei Jahre alt, blieben tagsüber allein in der Wohnung, und Mrs. Tanner zerriss es jeden Tag das Herz, die jammernden Kinder zu verlassen. Ihre älteren Sprösslinge gingen dagegen selbst schon zur Arbeit: Hannah half in einer Garküche, Ben putzte Kamine. Beide wirkten bereits am Morgen erschöpft, und ihre Mutter musste sie schimpfend drängen, damit sie rechtzeitig aus dem Haus gingen.

Nora nötigte den widerstrebenden Simon, das erhitzte Dünnbier zu trinken und sich dann wieder hinzulegen, während sie ausging.

»Ich hole nur was zum Frühstück«, behauptete sie, hastete dann aber mit einem weitaus umfangreicheren Einkaufszettel durch die schmutzigen Straßen.

Rattengift war leicht zu bekommen. Mit Milch und Butter sah es schon schwieriger aus, zumal Nora die Behältnisse fehlten, um sie abzufüllen. Schließlich kaufte sie einen Krug, zwei Becher und Teller, einen Topf und eine Pfanne und die nötigen Messer und Löffel. Brot und Käse war billig, Butter sehr teuer, was Nora verwunderte, und Tee und Zucker praktisch unerschwinglich. Nora, die an Lebensmittelpreise bisher nie einen Gedanken verschwendet hatte, lernte, dass Öl bezahlbar war, ebenso wie Kartoffeln und Kohl. Kein Wunder, dass Mrs. Paddingtons Eintopf vom Abend zuvor fast ausschließlich daraus bestanden hatte! Fleisch war außerordentlich teuer, aber Mrs. Tanner hatte Nora gebeten, ihr ein paar Knochen mitzubringen, und so kaufte Nora auch für ihren eigenen ersten

Kochversuch Rinderknochen, an denen noch ein paar Fleischfetzen hingen. Nora identifizierte sie anhand der Hufe und der Schwanzquaste, die der Schlachter achtlos auf die Straße vor seinem Laden geworfen hatte – Nora konnte sicher sein, weder Katze noch Pferd im Kessel zu haben! Aber bei dem Gestank vor der Schlachterei verging ihr trotzdem schon der Appetit auf ihren Eintopf.

Zuletzt erstand sie für einen halben Penny Zuckerzeug und machte die jüngsten Tanner-Kinder damit glücklich. Bei ihnen deponierte sie auch erst mal ihre Einkäufe, um sich auf die Suche nach einem Arzt zu machen. Den Gedanken an den Hausarzt ihrer Familie verwarf sie sofort. Dr. Morris lebte in einem noblen Haus in Mayfair, nicht weit von ihrem eigenen entfernt. Er würde kaum zu einem Hausbesuch in die verrufene Gegend kommen, die Nora als ihr neues Heim bezeichnete. Außerdem würde er ihrem Vater umgehend ihren Aufenthaltsort verraten. Und garantiert war er teuer. Schließlich erkundigte sich Nora widerwillig bei Mrs. Paddington.

»Ein Quacksalber? Wozu? Für den da oben? Das lohnt nicht, kleine Lady, das sieht doch 'n Blinder mit 'nem Krückstock, dass der's nicht mehr lange macht. Galoppierende Schwindsucht, Lady … kennt man nicht in Ihren Kreisen, was? Nun, sie macht wohl auch vor Lords nicht Halt …« Mrs. Paddington lachte verächtlich.

»Ich würde die Diagnose doch lieber von einem Mediziner hören«, beschied Nora sie würdevoll. »Vielleicht wissen Sie ja jemanden, der in dieser Gegend praktiziert. Sonst muss ich auf Mrs. Tanner warten.«

Mrs. Paddington ließ sich daraufhin lang und breit darüber aus, dass die Tanners sich wohl ums Verrecken keinen Arzt leisten könnten. Nora gab es schließlich auf. Sie würde erst mal kochen und dafür sorgen, dass Simon es warm und gemütlich hatte. Vielleicht brauchten sie dann ja wirklich keinen Arzt mehr. Noras Erkältungen waren früher immer schnell ausgeheilt, wenn die Haushälterin das lebhafte Mädchen erst mal dazu bewogen hatte, ein paar Tage im Bett zu bleiben.

Nora nahm an, dass sie dazu auch Simon würde nötigen müssen, aber den zwang schon seine Schwäche aufs Lager. Am Morgen hatte er noch geplant, auszugehen, um sich nach einer neuen Arbeit umzusehen. Noras Anwesenheit hatte ihn beflügelt. Aber dann war das Fieber wieder gestiegen, noch bevor er ganz angekleidet war. Er hatte sich kaum wieder ausziehen und zurück ins Bett schleppen können, und als Nora wiederkam, ging es ihm schlechter als am Tag zuvor.

»Das braucht auch mindestens eine Woche!«, tröstete sie ihn und zeigte ihm dann stolz ihre Einkäufe.

Simon war beeindruckt, als die junge Frau den Kessel ganz selbstverständlich über die Feuerstelle hängte und die Knochen in Wasser auskochte, das sie ebenfalls beim Krämer gekauft hatte. Zu ihrer Verwunderung hatte sie in zwei Läden nachfragen müssen, bevor sie jemanden fand, der Quellwasser feilhielt, und es war teurer gewesen als Bier!

»Woher kannst du das?«, fragte Simon verblüfft, als Nora begann, Kohl zu schneiden und Kartoffeln zu schälen.

Nora lachte. »Meine Mutter ist doch so früh gestorben, und mich haben dann alle verwöhnt, die Köchin und die Haushälterin und der Butler. Aber mein Kindermädchen hatte eine Tändelei mit dem Hausdiener, und wenn der ein bisschen Zeit hatte, setzte sie mich in der Küche ab. Ich durfte in die Töpfe gucken und helfen. Wie du siehst, kann ich's noch!«

Ganz so großartig, wie sie erhofft hatte, fiel ihr Eintopf dann aber doch nicht aus – über all die Preisvergleiche hatte Nora Salz und Pfeffer vergessen, und so schmeckte die Suppe ziemlich fad. Aber sie war sättigend, und auch die kleinen Tanners bekamen etwas ab. Sie schlangen die karge Mahlzeit heißhungrig herunter. Ihre Mutter bedankte sich dafür unter Tränen.

»Sie sollten doch nur auf sie achten«, meinte sie schüchtern. »Sie mussten sie nicht gleich füttern.«

Nora war erneut erschrocken, als sie hörte, dass die Kinder sonst tagsüber nur einen Kanten Brot zu kauen hatten. Jetzt fragte sie Mrs. Tanner aber erst mal nach einem Arzt, und die junge Frau wusste tatsächlich jemanden.

»Dr. Mason. Aber der ist nicht billig … und ob er gut ist … Eigentlich sind alle gestorben, von denen ich weiß, dass er zu ihnen gerufen wurde. Aber die waren sowieso meistens schon fast tot. Und er muss ein guter Kerl sein, wenn er hier praktiziert, wo ihn doch keiner bezahlen kann.«

Oder ein so schlechter Arzt, dass er anderswo überhaupt keine Patienten hätte, dachte Nora, aber das sagte sie lieber nicht laut. Sie wollte auch gar nicht daran denken. Dr. Mason musste ein guter Arzt sein! Und ein guter Mensch … Nora machte sich gleich zu ihm auf den Weg. Sie war äußerst besorgt, da Simons Fieber im Laufe des Tages weiter gestiegen war. Jetzt am Abend plagten ihn wieder Hustenanfälle und Schüttelfrost, es war sicher gut, wenn Dr. Mason bald nach ihm sah.

Der Arzt wohnte noch im Eastend, allerdings in einem Grenzbezirk zu einer besseren Wohngegend. Er schien auch Personal zu haben, auf jeden Fall öffnete Nora eine ältere Frau in der Kleidung eines Hausmädchens. So gepflegt wie die Dienstboten im Reed'schen Haushalt wirkte sie jedoch nicht.

»Husten, Kindchen?«, kommentierte sie Noras Schilderung von Simons Symptomen. »Und der Mann liegt noch nicht im Sterben?« Die Frau schüttelte missbilligend den Kopf. »Nee, dafür kommt der Doktor nicht raus, jetzt am Abend, es ist ja bald mitten in der Nacht! Da kommen Sie mal morgen wieder. Wenn er dann nichts zu tun hat, geht er mit …«

Noras Versuch, zumindest einen festen Termin für einen Hausbesuch am nächsten Tag zu vereinbaren, verlief im Sande. Anscheinend engagierte sich Dr. Mason nur, wenn die Angehörigen der Kranken es wirklich ernst meinten und ihn abholten. Die junge Frau bemühte sich, das nicht als schlechtes Zeichen zu sehen. Wahrscheinlich hatte der Arzt einfach schon zu oft vor verschlossenen Türen gestanden, wenn die Familie beschlossen hatte, sich seinen Besuch eigentlich doch nicht leisten zu können.

Nora verbrachte eine weitere unruhige Nacht auf dem Boden vor der Feuerstelle und setzte im Stillen eine Matratze auf die Einkaufsliste für den nächsten Tag. Simon schien ebenfalls schlecht zu schlafen, er wurde von Albträumen geplagt. Nora hörte, dass er sich im Fieber hin und her warf und immer wieder hustete. Schließlich hielt sie es nicht mehr aus, stand auf und kuschelte sich schüchtern neben ihn auf seine schmale Bettstatt. Und tatsächlich schien sich der Kranke zu beruhigen, als sie die Arme um ihn legte. Sie zog seinen Kopf an ihre Schulter und empfand fast etwas wie Glück, als er im Halbschlaf ihren Namen murmelte. Auch das Husten hörte auf, gegen Morgen schien Simon tief und ruhig zu schlafen.

Nora störte nun nur noch das Huschen der Ratten und Mäuse in der Mansarde, aber das würde wohl mit dieser Nacht ein Ende finden. Nora hatte blutenden Herzens etwas von ihrem kostbaren Käse mit Rattengift präpariert und wünschte den Tieren boshaft einen guten Appetit, bevor sie endlich einschlief.

Simon war peinlich berührt, als er am Morgen in Noras Armen erwachte, aber er fühlte sich besser als am Tag zuvor.

»Willst du mich nicht küssen?«, fragte seine Liebste schlaftrunken, als er sich neben ihr regte.

Simon küsste sie sanft, aber etwas widerstrebend auf die Stirn. Es war nicht richtig, was er hier tat. Es entsprach nicht dem Verhalten eines Gentleman, vor der Hochzeit mit seiner

Liebsten das Bett zu teilen. Aber andererseits hatte er sich nie so glücklich gefühlt wie beim Anblick von Noras gelöstem Haar auf seinem Kissen. Er spürte ihren kleinen, festen Körper neben sich und dachte daran, wie schön es wäre, sie zu lieben. Vorsichtig ließ er seine Lippen über ihre Schläfen zu ihrem Mund und ihrem Hals wandern, liebkoste den Ansatz ihrer Brüste – und kämpfte mit dem ersten Hustenanfall dieses Tages.

Nora, die sich entspannt lächelnd Simons Zärtlichkeiten überlassen hatte, fuhr alarmiert auf.

»Ich muss den Arzt holen!«, sagte sie. »Und du bleibst diesmal liegen. Nicht dass du dich wieder überanstrengst wie gestern.« Sie fuhr zärtlich über sein schweißfeuchtes Haar. »Ruh dich einfach noch ein bisschen aus. Ich hole dir Wasser zum Waschen.«

Nora setzte Wasser auf – sie hatte immerhin ein paar Kräuter erstehen können, die den Tee ersetzen sollten – und warf ihr Kleid über ihr Unterzeug, in dem sie geschlafen hatte. Sie brauchte unbedingt ein Nachthemd … am besten ein hübsches, schließlich würde Simon sie darin sehen …

Nora fühlte sich besorgt, aber auch beschwingt, als sie die Treppen hinunterlief, was immer einem Spießrutenlauf gleichkam. Wenn Mrs. Paddington sie bemerkte, fand sie stets einen Grund, um sie zu schelten oder sie mit ihrer schrillen Stimme zu verhöhnen. Das ging Mr. und Mrs. Tanner allerdings nicht anders – ihre Vermieterin war einfach ein niederträchtiges Klatschweib, das es nicht lassen konnte, das Kommen und Gehen seiner Mieter boshaft zu kommentieren. An diesem Morgen schien Mrs. Paddington allerdings noch zu schlafen, und Nora konnte ihren Wasserkrug ungestört füllen. Angeekelt blickte sie auf die trübe Brühe, die da durch ausgehöhlte Baumstämme in die Armenviertel geführt wurde. Das Wasser kam aus der Themse. Und jedes Abwasser rann auch wieder in die Themse – kein Wunder, dass die Tanners und die Paddingtons und sicher auch all die anderen aus dem Eastend lieber Gin tranken. Wie das Bier war auch der Schnaps billiger als das mühsam vom Land herbeigeschaffte Quellwasser, das Nora am Tag zuvor erstanden hatte. Und obendrein half er, die Hitze und Feuchtigkeit, die abgestandene Luft und die stundenlange harte Arbeit in den Fabriken zu vergessen.

Zum Waschen und zu einer Erfrischung, so hoffte Nora, würde das Stadtwasser taugen. Sie seihte es vorher aber trotzdem noch durch ein Tuch, wie sie es am Vorabend bei Joan gesehen hatte. Die pflegte es auf diese Art zum Kochen vorzubereiten.

Simon lag wie geheißen still im Bett, als Nora zurückkam, und ließ es diesmal sogar zu, dass sie ihm half, sich zu waschen und ein frisches Hemd anzuziehen. Nora erinnerte sich daran, wie ihre Kinderfrau mit einem nassen Tuch über ihren verschwitzten Körper gefahren war, wenn sie krank war. Es war fast wie eine Liebkosung, und Simon schien es auch so zu empfinden. Er stöhnte wohlig – und irgendetwas veränderte sich an seinem Unterkörper, aber Nora war zu schüchtern, um genau nachzusehen. Dann küsste er sie mit ungewohnter Leidenschaft. Nora fragte sich, ob er nun mit dem begann, was eigentlich in der Hochzeitsnacht geschah. Aber dann übermannten ihn doch Fieber und Schwäche. Es schien ihm unerträglich peinlich zu sein.

»Ich … es … es tut mir leid«, murmelte er, als er aufhörte, sie zu liebkosen und erschöpft an ihre Schulter sank. »Nora, nicht genug, dass ich dir nichts bieten kann, ich kann dir nicht mal ein Mann sein … Du solltest gehen …«

Nora küsste sein Haar und wusch ihm den Schweiß von der Stirn. Sanft fuhr sie die Schatten unter seinen Augen nach und streichelte seine eingefallenen Wangen.

»Ich gehe jetzt wirklich!«, sagte sie dann leise. »Ich muss

endlich zu diesem Arzt. Aber erst trinkst du etwas Kräutersud und isst etwas Brot. Es ist ganz normal, dass man sich schwach fühlt, wenn man krank ist. Das wird bald besser, du musst nur essen und dich ausruhen. Und dir keine Sorgen machen. Ich liebe dich so, wie du bist!«

Dr. Mason war allerdings wieder nicht zu sprechen, als Nora schließlich zu seinem Haus kam.

»Ein Notfall«, erklärte seine Hausangestellte knapp. »Kommen Sie später wieder. Der Doktor ist sehr beschäftigt …«

Nora, die sich langsam ärgerte, glaubte das erst, nachdem sie sich im halben Viertel nach einem anderen Arzt umgehört hatte. Wie es aussah, war Dr. Mason der Einzige, der in dieser Gegend praktizierte – kein Wunder, dass er überlaufen war. Nora beschloss, es ganz früh am nächsten Morgen noch einmal zu probieren, während sie den Tag erst mal zum Waschtag erklärte. Simon hatte kein sauberes Hemd mehr, um ihre eigene Wäsche stand es ebenfalls schlecht, und die Nacht in Mrs. Paddingtons »frisch bezogenem« Bettzeug hatte sie auch von der Notwendigkeit einer Reinigung überzeugt. Allerdings hatte sie keine Idee, wie sie das angehen sollte. Im Haus der Reeds hatte es eine Waschküche gegeben, aber Joan guckte nur verständnislos, als Nora sie danach fragte.

»Wo wascht denn ihr eure Wäsche?«, erkundigte sich Nora entmutigt. »Ich meine … es muss doch …«

»In der Themse«, antwortete das Mädchen. »Ein bisschen flussaufwärts, da ist sie nicht gar so dreckig. Gehen Sie einfach den Fluss hinauf, Miss, Sie sehen die Wäscherinnen dann schon. Oder soll ich es für Sie tun? Ein Penny …«

Nora schüttelte entsetzt den Kopf. Das Themse-Wasser erklärte natürlich den gräulichen Farbton und den modrigen Geruch der »sauberen« Wäsche. Sie selbst meinte sich dagegen zu erinnern, dass Bett- und Leibwäsche gekocht werden müsste, um wirklich sauber zu werden. Beim Krämer um die Ecke erstand sie Lauge und ein paar Seifenflocken – wieder nicht billig, die meisten Leute verwandten wohl gar keine Seife – und begutachtete dann ihre Küchengerätschaften. Der Kessel war viel zu klein, um die Wäsche darin einzuweichen … und außerdem sträubte sich alles in Nora, zunächst Unterwäsche und dann Eintopf in ein und demselben Topf zu kochen. Schließlich fiel ihr ein, dass Mrs. Tanner sicher noch Windeln wusch – und die schleppte sie wohl kaum an den Fluss.

Tatsächlich fand sich dann in der Wohnung der Tanners ein größerer Kessel. Nora lieh ihn aus und verbrachte die nächste Stunde damit, Wasser aus der öffentlichen Leitung heraufzutragen und durch Tücher zu seien, damit zumindest keine Schmutzpartikel darin schwammen. Als sie endlich die Wäsche eingeweicht, das Wasser erhitzt, die Wäsche darin ziehen lassen, dann ausgespült und ausgewrungen hatte, war sie erschöpft wie noch nie in ihrem Leben. Aber immerhin hingen die Hemden und Bettbezüge nun strahlend weiß zum Trocknen vor dem Kamin. Simon, der ihr während der Prozedur in Decken gehüllt zugesehen hatte, war erneut beeindruckt.

»Du bist tatsächlich wie geschaffen für die Kolonien«, stellte er fasziniert fest. »Ich könnte mir gut vorstellen, dass wir wirklich in einer dieser Hütten leben wie die Eingeborenen … Ich müsste nur gesund genug sein, sie dir zu bauen.«

»Es wird dir bald besser gehen!«, sagte Nora ermutigend.

Aber dann erinnerte sie sich daran, dass sie es noch mal mit Dr. Mason versuchen wollte. Auch wenn er an diesem Tag nicht mehr mitkam: Wenn sie ihn sprechen konnte, wäre es sicher möglich, für den nächsten Tag einen festen Termin zu vereinbaren. Außerdem wollte sie noch zum Markt auf der Cheapside. Sie hatte ihr Kleid bei Mrs. Paddington versetzt und dafür ein einfaches graues Wollkleid eingehandelt, wie es Mrs. Tanner trug. Nicht nur, weil sie schon wieder Geld brauchte, sondern auch, weil sie es leid war aufzufallen, wenn sie durch die Straßen lief. Außerdem war dieses Gewand kürzer und praktischer als ihr hübsches Nachmittagskleid. An dem Nachthemd für ihre »Hochzeitsnacht« gedachte sie allerdings nicht zu sparen! Sie war überzeugt, dass Simon sie ganz zu seiner Frau machen würde, sobald es ihm nur ein bisschen besser ging, und sie wollte schön für ihn sein.

Bedauerlicherweise war Nora bei Dr. Mason ein weiteres Mal erfolglos, doch sie ließ sich nicht entmutigen. Unternehmungslustig strich sie durch die Geschäftsstraßen, duckte sich allerdings nervös unter den blechernen Ladenschildern, die gefährlich im Wind klapperten. Es kam häufig vor, dass sie herunterbrachen, und mitunter rissen sie einen Teil der Hausfassade mit. Nicht selten wurden Passanten dabei erschlagen.

Plötzlich hörte Nora eine Kutsche hinter sich herannahen. Sie wandte sich erschrocken um und erstarrte. Das war doch … Nora versuchte, in einen Hauseingang zu flüchten, aber der nächste führte in ein Kaffeehaus – Frauen wurden dort nicht eingelassen. Sie zog den Kopf ein und eilte weiter. Vielleicht erkannte Peppers sie ja gar nicht in dem einfachen Kleid, zu dem sie eine Haube trug wie die anderen Frauen im Eastend. Und dann bot sich die Chance, in eine Seitengasse abzubiegen, die nicht breit genug für die Kutsche war. Nora sprang über eine übel riechende Pfütze – an Straßenecken sammelte sich der Unrat, den die Londoner Bürger einfach vor ihre Häuser zu kippen pflegten. Sie zog ihr Taschentuch hervor und hielt es sich vor die Nase. An den Geruch der Stadt war sie gewöhnt, selbst Londons Prachtstraßen stanken nach den Abwässern, die in offenen Kanälen durch die Gassen geleitet wurden, nach nassen Pferden und verwesenden Kadavern. Aber bislang hatten die Wände der Kutsche sie vor dem Schlimmsten geschützt, während sie als Fußgängerin den Abfällen hilflos ausgesetzt war. Dreck spritzte auf, wenn eisenbeschlagene Wagenräder hindurchfuhren – und wer Pech hatte, dem leerte auch mal jemand Schmutzwasser oder gar einen Nachttopf auf den Kopf.

Diese Gasse war besonders übelkeiterregend, etliche Schlachtereien hatten sich dort angesiedelt. Nora musste aufpassen, nicht in verwesende Tierdärme und -häute zu treten. Aber die Mühe lohnte sich. Sie erreichte nach kurzer Zeit eine der größeren Straßen rund um den Tower und fühlte sich gleich sicherer. Peppers konnte ihr unmöglich gefolgt sein. Fragte sich nur, wie sie jetzt zurück ins Eastend fand … Während Nora sich noch orientierte, hörte sie plötzlich, wie jemand ihren Namen rief.

»Miss Nora! Nun warten Sie doch! Laufen Sie doch nicht weg, Miss Nora!«

Peppers, rot im Gesicht vom ungewohnt raschen Lauf und die Strümpfe der sonst so makellosen Kutscheruniform bis zu den Kniehosen dreckbespritzt, trabte aus der Schlachtergasse direkt auf sie zu.

Nora wandte sich unschlüssig um. »Peppers, ich …«

»Ich hab Sie gleich erkannt!«, keuchte der Domestik. »Trotz des seltsamen Kleides. Herrgott, Miss Nora, was haben wir uns Sorgen um Sie gemacht!«

Nora zuckte die Schultern. »Ganz zu Unrecht, Peppers, wie Sie sehen. Es geht mir gut!«

Peppers ließ einen strengen Blick über ihre schmale Gestalt, ihre unbehandschuhten, von der Seifenlauge und dem heißen Wasser geröteten und aufgesprungenen Hände und die schief sitzende Haube über dem nachlässig im Nacken zusammengebundenen Haar schweifen.

»Das sehe ich.« Er presste die Worte ungehalten zwischen seinen zusammengekniffenen Lippen hervor.

Nora beschloss, ihre arrogante Haltung aufzugeben. »Bitte verraten Sie mich nicht, Peppers!«, sagte sie leise. »Ich habe

Simon gefunden, also Mr. Greenborough … und er ist sehr krank … Jemand muss sich um ihn kümmern.«

Der Kutscher runzelte die Stirn. »Und das wollen Sie sein, Miss?«, fragte er ungläubig.

Nora sah ihm seine Skepsis am Gesicht an. Peppers liebte seine junge Herrin. Aber über Reiten und Tanzen, das Spiel des Spinetts und die Konversation mit anderen verwöhnten Damen hinaus traute er ihr nicht viel zu.

Nora nickte. »Ja, ich!«, sagte sie fest. »Und bitte, bitte hindern Sie mich nicht! Er liebt mich und er braucht mich, er stirbt, wenn ich ihn verlasse. Und ich …«, sie biss sich auf die Lippen, »… ich war noch nie so glücklich«, behauptete sie.

Peppers zog die Schultern hoch. Die Situation schien ihn sichtlich zu überfordern. »Ich bin nicht befugt, Sie zu hindern, Miss«, sagte er dann zögernd. »Aber Ihr Vater … Man versucht, ihn zu benachrichtigen, ich weiß allerdings nicht, ob der Brief ihn schon erreicht hat. Amsterdam ist weit … Ich zweifle nicht daran, dass er Sie zurückholen wird, sobald er …«

»Bis dahin können noch Wochen vergehen!«, flehte Nora. »Simon wird längst gesund sein, er …«

»Der Botenjunge sagt, er hat die Schwindsucht«, bemerkte Peppers hart. »Und wenn ich mich so daran erinnere, wie er in Ihrer Kutsche gehustet hat …«

»Das ist nur eine Erkältung, Peppers!«, erklärte Nora. »Bestimmt, es geht ihm schon besser. Ich … ich weiß, was ich tue.«

Der Kutscher schürzte die Lippen und sah die junge Frau erneut prüfend an. »Sie kampieren mit ihm in diesem Loch im Eastend?«, fragte er. »Sie spielen da die Hausfrau?«

Nora hielt dem Mann ihre aufgesprungenen Hände hin und blitzte ihn an. »Das ist kein Spiel!«, sagte sie böse. »Wenn mir nur endlich jemand glauben würde, dass dies kein Spiel ist!«

Peppers rieb sich die Stirn. »Also schön, Miss Nora«, meinte er abschließend. »Ich sage niemandem, dass ich Sie gefunden habe. Aber ich kann Ihnen auch nicht helfen. Ich käme doch in Teufels Küche, wenn ich Ihnen jetzt Geld brächte, oder …«

»Ich brauche keine Hilfe!«, behauptete Nora. »Lassen Sie uns lediglich in Ruhe.«

Peppers hob ungläubig die Brauen und unterdrückte ein Seufzen. »Dann gehen Sie mit Gott, Miss«, murmelte er. »Und ich hoffe, Ihr junger Lord weiß Sie zu schätzen …«

KAPITEL 6

Nora lief beschwingt zurück ins Eastend – die Unterredung mit Peppers war ein bisschen unangenehm gewesen. Es war ihr peinlich, dass der alte Diener sie in einem Kleid gesehen hatte, das im Reed'schen Haushalt nicht mal ein Hausmädchen getragen hätte. Aber im Grunde hatte das Gespräch sie erleichtert. Der Kutscher hatte ihr bestätigt, was sie die ganze Zeit gehofft hatte: Es konnte noch Tage, wenn nicht Wochen dauern, bis ihren Vater der Brief seines aufgebrachten Bürovorstehers erreichte. Und dann musste er sich erst auf die Rückreise machen. Wenn alles gut ging, wäre Simon bis zu seiner Heimkehr längst genesen, hatte eine neue Stellung, und Nora hatte ihrem Vater bewiesen, dass sie es ernst meinte. Sicher tuschelte jetzt schon die halbe Kaufmannschaft über seine entlaufene Tochter. Er würde gar nicht anders können, als Simons und ihre Verbindung zu segnen.

Erst die Rückkehr in das Mietshaus ernüchterte Nora. Mrs. Paddington lauerte ihr wieder auf und erinnerte sie diesmal auch an die ausstehende Wochenmiete. Es war nicht viel, aber Nora würde das Geld allein aufbringen müssen, Simons Ersparnisse waren sicher aufgebraucht. Also musste sie wieder irgendetwas versetzen. Nun, immerhin würde sie ganz bestimmt kein Geld an Simons Gläubiger und seine nimmersatte Familie schicken! Sollte Lady Samantha sehen, wo sie blieb!

Der Gedanke daran munterte Nora zwar wieder etwas

auf, aber dann wurde sie schnell auf den Boden der Tatsachen zurückgeholt. Die junge Frau schaute noch kurz nach den Tanner-Kindern, bevor sie die Stiege hinaufkletterte, und sorgte sich, weil die kleine Sarah schniefte und hustete. Das Feuer im Kamin der Tanners war längst erloschen, und Nora fand kein Holz, um es wieder anzufachen. Nun, sie würde sowieso gleich einen Kräuteraufguss für Simon zubereiten, da konnte sie dem Kind auch etwas herunterbringen. Bis Mrs. Tanner zurückkehrte, würde es noch Stunden dauern, die Weberei schloss erst spät. Mr. Tanner arbeitete nicht ganz so lange, aber er ließ den Tag gern bei ein paar Gin im Pub ausklingen. Um seine Kinder kümmerte er sich nie.

Simons Anblick brachte Nora dann vollends zurück in die Wirklichkeit. Er sah schlecht aus, wirkte noch abgezehrter und blasser als am Tag zuvor und mochte nichts essen. Als Nora ihm wenigstens etwas Kräutersud einflößen wollte, klagte er über Schmerzen in der Brust. Sein Atem ging unregelmäßig und schnell.

Nora beschloss, Dr. Mason am nächsten Morgen vor Tau und Tag aufzulauern. Sie versorgte das Tanner-Mädchen und schmiegte sich dann gleich neben Simon. Sein Körper glühte vor Fieber, aber er schaffte es doch, Nora in den Arm zu nehmen. Glücklich lag sie an seiner Schulter und erzählte ihm erst von ihrem Treffen mit Peppers, um dann gleich erneut zu träumen.

»Mein Vater wird einlenken, bestimmt. Und da es hier doch nun einen Skandal gegeben hat, hält er es bestimmt für eine gute Idee, uns erst mal ein paar Jahre wegzuschicken. Was meinst du, Liebster, Barbados? Es ist das ganze Jahr warm dort, und es regnet auch gar nicht so viel. Und die Blumen blühen. Lady Wentworth sagt, wir könnten uns hier gar nicht vorstellen, wie bunt es ist. Sogar die Vögel sind wie Blumen. Es gibt Kolibris … die sind ganz bunt und haben lange Schnäbel, und sie können in der Luft schwirren, als würden sie stehen …«

»… und sie saugen Nektar aus den Blüten«, sagte Simon leise. »Ich hab's in deinem Buch gelesen …«

Er hatte zwar nur in der Kutsche kurz hineingesehen, aber Simon las schnell und war klug. Zweifellos stand ihm auch noch das Bild von den Palmen am Strand vor Augen.

»Stell dir vor, wir sind schon da …«, flüsterte er. Seine Stimme klang müde und voller Sehnsucht, aber Nora berauschte sich an ihrer dunklen Melodie. »Wir liegen in unserer Hütte am Strand, wir hören die Wellen rauschen und wir würden gern im Mondlicht tanzen, aber wir dürfen nicht hinausgehen, um die Schildkröten nicht zu stören … Sie vergraben ihre Eier im Sand …«

»Und wenn die kleinen Schildkröten schlüpfen, tragen wir sie rasch ins Wasser, damit die Möwen und Reiher sie nicht erwischen«, lachte Nora. »Und wir sehen ihnen zu, wenn sie wegschwimmen. Wir rufen ihnen einen Gruß nach, und wir küssen uns. Und deine Küsse schmecken nach Meer.«

Simon war der Erste, der einschlief, aber in der Nacht schrak er immer wieder auf, und Nora fürchtete, er würde sich die Seele aus dem Leib husten. Er regte sich auch kaum, als sie ihn am Morgen erneut wusch und ihm das Hemd wechselte. Sie bemühte sich zu scherzen, als sie den ersten Versuch machte, ihn zu rasieren.

»Ich mach's besser, bevor ich den Arzt hole. Falls ich dir dabei die Kehle durchschneide, sparen wir das Honorar …«

Simon lächelte nur schwach. Es schien ihm schwerzufallen, ihren Worten zu folgen. Immerhin sah er ordentlich und gepflegt aus, als sie ihn schließlich verließ, um nun endlich Dr. Mason an sein Lager zu zwingen. Die junge Frau sah wohlgefällig auf die reinen weißen Kissen und Laken, in denen er ruhte, der Arzt würde einen guten Eindruck bekommen. Nora erinnerte sich, dass ihr Kindermädchen immer sehr darauf geachtet hatte, seinen Pflegling adrett aussehen zu lassen, wenn Dr. Morris kam, um ihre Hals- oder Bauchschmerzen zu behandeln.

Dr. Mason war nun wirklich zu Hause, roch aber trotz des frühen Morgens schon nach Gin. Schließlich schloss er sich Nora an, um Simon anzusehen. Und tatsächlich nahm er noch rasch einen Schluck aus einer Taschenflasche, bevor er das Haus verließ.

»Das dient nur der Gesundheit …«, beschied er Nora, als er ihren missbilligenden Blick bemerkte. »Vor dem Wasser hier kann man nur warnen. Aber der Schnaps – nun, er scheint Krankheiten vorzubeugen. Bis jetzt hab ich mir hier jedenfalls weder die Schwindsucht noch die Cholera geholt.«

Nora hielt ihm zugute, dass er nicht aussah wie ein notorischer Trinker. Die erkannte sie schon nach wenigen Tagen im Eastend an ihren roten Nasen, ihren glasigen Augen und ihrem unsicheren Gang. Sie waren auch oft aufgeschwemmt – trotz der kargen Kost in den Armenvierteln. Dr. Mason dagegen war groß und dürr, seine voluminöse Perücke – längst aus der Mode und obendrein so verschlissen und ungepflegt, dass man meinen konnte, Vögel hätten darin ihr Nest gebaut – schien sich auf seinem Kopf aufzuplustern wie der Schopf eines Seidenhuhns. Auch Dr. Masons Jackett hatte schon bessere Tage gesehen, aber vielleicht machte sich der Arzt einfach nichts aus seinem Aussehen. An die Gassen des Eastend war er jedenfalls gewöhnt, seine ebenfalls etwas altmodischen, hochhackigen Schnallenschuhe wichen dem Unrat wie von allein aus.

»Es geht also um Ihren … Mann …?«, fragte er Nora, die nicht halb so anmutig zwischen den Pfützen hindurchbalancierte. Es war ein kalter, windiger Tag, und sie zog ihre Mantille eng um sich. Dr. Mason hatte dem Kleidungsstück einen kurzen, verwunderten Blick gewidmet. Einen wollenen warmen Umhang sah man wohl selten in diesem Teil Londons.

»Meinen Verlobten«, präzisierte sie. »Es ist eine hartnäckige Erkältung. Er laboriert schon Monate daran herum, aber jetzt bin ich ja da. Ich sorge für ihn … Wir wollen bald heiraten …«

Dr. Mason zog die Augenbrauen hoch und schürzte die Lippen, äußerte sich sonst aber nicht zu ihrem Geständnis.

»Mein … mein Verlobter ist ein Lord«, plapperte Nora verunsichert weiter. »Er … er ist nur in Not geraten, sein Vater …«

»Oh, die kleine Lady ist wieder da!«

Nora hielt Dr. Mason eben die Tür zu ihrem heruntergekommenen Mietshaus auf, und direkt schoss Mrs. Paddington aus ihrer Wohnung wie ein Geier. Sie wirkte an diesem Morgen besonders bösartig und ungepflegt und stank nach Schnaps. Wahrscheinlich hatten die Tanners am Abend zuvor ihre Miete bezahlt, und die Frau hatte sie gleich in Alkohol umgesetzt.

»Hat die Prinzessin denn auch an die Miete gedacht? Und wen bringt sie uns da mit? Gar einen weiteren Galan? Das geht nicht, Mädchen, dies ist ein anständiges Haus. Obwohl Sie damit zweifellos was verdienen könnten …«

Nora errötete, aber Dr. Mason verdrehte nur die Augen. Er schien Leute wie Mrs. Paddington gewöhnt zu sein und hatte Nora nur etwas argwöhnisch angesehen, als die Rede auf die nicht bezahlte Miete kam.

»Ich zahle schon die Miete, Mrs. Paddington. Ich muss nur nachher noch zum Pfandleiher. Und Sie brauchen sich auch nicht zu sorgen, Doktor, Ihr Geld hab ich …«

»Also wenn Sie Geld haben, Lady, dann krieg das erst mal ich!«, beharrte Mrs. Paddington und wollte sich vor Nora und dem Arzt aufbauen. Nora schob sie resolut aus dem Weg.

»Ich gebe Ihnen das Geld später!«, sagte sie fest. »Kommen Sie jetzt, Dr. Mason, meinem Verlobten geht es sehr schlecht.«

Wenn Dr. Mason sich über das sauber gefegte Zimmer, die reinliche Bettwäsche und das Feuer im Kamin wunderte, so ließ er es sich zumindest nicht anmerken. Simon hatte im Halbschlaf gelegen, als Nora heimkam, aber nun versuchte er sich aufzusetzen und den Arzt zu begrüßen. Nora fand, dass er erschöpft, aber wunderschön aussah. Sie hatte sein dunkles Haar am Morgen gelöst und gekämmt, es lag lockig auf dem weißen Kissen und umrahmte Simons fein geschnittenes, aristokratisches Gesicht.

»Es ist schlimmer geworden«, flüsterte Simon, als der Arzt sein Hemd anhob, um ihn zu untersuchen. »Der Husten, und es schmerzt jetzt beim Atmen …« Er zeigte mit einer unsicheren Bewegung auf seine linke Brusthälfte.

»Es wird oft schlimmer, bevor es besser wird!«, behauptete Nora, um Simon Mut zu machen. »Und so was kann auch dauern.«

Dr. Mason gebot ihr mit einer Handbewegung Schweigen. Er hatte Simons Brust entblößt und hörte und klopfte beide Seiten ab. Dann seufzte er und schob Simons Hemd sorglich wieder über seinen Körper, bevor er ihn zudeckte. Simon hustete.

»Tja, Mr. … Viscount Greenborough …«

Es war freundlich von Dr. Mason, den Titel zu benutzen, aber Nora hatte trotzdem Einwände.

»Schon fertig? Müssen Sie nicht … Ich meine, wenn ich erkältet war, dann hat der Arzt immer auch den Rücken abgeklopft, und …«

Dr. Mason rückte seine Perücke zurecht und wandte die Augen gen Himmel, als bete er um Geduld.

»Sicher, Miss … Aber ich weiß auch so schon, was Ihrem Verlobten fehlt. Wenn ich ihn nun bitte, sich umzuwenden, so kostet ihn das nur zusätzlich Kraft, und die hat er ohnehin nicht mehr. Wie ich eben schon sagen wollte, Viscount … Akut leiden Sie an einer Art … hm … Lungenbrand. Das verursacht den Schmerz beim Atmen. Aber ansonsten … Es tut mir leid, aber wir müssen von einem fortgeschrittenen Fall von Phthisis ausgehen …«

Simon blieb still, aber der Arzt meinte, ein leises Kopfnicken zu erkennen. Der Kranke wusste offensichtlich, wie es um ihn stand.

Nora schluckte. »Pht…« Sie kämpfte mit dem Wort, das sie noch nie gehört hatte. »Das ist aber nicht die Schwindsucht …?«

Dr. Mason atmete tief ein und aus. »Es tut mir leid, Miss …«, wiederholte er in ihre Richtung.

Nora meinte, sich nicht mehr aufrecht halten zu können. Sie ließ sich auf Simons Bettkante sinken.

Simon griff nach ihrer Hand. »Nun lass den Doktor doch einfach mal ausreden, Liebste«, sagte er sanft. »Er wird schon wissen, was zu tun ist …«

»Man kann etwas tun?«, fragte Nora hoffnungsvoll.

Simon wechselte einen kurzen Blick mit Dr. Mason. Der räusperte sich und griff erneut fahrig nach seiner Perücke. Anscheinend der Grund für die Zerzaustheit seiner Haartracht.

»Man kann immer etwas tun, Miss … nur dass es manchmal … Ich … Also, das Beste, was Sie für Ihren Verlobten tun können, ist einfach, ihn warm zu halten. Er braucht Ruhe … Geben Sie ihm zu trinken, aber nicht das Wasser aus den Leitungen, das macht es höchstens schlimmer …«

»Milch?«, fragte Nora. Sie lauschte dem Arzt mit großen Augen wie ein Kind, dem man eine Belohnung verspricht, wenn es nur alles richtig macht.

Dr. Mason nickte. »Milch ist gut«, stimmte er zu. »Und Suppe … möglichst nahrhaftes Essen …«

»Und Arznei?«, fragte sie eifrig.

Dr. Mason seufzte. »Die ist sehr teuer«, bemerkte er. »Und in diesem Fall …«

Simon suchte erneut seinen Blick.

»Gut …« Dr. Mason resignierte. »Ich schreibe Ihnen einen Trank auf, der Apotheker kann ihn anmischen. Mohnsirup, Viscount, er wird … er wird es Ihnen leichter machen.«

Simon befeuchtete sich die Lippen. »Wie … lange?«, flüsterte er, während Nora fahrig nach Papier und Bleistift suchte.

Der Arzt schaute sich kurz nach ihr um, bevor er antwortete. »Wenn die Entzündung noch einmal abklingt … ein paar Wochen. Wenn nicht … ein paar Tage …«

Nora hatte die letzten Worte gehört. »Nach ein paar Tagen wird es besser«, sagte sie tapfer. »Das habe ich dir immer gesagt, Simon …«

Dr. Mason biss sich auf die Lippen, sagte aber nichts. Er wandte sich erst wieder an Nora, als sie ihn hinausführte.

»Miss … Nora …« Nora hatte ihm ihren Nachnamen nicht verraten. »Um noch einmal auf Ihre Heiratspläne zurückzukommen … Es wäre in Ihrem Sinne besser, wenn Sie das verschieben würden. Überhaupt sollten Sie Ihren Verlobten so wenig wie möglich berühren oder gar … hm … Zärtlichkeiten mit ihm austauschen. In Venetien geht man davon aus, dass diese Krankheit von einem Menschen auf den anderen übertragen werden kann. Man … rät dort sogar dazu, die Kleidung der daran Erkrankten zu verbrennen …«

Nora warf dem Arzt einen ungläubigen Blick zu.

Der Mann seufzte. »Ich weiß, hier in England ist das nicht die Lehrmeinung«, murmelte er. »Aber nach meiner Erfahrung … Es wäre doch keinem geholfen, wenn Sie auch noch krank würden.«

KAPITEL 7

Dr. Mason verlangte nur zwei Pence für den Hausbesuch, was Nora fast etwas beschämte. Der Apotheker nahm jedoch einen Shilling und Sixpence für den Mohnsirup. Zusammen mit der Miete verschlang das Noras gesamtes, für ihr Kleid eingehandeltes Geld. Immerhin wirkte das Mittel. Simons Schmerzen ließen etwas nach, und wenn er am Abend einen Löffel voll nahm, schlief er ruhig in Noras Armen. Auch tagsüber verbrachte die junge Frau nun viel Zeit an seinem Bett – an die Warnung des Arztes, ihm so wenig wie möglich nahe zu kommen, verschwendete sie keinen Gedanken.

Nora hatte ihren improvisierten Haushalt jetzt fest im Griff, sie brauchte nur wenig Zeit, um die Mansarde sauber zu halten, den Kamin anzuheizen und zu kochen. Die nötigen Anschaffungen für ein halbwegs geregeltes Leben waren gemacht, und Nora verließ das Haus eigentlich nur noch für kleinere Einkäufe. Um das Geld dafür zusammenzubekommen, versetzte sie ihren Mantel und ihre silberne Haarspange – schließlich auch einen Siegelring mit dem Wappen der Greenboroughs, den Simon bislang noch eifersüchtig gehütet hatte. Jetzt wandte er nichts mehr dagegen ein – und auch Nora machte sich keine Gedanken darüber, was kommen würde, wenn auch die letzten Pennys verbraucht waren. Sie versuchte, an der Hoffnung festzuhalten, aber sie sah natürlich, dass Simon ständig schwächer wurde, und ahnte, dass es nicht gut um ihn stand. Und so verzweifelt optimistisch sie den Besuch des Arztes kommentiert hatte – Schwindsucht war ihr sehr wohl ein Begriff. Sie wusste, dass man an dieser Krankheit starb, und nicht nur hier im Eastend. Wenn Mitglieder der vermögenden Schichten betroffen waren, ging das zwar meist nicht so schnell, aber häufiger als wirkliche Heilung war jahrelanges Siechtum.

Was die Gefahren der Ansteckung anging, so ignorierte sie die Warnungen des Arztes. Was auch immer man im fernen Venetien glaubte, Nora hielt es für völlig unmöglich, dass von ihrem Geliebten irgendeine Gefahr für sie ausgehen konnte. Tatsächlich bekam sie nicht genug davon, Simon zu berühren. Sie schmiegte sich an ihn, wann immer sie Muße dazu fand, und Simon und sie gaben sich stundenlang ihren Träumen hin. Früher war es vor allem Simon gewesen, der mit leuchtenden Augen von der Südsee erzählte. Nora erinnerte sich noch genau an ihr erstes Treffen – sie war damals in Simons Einstellungsgespräch mit ihrem Vater hineingeplatzt. Natürlich hatte sie vor dem Kontor warten müssen, aber sie hatte sich schon vor dem ersten Blick in sein Gesicht in Simons warme, dunkle Stimme verliebt: *Ja, ich spreche fließend Französisch und etwas Deutsch und Flämisch. Wenn ich … wenn ich von den familiär bedingten Verbindlichkeiten frei sein werde, die mich bislang in England halten, hoffe ich, einen Posten in einer der Kolonien annehmen zu können. Jamaika … Barbados …*

Nora hatte in seiner Stimme all die Sehnsucht mitschwingen hören, die sie selbst empfand, wenn sie Bilder von den Stränden der Karibik sah, wenn sie die Familien der Pflanzer von warmen Nächten und glühend heißen Tagen reden hörte, von bunten Vögeln und Schmetterlingen, riesigen Blumen, die betörend dufteten.

Die etwas rüde Antwort ihres Vaters, in Übersee sei auch nicht alles Gold, was glänze, hatte Simon überhört. Genauso wie Nora die Ohren verschloss, wenn Thomas Reed ihre eigenen Südseeträume lächerlich machte. Und dann war der junge Mann irgendwann aus dem Kontor ihres Vaters gekommen, und sie hatte die Sonne in seinen Augen gesehen. Er seinerseits erkannte das Buch über die Reisen des Christoph Kolumbus in ihrer Hand. Schließlich waren sie darüber ins Gespräch gekommen, und in der nächsten Zeit hatte Nora auffällig oft im Kontor ihres Vaters zu tun. Irgendwann verlegten die beiden ihre Treffen dann heimlich in den St. James' Park. Sie schlenderten zunächst am See entlang, suchten immer verstecktere Wege, und am Ende küssten sie sich unter dicht herabhängenden Weiden am Wasser und träumten von ihrer Hütte am Strand. Simon erzählte von der Entdeckung und Erschließung der Inseln im Karibischen Meer, von Piratennestern und Tabakplantagen, von Seeschlachten und Handelsbeziehungen. Er wusste viel über die Geschichte der Region, in die es ihn zog, und Nora bewunderte ihn dafür.

Jetzt aber, in der frühen, herbstlichen Dunkelheit ihrer Mansarde, war es nur noch Nora, die redete, Luftschlösser baute und Geschichten erzählte.

»Wir haben natürlich keine Sklaven!«, erklärte sie kategorisch – die kurze Auseinandersetzung mit Lady Wentworth hing ihr noch nach. »Wir brauchen gar nicht so viel Personal.« Nora fand das einfache Leben in ihrem winzigen Zimmer durchaus befriedigend. Natürlich war manche Arbeit sehr schwer und anstrengend, und auf Mrs. Paddington hätte sie jederzeit verzichten können. Aber andererseits bewegte man sich nicht ständig unter dem Blick neugieriger Augen der Dienerschaft und musste nicht unausgesetzt beherrscht, gesittet und »ein Vorbild sein«, wie Thomas Reed es seiner Tochter von Kindheit an vorhielt. »Höchstens ein Hausmädchen«, überlegte sie jetzt. »Von mir aus auch ein schwarzes …«

»Ich hab nie eins gesehen«, sagte Simon leise. »Einen Neger schon einmal, an den Docks. Aber nie eine Frau …«

»Du wirst sie dann aber nicht schöner finden als mich?«, fragte Nora besorgt.

Simon lächelte und musste wieder husten. »Ich werde niemals eine Frau schöner finden als dich, Nora!«, beteuerte er mit kaum hörbarer Stimme. »Egal, ob sie schwarz, weiß oder rot ist.«

Nora sah ihren Liebsten argwöhnisch an. »Ich glaube, du wirst mich küssen müssen, damit ich dir glaube!«

Trotz des Damoklesschwertes, das über ihnen hing, waren Simon und Nora in diesen Tagen glücklich. Sie teilten eine seltsame Stimmung der Unbeschwertheit, schoben den Gedanken an Tod und Trennung weg, wie sie die Welt aus ihrem winzigen Verschlag unter dem Dach aussperrten. Dabei ging es Simon jetzt immer schlechter. Er lag oft stundenlang in fiebrigem Schlaf, aber dank Noras Umarmungen, ihrer sanften Stimme und dem von Dr. Mason verschriebenen Mohnsirup begleiteten ihn schöne Träume. Mitunter verschwammen jetzt auch Fantasie und Realiät, Simon schien sie beide wirklich am Strand in der Sonne zu sehen, wenn er mit Nora in seinem schmalen Bett lag.

Wehmütig gab Nora die Hoffnung auf, er würde sie noch zu seiner Frau machen können, aber sie gab sich damit zufrieden, Herrin seiner Träume zu sein.

»Wir lieben uns im warmen Sand, und über uns steht der volle Mond. Ein so großer Mond, Simon, wie ich ihn nie zuvor gesehen habe … und er gibt so viel Licht … Ich kann dich sehen, Simon, und du kannst mich sehen. Ich … ich habe mein Kleid ausgezogen, und du …«

»Du bist wunderschön …«, flüsterte Simon. »Dein Körper leuchtet silbern im Mondlicht, und die Sterne spiegeln sich in deinen Augen. Ich küsse dich, ich liebe dich, und ein leichter Wind trocknet unseren Schweiß …«

Zehn Tage nach dem Besuch des Arztes holte die Wirklichkeit die Liebenden ein. Wieder war eine Mietzahlung fällig, wobei Mrs. Paddington sich diesmal nicht an Nora wandte, sondern Simon aufsuchte, als diese aus dem Haus war. Dahinter steckte natürlich pure Neugier – Mrs. Paddington wollte wissen, was ihre seltsamen Mieter in ihrer Mansarde trieben, und selbstverständlich drängte es sie, ihren Kommentar dazu abzugeben. Sie begann gleich mit einer höhnischen Rede, als sie Simon im Halbschlaf auf seinem Bett antraf.

»Da liegt er im Bett, der gnädige Herr … zur hellsten Mittagsstunde! Hätt ich mir ja denken können … und lässt sich aushalten von der kleinen Lady. Tja, vom Arbeiten haltet ihr nicht viel, ihr feinen Leute … Wär nur schön, wenn das Geld an den Bäumen wüchse, nicht, Mylord? Wie soll das werden, wenn ihr nichts mehr zu versetzen habt? Schickt Ihr die Kleine dann auf den Strich, Viscount?«

Nora hatte längst gelernt, die Schmähungen ihrer Hauswirtin einfach zu überhören, aber Simon fühlte sich getroffen. Er richtete sich mühsam auf.

»Bitte unterlassen Sie solche Anspielungen, Mrs. Paddington. Solange wir unsere Miete zahlen, geht es Sie nichts an, woher das Geld dazu stammt, und ich dulde es nicht, dass Sie Miss Nora beleidigen. Sie …«

Mrs. Paddington lachte gemein. »Er duldet's nicht!«, höhnte sie. »Was wollt Ihr denn machen, Euer Hochwohlgeboren? Fordert Ihr mich zum Schwertkampf oder mit Pistolen?«

Simon versuchte aufzustehen. »Bitte verlassen Sie meine Räumlichkeiten, Mrs. Paddington. Nora wird jeden Moment wiederkommen, und ich möchte nicht, dass sie mit unflätigen Worten belästigt wird, sie …«

Die Hausbesitzerin kicherte. »Ob das wohl mein Raum ist, kleiner Lord? Ob Sie wohl wissen, dass Ihnen hier gar nichts gehört, hier nicht und auch sonst nirgendwo auf Gottes weiter

Erde? Oh, das wird die kleine Lady auch noch einsehen, wenn das Geld schließlich ausgeht … Ob sie dann noch hierbleibt? Sooo schön, wenn ich's mal sagen darf, seid Ihr auch nicht, Mylord! Wenn ich euch zwei nicht sowieso raussetze. Mag ich gar nicht, Mylord, wenn man mir frech kommt.«

Simon fühlte sich schwindelig, verletzt und beschämt. Die Frau hatte ja Recht, er hätte nicht auftrumpfen dürfen … Aber jetzt hatte er schon seine ganze Kraft zusammengenommen. Er würde sich das nicht länger anhören!

»Dann setzen Sie uns doch in Gottes Namen vor die Tür!«, keuchte er. »Ein Loch wie dies hier finden wir allemal wieder.« Ein Hustenanfall schüttelte Simon, dann fasste er sich wieder. »Und jetzt raus, Mrs. Paddington! Raus, bevor Nora heimkommt und unser Heim durch Sie besudelt sieht!«

Der Gestank der Vettel nahm ihm schier den Atem. Schnaps- und Schweißausdünstungen verpesteten die Luft. Mrs. Paddingtons ungewaschene Kleidung tat ein Übriges. Aber nun trat sie tatsächlich den Rückzug an. Simons Ausbruch musste sie erschreckt haben – oder tat sich vielleicht unten bei den Tanners irgendetwas, das ihre Aufmerksamkeit erregte? Simon hörte sie keifen, kaum dass sie aus der Tür getreten war. Er wollte hinter ihr zuschließen, aber er fühlte seine Kraft schwinden. Simon stemmte sich von der Bettkante hoch, suchte Halt an der Stuhllehne, als ihm schwarz vor Augen wurde, und erneut erfasste ihn ein heftiger Hustenanfall. Simon spuckte seit langem gelegentlich Blut, aber bisher waren es nur Spuren gewesen, die man im Taschentuch verstecken konnte. Jetzt jedoch brach eine Flut helles, schaumiges Blut aus seinen Lungen hervor, und gleichzeitig schien es seinen Hals zuzuschnüren. Verzweifelt rang er nach Luft. Simon taumelte, versuchte irgendwie zurück aufs Bett zu kommen und brach schließlich darüber zusammen. Der Anfall wollte und wollte nicht enden, Simons Brust schien zu platzen, während er unablässig hustete und würgte. Als er endlich wieder Luft bekam, war er so erschöpft, dass er sich nicht rühren konnte. Er ließ den Kopf aufs Laken sinken und ergab sich einer gnädigen Ohnmacht.

Als Simon erwachte, fand er sich in seinem Bett liegend wieder, und Nora hatte die schlimmsten Blutspuren abgewaschen. Sie war entsetzt gewesen, ihn so zu finden, aber von einem Blutsturz hatte sie schon gehört. Bisher hatte sie versucht, alles zu verdrängen, was sie über die Schwindsucht wusste – das ging nun nicht länger. Aber sie gab nicht auf.

»Still, Liebster, lieg ruhig und sag gar nichts … Der kleine Tanner ist schon auf dem Weg zu Dr. Mason. Er wird gleich kommen. Diesmal muss er gleich kommen, du …«

»Er kann doch gar nichts tun«, flüsterte Simon.

Verzweifelt sah er an sich herunter und bemerkte, dass Nora ihm auch das blutbefleckte Hemd ausgezogen hatte. Wie hatte sie das allein geschafft – oder war er wirklich schon so abgemagert, dass eine zierliche junge Frau ihn heben konnte? Aber nein, es war Sonnabend, Zahltag für die Miete natürlich. Und die Tanners kamen früher von der Arbeit. Mr. Tanners dröhnende Stimme hörte Simon jetzt auch im Flur.

»Geht's jetzt, Missy Nora? Oder kann ich noch was helfen?«

Der Nachbar musste Nora geholfen haben, ihn auszukleiden und aufs Bett zu heben.

Nora bedankte sich freundlich und wies auch Mr. Tanner darauf hin, dass Dr. Mason bald da sein musste.

»Er kann bestimmt was tun!«, tröstete sie Simon und half ihm in ein frisches Nachthemd. »Wie geht es denn jetzt? Hast du Schmerzen? Ist dir schlecht?«

Simon schüttelte den Kopf. »Nur müde, Nora, so müde … Ich brauch Dr. Mason nicht … Ich brauch … ich brauch nur dich …«

Nora zog ihn an sich und ließ ihn auch nicht los, als sie weitere Stimmen auf der Treppe hörte. Mrs. Paddington kommentierte lautstark den erneuten Besuch des Arztes. Gleich darauf öffnete Dr. Mason die Tür der Mansarde.

»Gerade das hatte ich Ihnen doch verboten!«, sagte der Arzt beim Anblick seines Patienten in Noras Armen, aber es klang nicht streng, sondern eher resignierend. »Nun lassen Sie Ihren Verlobten aber los, Miss Nora, wenn ich schon hier bin.«

Auch Dr. Mason schien nicht recht zu wissen, was er noch tun konnte. Aber er untersuchte Simon dennoch gründlich. Nora half dem Kranken, sich aufzusetzen, am Ende sank er völlig erschöpft zurück in die Kissen.

Dr. Mason seufzte tief, während er sanft die Decke über Simons Brust legte.

»Nun, Viscount, Miss Nora … Es … Ein solcher Blutsturz beschleunigt natürlich den … den Verfall …« Der Arzt nahm sich zusammen. Er konnte keine Rücksicht mehr auf die zarten Gefühle der verängstigt am Bett sitzenden jungen Frau nehmen. »Sie wissen, Viscount, dass es zu Ende geht.«

Simon nickte. »Ich hätte Sie nicht bemüht«, sagte er entschuldigend.

Dr. Mason schüttelte den Kopf. »Lassen Sie nur, ich musste sowieso in die Gegend. Aber hier wäre ein Geistlicher wohl angebrachter als ein Arzt.«

»Man kann … nichts tun?«, fragte Nora tränenerstickt.

Der Arzt zuckte die Schultern. »Doch, natürlich. Bleiben Sie bei ihm, halten Sie ihn warm – er soll sich nicht aufregen, also versuchen Sie, die Vettel da unten von ihm fernzuhalten … Und lassen Sie einen Geistlichen kommen, wenn er das will.«

Dr. Mason drückte Simon die Hand, bevor er ging, und streichelte tröstend über Noras Schultern. »Geben Sie ihm von dem Opium, Miss Nora, das macht alles leichter.«

»Du musst ihn bezahlen …«, mahnte Simon leise, als Nora keine Anstalten machte, den Arzt hinauszubegleiten.

Sie saß zusammengesunken auf dem Bett, von Simon abgewandt, die Hände zwischen den Knien und den Kopf gesenkt. Ein paar Herzschläge lang ließ sie sich vom Kummer überwältigen. Sie würde gleich wieder stark sein, aber jetzt … jetzt …

Simons Worte rissen sie aus der Starre.

»Ich … ich geh später vorbei«, sagte sie vage. Sie hätte den Arzt ohnehin nicht mehr eingeholt. »Jetzt … jetzt muss ich …«

Simon schüttelte den Kopf. »Ich will keinen Geistlichen«, flüsterte er. »Du musst nichts tun und niemanden holen. Ich will nur … nur dich …«

Der Kutscher Peppers war mehr als erleichtert darüber, dass nicht er es war, der seinem Herrn Noras Aufenthaltsort verraten musste.

Tatsächlich befragte Thomas Reed ihn gar nicht, er gab nur knappe Anweisungen, ihn gleich zum Kontor zu fahren, als Peppers ihn an diesem Montagmorgen am Schiffsanleger abholte. Reed war mit einem Handelsschiff aus Hamburg gekommen – ganz sicher nicht die komfortabelste Art zu reisen, aber als ihn die Nachricht vom Verschwinden seiner Tochter endlich in Lübeck erreichte, hatte er die nächste Möglichkeit genutzt, zurück nach London zu kommen. Nun stand er übernächtigt, mit struppiger Perücke und zerknitterter Kleidung vor seinen Bürodienern, Sekretären und Buchhaltern. Mr. Simpson berichtete weitschweifig von Noras Auftritt im Kontor, aber Reed unterbrach ihn schnell.

»Natürlich haben Sie ihr die Adresse des jungen Mannes nicht genannt, Simpson, und Sie auch nicht, Wilson, es ist nicht notwendig, dass Sie mir das nun zum dritten Mal versichern. Aber meine Tochter hat sie ja wohl trotzdem herausgefunden, wo sonst als bei ihrem Möchtegernverlobten triebe sie sich seit drei Wochen herum? Also …«

Reed ließ den Blick über die Reihe seiner Angestellten

schweifen, alle senkten betreten den Kopf. Ganz am Ende der Reihe stand Bobby, der schuldbewusst errötete, als Reed ihn ansah.

»Du da!« Reed bemerkte seine Reaktion sofort. »Robert! Hast du meine Tochter ins Eastend geführt? Sprich nur frei heraus, es ist mir klar, dass du ihr nichts abschlagen konntest in deiner Stellung. Und verboten hat's dir ja auch keiner von all den vorausschauenden Herren in dieser Runde, nicht?«

Bobby schüttelte den Kopf und konnte schon wieder verhalten grinsen. »Verboten hat's mir keiner«, bestätigte er – und legte gleich darauf ein umfassendes Geständnis ab. »Ich bin deshalb später zu den Docks gegangen, um die Briefe abzuliefern«, gab er mit unsicherem Blick auf Simpson zu, der ihn böse anfunkelte. »Aber Eastend, die Gegend an der Themse … Da konnt ich so 'ne junge Lady doch nicht allein hingehen lassen. Und ich hab ein Auge auf sie gehabt, Sir, bestimmt. Auch später …«

»Du stehst in Kontakt mit ihr?«, fragte Reed. Seine Stimme schwankte zwischen Wut und Erleichterung.

»In gewisser Weise«, murmelte Bobby. »Jedenfalls … es geht ihr gut …«

Thomas Reed rieb sich die Schläfe. »Na, dann wollen wir uns davon mal überzeugen. Sie gehen wieder an die Arbeit, meine Herren. Und du kommst mit, Robert, du zeigst meinem Kutscher den Weg, wenn du dich im Eastend schon so gut auskennst.«

Nora und Simon hatten die Welt aus ihrer Mansarde verbannt, nachdem Dr. Mason gegangen war. Simon lag im Sterben, aber Nora verdrängte den Gedanken an den Tod durch die Kraft ihres Willens und ihrer Träume. Ihre Geschichten entführten beide endgültig an den Strand ihrer Karibischen Insel. Mit leiser Stimme beschwor Nora eine Hängematte, die sie aus Palmblättern flocht. Sie lagen darin unter Tropenbäumen, gewiegt vom Wind, gestreichelt von den Sonnenstrahlen, die zwischen den Blättern durchfanden und Muster aus Licht und Schatten auf ihre nackte Haut malten.

Nora stand nur noch auf, um das Feuer im Ofen nicht ausgehen zu lassen. Unablässig hielt sie Simon im Arm, spann an ihren Träumen und summte Liebeslieder, zu denen sie ihn wiegte. Simon schlief die meiste Zeit, aber wenn sie ihn streichelte, griff er nach ihrer Hand und küsste sie. Nora zählte weder Stunden noch Tage, sie horchte nicht mehr ängstlich auf seine Atemzüge und fuhr nicht mehr zusammen, wenn er hustete. Nichts war mehr wichtig, als bei ihm zu sein, es gab nur noch sie beide, ihre Insel, das Brechen der Wellen am Strand.

Aber dann, in der Nacht zum Montag, als Nora eben die letzten Kerzen löschen wollte, zerrte Simon sie doch noch einmal in die Wirklichkeit.

»Was wirst du tun, wenn es vorbei ist?«, flüsterte er. »Wenn ich .... wenn ich ... Wirst du zurück nach Mayfair gehen? Glaubst du, dein Vater verzeiht dir ... und mir?«

»Es wird nie vorbei sein«, antwortete Nora entschlossen und küsste die Falte auf seiner Stirn, die Anstrengung und Sorge gezeichnet hatten. »Du wirst immer bei mir sein. Es wird gehen ... es muss gehen ... Ich liebe dich so sehr.«

»Du musst mich vergessen«, sagte Simon. In seinen Augen stand aller Schmerz der Welt, aber er presste die Worte heraus. »Ich sterbe, Nora. Aber du lebst, und du bist noch so jung. Du wirst einen anderen lieben.«

Nora schüttelte den Kopf. »Niemals. Wir werden immer zusammen sein ... Ich werde dich auf dieser Welt halten, Liebster ... Ich lass dich nicht gehen ... Hab keine Angst.«

»Ich habe keine Angst ...«, flüsterte Simon. »Und wenn ich könnte ... wenn ich nur könnte ... ich würde dich niemals verlassen, Nora, ich würde dich immer lieben.«

Sie strich über sein Gesicht, mit ihren Fingern, dann mit ihren Lippen, als könnte sie es sich damit für immer einprägen.

»Du wirst mich nicht verlassen«, sagte sie zärtlich. »Denkst du noch an die Geschichte mit den Geistern? Die Neger auf den Inseln nennen sie Loas … oder Duppies …«

Simon lächelte schwach. »Sie bilden … sich aus Rauch, der aus den Gräbern aufsteigt …« Die Geschichte hatte in einem seiner Bücher gestanden, und sie hatten sich in glücklichen Tagen wohlig miteinander gegruselt, als er sie Nora erzählte.

»Da hast du's!«, sagte Nora. »Du wirst zurückkommen. Wir können immer zusammen sein, in unseren Träumen, auf unserer Insel …«

Simon drückte ihre Hand. »So bring mich dorthin, Nora«, hauchte er. »Bring mich noch einmal hin …«

Nora schlief, als Simon schließlich seinen letzten Atemzug tat, und träumte von ihrem Paradies am Strand. Sie hielt ihren Liebsten im Arm, und Simon ließ sich von den Wellen davontragen. Der Mohnsirup, den Nora ihm am Abend noch eingeflößt hatte, ersparte ihm jeden Todeskampf.

Als Nora erwachte, hielt sie seinen noch warmen Körper im Arm, aber sie hörte kein Keuchen und mühsames Atmen mehr. Simons Gesicht war friedlich und schön, gelöst und endlich von Schmerzen und Sorgen befreit. Nora wusste, dass es zu Ende war, aber sie spürte noch keinen Schmerz und keine Trauer. Seine Augen waren geschlossen, und sie küsste seine Lider. Sie konnte, wollte ihn nicht loslassen. Sie würde ihn noch ein wenig halten, nur kurze Zeit. Ein letztes Mal seinen Körper spüren, schon um niemals das Gefühl zu vergessen, wie es war, ihren Liebsten zu liebkosen.

Aber letztlich war dann doch der Zauber gebrochen. Simons Tod hatte auch Noras Seele aus dem Kokon gelöst, den sie umeinander gesponnen hatten. Die Insel ihrer Träume war verblasst, Nora nahm wieder das triste Zimmer wahr, in das fahles Morgenlicht fiel. Und zum ersten Mal seit zwei Tagen hörte sie auf das, was außerhalb der Mansarde geschah – das vertraute Keifen Mrs. Paddingtons, die offensichtlich einen Besucher begrüßte.

»Noch so 'n feiner Herr – bestimmt für Lord und Lady, ja?« Das übliche, bösartige Kichern tönte zu Nora hinauf. »Aber 'n bisschen früh für 'n Höflichkeitsbesuch, nicht? Geht's um Geld, Sir? Gerichtsvollzieher? Aber da ist nichts zu holen, sag ich Ihnen gleich. Und ich steh auch an erster Stelle, die Miete war vor bald drei Tagen fällig. Zwei Shilling, Mister, die …«

»Die sind Ihr Loch da oben gar nicht wert!«

Nora fuhr auf. Diese freche Stimme kannte sie. Bobby, der kleine Bürobote. Also wollten die Leute wirklich zu ihr. Schon hörte man jemanden die Treppe heraufkommen, oder waren es mehrere Personen? Sanft bettete Nora Simons Körper in die Kissen und warf dann rasch einen Schal über das Hemd, in dem sie geschlafen hatte. Sie überlegte kurz, ein Laken über das Gesicht ihres Liebsten zu ziehen, aber sie brachte es nicht über sich, es zu verdecken.

An der Tür klopfte es, und Nora dachte einen Herzschlag lang daran, einfach nicht zu öffnen. Sie brauchte ein wenig Zeit – sie hatte noch nicht die Kraft, sich der Außenwelt zu stellen.

Aber Bobby hatte nie gewartet, bis sie auf sein Klopfen reagierte. Und Thomas Reed tat das schon gar nicht. Der Kaufmann stieß kraftvoll die Tür auf – und blinzelte entsetzt in den halbdunklen Verschlag unter dem Dach, in den seine Tochter aus seinem herrschaftlichen Haus in Mayfair geflohen war.

Thomas Reed registrierte die schiefen Wände und das baufällige Mobiliar. Aber er sah auch auf den ersten Blick, dass der Boden sauber gefegt, wenn nicht gar gescheuert war, dass im Kamin ein Feuer brannte und wie ordentlich die wenigen

Töpfe und Pfannen, die irdenen Tassen und Teller auf einem ungeschickt zusammengezimmerten Regal aufgereiht standen. Er sah sorgsam zusammengelegte Kleidung auf dem wackeligen Stuhl – und erkannte die Verzweiflung und Erschöpfung im Blick seiner Tochter, die sich beim Öffnen der Tür wie schützend vor das Bett ihres Geliebten schob. Er war zornig gewesen, als er von ihrem Ungehorsam gehört hatte, wütend, dass er gezwungen war, seine Reise deswegen abzubrechen, und besorgt ob der möglichen Konsequenzen ihrer jugendlichen Unvernunft. Aber dies hier war kein verwöhntes Kind, das weggelaufen war, um Heiraten zu spielen. Die junge Frau, die hier mit gelöstem, wirrem Haar, einen fadenscheinigen Schal über ein billiges Nachthemd geschlungen, vor ihm stand, war deutlich gereift. Und was sie aus diesem Loch von einer Mansarde gemacht hatte … Widerwillig musste Reed ihr Respekt zollen.

Aber was war mit Greenborough? Der Kaufmann erahnte eine schmale Gestalt unter den Decken, aber der Mann konnte den Tumult im Hausflur doch nicht verschlafen haben?

»Nora …«

Thomas Reed hatte sich die Wiederbegegnung mit seiner Tochter oft genug ausgemalt, aber er hätte nie erwartet, dass er sich dabei so hilflos fühlen würde. Unsicher breitete er die Arme aus.

Nora starrte ihren Vater zunächst an, als sähe sie einen Geist. Aber dann brachen sich bei seinem Anblick, dem Klang seiner Stimme und seiner hilflos zärtlichen Geste all ihre Gefühle Bahn.

»Papa!«

Nora stürzte sich in seine Arme. Sie schluchzte haltlos, während sich Reed nun über ihre Schulter hinweg Sicht auf das Bett nahe der Feuerstelle bot. Bobby, der inzwischen hinter ihm eingetreten war und den Raum gleich respektlos inspizierte, bestätigte seine schlimmsten Befürchtungen.

»Der ist tot«, bemerkte der Junge und schlug das Kreuzzeichen. »Gott sei seiner Seele gnädig.«

Wie aus weiter Ferne hörte Nora Mrs. Paddington im Hausflur erneut keifen. Sie hielt sich immer noch mit ihren Mietforderungen auf.

»Ich hab sie doch bezahlt!« Nora stieß schluchzend unzusammenhängende Worte hervor. »Die … Miete meine ich … Ich hatte nur dieses Mal keine Zeit, weil Simon … Aber den Doktor, den hab ich noch nicht bezahlt, ich muss …«

Nora erinnerte sich an Simons sanfte Mahnung und weinte noch heftiger.

»Na, das ist ja wohl das Wenigste«, brummte ihr Vater verlegen und drückte ihren zierlichen Körper tröstend an sich. Sie war deutlich dünner geworden. »Nora, ich wusste doch nicht … Ich wusste nicht, dass es so schlimm war … dass er so krank war.«

Nora schüttelte den Kopf. »Keiner wusste das«, flüsterte sie. »Aber ich … er … was mache ich denn jetzt bloß?«

»Du kommst natürlich nach Hause!«, erklärte Reed bestimmt. »Peppers wartet unten, wir werden …«

»Aber Simon …« Nora wandte sich zum Bett.

»Na, für den können Sie sowieso nichts mehr tun«, meinte Bobby, was zweifellos tröstend gemeint war, Nora aber erneut aufschluchzen ließ. »Der …«

»Ich werde mich um alles kümmern«, sagte Reed ruhig. »Aber dich nehme ich erst mal mit, Nora, keine Widerrede. Du musst dich jetzt ausruhen. Was du tun konntest, hast du getan.«

KAPITEL 8

Thomas Reed kümmerte sich tatsächlich – wobei Bobby eine unschätzbare Hilfe darstellte. Der Junge lotste den Mann und die schluchzende Nora an der lamentierenden Mrs. Paddington vorbei und übernahm mit dem Geld, das Reed ihm vor der Kutsche rasch abzählte, zunächst die Begleichung der Miete. Dann lief er zu Dr. Mason hinüber, auf dessen sofortige Bezahlung Nora aus ihrem Vater unverständlichen Gründen bestand. Dabei forderte der Arzt gar kein Geld für die letzte Konsultation. Er habe da ja doch nicht mehr helfen können, sagte er. Bobby drängte ihm trotzdem einen Shilling auf und bezahlte ihn obendrein noch für einen Hausbesuch bei den Tanners, deren schnupfende und hustende Kleinkinder sich schreiend an Noras Rock geklammert hatten, als ihr Vater sie hinausführte.

»Vielleicht kann man da ja was machen, bevor sie sich die Schwindsucht holen«, meinte Bobby, aber es klang wenig optimistisch.

Der Junge hätte sich auch um einen Totengräber gekümmert, aber Reed bestand darauf, Simon Greenborough nicht auf dem Armenfriedhof bestatten zu lassen. Er kannte diese flachen Gräber, in die man stets gleich fünf bis sieben Tote legte, wobei man mit dem Zuschaufeln wartete, bis die Grube ganz belegt war. Stattdessen erstand er eine Grabstätte auf dem Friedhof der neu gebauten Kirche St. George in Mayfair, bestellte einen Sarg und sorgte für ein anständiges Begräbnis. Er informierte

Simons Mutter und Schwester von dem Ableben ihres Sohnes und Bruders – und beschied sie abschlägig, als sie daraufhin sofort nach dem Verbleiben eines Siegelringes sowie möglicher Ersparnisse des Verstorbenen fragten.

»Was sollte der Junge wohl noch sparen?«, fragte Reed kopfschüttelnd. Er hatte Wilson noch am Tag seiner Ankunft ins Eastend geschickt, um Noras und Simons ärmlichen Haushalt aufzulösen, bevor Mrs. Paddington ihre sämtlichen Habseligkeiten zu Geld machte. Wertsachen fanden sich keine mehr, wohl aber sorgfältig abgeheftete Quittungen über Bankanweisungen an diverse Gläubiger sowie Lady Greenborough und ihre Tochter. Reed war schockiert. »Die Leute haben ihn ausgenommen wie eine Weihnachtsgans. Und ich hielt ihn für einen Geizhals, weil er stets herumlief wie ein Bettelprinz.«

Nora hatte bestimmt, dass die Familie Tanner ihre Haushaltsgegenstände haben sollte, und Wilson leitete das jetzt in die Wege. Mrs. Tanner bedankte sich unter Tränen – versetzte aber gleich darauf alles und erstand davon Gin. Mrs. Paddington forderte Entschädigung für das Bettzeug, das sie Nora »geliehen« habe und das sie nun nicht mehr haben wollte, nachdem Simon darin gestorben war. Wilson überhörte ihre Tiraden gelassen, auch er hatte eine bärbeißige Wirtin.

»Die Alte hat schon genug Geld mit der dreckigen Mansarde verdient«, erklärte er Reed und stieg dadurch in dessen Achtung. Der Kaufmann wusste es zu schätzen, wenn man sein Geld sparte.

Nora konnte die Tränenflut nicht eindämmen. Drei Tage lang hockte sie leise schluchzend in einer Ecke ihres breiten Himmelbettes zusammengekauert, die Arme um die Beine geschlungen und den Kopf an die Knie gelegt. Die junge Frau sprach mit niemandem und antwortete nur knapp, wenn sie angesprochen wurde.

Thomas Reed musste sie nötigen, zu Simons Totenmesse aufzustehen und mit zur Kirche zu gehen. Er tat das etwas widerwillig, aber Lady MacDougal, seine alte Vertraute und Beraterin in Gesellschaftsfragen, die trotz der Jagdsaison zufällig in London weilte, riet ihm zu.

»Natürlich ist es unpassend, aber es redet doch ohnehin halb London darüber, dass Ihre Tochter mit einem verarmten Lord durchgebrannt ist. Also besser, man gibt ihn jetzt ganz offiziell als Noras verstorbenen Verlobten aus. Vielleicht lässt sich ja sogar noch etwas retten, wenn Sie glaubhaft erklären, sie hätte die letzten Wochen bei seiner Familie verbracht, um seiner Mutter bei der Pflege zu helfen.«

Thomas Reed, weniger um Noras Ruf als um ihren Seelenzustand besorgt, brummte unwillig. »Das Begräbnis wühlt sie nur wieder auf.«

Lady MacDougal schüttelte den Kopf. »Unsinn, Thomas, das hilft ihr, einen Schlussstrich zu ziehen. Sie kann sich verabschieden, vielleicht wird sie noch ein paar Tage weinen, aber dann kommt sie auch drüber hinweg. Hat man denn … inzwischen … äh … schon herausbekommen, ob sie noch … hm … Jungfrau ist?«

Reed verneinte fast verärgert. Er hätte nie gewagt, das Thema anzuschneiden, obwohl es ihn natürlich brennend interessierte.

Eileen MacDougal, Lady Margarets lebensfrohe Tochter, die ihrem eigenen Skandal mit dem Stallburschen nur knapp entronnen war, kannte da weniger Hemmungen. Lady Margaret hatte sie dazu abgestellt, Nora »ein bisschen aufzuheitern«, während sie selbst mit Thomas sprach. Das gelang natürlich nicht. Nora saß leise weinend in ihrer Ecke und achtete kaum auf die Fragen, mit der die neugierige junge Frau sie bombardierte. Erst als Eileen geradeheraus danach fragte, ob Simon sie denn zur Frau gemacht habe und wie es gewesen sei, zeigte sie eine kurze und heftige Reaktion.

»Nein«, Noras Stimme klang erstickt. »Nicht einmal das haben wir gehabt …«

Nora weinte nicht mehr, als sie ihrem Vater auf den neuen, nahe der Kirche gelegenen Friedhof folgte. Sie zog auch brav das schwarze Kleid über, das ihr Hausmädchen ihr herausgelegt hatte – es musste enger gemacht werden, Nora hatte in den letzten Wochen tatsächlich an Gewicht verloren. Die Schneiderin, die das rasch erledigte, verlangte dafür einen Shilling.

»Man bekäme nur drei für das ganze Kleid auf dem Markt auf der Cheapside«, sagte Nora fast unbeteiligt, als die Haushälterin über den Wucherpreis schimpfte. »Und zwei für den Reifrock … Dabei sind sie so unpraktisch, diese Reifröcke.«

Die Bedienstete, die ihr Leben dafür gegeben hätte, wenn sie einmal in einem solchen Kleid, sorgfältig geschminkt und mit gepudertem Haar, auf einem Ball hätte tanzen dürfen, ließ dies unkommentiert.

Der Pfarrer von St. George hielt eine ergreifende Rede, und Wilson, der wie die meisten Angestellten des Kontors zum Begräbnis erschienen war, hielt Mrs. Paddington von Nora fern. Die Vermieterin hatte es sich nicht nehmen lassen, den Trauergottesdienst zu besuchen, und wollte sich nun gleich wieder mit Forderungen auf sie stürzen. Auch die Tanners waren anwesend, wobei Nora ahnte, dass ihr Vater ihnen den Verdienstausfall für diesen Tag ersetzt hatte. Beide wirkten mitfühlend, rochen aber schon am Morgen nach Gin.

Nora stand die Trauerfeier mit versteinertem Gesichtsausdruck durch. Sie weinte auch am nächsten Tag nicht mehr, sondern ging sogar aus, wie die besorgten Dienstboten ihrem Vater am Abend begeistert berichteten.

Peppers fuhr sie allerdings nicht, wie erhofft, in eine der besseren Einkaufsstraßen, um ihre Garderobe zu ergänzen, sondern zu einer Pfandleihe ins Eastend. Nora löste Simons Siegelring aus – und fühlte sich gleich besser, als sie das Metall in ihrer Hand spürte. Er passte auf keinen ihrer schmalen Finger – auch Simon hatte ihn nicht tragen können, er musste für einen weitaus feisteren Ahnen der Greenboroughs gefertigt worden sein. Nora fädelte schließlich ein Samtband hindurch und trug ihn um den Hals. Dann nahm sie ihre stille, jetzt tränenlose Trauer wieder auf. Stundenlang saß sie in der Ecke ihres Bettes und starrte scheinbar blicklos vor sich hin. Nora suchte die Insel im Süden, auf der sie Simons Seele verloren hatte. Aber sie fand keinen Weg zurück.

DIE INSEL

London, Jamaika
Winter 1729 bis Frühjahr 1732

KAPITEL 1

Geben Sie ihr noch ein paar Tage«, sagte Lady MacDougal, als Nora auch eine Woche nach der Beerdigung keine Anstalten machte, wieder normal am Leben teilzunehmen. Nach wie vor verbrachte Thomas Reeds Tochter die Tage allein in ihrem Zimmer. »Es war eine verstörende Erfahrung … sie braucht vielleicht etwas länger.«

Thomas Reed ließ sich beschwichtigen, aber dann wurde aus »Geben Sie ihr ein paar Wochen!« »… ein paar Monate!« und schließlich »Geben Sie ihr ein Jahr«.

Nora wollte und wollte nicht aufhören zu trauern. Natürlich löste sich mit der Zeit ihre Starre. Ihr Vater zwang sie zunächst, zu den gemeinsamen Mahlzeiten ins Speisezimmer zu kommen, und schließlich tat sie das auch von sich aus. Sie schwieg nicht mehr beharrlich, sondern antwortete auf seine Fragen, schien ihm auch freundlich zuzuhören, wenn er von seiner Arbeit erzählte. Thomas Reed dankte dem Himmel dafür, dass sie ihm offensichtlich nichts nachtrug. Aber Nora lachte nicht mehr und ließ sich zu keiner Unternehmung überreden. Alle Einladungen, im Herbst an Reitjagden, im Winter an Bällen und im Frühling und Sommer an Picknicks und Landpartien teilzunehmen, schlug sie aus. Dabei waren es ohnehin weniger als sonst, natürlich hatte der Skandal ihrem Ruf geschadet.

»Und das wird leicht noch schlimmer!«, seufzte Lady Margaret. »Lassen Sie ihr um Himmels willen nicht durchgehen, dass sie sich völlig zurückzieht. Schleppen Sie das Mädchen wenigstens in die Kirche oder mal zu einem Abendessen. Geben Sie von mir aus selbst Gesellschaften, dann kann sie sich nicht drücken! Aber achten Sie darauf, dass man sie sieht! Sonst reimen die Damen sich sonst was zusammen.«

Lady Margaret machte eine vielsagende Bewegung, die einen sich rundenden Bauch andeutete.

»Ich denke, sie hat nicht …«, murmelte Thomas.

Lady Margaret verdrehte die Augen. »Wollen Sie das in die Zeitung setzen lassen?«, erkundigte sie sich. »Und selbst dann könnte es sein, dass gewisse Leute Ihnen nicht glauben.«

Thomas Reed zwang seine Tochter also so oft wie möglich aus dem Haus, aber Nora fand keine Freude mehr an Konversation, gutem Essen, Musik und Tanz. Sie ließ ihr früher so geliebtes Spinett unberührt – und als Thomas ihr eine wunderschöne arabische Stute schenkte, bewegte sie das Tier zwar pflichtschuldig täglich im St. James' Park, zeigte dabei aber keinen Anflug ihrer früheren Begeisterung für raschen Galopp und anspruchsvolle Jagdhindernisse.

Nicht einmal Lady Margarets letzter hilfloser Ratschlag brachte Ergebnisse: Nora verliebte sich keinesfalls in den gutaussehenden jungen Reitknecht, den Thomas Reed ihr in seiner Verzweiflung zugesellte. Sie schien den jungen Mann gar nicht zu sehen. Immerhin vertrieb die Bewegung an der frischen Luft wenigstens die geisterhafte Blässe ihrer Wangen. Der schneeweiße Teint entsprach zwar durchaus dem herrschenden Schönheitsideal, aber eine gesunde junge Frau erlangte ihn doch häufiger mithilfe der Puderquaste als dadurch, die Sonne zu meiden.

Schließlich jährte sich Simon Greenboroughs Todestag zum zweiten Mal, und Thomas Reed war fast so weit, sich mit der Schwermut seiner Tochter abzufinden. Nora mied alle Zerstreuungen, die sie früher geliebt hatte, und sagte jede der Einladungen ab, die in letzter Zeit wieder zunehmend eintrafen.

In der ersten Zeit nach dem »Skandal« hatte die Gesellschaft ein wenig Abstand genommen. Schließlich wusste man nicht, ob sich Thomas Reeds Tochter letztlich doch noch als gefallenes Mädchen entpuppen würde. Als dann aber sicher war, dass ihr Fehltritt keine Folgen haben würde, und Lady Margaret und ihre Tochter Eileen auch geschickt Andeutungen bezüglich der zweifellos platonischen Liebe der Kaufmannstochter zu dem Peer fallen ließen, war man bereit, Nora Reed wieder zu akzeptieren. In vielen Familien wurde auch ihre Eignung als Heiratskandidatin für einen der Söhne diskutiert. Die junge Frau war schließlich bildschön und die einzige Erbin. Seit Nora neunzehn geworden war, häuften sich folglich die »zufälligen« Höflichkeitsbesuche von Damen in mittlerem Alter, die anschaulich von ihren Söhnen berichteten. Die Mütter waren dabei durchweg entzückt von Nora, wobei der Skandal um sie gänzlich in Vergessenheit geriet. Wie hätte eine so bescheidene, zurückhaltende junge Frau auch jemals die Kapriolen springen können, von denen man munkelte? Nora Reed war höflich und wohlerzogen und kleidete sich gediegen. Sie bevorzugte gedeckte Farben, vermied möglichst Rüschen und Bänder, und wenn sie plauderte, so ging es nicht um den nächsten Ball oder die beste Schneiderin, sondern meist um ihre wohltätigen Aktivitäten. Für eine junge Frau ihres Alters war das vielleicht etwas seltsam, aber es sprach auch für eine ungewöhnliche Reife, dass sich ein so junges Ding bereits mildtätig engagierte.

Tatsächlich war das Thema Armenspeisung und medizinische Versorgung im Eastend das Einzige, bei dem Nora ihren alten Schwung wiederfand und nun auch die neuen Bekannten ihren Liebreiz und ihren Eifer entdecken ließ. Sie warb mit Charme und Geschick um Spenden und ging selbst in die verkommensten Stadtteile, um die Verteilung zu überwachen. Den

Anstoß dazu hatte eine der Abendveranstaltungen gegeben, die Thomas Reed so verzweifelt eifrig organisierte, kurz nachdem Nora zu ihm zurückgekehrt war. Eine der geladenen Matronen, Mrs. Anne Wendrington, hatte von einem Waisenhaus erzählt, das sie unterstützte.

»Dabei sind die armen Würmer gar nicht unbedingt Waisen, die Eltern kümmern sich bloß nicht um sie, die haben sich vollständig dem Gin ergeben. Das ist erschreckend, dieser Hang zur Trunksucht, der Schnaps lässt diese Leute alles vergessen!« Mrs. Wendrington nippte selbstgefällig an ihrem Weinglas.

Zur Verwunderung der anderen Gäste und zum Schrecken ihres Vaters hatte daraufhin Nora die Stimme erhoben.

»Das liegt daran, dass Gin in diesen Gegenden billiger ist als Wasser. Und oft auch gesünder, oder wollten Sie die Jauche trinken, die man aus der Themse schöpft?«

Mrs. Wendrington runzelte die Stirn. »Billiger als Wasser? Wie kann das sein? Aber wir hatten schon überlegt, ob wir Tee- und Suppenküchen einrichten … für Kinder und Eltern, mit geistlicher Betreuung. Der Reverend von St. George …«

Nora lachte höhnisch auf. »Da schicken Sie besser einen Arzt, die Bibel hilft den Leuten nicht, wenn ihre Kinder sich die Lunge aus dem Leib husten. Verhungern tun sie eher selten. Ein paar Knochen, die man zur Suppe auskocht, und ein bisschen Kohl, und wenn's der Abfall aus den Metzgereien oder vom Marktstand ist – das ist alles billig. Und wenn die Mutter sich dem Gin ergibt: Die kleinen Mädchen werden rasch erwachsen, da kocht auch mal die Schwester für die Jüngsten. Schwieriger wird es schon mit dem Holz oder der Kohle, um ein Feuer zu entfachen. Wenn Sie da ansetzen … und wenn Sie sauberes Wasser verteilen … Eigentlich müsste man das ganze Eastend abreißen und die Häuser neu bauen!«, brach es schließlich aus Nora heraus.

»Nora!«, tadelte Thomas Reed.

Mrs. Wendrington schluckte, aber es sprach für sie, dass sie offensichtlich nachdachte. »Wir sollten das unerquickliche Thema hier und jetzt beenden«, meinte sie schließlich. »Aber wir müssen uns einmal unterhalten, Miss Reed, eine so scharfe Beobachterin und eine junge Dame mit einem solchen Elan könnten wir gut in unserem Wohltätigkeitsverein brauchen!«

Kurz danach lud sie Nora wirklich ein, und seitdem gab die junge Frau all das Geld, das sie früher in Kleider und Vergnügungen gesteckt hatte, für die Verbesserung der Zustände im Eastend aus. Nora richtete Armenküchen ein und engagierte vor allem den rührigen Dr. Mason zu regelmäßigen Sprechstunden auch für mittellose Patienten. Natürlich war das alles ein Tropfen auf dem heißen Stein – nur sehr wenige Frauen aus der Kaufmannschaft oder gar aus dem Adel wagten sich in die verrufenen Stadtviertel und hatten auch nur eine Vorstellung davon, wie die Armen lebten. Allzu viele Spenden kamen also nicht zusammen. Aber Nora riss die Arbeit wenigstens aus ihrer Lethargie.

Thomas Reed wusste nicht recht, ob er sich darüber freuen sollte. »Sie wird eine alte Jungfer!«, klagte er Lady Margaret, die ihre Eileen gerade glücklich verheiratet hatte, sein Leid. »Wenn sie aus dem Haus geht, dann nur mit diesen Matronen ins Eastend, und hinterher riecht sie nach den Einreibungen, die dieser Arzt dort verschreibt, sie scheint ihm persönlich zur Hand zu gehen. Oder sie sprengt allein mit dem Pferd durch den Park, wobei der arme Knecht kaum mitkommt. Ich such jetzt einen neuen, der nicht so gut aussieht, aber dafür besser reitet! Und manchmal kommt sie verweint zurück – obwohl der Bursche schwört, sie ginge nicht auf den Friedhof. Das macht sie zum Glück kaum, nicht auszudenken, wenn sie auch noch auf seinem Grab hockte … Aber tanzen mag sie nicht mehr und nicht ins Theater und nicht auf Landpartien. Wenn ich sie mit Gewalt zu einer Gesellschaft schleife, hockt sie bei den

Damen und versucht, sie für ihre Wohltätigkeit zu erwärmen. Junge Männer schaut sie kaum an – dabei ist sie schön wie der junge Morgen, die Kerle würden sich um sie reißen. Und ihre Mütter auch, jede Matrone dieser Stadt würde Nora gern ihren Sohn vorstellen. Aber wenn's überhaupt so weit kommt, sagt Nora nur ›Ich freue mich …‹ und guckt dann den ganzen Abend durch ihren Tischherrn hindurch. So wird das nie etwas mit einer Heirat. Dabei wäre es Zeit. Ich hätte gern irgendwann ein paar Enkelkinder, vielleicht einen Jungen, der das Handelshaus führen mag.«

Lady Margaret zuckte die Schultern. »Sie sollten sie einem Arzt vorstellen«, meinte sie schließlich. »Es gibt ja Mittel gegen Schwermut.«

Thomas Reed glaubte eigentlich nicht, dass Nora krank war, brachte sie aber pflichtschuldig zu Dr. Morris, der Laudanum verschrieb.

Nora fand, das Mittel röche wie der Mohnsirup, den sie damals Simon gegeben hatte, und als sie es ausprobierte, hatte sie das Gefühl, zum ersten Mal die Wirkung zu erahnen, die Gin auf Frauen wie Mrs. Tanner ausübte. Nora fühlte sich beruhigt und friedlich, aber sie wollte nicht beruhigt und friedlich sein. Sie lebte mit ihrem Schmerz und ihrer Trauer um Simon. Sie suchte ihn auf den verschlungenen Wegen im St. James' Park, spürte seinem Geist im Eastend nach und zwischen den Seiten der wenigen Bücher, die er besessen hatte und die Wilson ihr aus der Mansarde mitgebracht hatte. Darin fand sie noch am ehesten Trost. Sie las die Worte, die Simon gelesen hatte, und träumte seine Träume, denn natürlich handelten die Bücher von fernen Inseln und ihren Entdeckern. Stets trug sie Simons Ring an dem Samtband auf der Brust – auch das war eine kleine Hilfe, sich ihm nahezufühlen. Aber wirklich eins waren ihre Seelen nur auf ihrer Insel gewesen, in ihrem Fantasieland, das sie allein nicht heraufzubeschwören vermochte. Laudanum half dabei nicht. Nora wartete ein paar Tage, dann schüttete sie es weg.

Und dann, eines Tages, lud ihr Vater Elias Fortnam zu einer seiner Abendgesellschaften.

KAPITEL 2

Nora überprüfte lustlos die Tischdekoration im großen Speisezimmer. Die Hausmädchen hatten für sieben Personen gedeckt, Thomas Reed würde der Tafel vorsitzen, und zudem wurden zwei Ehepaare und ein Mr. Fortnam erwartet – ein Geschäftsfreund ihres Vaters, von dem Nora noch nie gehört hatte. Nun, sie würde an diesem Abend ausgiebig mit ihm plaudern müssen, er war zweifellos als ihr Tischherr vorgesehen. Nora seufzte und rückte einen der Teller aus Meißener Porzellan gerade – das Service hatte ein Vermögen gekostet, das man in der Armenküche weitaus sinnvoller hätte einsetzen können … Und ein neues Kleid hatte sie auch kaufen müssen, ihr Vater bestand darauf, dass sie sich fraulicher kleidete. Nora war immer noch mädchenhaft schlank, was, wie die Köchin immer wieder klagte, daran lag, dass sie zu wenig aß. Jedenfalls fehlte es ihr zumindest nach Meinung von Eileen und Lady MacDougal an weiblichen Formen.

Die beiden wurden nicht müde, Nora zu bedrängen, endlich mehr aus sich zu machen. Dabei war es Nora egal, wie sie aussah. Sie trug lieber praktische Kleidung als aufwändige Roben – obwohl ihr neues weinrotes Brokatkleid zweifellos hübsch aussah. Die Schneiderin hatte darauf bestanden, ihre kleinen Brüste durch einen voluminösen Spitzenbesatz am Ausschnitt zu betonen und die Robe mit goldenen Schleifen und Volants zu verzieren statt mit schwarzen Applikationen, wie Nora es sich gewünscht hätte.

»Sie sind so wunderschön, Sie können nicht herumlaufen wie eine Krähe!«, argumentierte die Frau, und Nora fügte sich schließlich.

Wahrscheinlich hatte ihr Vater die Schneiderin instruiert, von selbst hätte sie wohl kaum gewagt, sich so drastisch auszudrücken.

Nora warf einen kurzen Blick auf das Feuer im Kamin, um das Fänge aufgestellt waren, damit keine Glutpartikel auf die kostbaren Seidenteppiche oder die Marmorstatuen springen konnten, die zu beiden Seiten der Feuerstelle drapiert waren. Nora vermutete, dass es irgendwelche römischen Gottheiten waren. Ihrem Vater war das ziemlich gleich – er ließ sich beim Kauf der Kunstgegenstände für sein Haus von Architekten beraten und betrachtete diese lediglich als finanzielle Investition.

Jedenfalls war alles bereit, und sie musste sich umziehen – ihre Zofe wartete bereits, sicher beschäftigt mit der Inspektion all der Puderdosen und Schminkdöschen, auf deren Anschaffung Noras Vater bestanden hatte. Nora sollte aussehen wie jede junge Frau aus ihrer Gesellschaftsschicht. Sie wusste, dass er darauf brannte, sie in absehbarer Zeit zu verheiraten, und konnte den Wunsch nach Enkelkindern sogar nachvollziehen. Aber hier würde sie nicht mit sich reden lassen. Es war undenkbar, irgendeinen dieser jungen Herren zu erhören, die man ihr in nicht enden wollender Reihe vorstellte. Und die alle gleich aussahen in ihren farbenprächtigen, reich geschmückten Jacketts, die den Blick auf eine mit überbordender Spitze geschmückte Hemdbrust freigaben, mit ihren engen Kniehosen und Schnallenschuhen – und den aufwändigen weißen Perücken, unter denen sich sonst eine Haarpracht verbergen mochte. Blondes, schütteres Haar oder gar dunkle Locken wie Simons … Nora würde es nie herausfinden, und es war ihr auch egal.

Ohne jede Begeisterung ließ sie zu, dass ihre Zofe nun auch

sie selbst in eine weiß geschminkte Kunstfigur verwandelte. Immerhin war ihr Teint ebenmäßig, ihre Lippen waren voll und ihre Augen so auffallend grün, dass man sie kaum verwechseln würde. Am Ende fand sie, dass sie wie eine Porzellanpuppe wirkte. Zweifellos schön – aber auch ziemlich leblos.

Thomas Reed schien das nicht aufzufallen. Er zeigte sich begeistert über ihren Anblick, als sie die breite Treppe ins Vestibül des Hauses herunterkam, und auch Lady Margaret und ihr Gatte, die ihr Vater eben begrüßte, fanden anerkennende Worte.

»Ein so schönes Kleid, Nora! Richtig erwachsen sehen Sie aus!«, meinte die Lady freundlich. »Ich hoffe so sehr, Sie bald auch mal wieder tanzen zu sehen. Wir geben einen Ball im nächsten Monat. Zur Taufe von Eileens Baby. Sie hat jetzt einen Sohn …«

Nora entging der schmerzliche Ausdruck in den Augen ihres Vaters nicht, als er Lord und Lady MacDougal nun zum wiederholten Mal zur Geburt des ersten Enkels beglückwünschte. Sie rang sich auch ihrerseits ein paar Worte ab, aber dann wurden alle durch ein Klopfen an der Tür abgelenkt. Das Hausmädchen nahm den nächsten Gast in Empfang. Nora sah durch die bunten Glasscheiben, die den Eingangsbereich vom Vestibül trennten, wie es einem hochgewachsenen Mann den Mantel abnahm.

»Nein, nein, die Blumen nicht, Mädchen, die überreich ich selbst …«

Die Stimme war laut und befehlsgewohnt. Der Mann wartete auch nicht ab, bis das Mädchen ihm vorausging. Er trat selbstbewusst durch die Glastüren – und Nora wurde blass unter ihrer Schminke, als sie die Blumen in seiner Hand sah.

Es war verrückt, aber seit Simon damals um ihre Hand angehalten hatte, war ihr niemand mehr mit einem Blumenstrauß entgegengetreten. Es war üblich, dass die Hausmädchen Gastgeschenke schon im Eingang in Empfang nahmen und dann arrangierten, bevor sie demonstrativ den Raum damit schmückten, in dem Nora und ihr Vater die Gäste unterhielten. Dieser Mann hielt den Strauß allerdings vor sich, während er die Blicke kurz über die Frauen im Saal schweifen ließ, wobei er rasch zu dem Schluss kam, wer die Gastgeberin war. Er verbeugte sich vor Nora und hielt ihr die Blumen entgegen.

»Miss Reed? Ich bedanke mich für die Einladung!«

Thomas Reed lächelte dem Besucher zu. »Nora, Lady Margaret, Lord MacDougal, ich darf Mr. Elias Fortnam vorstellen?«

Nora war zum ersten Mal dankbar für die dicke Puderschicht, die ihr Erblassen und anschließendes Erröten gnädig verbarg. Sie schaffte es jetzt auch, sich höflich zu bedanken und den Mann näher anzusehen, der eben Lady Margaret und Lord MacDougal begrüßte. Erleichtert stellte sie fest, dass sie ihr Gefühl des Déjà-vu getrogen hatte. Elias Fortnam hatte nichts, aber auch wirklich gar nichts mit Simon Greenborough gemeinsam. Vielleicht abgesehen davon, dass auch er keine Perücke trug. Sein Haar war zwar üppig grau gepudert, sodass man die Farbe nicht erkannte, aber die wallende Mähne war zweifellos echt. Außerdem hatte Fortnam auf das Pudern seines Gesichts verzichtet, vielleicht, weil es unmöglich war, dessen Sonnenbräune völlig zu überschminken. Ein ungewöhnlich dunkler Teint für Dezember in London … Und auch sonst fiel Elias Fortnam auf. Statt der üblichen Kniehosen trug er Pantalons, lange, dunkle Beinkleider, dazu Rock und kurze Weste aus Wollstoff in gedeckten Farben. Reitstiefel ersetzten die Schnallenschuhe. Nora wusste, dass dieser Stil sich Mode à l'anglaise nannte und besonders in England immer mehr Freunde fand. Im Bekanntenkreis ihres Vaters hatte er sich allerdings noch nicht durchgesetzt. Mr. Fortnams Kleidung wirkte neu und kaum getragen.

»Mr. Fortnam ist erst vor ein paar Tagen in London eingetroffen«, informierte ihr Vater eben die MacDougals. »Allerdings machen wir schon länger Geschäfte miteinander. Mr. Fortnam ist Zuckerrohrpflanzer. Er kommt aus Jamaika.«

Nora erstarrte. Seit sie damals die Wentworths aus Barbados kennengelernt hatte, war ihr nie wieder jemand begegnet, der Besitzungen in den Kolonien hatte. Nun hatte sie solche Bekanntschaften nach Simons Tod auch nicht mehr forciert, und es mochte Zufall sein, dass ihr Vater niemanden mehr ins Haus gebracht hatte, der von den Inseln erzählen konnte. Vielleicht hatte er das aber auch bewusst getan, um ihre Träume von einer Auswanderung nicht weiter zu nähren.

»Tatsächlich?« Lady Margaret heuchelte sofort Interesse.

Nora musste inzwischen ihre weiteren Besucher in Empfang nehmen, Mr. und Mrs. Roundbottom. Mr. Roundbottom begrüßte Fortnam wie einen alten Bekannten. Natürlich, auch er war Kaufmann und hatte mit dem Pflanzer zu tun. Elias Fortnam wandte sich Nora erst wieder zu, als es Zeit war, sie zu Tisch zu geleiten.

»Ich hoffe doch, dass die Ehre mir zukommt«, sagte er charmant.

Nora legte ihm höflich die Hand auf den Arm und führte ihn ins Speisezimmer. Dabei hatte sie Zeit, ihn näher zu betrachten. Fortnam war ein großer, schwerer Mann und zweifellos stark. Sein Gesicht war großflächig, die Lippen vielleicht etwas schmal. Unter üppigen Brauen blickten wache blaue Augen auf Nora herab. Freundlich interessiert, nicht forschend wie die der meisten Männer, die Nora näherkamen. Zweifellos hatte er nie etwas von dem Skandal gehört, in den sie zwei Jahre zuvor verwickelt gewesen war, und auch nichts von ihrer Zurückhaltung und Menschenscheu, von der man neuerdings redete, wenn die Sprache auf Thomas Reeds Tochter kam.

»Jamaika muss schön sein«, bemerkte sie, als man sich schließlich gesetzt hatte und die Diener den ersten Gang auftrugen.

Fortnam lächelte ihr zu. »O ja!«, erklärte er. »Zumindest, wenn man nichts gegen feuchte Wärme einzuwenden hat – es ist das ganze Jahr über sehr heiß, und gelegentlich wüten Hurrikans. Auf Letztere könnten wir gut verzichten, vorletztes Jahr hat mir einer die halbe Ernte vernichtet. Und die Hitze … viele Weiße mögen sie ja nicht, gerade die Ladys beklagen sich gern. Aber das ist lebensnotwendig, sonst wächst kein Zuckerrohr. Die Vegetation ist ohnehin üppig, auch im Inland. Wo immer wir nicht roden, wuchert der Dschungel.«

»Zudem ist es eine regenreiche Gegend, oder?«, erkundigte sich Lord MacDougal. »Worauf Sie jetzt wieder antworten werden, dass Ihnen auch das gefällt, weil es das Zuckerrohr wachsen lässt.«

Fortnam schürzte die Lippen. »Das könnten wir auch ohne Regen bewässern«, bemerkte er. »Es gibt ausreichend Bachläufe und Flüsse, die in den Bergen entspringen. Daher hat die Insel sogar ihren Namen. Jamaika kommt von Chaymaka – Insel der Quellen.«

»Chaymaka ist aber nicht spanisch, oder?«, fragte Nora.

Fortnam runzelte die Stirn. »Wie kommen Sie darauf? Ach so, weil die Insel ursprünglich in spanischem Besitz war, aber das ist lange her. Admiral Penn hat sie den Kerlen schon 1655 abgenommen. Nein, der Name kommt irgendwie von den Ureinwohnern, da soll's wohl mal eine Art Indianer gegeben haben …«

»Die Arawaks«, erinnerte sich Nora. Simon hatte davon gelesen. »Sie waren … sie waren wohl sehr … friedlich.«

Fortnam lachte dröhnend. »Sicher einer der Gründe für ihr Aussterben. Aber keiner weiß das wirklich, die waren schon größtenteils weg, als die Spanier kamen, Kolumbus und die Seinen haben ihnen dann den Rest gegeben. Jetzt gibt's jedenfalls keine Indianer mehr, nur uns und die Neger – wobei die schon genug Ärger machen.«

»Sie haben Probleme mit freien Schwarzen, nicht wahr?«, fragte Mr. Roundbottom.

Fortnam zuckte die Schultern. »Probleme ist übertrieben … Es sitzen halt ein paar in den Bergen. Und wenn Sie mich fragen, ich hätte die Nester schon längst ausgeräuchert. Keine Ahnung, warum das bisher noch keiner geschafft hat. So muss man immer ein bisschen aufpassen, die Kerle gehen gern auf Raubzug. Wobei meine Plantage Cascarilla Gardens direkt an der Küste liegt, nah bei Spanish Town. Da sind wir nicht gefährdet, so weit raus aus den Bergen trauen sie sich selten. Eher plündern sie kleinere Pflanzer aus, die weiter im Inland siedeln.«

»Aber sie bieten Ihren weggelaufenen Sklaven doch Unterschlupf, oder?«, hakte Roundbottom weiter nach.

Fortnam schenkte sich gelassen Wein nach und füllte auch Noras Glas, bevor er antwortete. »Mal so, mal so. Manchmal liefern sie die auch aus. Gegen Geld natürlich. Die Neger sind ja auch nicht alle eine große, glückliche Familie. Am besten passt man auf, dass keiner wegläuft.«

Nora beschloss, das Thema zu wechseln. Sie wollte nicht über Sklaven reden, es wäre so viel schöner, mehr über die Insel zu erfahren.

»Es gibt noch Mangrovenwälder auf Jamaika, nicht wahr?«, erkundigte sie sich mit sanfter Stimme.

Fortnam lachte. »Das ist richtig, Miss Reed, sprechen wir von angenehmeren Dingen. Jamaika ist ein Paradies, wenn Sie tropische Pflanzen mögen, Vögel, Blumen, Schmetterlinge … Wir haben die größten der Welt, wussten Sie das?«

Nora hatte es nicht gewusst, wäre aber mehr als bereit gewesen, den Ritterfalter auch auf ihrer Trauminsel anzusiedeln.

»Mangroven wachsen oft entlang der Küste – das wechselt ganz plötzlich, es ist fast etwas unheimlich. Das Meer, der Strand – und gleich dahinter beginnt der Dschungel.«

Nora nickte. Genau so hatte es auf ihrer und Simons Insel ausgesehen.

»Palmen?«, fragte sie begierig.

Fortnam nickte. »Aber ja. Zig verschiedene Sorten – sollen aber von den Spaniern auf die Insel gebracht worden sein. Einheimisch sind eher Farne und Zedrelen – und eben unsere Cascarilla, ein kräftiger Strauch oder auch Baum, aus der Rinde werden ätherische Öle gewonnen. Dann Mahagoni, Blauholz ... sehr viele blühende Büsche ... Ganze Teile der Blue Mountains sind noch völlig unberührt, manchmal haben wir Botaniker zu Besuch, die entdecken jedes Mal neue Pflanzen.«

Nora lauschte mit leuchtenden Augen.

»Und was führt Sie nun her, Mr. Fortnam?«, erkundigte sich Lady Margarets Gatte. »Lassen Sie mich raten, Sie sind auf der Suche nach einer hübschen kleinen vergessenen Grafschaft, um dann Ihre Insel im Parlament zu vertreten.«

Fortnam lachte dröhnend. »Nein, Lord, das gewiss nicht! Ich trag einen ehrlichen Namen, und den wollt ich auch behalten. Während ihr hier aufpassen müsst, dass dem guten alten England überhaupt noch Parlamentssitze bleiben. Die Kerle in Barbados kaufen sich glatt noch den Königstitel, wenn ihr dem nicht langsam Einhalt gebietet!«

Nora lächelte schüchtern. Es gefiel ihr nicht, dass ihr neuer Bekannter Sklaven hielt, aber immerhin schmückte er sich nicht mit fremden Adelstiteln wie viele andere der Pflanzer.

»Jedenfalls ist das Zuckerkartell hier ausreichend vertreten, die Preise sind in Ordnung.«

»Die Preise sind der reinste Wucher!«, erklärte MacDougal und schaute missgünstig auf seine Frau, die sich eben freigebig Zucker in den Kaffee rührte, den der Diener inzwischen serviert hatte. »Wenn das so weitergeht, versuch ich's mit Gewächshäusern!«

Fortnam grinste. »Lassen Sie sich nicht abhalten, Gnädigster. Aber bedenken Sie, wie hoch die Pflanzen werden. Denen müssten Sie halbe Schlösser aus Glas bauen. Ob sich das lohnt? Und Ihre Bauern statten Sie dann mit Macheten aus statt Sensen? Oder wollen Sie Neger importieren? Das kostet auch, mein Lieber, machen Sie sich nichts vor! Am Ende freuen Sie sich, wenn Sie unsere Preise zahlen dürfen!«

Der Lord verzog ein wenig das Gesicht, ertrug dann aber gutmütig das Gelächter der anderen. Schließlich lud Lady Margaret den Pflanzer für die nächste Woche zu einer Abendgesellschaft in ihr Stadthaus.

»Wir würden Ihnen gern weitere Mitglieder der Londoner Gesellschaft vorstellen«, sagte sie liebenswürdig. »Wer weiß, vielleicht finden sich ja noch Interessenten für das Glashauskartell meines Gatten, und Sie können uns wertvolle Tipps geben.«

Fortnam sagte lachend zu. »Allerdings wird mir die charmante Tischdame fehlen«, bemerkte er mit Blick auf Nora, die wieder unter ihrer Schminke errötete.

»Miss Reed können Sie sich ja mitbringen!«, meinte Lady Margaret mit sehr zufriedenem Gesichtsausdruck. »Wenn Nora Sie begleiten möchte, werden wir sie mit Freude empfangen. Sie sind natürlich auch eingeladen, Thomas.«

Nora biss sich auf die Lippen. Sie konnte kaum Nein sagen, ohne Mr. Fortnam zu beleidigen. Und sie wusste auch gar nicht, ob sie es wollte! Dieser Abend war seit Monaten der erste, den sie beinahe genoss. Sie schien den Dschungel und den Strand ihrer Insel fast wieder vor Augen zu haben, Elias Fortnams Erzählungen von Jamaika hatten die Erinnerung belebt.

»Ich würde Sie gern begleiten«, sagte sie ruhig.

Elias Fortnam schenkte ihr ein freundliches Lächeln.

»Also wirklich, Reed, so lebhaft wie an diesem Abend habe ich Ihre Nora ja seit Jahren nicht gesehen!« Lady Margaret war so aufgeregt und neugierig, dass sie Thomas Reed gleich am nächsten Tag in seinem Kontor besuchte. »Bahnt sich da womöglich etwas an? Wer ist dieser Fortnam?«

Thomas Reed runzelte die Stirn. »Ob sich etwas … hm … anbahnt? Ich bitte Sie, Margaret, der Mann könnte ihr Vater sein. Er hat zweifellos keinerlei Absichten in Bezug auf Nora.«

»Na, dafür hat er sie aber ganz interessiert angesehen!«, lachte die Lady. »Und das mit der charmanten Tischdame … das war doch ein Wink mit dem Zaunpfahl! Nein, wirklich, Thomas! Und das Alter … Natürlich passt es nicht hundertprozentig, aber Nora ist ja andererseits sehr reif. Ist der Mann denn … ungebunden?«

Reed zuckte die Schultern. »Soweit ich weiß, ist er seit Jahren Witwer. Hat einen Sohn, der in England studiert. Den will er wohl besuchen, oder weiß der Himmel, was er hier zu tun hat. Geschäftlich liegt nichts Besonderes an, seine Plantage ist groß, offensichtlich gut geführt, er macht ungeheure Gewinne …«

Lady Margaret lächelte. »Nun, das klingt doch alles vielversprechend! Natürlich, ich weiß, Sie hätten Ihre Nora gern in Ihrer Nähe. Am liebsten würden Sie ihr gleich hier in London ein Nest bauen. Aber sie ist ja wohl recht wählerisch, und wie's scheint, hat sie den Traum von Übersee doch noch nicht ausgeträumt. Wobei das ganz schnell gehen kann, wenn sie erst dort ist. Hab ich schon mehrmals erlebt. Die jungen Mädchen heiraten in die Kolonien – die Pflanzer sind ganz scharf auf die Töchter der Viscounts und Baronets, die werden gern zusammen mit dem Titel und dem Parlamentssitz genommen. Zuerst schwärmen sie von den Blumen und Palmen und was nicht alles. Aber dann kommt die Regenzeit, und den jungen Dingern fällt die Decke auf den Kopf. Diese Farmen sind ja meist abgelegen, und sie sehen wochenlang nichts als schwarze Diener. Und schon fangen sie an, ihre Männer dahingehend zu bearbeiten, dass ein Landsitz in Essex doch auch etwas Nettes wäre – und ein Stadthaus in London.«

Thomas Reed rieb sich die Schläfe. »Und darauf würde sich ein Elias Fortnam dann womöglich einlassen?«

Lady Margaret hob eine Augenbraue. »Wenn Nora schön bittet. Das Geld dafür verdient er doch wohl allemal, und gegen England kann er auch nichts haben, wenn er den Sohn schon hier zur Schule schickt. Sie können da ja auch was machen! Schenken Sie den beiden das Stadthaus zur Hochzeit! Dann behält sie ein Standbein in England. Und wenn Sie noch ein bisschen weiterdenken ... Der Mann ist viel älter als Nora. Sie wird ihn zweifellos überleben und hat dann die Chance auf eine zweite Ehe. Unbelastet von all diesen alten Skandalen und Schwärmereien und sicher hier in England.«

Thomas Reed biss sich auf die Lippen. »Ich muss darüber nachdenken, Lady Margaret. Das kommt alles ... das kommt alles zu plötzlich. Und wir wissen ja noch in keinster Weise, was Nora darüber denkt.«

Die Lady nickte geduldig. »Es muss ja auch nicht heute entschieden werden. Warten wir erst mal meine Abendgesellschaft ab, danach ist ein Ball bei den Batterfields ... Wir werden sehen, was sich ergibt. Nur fallen Sie nicht wieder aus allen Wolken, Reed, wenn ein Freier um Nora vor Ihrer Tür steht.«

KAPITEL 3

Nora ließ sich von Elias Fortnam zu der Abendgesellschaft der MacDougals begleiten und dann auch zu ein paar Tanzveranstaltungen. Sie war etwas befangen, als er sie zu ihrem ersten Tanz nach zwei Jahren führte, aber auch Fortnam waren die neuesten Schritte nicht bekannt, sodass sie dadurch nicht auffiel. Es machte sogar Spaß, sich wieder zur Musik zu bewegen, Nora genoss die bewundernden Blicke der Männer, die ihr folgten, als sie an Elias' Seite durch den Saal schritt. Sie hatte sich wohl oder übel auch ein neues Ballkleid anmessen lassen müssen, und hier war es natürlich nicht möglich, auf dunkle Farben auszuweichen. Nora trug nun apfelgrüne Seide, und die Schneiderin hatte mit Schleifen und Spitzen nicht gespart.

Beim folgenden Bankett erwies sich Elias Fortnam erneut als höflicher und überaus interessanter Gesprächspartner – jedenfalls für ein Gegenüber, das sich brennend für die Geschichte, die Flora und Fauna von Karibikinseln interessierte. Fortnam hatte die sieben Meere ausgiebig bereist, bevor er auf Jamaika sesshaft wurde – er war zweifellos nicht als Lohnsklave auf die Insel gekommen wie damals Mr. McArrow. Nora schwante, dass er sein Vermögen zumindest teilweise auf Piratenschiffen gemacht hatte – aber das blendete sie ebenso aus wie die Sklavenhaltung auf seiner Plantage. Sie wusste, dass die Londoner Gesellschaft anfing, über sie und Elias Fortnam zu reden – Eileen MacDougal-Pearce versuchte schon, ihr Geständnisse bezüglich zärtlicher Gefühle zu entlocken. Aber im Grunde war Fortnam ihr völlig egal. Wichtig war nur, dass es ihm gelang, ihre Trauminsel für sie wieder zum Leben zu erwecken.

Bevor sie einschlief, sah Nora nun nicht mehr die dunkle, stickige Mansarde vor sich, in der Simon gestorben war, ein Bild, das sie verfolgte, seit sie die Eastside verlassen hatte. Stattdessen träumte sie sich wieder an den Strand ihrer Insel und suchte die Lichtung, auf der ihre Hütte stand. Sie fand Trost in der Vorstellung, dass Simon dort auf sie wartete. Sie musste nur dem Gesang der Vögel und dem Duft der Blüten folgen, die Elias Fortnam ihr so bereitwillig und farbig schilderte. Nora genoss die Gesellschaft des Pflanzers und vermisste ihn, als er nach Oxford abreiste, um seinen Sohn zu treffen. Wobei diese Familienzusammenführung wohl nicht unter dem besten Stern stand. Er würde Douglas gründlich die Leviten lesen, vertraute Elias Nora an, als sie am Tag vor seiner Abfahrt ausritten.

»Da schicke ich den Jungen nach England, damit er lernt, sich seinem Stand entsprechend zu benehmen und die Plantage zu führen wie ein Gentleman. Und was plant er? Herumzigeunern durch halb Europa! Rom sehen und Griechenland … angeblich natürlich nur aus Gründen der Bildung! Aber das kann er vergessen! Das finanziere ich nicht mit meinem sauer verdienten Geld! Er wird sich auf den Hosenboden setzen und lernen, dafür ist er dort!«

So ganz schien dieser Plan jedoch nicht aufgegangen zu sein; Fortnam wirkte ziemlich missgestimmt, als er schon nach einer Woche nach London zurückkehrte. Der junge Douglas hatte sich wohl wenig um die Einwände seines Vaters geschert. Auch seine Kommilitonen, mit denen er die Reise plante, verfügten nicht über große Geldmittel. Die jungen Abenteurer waren durchaus willig, sich unterwegs Arbeit zu suchen und ihren Lebensunterhalt zu verdienen.

»Was schwebt ihnen denn da vor?«, fragte Thomas Reed belustigt.

Die Männer saßen im Herrenzimmer der Wentworths, die wieder mal in London weilten und ein Fest gaben. Im Saal wurde getanzt, aber Nora nutzte den Abend, um ein paar der anwesenden Matronen zum Spenden für ihre Armenküche zu bewegen. In der letzten Zeit hatte sie die wohltätige Arbeit vernachlässigt und kämpfte jetzt mit einem schlechten Gewissen.

Fortnam war das recht, er belegte Nora nicht pausenlos mit Beschlag, sondern sprach ganz gern mal mit ihrem Vater. Die beiden rauchten und genossen den hervorragenden Punsch, zubereitet mit Rum von der Plantage der Gastgeber.

Fortnam zuckte die Schultern. »Schiffe entladen im Hafen, Steine klopfen in Marmorsteinbrüchen ... was weiß ich, was man da im Süden so treibt. Nun ist der Junge ja stark wie ein Ochse, schaden wird's ihm nicht. Aber dennoch schmeckt's mir nicht, dass sich ein Fortnam für Sklavenarbeit verdingt.«

Thomas Reed nahm einen gelassenen Zug aus seiner Zigarre. »Ach, lassen Sie mal, der kommt schon wieder und setzt sich dann viel freudiger hinter die Bücher. So junge Kerle wollen sich die Hörner abstoßen, die Welt sehen.«

»Na, Ihre Tochter scheint ja auch vom Fernweh geplagt«, bemerkte Fortnam und füllte den Männern erneut die Gläser. »Erwägen Sie, Nora nach Übersee zu verheiraten?«

Reed sah ihn forschend an. »Soll das ein Antrag werden, Mr. Fortnam?«

Elias Fortnam lehnte sich zurück in seinen Sessel und blies Rauch aus. »Ich bin nicht auf Brautschau nach London gekommen«, sagte er dann ruhig. »Das müssen Sie mir glauben. Aber in der letzten Zeit ... Ich gestehe, dass ich darüber nachdenke. Nora ist eine entzückende junge Frau und scheint mir in gewisser Weise gewogen. Ihr Interesse an meiner Heimat erfreut mich – ich denke, sie gehört nicht zu diesen Damen, die sich erst auf die Plantagen verheiraten, aber dann nichts als klagen. Über die Hitze, die Neger … Nora scheint ein zupackendes kleines Ding zu sein. Das gefällt mir.«

»Sie ist sehr viel jünger als Sie«, gab Reed zu bedenken.

Fortnam nickte. Er wirkte nicht beleidigt. »Das kann ich nicht bestreiten. Aber ich denke, darüber sollte Nora entscheiden. Es scheint, als möge sie reifere Männer. Sofern sie überhaupt Interesse zeigt. Mir gefällt auch ihre Zurückhaltung in diesen Dingen.«

Thomas Reed räusperte sich. »Das … war nicht immer so«, gab er dann widerwillig zu. »Wenn Sie wirklich um sie werben wollen, kann ich Ihnen nicht vorenthalten …«

»Dieser Skandal damals?« Fortnam machte eine wegwerfende Handbewegung. »Geschenkt, das trage ich ihr nicht nach.«

»Sie … wissen davon?«, fragte Reed verblüfft.

Fortnam lachte. »Mr. Reed, seitdem ich das zweite Mal in Noras Begleitung bei einer Abendveranstaltung auftauchte, wurde es mir jeweils mindestens dreimal unter dem Siegel der Verschwiegenheit anvertraut. In der Regel von einer völlig selbstlos um die Schicklichkeit besorgten Dame, die mir dann anschließend ihre von keinerlei Skandälchen befleckte Tochter vorstellen wollte oder deren Sohn eben versuchte, Nora zu einem Tanz zu bewegen. Ihre Tochter ist mit einem Schreiber aus Ihrem Kontor durchgegangen und drei Wochen weggeblieben. War's nicht so?«

»Nicht ganz!«, sagte Reed indigniert. »Erzählen die Leute es wirklich so? Das hört sich ja an, als ob … Also, Mr. Fortnam, ich versichere Ihnen, dass meine Tochter keinerlei … hm … geschlechtliche Beziehung zu Lord Greenborough hegte. Sie hat für ihn geschwärmt – ich kann das bis heute nicht ›Liebe‹ nennen –, und unglücklicherweise ist er schwer erkrankt, was bei so einem jungen Ding dann ja auch den Drang auslöst, den

Geliebten zu bemuttern. Tatsächlich hat Nora ihn bis zu seinem Tode gepflegt – unter nicht allzu glücklichen Umständen, wie ich leider sagen muss. Aber ihre Ehre ist dadurch in keinster Weise befleckt worden. Nora ist …« Reed verschluckte sich – er brachte das Wort »Jungfrau« oder »unberührt« nicht heraus.

»Und wenn sie's nicht wäre, wär's mir auch egal«, meinte Fortnam mit Gemütsruhe. »Ja, schauen Sie nicht so! Ich bin kein junger Spund mehr, meine Plantage wirft ausreichend Geld ab. Und ich hab's nicht nötig, um Beziehungen zu buhlen, die einen unangekratzten Ruf über zehn Generationen voraussetzen, bei mir, meiner Frau und möglichst noch meinem Jagdhund. Und was die Leute in London reden, schert mich ohnehin nicht, ich lebe auf Jamaika. Da allerdings …«

»Ja?«, fragte Reed. Wollte Fortnam womöglich von einem eigenen Skandal berichten?

Fortnam zuckte die Schultern. »Nun ja, die Leute munkeln, wenn ein Mann allein auf einer Plantage mit einer Menge hübscher Sklavenmädchen lebt … Sie verstehen, was ich meine. Und in den letzten Jahren haben wir immer mehr Zuwanderer aus England, eine Gesellschaft formiert sich, es gibt Bälle, Jagden, Einladungen … Aber ohne eine Frau im Haus kann ich mich kaum revanchieren. Also wäre eine Heirat auf jeden Fall in meinem Sinne. Wobei Ihre Tochter ideal wäre, so schön und wohlerzogen wie sie ist.«

Reed nickte. »Ich trenne mich ungern von ihr«, gab er zu. »Aber letztendlich – ich möchte sie glücklich sehen, und hier ist sie das nicht mehr, seit … seit dieser unglückseligen Schwärmerei. Von den Kolonien hat sie übrigens schon immer geträumt. Wenn es das also ist, was sie will … Sofern sie Ihre Werbung annimmt, Fortnam, meinen Segen hat sie.«

Nora war überrascht, als Elias Fortnam wenige Tage später tatsächlich um ihre Hand anhielt. Die Umstände waren eher außergewöhnlich, sie waren wieder gemeinsam ausgeritten, und Fortnam machte sich nicht mal die Mühe abzusteigen. Im Gegenteil, er formulierte den Antrag fast im Plauderton, mit ganz ähnlichen Worten, die er auch ihrem Vater gegenüber gebraucht hatte. So sprach er von Neigung, nicht von Liebe, führte seine gesellschaftlichen Verpflichtungen an und Noras offensichtlichen Wunsch, in einer der Kolonien zu leben.

»Ich biete Ihnen ein schönes Haus, einigermaßen gut geschulte Dienstboten«, Elias Fortnam lächelte, »und einen zuvorkommenden Gatten, für den Sie hoffentlich die Zuneigung und Achtung entwickeln können, die ich Ihnen jetzt schon entgegenbringe.« Er verbeugte sich in Noras Richtung.

Nora wurde erst blass, dann rot. Sie wusste nicht, was sie dazu sagen sollte, und äußerte schließlich den Gedanken, der ihr dummerweise zuerst durch den Kopf ging.

»Ich … ich würde mein Pferd vermissen.«

Gleich darauf hätte sie sich ohrfeigen können. Was musste Fortnam jetzt von ihr denken? Er musste sie für kindisch und oberflächlich halten, er …

Elias Fortnam lachte schallend. Aber es klang eher fröhlich, nicht, als würde er sich über sie lustig machen.

»Das können Sie gern mitnehmen, Nora!«, meinte er dann vergnügt. »Auch zwei oder drei, wir werden sehen, wie viel Frachtraum ich buchen kann. Auf den Inseln herrscht ein chronischer Mangel an Pferden. Man reißt sie sich aus den Händen … und das Ihre ist ein besonders gut gezogenes und rassiges Tier.«

Das war natürlich zutreffend, aber Nora bezweifelte, dass Fortnam der Stute Aurora ihre Abstammung von Darley Arabian wirklich angesehen hatte. Ihr künftiger Gatte war nur ein mäßiger Reiter, sicher hätte er kaum eine Fuchsjagd durchgestanden, und es war unwahrscheinlich, dass er viel von Zucht verstand. Fortnam war kein Peer und auch nicht in Reichtum aufgewachsen wie Nora. Erneut dachte sie an Piraterie … Aber dann schalt sie sich dieser unpassenden Überlegungen. Der Mann hatte sie eben um ihre Hand gebeten! Und sie dachte an Pferde, Piraten und Fuchsjagden … Nora lächelte in sich hinein. Sie hätte an Simon denken sollen. Aber diese Situation war so unwirklich, so … anders. Nora konnte sich absolut nicht vorstellen, diesen so viel älteren, massigen Mann in den Armen zu halten wie damals ihren wunderschönen jungen Lord.

Aber das brauchte sie ja auch nicht. Er würde sie in den Armen halten. Sie brauchte eigentlich gar nichts zu tun. Nur Ja zu sagen. Und dann würde er sie mit auf die Insel nehmen, sie würde all das sehen, was sich Simon erträumt hatte. Sie würde es für ihn sehen, mit seinen Augen … Nora war drauf und dran, den Antrag eines anderen Mannes anzunehmen, aber sie hatte sich ihrem wirklichen Liebsten niemals so nahe gefühlt, seit er sie verlassen hatte.

»Geben Sie mir zwei Tage Bedenkzeit, Mr. Fortnam«, sagte Nora. »Und … kommen Sie nicht mit Blumen in unser Haus …«

Elias Fortnam kam mit Pralinen in ihr Haus, und natürlich empfing Thomas Reed ihn nicht wie damals Simon im Herrenzimmer – stattdessen brachte Elias sein Anliegen förmlich im Empfangszimmer vor. Nora kam sich wieder wie eine Porzellanpuppe vor, als sie artig versicherte, wie entzückt sie sei und dass sie den Antrag gern annehme. Sie hatte sich auch wieder entsprechend herrichten lassen, was ihre Zofe nicht wenig wunderte. Nach wie vor ließ Nora sich nur zu Festlichkeiten schminken und der Mode gerecht frisieren. Jetzt stellte sie sich kurz die Frage, ob ihr künftiger Gatte sie überhaupt schon ungepudert gesehen hatte, aber natürlich hatte sich ihr Haar beim Reiten gelöst, und das eng sitzende Reitkleid schönte auch kaum ihre knabenhafte Figur. Fortnam musste also zumindest eine Vorstellung davon haben, was ihn erwartete.

Du bist so grazil wie eine Elfe, und dein Haar ist wie flüssiger Honig …

Nora hörte Simons sanfte, betörende Stimme, während sie mit ihrem Vater und Elias über die Hochzeitsvorbereitungen sprach. Elias wollte in spätestens einem Monat nach Jamaika zurückkehren, was natürlich eine schnelle Festvorbereitung erforderte.

»Wird Ihr … wird dein … Sohn dann überhaupt dabei sein?«, fragte Nora, als die Männer übereinkamen, die Verlobung in eher kleinem Kreis bei einem Dinner bekannt zu geben und die Hochzeit gleich drei Wochen später mit einem großen Ball und Bankett zu begehen. Es interessierte sie nicht wirklich, Douglas Fortnam kennenzulernen, aber sie meinte, Besorgnis zeigen zu müssen. Schließlich war dies nun ihre Familie … Sie fühlte sich ein wenig wie ein kleines Mädchen, das sein neues Puppenhaus mit Vater, Mutter und Kindern bestückte.

Elias zuckte die Schultern. »Eher nicht«, meinte er trocken. »Es sei denn, es gäbe eine Nachsendeadresse für seine Post und er würde sich geneigt zeigen, seine Reise meinetwegen abzubrechen. Beides halte ich für wenig wahrscheinlich. Du wirst deinen Stiefsohn später kennenlernen müssen.«

Thomas Reed war im Stillen froh darüber. Er hatte inzwischen ein paar Erkundigungen eingezogen. Doug Fortnam war vier Jahre älter als seine Tochter! Es war sicher besser, wenn man der Londoner Gesellschaft die Details nicht zu deutlich vor Augen führte. Ohnehin wurde schon genug über den Altersunterschied zwischen Nora und Elias geredet.

Als Elias sich schließlich verabschiedete, gab er Nora einen höflichen Kuss auf die Wange. Sie musste aufpassen, nicht davor zurückzuschrecken, seit Simons Tod war ihr nie ein Mann so nahe gekommen. Aber Elias' Lippen waren trocken und streiften ihre Haut wie beiläufig. Nora hatte erneut das irritierende Gefühl, dass er nur eine Puppe küsste. Die Berührung löste nichts in ihr aus, sie empfand keine Erregung – aber auch keine Furcht.

Die Vorbereitungen auf die Hochzeit ließ Nora denn auch gleichmütig über sich ergehen. Es schien fast, als sei jeder rund um sie herum sehr viel aufgeregter und brächte mehr Begeisterung dafür auf als die Braut selbst. Nora machte ihren Bekannten und der Dienerschaft die Freude, sie nach Gutdünken schalten und walten zu lassen. Sie erhob keine Einwände gegen den Entwurf der Schneiderin für ein mit Spitze, Schleifen und Volants überfrachtetes Hochzeitskleid, in dessen Schärpen, steifen Kragen und Reifröcken sie sich kaum würde bewegen können. Lady Margaret MacDougal organisierte aufgeregt und voller Überschwang den Ball und das Bankett – Nora hatte das Gefühl, dass zum Auflisten der Speisefolge keine einfache Karte reichen, sondern eine altrömische Schriftrolle zur Hilfe genommen werden müsste. Ein kleines Orchester würde zum Tanz aufspielen, Schautänze wurden geprobt und Tanzmeister engagiert.

Bei alldem hatte Nora das seltsame Gefühl, sich selbst immer mehr zu verlieren, aber trotzdem auf dem richtigen Weg zu sein. Wie so oft hatte sie die Empfindung, dass Simon sie rief und dass sie dem Ruf nun endlich folgte.

Zwei Tage vor der Hochzeit besuchte sie noch einmal das Grab ihres Geliebten. Wortlos und hilflos stand sie vor der aufwändigen Steinplatte, die ihr Vater für die Abdeckung in Auftrag gegeben hatte. Wie immer fühlte sie nichts. An diesem Ort war seine Seele nicht verankert. Wenn sie Nähe zu seinem Geist wollte, musste sie ihn woanders suchen. Nora fühlte eher Hoffnung als Trauer, als sie den Friedhof verließ.

Am selben Tag nahm sie das Samtband mit Simons Siegelring vom Hals. Sie konnte ihn nicht länger tragen, Elias würde Fragen stellen. Also legte sie ihre kostbare Erinnerung in eine

Samttasche und verbarg diese in ihrem Nähetui. Elias würde sie hier niemals finden, aber Nora konnte danach greifen, wann immer es ihr beliebte. Sie würde auch Simons Bücher mit nach Jamaika nehmen, das Hausmädchen hatte sie bereits eingepackt. Unter ihren eigenen fielen sie nicht auf, die Dienerschaft konnte nicht lesen, und ihr Vater hatte die Hinterlassenschaft des Simon Greenborough längst vergessen.

KAPITEL 4

Die Hochzeit gestaltete sich dann sehr festlich. Noras Verbindung zu dem viel älteren Pflanzer wurde von der Londoner Gesellschaft unerwartet freundlich aufgenommen. Der Klatsch hielt sich in Grenzen, und zum Ball kamen alle, die Rang und Namen hatten. Lady Margaret hielt Hof als Vertreterin der Brautmutter, Thomas Reed nahm Glückwünsche und Komplimente zu seiner wunderschönen Tochter entgegen.

Nora trippelte wie eine Marionette durch die Festgesellschaft – ihr blieb gar nichts anderes übrig. Bei normalen Bewegungen wäre ihr Haarschmuck, ein Diadem aus Bändern und Schmucksteinen, verrutscht, Reifrock und Schleppe hätten die Möbel umgeworfen. Elias führte sie auch nur durch ein kleines Menuett zur Eröffnung des Tanzes, danach konnte sie still sitzen und alles an sich vorbeirauschen lassen. Am Ende waren ihre Gesichtsmuskeln vom Lächeln verkrampft, ihre Schultern schmerzten von der Anstrengung, sich trotz des schweren Kopfschmucks aufrecht zu halten, und das Essen lag ihr schwer im Magen, den das Korsett einengte.

Elias sah sehr gediegen aus, passend zu ihrem Kleid hatte auch er sich nach französischem Stil mit Kniehose und Schnallenschuhen ausstaffieren lassen, sein Jackett war aus cremefarbenem Brokat. Nora fand, dass sie wie ein Königspaar wirkten. Oder wie der König und seine Mätresse? Der Gedanke entlockte ihr ein ehrliches Lächeln, das sogar Elias auffiel.

»Worüber amüsierst du dich, Nora?«, erkundigte er sich und gab damit zu erkennen, dass er sich möglicherweise genauso langweilte wie seine junge Frau.

Nora beschloss denn auch, den Gedanken mit ihm zu teilen. »Ich finde, dass ich aussehe wie Madame Pompadour«, wisperte sie ihm zu. »Muss ich auf Jamaika auch so herumlaufen?«

Elias schüttelte den Kopf. »Nein, ganz sicher nicht! Obwohl die Damen natürlich die Mode nachschneidern, die im Mutterland en vogue ist. Aber so schwere Stoffe wie dieser für dein Brautkleid und so viele Röcke und Schleppen – dafür ist es einfach zu heiß auf den Inseln. Natürlich brauchst du dich nicht viel zu bewegen, es gibt ja Diener. Aber dennoch …«

»Ich bewege mich eigentlich ganz gern«, bemerkte Nora, aber dann sprach ein Gast sie an, und sie musste wieder nicken und lächeln.

Die junge Frau war heilfroh, als sie der Gesellschaft endlich entkommen konnte – und Elias beugte dem Ansinnen der ausgelassenen Gäste vor, das Paar ins Brautgemach zu geleiten, indem er Nora zu einer Kutsche führte. Er hatte für die Zeit seines Aufenthaltes in London ein Stadthaus gemietet, das einem anderen jamaikanischen Pflanzer gehörte. Dort würden sie die letzen Tage vor der Abreise verbringen und auch die Hochzeitsnacht.

Peppers, der alte Kutscher, hielt Nora den Schlag jener dunklen Kutsche mit den Initialen der Reeds auf, die sie damals für Simon angehalten hatte. Nora schluckte, als sie an die Küsse dachte, die sie darin getauscht hatten.

»Meinen herzlichsten Glückwunsch dann noch, Miss … Mrs. Fortnam!« Peppers verbeugte sich.

Nora hörte zum ersten Mal ihren neuen Namen, und das Gefühl der Unwirklichkeit stieg wieder in ihr auf. Das hier war nicht sie, das geschah nicht mit der jungen Frau, die manchmal spielerisch »Nora, Lady of Greenborough« auf Notizzettel gekritzelt hatte. In Gedanken tastete sie an ihrem Hals nach Simons Ring … Sie vermisste ihn, sie hatte ihn so lange getragen, dass sie ihn fast als Teil ihres Körpers empfand. Aber nun musste sie Elias anlächeln, der nach ihr einstieg, nicht ohne Peppers vorher ein Trinkgeld in die Hand gedrückt zu haben – er wusste, was sich gehörte. Nora fragte sich, ob auch Peppers an Simon dachte.

Elias setzte sich nicht neben Nora – das wäre schon aufgrund ihres Reifrocks nicht möglich gewesen –, sondern ihr gegenüber. Er musterte sie wohlgefällig.

»Du bist wirklich eine wunderschöne Braut«, schmeichelte er ihr dann noch einmal. »Aber du wirst Hilfe brauchen, dich all dieses Staates wieder zu entledigen. Deine Zofe wird dich bereits in unseren Gemächern erwarten, dein Vater hat angedeutet, das Mädchen stünde dir recht nahe.« Das stimmte eigentlich nicht mehr – seit Simons Tod hatte sich Nora nicht nur von der Welt, sondern auch von den Dienstboten weitgehend zurückgezogen. Zu ihrer Zofe Nellie hatte sie ein freundliches, aber kein inniges Verhältnis. »Er meinte, du würdest sie vielleicht gern mit nach Jamaika nehmen. Aber das geht natürlich nicht.« Nora nickte unbeteiligt. Sie dachte an die bevorstehende Hochzeitsnacht, nicht daran, wer ihr gleich oder gar in einem Monat beim An- und Auskleiden helfen würde. Elias lächelte. »Ich bin froh, dass du es so hinnimmst. Und ich würde dir gern jede Freude machen. Aber ein weißes Hausmädchen … das gäbe nur Unfrieden mit den Negern. Oft fürchten sich diese Kammerkätzchen ja gar noch vor dem schwarzen Mann. Du wirst aber selbstverständlich eine Leibsklavin erhalten – du kannst selbst entscheiden, ob du eins unserer Mädchen schulen möchtest oder ob wir ein bereits ausgebildetes Weib kaufen.«

Nora schrak aus ihren Gedanken. »Ich werde … was?«, fragte sie verblüfft.

In diesem Moment hielt Peppers in der Einfahrt des Herrenhauses. Nicht ganz so feudal wie das der Reeds, aber auch mit Säulen und Marmorstatuen vor dem Eingang ausgestattet.

»Komm, Nora!«, sagte Elias freundlich gelassen, als Peppers den Schlag öffnete, und half ihr heraus.

Die Haustür war erleuchtet, das Personal hatte sie offensichtlich erwartet. Nora nahm mechanisch die Glückwünsche der fremden Hausmädchen, Butler und Hausdiener entgegen und atmete auf, als Elias sie in den ersten Stock geführt hatte. In einem aufwändig mit Teppichen und Seidentapeten geschmückten Ankleidezimmer wartete Nellie.

»Ich werde dich dann gleich aufsuchen«, erklärte Elias und küsste die Hand seiner Frau.

Nora ließ sich auf einem Frisiersessel nieder. Nellie öffnete ihr Kleid, entfernte den Kopfputz aus ihrem Haar und begann es zu lösen, nachdem sie ihrer Herrin aus dem schweren Manteau geholfen hatte.

»Das war eine so schöne Hochzeit!«, plapperte das Mädchen. »Und jetzt? Sind ... sind Sie aufgeregt, Miss ... äh ... Missis?«

Nora zuckte die Achseln. Sie war eigentlich hauptsächlich müde. Aber natürlich auch gewappnet gegen Schmerz. Was sie bislang über die Hochzeitsnacht gehört hatte, war widersprüchlich. Lieder und Gedichte glorifizierten die Liebe, und angelehnt an die Sitten am französischen Hof war man auch in Noras Kreisen nicht prüde. Eileen und andere junge Frauen erzählten kichernd von den Nächten mit ihren Liebsten, und Nora selbst hatte Simons Küsse und Berührungen geliebt. Aber manche jungen Ehefrauen verstummten auch, wenn die Rede auf die Liebe kam, und Lady Margaret hatte Nora bei der Verabschiedung noch zugeflüstert, sie möge in dieser Nacht recht tapfer sein. Die Hausdame hatte gar ein paar Tränen verdrückt.

»Ich denke, Nellie, du machst mich jetzt noch mal richtig hübsch, und dann lassen wir die Sache an uns herankommen«, beschied sie ihre Zofe.

Wahrscheinlich fand Nellie sie jetzt wieder etwas seltsam, aber das ließ sich nicht ändern. Das Mädchen schwieg jedenfalls indigniert, während sie ihre Herrin kämmte und ihr in ein Spitzennachthemd half.

»Das Bett ist auch bereitet«, sagte sie dann steif.

Nora nickte und schlüpfte zwischen die Seidenlaken. Zumindest erinnerte nichts an diesem breiten Prunkbett mit seinen spitzengeschmückten Vorhängen an die schmale Pritsche in Simons Mansarde. Gelassen erwartete sie Elias Ankunft und lächelte noch einmal, als er eintrat. Irgendwann würden ihre Muskeln verkrampfen …

Elias Fortnam legte sich ohne weitere Worte neben Nora. Auch er trug ein Nachthemd, zudem spendeten nur ein paar Kerzen dämmeriges Licht. Sie sah folglich nicht viel von seinem Körper, fühlte ihn dann aber bald schwer auf sich. Elias verhielt sich jedoch äußerst rücksichtsvoll. Noras Gatte küsste seine junge Frau langsam und wenig fordernd. Er ließ seine Lippen über ihre Brüste wandern und seine Hände über ihre Schultern, ihren Rücken und ihr Gesäß. Das alles war nicht unangenehm, Nora ließ es wortlos über sich ergehen und fragte sich, ob wohl auch von ihr irgendetwas verlangt wurde. Um etwas zu tun, schlang sie schließlich die Arme um seinen Hals, als er sich auf sie legte und in sie eindrang. Es tat weh, aber es war zu ertragen, und es war schnell vorbei. Elias bewegte sich ein wenig in ihr, vergaß dann die Rücksicht und ließ das volle Gewicht seines schweren Körpers auf ihren zierlichen sinken, was Nora einen Herzschlag lang Angst machte. Aber dann richtete er sich auch wieder auf, küsste sie noch einmal auf die Stirn und ließ sich neben sie fallen. Gleich darauf war er eingeschlafen.

Nora wartete noch ein wenig, bevor sie es wagte, sich zu rühren. Dann rollte sie sich neben ihm zusammen und suchte den Weg zu ihrer Insel. Zwischen ihren Beinen brannte es, und sie schien ein wenig zu bluten, aber darum würde sie sich am kommenden Morgen kümmern. Nach diesem Tag brauchte sie einen schönen Traum.

Gleich darauf lief sie über einen goldenen Strand zum Ozean, fühlte den heißen Sand unter ihren Füßen und dann die Kühle des azurblauen Wassers. Das Meer ihrer Träume spülte den Schweiß und die Erinnerung an diesen Tag von ihrer Haut und aus ihren Gedanken.

Die letzte Zeit vor der Abreise nach Jamaika verging dann wie im Flug. Nora war mit Abschiedsbesuchen und Einkäufen beschäftigt, Elias ermunterte sie, so viele Dinge des täglichen Bedarfs, vor allem Luxusgüter, mitzunehmen wie eben möglich. Er selbst kaufte Gemälde und Statuen für sein Haus, zog allerdings nicht Nora bei der Auswahl hinzu, sondern eher ihren Vater. Auch ihm ging es nicht um Schönheit als solche oder gar seinen persönlichen Geschmack oder den seiner Gattin, sondern um Investition und Repräsentation.

Nora selbst wusste nicht so recht, was sie mitnehmen sollte. Lady Wentworth riet ihr schließlich zu leichten Kleiderstoffen, seidener Unterwäsche und allem, was sonst zu ihrer Aussteuer gehörte.

»Herzchen, ist Ihre Aussteuer überhaupt vollständig? Sicher nicht bei dieser etwas kurz entschlossenen Heirat. Nein, nein, Kindchen, das meine ich jetzt nicht böse, solche raschen Entscheidungen sind recht üblich für Pflanzer, es wird Sie niemand schief ansehen, weil Sie keine drei Jahre verlobt waren … Aber reich ausstatten sollten Sie sich schon. Soll ich einfach einmal mitgehen?«

Nora sagte aufatmend zu, und Lady Wentworth begleitete sie in den nächsten Tagen zu Tuchhändlern und Silberschmieden, in Porzellanmanufakturen und Glasbläsereien. Noras Aussteuer füllte schließlich drei Truhen, und es war nicht ein Teil darunter, das sie in jener Mansarde mit Simon hätte gebrauchen können. Immerhin brachte der Besuch bei einem Goldschmied Nora auf eine Idee.

Zwei Tage vor der Abreise suchte sie den Handwerker allein auf. Behutsam legte sie Simons Siegelring auf seine Arbeitsplatte.

»Können Sie das … umarbeiten?«, fragte sie leise und mit blutendem Herzen. »Vielleicht zu … zu einer Brosche oder einem Anhänger?«

Der Goldschmied besah sich den Ring.

»Eine wertvolle Arbeit – zweifellos alt und reines Gold. Das kann ich zu jedem beliebigen Schmuckstück umarbeiten, Lady. Auch wenn ich nicht recht verstehe, warum. Es ist doch sicher ein Erbstück.«

Nora nickte. »Ja. Aber ich … Also, ich brauche es nicht, um Briefe damit zu versiegeln. Es ist mehr … also eine Erinnerung, und als Ring … Er ist mir viel zu weit …«

»Ich könnte ihn einfach enger machen«, bot der Goldschmied an.

Nora schüttelte den Kopf. »Nein. Nein, es soll … es soll kein Ring mehr sein, es soll nicht aussehen, als ob … Es soll eher so aussehen, als … als hätte es vielleicht einer Tante gehört …«

Der Handwerker sah Nora prüfend an. »Waren Sie nicht vor einigen Tagen hier und haben Silber für Ihre Aussteuer erstanden?«, erkundigte er sich. Nora war ihm dankbar, dass sein Lächeln nichts Schmieriges hatte. »Mit einer etwas älteren Dame?«

Nora kaute auf ihrer Lippe. »Ja, meine … meine … äh … Tante.«

Der Mann lachte. »Dann hoffen wir mal, dass Ihre Tante auf den Namen … hm … Geraldine hört? Oder Genevieve? Oder soll das G auf dem Ring auch geändert werden?«

Nora errötete. »Nein. Nein, das G bitte nicht. Bitte verändern Sie so wenig wie möglich. Machen Sie nur … machen Sie nur, dass ich es tragen kann … ohne dass … Ich möchte es offen tragen können, ohne dass jemand Fragen stellt.«

Sie straffte sich. Was machte es schon, wenn der Mann etwas ahnte? In zwei Tagen reiste sie ab in die Kolonien, sie würde diesen Laden nie wieder betreten.

Aber der Goldschmied erwies sich ohnehin als diskret. In seinem Blick standen weder Sensationsgier noch lüsterne Missbilligung, als er den Ring jetzt an sich nahm und hin und her drehte.

»Möchten Sie warten?«, fragte er freundlich.

Nora nickte erleichtert. Sie hätte es nicht ertragen, sich allzu weit von ihrem einzigen Andenken an Simon zu entfernen. Tatsächlich dauerte es dann auch nicht allzu lange, und Nora war entzückt von dem Ergebnis. Der Handwerker hatte das Gold des Ringes fein ziseliert um das Siegel gelegt, sodass eine Art Gemme entstand, die sie an einem Samtband um den Hals tragen konnte. Die ovale Form ließ völlig vergessen, dass dies einmal ein Ring gewesen war. Und das erhabene G konnte tatsächlich für eine Initiale stehen.

Nora lächelte dem Handwerker zu. »Tante Geraldine wäre entzückt gewesen«, sagte sie und zückte ihre Geldbörse, bereit, den Goldschmied fürstlich zu entlohnen.

Der Mann verbeugte sich. »Ich freue mich, dass ich ihr Andenken ehren konnte.«

Nora ließ den Anhänger in ihrem Beutel verschwinden und später wieder in ihrem Nähzeug. Es sollte hier ruhen, bis sie auf See waren, weit fort von den forschenden Augen ihres Vaters, der den Ring zweifellos erkannt hätte. Elias hatte ihn sicher nie gesehen, Noras Protesten zum Trotz pflegte Nellie ihn ihr abzunehmen, wenn sie ihre Herrin für Abendeinladungen und Feste schmückte. Wenn Nora das schwarze Samtband mit der Gemme nun umlegte, würde es für ihn ein Schmuckstück sein.

Elias Fortnam hatte Wort gehalten und reichlich Frachtraum auf einem Schoner gebucht, der direkt nach Jamaika segeln würde. Noras Stute Aurora fand Platz unter Deck, ebenso zwei weitere Pferde, die Elias gekauft hatte. Wenn man sich schon die Mühe mit dem Transport der Tiere machte, dann sollte es sich auch lohnen. Auch sonst diente das kompakte, breitrumpfige Schiff vorwiegend dem Warentransport, mit viel Komfort konnten Nora und Elias nicht rechnen. Außer ihnen waren überhaupt nur noch zwei Passagiere an Bord, ein junger Reverend, der eine Gemeinde in Kingston übernehmen sollte, und seine Frau. Nora war fassungslos, als der Erste Offizier des Schiffes ihr die Kabine zeigte, die sich die beiden Ehepaare teilen sollten. Der Raum war gerade mal so groß, dass zwei Menschen darin stehen konnten; an den Seiten gab es vier Kojen, je zwei übereinander.

»Und hier sollen wir ... zu ... viert nächtigen?«, fragte Nora ungläubig.

Der Reverend lachte. »Gute Frau, ich hörte, dass man in solchen Gelassen bis zu acht Leute unterbringt. Als die Kirche weiland Missionare nach Hawaii schickte ...«

Nora war es ziemlich egal, unter welchen Umständen ihre Landsleute Polynesien missioniert hatten, vielleicht gehörte hier ja ein gewisses Märtyrertum dazu. Sie beschwerte sich erst mal bei Elias, aber der zuckte dazu auch nur die Schultern.

»Meine Liebe, ich kann gut verstehen, wenn du unter diesen Umständen ein paar Wochen auf unser ... hm ... trauliches Beisammensein verzichten möchtest. Ich jedenfalls lege keinen Wert darauf, dir in Gesellschaft unserer jungen Freunde beizuliegen, wir können also gern jeder eine dieser Kojen beziehen. Ein eigenes Gemach oder geräumigere Betten kann ich dir allerdings nicht bieten, schon dies gilt auf den Schiffen als Luxus.«

Nora verstand, was er meinte, als sie nach den Pferden sah

und dabei einen Blick in die Mannschaftsunterkünfte werfen konnte. Hier sah sie zum ersten Mal Hängematten – woraufhin sie sich beim nächsten Besuch auf ihrer imaginären Insel lieber auf eine Decke im warmen Sand träumte. Die Männer schliefen schichtweise in engen, ungezieferverseuchten Quartieren. Ihre eigene Kabine hielt die Missionarsgattin immerhin peinlich sauber – bis sie gleich nach Verlassen des Kanals und Hinaussegeln auf den Atlantik der Seekrankheit zum Opfer fiel. Von da an sorgte Nora für Ordnung und Sauberkeit – schon weil sie keine Lust hatte, sich die Flöhe zu holen, die sich der Reverend scharenweise einfing, wenn er sich um die kranken Seeleute kümmerte oder zumindest so tat. In Wirklichkeit beschränkte sich seine Zuwendung für die Mannschaft eher auf Bibellesungen, und auch seiner Frau stand er nicht allzu eifrig zur Seite, wenn sie sich wieder mal heftig erbrach.

»Das kann eigentlich gar nicht mehr sein, ich hab doch seit Tagen nichts gegessen«, wimmerte die junge Frau, als Nora sich schließlich ihrer annahm, sie wusch und auf Anraten des Kapitäns mit Rum als »Medizin« versorgte.

Lediglich des Nachts bemühte Reverend Stevens sich heftig um seine Gattin – Nora fand kaum eine Stunde Ruhe, während er ächzend und stöhnend versuchte, seiner Ruth ein Kind zu machen. Elias schien das nicht zu stören, er schnarchte in der Koje über seiner jungen Frau, was allein schon genügt hätte, Nora den Schlaf zu rauben.

Nun verstand sich Elias Fortnam auch bestens mit dem Kapitän, dem Maat und dem Ersten Offizier. Die Männer zechten bis tief in die Nacht, nachdem Nora und die indignierten Stevens sich längst zurückgezogen hatten. Mitunter beneidete Nora ihren Mann um diese Zerstreuungen. Zum ersten Mal hatte auch sie den Wunsch, sich mit Gin, Rum, Laudanum oder was immer sie kriegen konnte zu betäuben – oder es dem Reverend unauffällig in seinen Tee zu mischen.

Darüber hinaus genoss sie die Seereise allerdings. Sie wurde nicht seekrank, lediglich in den ersten, sehr stürmischen Tagen verspürte sie vages Unwohlsein, das aber gleich schwand, als Elias sie anwies, auf keinen Fall in ihrer Kabine liegen zu bleiben. Er riet ihr, an Deck zu gehen und zum Horizont zu schauen, was Nora auch tat. Sie liebte es, im Freien zu sein und den Wind zu spüren, hinaus in die Wellen zu sehen und den Matrosen bei der Arbeit zuzuschauen. Besonders ihre halsbrecherischen Klettermanöver in den drei mit voluminösen Segeln bestückten Masten faszinierten sie. Die Männer wurden auch bald zutraulich und erklärten der aufmerksamen jungen Frau wichtigtuerisch die Bewaffnung des Schiffes. Mit leichtem Gruseln sah Nora sich die Kanonen an, die das Schiff an Bord hatte. Elias hatte den Neunpfündern viel Aufmerksamkeit zugewandt, bevor er die Passage buchte. Die Verteidigungsbereitschaft des Seglers war ihm wichtig, noch immer gab es Piratenaktivität in der Karibik und auf dem Weg dorthin, und obwohl gerade kein Krieg zwischen England und Spanien herrschte, kam es doch gelegentlich zu Scharmützeln auf See.

Nora mochte daran jedoch nicht denken. Sie begeisterte sich eher für die Wale und Delfine, die das Schiff begleiteten. Sie war hingerissen, als die erste gewaltige Rückenflosse eines fast hausgroßen Wals vor ihrem Ausguck auftauchte, während Ruth Stevens mit einem Aufschrei in die Kabine flüchtete.

Auch der Reverend fürchtete sich und erheiterte die Mannschaft, indem er ihnen einen Pottwal als das Tier vorstellte, das weiland Jonas verschluckt hatte.

»Nee, Reverend, der nicht, der hat nicht mal Zähne!«, lachte einer der Männer, der früher auf einem Walfänger gearbeitet hatte. »Das Vieh frisst nur ganz kleines Getier, für unsereins ist's harmlos, wenn man's nicht reizt oder ihm so nah kommt, dass es einen mit der Flosse erwischt.«

Reverend Stevens erklärte daraufhin würdevoll, dies sei wohl der Grund, weshalb Jonas in einem Stück in den Magen des Wals gelangt sei, dank Gottes weisen Ratschlusses. Und überhaupt, wenn Gott entscheide, dass dieses oder jenes Ungeheuer diesen oder jenen Missionar verschlucke, so seien fehlende Kauwerkzeuge da wohl kein Hindernis.

Als Nora Elias davon erzählte, erheiterte der damit gleich am Abend die Männerrunde am Tisch des Kapitäns und stieß vergnügt mit den Offizieren auf Jonas, den Wal und weltfremde Geistliche an.

Als sich das Schiff ein paar Tage später den Kanarischen Inseln näherte und das mitteleuropäische Winterwetter langsam freundlicheren Temperaturen wich, führten Noras häufige Deckaufenthalte allerdings zur ersten Verstimmung in ihrer jungen Ehe. Nora hatte anfänglich stets einen spitzenbesetzten Sonnenschirm mitgeführt, wenn sie an Deck flanierte, aber mit fortschreitender Reise kam es ihr dumm und affektiert vor, sich hier zu gebärden wie eine Dame im St. James' Park. Sie ließ zunächst den Reifrock weg, was niemand kommentierte. Mrs. Stevens pflegte auch keinen zu tragen und besaß überhaupt nur sehr schlichte Kleider. Nora wusste nicht, ob sie aus einfachen Verhältnissen stammte oder ob ihr Stand als Gattin eines Geistlichen den Verzicht auf Luxus forderte, aber ihre Ausstattung unterschied sich kaum von derjenigen der Arbeiterfrauen im Eastend. Allerdings besaß sie einen Sonnenschirm und trug ihn stets mit sich, sobald das Wetter besser wurde. Nora dagegen ließ den ihren in der Kabine. Das Ding störte sie nur, wenn sie sich über die Reling beugte, um Delfine und Wale zu entdecken, und es forderte Anstrengung, es festzuhalten, wenn es windete. Auf dem Atlantik wehte oft eine steife Brise, und Nora liebte es, ihr Haar zu lösen und den Wind ihr Gesicht umspielen zu lassen. Sehr schnell bräunte ihr heller Teint in Seeluft und Sonne.

Elias schien das erst nicht zu bemerken, er sah Nora praktisch nur bei den Mahlzeiten, welche die Passagiere zusammen mit dem Kapitän und seinen Offizieren einnahmen. In der Offiziersmesse unter Deck herrschte stets Halbdunkel, und Elias schien seine junge Frau auch nicht so anziehend zu finden, dass er kaum den Blick von ihr wenden konnte. Dann traf er sie aber eines Tages an Deck, das Haar offen im Wind und das Gesicht schutzlos der Sonne ausgesetzt.

»Nora, bist du noch bei Sinnen?«, rief er. Nora schreckte auf, als er sie so rüde anfuhr.

»Wie läufst du hier herum? Hol dir sofort einen Sonnenschirm und einen Hut, und am allerbesten gehst du unter Deck, wie es sich schickt für eine Lady!«

Nora runzelte die Stirn. »Ich habe nicht mit den Männern getändelt«, erklärte sie beleidigt.

Tatsächlich arbeiteten nur drei Matrosen in ihrer Nähe, und die hatten mit der Takelage genug zu tun, sie schienen Nora kaum zu bemerken.

Elias machte eine wegwerfende Handbewegung. »Das will ich auch schwer hoffen«, bemerkte er. »Aber da mach ich mir keine Sorgen. Der Kapitän ist ein harter Hund, wenn der einen Matrosen mit einem von euch Weibern erwischt, lässt er ihn kielholen … Aber du … Herr im Himmel, ich habe mir doch keine Lady aus England geholt, damit sie sich hier braun brennen lässt wie eine Mulattin!« Nora hatte noch an dem abschätzigen Ausdruck »Weiber« zu knacken. Sie verstand nicht recht, was Elias wollte, aber jetzt nahm er sie hart am Arm und schob sie in Richtung Unterdeck. »Geh jetzt sofort hinunter und mach etwas mit deinem Gesicht. Bleichmittel vielleicht oder was ihr da sonst an Sachen kennt für die vornehme Blässe. Aber komm mir nicht wie eine Negerin in Kingston an!«

Nora, der während der Überfahrt kein Spiegel zur Verfügung stand, begann erst jetzt zu begreifen, worum es ging. Sie hätte nie gedacht, dass die vornehme Blässe, um die man sich in England bemühte, dem jamaikanischen Pflanzer derart wichtig war, dennoch hielt sie sich von jetzt an zurück. Zwar fand sie Elias' Reaktion übertrieben und beleidigend, aber sie hatte natürlich nicht vor, in der besseren Gesellschaft ihrer neuen Heimat gleich negativ aufzufallen. Wie sie leicht gebräunte Haut allerdings auf Dauer vermeiden sollte, wenn sie erst in der allgegenwärtigen Karibiksonne ausging und ritt, konnte sie sich nicht vorstellen. Das war schließlich schon bei ihren Ausritten und Spaziergängen im St. James' Park nicht gelungen, aber Simon hatte es nichts ausgemacht.

Deine Haut wird so golden wie dein Haar, hatte er bewundernd gesagt, heller und dunkler Bernstein … du hast recht, es ist zu schade, es mit Puder zu bestäuben.

In den letzten Wochen auf dem Schiff tat Nora dann allerdings genau das. Sie schminkte sich, wenn sie herausging, und besann sich auch auf ihren Sonnenhut, zu dessen Anschaffung Lady Wentworth in London dringend geraten hatte. Auf ihren vorherigen Versuch, sich eine von Ruth Stevens' Hauben zu leihen, die das Gesicht ebenfalls beschatteten, hatte Elias fast genauso heftig reagiert wie auf den Verzicht auf den Sonnenschirm.

»Keine Dienstbotenkluft, Nora! Ich bringe eine Lady nach Cascarilla Gardens, ich will, dass du dich dementsprechend kleidest und zeigst!«

Nora dachte wieder an das Gefühl vor und bei ihrer Hochzeit: Es hatte sie nicht getrogen. Elias Fortnam hatte eine repräsentative Puppe gewollt, keine Frau aus Fleisch und Blut. Aber sie hatte dem Handel zugestimmt. Also würde sie nun ihr Bestes tun, um ihren Mann zufriedenzustellen.

Und dann, nach mehr als sechzig Tagen auf See, kam Jamaika in Sicht. Der Kapitän hatte seine Passagiere auf Deck gerufen, um einen ersten Blick auf die Insel zu werfen, und Nora hatte eigentlich sofort hinaufstürmen wollen. Dann reichte allerdings ein scharfer Blick von Elias, um sie zu zähmen. So rasch es ging, schminkte sie sich, puderte ihr Haar, schlüpfte in einen Reifrock und setzte ihren Hut auf.

Sie war verärgert und fühlte fast ein bisschen Verbitterung, als sie Elias endlich ins Freie folgte, aber dann warf sie den ersten Blick auf die Insel und spürte nur noch Verzauberung. Niemals, niemals zuvor hatte sie so etwas Schönes gesehen, sie konnte ihre Begeisterung kaum bezähmen. Das Schiff schob sich in sanften Bewegungen über leichte Wellen. Das Meer war an diesem Tag sattgrün, und die in der Sonne glitzernden Wellen schwappten sanft gegen einen schneeweißen Strand. Unmittelbar dahinter erhob sich üppiges Grün, die versprochenen Mangrovenwälder. Dichter Dschungel, verheißungsvoll und beängstigend, und doch seltsam bekannt. Nora hätte all das umarmen können, sie wollte lachen und singen – allerdings erwartete Elias sicher, dass sie Würde bewahrte. Er schaute schon mehr als missbilligend auf Ruth Stevens, die ungläubig dastand und ihrem Entsetzen Ausdruck verlieh.

»Aber das ist ja Dschungel, John! Das ist nur Strand und … und Bäume … Bestimmt gibt es Eingeborene … Ich … ich hatte gedacht, Kingston wäre eine Stadt …«

Der Reverend versuchte seine Frau zu beruhigen, während Elias in ruhigem Stolz auf Nora blickte, die aufrecht und schön wie eine Königin ihr neues Reich in Augenschein nahm. Elias Fortnams Puppe lächelte distanziert, aber die Seele von Simon Greenboroughs Liebster tanzte. Sie tastete nach dem Anhänger, den sie seit ihrer Abreise ständig trug. Und plötzlich war ihr Geliebter bei ihr, sie meinte, ihn wieder fühlen, sein Glück spüren zu können.

Nora hatte es geschafft. Sie hatte ihre Insel gefunden und seinen Geist nach Hause gebracht.

KAPITEL 5

Das Anlanden auf der Insel Jamaika vollzog sich natürlich nicht so wie die Ankunft in dem Paradies aus Noras Träumen. Weder paddelten sie Eingeborene an Land, noch ließ der Kapitän Boote herunter in die Bucht ihrer Fantasie. Stattdessen fuhr das Schiff einfach daran vorbei. Ein Küstenabschnitt nach dem anderen zeigte seine Schönheit, und Nora hätte überall anlanden mögen. Der Schoner steuerte jedoch Kingston an, einen Naturhafen, um den herum man eine Stadt angelegt hatte. Nach einem Brand, der die ursprüngliche Siedlung zerstört hatte, war die Stadt planmäßig wieder aufgebaut worden und rasch zum Wirtschaftszentrum aufgestiegen. Sie stellte die Hauptstadt Spanish Town jetzt schon in den Schatten.

Nora erinnerte sich noch, wie Simon sowohl von Kingston als auch von Spanish Town gesprochen hatte. Genau hier hätte er sich eine Dependance von Thomas Reeds Handelshaus vorstellen können, und Elias bestätigte Nora, dass viele europäische Import-Export-Kaufleute ein zweites Standbein auf Jamaika unterhielten. Der Hafen von Kingston war groß und bevölkert, die Häuser der Stadt wirkten bunt und verspielt. Nora wusste allerdings, dass dieser Eindruck täuschen konnte. Viele Städte in der Karibik galten als Lasterhöhlen, und nicht nur Brände, Hurrikans und Erdbeben bedrohten die größeren Gemeinwesen, sondern oft auch Seuchen, die sich im feuchtwarmen Klima in Ballungszentren schnell verbreiteten, nachdem irgendein Seemann sie eingeschleppt hatte. Bei der Anlage der neuen Stadt Kingston schien man dieser Gefahr jedoch bereits Rechnung getragen zu haben. Die Straßen wirkten breit und die Häuser gepflegt, es lag weniger Unrat herum als in London.

Ruth Stevens gefiel ihre neue Heimat trotzdem nicht. Sie begann sofort bei der Ausschiffung, sich über die Hitze und Feuchtigkeit zu beschweren.

»Himmel, es scheint, als atme man Wasser«, seufzte sie.

Ihr schweres dunkles Kleid aus Tuch war aber auch wenig für das Klima geeignet. Nora dagegen dankte im Geiste Lady Wentworth für die kundige Beratung. Schon in London hatte sie sich leichte Seidenkleider schneidern lassen, und jetzt folgten ihr die bewundernden Blicke der Händler und Hafenarbeiter, als Elias sie über eine provisorische Rampe an Land führte.

»Für die Pferde muss man die aber verstärken«, bemerkte Nora.

Ihr Gatte schien ihr kaum zuzuhören. Er schritt mit ihr den Steg hinunter, als gingen sie in London zum Tanz – sichtlich stolz darauf, der Gesellschaft von Kingston seine Neuerwerbung vorzuführen.

Nora beschloss, sich nicht darüber zu ärgern. Die neue Welt, in die sie trat, war auch viel zu aufregend, um Gedanken an Elias zu verschwenden. Natürlich unterschieden sich die Arbeiten im Kingstoner Hafen kaum von denen, die sie an den Londoner Docks oft genug beobachtet hatte. Die Vielfalt der aus- und eingeladenen Waren imponierte Nora nicht, wohl aber die Vielfalt der Menschen! Allein die Hautfarben der Hafenarbeiter schwankten zwischen fast schwarz und milchkaffeebraun. Sie arbeiteten mit nackten Oberkörpern, meist barfuß, nur bekleidet mit weiten weißen Leinenhosen. Die Aufseher waren meist Weiße, aber oft auch braun gebrannt – und Nora erschrak, als sie in ihren Händen wirklich Peitschen sah! Die meisten schienen sie nur pro forma bei sich zu haben, und Nora wollte sich schon beruhigen, aber dann sah sie doch einen Schlag auf den Rücken eines der schwarzen Arbeiter niedersausen. Das Geräusch ging Nora durch Mark und Bein. Nicht vergleichbar dem fast unhörbaren Anschlagen, wenn Peppers die Fahrpeitsche gelegentlich auf das gut gepolsterte Hinterteil eines seiner Pferde klatschen ließ. Hier dämpfte den Schlag ja auch kein Fell, die Peitsche traf auf nackte Haut.

Zwischen Arbeitern und Aufsehern wanderten ungerührt Händler umher, deren Aufzug – Perücke, Jambot und Kniehose – dem von Noras Vater glich. Kapitäne und Schiffsoffiziere fachsimpelten miteinander. Melonenverkäufer – auch sie meist schwarz – fuhren mit Obstkarren herum und boten Erfrischungen an. Mannschaftsmitglieder, die freihatten, gingen vergnügt an Land, wobei ihnen junge Frauen in bunten Kleidern verheißungsvoll zulächelten. Einige waren fast hellhäutig mit nur etwas volleren Lippen, dunklen Augen und dunklem Haar, andere tiefschwarz, breitnasig und kraushaarig. Nora wusste, dass dies Hafenhuren waren und dass sie eigentlich den Blick abwenden sollte, aber sie konnte nicht umhin, das Treiben mit allen Sinnen zu genießen. In der Luft lag der Geruch von Gewürzen und Früchten, aber auch von Fäulnis, ranzigem Fett und Rauch, der von den Garküchen aufstieg. Die Hafenkneipen waren zu den Docks hin offen, die Zecher lungerten darin und davor herum – statt des in London allgegenwärtigen Gins wurde hier vor allem Rum ausgeschenkt. Auch sein Aroma mischte sich in die Hafengerüche.

»Nora! Hörst du nicht?«

In ihrer Faszination für die bunte Welt der Kingstoner Docks hatte Nora überhört, dass Elias das Wort an sie richtete. Sie merkte auch jetzt erst, dass er mit einem der Händler sprach. Nora lächelte pflichtschuldig, als er ihr den Mann vorstellte, vergaß seinen Namen aber sofort. Umso interessanter fand sie den Jungen, der ihm auf dem Fuß folgte. Sie konnte kaum glauben, wie schwarz die Haut eines Menschen sein konnte! Der Junge wirkte auch nicht verschwitzt und überhitzt wie sein Herr. Seine Haut war trocken und glänzte samtig in der Sonne. Nora lauschte, als der Händler sich ihm zuwandte und ihm offensichtlich einen Auftrag gab, aber sie konnte im allgemeinen Lärm um sie herum nicht verstehen, was er zu ihm sagte. Der Diener verbeugte sich daraufhin jedoch ergeben und setzte sich in Trab, weg vom Hafen.

»Mr. Frazer hat die Freundlichkeit, Lord Hollister von unserer Ankunft benachrichtigen zu lassen«, bemerkte Elias zu Nora. »Hollister ist ein Geschäftsfreund, er wird uns einen Wagen schicken, und wir werden diese Nacht in seinem Stadthaus verbringen.«

Nora nickte, fast ein wenig enttäuscht. Sie hatte eigentlich gehofft, gleich nach Cascarilla Gardens weiterreisen zu können. Natürlich reizte sie auch die Erforschung der Stadt Kingston, aber vor allem sehnte sie sich nach der Bucht ihrer Träume. Elias' Plantage sollte nah am Meer liegen. Nora konnte es kaum abwarten, über den Strand zu gehen und die Wärme des Sandes unter den Füßen zu spüren. Zudem war Cascarilla Gardens nicht allzu weit weg, die Pflanzung lag gut fünf Meilen südöstlich von Spanish Town und ebenso viele südwestlich von Kingston. Zwischen den Orten musste es auch annehmbar ausgebaute Verbindungswege geben, also sollte es möglich sein, Elias' Besitzungen in weniger als einem halben Tag zu erreichen. Zu Pferd hätte Nora es in gut einer Stunde leicht geschafft, aber sie sah natürlich ein, dass man Aurora nach der langen Stehzeit auf dem schwankenden Schiff nicht direkt entladen und reiten konnte. Mal ganz abgesehen davon, was Elias dazu gesagt hätte! Er wollte seine englische Lady vorführen, und dazu eignete sich eine offene Kutsche zweifellos besser. Wahrscheinlich war dies auch der Grund, weshalb er noch einen Tag in der Stadt verbringen wollte.

Nora seufzte. Hoffentlich plante er nicht gleich ein großes Dinner – bislang waren schließlich nicht mal all ihre Kleider ausgeladen. Sie würde Lady Hollister sogar bitten müssen, ihr einen Sonnenschirm zu leihen, wenn sie an diesem Tag noch länger im Freien verweilen sollte. Ihr eigener war nach der stürmischen Überfahrt zerfetzt. Natürlich besaß sie noch etliche weitere – man trug die Seidenschirme passend zu den Kleidern –, aber die lagen noch in ihren Reisetruhen im Bauch des Schiffes. Womöglich dauerte es gar mehr als einen Tag, alles auszuladen! Nora seufzte voller Ungeduld. Sie konnte sich mit einem kurzen Aufenthalt abfinden, aber am kommenden Tag wollte sie auf jeden Fall nach Cascarilla Gardens!

Elias lachte, als sie diese Gedanken äußerte. »Na, du kannst es ja gar nicht abwarten, deine neue Heimat zu sehen!«, neckte er sie. »Sehr gut, sehr vielversprechend – meine erste Frau hatte Tränen in den Augen, als sie vom Schiff aus die menschenleeren Strände sah, und aus der Stadt wollte sie gar nicht weg.« Es war das erste Mal, dass er von seiner verstorbenen Gattin sprach, und Nora war es etwas peinlich, so offen mit ihrer Vorgängerin verglichen zu werden. Zumal es sich anhörte, als prüfe man hier ein Jagdpferd auf den Elan, mit dem es ein Hindernis anging … »Aber mach dir keine Sorgen, wir fahren morgen weiter, das Ausladen brauche ich nicht zu überwachen. Allerdings will ich mir von Hollister nicht auch noch Frachtwagen und Landauer leihen. Also schicken wir heute noch einen Boten nach Cascarilla, und morgen sind die Wagen dann da. Bis dahin werden auch die Pferde entladen, die können dann gleich mitlaufen.«

Nora biss sich auf die Lippen. »Ich glaube nicht«, wandte sie ein. »Wir werden doch nicht die ganze Zeit Schritt fahren, oder? Und so eine lange Strecke traben, nach mehr als zwei Monaten absoluter Unbeweglichkeit auf dem Schiff …«

Elias zuckte die Schultern. »Wie du meinst. Gut, dass du's

gleich sagst, dann lasse ich zwei Neger schicken, die sie rüberführen …«

Nora runzelte die Stirn. »Führen?«, fragte sie. »So viele Meilen? Die Leute müssten Stunden neben ihnen herlaufen, und das bei dieser Hitze! Können sie nicht einfach bei deinem Freund im Stall bleiben, bis wir das nächste Mal in die Stadt kommen? Das geschieht doch sicher oft, und ich könnte Aurora dann heimreiten.«

Elias lachte schallend. »Nora, glaub's mir, für die Jungs ist das eine Belohnung, wenn sie mal ein paar Stunden mit so einem Pferd spazieren gehen dürfen, statt Zuckerrohr zu schneiden. Und du denkst doch wohl auch nicht, dass ich denen für den Hinweg eine Kutsche stelle! Die Schwarzen sind alle gute Läufer, keine Sorge!«

Nora fand das befremdlich – es würde ohnehin ein Frachtwagen mitkommen, warum ließ man die Leute nicht einfach dort einsteigen? Aber dann sah sie etwas, das sie noch viel mehr erregte als die Zumutung, einen Dienstboten ein paar Meilen laufen zu lassen. Ein weiteres Schiff am Kai öffnete seine Luken zum Entladen seiner Fracht, und Menschen taumelten heraus. Schockiert starrte Nora auf die vielleicht sechzig Schwarzen – die meisten von ihnen junge Männer, aber auch ein paar Frauen darunter, die sich mühsam mit Ketten gefesselt ins Freie schleppten. Sie blinzelten. Ob man sie während der gesamten Reise unter Deck gehalten hatte?

»Wo kommen sie her?«, fragte Nora tonlos.

Elias folgte ihrem Blick. »Elfenbeinküste, Kongo, müsste man den Kapitän fragen. Aber schau nicht hin, wenn sie frisch entladen werden, sind sie kein schöner Anblick.« Er grinste. »Du sagst ja selbst, dein Pferd wird steif sein, wenn's sich drei Monate nicht bewegt hat. Geht denen nicht anders.«

Nora sah Elias entsetzt an. »Das … das kann man doch nicht vergleichen! Wenn wir die Pferde in Verschläge packen … das ist zu ihrem eigenen Schutz bei dem Seegang. Aber hier … das sind Menschen, Elias, die kann man nicht einpferchen wie … wie …«

»Das sind Sklaven«, meinte Elias mit Gemütsruhe. »Und wenn der Skipper die einpfercht, dann zu seinem eigenen Schutz! Stell dir vor, die machten auf dem Schiff einen Aufstand! Vierzig junge, kräftige Kerle!«

Die Männer waren zweifellos jung, aber alles andere als kräftig nach der strapaziösen Überfahrt. Nora sah Erschöpfung, Hoffnungslosigkeit und Scham in ihren Augen, den gleichen Ausdruck wie in Simons, nachdem man ihm sein Heim und seine Stellung in der Gesellschaft genommen hatte. Noras Verständnis und Mitgefühl überlagerte ihr Befremden über die Farbe ihrer Haut. Ob schwarz oder weiß, dies waren Menschen wie sie, und sie fühlten wie sie!

»Sie sind krank«, stieß Nora hervor, »oder verletzt.« Auf der dunklen Haut sah man die Blutspuren. Nicht auf den ersten Blick, aber Nora war eine scharfe Beobachterin. »Und sie sollten nicht … sie sollten nicht nackt sein …«

Sie kam sich albern vor, als sie die letzten Worte sprach, und Elias lachte auch gleich darüber. Diese Menschen waren aus ihren Familien herausgerissen, angekettet und misshandelt worden – die Tatsache, dass man sie ihrer Kleider beraubt hatte, spielte da wohl kaum noch eine Rolle. Dennoch empfand Nora diese letzte Demütigung fast als die schlimmste. Die Männer am Hafen, Schwarze und Weiße, schauten lüstern auf die Brüste der jungen Frauen, die jetzt an Land getrieben wurden. Und sie waren nicht einmal schön – die Frauen waren so ausgezehrt, dass ihre Brüste wie leere Lederbeutel herunterhingen. Auch die Männer waren zum Skelett abgemagert.

»Gibt man … gibt man ihnen nicht mal was zu essen?«, fragte Nora erstickt.

Sie nahm jetzt auch den Gestank wahr, der von den seit

Wochen ungewaschenen Leibern der Sklaven ausging. Elias hielt sich ein Taschentuch vors Gesicht und reichte auch Nora eines.

»Sei nicht albern, Nora, natürlich gibt man ihnen zu essen. Sie sind wertvolle Ware, niemand hat Interesse daran, sie hungern zu lassen. Aber das sind Ashanti. Du wirst das bald unterscheiden lernen. Angehörige anderer Stämme sind kleiner und gedrungener. Nicht ganz so leistungsfähig, aber leichter zu handhaben. Diese Kerle und Weiber von der Elfenbeinküste dagegen … die wissen ganz genau, wie man die Händler um den Profit bringt. Die hungern sich gezielt zu Tode.« Elias blitzte die Sklaven wütend an.

»Aber … aber dann sind sie doch tot«, sagte Nora und merkte, wie dümmlich sich die Bemerkung anhörte. »Dann … dann haben sie doch auch nichts mehr davon, dass sie den Händlern das Geschäft verdorben haben. Sie … sie …«

»Sie sind boshaft bis auf die Knochen!«, stieß Elias zwischen den Zähnen hervor. »Bei jedem Transport gehen welche drauf, und die Weiber verlieren die Nachzucht, wenn sie beim Fang schwanger sind. Die Kapitäne versuchen natürlich, sie zum Fressen zu zwingen. Kein schöner Job …«

Nora zwang sich ihrerseits hinzusehen, als die Sklaven nun einem Händler übergeben wurden. Der Mann wies seine Aufseher umgehend an, die »neue Ware« mit Eimern voll Seewasser zu übergießen, um wenigstens den ärgsten Schmutz und Gestank abzuwaschen. Die gaben die Aufgabe an schwarze Sklaven weiter, die sie erledigten, ohne irgendeine Regung zu zeigen.

Nora zitterte. Sie würde das ihrem Vater schreiben. Das war unmenschlich, das war …

»Backra Fortnam, Sir«, klang hinter ihnen eine dunkle, schüchterne Stimme.

Elias wandte sich um. »Ah, da ist ja unsere Kutsche. Steig

ein, Nora … Nun, wird's bald, Junge? Halt der Lady den Schlag auf! Ach, ja, herrje, ich war zu lange in London … Geschultes Personal … hier kann man damit natürlich nicht rechnen.«

Der junge braunhäutige Mann auf dem Bock beeilte sich, abzuspringen und die Türen der Kutsche aufzuhalten. Leider waren auch die Pferde nicht so gut geschult wie Peppers' Gespanne. Die beiden Schimmel vor dem Wagen tanzten unruhig umher, und Nora hätte sich wesentlich sicherer gefühlt, wenn ihr Kutscher die Zügel in der Hand behalten hätte. Immerhin lenkte sie das von der traurigen Prozession der Sklaven ab, die jetzt in Richtung Stadt geführt wurden. Nora fragte nicht, wohin genau, sie würde das früher oder später sowieso herausfinden. Jetzt interessierte sie sich mehr für ihren Kutscher.

»Der … Junge … ›gehört‹ Lord Hollister?«, fragte sie leise. »Ich meine, ist er auch …«

»Die Neger gehören alle irgendwem«, antwortete Elias gelassen, aber dann fuhr ein Grinsen über sein Gesicht. »Und hier sieht man gleich, dass Hollister sich den hier nicht geliehen hat.«

Nora überlegte kurz, woran er das erkannte, doch das war nun wirklich nicht ihre dringendste Frage.

»Aber … aber er lässt ihn doch frei herumlaufen«, sprach sie weiter. »Hier … mit dem Gespann … Er könnte es einfach nehmen und wegfahren.« Nora lächelte dem Jungen auf dem Bock zaghaft zu, der eben nach hinten blickte. Anscheinend nahm er die Pflichten des herrschaftlichen Kutschers jetzt ernster und schien sich vergewissern zu wollen, dass seine Passagiere bequem saßen und keine weiteren Wünsche hatten.

Elias lachte. »Das könnte er sehr wohl. Aber spätestens beim Verlassen der Stadt würde man ihn nach seinem Passierschein fragen. Und dann bekäme er Ärger … großen Ärger …«

»Lord Hollister würde ihn … schlagen?«, hakte Nora nach.

»Das wäre das Mindeste«, meinte Elias. »Vor allem würde

er ihn degradieren. Und glaub mir, das Letzte, was der will, ist als Feldnigger auf die Plantage. Als Kutscher hat er dagegen ein Leben wie ein König. Nein, Nora, Hausnigger laufen nicht weg, oder jedenfalls nur sehr, sehr selten. Aufpassen muss man mehr auf die Kerle in den Plantagen …«

»Alles gut, Backra?«, erkundigte sich der Kutscher besorgt.

Nora nickte ihm zu. »Alles bestens«, beruhigte sie ihn. »Wie ist …?«

Sie wollte den Jungen nach seinem Namen fragen, aber sie wusste nicht, wie sie es formulieren sollte. Sagte man ›Sie‹ oder ›du‹? In England hätte sie einen so jungen Diener wahrscheinlich noch geduzt. Aber dann durchfuhr es sie eiskalt. Hatten diese Menschen überhaupt Namen?

»Lady? Missis?« Der Junge fragte ängstlich nach.

Nora holte Luft.

»Ich glaube, die Missis möchte wissen, wie du heißt«, half Elias ihr weiter. Nora verspürte fast Dankbarkeit.

Der Junge grinste. »Jamie, Missis, zu Ihren Diensten!« Er strahlte über das ganze Gesicht, nachdem er die Formalität offensichtlich richtig angebracht hatte.

Nora lächelte erleichtert. Aber ob der Junge wirklich von Geburt an Jamie geheißen hatte? Nannten heidnische Familien ihre Kinder James, Paul und Mary?

»Der schon«, meinte Elias. Nora stellte ihm die Frage, als Jamie konzentriert mit dem Kutschieren beschäftigt war und nicht hinhörte. »Der kommt nicht aus Afrika, der ist Mulatte. Siehst du doch.«

»Mulatten sind … Mischlinge zwischen Negern und Weißen?«, vergewisserte sich Nora. »Wie … wie kommt denn das zustande, ich meine … man heiratet doch nicht seinen Sklaven, oder?«

Elias fasste sich an die Stirn und wandte sich dann kopfschüttelnd ab. »Nora, stell dich nicht dümmer als du bist!«, rügte er scharf. »Denk lieber einmal nach, wie das zustande kommt. In dem Moment, da es um Sklaven geht, scheint sich dein Verstand ja außer Kraft zu setzen! Wobei Ehen zwischen Schwarzen und Weißen selbstverständlich ausgeschlossen sind. Was für eine Idee!«

Nora wollte schon heftig erwidern, dass der Gedanke der Sklaverei wohl über den Verstand eines jeden normal denkenden Menschen gehen müsste. Aber dann hielt die Kutsche vor dem Domizil der Hollisters, einem hübschen, weiß-orange gestrichenen Holzhaus mit geschnitzten Verzierungen und vielen verspielten Erkern und Türmchen. Nora fand es sehr anheimelnd, aber als sie kurz darauf Lord Hollister kennenlernte, packte sie erneut das kalte Entsetzen. Der Mann zeigte sich gastfreundlich und jovial, aber mit einem Blick auf ihn wurde ihr schlagartig klar, wie zumindest Jamie zustande gekommen war. Abgesehen von der Hautfarbe und der etwas breiteren Nase war der junge Sklave seinem Herrn wie aus dem Gesicht geschnitten. Nora konnte nur hoffen, dass sie auf ihrer eigenen Plantage nicht ähnliche Überraschungen erwarteten.

Elias begrüßte Lord und Lady Hollister höflich, wobei Nora den Eindruck gewann, dass die Frau des Hauses eher kühl blieb. Eine enge Freundschaft zwischen den Familien schien zumindest nicht zu bestehen, aber das irritierte sie nicht. Auch zwischen ihrem Vater und dessen Geschäftsfreunden bestand bei aller Freundlichkeit stets eine gewisse Rivalität, die wirkliche Wärme unmöglich machte. Ihre Frauen waren meist aufgeschlossener, Nora musste nur abwarten, bis sich die Männer irgendwann nach dem Dinner ins Herrenzimmer zurückzogen.

Tatsächlich taute auch Lady Hollister auf, als sie nach einem sehr schmackhaften leichten Essen mit Nora allein war. Die Hollisters hatten nicht mit Besuch gerechnet, aber ihre Köchin brachte dennoch drei Gänge auf den Tisch. Nora versuchte zum ersten Mal tropische Früchte. Lady Hollister beobachtete belustigt, wie ihr junger Gast zunächst vorsichtig kostete, dann aber eifrig zugriff. Nora schlug das Wetter auf Jamaika nicht auf den Appetit wie vielen anderen Neuankömmlingen. Im Gegenteil, in der Wärme blühte sie auf. Gegen Abend wurde es dann natürlich kühler, und Nora schaute fasziniert in den Sternenhimmel, nachdem die Lady sie in ein offenes Balkonzimmer geführt hatte und Kaffee, aber auch Fruchtsäfte servieren ließ.

Das Mädchen, das die Erfrischungen brachte, ähnelte dem Hausherrn ebenfalls aufs Haar. Nora versuchte angestrengt, ihm nicht ins Gesicht zu schauen. Offensichtlich waren dies Dinge, die sie in ihrer neuen Heimat einfach hinnehmen musste. Immerhin wären ihr noch tausend weniger anstößige Fragen eingefallen, die sie Lady Hollister gern über Jamaika gestellt hätte. Aber ihre Gastgeberin wollte verständlicherweise lieber etwas über ihre alte Heimat hören. Und über Elias und Nora Fortnam! Sie fragte zunächst nach London und versuchte dann wie nebenbei, so viel wie möglich über Noras überraschende Eheschließung herauszufinden. Nora, durchaus geschult im Umgang mit dem Klatsch, berichtete knapp und versuchte ihrerseits, der Lady möglichst unauffällig Informationen über Cascarilla Gardens und die Stellung ihres neuen Ehemanns in der Kingstoner Gesellschaft zu entlocken.

Eines schließlich war ihr schon in den ersten Stunden in dem neuen Land klar geworden: Ihr Gatte hatte zwar ausführlich über Flora und Fauna Jamaikas gesprochen, die Geschichte der Insel vor Nora ausgebreitet und wirtschaftliche Fakten genannt. Was die junge Frau in dieser Gesellschaft von Sklavenhaltern und Möchtegernlords und -ladys erwartete und was auf Cascarilla Gardens konkret auf sie zukam – davon wusste sie nichts.

KAPITEL 6

Nora und Elias bezogen in dieser ersten Nacht auf Jamaika ein gemeinsames Schlafzimmer, und Elias nutzte ihr erstes Alleinsein nach der langen Seereise, um seiner Frau wieder beizuliegen. Nora ließ es erneut gelassen über sich ergehen – jetzt, da sie nicht mehr wund war wie kurz nach der Entjungferung, tat es weniger weh, wenn es ihr auch keine Lust bereitete. Elias' Zärtlichkeiten vor dem Akt waren so flüchtig, dass er sie kaum damit erregte, und danach schlief er jedes Mal gleich ein. Wobei Nora die Anwesenheit des schlafenden Mannes neben sich eigentlich lästiger fand als die körperliche Liebe – Elias widmete sich seiner jungen Frau schließlich nie länger als wenige Minuten. Sein Schnarchen, sein Geruch und seine Bewegungen störten Noras Träume viel mehr – vor allem Ersteres ließ sie kaum Schlaf finden. Allerdings hatte sie Hoffnung, dass ihr Ehemann im gemeinsamen Heim getrennte Schlafzimmer bevorzugte. In seinem gemieteten Haus in London hatte er Nora nach der Hochzeitsnacht stets nur besucht, um sich gleich nach dem Beischlaf in seine eigenen Räume zurückzuziehen. Auf der Plantage mochte er es genauso halten.

Am Morgen servierten die Haussklaven der Hollisters Stockfisch und Okraschoten – eine für Nora zuerst seltsame Kombination, die sich aber als recht schmackhaft erwies, wenn man sich erst mal an die etwas schleimige Konsistenz der zu einer Art Ragout gegarten Früchte gewöhnt hatte. Anschließend gab es frisches Obst, und dann erwarteten Nora und Elias tatsächlich bereits Fortnams eigene Wagen. Die Fahrer mussten sich vor Tau und Tag auf den Weg gemacht haben. Nora erspähte eine hübsche Chaise mit livriertem schwarzem Fahrer und einen Lieferwagen, mit dem ein weißer Aufseher und vier Sklaven gekommen waren – wenn man die jungen Männer nicht hatte zu Fuß gehen lassen. Erschöpft wirkten sie jedenfalls nicht. Zwei von ihnen näherten sich recht geschickt den Pferden, wobei der schwarze Kutscher ihnen Anweisungen gab. Anscheinend war er ihr Vorgesetzter, der Aufseher brauchte nicht einzugreifen. Er war wohl eher dafür zuständig gewesen, die Arbeiten am Hafen zu überwachen – das Gepäck und Elias' vielfältige Anschaffungen waren bereits am Schiff abgeholt und auf den Frachtwagen geladen worden. All das sicher vor Sonnenaufgang. Nun trugen die Sklaven noch die Reisetaschen zur Chaise, welche die Fortnams mit in das Haus der Hollisters gebracht hatten – und traten sich dabei mit Hollisters Dienstboten auf die Füße, denen wohl dasselbe aufgetragen worden war. Elias sprach derweil mit dem Aufseher, nachdem er ihn Nora kurz vorgestellt hatte.

»Nora, das ist Mr. McAllister, einer der Gentlemen, die für unsere Feldnigger zuständig sind. McAllister, meine Gattin, Mrs. Nora Fortnam.«

Nora nickte dem Mann kurz zu, eine Begrüßung mit Handschlag erwartete offensichtlich niemand. McAllister schien auf der Plantage eine ähnliche Stellung zu bekleiden wie ein Angestellter im Hause oder im Kontor der Reeds. Man ging höflich miteinander um, wobei sich jeder seines Standes und seiner Stellung bewusst war. Die Sklaven schien Elias dagegen gar nicht zu sehen, lediglich den Fahrer der Chaise begrüßte er mit einem knappen Nicken.

»Die neue Missis, Peter«, stellte er ihm Nora vor, woraufhin Peter sich untertänigst verbeugte.

»Sie sein willkommen!«, sagte er höflich.

Nora lächelte ihm zu. Der Mann schien nur gebrochen Englisch zu sprechen – und seine Hautfarbe sprach für rein afrikanische Herkunft.

»Der heißt aber nicht von jeher Peter«, bemerkte sie gegenüber Elias, als die Kutsche anfuhr.

Es ging zunächst über die gepflegten Straßen von Kingston, dann aber bald hinaus aus der Stadt, eine Küstenstraße entlang. Nora blickte neugierig über Strand und Meer.

Elias zuckte die Achseln. »Als ich ihn gekauft habe, hieß er schon so«, sagte er knapp. »Aber du hast Recht, sie kriegen oft neue Namen. Gerade die Hausnigger, die muss man ja ansprechen können, ohne sich die Zunge zu verrenken. Schau, da hast du deine Palmen!«

Es standen tatsächlich welche am Strand, und Nora konnte sich nicht daran sattsehen. Auch das Meer faszinierte sie, sie hatte schon während der Reise festgestellt, dass es jeden Tag in anderen Farben schimmerte und fluoreszierte. An diesem Morgen schien es leuchtend blau, und die Wellen waren etwas höher als gestern. Die schneeweiße Gischt ließ den Strand eher gelblich wirken. Und der lichte Wald, durch den die Straße gleich darauf führte, zeigte tausend Schattierungen von Grün. Nora versuchte, die Bäume und Sträucher zu identifizieren, und tippte auf Mahagonigewächse. Elias bestätigte das. Außerdem zeigte er ihr einen Blauholzbaum.

»Hier, der Blaue Mahoe – ganz typisch für Jamaika. Wir haben einen im Garten, aber an sich wächst dieser Baum eher im Landesinneren. Das Holz hat eine bläuliche Tönung, sehr seltsam. Aber ich hoffe, dir gefällt auch Mahagoni. Ich habe die Möbel für Cascarilla Gardens daraus anfertigen lassen. Meine erste Frau hat sie nicht so sehr gemocht, sie hätte am liebsten alle Möbel aus England geholt.«

Nora fühlte sich erneut peinlich berührt, äußerte sich aber

nicht dazu. Die Möbel im Haus der Hollisters hatten sich nicht von denen unterschieden, die sie aus London kannte. Aber vielleicht hatten die sie ja auch aus England kommen lassen.

»Zu dem … zu dem Land passen irgendwie keine schweren Möbel«, meinte sie dann schließlich. »Eigentlich überhaupt keine. Ich denke … ursprünglich wird man hier doch … viel draußen gelebt haben, und …«

Elias funkelte sie an. »Was schwebt dir da vor, eine Bambushütte? Matten auf dem Boden wie in den Sklavenquartieren?« Er fuhr Nora an wie damals auf dem Schiff, unwillkürlich duckte sie sich. »Nora, ich habe dich schon einmal darauf hingewiesen: Du bist eine Lady, benimm dich auch so! Selbstverständlich ist unser Haus möbliert wie ein zivilisierter englischer Haushalt. Ich halte nur nichts davon, das Holz erst ins Mutterland zu transportieren, dann daraus Möbel zu schreinern und sie anschließend zurückzuholen, nur um der Nachbarschaft damit zu imponieren. Es gibt ordentliche Schreiner in Kingston und Spanish Town, die bauen jedes englische Möbel nach, das man ihnen zeigt.«

Nora schwieg und fand sich in Gedanken mit einer ähnlich langweilig gediegenen Einrichtung ab wie im Haus ihres Vaters. Und nun wollte Elias ja auch noch die in London erworbenen Statuen dazustellen und die Gemälde an die Wände hängen. Sie fragte sich, wie das die Menschen fanden, die man aus Afrika in diese Welt verschleppte.

Nach einer guten Stunde Fahrt erreichten sie Santiago de la Vega, von den Engländern kurz Spanish Town genannt. Die Siedlung war von den Spaniern gegründet worden und offiziell noch Hauptstadt der Insel, obwohl Kingston, sicher aufgrund seines Hafens, immer mehr an Bedeutung gewann. Santiago lag weiter im Inland, und bei der Anfahrt sah Nora dann auch die ersten Zuckerrohr- und Kakaoplantagen. Sie hatte von beiden Pflanzen bisher nur Bilder gesehen und staunte nun über ihre Größe.

»Das sind ja halbe Bäume!«, wunderte sie sich vor allem über das Zuckerrohr.

Elias lachte. »Botanisch gesehen sind das Gräser«, klärte er sie auf. »Was gut für uns ist, denn im Gegensatz zu Bäumen wachsen sie nach. Wenn ein Baum einmal gefällt ist, war's das, aber das Zuckerrohr kann jährlich geschnitten werden. Leicht anzupflanzen ist es auch, sofern man über die nötigen Arbeitskräfte verfügt.«

Die Arbeitskräfte sah Nora denn auch gleich auf der ersten Pflanzung. Dutzende von Sklaven hieben auf einem Feld mit Macheten auf reife Pflanzen ein, auf einem anderen setzten sie Stecklinge. Alle waren schweißüberströmt, was kein Wunder war. Die Sonne brannte glühendheiß auf die Männer herunter. Zu jeweils zwanzig oder dreißig Sklaven gehörte ein weißer Aufseher, der meist im Schatten stand. Nora fragte sich, warum die Schwarzen ihn nicht überwältigten. Sie waren doch weit in der Überzahl und hatten Macheten! Allerdings mochte sie nicht gleich wieder fragen und konnte sich die Antwort jetzt ja auch schon zusammenreimen: Die Strafen für den Versuch einer Flucht mussten so drakonisch sein, dass die Sklaven es lieber gar nicht erst probierten.

Spanish Town wirkte etwas bunter und weniger geordnet als Kingston, der spanische Einfluss war noch deutlich spürbar. Den Mittelpunkt der Stadt bildete jedoch die neu gebaute Saint Catherine's Cathedral. Hier hatte sich die Kolonialarchitektur nur in unwesentlichen Einzelheiten manifestiert – ansonsten war diese erste anglikanische Kirche Jamaikas von Grund auf englisch und hätte theoretisch auch in London stehen können.

Nora erhaschte an diesem ersten Tag nur einen kurzen Eindruck von Stadt und Kirche, Elias ließ nicht anhalten. Jetzt waren es auch nur noch wenige Meilen bis Cascarilla Gardens, wobei die Straße ausschließlich durch Zuckerrohrfelder führte.

»Ich hatte gedacht, unser Land läge am Meer«, meinte Nora enttäuscht.

Nach dem ersten Staunen wirkten die endlosen Pflanzungen langweilig und erdrückend, die Wirtschaftswege dazwischen staubig und trist.

Elias nickte. »Das tut es auch, aber es gibt keine Küstenstraße. Wir nähern uns also vom Inland aus. Und wir haben auch nicht direkt am Meer gebaut, das empfiehlt sich nicht, es gibt Hurrikans und Riesenwellen, die spülen das Haus glatt weg, wenn's zu nah am Strand steht.«

Nora dachte erschrocken an den Bau ihrer Traumhütte mit Simon. Es war wohl ziemlich kurzsichtig gewesen, sie direkt am Wasser anzusiedeln. Aber andererseits war so eine Hütte ja leicht wieder aufgestellt, wenn sie doch mal weggeweht wurde. Sie lächelte.

Elias richtete sich auf. »Da wären wir übrigens«, bemerkte er. »Wir haben soeben die Grenze überschritten. Bis hier gehört das Land den Hollisters. Ab diesem Feld ist es meins. Willkommen auf Cascarilla Gardens!«

Die Hollisters waren also nicht nur Freunde, sondern vor allem Nachbarn, registrierte Nora. Oder ob sie hier gar kein Haus besaßen? Das war eher unwahrscheinlich, wenn sie sich den Lebensstil anderer Pflanzer wie der Wentworths vor Augen führte. Die hatten ein Stadthaus in London, ein Landhaus in dem Sprengel, den Lord Wentworth zusammen mit seinem Adelstitel erworben hatte, und natürlich auch ihre Plantage auf den Jungferninseln. Nur Elias schien nichts davon zu halten, Häuser und Titel anzusammeln. Dabei sollte es an Geld nicht mangeln. Laut Thomas Reed war Elias Fortnam einer der vermögendsten Pflanzer der Insel.

Nora schaute erwartungsvoll um sich, sah aber nicht mehr von ihrem neuen Heim als unendliche Reihen Zuckerrohr – bis sie schließlich in eine Art Allee einbogen, gesäumt von Mahagonigewächsen, Zedern und sogar ein paar Blauholzbäumen und Palmen. Teilweise mochte man hier Urwald stehen gelassen haben, teilweise schienen die Bäume angepflanzt zu sein. Auf jeden Fall bildeten sie die schattige Zufahrt zu einem Herrenhaus, das Nora fast etwas enttäuschte. Ein Steinhaus, einstöckig und wuchtig, mit Mansardendach und Säulen – auch dies hätte in England stehen können. Und wie in England verhielt der Kutscher nun auch die Chaise vor dem repräsentativen Eingang, und die Dienstboten schwärmten aus, um den Herrn zu begrüßen. Sie waren durchweg schwarz und ihre Uniformen von äußerst altmodischem Schnitt – wahrscheinlich noch von Elias' erster Frau eingeführt. Zumindest das Küchenpersonal schien die seinen auch nicht immer zu tragen, dafür wirkten sie zu wenig abgenutzt. Nora ließ die Blicke kurz über die Gesichter der Männer und Frauen schweifen. Ihre schlimmste Befürchtung bewahrheitete sich zumindest nicht. Niemand hier sah Elias Fortnam ähnlich, und es war auch niemand so hellhäutig wie Jamie in Kingston.

Nora war es von England eigentlich gewöhnt, dass man ihr die Dienstboten vorstellte, aber so weit ging Elias' Anpassung an die Sitten im Mutterland nun doch nicht. Im Grunde wiederholte sich hier nur der Auftritt Peters: Elias inspizierte kurz die Reihe seiner Haussklaven, nickte ihnen zu und stellte Nora als die neue Missis vor, ohne ihren Namen zu nennen.

»Du lernst die Leute dann schon kennen«, meinte er zu Nora. »Wende dich in allem an Addy.«

Er wies auf eine große, stämmige Schwarze in der Schürze einer Köchin, die neben zwei schlanken jungen Mädchen stand. Eins davon, es mochte vielleicht siebzehn oder achtzehn Jahre alt sein, schob sie jetzt vor.

»Das sein Máanu, Missis … äh … Kitty. Tochter von Addy. Ich gedacht, Missis möchte als Zofe.«

Elias nickte. »Eine gute Idee, Addy«, lobte er. »Das Mädchen ist ja seit jeher im Haus und ordentlich erzogen. Aber natürlich muss die Missis entscheiden. Kitty …«, das Mädchen hielt den Blick züchtig – oder ängstlich? – gesenkt, »… ich denke, du führst die Missis zunächst in ihre Zimmer und machst dich nützlich. Wenn du ihr gefällst, kannst du die Stellung haben.«

Addy, die Köchin, strahlte über das ganze runde Gesicht, aber Kitty wirkte eher mürrisch, wie Nora feststellte, als sie endlich aufschaute. Dennoch war die junge Frau fasziniert von ihrer Schönheit. So wie dieses Mädchen hatte sie sich stets die Königin Kleopatra vorgestellt – auf eine exotische Weise aristokratisch, wenn auch vielleicht nicht ganz so schwarz. Kitty hatte eine hohe Stirn, fein modellierte, klare Gesichtszüge und eine im Verhältnis zu den anderen Sklaven eher kleine, schmale Nase. Ihre Lippen waren voll und hatten die Farbe von Heidelbeeren, die Augen sehr groß, leicht schräg stehend und erstaunlich hell. Die meisten Schwarzen hatten dunkelbraune Augen, aber Kittys waren eher walnussbraun mit goldenen Einsprengseln. Ihr Haar war auch nicht kraus wie das der meisten Schwarzen, sondern hing glänzend schwarz und fast glatt bis zur Hüfte herunter.

»Nun, wird's bald, Kitty?«, fragte Elias unwillig.

Ihm lag wohl daran, diese Begrüßungsparade zu beenden. Nora fand es an der Zeit, nun ihrerseits die Initiative zu ergreifen.

»Vielen Dank für die Begrüßung!«, sagte sie freundlich. »Und ganz sicher werde ich mir Ihre … eure … Namen nicht gleich alle merken können. Aber stellt euch doch trotzdem kurz vor – oder vielleicht übernimmt das Addy?«

Sie lächelte der Köchin zu. Die schien das Haus ja bisher geführt zu haben, und Nora hatte nicht vor, dies in absehbarer Zeit zu ändern, sofern sie nicht auf gravierende Missstände stieß. Insofern war es besser, kein Kompetenzgerangel aufkommen zu lassen, indem sie jemandem die Möglichkeit gab, sich durch mögliche Redegewandtheit in den Vordergrund zu stellen. Das schien den Sklaven allerdings fernzuliegen. Im Gegenteil, sie waren sichtlich erleichtert, das Wort nicht selbst an die neue Missis richten zu müssen.

Die Köchin hatte da weniger Hemmungen. Stolz stellte sie Hausdiener und Burschen, Zimmermädchen und Küchenmädchen vor. Zu Letzteren gehörte auch das Mädchen neben Kitty, eigentlich noch ein Kind, wie Nora jetzt feststellte. Mandy war höchstens acht oder neun Jahre alt. Nun war das nichts Ungewöhnliches. Auch in England nahm man Hausmädchen früh in den Dienst.

Die Hausdiener – Boy und Joe – machten sich gleich nach der Vorstellung daran, Noras und Elias' Reisetaschen aus dem Kofferraum der Chaise zu holen und ins Haus zu tragen. Der Lieferwagen mit den Reisetruhen war noch nicht eingetroffen, aber mit dem Inhalt der Taschen würde man sich behelfen können. Nora wünschte sich allerdings, diesen nicht mehr sehen zu müssen. Schließlich hatte sie sich mehr als zwei Monate in der engen Kajüte damit begnügt.

»Führst du mich dann ins Haus, Kitty?«, fragte Nora ihre neue Zofe freundlich.

Sie war gern bereit, das Mädchen in Dienst zu nehmen, allerdings erschien es ihr etwas seltsam. Es sah nicht unbedingt aus, als freue sich Kitty über das Privileg, der Missis dienen zu dürfen.

Jetzt wies ihr das Mädchen den Weg, wohlerzogen einen Schritt hinter ihr gehend. Aber schon als sich das voluminöse Eingangsportal hinter den beiden geschlossen hatte, gab es sein mustergültiges Verhalten auf. Kitty richtete unaufgefordert das Wort an ihre neue Herrin – und Nora stellte überrascht fest, dass sie dies schon nach zwei Tagen in dem neuen Land verwunderte. Bei Nellie wäre es ihr ganz normal erschienen, aber die Sklaven schienen grundsätzlich nur zu reden, wenn es sich gar nicht vermeiden ließ.

»Ich nicht Kitty, ich Máanu«, erklärte Noras neue Zofe. »Und meine Mama auch nicht Addy – ich nennen Mama Adwe. Sonst Adwea. Meine Schwester Mansah …«

»Das ist das Mädchen, das mir als Mandy vorgestellt wurde, richtig?«, fragte Nora, entschlossen, Kittys – oder Máanus – Ausbruch erst mal nicht zu kommentieren. »Aber warum habt ihr mir das nicht gleich gesagt? Wäre doch besser, ich lerne sofort die richtigen Namen.«

»Backra sagt, kann man nicht aussprechen«, meinte Máanu und überschritt mit dieser Kritik an ihrem Herrn unzweifelhaft endgültig ihre Grenzen. »Muss alles sein englisch.«

Nora zuckte die Schultern. »Nun, dein Herr kann dich ja nennen, wie er will«, wies sie das Mädchen erst mal in die Schranken. »Aber ich nenne dich gern bei deinem Geburtsnamen. Máanu ist hübsch. Hat es eine Bedeutung?«

Nun war es an Máanu, unsicher die Schultern zu heben. »Ich nicht weiß, Missis. Fragen Mama Adwe. Die sicher wissen.«

Nora verkniff sich weitere Fragen, stellte aber Überlegungen an. Egal, aus welcher afrikanischen Sprache die Worte Adwea, Máanu und Mansah stammten – Máanu sprach sie offensichtlich nicht. Also kam sie wohl nicht aus Afrika, sondern war hier geboren.

Aber warum zum Teufel sprach sie dann ein derart gebrochenes Englisch?

KAPITEL 7

Die Räume des Hauses, durch die Máanu ihre Herrin jetzt führte, boten keine Überraschungen. Auch innen entsprach die Aufteilung in etwa einem englischen Herrenhaus: Es gab eine große Halle, an die sich ein Ballsaal anschloss, kleinere Salons – und eine breite Treppe, die hinauf zu den Schlafzimmern im ersten Stock führte. Die Einrichtung erschien Nora klobig und ungelenk gestaltet – so ganz perfekt gelang den Kingstoner Tischlern wohl doch keine Imitation der fein gedrechselten und oft etwas verspielten Möbelstücke aus der Zeit des Sonnenkönigs, an denen sich die Mode noch immer orientierte. Es war bezeichnend für Elias, das nicht zu bemerken, seine Erziehung hatte ihm wohl anderes vermittelt als Sinn für Kunst und Kultur.

Umso überraschter war Nora über die Gestaltung ihrer eigenen Räume im Obergeschoss. Verblüfft betrat sie eine Art kleines Versailles. Es gab zierliche Tischchen, patiniert mit Blattgold, einen Schreibtisch mit elegant geschwungenen Beinen, gepolsterte Fußstühlchen, Stühle mit altrosa Bezügen und ein Bett mit Medaillonlehne und aufwändigen Volants. Diese Möbel waren sicher nicht in Kingston entstanden, Nora schätzte, dass sie eher direkt oder über London aus Frankreich importiert worden waren. Mit leichtem Gruseln wurde sie sich klar darüber, dass sie die liebevoll eingerichteten Räume der ersten Mrs. Fortnam betrat, ein vollständig europäisches Refugium. Nora fragte sich erstmalig, wer diese Frau wohl gewesen war. Ihr erlesener Geschmack sprach für eine Lady – hatte Elias auch sie wie eine Trophäe nach Jamaika geholt, als er endlich zu Geld gekommen war und in der feinen Gesellschaft mitreden wollte?

Nora selbst hätte ihre Räume zwar gern etwas schlichter möbliert, aber im Grunde war es ihr egal. Wichtig war erst mal, dass sie eigene Zimmer besaß – einen kleinen Salon und einen Schlafraum mit Ankleidezimmer. Ganz sicher würde Elias Fortnam in dem mit Blütenvorhängen und Spitzen verzierten Bett nicht mehr Zeit verbringen, als er brauchte, um seine ehelichen Pflichten zu erfüllen. Nora fragte sich kurz, wie seine persönlichen Räume wohl aussahen, aber auch dies war ihr nicht besonders wichtig. Sie wandte sich den Fenstern zu – und dann vergaß sie sämtliche Einrichtungsfragen. Entschlossen zog sie die Rüschenvorhänge beiseite und genoss endlich den so lang ersehnten Blick über Strand und Meer! Nicht unmittelbar allerdings, zwischen dem Haus und der Küste lagen noch der Garten und ein Waldstück. Aber vom ersten Stock des Hauses sah man darüber hinweg und erkannte einen Streifen Sand und dahinter die endlose Weite des Ozeans.

»Wie schön!«, sagte Nora fast andächtig. »Wie wunderschön!«

»Ja, Missis«, Máanu klang weniger euphorisch, aber für sie war das ja auch alles nichts Neues. »Kann ich tun was für Missis? Wechseln Kleider, machen Haar? Ich schon mal gemacht für Besuch. Zofe von Lady Hollister mir gezeigt.«

Nora setzte sich mit Bedauern an den zierlichen Frisiertisch, den Máanu ihr anwies. Eigentlich wäre sie lieber gleich durch Haus und Garten gestreift, aber von einer Lady erwartete man, sich nach einer Reise erst mal erholen zu müssen. Am Nachmittag konnte sie dann auf Entdeckungsreise gehen – nachdem sie Küche und Keller inspiziert hatte, wenn es sein musste. Englische Dienstboten würden das von einer neuen Herrin erwarten. Wie es sich hier gestaltete, sah sie dann ja.

»Mach mir das Haar nur auf, Máanu, und bürste es durch. Und dann schauen wir mal, ob wir in meiner Tasche noch einen Morgenmantel finden, der nicht feucht und zerknittert ist. Den Rest kannst du dann mitnehmen und waschen lassen. Das Zeug ist seit drei Monaten nicht richtig gelüftet worden. Bis heute Nachmittag bekomme ich doch sicher meine Reisetruhen, oder?«

»Ja, Missis«, wiederholte Máanu und ging dann zu einem der in Rosa und Hellblau gehaltenen, mit Ziereisen beschlagenen Schränke. Mit einem Griff beförderte sie einen mit großen Blumen bedruckten seidenen Morgenmantel heraus. »Gefällt Missis?«, erkundigte sie sich.

Nora wusste nicht recht, was sie sagen sollte. Der Schrank war mit Kleidern gefüllt – aber ganz sicher war nichts davon für sie angefertigt worden. Offensichtlich also weitere Dinge aus dem Nachlass ihrer Vorgängerin. Es widerstrebte Nora, sich in das Kleidungsstück helfen zu lassen. Aber es roch nicht, wie sie befürchtet hatte, muffig, sondern verströmte den betörenden Duft von Orangenblüten.

»Wir gewaschen für Missis«, antwortete Máanu auf ihre stumme Frage. »Gefällt?«

Gerührt über die Fürsorge ihrer neuen Dienerinnen gab Nora auf und bereute es nicht. Die Seide schmiegte sich kühl an ihre Haut, und der Duft schmeichelte ihr nach der langen Zeit auf dem Schiff. Nora erinnerte sich an Elias' abstoßenden Geruch in der letzten Nacht. Wahrscheinlich roch auch sie nicht gerade nach Rosen.

»Könntest du mir ein Bad bereiten, Máanu?«, fragte sie schüchtern.

Es war nach wie vor nicht üblich in der feinen Gesellschaft, allzu häufig ins Wasser zu tauchen, aber die Vorstellung, dies sei schädlich, wandelte sich doch langsam. Das ging so weit, dass Thomas Reed im letzten Jahr sogar eine kupferne Badewanne in seinem Haus in Mayfair installiert hatte. Aber ob die erste Mrs. Fortnam in so etwas Luxus oder eher Gefahren gesehen hätte?

Máanu runzelte ihre glatte schwarze Stirn. »Weiße Herrschaft nicht baden!«, erklärte sie kategorisch.

Nora seufzte. Da würde sie noch Aufklärungsarbeit leisten müssen. Aber andererseits bot Máanus Bemerkung den Hoffnungsschimmer, dass die Sklaven durchaus Badeplätze kannten. Nora beschloss, auf die Dauer irgendeinen Teich oder Fluss zu finden, in dem sie untertauchen konnte. Die Kälte sollte hier ja kein Problem sein. Vorerst bat sie um ein Becken mit Wasser und Waschlappen, wofür Máanu auch umgehend sorgte. Sie schaute interessiert zu, wie Nora ihren Körper mit dem nassen Lappen abwusch, und half ihr dann beim Abreiben des Rückens. Danach suchte sie erneut in den Schränken der früheren Mrs. Fortnam und förderte ein Hemd zutage. Nora schlüpfte widerstrebend hinein, aber Máanu hatte Recht: Es war sehr viel einladender als die während der Reise zigmal mit wenig sauberem Wasser gewaschene Unterwäsche aus ihrer Reisetasche.

»Wie lange ist … meine … äh … deine … äh … die frühere Missis … Wann ist sie gestorben?«, erkundigte sie sich schließlich bei Máanu.

Die Frage war Nora peinlich, aber es wäre noch schlimmer gewesen, sie Elias zu stellen.

Máanu zuckte mal wieder die Schultern. »Weiß nicht, Missis. Aber lange, lange her. Máanu so klein.«

Sie deutete die Größe eines ein- bis zweijährigen Kindes an. Mrs. Fortnam musste also seit mindestens fünfzehn Jahren tot sein.

»Du kannst dann jetzt gehen, Máanu«, sagte Nora schließlich. »Es war alles sehr zufriedenstellend, ich glaube, du wirst eine gute Zofe sein … Möchtest du es denn, Máanu? Wärst du gern meine persönliche Dienerin?«

Nora wusste, dass die Frage für die Sklavin seltsam klingen musste, aber sie konnte sich nicht bezähmen, sie zu stellen. Máanus Verhalten war ihr nach wie vor nicht voll erklärlich. Das Mädchen war servil und dachte offensichtlich mit. Es war auch geschickt mit Kamm und Bürste und schien ein bisschen Erfahrung zu haben. Aber als Elias ihm die Stellung in Aussicht gestellt hatte, war sein Ausdruck mürrisch und unwillig gewesen.

»Natürlich, Missis«, antwortete Máanu, aber es klang seltsam unbeteiligt. »Macht Máanu, was Missis will.«

Nora gab vorerst auf. »Schön. Dann geh nun, und erzähl deiner Mutter, dass ich sehr zufrieden mit dir bin. Und sag ihr bitte, ich käme heute Nachmittag in die Küche … also wenn es ihr recht ist … Vielleicht führt sie mich ein bisschen in den Wirtschaftsräumen herum.«

Máanu verbeugte sich und zog sich zurück, während Nora schwante, dass auch diese Formulierung dem Mädchen befremdlich erscheinen musste. Adwea war keine Wirtschafterin wie Mrs. Robbins im Hause Reed. Sie war eine Sklavin, und sie erwartete keine Bitten, sondern Befehle.

Adwea zeigte sich allerdings unbeschränkt freundlich, als Nora schließlich in ihr Reich im Souterrain vordrang. Zu ihrer Überraschung öffnete sich die Küche nach draußen, zur Meerseite des Hauses hin. Die Küchenmädchen konnten hier Abfälle leicht entsorgen, Wasser aus einem klaren, durch den Garten fließenden Bach schöpfen – und sie arbeiteten wohl auch gern draußen. Auf jeden Fall wirkte diese Küche luftiger als die Wirtschaftsräume in London. Nora fand es bedauerlich, sich hier nicht häufiger aufhalten zu dürfen. Aber dann erkannte sie, dass sich über den Wirtschaftsräumen und dem angrenzenden Nutzgarten ein Holzaufbau befand, der einer Terrasse ähnelte. Vielleicht war er vom Haupthaus aus begehbar und führte in den Garten der Herrschaft? Schon beim Ausblick aus ihrem Zimmer hatte Nora festgestellt, dass Cascarilla Gardens auf einem Hügel lag. Das Land fiel terrassenförmig zum Wald und dann zum Strand hin ab. Dieses Stück Garten war überbaut und diente als Erweiterung der Wirtschaftsräume. Ein Stück vom Haus entfernt entdeckte Nora Hütten zwischen den Bäumen. Die Sklavenquartiere – vom Portal und Garten der Herrschaft nicht zu erkennen, aber mit einfachem Zugang zum Kücheneingang.

»Dort wohnt … ihr?«, vergewisserte sich Nora.

Adwea nickte mit strahlendem Lächeln. »Ja, wollen sehen, Missis? Alles sauber, ordentlich. Wie Küche …«

Die Küchenräume strahlten tatsächlich vor Sauberkeit, alle Töpfe und Pfannen wirkten geschrubbt, und das Kupfer glänzte. Die Küche war gut eingerichtet und ausgestattet – ebenfalls nach altenglischem Muster. Nora fragte sich, was Adwea hier kochte. Wer hatte der Afrikanerin englische Küche beigebracht? Auf einem Tisch entdeckte sie dann erst mal einen Korb tropischer Früchte, und die lachende, anscheinend kein bisschen befangene Adwea zeigte ihr, wie man Bananen schälte.

»Schmecken, Missis?«, fragte sie.

Nora hatte noch nie so etwas Köstliches probiert. Als sie Adwea weiter durchs Haus folgte – die Köchin schien es ganz selbstverständlich zu finden, ihr Salons und Empfangsräume zu zeigen, die alle ebenso sauber waren wie die Wirtschaftsräume –, tastete sie nach dem Anhänger aus Simons Ring. Sie hatte den Halsschmuck vor dem Waschen abgenommen, aber nun trug sie ihn wieder zu dem seidenen Nachmittagskleid, das Máanu ihr nach der Mittagsruhe unaufgefordert in ihr Zimmer gebracht hatte. Irgendein Mitglied des Hauspersonals hatte es der Reisetruhe entnommen, gelüftet und gebügelt. Passend zu dem Druck auf dem Kleid hatte Máanu ihrer jungen Herrin Orangenblüten ins Haar geflochten. Nora musste nun ständig an Simon denken. Dies war die Erfüllung ihres Traums. Sie hatte sogar von dunklen Händen eingeborener Mädchen fantasiert, wenn sie sich in ihrer Südseevorstellung eine Dienerin oder Freundin leistete, aber natürlich hatte sie nie an eine Sklavin gedacht …

Nora überlegte, ob sie Máanu mit einem kleinen Geschenk eine Freude machen könnte, entschied sich schließlich für ein paar bunte Bänder und fädelte bei der Gelegenheit auch ein neues hellrosafarbenes Seidensatinband durch die Öse ihrer Gemme. Die Zeit für schwarze Samtbänder, so entschied sie spontan, war vorbei! Nora brauchte nur noch die Hausinspektion hinter sich zu bringen, um dann, nur begleitet von Simons Geist, durch ihren tropischen Garten zu wandern. Elias würde sie dabei nicht stören. Der befand sich, wie Máanu mürrisch Auskunft gab, irgendwo auf der Plantage. Nora fiel auf, dass sich das Gesicht ihrer neuen Zofe sofort verzog, wenn von Elias, dem Backra, die Rede war. Anscheinend hegte das Mädchen Ressentiments gegen ihn und hatte den Dienst bei Nora deshalb so zögernd angetreten.

Tatsächlich erweiterten sich die Salons und Empfangsräume am Südende des Hauses zu zwei hölzernen Terrassen, die, wie Nora schon vermutet hatte, eine Art Brücke über den Küchengarten bildeten. Adwea wollte sie Nora nur kurz zeigen, sie erwartete offensichtlich nicht, dass die neue Missis einen Ausflug in den Park plante. Nora war jedoch entschlossen, die Führung durch ihr original englisches Herrenhaus hier zu beenden.

»Ich werde ein bisschen hinausgehen, Adwea. Du brauchst nicht mitzukommen, vielen Dank, ich finde mich schon zurecht. Aber ich brauche jetzt ein wenig frische Luft – sonst kann ich … sonst glaube ich doch noch, ich träume …«

Sie lächelte der Sklavin zu, die nicht recht verstand, was ihre neue Herrin damit wohl meinte. Aber Adwea fragte nicht nach. Sie hatte bei weißen Herrschaften schon seltsamere Dinge erlebt als den Wunsch, bei glühender Nachmittagshitze im Garten zu lustwandeln. Nicht ohne Nora noch einmal freundlich einzuladen, sich möglichst bald auch die Sklavenquartiere anzusehen, verzog sie sich in ihre Küche.

Nora dagegen betrat die Wunderwelt ihres tropischen Gartens. Sie atmete die Luft, erfüllt von Feuchtigkeit, aber auch geschwängert mit Blütendüften. Sie blickte auf eine Vielfalt von Büschen und Bäumen, entdeckte rote, weiße, lavendelfarbene Blüten und Blätter.

Und hier, im Terrassen- und Gartenbereich, hatte der Architekt von Cascarilla Gardens auch endlich zum karibischen Stil gefunden. Es gab mit Schnitzereien verzierte und bunt bemalte Balkone und Nischen, ein Gartenhäuschen in Form einer Pagode – Nora wusste jetzt schon, dass dies ihr Lieblingsplatz werden würde. Im Park selbst gab es dann Palmen satt, dazu Büsche mit goldgelben Blüten und andere, eher unscheinbare, die herzförmige Blätter aufwiesen. Nora hob eines davon an und sah, dass seine Unterseite silbrig schimmerte – Cascarilla, die Pflanze, nach der die Plantage benannt war. Laut Elias hatte sie hier überall gewuchert, bevor er das Land für die Zuckerrohrpflanzungen roden ließ. Zwischen den Büschen und Bäumen lagen Rasenrabatten, wenn man sie so nennen konnte. Tatsächlich wirkten die Grashalme hier fremd, vergleichbar dem englischen Rasen, aber irgendwie fleischiger und voller. Nora konnte sich an dem vielen Grün kaum sattsehen. Es gab auch Brunnen und Wasserspiele im Stil europäischer Parks. Elias behielt Recht, an Wassermangel litt man nicht auf Jamaika. Wahrscheinlich speiste der kleine Bach, der auch die Küche mit Wasser versorgte, klarem, sauberem Wasser, kein Vergleich mit der Brühe der Themse, die Springbrunnen. Mit klopfendem Herzen beugte sich Nora über einen der Brunnen und trank. Es schmeckte frisch, fast süß. Nora konnte sich kaum bezähmen, ihren Anhänger damit zu benetzen.

Leider gab es keinen Hinterausgang, der vom Garten aus in den Wald führte. Wenn man zum Strand wollte, musste man wohl außen um das Haus herum reiten. Nora fragte sich, wo überhaupt die Ställe lagen. Aber als Erstes würde sie sich jetzt die Unterkünfte der Sklaven ansehen. Adwea schien stolz auf ihr Häuschen zu sein und es ihr unbedingt zeigen zu wollen.

Die Köchin war nun allerdings beschäftigt – es war bald Zeit für das Abendessen. Nora sah, dass es Fisch geben würde, wahrscheinlich frisch aus dem Meer, und das Wasser lief ihr schon im Munde zusammen. Die kleine Mansah führte sie schließlich zu den Sklavenquartieren.

»Hier, Missis! Gut, Missis?«

Auch Mansah schien Noras Interesse an ihrer Wohnung für eine Art Inspektion im Hinblick auf Ordnung und Sauberkeit zu halten. Was dies anging, so war in Adweas Hütte nun wirklich nichts zu bemängeln. Nora erschien das Haus allerdings winzig klein für eine Familie. Es bot gerade Platz für zwei Schlafmatten, einen primitiv gezimmerten Tisch und drei Stühle. Eine Kochstelle befand sich davor. Nora, die sich an Elias' Bemerkungen zu Hurrikans und Sturmfluten erinnerte, warf kurz einen Blick auf die Bauweise: hölzerne Eckpfeiler, festes, wenn auch primitives Mauerwerk bis auf etwa Hüfthöhe und darüber Lehmwände. Die Verstrebungen zwischen den Pfeilern waren mit Lehm gefüllt worden, der dann in der Sonne getrocknet war. Das Dach bildeten Palmwedel, den Boden eine festgetretene und sauber gefegte Mischung aus Kalk, Steinen und Lehm. Insgesamt glich diese Unterkunft wesentlich mehr der Hütte an Noras und Simons Traumstrand als Elias Fortnams Haus. Wirbelstürmen würde sie wohl kaum standhalten.

»Nach Hurrikan wir bauen wieder auf«, meinte Mansah gelassen, als Nora sie darauf ansprach.

Es schien ihr wenig auszumachen. Und tatsächlich enthielt das Quartier ja auch keinerlei persönliche Gegenstände außer ein paar einfach geschneiderten, bunt bedruckten Kleidern und Schals, die sich die Frauen zu einer Art Turban um den Kopf wanden. Auf einem Regal lagen die Bänder, die Nora Máanu am Nachmittag geschenkt hatte, hübsch zu einer Schleife zusammengefasst, das Mädchen schien also wirklich Freude daran zu haben. Aber mehr besaßen die Frau und ihre beiden Töchter, die hier eine Hütte teilten, nicht.

»Hast du keinen Vater?«, erkundigte Nora sich bei Mansah.

Das Mädchen schürzte die Lippen. »Doch, Missis, aber gehört Lord Hollister. War Kutscher, jetzt ist Feldnigger. Nicht oft sehn.«

Nach dem, was Nora jetzt schon über die Gesellschaft wusste, musste Mansahs und Máanus Vater degradiert worden sein; womöglich hatte es seinem Herrn nicht gepasst, dass er sich auf der Nachbarplantage eine Frau gesucht hatte. Sie mochte das Mädchen jedoch nicht fragen. Vielleicht bot sich später ja mal die Gelegenheit, Elias oder die Hollisters auszuhorchen.

Als Nora jetzt zurück in ihre Räume kam, war Máanu bereits fertig damit, ihre Garderobe in die Schränke einzusortieren. Die Kleidung der früheren Mrs. Fortnam hatte sie herausgenommen und in die Truhen gelegt.

»Eigentlich schade um die Sachen«, meinte Nora bedauernd. »Möchtest du vielleicht etwas davon? Es dürfte dir etwas zu weit sein …«, auch Nora selbst war zierlicher als ihre Vorgängerin, »… aber die Länge müsste hinkommen. Du könntest dir etwas ändern. Und auch für deine Schwester.«

In England war Nellie immer glücklich gewesen, wenn Nora ihr ein abgelegtes Kleid schenkte. Aber Máanu schüttelte den Kopf.

»Nicht für Nigger«, sagte sie knapp.

Nora seufzte. »Aber es würde dir gut stehen«, versuchte sie es noch einmal und suchte dann in dem Kleiderstapel, bis sie ein paar einfache Röcke und Hemden fand. Elias' Frau hatte sie sicher unter den üblichen Mantelkleidern getragen. »Dies hier! Das wäre ein Sonntagskleid für dich. Nimm es nur, Máanu, ich sage dem Backra, ich hätte es dir geschenkt.«

Máanu verzog sich schließlich mit hölzernem Dank. Wobei Nora sich siedendheiß fragte, ob es für die Sklaven überhaupt einen Sonntag gab. Sie hätte sich inzwischen nicht mehr gewundert, wenn man ihnen keinerlei freie Tage gewährte.

Elias schüttelte den Kopf, als sie ihn später danach fragte.

»Sei nicht albern, Nora, natürlich haben sie freie Tage. Weihnachten. Und Ostern einen halben Tag. An jedem zweiten Sonntag hält der Reverend einen Gottesdienst, da können sie sich auch ausruhen. Und bei Dunkelheit ist ohnehin Schluss auf den Feldern, da überarbeiten sich die Kerle schon nicht.«

Nora war entsetzt über diese Regelungen. Ein einziger freier Tag im Jahr? Und für die Feldarbeiter Fron von Sonnenauf- bis Sonnenuntergang? Nun ging die Sonne zurzeit noch verhältnismäßig früh unter. Aber im Hochsommer?

»Ich könnte dir übrigens morgen die Plantage zeigen«, bemerkte Elias. »Wenn dein Pferd sich ausreichend erholt hat nach der Reise.«

Er grinste, und Nora atmete auf. Aurora und die anderen Pferde waren also offensichtlich wohlbehalten angekommen. Sie nickte begeistert. Wie Zuckerrohrfelder aussahen, wusste sie zwar inzwischen, aber vielleicht beinhaltete die Führung ja auch den Weg zum Strand.

Am nächsten Tag wies Elias Nora erst mal den Weg in die Ställe. Sie lagen auf der anderen Seite des Hauses, ähnlich angelegt wie die Küche, und sie waren luftig und kühl. Noras elegante Stute war standesgemäß untergebracht und trat ihr auch blitzblank geputzt und gesattelt entgegen. Der schwarze Stallbursche machte Peppers wirklich Konkurrenz, und der war schon penibel gewesen, was Fellpflege und Sattelzeug anging. Der Mann hielt ihr geschickt den Steigbügel, nachdem er Aurora neben eine Aufstiegshilfe gebracht hatte. Elias erkletterte einen schwarzen Wallach.

»Gut, dann zuerst durch die Felder«, bestimmte er. »Wir bearbeiten hier dreihundertfünfzig Hektar, wobei nicht alles erwachsene Pflanzen sind, zum Teil setzen wir noch Schösslinge, zum Teil sind es Jungpflanzen – wir haben letztes Jahr erweitert. Insofern erwirtschaften wir bislang auch erst etwa siebenhundert Pfund Zucker im Jahr – das wird auf Dauer mehr, eine Zuckerrohrpflanze wächst um die zwanzig Jahre lang immer wieder nach! Wir haben zweihundertfünfzig Feldnigger, rund zwanzig weitere für Ställe, Haus und Garten. Fünfzehn Pferde – wie gesagt, sie sind schwer zu kriegen, fünfzig Maultiere, siebzig Ochsen …«

»Und eine Windmühle!«, lächelte Nora. Sie genoss den Ausritt über die Felder, obwohl es wieder schwül war und kein Lüftchen ging. »Was macht ihr denn damit?«

Sie wies auf einen Steinbau, dessen Flügel mit Segeln bespannt waren. Die Mühle stand auf einem Hügel. Wahrscheinlich war sie vom Haus aus einzusehen, wenn man durch eines der Fenster sah, die nach vorn hinaus gingen.

»Die betreibt die Pressmaschine. Wenn gerade Wind ist. Sonst …«

Die Reiter hatten die Mühle jetzt erreicht, und Nora erkannte, wie der Antrieb funktionierte, wenn es nicht genügend Wind gab: Ein junger Schwarzer trieb ein Ochsengespann um einen Korral und hielt damit die Mühlsteine in Bewegung. Der Mann und die Tiere waren gleichermaßen schweißüberströmt.

»Hier, schau«, sagte Elias, ohne den Sklaven zu beachten. »Zuckerrohrsaft.«

Tatsächlich floss ein Rinnsal goldbrauner Flüssigkeit aus der

Mühle in einen Bottich – weitere Bottiche wurden von Sklaven in ein Haus nebenan transportiert.

»Der wird jetzt eingekocht und dann in flache Pfannen gefüllt. Wenn er trocknet, kristallisiert er – das nennt man dann Muskovade. Man kann sie gleich nach England verschiffen zur Raffination, das gibt weiße Zuckerkristalle. Und aus dem Zuckerrohrsirup – das ist so eine Art Nebenprodukt – destillieren wir Rum.«

Nora lauschte mit halbem Ohr, sie interessierte sich eher für die Menschen, die hier schufteten. Bisher hatte sie die Zahl der Feldsklaven kaum registriert, aber jetzt sah sie Maultiergespanne und Arbeiter, die Zuckerrohr anlieferten. Insgesamt zweihundertsiebzig Sklaven – das war mehr als die Bevölkerung von Greenborough … ein regelrechtes Dorf. Wer kümmerte sich um diese Leute? Gab es Schulen? Einen Arzt?

Nora beschloss, besser nicht zu fragen. Sie hatte nicht vor, die bislang so gute Stimmung zwischen ihr und ihrem Mann zu belasten. Elias zeigte ihr denn auch weitere Farmgebäude, Schuppen und Ställe für Maultiere und Ochsen, und schließlich wies er ihr tatsächlich den Weg zum Strand.

»Kannst du gar nicht verfehlen«, meinte er, während er sein eigenes Pferd wieder Richtung Pflanzung lenkte. »Aber nimm dir einen Knecht mit – die Gegend hier ist eigentlich sicher, aber andererseits weiß man nie, was den Gaunern in den Blue Montains einfällt. Und womöglich sind die Piraten ja auch noch nicht ganz ausgestorben.«

Elias' Lachen bei dieser Bemerkung bewog Nora, seine Anweisung nicht ganz ernst zu nehmen. Gut, auf Dauer würde sie um Begleitung beim Reiten nicht herumkommen, auch ihr Vater hatte sie ungern allein in den ebenfalls sehr sicheren St. James' Park geschickt. Aber an diesem Tag würde sie ihre Insel noch einmal ungestört erforschen.

Nora ließ Aurora schwungvoll antraben, und die schwarze

Stute schwebte über den breiten Weg, den jemand durch den Wald geschlagen hatte. Nora sah die Spuren von Holzfällerei – Elias machte wohl gelegentlich ein paar Mahagonigewächse zu Geld. Der Dschungel war folglich nicht mehr allzu dicht. Aber dann, als der Weg sich urplötzlich zum Strand hin öffnete, vergaß sie die Bäume. Vor ihr lag leuchtend weißer Sand und dahinter das an diesem Tag azurblaue Meer. Der Anblick war für Nora atemberaubend – während er Aurora eher Angst zu machen schien. Die Stute scheute und mochte nicht aus der Kühle des Waldes in die grelle Sonne hinaustreten. Nora versuchte zunächst, sie anzuspornen, ließ ihr dann aber ihren Willen und stieg ab.

Nora band das Pferd an einen Baum, während sie selbst wie in Trance in die Fantasie eintauchte, die sie mit Simon geteilt hatte. Sie streifte die Reitstiefel ab und fühlte den nachgebenden Sand unter ihren nackten Füßen. So hatte sie es sich nicht vorgestellt, sie hatte stets gedacht, er sei weicher, würde sie weniger tragen … Zögernd, fast ungläubig, lief sie Richtung Wasser über den warmen Strand und rannte dann wie ein Kind. Als sie das Meer erreichte, ließ sie sich, ohne auf ihr Kleid zu achten, auf die Knie nieder. Nora spürte die Kühle des Wassers, tauchte ihre Hände hinein und spielte mit den sanft gegen das Ufer plätschernden Wellen. Es war überwältigend. Aber sie konnte keine Freude empfinden.

Nora begann herzzerreißend zu weinen.

KAPITEL 8

Elias zeigte sich ungehalten, als er von Noras Ausritt ans Meer ohne männliche Begleitung hörte.

»Ich weiß, ich weiß, hier ist keine Gefahr erkennbar«, hielt er ihr vor. »Aber es gibt die Maroons, und oberhalb von Kingston ist es erst vor kurzem zu Angriffen gekommen, meint Hollister. Mal ganz abgesehen davon, dass es sich nicht gehört, wenn eine Lady allein in der Weltgeschichte herumreitet.«

»Maroons?«, erkundigte sich Nora, ohne auf die Frage der Schicklichkeit einzugehen. »Das sind freie Schwarze, nicht? Aber …«

»Das ist die Brut der schwarzen Mistkerle, die damals von den Spaniern hiergelassen wurden!«, wütete Elias. »Kleines Geschenk an die englischen Eroberer. Bevor die Spanier abzogen, ließen sie ihre Sklaven frei und bewaffneten sie! Man muss sich das mal vorstellen! Es ist mir immer noch unerklärlich …«

Für Nora war das gar nicht so unverständlich, sondern eher eine Art Fortsetzung der Kriegsführung mit anderen Mitteln. Die spanischen Pflanzer hatten den Räubern ihres Landes noch rasch ein paar Läuse in den Pelz gesetzt – wahrscheinlich freuten sich ihre Nachkommen heute noch über den gelungenen Coup.

»Haben wohl gedacht, die Neger würden kämpfen!«, erregte sich Elias inzwischen weiter. »Aber weit gefehlt, das Pack verzog sich sofort in die Berge, und da sitzt es bis heute. Viel zu feige für offenen Krieg, aber sie machen immer mal wieder Vorstöße, rauben hier, plündern da ... Mal verstecken sie entlaufene Sklaven, mal liefern sie die gegen Belohnung aus. Zu trauen ist ihnen nie, auch wenn es manchmal so was wie Verträge und Absprachen gibt.«

»Und die kommen bis hierher an unseren Strand?«, wunderte sich Nora.

Elias zuckte die Schultern. »Die können überall sein«, behauptete er. »Also nimm einen Burschen mit, wenn du reitest. Und achte auf deinen Teint, du warst schon wieder zu viel in der Sonne!«

Nora bat also beim nächsten Ritt einen der Sklavenjungen aus dem Stall um Begleitung, aber so richtig machte es mit ihm keinen Spaß. Die Knechte durften nur Maultiere reiten, und auch das hatten sie nie gelernt. Der Junge rutschte also ziemlich hilflos auf dem ungesattelten Rücken seines Mulis herum, und wenn Nora trabte oder galoppierte, lief er ständig Gefahr herunterzufallen. Im Wald vor dem Zugang zum Strand ließ sie ihn absteigen und die Pferde halten, aber mit dem Sklaven im Rücken kam sie sich kontrolliert und beobachtet vor. Es war fast nicht möglich, das Gesicht beim Reiten vor dem Sonnenlicht zu schützen, dazu wechselte der Lichteinfall zu oft. Noras Haut bräunte leicht, selbst wenn sie sich im Schatten hielt. Schon nach wenigen Tagen hatte ihr Teint einen leichten goldbraunen Schimmer. Am Strand geschah das noch schneller als im Garten, es schien, als ob Sand und Meer das Sonnenlicht reflektierten. Nora schränkte die Besuche in der Bucht ihrer Träume also ein. Wenn überhaupt, dann wanderte sie dorthin, was zwar länger dauerte, aber dafür kaum die Gefahr einer Entdeckung barg. Niemand überwachte Nora – sofern sie ihr Pferd in den Ställen ließ –, und es suchte sie auch niemand.

Anscheinend gab es für die Frau eines Pflanzers keinerlei Aufgaben im Haus oder auf dem Land. Jeder Handgriff, vom Ordnen ihrer Kleider bis zur Gartengestaltung, bei der englische Ladys traditionell gern selbst mit anfassten, wurde ihr abgenommen. Die Herrin des Hauses war schmückendes Beiwerk, verwöhnt und gepflegt wie ein Schoßhündchen. Nora fühlte sich stets wie eine Puppe, wenn Máanu sie am Morgen frisierte und ankleidete. Das Mädchen erlernte die nötigen Handgriffe schnell und war äußerst geschickt. Da Elias meist schon unterwegs war, wenn die in ihr Schlafzimmer scheinende Sonne Nora weckte, servierte man ihr auch das Frühstück im Zimmer. Sie brauchte nur dazusitzen und darauf zu warten.

In den ersten Tagen beschäftigte Nora sich dann damit, Elias' neu erworbene Gemälde und Skulpturen gefällig im Haus verteilen zu lassen, aber das war rasch getan. Nora suchte verzweifelt nach einer Beschäftigung, musste aber sehr bald einsehen, dass dies hoffnungslos war. Wenn es nicht gerade Feste und Gesellschaften vorzubereiten galt – und mit dieser Aufgabe konfrontierte Elias seine junge Frau vorerst nicht –, hatte Nora kaum etwas anderes zu tun, als weitgehend sinnlose Handarbeiten anzufertigen, zu lesen oder Briefe zu schreiben. Zum Glück fand sich im Haus eine Bibliothek – und ein paar der Bücher schien Elias wirklich gelesen oder zumindest selbst angeschafft zu haben. Interessiert schmökerte Nora in den Büchern des Sir Hans Sloane zur Flora und Fauna Jamaikas und nahm sie schließlich mit auf die Terrasse. Das mit Schnitzereien verzierte Gartenhäuschen über der Küche lud zum Verweilen ein, und Nora verbrachte dort bald viele Stunden des Tages – nicht nur mit Lesen und Schreiben, sondern auch damit, das Personal in den Wirtschaftsräumen unterhalb ihres Lieblingsplatzes zu belauschen. Damit verfolgte sie keine bösen Absichten, es gefiel ihr einfach nur, zumindest am Rande am Leben auf der Plantage teilzuhaben. Sie hörte auf die Lieder der Küchenmädchen, die beim Gemüseputzen und Ausnehmen der Fische sangen, lächelte über Adweas strenges Regiment in ihrer Küche und ihren gespielten Ärger, wenn Hausdiener und Mädchen sich

Scherzworte zuriefen und wohl auch mal einen Kuss tauschten, statt Besen und Kochlöffel zu schwingen. Zu Noras Überraschung unterhielten sich auch die Schwarzen unter sich in dem seltsam gebrochenen Englisch, das ihr gleich am Anfang bei Máanu und Adwea aufgefallen war. Ob es ihnen verboten war, sich in ihrer eigenen Sprache zu unterhalten?

Máanu zuckte mal wieder die Schultern, als Nora sie danach fragte. Eine sehr charakteristische Angewohnheit, die Nora auch bei anderen Sklaven bereits aufgefallen war. Die Dienerschaft schien sich um die Tugenden der drei Affen zu bemühen: nichts hören, nichts sehen und um Himmels willen nicht zugeben, dass man irgendetwas wusste!

»Weiß nicht, Missis«, behauptete Máanu jetzt. »Weiß nicht, ob verboten. Aber weiß ich, dass nicht verstehn sich.«

»Die … Leute aus Afrika«, nach wie vor widerstrebte es Nora, von Sklaven zu reden, »verstehen ihre eigene Sprache nicht mehr?«, wunderte sie sich.

»Doch, Missis, eigene ja, aber nicht andere. Afrika viele Sprachen … viele Stämme.«

Nora nickte, jetzt verstand sie. Anscheinend waren die Schwarzen auf den Plantagen ein zusammengewürfelter Haufen von Menschen aus verschiedenen Gegenden des Kontinents. Natürlich, Afrika war groß! Bisher hatte sie nie darüber nachgedacht, aber natürlich mochte es auch dort Nationen geben wie Engländer, Spanier, Franzosen und Niederländer, die unterschiedliche Sprachen und auch sonst nicht viel gemeinsam hatten. Das erklärte, warum es so selten zu Aufständen kam. Für die Weißen waren alle Schwarzen gleich, aber für die Sklaven selbst bestanden Unterschiede, und vielleicht war der Mann, neben dem man angekettet schuftete, ja im eigenen Land ein Feind gewesen.

Bei Nora verstärkte diese Erkenntnis das unwohle Gefühl, das sie hegte, wann immer man ihr die Sklavenhaltung als gottgegeben und die Schwarzen als halbe Tiere schilderte. So viel anders als Europa mochte Afrika gar nicht sein: verschiedene Sprachen, verfeindete Nationen. All das sprach zwar nicht für die Klugheit und Friedfertigkeit der Völkerstämme, aber auch nicht für ihre Einstufung als niedere Wesen.

Nora dachte oft darüber nach, wenn sie tatenlos in ihrer Laube saß und träumte – bis sie dort einmal etwas erlauschte, das sie alarmierte. Es war gegen Abend, das Essen sollte bald aufgetragen werden, und die größte Geschäftigkeit in der Küche war vorbei. Ein Teil der dort beschäftigten Mädchen war wohl heim in die Hütten gegangen, andere deckten den Tisch und trugen die Speisen auf. Nora, die wie so oft, seit sie auf der Insel weilte, wehmütig dem Zirpen der Grillen gelauscht und der untergegangenen Sonne nachgeträumt hatte, erhob sich seufzend. Sie würde gehen müssen, um nicht zu spät an der Tafel zu erscheinen. Elias legte Wert auf die gemeinsame Abendmahlzeit und den dafür festlich gedeckten Tisch. In den ersten Tagen hatte er Nora gelegentlich gerüffelt, wenn die Gläser nicht perfekt poliert waren oder irgendein Besteckteil an der falschen Stelle lag. Seine Frau habe die Sklaven gefälligst dazu anzuhalten, alles richtig zu machen, wofür er sich sonst wohl eine Lady ins Haus geholt habe.

Nora hatte die Leute daraufhin gleich am nächsten Morgen voller Tatendrang um den Tisch versammelt, um die richtige Platzierung von Tellern und Suppentassen, Löffeln und Messern mit ihnen durchzugehen – woraufhin keinerlei Fehler mehr passierten. Die Schwarzen schienen deutlich schneller zu lernen als das Personal in England, aber den dortigen Bediensteten saß natürlich auch keine Peitsche im Nacken. Das korrekte Bedienen bei Tisch brauchte Nora den Hausdienern nur einmal zu erklären, dann lief es weitgehend reibungslos. Zumindest fiel Elias nichts negativ auf, und Nora hütete sich, kleine Schnitzer bei Tisch zu korrigieren. Sie sprach später mit den Leuten darüber, die das offensichtlich zu schätzen wussten. Eigentlich gab es nichts, worauf sich diese Annahme stützen ließ, aber Nora hatte doch das Gefühl, als ob das Hauspersonal begann, sie zu mögen. Auf jeden Fall mehr als ihren Gatten, dem gegenüber die meisten bei allem Gehorsam eine unterschwellige Furcht hegten – oder, wie anscheinend Máanu, Hassgefühle.

Nora war auf dem Weg ins Speisezimmer, um den gedeckten Tisch zu kontrollieren. Vielleicht musste sie noch einmal an Blumenschmuck erinnern, sie hatte den Hausmädchen erst am Tag zuvor gezeigt, wie man Blüten gefällig arrangierte. Aber dann hörte sie Stimmen im Küchengarten.

»Akwasi? Bist du da? Du kannst rauskommen, es ist keiner mehr da.«

Nora erkannte Máanus Stimme – in fließendem Englisch.

»Ich bin gerade erst gekommen, wir haben an der Grenze zu den Hollisters gearbeitet. Mit diesem Truman als Aufseher. Toby ist zu Tode erschöpft, und Hardy ...«

Die Männerstimme hatte Nora noch nie gehört. Zu den Hausdienern schien dieser Sklave nicht zu gehören.

»Sein Fuß ist schlimm, nicht? Was sagt Kwadwo?« Máanu klang besorgt.

Der Junge schnaubte. »Was er immer sagt. Man müsse die Geister beschwören, vielleicht heilen sie es, vielleicht nicht. Die Salbe deiner Mutter hilft auch nicht viel. Aber kein Wunder bei so einer klaffenden Wunde.«

Máanu seufzte. »Nimm jedenfalls das – das wird ihn stärken. Und er braucht nicht zur Essensausgabe. Er soll sich hinlegen und den Fuß hochlegen, sagt meine Mutter. Das hilft wahrscheinlich besser als die ganze Medizin. Und hier ist Fleischbrühe für Toby. Er muss wieder zu Kräften kommen, sonst meldet ihn Truman oder lässt ihn gar auspeitschen. Findet sich denn kein Platz für ihn in der Zuckerverarbeitung oder der Destillerie?«

Nora war völlig verblüfft über die plötzliche Wortgewandtheit ihrer Sklavin – und erst recht die des offensichtlichen Feldarbeiters, mit dem sie sprach. Aber jetzt musste sie dringend gehen. Nicht auszudenken, dass Elias sie holen kam und die beiden dort unten belauschte. Nora wusste nicht, was es mit der Sprache auf sich hatte, aber ganz sicher war es Adwea und Máanu verboten, Essen vom Tisch der Herrschaft abzuzweigen und unter den Feldarbeitern zu verteilen.

Nora plante nicht, die beiden zu verraten. Aber Máanu würde ihr am Abend Rede und Antwort stehen müssen!

»Bitte nicht sagen Backra, Missis! Bitte nicht sagen Backra!« Zum ersten Mal, seit Nora sie kannte, verlor Máanu ihre würdevolle Haltung und ihre zur Schau getragene Gleichmut. Ihr wich offensichtlich das Blut aus dem Gesicht – ihre schwarze Haut nahm einen Grauton an. »Er Akwasi strafen … und Toby …« Das junge Mädchen schien sich mehr um seinen Freund zu fürchten als um sich selbst. »Und mich …«

Máanu rieb sich hektisch die Stirn, als wollte sie sich schon den Gedanken an mögliche Konsequenzen ihrer Verfehlungen austreiben. Nora hätte ihr die Angst am liebsten gleich genommen, aber sie war entschlossen, hart zu bleiben. An diesem Tag wollte sie ein paar Antworten.

»Sprich richtig, Máanu! Ich weiß, dass du es kannst, und dieser Akwasi kann es auch. Also hör auf, mich an der Nase herumzuführen.«

»Máanu, Kitty, nicht foppen Missis …«

Das Mädchen war offensichtlich in Panik.

»Fass dich und sprich richtig, Máanu!«, wiederholte Nora. »Dann passiert dir nichts. Ich will dich nicht verraten, aber ich habe auch genug davon, angelogen zu werden.«

»Ich lüge Sie doch nicht an, Missis«, flüsterte Máanu geschlagen. »Das ist doch kein Lügen, wenn …«

»Wenn du tust, als sprächest du unsere Sprache nicht, obwohl du in Wirklichkeit ein besseres Englisch sprichst als mein Personal in London?«

Máanu senkte den Kopf. »Meine Mutter sagt, ich soll es mir nicht anmerken lassen. Und Akwasi auch nicht. Das gäbe nur Schwierigkeiten, für uns Hausneger und erst recht für die Feldsklaven. Akwasi hat schon genug Ärger.«

Nora ließ das vorerst unkommentiert. »Das heißt also, die weiße Herrschaft bevorzugt es, mit euch in einer Art … hm … Babysprache zu reden?«

Máanu nickte. »Es können aber auch nicht alle sehr gut Englisch«, meinte sie dann. »Eigentlich nur sehr wenige, obwohl ich schon denke, manche verstehen zumindest mehr, als sie tun.«

Dafür sprach auch der schnelle Erfolg von Noras Unterricht rund um den korrekt gedeckten Tisch. Aber Máanu drückte sich wirklich erstaunlich gewählt aus.

»Und woher hast du deine Kenntnisse?«, erkundigte sich Nora.

»Von Doug … von Mr. Douglas, Missis«, verbesserte sich Máanu. »Dem Sohn des Backras. Meine Mama hat sich um ihn gekümmert, besonders als seine Mama starb, und auch um Akwasi, das war so zur gleichen Zeit …«

»Akwasis Mutter ist auch gestorben?«, fragte Nora.

Ihr fiel plötzlich ein, wie wenige Kinder es auf der Plantage gab. Natürlich liefen die Sprösslinge des Personals in englischen Stadthäusern auch nicht herum, aber da waren die Dienstboten entweder unverheiratet und lebten im Haus, oder sie gingen am Abend heim zu ihren Familien wie Peppers. Die Sklaven lebten dagegen hier, und offensichtlich kontrollierte keiner, wer das Bett und die Hütte mit wem teilte. Zumindest die Hüttensiedlung hätte also voller kleiner Schwarzer sein müssen, aber man sah niemals ein Kind oder hörte auch nur Geschrei wie damals in London aus der Wohnung der Tanners.

Máanu biss sich auf die Lippen. »Nicht … hm … direkt. Aber Mama Adwea passte auf beide Jungen auf, sie spielten zusammen, und ich eben auch, als ich dann zur Welt kam. Ich bin aber viel jünger. Dou… Backra Douglas wollte Akwasi als seinen Boy, und das hat der Backra dann auch erlaubt. Deshalb blieb er bei ihm, als er dann Hauslehrer bekam und eine weiße Erzieherin. Und ich lief den beiden später nach, wann ich konnte. Die weiße Nanny – Miss Carleon – fand mich niedlich.«

Nora nickte. »Ich verstehe. Und irgendwann fiel Akwasi in Ungnade und landete auf den Feldern, und du denkst, wenn ich merke, dass du richtig sprechen kannst, passiert dir vielleicht das Gleiche. Das brauchst du aber nicht, Máanu! Ich habe gern eine Zofe, die in ganzen Sätzen mit mir redet, und ich bevorzuge es auch, wenn meine Zofe nicht auf jede Frage erst mal mit ›Weiß nicht‹ antwortet. Also werden wir uns jetzt benehmen wie normale Menschen.«

»Menschen, Missis?«, fragte Máanu hart.

Kaum, dass ihre Panik verflogen war, brachen ihr Widerspruchsgeist und ihr Hang zum Spott wieder durch. Nora seufzte und zog die Schlafhaube wieder von ihrem Haar, die Máanu ihr schon aufgesetzt hatte. Wahrscheinlich würde Elias sie noch besuchen, und er mochte es lieber offen. Und außerdem sollte sie jetzt dieses Gespräch beenden, bevor ihr Gatte sie womöglich überraschte.

»Ich möchte dich nicht zur Feindin haben, Máanu«, sagte Nora müde. »Im Gegenteil. An deiner und meiner Stellung kann ich nichts ändern, aber ich werde dich nicht behandeln wie ein Tier, und ich wünschte, du würdest mich nicht behandeln wie eine Ankleidepuppe. Um meinen guten Willen zu beweisen, werde ich dich jetzt nicht nach Toby und Hardy fragen und nicht danach, was ihr zwei, du und Adwea, ihnen über diesen Akwasi geschickt habt. Ich gehe davon aus, dass ihr alle in bester Absicht handelt und niemandem schaden wollt. Ist das so?«

Máanu nickte und wirkte erleichtert. »Wir wollen nur helfen«, sagte sie hölzern.

Nora griff nach dem Obstkorb, der wie stets in ihrem Ankleidezimmer stand. »So nimm das mit für Toby und Hardy, wer auch immer sie sind. Und sag Adwea, ich werde die Vorräte an Fleisch und Gemüse, oder was auch immer sie da zu einem Eintopf verkocht hat – der übrigens sehr aromatisch duftete, vielleicht serviert sie uns auch einmal etwas Vergleichbares –, auch fürderhin nicht kontrollieren.«

KAPITEL 9

Das Mädchen Máanu war weit davon entfernt, auf die neue Freundschaft mit seiner Herrin zu vertrauen oder sie gar auf die Probe zu stellen. Wenn Nahrungsmittel aus der Küche verschwanden, so geschah das nach wie vor unmerklich, und Máanu verzichtete auch fürderhin nicht auf das Pidgin-Englisch, das Nora so verärgerte. Lediglich wenn sie mit Nora allein war, sprach sie flüssig, und sie bemühte sich auch, zur Zufriedenheit ihrer Herrin, Fragen zu beantworten.

Nora hielt sich hier allerdings zurück. Auch sie gedachte vorerst nicht, das neu gewonnene, etwas vertrautere Verhältnis zu Máanu zu belasten. So sprach sie das Thema Akwasi in den nächsten Tagen nicht an, obwohl ihr Fragen dazu auf den Nägeln brannten. Máanu war dem jungen Feldarbeiter unzweifelhaft zugetan, das hatte schon ihre Sorge um ihn gezeigt. Aber was geschah nun, wenn er diese Zuneigung erwiderte? Gab es Eheschließungen unter den Sklaven? Und wenn ja, wie ging das vor sich? Wenn sich Sklaven nach christlichem Ritus trauen ließen, müsste sie das eigentlich davor schützen, später einzeln verkauft zu werden. Das Bibelwort »Was Gott zusammengefügt hat, das soll der Mensch nicht trennen« band schließlich auch die Pflanzer.

Und nach Toby und Hardy erkundigte Nora sich ebenfalls nicht weiter, wenngleich sie sich um die Sklaven sorgte. Máanus und Akwasis Gespräch zufolge mussten die Männer krank sein.

Wer aber kümmerte sich in diesem Fall um die Arbeiter? Elias' Antwort auf diese Frage war ein knappes Schulterzucken.

»Ach, die Kerle sind zäh«, bemerkte er nur, um auf Noras beharrliches Nachhaken ein »Das machen die unter sich aus« nachzuschieben.

Zu Noras Beruhigung trug das nicht bei. Sie würde sich letztlich an die weiterhin misstrauische Máanu halten müssen, wenn sie mehr erfahren wollte.

Aber dann, drei Tage nachdem sie Máanu und Akwasi vor der Küche belauscht hatte, geschah etwas, was Noras bislang recht zufriedenes Leben auf der Plantage von Grund auf erschütterte.

Dabei hatte der Tag eigentlich ruhig angefangen. Nora hatte ihn mit einem langen Spaziergang an den Strand begonnen – es war anstrengend, den ganzen Weg durch den Wald zu laufen, zumal sie kein festes Schuhwerk besaß, sondern nur leichte, zu ihren Kleidern passende Seidenschühchen. Aber manchmal wurde ihr Drang, das Meer zu sehen und in die Welt ihrer Träume mit Simon einzutauchen, schlichtweg übermächtig. Ihre Begegnung mit Sand und Meer war dann bittersüß. Sie genoss es, Schuhe und Strümpfe auszuziehen und ins Wasser zu waten, und schließlich entledigte sie sich auch ihres Kleides und lag im warmen Sand wie damals in Simons Armen.

Natürlich war das ein Wagnis, sie durfte gar nicht daran denken, wie Elias reagieren würde, wenn er sie halb nackt in der Sonne fände. Aber nach all ihren Erfahrungen kam zumindest während der Arbeitszeit nie jemand von Cascarilla Gardens zum Strand, und die Wahrscheinlichkeit, dort auf vagabundierende Maroons oder gar Piraten zu stoßen, hielt sie auch nicht für allzu groß. Nora achtete natürlich darauf, an nicht allzu exponierter Stelle zu lagern, sondern im Schatten der Palmen oder Akazien, gern versteckt zwischen den Pflanzen. Hier hätte auch Simons und ihre Hütte gestanden … Nora verlor sich in der Welt ihrer Fantasien, aber am Ende machte es sie weniger glücklich als traurig. Fast immer weinte sie, bevor sie den Strand wieder verließ.

Nun, am späten Vormittag, war sie müde und plante einen langen Mittagsschlaf nach einem nur leichten Lunch. Elias war am Morgen nach Kingston geritten, um eine Warenlieferung zu überwachen, also würde sie allein essen. Bis dahin vertrieb sie sich die Zeit mit einem Buch an ihrem Lieblingsplatz im Garten und lauschte dem unmelodischen Geschrei der tropischen Vögel in den Bäumen.

Dann aber hörte sie Máanu rufen.

»Missis! Bitte, Missis, wo sind Sie?«

Das Mädchen rannte über die Terrasse auf Nora zu. In seiner Stimme lag verzweifelte Dringlichkeit, aber dann, als es Nora im Gartenhäuschen erkannte, wirkte es erleichtert. Zu Noras Erschrecken warf sich die sonst so reservierte Sklavin vor ihr zu Boden, als wollte sie um ihr Leben flehen.

»Bitte, Missis, kommen Sie, helfen Sie, tun Sie irgendetwas! Er bringt ihn um, er schlägt ihn zu Tode. Siebzig Hiebe ... siebzig Hiebe, das überlebt niemand ... McAllister verhängt immer nur zwanzig, und das ist schon schlimm, aber ...«

Nora machte Anstalten, dem Mädchen aufzuhelfen.

»Nun beruhige dich doch erst mal, Máanu, und erzähl mir, was passiert ist. Ich weiß ja gar nicht ...«

»Sie haben schon angefangen, Missis, wenn Sie nicht gleich mitkommen, wenn Sie nicht eingreifen, dann ... dann ist es zu spät!« Máanu schluchzte verzweifelt, sie versuchte, Noras Knöchel zu umfassen.

Peinlich berührt schüttelte Nora sie ab und stand auf. »Also schön, dann komm und zeig mir, was los ist, wenn du es denn schon nicht so erklären kannst, dass ich es auch verstehe. Wo müssen wir denn hin?«

»Na, zu den Hütten natürlich!« Máanu ging offensichtlich

davon aus, dass Nora genau verstand, was sie wollte. »Vor der Küche, da … da tun sie's doch immer.«

Die »Küche« im Sklavenquartier war ein offener Schuppen. Im Allgemeinen wurde dort Eintopf über offenem Feuer gegart und dann an die Arbeiter verteilt. Sie konnten sich ihr Essen mit in die Hütten nehmen oder auch gleich vor der Küche verspeisen. Ein offener Platz, von Palmen und Mahagonigewächsen beschattet, lud dazu ein, sich zu setzen und mit anderen zu plaudern. Hier fanden an den Sonntagen auch die Gottesdienste statt.

Nora folgte also ihrer Dienerin zunächst durch die Küche des Herrenhauses, wo ihnen Adwea besorgt und kopfschüttelnd nachsah. Auch die Mienen des Küchenpersonals waren ernst, wenngleich sie nicht Máanus Panik widerspiegelten. Es musste also um etwas Persönliches gehen, das die junge Frau betraf.

Máanu rannte jetzt beinahe, und Nora musste sich bemühen mitzukommen. Erst durch ein lichtes Wäldchen, das den Blick vom Haus auf die Hütten verdeckte, und dann zwischen den Sklavenquartieren hindurch. Schon von weitem sah Nora, dass der Versammlungsraum vor der Küche mit Arbeitern gefüllt war. Allerdings saßen sie nicht entspannt beisammen wie zum Essen. Sie standen da und schwiegen. Das einzige Geräusch war das Niedersausen einer Peitsche.

»Dreiundzwanzig!«, vermeldete eine Stimme, der man Anstrengung anhörte. Danach ein weiteres, klatschendes Geräusch, ein schwaches Ächzen.

»Vierundzwanzig!«

Nora und Máanu drängten sich durch die Reihen der Sklaven.

»Platz! Lasst uns durch! Lasst die Missis durch!«

Máanu schob die Männer zur Seite und vergaß dabei sogar, zurück zum Pidgin-Englisch zu wechseln.

»Dreißig!«

Als Nora endlich freie Sicht auf das Podium in der Mitte des Platzes hatte, erschrak sie. Gebunden an den Baum, der dem Reverend während des Gottesdienstes Schatten spendete, hing Akwasi. Man hatte ihm die Hände gefesselt und gerade so an einen Zweig gebunden, dass seine Füße eben noch Halt am Boden fanden. Zumindest hatte er am Anfang noch stehen können, jetzt fand er nicht mehr die Kraft, sich aufrecht zu halten.

»Einunddreißig!«

Der Aufseher Truman hob ein weiteres Mal die Peitsche. Seine Stimme flatterte, und sein nackter Oberkörper triefte vor Schweiß von der Anstrengung.

An Akwasis fast nacktem Körper floss Blut herunter. Sein Rücken war mit Striemen bedeckt, es gab kaum noch eine heile Stelle, und Nora verstand, was Máanu meinte. Noch vierzig weitere Hiebe, und die Knochen seiner Wirbelsäule würden freiliegen. Der Rücken wäre unheilbar zerfetzt, der Mann würde an Wundbrand sterben, wenn er nicht gleich unter den Schlägen sein Leben aushauchte.

Akwasi schrie zum ersten Mal auf, als ihn der nächste Schlag traf. Bisher hatte er sich wohl eisern beherrscht.

Nora rannte aufs Podium.

»Hören Sie augenblicklich auf!«

Sie schrie den Aufseher an, der daraufhin tatsächlich verwundert die Peitsche sinken ließ.

»Oh … Mrs. Fortnam … Was machen Sie denn hier? Das ist … Also, ich möchte nicht respektlos sein, aber dies ist kein Ort für eine Lady.«

»Aber für einen Gentleman, ja?«, fragte Nora und sah voller Abscheu auf die blutige Peitsche in der Hand des noch recht jungen Mannes. Truman war ihr bisher nicht wie ein Grobian erschienen. Wenn sie ihn auf Ausritten oder gemeinsam mit

Elias getroffen hatte, war er immer höflich und freundlich gewesen. »Die Frage ist, was Sie hier machen! Hat mein Gatte Ihnen erlaubt, seine Männer totzuschlagen?«

Truman lächelte. »Nur, sie zu züchtigen. Natürlich muss dies hier für eine junge Lady sehr martialisch aussehen. Aber ich versichere Ihnen, dass ich meine Befugnisse keinesfalls überschreite. Der Kerl hier ist ein Unruhestifter, ich muss ein Exempel statuieren.«

»Was hat er denn getan, um das zu verdienen?«, erkundigte sich Nora.

Akwasi, ein sehr großer, kräftiger junger Mann, regte sich schwach in seinen Fesseln.

Truman lachte. »Oh, die Liste ist lang, Mylady. Aber vor allem Anstachelung zur Meuterei, zur Arbeitsverweigerung, zum Aufstand, zur Lüge und Drückebergerei. Er hat einen schlechten Einfluss auf die anderen, Mrs. Fortnam. Und ich führe ihnen hiermit vor Augen, wohin das führt. Das ist mein Job, Lady. Also lassen Sie mich jetzt bitte fortfahren.«

»Den Teufel werde ich tun!«, sagte Nora couragiert. »Der Mann ist jetzt schon halb tot, und ich glaube nicht, dass dies im Sinne meines Gatten ist. Wie ich gehört habe, sind zwanzig Peitschenhiebe hier sonst die Höchststrafe!«

Die Sklaven auf dem Platz vor ihr lauschten gespannt. Truman ließ seine Blicke über sie gleiten.

»In Anbetracht der Schwere des Vergehens …«, führte er dann an.

»Dann erklären Sie mir das mal genauer«, forderte Nora ihn auf. »Wen hat der Mann zu was angestachelt? Einzelheiten bitte, Mr. Truman, keine allgemeinen Anschuldigungen.«

Truman gab einen theatralischen Seufzer von sich, der Nora eigentlich schon genügt hätte, ihn wegen unbotmäßigen Verhaltens zu feuern. Allerdings hatte sie dazu sicher nicht das Recht, wahrscheinlich hätte Elias ihr Verhalten nicht gefallen.

Aber das war jetzt egal, ihrem Gatten würde sie später gegenübertreten.

»Wird's bald, Mr. Truman?«

Der Aufseher zeigte auf einen anderen Sklaven, der mit gebundenen Händen in der ersten Reihe stand und offensichtlich seine eigene Strafe erwartete.

»Den da!«, erklärte Truman. »Erschien heute Morgen nicht zur Arbeit, und als ich ihn in der Hütte aufstöberte, erklärte er doch tatsächlich, Akwasi habe ihm gesagt, er solle liegen bleiben. Und kaum hab ich den Kerl hochgescheucht, da kommt unser Freund Akwasi aus der nächsten Hütte und redet auf einen anderen Faulpelz ein. Der ließ sich allerdings nicht beeinflussen. War auf dem Weg zur Arbeit. Sein Glück.«

Nora folgte seinem Blick mit den Augen und meinte, den »glücklichen« Sklaven zu erkennen. Ein älterer Mann, grau im Gesicht und mager. Anscheinend konnte er sich nur mühsam aufrecht halten.

»Der Mann scheint mir krank zu sein«, meinte Nora und wandte sich dann an den Gefesselten. »Und du? Warum wolltest du nicht zur Arbeit?«

Während der Sklave noch nach Worten suchte, erkannte Nora einen schmutzigen Verband um seinen Fuß und sah jetzt auch, dass er sich auf einen Stecken stützte. Der Verband war kaum mehr als ein Lappen und fast schwarz von Fliegen, er musste von Blut oder Eiter durchweicht sein.

»Nimm das mal ab!«, sagte Nora. »Máanu, hilf ihm, wenn er es nicht allein schafft, und er soll sich um Himmels willen dazu hinsetzen, er kann doch nicht auf einem Bein balancieren.«

»Die Männer haben der Bestrafung stehend beizuwohnen«, bemerkte Truman.

Nora blitzte ihn an. »Die Bestrafung, Mr. Truman, ist zu Ende. Zumindest vorerst, ich ... O Gott!«

Der Mann hatte sich inzwischen auf den Boden gesetzt, und

Nora blickte auf die Wunde an seinem Fuß, die Máanu freilegte. Irgendetwas Scharfes, wahrscheinlich eine Machete, war in seine Fußsohle eingedrungen. Die Wunde war lang, aber nicht sehr tief, wahrscheinlich waren keine Knochen und Sehnen verletzt. Aber sie war klaffend offen, und offensichtlich hatte niemand sie richtig gereinigt. Jetzt sah Nora Eiter und Blut und auch schon die ersten Fliegenmaden im Fleisch.

»Und damit sollte der Mann arbeiten?«, fragte Nora wütend. »Damit haben Sie ihn aufs Feld geschickt, tagelang?« Der Mann musste Toby sein, von dem Máanu und Akwasi gesprochen hatten.

»Diese Kerle fügen sich solche Wunden selbst zu!«, behauptete Truman. »Um sich zu drücken. Wenn wir sie dann pausieren lassen, machen's andere sofort nach … Glauben Sie mir, Missis, die sind mit allen Wassern gewaschen, die …«

»Nich selbst gemacht …«, wimmerte Toby. »Missis nicht glauben. Toby nicht schlechter Nigger …«

»Kein Mensch fügt sich so eine Wunde selbst zu!«, sagte Nora. »Dabei könnte er sich ja den Fuß abhacken. Und wie auch immer die Verletzung zustande gekommen ist: Meinem Mann ist kein guter Dienst damit erwiesen, wenn ihm ein …«, sie meinte, an dem Wort ersticken zu müssen, aber dann sprach sie es doch aus, »… wenn ihm ein wertvoller Sklave stirbt oder sein Bein verliert, weil man eine Wunde nicht behandelt hat.«

Truman biss sich auf die Lippen. Dieses Argument hatte deutlich Gewicht. Nora sah, dass der Mann bereit schien einzulenken.

»Ich … äh … wusste nicht …«

Nora atmete im Stillen auf. »Wahrscheinlich wurden Sie einfach nicht über das wahre Ausmaß der Verletzung informiert«, erklärte sie, obwohl sie sich selbst dafür hasste. »Was sicher auch auf ein Fehlverhalten der beteiligten Leute zurückzuführen ist. Du hast es zweifellos versäumt, Toby, deinen Aufseher rechtzeitig von der Schwere deiner Wunde in Kenntnis zu setzen und vertrauensvoll um Behandlung und ein paar Tage im Krankenstand zu bitten.«

Toby schien etwas sagen zu wollen, aber ein Blick von Máanu gebot ihm Schweigen. Die Hausdienerin wusste besser als der Feldarbeiter um die Zwänge, denen auch Nora unterworfen war.

Wenn sie den Aufseher hier völlig das Gesicht verlieren ließ, würde der Backra sie tadeln und sich womöglich ganz auf Trumans Seite stellen. Dann war es nicht ausgeschlossen, dass die Bestrafung weitergeführt wurde.

Truman nickte mit anklagendem Blick auf Toby. »Das ist richtig, Madam!«, sagte er. »Der Mann …«

»Der Mann hat sich damit in gewisser Weise selbst bestraft, sicher leidet er große Schmerzen. Weitere Sanktionen halte ich nicht für nötig, aber das müssen Sie natürlich mit meinem Mann abklären.« Nora seufzte. Sie konnte Toby nur heute schützen – und dann hoffen, dass Elias vernünftig war. »Du …«, sie warf einen Blick auf den anderen, offensichtlich kranken Mann in der Menge, »… du hilfst Toby jetzt in die Küche vom großen Haus. Er soll sich dort niedersetzen und den Fuß in warmer Seifenlauge baden. Ich komme gleich und kümmere mich darum. Und ihr …« Nora wies auf zwei Jungen am Rand des Platzes. Um Akwasi zu helfen, brauchte man kräftige Männer. Der junge Mann hing jetzt bewegungslos in seinen Fesseln, anscheinend hatte er das Bewusstsein verloren. »… ihr bringt Akwasi in seine Hütte. Er kann heute nicht mehr arbeiten. Auch dieser Ausfall hätte sich mit einer milderen Strafe vermeiden lassen!« Ein weiterer Tadel für Truman – Nora hoffte, er würde den Mann weiter einschüchtern. Elias war zweifellos für harte Bestrafung seiner Sklaven, aber er wünschte auch, sie möglichst vollzählig auf dem Feld zu sehen. »Die anderen begeben sich wieder zur Arbeit. Mr. Truman …«

Nora beaufsichtigte noch, wie die Männer Akwasi losschnitten und in Richtung seiner Hütte zerrten. Hoffentlich war die sauber und es fand sich jemand, der den Mann verband. Schon jetzt setzten sich Fliegen auf die Wunde. Aber darum würde sie sich ebenfalls später kümmern … Nora trat hocherhobenen Hauptes ab und wanderte gemessenen Schrittes zurück zum Haus, obwohl sie lieber gelaufen wäre. Sie brannte vor innerer Erregung, aber sie konnte sich an ihrem »Sieg« nicht erfreuen.

Da machen sie es doch immer …, hatte Máanu über den Versammlungsplatz vor der Küche gesagt. Also waren Auspeitschungen der Feldsklaven an der Tagesordnung. Nora war dies zutiefst zuwider. Sie würde sich mehr einmischen müssen, wenn sie weiter auf der Plantage leben wollte.

Nora Fortnam-Reed war nicht mehr das ängstliche Mädchen, das in London hilflos am Sterbebett seines Liebsten gesessen hatte. Zwei Jahre Wohltätigkeitsarbeit im Eastend hatten sie auf fast alles vorbereitet, was in der Krankenpflege anfiel. Es hatte zu ihren ersten Aktivitäten gehört, den offensichtlich engagierten Dr. Mason für ihre Armenhilfe einzuspannen. Dabei ging sie ihm oft selbst zur Hand, wenn er in einem Nebenraum ihrer Armenküche die Kranken und Verletzten versorgte, eine Arbeit, vor der sich die anderen Damen gern drückten. Nora dagegen ekelte sich nicht so leicht, und so reinigte sie jetzt auch beherzt den vereiterten Fuß des Sklaven Toby und kratzte die Fliegenmaden mit einem stumpfen Messer aus dem Fleisch. Schließlich erinnerte sie sich an eine der Grundüberzeugungen Masons, dass Gin, in Maßen genossen, so ziemlich gegen alles half. In London hatte es nie genug sauberes Wasser zur Reinigung von Wunden gegeben, und so hatte Mason auch hier gern zu dem Fusel gegriffen. Nach Noras Beobachtung förderte das die Heilung eher, als sie zu behindern. Also spülte sie nun Tobys Fuß freigebig mit klarem Zuckerrohrschnaps aus den Beständen ihres Gatten, bevor sie Adweas Heilsalbe aufstrich und das Bein bandagierte.

»Das machen wir jetzt jeden Tag, bis die Wunde geheilt ist«, beschied sie den Sklaven. »Mit Gottes Hilfe wirst du den Fuß nicht verlieren. Aber setz ihn jetzt nicht mehr auf, sondern lass dir in deine Hütte helfen und leg das Bein hoch. Du brauchst unbedingt Ruhe. Adwea wird dir dein Essen bringen. Ach ja, und … Hardy?« Sie warf dem älteren Mann einen fragenden Blick zu. Er nickte. »Hardy wird sich um dich kümmern, solange ist er freigestellt. Wenn in der Zeit auch sein Husten ausheilt, umso besser.«

Nora sandte die Männer fort und ging ins Haus, um sich zu waschen. Sie brauchte eine kleine Erfrischung, bevor sie sich um Akwasis Rücken kümmerte. Nora gab es niemals zu, aber der Anblick von Maden in einer Wunde verursachte ihr auch nach zwei Jahren Armenhilfe noch Übelkeit …

Nora warf einen Blick in den Spiegel, bändigte ihr Haar, das sich aus dem gelockten Pferdeschwanz gelöst hatte, mit einem seidenblumengeschmückten Stirnband und griff sogar nach der Puderquaste, um vornehme Blässe in ihr gerötetes Gesicht zu zwingen. Auf keinen Fall wollte sie aufgewühlt und durcheinander wirken, falls sie auf dem Weg in die Hüttensiedlung einem Aufseher begegnete. Schlimm genug, dass sie verschwitzt war und die Spitzenärmel ihres Hemdes, die unter dem Kleid vorsahen, traurig lasch herunterhingen.

Tatsächlich begegnete sie dann allerdings niemandem, abgesehen von Adwea und den Küchenmädchen und -jungen, als sie den Weg durch das Reich der Köchin abkürzte. Adwea drückte ihr noch rasch einen Topf Salbe in die Hand. Sie kochte sie aus Schweineschmalz und ganz bestimmten Kräutern oder Blüten.

»Schick einen Jungen in die Destillerie, um die Schnapsvorräte wieder zu ergänzen«, trug Nora ihr auf.

Mangel an dem Zeug bestand nicht, schließlich brannte man es hier selbst. Nora hoffte nur, dass es nicht jahrelang ablagern musste wie guter Whiskey, aber diese Befürchtung konnte Adwea zerstreuen. Nora wunderte sich, dass sie nicht nur ohne zu überlegen, sondern auch in viel flüssigerem Englisch als sonst antwortete. Seit sie Toby gemeinsam verarztet hatten, schien eine Art Komplizenschaft zwischen der Herrin und der Dienerin erwacht zu sein. Nora freute sich darüber, als sie zu den Hütten ging.

Akwasi lag auf dem Bauch in der Mitte einer Hütte, die er wohl gemeinsam mit ein paar anderen jungen Feldsklaven bewohnte. Die Männer mussten ihn hineingeschleift und einfach liegen gelassen haben – zweifellos auf Anweisung Trumans, der auf schnellste Erledigung des Auftrags der Herrin bestand. Neben seinem leblosen Körper kniete Máanu und weinte. Zwischen zwei Schluchzern redete sie dabei auf Akwasi ein, flehte ihn an, doch endlich aufzuwachen, und versuchte ungeschickt, seinen Kopf zu heben und ihm Wasser einzuflößen.

»Lass ihn ruhig schlafen, es ist viel besser für ihn, wenn er bewusstlos bleibt, bis wir die Wunden versorgt haben«, sagte Nora. Máanu fuhr erschrocken auf, beruhigte sich aber, als sie die Herrin erkannte. »Die Lauge und der Alkohol brennen höllisch, und er wird schon genug Schmerzen haben.«

Máanu nahm sich denn auch zusammen und half Nora, die Striemen mit Seifenlauge auszuwaschen. Akwasi wachte mit einem Stöhnen auf, als sie anschließend Schnaps über seinen geschundenen Rücken rinnen ließen.

Akwasi hatte der neuen Herrin der Plantage bis jetzt keinen zweiten Blick gegönnt. Als Feldarbeiter kam er ja auch kaum in ihre Nähe. Natürlich sprachen die Frauen über Nora Fortnam, Máanu hörte gar nicht mehr damit auf, aber Máanu redete ohnehin so viel auf Akwasi ein, dass er kaum noch zuhörte. Das Mädchen lief ihm erkennbar nach, aber für ihn war sie nicht mehr als eine kleine Schwester. Ohnehin war eine Frau zu nehmen das Letzte, woran Akwasi dachte, und wenn, dann würde er sich sicher nicht für eine Sklavin entscheiden.

Akwasi war ein zorniger junger Mann, er hielt sich von den Weißen so weit als möglich fern – schon, um nicht ständig gegen den Drang ankämpfen zu müssen, die Machete nicht gegen den Stamm des Zuckerrohrs zu schwingen, sondern den Aufseher oder gar den Backra damit in Stücke zu schlagen. Die Kraft dazu hätte er gehabt – und manchmal fragte er sich, ob die Genugtuung, die er dabei spüren würde, seinen Tod nicht wert wäre. Aber dann beherrschte er sich doch wieder eisern – man würde nicht nur ihn hängen, sondern zweifellos auch alle anderen aus seiner Gruppe, und obendrein wusste niemand, ob es beim Hängen blieb.

Die Pflanzer hatten die absolute Macht über ihre Sklaven. Zwar gab es Gesetze zur Regelung ihrer Bestrafung, aber niemand würde sich darum kümmern, wenn sich ein Sklave eines in den Augen der Backras wirklich schrecklichen Vergehens schuldig gemacht hatte. Akwasi hatte von Männern gehört, die man lebendig verbrannt hatte oder die man langsam zu Tode brachte, indem man ihnen eine Gliedmaße nach der anderen abschnitt. Akwasi wollte so nicht sterben, und er hatte eigentlich auch nicht das Risiko eingehen wollen, zu Tode geprügelt zu werden. Natürlich hatte er mit einer Bestrafung gerechnet, weil er sich um Toby gekümmert hatte. Aber tatsächlich war es seine Machete gewesen, in die Toby getreten war, als er sie achtlos und wieder mal wütend ins Feld geschleudert hatte. Und nun fühlte er sich schuldig an dessen Unglück. Aber dann hatte Toby die Nerven verloren und Akwasi verraten, als der Aufseher in seine Hütte kam – statt ihm wie geheißen noch einmal die Wunde zu zeigen, um vielleicht doch an sein Herz oder wenigstens seinen Verstand zu rühren. Selbst der dümmste Kerl musste wissen, dass Toby das Bein oder gar sein Leben verlieren würde, wenn erst Wundbrand einsetzte. Aber dann siebzig Peitschenhiebe …

Akwasi hatte bereits mehrmals zehn, einmal fünfzehn und einmal zwanzig erhalten, er wusste, dass kaum jemand vierzig überlebte. Als Truman zu prügeln begann, hatte er mit dem Leben abgeschlossen. Und es war auch so, wie er erwartet hatte: Erst der wahnsinnige Schmerz, der sich noch steigerte, wenn die Peitsche in offene Wunden hineinschnitt, dann eine Art Gleichgültigkeit und schließlich gnädige Ohnmacht, aus der er hoffte, nicht mehr zu erwachen, um langsam am Wundbrand zu sterben.

Aber dann war etwas dazwischengekommen – als Akwasis Geist sich eben anschickte, seinen gemarterten Körper zu verlassen, war eine Art Engel erschienen. Akwasi erinnerte sich nur noch undeutlich, aber da war eine helle Gestalt, ein Lichtwesen … und als er nun die Augen öffnete, war es wieder da.

Der junge Mann starrte fassungslos in Noras weißes Gesicht, das von einem Blütenkranz umrahmt und von goldbraun schimmerndem Haar umspielt wurde. Ihre weichen Züge, die Wärme in den seltsam grünen Augen … Akwasi hatte vorher nie einen Menschen mit einer solchen Augenfarbe gesehen. Halb wach, wie er war, hielt er eine himmlische Erscheinung für möglich. Er versuchte zu lächeln.

»Hier, trink!«

Eine freundliche, aufmunternde Stimme wandte sich an ihn. Akwasi nahm einen Schluck aus der Flasche, die ihm das Wesen an die Lippen hielt. Er schmeckte eine scharfe Flüssigkeit, was seine Lebensgeister vollends weckte. Und er konnte die Augen nicht von der Frau wenden, die ihn stützte. Kein Engel natürlich und kein Geist – eine Weiße! Die Missis, das Weib des verhassten Herrn der Plantage. Und trotzdem eine Frau, die seine Seele tanzen ließ. Das schönste Geschöpf, das er je gesehen hatte! Ein Mädchen, von dem er nicht einmal hätte träumen mögen.

Akwasi schämte sich seines Gefühls in dem Augenblick, da es in ihm aufkeimte, aber er konnte nicht anders, als Nora anzustarren. Sie reagierte darauf mit freundlichem, aber distanziertem Lächeln.

»Nun schau mich nicht so an, als hätte ich dich von den Toten erweckt. Wenn du jemandem dein Leben verdankst, dann eher Máanu. Komm, Máanu, hilf mir, ihn etwas aufzurichten, und dann …«

Akwasi stemmte sich hoch. »Kann allein …«

Er tastete nach der Flasche, aber Nora hielt ihm einen Krug mit Wasser entgegen.

»Still erst deinen Durst, Junge, aber mach dir keine Sorgen. Ich lasse dir den Schnaps hier, er mag die Schmerzen lindern. Und jetzt müssen wir …«

Sie machte Anstalten, Salbe auf seinen Rücken zu streichen, aber Akwasi wehrte sowohl Nora als auch Máanu ab.

»Lasst mich in Ruhe … Ich kann allein …«

»Aber wie willst du dir denn allein den Rücken einreiben?«, lamentierte Máanu, während Nora sich bereitwillig zurückzog.

Männlicher Stolz, wieder etwas, in dem sich Schwarze offensichtlich in keiner Weise von Weißen unterschieden. Nora erinnerte sich daran, wie schwer es Simon bis zuletzt gefallen war, ihre Hilfe anzunehmen. Akwasi musste es mit Máanu ähnlich gehen – und er lag keineswegs im Sterben. Der junge Sklave war stark wie ein Bär, er überwand die Ohnmacht schnell und ertrug die Schmerzen ohne Klagen. Nora dachte daran, dass er erst beim fünfundzwanzigsten Schlag geschrien hatte. Akwasi war stark und stolz, und er hatte allen Grund dazu.

»Lass uns einfach gehen, Máanu«, sagte sie freundlich. »Und du bleibst noch etwas liegen, Akwasi. Sicher wird Adwea später noch einmal nach dir sehen …« Von der älteren Frau würde der junge Mann sich eher helfen lassen. »Du solltest die Wunden allerdings abdecken. Die Fliegen …«

Nora sah sich in der kargen Hütte nach einem Hemd oder einem Verband um, aber Máanu hatte schon daran gedacht. Sie senkte scheinbar beschämt ihren Blick, als Nora die Leinenstreifen sah und sie erkannte. Das Mädchen hatte kurzerhand den Rock, den Nora ihr geschenkt hatte, zerschnitten oder zerrissen, um Akwasi einen sauberen Verband anlegen zu können.

»Missis nicht böse«, raunte sie verschämt.

Nora schüttelte den Kopf. Sie verspürte eher eine Art Rührung. Máanu musste den jungen Mann wirklich lieben. Sie hoffte aus ganzem Herzen, dass Akwasi ihre Gefühle erwiderte.

Akwasi allerdings vergaß Máanu, kaum dass die Frauen seine Hütte verlassen hatten. Er nahm ein paar Schlucke Zuckerrohrschnaps. Aber was ihn seine Schmerzen schließlich wirklich vergessen ließ, war der Gedanke an Nora Fortnam und der Traum, sie in die Arme zu schließen.

KAPITEL 10

»So ganz unrecht hat Truman nicht, natürlich kommt es vor, dass sich die Kerle verstümmeln!«

Nora hatte Glück gehabt. Sie traf Elias beim Dinner, bevor der Aufseher ihm seine Sicht des nachmittäglichen Vorfalls schildern konnte, und er hörte sich ihren Bericht in Ruhe an, ohne sie zu unterbrechen und in Rage zu geraten. Aber dann tadelte er sie doch, wenn auch milde für seine Begriffe.

»Die Mistkerle denken doch an nichts anderes, als sich vor der Arbeit zu drücken. Du machst dir da noch keinen Begriff, Nora, du weißt nicht, was sie alles anstellen, um uns um ihre Arbeitskraft zu betrügen! Die Älteren rammen sich die Macheten in die Beine, die Jüngeren denken nur an Flucht – und ihre Weiber muss man anketten, wenn man sie mal trächtig hat. Die lassen ihre Brut eher aus sich rauskratzen, als uns neue Arbeiter zu gebären. Dabei wär's viel leichter, sie zu züchten, als immer wieder neue zu zähmen.« Elias hatte sein Mahl beendet und bediente sich aus der Rumflasche. »Truman hat's mit dem Strafmaß vielleicht ein bisschen übertrieben, aber im Grunde weiß er, was er tut. Schau einfach nicht hin, wenn er die Kerle prügelt, es trifft nicht die Falschen, glaub's mir!«

»Aber Toby ist seit Jahren hier und hat dir immer treu gedient!«, argumentierte Nora, fest entschlossen, beim Thema Toby zu bleiben, obwohl ihr bei Elias' Ausbruch das Blut in den Adern gefror. Männer, die sich auf dem Schiff zu Tode hungerten, andere, die sich verstümmelten oder furchtbare Strafen riskierten, um zu fliehen. Frauen, die ihre Kinder lieber in sich abtöteten, als sie in ein Leben als Sklaven zu gebären … Aber Elias sprach von alldem, als ginge es hier nur darum, ihm böswillig eine Leistung vorzuenthalten, die ihm nach Recht und Gesetz zustand! Nora musste sich eisern beherrschen, ruhig zu bleiben. Sie hatte Elias Fortnam niemals geliebt, aber ihm bisher doch einen gewissen Respekt entgegengebracht. Jetzt empfand sie nur noch Abscheu.

»Er sagt, er sei in ein Messer getreten, und so sieht die Wunde auch aus. Es war ein Unfall, Elias. Niemand konnte etwas dafür.«

Elias schnaubte. »Und wer hat die Machete achtlos liegen gelassen? Warum passt Toby nicht auf, wohin er tritt? Schon das verdient Strafe!«

Nora zwang sich, ruhig zu atmen. »Das verdient vielleicht Strafe, aber doch keine so harte. Und es ist auch kein Grund, den Mann mit so einer Wunde weiter auf die Felder zu schicken. Ich habe mich erkundigt, Elias, wie viel so ein Sklave wert ist.« Sie hoffte, dass er jetzt nicht fragte, bei wem. Tatsächlich hatte sie sich mit der Frage an Máanu gewandt – und war umfassend über die Preise für Haus- und Feldsklaven informiert worden. Die Schwarzen waren keineswegs zu dumm, um zu wissen, was die Weißen für sie zahlten. »Ein Mann wie Toby kostet so viel wie ein gutes Maultier. Und das würdest du doch auch nicht mit lahmem Bein aufs Feld schicken – selbst wenn es sich die Wunde bei dem Versuch geholt hätte, über den Koppelzaun zu springen.«

Elias lachte. »So gefällst du mir!«, lobte er Nora und machte Anstalten, über ihr Haar zu streicheln. Er musste in der Stadt schon einiges getrunken haben, das bisschen Wein zum Essen und jetzt das eine Glas Rum hätten ihn kaum so zudringlich werden lassen – und so gesprächig. Meist hielt er sich Nora gegenüber mit Schmähungen gegen die Schwarzen zurück.

»Die Tochter eines Kaufmanns. Aber was schlägst du vor, Süße? Ich weiß, ich weiß, ein paar der ganz großen Pflanzer halten sich einen Arzt auf der Plantage. Aber das wird hier zu teuer. Mal ganz abgesehen davon, dass die Quacksalber ohnehin nichts auf die Reihe kriegen.«

Nora holte tief Luft. »Ich werde mir die Leute in Zukunft ansehen, Elias«, sagte sie dann fest. »Und zwar jeden, der meint, zu krank für die Tagesarbeit zu sein. Ich kann sehr wohl beurteilen, wer sich drücken will und wer es tatsächlich nicht schafft, und ich weiß auch oft, was zu tun ist, um die Leute schneller gesunden zu lassen. Du weißt, ich habe in London in der Armenfürsorge gearbeitet. Meistens zusammen mit Dr. Mason, dem einzigen Arzt im Eastend. Ich habe schon vieles getan und vieles gesehen.«

»Und du hast deinen früheren Liebsten gepflegt, als er im Sterben lag, stimmt's Nora, Süße?«

Elias lachte wieder. Er musste schwer betrunken sein. Nora gab die Bemerkung einen Stich. Natürlich musste Elias von einem Skandal um seine junge Frau gewusst haben, als er sie heiratete, aber sie hatte bisher nicht geahnt, dass er Einzelheiten kannte. Außer ihrem Vater konnte sie ihm eigentlich keiner verraten haben … Aber auch das durfte sie jetzt nicht ablenken.

»Dann weißt du ja, dass ich es kann«, sagte sie knapp und stand auf. »Du gestattest, dass ich mich jetzt zurückziehe. Ich gedenke, morgen früh vor Arbeitsbeginn bei den Hütten zu sein, um eventuelle Krankmeldungen zu prüfen.«

Nora hatte eigentlich gehofft, dass es ihr erspart bleiben würde, aber kurze Zeit später kam Elias doch noch in ihr Zimmer, um seine ehelichen Rechte zu fordern. In der letzten Zeit geschah das häufiger, nachdem er getrunken hatte, während er sich ihr nüchtern kaum noch näherte. Aber diesmal war ihr der Beischlaf mit ihrem Mann zum ersten Mal wirklich zuwider, sie ekelte sich vor seinen Berührungen – vor das Bild ihres Gatten schob sich das Bild der Maden, die sie aus Tobys Fußwunde entfernt hatte. Nährten sich doch auch die Pflanzer vom Fleisch ihrer Sklaven …

Immerhin fiel kein Wort mehr über Noras Pläne, und auch am Morgen ließ Elias sie unbehelligt, als sie zu den Sklavenquartieren aufbrach. Dabei ritt er an ihr vorbei, als sie die ersten Männer untersuchte – wieder in Richtung Kingston. Nora nahm an, dass er beabsichtigte, sich mit anderen Pflanzern über ihre Absichten zu beraten. Ihr Gatte Elias Fortnam befand sich ganz klar im Zwiespalt: Einerseits würde es sich für die Plantage rentieren, wenn ihm weniger Sklaven an eigentlich harmlosen Krankheiten wegstarben. Andererseits sollte auf keinen Fall ein Schatten auf das Bild der vollkommenen Lady fallen, die er sich aus England geholt hatte.

Am Abend kehrte er dann erneut angetrunken, allerdings ausgeglichenster Stimmung heim. Offensichtlich hatten die anderen Pflanzer Noras Ansinnen durchaus gebilligt – in den amerikanischen Kolonien schien es sogar gang und gäbe zu sein, dass sich die Frauen der Pflanzer der Sklaven annahmen – und zwar je vornehmer, desto selbstloser und eifriger.

Nora atmete auf. Sie war zwar fest entschlossen gewesen, die Hütten im Zweifelsfall heimlich aufzusuchen, aber mit Elias' Billigung war natürlich alles einfacher. Sie lächelte und nickte zu seinen Erzählungen und dem Klatsch aus Kingston, den er gut gelaunt überbrachte. Die Ernte würde nun bald vorbei sein und das gesellschaftliche Leben einsetzen. Schon in den vergangenen Tagen waren die ersten Einladungen zu Abendgesellschaften und Bällen bei den Fortnams eingegangen. Elias beabsichtigte, sie alle anzunehmen und seine Frau gründlich herumzuzeigen.

»Und denk auch schon mal über den richtigen Zeitpunkt für unseren eigenen Ball nach«, meinte er schließlich. »Oder geben wir erst mal ein paar Gesellschaften? Wir könnten gleich nächste Woche die unmittelbaren Nachbarn einladen, wenn die letzten Lieferungen raus sind.«

Nora nickte wieder. Die Organisation einer solchen Einladung machte keine Mühe. Schließlich gab es Personal im Überfluss.

Der Sklave Toby erholte sich nur langsam von seiner Verletzung, während die Wunden auf Akwasis Rücken verhältnismäßig schnell heilten. Nora hatte den jungen Mann sogar gleich am nächsten Tag wieder aufs Feld geschickt – wenn auch mit blutendem Herzen. Sie hätte ihm lieber noch einen Tag Ruhe gegönnt, aber Truman hätte sich zweifellos bei Elias beschwert und damit ihre ganzen Pläne gefährdet. Denn darin waren sich der Pflanzer und sein Aufseher zweifellos einig: Wenn ein Sklave aufrecht stehen und Arme und Beine bewegen konnte, dann war er auch fähig, Zuckerrohr zu schneiden.

Akwasi nahm Noras Entscheidung entgegen, ohne eine Miene zu verziehen, während Máanu zu verstehen gab, dass sie die Gründe dafür einsah. Überhaupt zeigte sich das Mädchen seit Noras Eingreifen zu Gunsten Akwasis wie ausgewechselt. Máanu verhielt sich geradezu euphorisch, als Nora sie bat, sie in die Sklavenquartiere zu begleiten und ihr bei der Krankenpflege zur Hand zu gehen. Noras englische Zofe Nellie hätte ein solches Ansinnen entsetzt abgelehnt – und Máanu verstand es ja eigentlich auch, auf subtile Art Missbilligung zu zeigen. Aber gleich, ob ihr der Umgang mit Kranken und Verletzten etwas ausmachte oder nicht – sie nahm es auf jeden Fall gern auf sich, wenn sie Akwasi dadurch häufiger sehen konnte.

Auch der junge Feldarbeiter schien die Nähe zu ihr zu suchen. Nora beobachtete oft, dass er Herrin und Dienerin mit Blicken verfolgte, wenn sie morgens die Kranken untersuchten oder abends noch einmal nach ihnen sahen. Dann bot er sich auch manchmal an, Nora kleine Dienste zu leisten. Nora ging davon aus, dass er all das tat, um mit Máanu zusammen zu sein.

Máanu zeigte ihrer Herrin gegenüber so überschäumende Dankbarkeit für Akwasis Rettung, dass es Nora fast peinlich war. Allerdings war dieser Überschwang an Diensteifrigkeit genauso aufgesetzt wie ihre Reserviertheit am Anfang. Nora war froh, als er einer gewissen Vertrautheit wich. Máanu bewegte sich endlich ungezwungen im Umgang mit ihrer Herrin und beantwortete nun auch bereitwillig heikle Fragen.

»Natürlich gibt es Hochzeiten«, meinte sie mit einem Anflug der alten Widerborstigkeit, als Nora endlich wagte, die Frage nach Liebe im Sklavenquartier anzusprechen. »Auch bei uns lieben sich Mann und Frau und möchten zusammen leben … sofern man es uns denn zugesteht.«

»Tut man das nicht?«, fragte Nora. »Gibt es keine Zeremonien, die … zwei Menschen zusammenführen?«

Máanu zuckte die Achseln. »Unterschiedlich. Manche Pflanzer erlauben Hochzeitsfeiern, andere nicht. Manchmal machen sie sogar Geschenke oder geben den Paaren eine größere Hütte. Wenn ein Mann eine Frau auf einer Plantage hat, läuft er nicht so schnell weg.«

Nora lag es auf der Zunge, nach Kindern zu fragen, aber dann verschob sie dieses noch heiklere Thema doch auf später. »Aber … von Gott gesegnet wird … so eine Verbindung nicht?«

Sie biss sich auf die Lippen. Es war eine schwierige Frage; wegen der religiösen Betreuung der Schwarzen war sie auch schon mit Elias aneinandergeraten. Der ließ zwar zu, dass der örtliche Reverend die Schwarzen missionierte, mochte sie allerdings nicht taufen lassen. Damit, liebste Nora, würde ich ihnen schließlich eine unsterbliche Seele zugestehen. Und das, da sind wir uns doch wohl einig, ist eher fraglich, hatte er erklärend hinzugefügt.

»Der Obeah-Mann kann einen Mann und eine Frau segnen«, meinte Máanu gelassen. »Kostet allerdings ein Huhn, er muss ja die Geister erwecken. Und den Backras ist das auch nicht recht …«

Nora runzelte die Stirn. Das Wort Obeah-Mann war schon öfter gefallen, und Máanu sprach auch gelegentlich von Geistern. Große Wichtigkeit schien sie der Sache allerdings nicht beizumessen. Oder war sie nur vorsichtig? Weil es um Dinge ging, die dem Backra nicht recht waren? Nora erinnerte sich an Lady Wentworth' Bemerkung damals in London: *Da grassieren Rituale, Kindchen – furchtbar! Wenn die ihre alten Götzen beschwören …*

»Es … scheint euch nicht so wichtig zu sein«, bemerkte Nora.

Máanu fuhr auf. »Es wäre Ihnen auch nicht wichtig, Missis, wenn Sie heute eine Ehe schließen, und morgen verkauft der Backra Ihren Mann oder Ihr Kind. Man kann es dann auch gleich lassen, wissen Sie?«

»Aber das müsste doch nicht sein«, murmelte Nora. »Wenn ihr nach christlichem Ritus heiraten könntet, dann …«

»Das erlaubt kein Backra!«, lachte Máanu. »Selbst wenn's der Reverend täte. Dabei tauft der uns noch nicht mal. Wobei's mir ziemlich egal ist, aber Toby und der alte Hardy, die glauben, dass sie da wirklich was verpassen. Dass ihre Seele dadurch gerettet würde.«

»Du glaubst das nicht?«, fragte Nora verblüfft. Máanu lebte schließlich seit ihrer Geburt auf der Plantage, sie war mit den Predigten der Reverends aufgewachsen. Eigentlich musste sie Christin sein. »Du glaubst nicht, dass dich das Gebet rettet?«

Máanu schnaubte. »Missis«, sagte sie dann hart. »Mich hat gar nichts gerettet! Und Akwasi auch nicht. Gebete, Missis, helfen nicht. Da versucht man es besser mit einem Fluch. Aber den, Missis, gibt's nicht umsonst. Da muss man erst ein Huhn stehlen, und wenn's der Backra merkt, schlägt er einen womöglich tot. Da gibt's nicht viele Flüche, die das wert sind!«

Máanu wandte sich ab und verließ Noras Räume, ohne nach Erlaubnis zu fragen. Nora hielt sie nicht zurück. Ihre letzten Worte hatten so hasserfüllt geklungen, dass sie besser nicht nachfragte. Sie wusste nicht, ob sie wissen wollte, um welche Rettung ihre Sklavin vergeblich gebetet hatte.

In aller Regel verliefen Noras und Máanus Gespräche allerdings weniger stürmisch, und oft lachten sie sogar zusammen oder teilten harmlose Geheimnisse. So erkundigte sich Nora denn an einem besonders schwülen und heißen Tag, der sie schon nach der morgendlichen Visite im Sklavenquartier schweißüberströmt zurück in Richtung Haus wanken ließ, endlich nach einer Badestelle.

»Missis möchte … schwimmen?«, fragte Máanu ungläubig. Sie schien sich an Noras Frage nach einem Bad nicht mehr zu erinnern.

»Na ja, nicht gleich schwimmen«, schränkte Nora ein. »Aber eintauchen, untertauchen, mich richtig mit Wasser waschen und nicht nur abreiben. Kennt ihr das denn gar nicht, Máanu? Tut man es nicht in … Afrika?«

Máanu lachte. »Ich war nie in Afrika«, erinnerte sie ihre Herrin. »Aber hier gibt es eine Badestelle. Jetzt ist da sicher niemand. Wenn Sie wirklich wollen, führe ich Sie hin.«

»Ich bitte darum!«, meinte Nora lächelnd. »Ich lechze nach einer Erfrischung.«

Máanu warf allerdings einen zweifelnden Blick auf Noras zierliche Seidenschühchen, bevor sie jetzt auf einen engen Pfad abbogen, der von der Sklavensiedlung wegführte. Sie selbst schritt auf nackten Füßen sicher durch den Dschungel, der zunehmend dichter wurde, je weiter sich die Frauen von den Wohnhäusern der Plantage entfernten. Nora wurde unheimlich, als sie das grüne Dickicht schließlich fast völlig umschloss. Unbekannte Vögel gaben seltsame Schreie von sich, als sie die

Menschen nahen hörten, Insekten umschwirrten sie, und hinter den dicken Blättern und Blüten der Büsche und Bäume raschelte es, als ob Reptilien zu fliehen versuchten. Ihr Schuhwerk hielt den Steinen und Schlingpflanzen auf dem Weg denn auch nicht lange stand, Nora zog ihre Schuhe schließlich aus und folgte tapfer barfuß ihrer Sklavin.

»Sie ruinieren sich die Füße«, bemerkte Máanu.

Nora winkte ab. »Ich streiche Adweas Heilsalbe darauf, wenn wir zu Hause sind. Und gleich kann ich sie ja kühlen … Oder ist es noch weit?«

Máanu schüttelte den Kopf. »Vielleicht noch fünfzig Schritte«, erklärte sie und tauchte unter einer tiefhängenden, Lianen ähnlichen Pflanze her. »Sehen Sie, da!«

Nora spähte durch das grüne Halbdunkel – hier im tiefsten Dschungel kam die Sonne nicht durch das Blätterdach – und erkannte, dass sich der Weg langsam zu einer Lichtung verbreiterte. Der Pfad führte schon einige Zeitlang in der Nähe des Bachlaufs entlang, wobei man das Gurgeln des Wassers nur hören konnte, das Buschwerk hatte den Bach verdeckt. Aber nun sah Nora den kleinen See, einen Weiher, der wiederum von einem kleinen Wasserfall gespeist wurde. Es sah aus, als habe ein findiger Gartengestalter einen raffinierten Brunnen konstruiert. Der Weg führte schon lange bergauf, aber hier hatte sich eine Art Terrasse gebildet. Das Wasser kam von den Bergen herunter, sammelte sich in dem See und floss in den Bach, der Cascarilla Gardens mit klarstem, reinstem Wasser versorgte.

»Hier, Missis …« Máanu warf ihr Kleid ab und präsentierte Nora ihren perfekten Körper. Ihre Haut und ihre Figur waren ebenso makellos wie ihr Gesicht. Sie war schlank, aber sehnig, ihre Brüste fest, ihre Hüften fraulich gerundet, die Beine waren lang und wohlgeformt. Nur eine hässliche Narbe an der Schulter störte das Bild. Ein Brandzeichen. Nora spürte, wie ihr übel wurde.

»Sie auch, Missis! Ausziehen, baden! Sie haben es gewollt, Missis, jetzt müssen Sie auch mitmachen!«

Mit diesen Worten stürzte sich Máanu in den Weiher und tauchte dann kopfüber ein! Nora, die gelernt hatte, dass eine Dame sich nur langsam und sehr gesittet ins Wasser gleiten ließ, sah fassungslos zu, wie ihre Dienerin lachend wieder an die Oberfläche kam, sich abstieß und behände in die Mitte des Teiches schwamm. Dort legte sie sich auf den Rücken und ließ sich treiben – zu Noras Verwunderung, ohne unterzugehen.

»Du kannst ja schwimmen!«, rief sie verblüfft und schälte sich jetzt auch ihrerseits aus Kleid und Unterzeug.

Nora stand zum ersten Mal in ihrem Leben völlig nackt unter freiem Himmel. Es war ein herrliches Gefühl, Wind und Sonne auf der Haut zu spüren.

»Jeder Mensch kann schwimmen!«, lachte Máanu. »Zumindest jeder Nigger.«

Nora runzelte die Stirn und tauchte vorsichtig einen Zeh ins Wasser. Es war wunderbar kühl. Sie hielt den Atem an und glitt hinein.

»Das kann nicht von der Hautfarbe abhängen«, meinte sie. »Obwohl … du bleibst oben! Wie machst du das?«

Nora schämte sich für die Idee, aber sie konnte nicht umhin, an eine Hexenprobe zu denken. Hatte es nicht geheißen, nur Zauberinnen könnten dem Sog des Wassers entgehen? Máanu schien dieser Aberglaube zum Glück nicht geläufig.

Sie schwamm vergnügt zu Nora hinüber und forderte sie auf, sich ebenfalls aufs Wasser zu legen. Nora ließ herzklopfend zu, dass ihre Dienerin sie stützte und in die richtige Position brachte.

»Jetzt Arme ausstrecken und ein bisschen mit den Fingern paddeln. Und mit den Füßen …«

Nora schrie kurz auf, als Máanu sie losließ. Aber dann merkte sie, dass sie tatsächlich nicht unterging! Eine Weile ließ sie sich treiben, bis sie den Mut verlor. Zu ihrem Entsetzen spürte sie keinen Grund mehr unter den Füßen. Máanu zog sie ins flachere Wasser, bevor sie sich ernstlich ängstigen und untergehen konnte.

»Schwimmen, Missis«, erklärte sie dann, »geht so.« Sie machte es vor. »Nicht paddeln wie ein Hund, eher wie ein Frosch. Und keine Angst haben. Der Teich ist so klein, da hol ich Sie rasch wieder hoch, wenn's schiefgeht. Und er ist auch nicht tief, man kann sich auf den Grund sinken lassen und abstoßen.« Zu Noras Erschrecken versank Máanu neben ihr, um sofort wieder aufzutauchen. »Jetzt probieren Sie es. Also das mit dem Schwimmen. Es ist nicht schwer!«

Tatsächlich lernte Nora in kürzester Zeit, sich über Wasser zu halten. Die beiden Frauen machten sich von nun an ein tägliches Bad nach dem morgendlichen Besuch im Sklavenquartier zur Gewohnheit, wobei sich Noras Schwimmkünste sehr viel rascher entwickelten als sich Hornhaut an ihren Fußsohlen bildete. Hier zeigten sich in den ersten Tagen Dutzende kleiner Schnitte und Verletzungen, die sich leicht entzündeten. Nora hatte manchmal Mühe, ihr Hinken zu verbergen, wenn sie zum Abendessen herunterkam und Elias sie am Fuß der Treppe erwartete. Nach wenigen Wochen bewegte sich die junge Frau allerdings fast so sicher auf dem Dschungelpfad wie ihre Sklavin, und sie schwamm über und unter Wasser wie ein Fisch.

Irgendwann wagte sie dann sogar die Frage zu stellen, die ihr gleich beim ersten Schwimmzug durch den Kopf geschossen war.

»Das ist wundervoll, Máanu. Geht das wohl auch im Meer?«

ZAUBER

Jamaika
Weihnachten 1732 bis Frühjahr 1733

KAPITEL 1

Douglas Fortnam hatte seine Reise durch Europa beendet, und nun brach er auch seine Studien in Oxford ab. Wobei er Erstere genossen hatte, während England ihm vom ersten Tag seines Aufenthaltes dort verhasst gewesen war. Doug war als Zehnjähriger in ein Internat bei Banbury geschickt worden, aber es war ihm nie gelungen, das Mutterland lieben zu lernen. Er hatte die Dunkelheit der englischen Winter gefürchtet und war selbst im Hochsommer nie wirklich warm geworden. Doug fehlten die leuchtende Sonne der Karibik, die Strände und das tiefblaue Meer. Der Atlantik kam da nicht heran. Die englische Küste enttäuschte ihn, als er einen Schulkameraden in Blackpool besuchte. Dazu war das Wasser kalt. Doug war nicht feige und drückte sich nicht davor, mit seinen Freunden am Strand von Blackpool ins Wasser zu gehen oder auch mal in der Themse zu schwimmen, die auf Höhe von Oxford noch sauber und einladend wirkte. Aber das Meer, so wie er es kannte, fand er erst auf jener Reise wieder, die er gegen den Willen seines Vaters unternahm. Er konnte sich kaum losreißen von den Stränden Spaniens, Italiens und Griechenlands.

Doch auch die warmen Länder vermochten seine Sehnsucht nach seiner Heimatinsel nicht wirklich zu stillen. Doug störte die dort oft karge Landschaft, die Bergzüge, auf denen nichts wuchs außer ein paar Kakteengewächsen, Gewürzpflanzen und hartem Gras. Anscheinend gab es in Europa nur die Wahl zwischen kalten Ländern mit üppigem Grün und warmen Gegenden, die allerdings fast schon seinen Vorstellungen von Wüste entsprachen. Nirgendwo wuchsen Tabak, Kakao und Zuckerrohr, nirgendwo reichte der Dschungel an den Strand heran. Nirgendwo war die Luft so geschwängert von Feuchtigkeit, aber auch von den schweren, süßen Gerüchen der Tropen.

Doug hatte die Reise in den Süden so weit ausgedehnt wie eben möglich, obwohl sein Vater die Drohung wahrmachte, seine Apanage vollständig zu streichen. Also half Doug bei der Weinlese in Frankreich, schlug Marmor in Italien und schuftete in einer Ölmühle in Spanien. So mancher Stutzer unter seinen Nachbarn auf Jamaika oder seinen Kommilitonen in Oxford hätte all das sicher als unter seiner Würde empfunden, aber Doug freute sich an den schwellenden Muskelpaketen unter seiner Haut. Er war von jeher eher ein Handarbeiter als ein Denker gewesen und hatte sich auch an der Universität mehr als geschickter Fechter und Ruderer denn als eifriger Student erwiesen.

Insofern verließ er sie jetzt auch, ohne sein Studium der Rechte vollständig zu beenden. Nach den vielen Monaten im Süden ertrug er die englische Landschaft nicht mehr, den ständigen Regen und die Kälte. Doug war jetzt vierzehn Jahre von Jamaika fort gewesen. Seine Geduld war zu Ende, und er wusste längst mehr über das See- und Handelsrecht der verschiedensten Nationen, als er für den Vertrieb des Fortnam'schen Zuckerrohrs jemals brauchen würde. Genug war genug, Doug wollte nach Hause!

Seinen Vater setzte er im Vorfeld nicht davon in Kenntnis, dass er plante, Oxford zu verlassen. Elias Fortnam war imstande, sich gleich wieder nach England einzuschiffen, um seinen Sohn zu disziplinieren – wahrscheinlich wollte seine junge Gattin ohnehin jetzt schon wieder nach Hause. Doug jedenfalls gedachte, seinen Vater und seine neue Stiefmutter auf Jamaika zu überraschen. Und er verschwendete keinen Gedanken darauf, seinen Vater um Geld zu bitten. Stattdessen schlug er sich nach Liverpool durch und heuerte als Matrose auf einem Dreimaster an. Fast drei Monate lang kämpfte er mit dem Ungeziefer in seiner Koje unter Deck, langweilte sich beim Deckschrubben und genoss atemberaubende Momente beim Herumklettern auf der Takelage. Doug war schwindelfrei und liebte Mutproben – bald war er stets der Erste, der zum Einholen der Segel die Masten erkletterte, eine Wache ganz oben auf dem Ausguck war ihm lieber als eine schwülwarme Nacht im Innern des Schiffes.

Als der Schoner schließlich am ersten Weihnachtstag des Jahres 1732 Jamaika erreichte, hatte er so viel Geschmack am Leben auf See gewonnen, dass er darüber nachdachte, gleich auf dem nächsten Schiff anzuheuern. Aber dann warf er den ersten Blick auf die Gestade seiner Heimat und vergaß die Idee sofort. Die weißen Strände im Licht der aufgehenden Sonne, der Dschungel, die Berge … hier, genau hierhin hatte er gewollt, und man würde schon Gewalt anwenden müssen, um ihn wieder von der Insel zu vertreiben!

Auch Dougs Reise endete in Kingston, und er freute sich an der lebhaften Hafenstadt, die in den Jahren seiner Abwesenheit deutlich gewachsen war. An den Anblick der vielen Schwarzen – auch da mussten im letzten Jahrzehnt Tausende hinzugekommen sein – musste er sich allerdings erst wieder gewöhnen. Sein Herz schlug sofort höher, als er an Akwasi und die kleine Máanu dachte. Letztere würde er vielleicht wiedersehen – was Ersteren anging, so glaubte er das nicht. Sein Vater hatte damals geschrien, er gedenke, ein Exempel zu statuieren. Ganz sicher hatte er den Jungen verkauft. Bei der Erinnerung an diese Szene befiel Doug ein wohlbekanntes Gefühl der Schuld. Er versuchte es niederzukämpfen. All das war vierzehn Jahre her. Es war vorbei.

Doug schlenderte die Hafenanlagen entlang. Vielleicht hatte

er ja Glück, und irgendein Schiff lud Pferde aus, die zu verkaufen waren. Tatsächlich fand er jedoch nur Sklavenschiffe. Eine Sänfte mit sechs Trägern, dachte er bissig, hätte sich sofort bemannen lassen, aber an Pferden mangelte es nach wie vor in der ganzen Region. Schließlich fragte er gezielt nach einem Händler und handelte dann einen horrenden Preis für einen kleinen braunen Hengst mit ihm aus, der erst wenige Tage zuvor geliefert worden war. Das Pferd kam aus Spanien, Doug fragte lieber nicht nach, wie der Händler – oder der Seemann, der ihm das Tier verkauft hatte – wohl darangekommen war. Noch immer lieferten sich englische und spanische Schiffe mitunter Gefechte auf See, obwohl offiziell gerade kein Krieg herrschte und auch die Piraterie angeblich stark eingedämmt worden war. Der Händler forderte Dougs gesamte Heuer für das Pferd und gab nur widerwillig Sattel und Zaumzeug dazu, als Doug ihm glaubwürdig versicherte, damit sei seine Barschaft erschöpft. Doug händigte ihm sein letztes Geld mit Bedenken aus, aber dann sagte er sich, dass ihn sein Vater schon nicht aus dem Haus weisen würde. Frohgemut sattelte er das Pferd, taufte es – stolz auf seine drei Worte Spanisch – auf den Namen Amigo und ritt in Richtung Spanish Town.

Der Hengst schritt fleißig aus, und Doug freute sich an der Morgensonne über dem Meer und an den schattigen Wegen zwischen den Tabak- und Zuckerrohrfeldern. Wobei ihm auffiel, dass Letztere verwaist waren. Gewöhnlich kam man hier nie durch, ohne mindestens einem Trupp Sklaven bei der Arbeit zu begegnen. Aber dann erinnerte er sich an Weihnachten. Sicher, heute war der höchste christliche Feiertag, der einzige Tag, an dem die Plantagenbesitzer den Sklaven traditionell freigaben. Doug nahm das als gutes Omen. Erstens kam er schneller vorwärts, wenn keine Maultier- und Ochsenkarren im Weg standen und keine Aufseher im Vollgefühl ihrer Wichtigkeit auf Pferden saßen, die sie mitten auf der Straße angehalten hatten. Und außerdem würde der Festtag seinen Vater milder stimmen.

Tatsächlich ließ Amigos flotter Trab die Meilen nur so dahinschwinden. Es war noch lange nicht Mittag, als er die Grenze zwischen dem Land der Hollisters und Fortnams passierte und sein Pferd dann unschlüssig parierte. Wenn er jetzt direkt zur Farm ritt, würde er den Rest dieses verheißungsvollen, sonnigen Tages im Haus verbringen. Er müsste seinem Vater Rechenschaft ablegen – wovor er sich fast etwas fürchtete – und seine seltsame neue Stiefmutter kennenlernen. Eine Frau, die jünger war als er selbst. Doug konnte sich keinen Grund vorstellen, aus dem Nora Reed seinen Vater geheiratet hatte. Wahrscheinlich ein Arrangement zwischen Elias Fortnam und ihrem Vater – das Mädchen musste eine fügsame Langweilerin sein, wenn sie sich darauf eingelassen hatte. Wahrscheinlich würde sie jede Gelegenheit nutzen, über das Klima in ihrer neuen Heimat zu klagen, den Mangel an Gesellschaft, Kunst und Kultur … Die meisten Frauen der Pflanzer waren chronisch gelangweilt und unglücklich. Doug würde sich das früh genug anhören müssen.

Aber hier war ein Abzweig zum Strand! Wenn er den schmalen Weg entlangritt, der die Hollister- und Fortnam-Plantagen trennte, kam er in den Dschungel, und von dort aus sollte er eigentlich die Bucht finden, die zu Cascarilla Gardens gehörte. Doug sehnte sich mit jeder Faser seines Herzens nach diesem Strand. Er hatte unzählige Nächte davon geträumt, sich immer wieder an die Stunden erinnert, die er dort mit Akwasi verbracht hatte, ihre Spiele, ihre Wettläufe, ihr Gelächter und ihr Gerangel im Sand. Das Meer war immer warm gewesen, die Sonne hatte immer geschienen … Doug lächelte und bog entschlossen ab. Seinen Vater würde er noch früh genug wiedersehen. Jetzt kehrte er erst mal heim an seinen Strand.

Doug erreichte die Bucht an ihrem äußersten östlichen Ende und konnte sein Glück kaum fassen. Er hatte das Gefühl, als hätte er sie erst am Tag zuvor verlassen. Nein, es gab nichts, absolut nichts Vergleichbares in Europa! Keinen so weißen Sand, keinen so sattgrünen Dschungel, kein so blaues Meer. Doug hatte das dringende Bedürfnis, seiner Freude Luft zu machen. Er ließ Amigo angaloppieren, und der kleine Hengst schien seine Begeisterung zu teilen. Mit großen Galoppsprüngen pflügte er durch den Sand – aber dann spitzte er plötzlich die Ohren und verhielt so abrupt, dass Doug fast aus dem Sattel gefallen wäre. Er folgte dem Blick des Hengstes und erkannte ein anderes Pferd, das etwa in der Mitte der Bucht an einem Mangrovenbaum festgebunden war. Doug hätte es vielleicht gar nicht bemerkt, die starken Äste und das Blattwerk des Baumes verdeckten es fast, aber der Hengst hatte es natürlich gewittert und näherte sich ihm jetzt mit unternehmungslustig erhobenem Kopf. Eine Stute, keine Frage. Und eine außerordentlich schöne! Verwundert registrierte Doug die Hochbeinigkeit des Tieres – unverkennbar die Silhouette eines Rennpferds.

Amigo strebte entschlossen weiter, aber ein Instinkt ließ Doug die Zügel annehmen. »Nein, lass mal, Junge, wir halten uns hier erst mal diskret im Hintergrund«, wisperte er ihm zu und lenkte ihn vom Strand weg in den Dschungel.

Energisch verbot er seinem Pferd zu wiehern, um sich nicht zu verraten, wobei er sich fast ein bisschen kindisch vorkam. Klar, mit Akwasi hatte er hier stets »Eingeborene und Piraten« oder »Pflanzer und Maroons« gespielt, aber Piraten kamen nicht zu Pferde, und Maroons banden ihre Tiere nicht am Strand an. Die freien Schwarzen aus dem Inland waren für blitzschnelle Aktionen bekannt. Sie überrannten eine Farm, töteten die Pflanzer und meist auch zumindest die HausskIaven, plünderten und verzogen sich so rasch, wie sie gekommen waren. Die Feldsklaven der Plantage schlossen sich ihnen meistens an, ein

Angriff der Maroons war die sicherste Möglichkeit zur Flucht. Allerdings geschah er selten, und hier am Strand und in der Nähe der Städte praktisch nie.

Doug beobachtete nichtsdestotrotz gespannt das Pferd. Gleich darauf tat sich etwas im Unterholz neben dem Tier. Zu Dougs völliger Verblüffung trat eine Frau aus dem Dickicht. Gelassen, zielstrebig, selbstsicher – und völlig nackt! Sein erster Gedanke war, eine Sklavin, die ihren freien Tag zu einem Bad im Meer nutzte, aber den verwarf er im gleichen Augenblick. Diese Frau hatte nicht die Statur einer Ashanti oder Baoulé, sie war deutlich kleiner, sehr zierlich – und sie war ganz klar keine Schwarze. Eine Mulattin? Eine Sklavin mit viel weißem Blut? Aber die junge Frau gehörte mit ziemlicher Sicherheit zu dem Pferd im Dschungel, und welche Kreolin besaß so ein wertvolles Tier?

Und dann – Doug konnte seinen Augen kaum trauen – sah er es ganz deutlich. Das Wesen, das da aufs Meer zuging und sich ohne Zögern in die Wellen stürzte, war eine Weiße! Und keines dieser süßen Naturkinder, die er im Süden Europas kennen und schätzen gelernt hatte. Keins der Bauernmädchen, die mit bloßen Armen und Beinen auf dem Feld ihrer Väter arbeiteten, deren Gesichter von der Sonne gebräunt waren und die sich nach dem Tagewerk lachend in einen Fluss oder einen Weiher am Rande des Dorfes stürzten.

Die Frau im Meer dagegen hatte reinweiße Haut, sie musste gewöhnlich langärmelige Kleider tragen und ihr Gesicht vor der karibischen Sonne schützen. Doug beobachtete fasziniert, wie sie furchtlos weit hinausschwamm, sich dann in der Mitte der Bucht auf den Rücken legte und treiben ließ. Ihr langes goldbraunes Haar trieb im Wasser, es umspielte ihr Gesicht wie ein Heiligenschein. Doug war neugierig auf dieses Gesicht und wurde nicht enttäuscht. Das Mädchen musste schließlich irgendwann zurück ans Ufer. Er sah ein schmales, schönes Antlitz mit vollen Lippen, die jetzt ein glückliches Lächeln zeigten, nach der Anstrengung sanft geröteten Wangen und großen Augen, deren Farbe er gegen das Licht nicht erkannte. Das Mädchen hob die Arme, fasste sein Haar am Hinterkopf zusammen und wrang es aus – eine Geste, die Doug von den Sklavenmädchen kannte. Es entsprach natürlich nicht der Etikette, sie von einem Versteck aus zu beobachten, aber er konnte den Blick doch nicht von ihren kleinen festen Brüsten wenden. Ihre Taille war so schmal, dass er meinte, sie mit beiden Händen umfassen zu können, und ihre Hüften sanft gerundet. Sie war zierlich – und doch eine vollkommene Schönheit.

Doug fragte sich, wohin die junge Frau gehörte, und überlegte kurz, ihr zu folgen, aber das war sicher nicht einfach. Jetzt jedenfalls verschwand die Schwimmerin wieder im Unterholz, zog sich zweifellos an und würde sich dann wieder auf ihr Pferd schwingen. Doug hoffte, sie täte das am Strand, um noch einen Blick auf sie zu erhaschen, aber er wurde enttäuscht. Das Pferd verschwand einfach zwischen den Bäumen. Die Frau musste den Pfad reiten, der zunächst zur Fortnam-Plantage, dann zu den Besitztümern der Hollisters führte – und zu noch drei oder vier weiteren Pflanzungen. Ein solches Pferd war schnell, und eine so kühne Schwimmerin würde wohl auch eine beherzte Reiterin sein. Sie konnte von sonst wo herkommen und musste sich dabei sehr sicher fühlen, sonst hätte sie sich nicht derart selbstverständlich und schamlos entkleidet.

Nun war Doug der Letzte, den dies wunderte. Er selbst hatte schließlich seine halbe Kindheit an diesem Strand verbracht, und niemand hatte ihn und Akwasi dort jemals gestört. Für Akwasi war der Strand eigentlich verboten gewesen. Die Sklaven durften dort höchstens mal unter Aufsicht ein paar Fische für den Tisch des Herrn fangen. Auf einen Alleingang standen empfindliche Strafen – es wäre schließlich zu leicht gewesen, aus der Bucht herauszuschwimmen, sich von den

Wellen fort von Kingston tragen zu lassen und irgendwo im Dschungel unterzutauchen. Nun gab es natürlich Haie außerhalb der Bucht, aber Sklaven nahmen noch ganz andere Risiken auf sich, um der Knechtschaft zu entkommen. Ganz abgesehen davon, dass im Dschungel genug Holz herumlag, um sich binnen weniger Stunden ein Floß zu zimmern. Akwasi und Doug hatten das auch getan. Er lächelte in der Erinnerung an die Hütten, die sie aus Blättern und Ästen errichtet hatten, und ihren Versuch, einen Baumstamm zum Kanu auszuhöhlen.

Doug gebot Amigo, der auf den Weggang der schwarzen Stute mit enttäuschtem Brummen reagierte, Schweigen und lenkte das Pferd dann wieder auf den Strand. Aber die Lust an einem Galopp war ihm vergangen. Lieber wollte er jetzt zum Haus reiten. Vielleicht gelang es ihm ja tatsächlich, die junge Schönheit einzuholen und dann ganz unbefangen mit ihr zu plaudern.

Amigo schien dieser Idee einiges abgewinnen zu können. Der kleine Hengst trabte unternehmungslustig an.

Dieser Weihnachtstag war Akwasis einziger freier Tag im Jahr, und er nutzte ihn, wie er seit jenem Tag seiner Bestrafung jede freie Minute nutzte: Er folgte Nora Fortnam. Akwasi wusste, dass es verrückt und obendrein lebensgefährlich war, eine weiße Frau zu begehren, aber er konnte sich nicht bezähmen. Egal wie hart er arbeitete und wie erschöpft er war und egal wie oft er sich sagte, dass sie zu den verhassten Backras gehörte, die ihn versklavten – er träumte doch jede Nacht von ihr und konnte bei Tag keinen klaren Gedanken fassen, wenn er sie nicht sehen konnte. Am Morgen machte es ihn glücklich, sie bei der Untersuchung der Kranken kurz zu treffen – seit ein paar Wochen wagte er sogar, sie zu grüßen. Schließlich war Máanu immer bei ihr, und er hatte es irgendwann einmal einfach getan – dem üblichen »Hallo, Máanu« ein »Guten Morgen, Missis!« hinzugefügt. Der Aufseher hatte ihn daraufhin angefahren, aber die Missis schien sich darüber zu freuen. Auf jeden Fall hatte sie huldvoll »Grüß dich, Akwasi!« gesagt, und Akwasi war in einen Taumel von Glückseligkeit versunken, der ihn durch den ganzen, elend heißen Tag trug, den er mit dem Setzen von Zuckerrohrstecklingen verbrachte. Eine Arbeit, noch härter als die Ernte, denn dabei schuftete man in der prallen Sonne, während die langen Stängel des Zuckerrohrs beim Schlagen wenigstens Schatten gaben.

Máanu und die Missis lächelten seitdem stets beide zurück, wenn Akwasi sie grüßte, und Akwasi berauschte sich am süßen Klang von Noras Stimme. Die Missis schien auch nichts dagegen zu haben, wenn er abends zu den Frauen trat und seine Hilfe bei der Krankenpflege anbot. Mitunter wagte Akwasi zu hoffen, dass sie seine Zuneigung erwiderte. Den Backra konnte sie schließlich kaum lieben. Es war absolut undenkbar, dass ein so engelsgleiches Geschöpf irgendetwas für den Mann empfand, der Akwasi vierzehn Jahre zuvor in die Hölle geschickt hatte.

An diesem Weihnachtstag nun hatten die Götter ein besonderes Geschenk für den jungen Mann bereitgehalten. Dabei hatte er eigentlich befürchtet, Nora gar nicht sehen zu können. Die Fortnams gaben am Abend eine Gesellschaft, und natürlich überwachte die Missis die Vorbereitungen. Da die Feldsklaven freihatten – was die Haussklaven anging, so hatte man deren freien Tag erst mal bis auf weiteres aufgehoben –, kam sie auch am Morgen nicht ins Hüttendorf. Akwasi war deshalb zur Küche des Herrenhauses geschlendert. Vielleicht konnte er ja wenigstens hier einen Blick auf Nora werfen – und wenn nicht, so fiel vielleicht eine kleine Leckerei vom Tisch des Backras ab. Máanu verwöhnte Akwasi bereitwillig, wann immer sie die Möglichkeit dazu hatte, und auch diesmal legte sie lächelnd die Finger auf die Lippen und führte ihn aus dem Gewimmel in der

Küche zum Bach. Dann förderte sie ein Stück Honigkuchen aus den Falten ihres Kleides hervor.

»Hier, lass es dir schmecken!«, lachte sie. »Es ist unglaublich süß, die Missis hatte das Rezept, und meine Mutter hat es heute zum ersten Mal gebacken. Man kommt nicht mehr davon los, wenn man es einmal gekostet hat …«

Für Akwasi traf das auf alles rund um Nora Fortnam zu, und das Gebäck genoss er nun besonders, da sie es wohl ebenfalls liebte.

»Wo … ist denn die Missis?«, fragte er dann beiläufig.

Máanu antwortete arglos. »Ach, die nimmt sich gerade noch eine freie Stunde. Solange der Backra die Weinvorräte kontrolliert und den Rum nachfüllt und die Zigarren bereitlegt, oder was denn die Aufgabe eines feinen Herrn ist vor einer Weihnachtsgesellschaft. Sie will ihr Pferd holen und reiten – allein, die Stallburschen haben ja frei. Satteln könnte sie selbst, meinte sie. Und ich trau's ihr zu!«

Es gab kaum etwas, das Máanu ihrer vergötterten Herrin nicht zutraute. Sie hatte ihre anfänglichen Ressentiments längst aufgegeben.

»Wo reitet sie denn hin, so allein?«, fragte Akwasi, obwohl er sich die Antwort denken konnte.

Er hatte Nora nie zum Strand begleiten können – es war unmöglich, der Arbeitskolonne zu entfliehen –, aber er wusste, dass sie dorthin Wanderungen unternahm. Wobei es ihr wohl nicht um das Wandern ging, sondern eher um Strand und Meer, sonst ging sie schließlich nie spazieren, sondern ritt in der Begleitung eines Knechtes aus. Nun nutzte sie zweifellos die Gunst der Stunde, um ihren Lieblingsplatz aufzusuchen, bevor die Gäste kamen. Und Akwasi würde endlich die Chance haben, zu sehen, was sie dort tat!

Der junge Sklave trabte also zum Strand, natürlich sorglich darauf bedacht, nicht gesehen zu werden. Die Aufseher würden eher an den Grenzen der Plantage patrouillieren als am Meer, wenn sie sich überhaupt die Mühe machten. Jetzt, zur Zeit der Ernte, waren die Sklaven todmüde, keiner brachte die Kraft auf, Fluchtpläne zu schmieden, zumal das Risiko schon ohne patrouillierende Aufseher groß war. Schließlich besuchten sich die Backras in diesen Tagen ständig gegenseitig, man konnte leicht mit Lord Hollister oder einem anderen Nachbarn zusammenstoßen. Aber Akwasi mochte auch kein Opfer eines Zufalls werden – zumal er sich kaum noch an den Weg zum Strand erinnerte. Dabei war er ihn damals mit Doug fast täglich gegangen … Akwasi gestattete sich ein paar freundliche Gedanken an ihre Spiele und Abenteuer in der Bucht.

Und dann entdeckte er die Stute Aurora und erkletterte behände eine Palme in der Nähe. Der junge Sklave brannte vor Verlangen, als er sah, wie seine Herrin aus Kleid und Unterzeug schlüpfte, ihr Haar löste und dann unbefangen nackt ins Meer tauchte. Mit so etwas hätte er nicht gerechnet – das war eher Máanu zuzutrauen. Aber nun schwamm die weiße Frau tatsächlich bis mitten in die Bucht, ließ sich dort treiben und spielte mit den Wellen wie … nun, wie eine ganz normale Frau. Akwasi hatte den jungen Sklavinnen oft dabei zugesehen. Heimlich natürlich – oder zumindest scheinbar unbemerkt. Denn selbstverständlich hatten die Sklavenmädchen gekichert und die gleichaltrigen Jungen gelockt. Ob Nora das hier vielleicht auch nur tat, um Akwasi zu erfreuen? Ob ihre Vorstellung ihm galt, ob sie sich genauso nach ihm verzehrte wie er sich nach ihr? Akwasi beobachtete seine Herrin beim Trocknen ihres Haares, und er verlor sich in der Vorstellung, sie könnte ihn in die Arme nehmen, wenn er nur seine Deckung verließ.

Nach dem Bad hatte Nora es offensichtlich eilig. Geschickt erstieg sie ihr Pferd. Sie brauchte keine Hilfe, um sich in den Damensattel zu schwingen. Dann ließ sie es gleich in Richtung

Plantage antraben. Akwasi folgte ihr langsam und immer etwas im Schatten der Bäume. An diesem Tag würde er sicher nichts mehr von ihr zu sehen bekommen, und am kommenden Morgen musste sie wahrscheinlich die Übernachtungsgäste unterhalten. Máanu würde allein zu den Sklavenquartieren kommen. Akwasi seufzte. Es war immer lästig, wenn Máanu allein kam. Das Mädchen erschien dann zuverlässig früher und besuchte ihn in seiner Hütte. Die Leckerbissen, die sie mitbrachte, waren dort natürlich willkommen, aber sonst schienen die Jungs, mit denen Akwasi das Quartier teilte, die Sache gründlich misszuverstehen. Sie räumten stets schnell und unter fadenscheinigen Ausflüchten die Hütte, wobei sie Akwasi zugrinsten oder Zoten zuraunten. Und er musste dann sehen, wie er die Zeit bis zum Arbeitsbeginn mit Plaudereien überbrückte, während Máanu alles tat, um sich möglichst aufreizend in Szene zu setzen. Sie war ganz klar hinter ihm her – aber er konnte sie nicht schroff abweisen. Schließlich war sie der einzige Grund, gelegentlich beim Haus aufzutauchen, ohne dass die Missis misstrauisch wurde.

Akwasi wanderte gedankenverloren in Richtung Plantage, als er hinter sich Hufschläge hörte. Alarmiert schlug sich der Sklave ins Buschwerk. Eine Kontrolle? Hatte einer der Aufseher Lunte gerochen? Hatte es einen Appell gegeben, und er wurde vermisst?

Doug Fortnam hätte den Mann im Unterholz wahrscheinlich gar nicht bemerkt – auch er war schließlich mit sich selbst beschäftigt, hin und her gerissen zwischen der angenehmen Erinnerung an die Frau am Meer und zunehmender Unruhe vor der Begegnung mit seinem Vater. Amigo jedoch sah den Schwarzen und scheute. Doug hatte das in Kingston bereits gemerkt: Der kleine Hengst war nicht an dunkelhäutige Menschen gewöhnt. Wahrscheinlich war er erst kurz zuvor aus Spanien gekommen. Doug spähte in den Wald.

Akwasi schwankte zwischen Flucht und dem Versuch, harmlos zu tun. Streng genommen hatte er sich nichts zuschulden kommen lassen, es war nicht verboten, an seinem freien Tag im Wald spazieren zu gehen. Nur am Strand sollte man sich nicht erwischen lassen.

»Komm ruhig raus, ich tu dir nichts!«

Etwas an dieser Stimme oder an den Worten ließ Akwasi aufhorchen. Kein schottischer Akzent jedenfalls, kein Aufseher. Der Sklave trat so gelassen wie möglich zurück auf den Weg. Das Pferd des Weißen tänzelte.

Akwasi musterte den Mann auf dem nervösen Braunen. Mittelgroß, muskulös, blond, seine langen Locken hatten sich offensichtlich kaum zu einem modischen Zopf bändigen lassen. Das kantige, offene Gesicht war tief gebräunt und beherrscht von lebhaften blauen Augen. Ein Gesicht, das Akwasi nicht gefiel, obwohl es nach allgemeinen Maßstäben wohl als äußerst gefällig gelten konnte. Aber es erinnerte zu sehr … es erinnerte zu sehr an den verhassten Backra …

Doug hätte Akwasi nicht erkannt. Er hatte keine Erinnerung mehr an dessen Mutter, und seinen Vater hatte er zumindest wissentlich nie gesehen. Als der kräftige Schwarze jedoch ins Sonnenlicht trat, sah er eine Narbe auf seiner Wange – unterhalb des rechten Auges. Sie war gut verheilt, aber Doug fiel sie sofort ins Auge, weil die Verletzung damals noch frisch gewesen war … und weil er selbst sie dem Jungen zugefügt hatte. Natürlich war es ein Unfall gewesen, die Knaben hatten mit Holzschwertern fechten geübt, und Doug war die Waffe erst ausgerutscht und dann zerbrochen. Das schartige Holz hatte Akwasi die Wange aufgerissen. Doug wusste noch, wie sehr er sich geschämt und um den Jungen gesorgt hatte.

»Ak… Akwasi?«, flüsterte er.

Akwasi sah zu ihm auf. Aber sein Gesicht zeigte nicht das erwartete Wiedersehenslächeln. Er verbot sich jede Regung.

»Backra Douglas«, sagte er kurz und verbeugte sich.

Doug sprang vom Pferd. »Akwasi! Was soll das? Freust du dich nicht, mich wiederzusehen? Himmel, ich hätte nie damit gerechnet, dass du noch hier bist! Ich dachte doch, Vater … Akwasi!« Der junge Mann machte Anstalten, den Schwarzen zu umarmen.

Akwasi trat einen Schritt zurück. »Sein sehr froh Nigger, sehen wieder Backra«, bemerkte er, aber der hasserfüllte Ausdruck seiner Augen strafte die Worte Lügen.

Doug verharrte erschrocken und runzelte die Stirn. »Aber was ist denn los, Akwasi? Warum redest du so … so … Hast du dein Englisch verlernt?« Er versuchte ein Lächeln.

»Nigger nicht gut in Rede von Backras«, sagte Akwasi und verbeugte sich wieder. Seine Augen blitzten Doug jedoch an. »Backra wissen, Nigger dumm.«

»Akwasi, das ist doch verrückt …!« Doug schaute fassungslos zu seinem alten Freund auf. Als man sie getrennt hatte, waren beide Jungen gleich groß gewesen, aber nun überragte ihn Akwasi um einen halben Kopf. »Wie groß du bist!« Vielleicht würde es die Spannung ja lockern, wenn er das Gespräch anders anging. »Heute würde ich dich nicht mehr beim Ringen besiegen!«

»Nigger nicht ringen mit Backra.«

»Akwasi!« Doug rieb sich hilflos die Stirn. »Akwasi, was soll ich denn machen? Warum bist du böse auf mich? Natürlich, ich war lange fort, aber nicht auf eigenen Wunsch, das kann ich dir versichern. Und nun bin ich wieder da … Ich bin so froh, wieder da zu sein … Ich … ich war nirgends so glücklich wie hier. Und du …«

Akwasi schnaubte. »Wie ich sagen, willkommen, Backra«, schob er zwischen zusammengekniffenen Lippen hervor. »An glücklichste Ort in Welt.«

Damit wandte er sich abrupt zum Gehen. Doug erstarrte, als

sein alter Freund ihm den Rücken zuwandte. Entsetzt blickte er auf die Narben und frischen Wunden. Akwasi musste erst wenige Tage zuvor zum letzten Mal geschlagen worden sein.

Doug lief seinem alten Freund nach. »Akwasi, das ist furchtbar! Das … das wusste ich nicht …«

Akwasi lachte spöttisch. »Und? Was hätte gemacht Backra, wenn hätte gewusst? Wäre gestiegen auf Wolke, wäre hierhergeflogen und hätte gestoßen mit Schwert von Wolke auf Aufseher wie Geist auf Bild?«

Doug erinnerte sich an das kitschige Gemälde, das während seiner gesamten Kindheit über seinem Bett gehangen hatte: ein Schutzengel, der einen kleinen Jungen mit dem Flammenschwert vor Unbill bewahrte. Natürlich einen weißen Jungen …

»Sprich doch richtig, Akwasi!«, sagte Doug gequält.

Er ging neben Akwasi her, und die beiden hatten die Plantage fast erreicht. Man sah bereits die Sklavenhütten im Licht des Nachmittags.

»Ich gar nicht mehr sprechen, Backra«, beschied ihn Akwasi. »Nicht erlaubt Feldnigger, reden mit Backra – und für den Backra ist es wohl unter seiner Würde, reden mit Nigger.«

Der letzte Satz rutschte ihm fast grammatikalisch korrekt heraus, aber jetzt konnte er sich der Unterhaltung mit Douglas ohnehin entziehen. Ein Weg führte zu einer abseits gelegenen Hütte, dessen Bewohner Akwasi zwar kaum kannte, den er jetzt aber besuchen würde. Nur weg vom Hauptweg, nur weg von Doug!

Douglas folgte ihm nicht, er war zu aufgewühlt, er würde heute doch nicht die richtigen Worte finden. Außerdem wurde es Zeit, zum Haus zu reiten. Immerhin fürchtete er sich nicht mehr vor der Begegnung mit seinem Vater. Schlimmer als das hier konnte es nicht kommen.

KAPITEL 2

Doug war überrascht, dass es in den Pferdeställen vor Leben nur so wimmelte. Eigentlich hatte er höchstens mit einem Schwarzen als Notbesetzung gerechnet, die anderen sollten an diesem Tag freihaben wie die Feldsklaven. Stattdessen trugen der Stallmeister und die Burschen jedoch Livree, und alle Anbindeplätze und Boxen waren sauber und für Besuchspferde vorbereitet. Auf Doug, den hier niemand kannte, trat gleich der Stallmeister zu.

»Ich nehmen ab Pferd, Sir, Backra. Sie wollen sicher frisch machen.« Er ließ den Blick fast etwas missbilligend über Dougs Breeches gleiten, die gegenüber seiner vornehmen Uniform schwer abfielen. »Georgie Sie führen in Haus zu umziehen …« Er wies auf einen kleinen Jungen, der wohl für Botendienste bereitstand.

Doug schüttelte lächelnd den Kopf. »So vornehm, Peter?«, neckte er den Sklaven. Peter war schon Stallmeister gewesen, als Doug und Akwasi noch kichernd die Ställe unsicher gemacht hatten. »Ich hätte dich fast nicht erkannt mit der Perücke. Wer ist denn auf die Idee gekommen?«

Tatsächlich trug der Sklave eine aufwändige weiße Perücke wie ein Butler in England, wenn seine Herrschaft zum Fest lud.

Peter blickte gequält. »Mich kennen Backra?«, fragte er unsicher.

Doug nickte. »Natürlich, Peter. Du mich nicht? Denk doch mal nach! Wer hat dem Pferd vom alten Hollister mal Kletten unter die Satteldecke gelegt, damit's ihn runterbuckelt, wenn er aufsteigt?«

Peter musterte Doug und verzog dann das Gesicht zu einem Grinsen.

»Backra Douglas …«

Doug machte den zweiten Versuch an diesem Tag, einen alten Freund zu umarmen, und wurde diesmal nicht abgewiesen. Der alte Stallmeister erwiderte die Begrüßung etwas scheu, aber bärentatzig herzlich.

»Das ich wusste gar nicht, Backra Doug, dass Sie kommen heim! Backra Elias nichts gesagt!«

Doug lachte. »Dann hast du dich also nicht für mich so in Schale geworfen? Das enttäuscht mich jetzt. Oder lauft ihr neuerdings immer so rum, seit mein Vater eine dünkelhafte Lady aus England gefreit hat?«

Er schaute belustigt in die schwarzen Gesichter der Stallburschen in den blau-silbernen Livreen.

Peter schüttelte den Kopf. »Ach was! Missis gut, Missis Engel!« Auf Nora ließ keiner der Arbeiter etwas kommen. »Aber heut Weihnachten, große Fest in Haus, viele Backras und Missis, Musik, Tanz … alle schön angezogen, selbst Nigger.« Er drehte sich grinsend vor Doug.

»Na, dann passt mal auf, dass ihr euch nicht schmutzig macht«, verabschiedete sich Doug. »Du kümmerst dich um mein Pferd, ja? Es ist nicht so verrückt, wie es jetzt tut.« Amigo hatte angefangen, nervös herumzutänzeln, als ein Stallbursche ihn übernahm. »Aber es hat Angst vorm schwarzen Mann.«

Peter winkte ab. »War genauso mit Pferd von Missis«, meinte er dann. »Ändert sich, wenn geben bisschen Hafer.«

Doug machte sich also beruhigt auf den Weg zum Haus und fragte sich, ob er sich darüber freuen sollte, dass er hier in eine Gesellschaft hineinplatzte, oder ob das eher schlecht war. Auf jeden Fall würde sein Vater keine Gelegenheit haben, ihn gleich hochnotpeinlich zu befragen, und nach diesem Abend würde halb Jamaika wissen, dass Douglas Fortnam wieder da war. Sein Vater konnte ihn also auf keinen Fall aufs nächste Schiff verfrachten und nach England zurückschicken. Die letztere Erkenntnis machte Doug Mut für die Begegnung mit Elias. Er dachte noch kurz nach, ob er den Haupteingang benutzen oder sich durch die Küche ins Haus schleichen sollte, aber dann entschied er sich für den offiziellen Weg. Mama Adwe konnte er später begrüßen, die hatte jetzt sicher sowieso alle Hände voll zu tun.

Auch die Eingangstür bewachte ein Diener in Livree.

»Wen ich darf melden?«, fragte der Diener steif und blätterte nervös in einer Gästeliste. Zweifellos kannte er sämtliche erwarteten Gäste, es war ausgeschlossen, dass er lesen konnte. »Ich nicht wissen, ob ...«

»Ich wurde tatsächlich nicht eingeladen«, half Doug ihm aus der Klemme. »Aber bitte melde doch dem Backra, sein Sohn Douglas Fortnam sei eingetroffen.«

Elias kam gleich selbst zur Haustür, anscheinend konnte er die Nachricht des Sklaven kaum glauben.

»Douglas!« Elias musterte seinen Sohn. »Dich hätte ich nun wirklich nicht erwartet. Wieso kommst du ...?«

Doug rang um ein Lächeln. »Möchtest du mich nicht erst mal begrüßen, Vater? Und so sehr kann es dich doch auch nicht überraschen. Es war immer vereinbart, dass ich heimkomme, wenn ich meine Studien beendet habe.«

Elias' eher unwilliger Gesichtsausdruck wich einem Strahlen. »So habe ich hier also einen leibhaftigen Rechtsgelehrten vor mir! Gratuliere, mein Junge!«

Doug ergab sich seiner Umarmung, obwohl diesmal am liebsten er sich gedrückt hätte. »Mehr oder weniger«, bestätigte er, während er seinem Vater ins Herrenzimmer folgte. Zum Glück waren noch keine anderen Gäste anwesend.

Elias griff nach einer Rumkaraffe. »Lass uns darauf einen trinken! Was heißt … ›mehr oder weniger‹?«

Doug nahm einen tiefen Schluck, obwohl er es eigentlich zu früh fand. Gewöhnlich trank er nicht vor Sonnenuntergang. »Auf meine glückliche Heimkehr!«, sagte er.

»Als graduierter Advokat in Oxford!«, strahlte Elias und trank ebenfalls. Er hielt jedoch inne, als er Douglas' Gesicht sah.

»Davon … darf ich doch ausgehen?«, fragte er streng.

Doug zuckte die Achseln. »Als Spezialist für See- und Handelsrecht«, schränkte er ein, wobei auch das ein bisschen Hochstapelei war. »Was immer ich hier auf Jamaika für die Pflanzer tun kann, was immer an Verträgen auszuhandeln ist – du kannst sicher sein, dass ich Cascarilla Gardens bestens vertreten werde.«

Doug setzte sich und nahm noch einen Schluck Rum, bevor der Sturm über ihm ausbrach.

»Du hast dich also gedrückt? Du hast das Studium nicht beendet?« Elias lief rot an, und die Ader auf seiner Stirn pochte.

»Ich weiß alles, was ich wissen muss«, verteidigte sich Doug. »Aber um das auch noch schwarz auf weiß zu kriegen, hätte ich ein oder zwei weitere Jahre in Oxford bleiben müssen. Das war's mir nicht wert, Vater. Ich wollte heim!«

»Heim!« Elias wanderte wutentbrannt im Zimmer umher. »Du hörst dich an wie ein kleines Kind. Und du ›weißt genug‹! Als ob es darauf ankommt!«

»Ich könnte eine Plantage führen!«, behauptete Doug.

Elias schnaubte. »Mit erfahrenen Aufsehern, mein Junge, kann das jedes Kind!«, sagte er hart. »Aber eine Handelsniederlassung in London, eine Vertretung auf dem Kontinent, nun, da wir dort dieses Stadthaus haben und beste Beziehungen. Doch der König wird keinen hergelaufenen abgebrochenen

Studenten empfangen. Dagegen einen angesehenen Anwalt und …«

»Der König wird höchstens einen Lord empfangen«, bemerkte Doug. Er verteidigte sich, aber in ihm breitete sich Kälte aus. Darum war es also gegangen. Sein Vater hatte gar nicht vorgehabt, ihn nach Abschluss seiner Studien zurück nach Jamaika zu holen. Stattdessen hatte er hochfliegende Pläne, zweifellos ausgeheckt mit dem Vater seiner jungen Frau. Hatte der ihr nicht auch das Stadthaus in Mayfair geschenkt? Da also hätte Doug nun residieren sollen und Lobby-Arbeit für die Zuckerrohrpflanzer auf Jamaika leisten. Vielleicht auch selbst Fernhandel treiben? Thomas Reed hatte, soweit Doug wusste, keine männlichen Erben. Womöglich sollte Doug dort den Stuhl freihalten für ein Kind … Ob diese Nora schwanger war? »Und wir waren uns doch wohl darin einig, dass ein Fortnam sich kein Rotten Borough kaufen muss, um stolz auf seinen Namen zu sein!«

»Auch ein ehrlich erworbener Titel hätte dir den Weg geebnet! Aber du musstest ja in der Weltgeschichte herumreisen, statt …«

Elias sprach nicht weiter. Jetzt war es ohnehin zu spät, er konnte seinen Sohn kaum in Ketten legen und auf das nächste Schiff nach England zwingen. Zumal auch das nichts genützt hätte. Auf dieser vermaledeiten Reise war der Junge schließlich auch nicht verhungert, im Gegenteil, er sah blühend aus – Elias erinnerte sich fast wehmütig an seine eigene kraftvolle Statur und sein mutwilliges Lachen als junger Seemann. Wenn er Doug jetzt nicht willkommen hieß, würde er versuchen, sein Glück auf eigene Faust zu machen. Und obendrein fuhren eben zwei Kutschen vor. Lord Hollister und Christopher Keensley, ein weiterer Nachbar. Auf keinen Fall konnte er den Streit mit seinem Sohn vor den Gästen fortführen. Elias resignierte.

»Also schön, Doug, geh und lass dir ein Zimmer anweisen. Ich schicke dir meinen Diener, der dir helfen wird, dich zurechtzumachen. Ich hoffe, du verfügst über angemessene Festkleidung.«

Doug nickte erleichtert, obwohl er sich dessen alles andere als sicher war. Die meisten seiner Sachen waren eher abgetragen. Und was hieß wohl »zurechtmachen«? Folgte man hier der französischen Mode, in der sich der Herr schminkte und parfümierte wie ein Mädchen? Egal, damit konnte er sich später beschäftigen. Aber die Notwendigkeit des Zurechtmachens erklärte zumindest die bisherige Abwesenheit der Frau des Hauses. Zweifellos dauerte es Stunden, eine Lady für solche Festlichkeiten zu präparieren.

Nora hielt geduldig still, während Máanu ihr Haar flocht und mit Orangenblüten schmückte. Das Mädchen hatte hier im letzten Jahr beachtliche Fertigkeiten erworben, angeleitet von Lady Hollisters speziell geschulter und sündhaft teurer Zofe. Und an Möglichkeiten zum Üben fehlte es nicht. Elias hatte nicht übertrieben, als er gleich nach Noras Ankunft auf Jamaika von regem gesellschaftlichem Leben sprach. Während der Ernte pflegte das zu stagnieren, aber das gesamte restliche Jahr war angefüllt mit Einladungen – vom Gartenfest mit Picknick bis zum großen Ball. Selbst Jagden veranstalteten die Pflanzer inzwischen, wobei ein paar junge Sklaven den Fuchs spielten. Nora hatte das zuerst furchtbar gefunden, aber tatsächlich hatten die Jungs Spaß daran, ihren Run so lang wie möglich auszudehnen, und sie kicherten ausgelassen, wenn die Hunde sie schließlich stellten. Von der vergnügten und meist bald etwas alkoholisierten Jagdgesellschaft wurden gute Läufer mit Süßigkeiten und Pennys reich belohnt. Nora war erst ernüchtert, als Máanu ihre alte Reserviertheit zeigte, während sie ihre Herrin für den auf die Jagd folgenden Ball herrichtete.

»Jetzt ist das ein Spiel, Missis, und keiner kommt zu Schaden. Aber wenn der nächste Nigger flieht, dann rennt ihm die Meute genauso nach. Und dann tragen die Jäger Flinten, Missis, und der ›Fuchs‹ hat nichts zu lachen!«

Nora hielt sich den Jagden seitdem fern, was nicht schwer war. Elias, nach wie vor ein eher schlechter Reiter, riss sich schließlich auch nicht darum. An allen anderen Gesellschaften musste sie jedoch teilnehmen, und sie fügte sich geduldig, obwohl sie wenig Freude daran fand. Nora hatte viele Bekannte, aber keine Freunde unter den Pflanzern, sie mochte weder die großsprecherischen Männer noch die zimperlichen, gelangweilten Frauen, die sich stundenlang darüber unterhalten konnten, wie sich ihr reinweißer Teint trotz karibischer Sonne erhalten ließ. Sie schimpften über ihre faulen und unfähigen Haussklaven, statt sich einmal die Mühe zu machen, die Leute anzulernen, und jammerten über die Hitze und den Mangel an kultureller Ansprache. Nora hasste ihre gönnerhaften Komplimente für ihre Arbeit in den Sklavenquartieren: Also ich könnte das nie, Schätzchen! Die Hitze und der Schmutz! Diese Leute transpirieren doch! Sie machte aber gute Miene zum bösen Spiel, schon um den Sklaven zu helfen. In den letzten Monaten kamen immer wieder Hilferufe von anderen Plantagen – meist übermittelt von Máanu oder Adwea. Wenn irgendwo auf den Nachbarplantagen ein Mann verletzt war oder eine Frau unter Krämpfen und Blutungen litt, schickten die Sklaven mit dem Mut der Verzweiflung Boten zur Fortnam-Plantage. Die Jungen oder Mädchen riskierten, als flüchtige Sklaven eingefangen und bestraft zu werden, und Nora musste obendrein erst die Erlaubnis der Plantagenbesitzer einholen, bevor sie ihnen in die Sklavenquartiere folgen konnte.

Elias war sehr erbost gewesen, als sie das ein- oder zweimal nicht getan hatte. Inzwischen hatte sich die Sache aber eingespielt. Nora – geübt in der Werbung für Wohltätigkeit – hatte die Damen Hollister und Keensley so weit zur Mithilfe überredet, dass sie die verzweifelten Freunde und Angehörigen der Kranken empfingen und dann nach Nora schickten. Das klappte nicht immer, und oft war der Patient schon gestorben, wenn Nora endlich benachrichtigt wurde – in der Nacht zum Beispiel mochten die Ladys ihre Ruhe nicht stören. Aber manchmal konnte sie ein Leben retten. Besonders in der Versorgung der Frauen entwickelte sie Geschick, nachdem sie erst einmal herausbekommen hatte, woher die häufigen Blutungen und Krämpfe kamen. Fast jede ihrer Patientinnen litt an Komplikationen nach einer vorzeitig gewaltsam beendeten Schwangerschaft.

Elias' böse Bemerkung, dass die stolzen Ashanti-Frauen ihre Kinder lieber schon im Mutterleib abtöteten, als sie als Sklaven aufzuziehen, erwies sich als richtig. Auch auf anderen Plantagen gab es nur wenige Kinder – und die Namen der Frauen, die Abbrüche vornahmen, waren ein offenes Geheimnis. Nora verriet die Sklaven aber nicht, obwohl ihr die Sache zuwider war. Wäre sie hier eingeschritten, hätte sie das Vertrauen der Leute verloren, und gedient gewesen wäre letztlich niemandem. Zweifellos hätten die Pflanzer die Engelmacherinnen gehenkt – und die Frauen hätten sich an neue, weniger erfahrene Helferinnen gewandt.

Nora jedenfalls schrieb an Dr. Mason und bat um Ratschläge und medizinische Handbücher zu allen gängigen Krankheiten und Geburtskomplikationen. Dr. Mason verstand. Auch im Eastend kam nicht jedes Kind zur Welt, das im Rausch von Gin und Verzweiflung gezeugt worden war. Adwea steuerte ein paar Hausrezepte bei, und Nora studierte und probierte aus und gelangte so zu immer größerem Wissen und einer Sammlung wirksamer Heilmittel. Insgesamt konnte sie natürlich nicht viel tun, aber oft war den Kranken ja schon damit geholfen, dass sich die Ladys bei ihren Gatten dafür einsetzten, sie ein paar Tage von der Arbeit freizustellen. Besonders die Frauen erholten sich dann oft ohne größere Behandlung. Denn auch darin hatte Elias Recht behalten: Die Menschen, die eine Überfahrt im Sklavenschiff und mehrere Jahre in den Zuckerrohrplantagen überlebt hatten, waren zäh.

Nora jedenfalls freute sich über jeden geheilten Patienten, und die Anerkennung, die ihr dafür in den Sklavenquartieren zuteil wurde, erwärmte ihr Herz. Zudem trug sie zu ihrer vermehrten Freiheit und Zufriedenheit bei: Kein Stallbursche verriet Elias, wenn Nora mal allein ausritt, niemand kommentierte ihre Ausflüge zum Strand. Máanu war in den letzten Monaten fast zu einer Freundin geworden.

Es hatten sich auch weitere Beschäftigungen für Nora gefunden. Sie bestellte Bücher von Sir Hans Sloane über Jamaika und machte sich selbst an die Erforschung von Flora und Fauna ihrer neuen Heimat. Denn allen Widrigkeiten zum Trotz: Nora liebte die Insel, und je mehr Zeit sie hier verbrachte, desto weniger Trauer empfand sie beim Gedanken an Simon. Dabei vergaß sie ihn keinesfalls, sie hielt ihr Versprechen, seinem Geist offen zu sein, und meinte ihn manchmal zu spüren. Aber sie zog Trost aus dem Gedanken, all die Wunder hier für ihn zu sehen, ihm ihre Augen, ihr Gehör und ihren Geruchsinn zu leihen, damit auch er Teil der Insel werden konnte. Nora weinte nicht mehr am Strand, sie genoss Meer, Sonne und Sand mit allen Sinnen.

Was Elias anging, so störte er weder ihre Träume noch ihren Schlaf. Schon in den Wochen nach der Hochzeit hatte sein Interesse an seiner jungen Frau erkennbar nachgelassen, und nach einem halben Jahr Ehe besuchte er Nora eigentlich gar nicht mehr. Natürlich kam es vor, dass er in einer trunkenen Nacht nach ihr griff – aber das geschah eigentlich nur noch, wenn sie im Anschluss an eine Gesellschaft bei anderen Pflanzern oder in Kingston übernachteten und gezwungen waren, sich ein Bett zu teilen. Nora ging schließlich dazu über, sich bei solchen Gelegenheiten vertrauensvoll an die Gastgeberin zu wenden und schon relativ früh am Abend fürchterliche Kopfschmerzen vorzutäuschen. Die Dame des Hauses wies ihr dann meist ein Einzelzimmer an, in dem Máanu sich um sie kümmern konnte. Niemand fand etwas dabei, wenn die Sklavin auch dort schlief, allerdings wurde ihr keine Matte oder gar ein Bett zur Verfügung gestellt. Máanu musste sich auf dem Boden zusammenrollen. Nach den ersten zwei oder drei Malen wusste sie Bescheid und brachte ihre Schlafmatte mit.

Von Elias kam nie ein Wort des Protestes, und es schien ihn auch nicht zu stören, dass ihre Ehe nicht mit Kindern gesegnet wurde. Er hatte wohl nicht gelogen, als er Noras Vater erklärte, er ginge die Ehe hauptsächlich aus gesellschaftlichen Gründen ein. Nora war das mehr als recht, auch wenn sie sich manchmal fragte, wo Elias wohl seine Befriedigung erfuhr. Für einen Mann war es schließlich ungewöhnlich, zu leben wie ein Mönch! Sie forschte aber niemals nach, letztendlich war es ihr gleichgültig, solange nur keine Sklavenkinder mit Elias' Gesichtszügen auf der Plantage herumliefen.

»Fertig!«, meldete Máanu und hielt Nora gekonnt den Spiegel hin, sodass auch sie das Flechtwerk an ihrem Hinterkopf bewundern konnte. »Gut?«

Nora nickte und richtete sich resignierend auf, um sich jetzt schnüren zu lassen. Vorher half ihr Máanu allerdings noch in aufwändige Spitzenstrümpfe. Nora seufzte, als sie an die lange Nacht in den engen Schuhen dachte. Sie war längst daran gewöhnt, barfuß zu gehen wie ihre Sklavinnen, auch wenn sie damit sehr vorsichtig sein musste. Elias hatte wahre Wutanfälle bekommen, als er sie zweimal dabei ertappte. Nora hatte den Verdacht, dass die Aufseher ihm die Information hinterbrachten, wenn sie dahinterkamen. Máanu schleppte jetzt auch den Reifrock heran, nach neuester Mode in ovaler Form und durch zusätzliche Polster an den Hüften verstärkt. Das würde obendrein heiß werden. Aber Nora wusste, was sie Elias und ihrer Stellung auf der Plantage schuldig war. Ergeben hielt sie die Luft an, ließ sich schnüren, in Mieder und Jupe helfen und dann das Kleid überziehen.

Ihr Anblick im Spiegel belohnte sie dann in gewisser Weise. Immerhin war sie schön, sie würde den Mittelpunkt des Festes bilden. Wenn es nur jemanden gäbe, für den sich all der Aufwand lohnte! Sie musste an diesem Abend ein Perlencollier tragen, aber sie ließ Simons Andenken in eine kleine Tasche, unsichtbar zwischen all den Falten ihrer Abendrobe, gleiten. Nora war nicht immer glücklich, aber solange sie das Schmuckstück bei sich hatte, fühlte sie sich auch nie wirklich allein.

Doug ließ die Bemühungen von Elias' Leibdiener über sich ergehen und hörte über seine Lamentos hinweg, dass an seiner Erscheinung in so kurzer Zeit nicht allzu viel zu richten war. Sein bester Anzug erwies sich als dem Anlass nicht entsprechend, schließlich hatte er noch nicht mal ein Brokatjackett, und die Spitze des Hemdes … Doug musste selbst zugeben, dass sie eher aussah wie ein toter Tintenfisch als wie ein Halsschmuck. Schließlich bemühte der verzweifelte Diener eine wahre Heerschar an Näherinnen, die rasch ein Justaucorps, eine Weste und eine Culotte seines Vaters für ihn umarbeiteten. Die provisorische Stichelei würde kaum lange halten, Doug hoffte, dass die Mädchen ihm die Sachen nicht zu eng auf den Körper schneiderten, auch wenn es die Mode befahl.

Während draußen die letzten Gäste eintrafen, wurden sie dann endlich fertig, und Doug war sein Anblick im Spiegel fast peinlich: Ein Stutzer in der wattierten Weste, dem Jackett mit kurzen, offenen Ärmeln mit aufwändigen Umschlägen und in der Taille zusammengebundenen Schößen. Das obendrein in auffälligem Weinrot!

»Jetzt noch Perücke, Backra!«, erklärte Elias' Diener.

Aber da stellte Doug sich quer. »Ich habe helles Haar, Terry, ich brauche es nicht künstlich zu weißeln oder gar ergrauen zu lassen. Es ist auch sehr voll, von einer Glatze bin ich weit entfernt. Wozu also so ein Monstrum von Kopfschmuck? Noch dazu bei dieser Wärme! Flechte mir in Gottes Namen den Zopf, Terry, das kannst du sicher besser als ich. Aber ansonsten werde ich dieser Gesellschaft entgegentreten wie Gott mich schuf. Dann erkennen mich die Leute wenigstens wieder, wenn sie mich morgen auf der Straße treffen. Und nein, ich pudere mir nicht das Haar und erst recht nicht das Gesicht! Ein Unsinn, sich totenbleich zu schminken! Ich bin doch kein Geist!«

Terry wirkte besorgt, sicher würde sein Herr ihn tadeln. Aber Doug wollte jetzt hinaus zu den Gästen, und er war gespannt, ob er noch jemanden erkannte.

Er kam dann gerade zurecht, um den Auftritt von Elias und Nora Fortnam zu erleben. Die Gäste hatten sich im Foyer des Hauses versammelt, an das Ballsaal und Speisezimmer anschlossen, und eben kündigte der Tanzmeister das Erscheinen der Gastgeber an.

»Lords and Ladies, Mesdames et Messieurs – Mr. und Mrs. Fortnam!«

Elias schritt, in hellen Kniehosen und einem Justaucorps aus hellblauer Seide, die Perücke perfekt gepflegt und den Dreispitz unter dem Arm, die Treppe herunter, an seinem Arm eine zierliche Frau, die sich trotz ihres aufwändigen Reifrocks höchst anmutig bewegte. Über hellgrünen Röcken trug sie ein vorn offenes Mantelkleid, weiß, mit kleinen und größeren Blüten bedruckt. Die Ärmel waren halblang und liefen flügelartig aus. Darunter blitzte der Spitzenbesatz des Unterkleides hervor. Ihre Taille war sehr schmal, der Ausschnitt ließ kleine feste Brüste erahnen. Und das Gesicht … Doug stockte der Atem, als er in ein kaum gepudertes, schmales Gesicht blickte, das er an diesem Tag schon einmal gesehen hatte. Und das bernsteinfarbene Haar … – am Nachmittag hatte es ihr Gesicht offen umspielt, jetzt fiel es kompliziert geflochten und mit Blüten geschmückt über ihren Rücken. Doug wusste nicht, wann sie ihm vollkommener erschienen war, draußen am Meer oder jetzt in ihrem Festglanz.

Nora Fortnam lächelte ihren Gästen zu. Die junge Frau vom Strand … Doug hatte das Gefühl, als ob sich alles um ihn drehte. Auf jeden Fall musste er sich erst einmal sammeln, bevor er seiner Stiefmutter gegenübertrat. Doug suchte einen Fluchtweg, konnte andererseits aber nicht die Augen von Nora lassen. Ihre Röcke umspielten ihre Knöchel, während sie, geführt von Elias, von einem der Gäste zum anderen tanzte. Der junge Mann hatte diese Bewegungen bisher stets als gekünstelt empfunden. Er wusste nicht, was seine Freunde und Kommilitonen so erotisch daran fanden, wenn die Beine einer Frau Sekundenbruchteile lang sichtbar wurden. Er hatte sich da lieber an den Bauernmädchen sattgesehen, die auf nackten Füßen und mit kürzeren Röcken auch recht anmutig durchs Leben kamen. Aber hier verzauberte ihn Noras Spiel mit ihren Reizen. Er hoffte, dass man ihm sein Entzücken nicht allzu genau ansah, als Elias sie nun auf ihn zuführte.

»Nora, ich berichtete dir schon von unserem … hm … Überraschungsgast«, sagte er steif. »Meine Gattin Nora, Doug. Nora, Douglas Fortnam, mein Sohn.«

Nora sah zu Doug auf und lächelte ihm zu. Er sah jetzt, dass ihre Augen grün waren. Von einem betörenden, satten Grün – oder waren es unzählige Grünschattierungen? Noras Augen spiegelten die üppigen Farben des Dschungels von Jamaika wider, und die Wärme, die sie ausstrahlten bei Douglas' Anblick, war nicht gespielt.

»Wie nennt man Sie? Doug? Willkommen daheim!«

KAPITEL 3

»Sie müssen mir alles von Ihren Reisen erzählen!«, forderte Nora Doug munter auf, als er sie kurz darauf zu Tisch führte.

Sie hatte die Tischordnung rasch geändert, als sie von der Ankunft ihres »Stiefsohns« hörte, und Doug zwischen sich und ihrem Gatten als ihren Tischherrn platziert. Der junge Mann hatte schließlich eine lange Reise und den Ritt von Kingston hinter sich, er musste müde sein. Und von den Weißen auf der Insel kannte er niemanden mehr – höchstens an die Namen der anderen Gäste mochte er sich noch erinnern. Sicher hatte er wenig Lust, jetzt auch noch Konversation mit einer Nachbarin zu machen, die womöglich nichts Besseres zu tun hatte, als ihm ihre Tochter als künftige Gattin anzudienen.

»Sie waren in Italien und Spanien, nicht wahr? Dort soll es schöne Küsten geben, und warm ist es auch, oder? Ist es so wie hier? Zuckerrohr wächst dort aber nicht?« Nora schien wirklich interessiert.

Doug lächelte ihr zu. Er spürte ihre kleine warme Hand auf seinem Arm und sah in ihr waches, aufmerksames Gesicht. Und er hatte sich selten so wohl – und doch so aufgewühlt gefühlt.

»Nicht wie hier«, antwortete er dann. »Nichts in der Alten Welt ist wie hier. Aber sonst haben Sie Recht, auch die Mittelmeerländer haben ihre Reize. Und statt Zuckerrohr pflanzt man dort Weintrauben. Ich denke doch, dass Sie den Rebensaft dem Zuckerrohrschnaps vorziehen, oder?«

Er rückte ihr den Stuhl zurecht und wollte gleich selbst nach der Weinkaraffe greifen, die vor ihnen auf dem Tisch stand. Nora hob die Hand und schüttelte fast unmerklich den Kopf. Doug verstand den Wink. Er wartete ab, bis sich ein schwarzer Diener genähert hatte und beide bediente.

»Ich bin keine Gesellschaften mehr gewohnt«, entschuldigte er sich.

Nora lächelte. »Sie werden sich schnell wieder hineinfinden«, meinte sie dann. »An Bequemlichkeiten gewöhnt man sich rascher als an den Verzicht darauf. Ich fand es am Anfang auch sehr seltsam, dass man mir jeden Handgriff abnahm. Aber nun essen Sie erst mal – sie müssen hungrig sein nach dem Ritt und der Reise … von den kulinarischen Zumutungen unterwegs gar nicht zu reden.«

Doug nahm sich von dem Krebsschwanzteller, den der Diener ihm vorhielt, und musste aufpassen, nicht zu gierig zuzugreifen oder das Essen gar in Matrosenmanier in sich hineinzuschaufeln. Es war deliziös, Adweas Kochkünste standen denen der französischen und italienischen Küchenmeister nicht nach.

»Ich erinnere mich noch gut an das Pökelfleisch und den Schiffszwieback während der Überfahrt«, plauderte Nora weiter. Sie sah, wie ausgehungert ihr Tischherr war, und nahm ihm bereitwillig die Aufgabe ab, sie auch noch zu unterhalten. »Auch wenn der Smutje sich alle Mühe gab, das Zeug nicht nach Pökelfleisch und Schiffszwieback schmecken zu lassen.«

Doug sah kurz von seiner Vorspeise auf. »Die Mühe hat er sich bei uns nicht gemacht«, bemerkte er. »Da schufen nur die Stadien des Verfalls Geschmacksunterschiede. Der Schiffszwieback zum Beispiel war mal mehr, mal weniger verschimmelt.«

Er linste hungrig nach dem Diener, wollte dann aber nicht auffallen, indem er sich den Teller nochmals füllte. Schließlich folgten gleich wahrscheinlich noch drei oder vier Gänge.

»Wirklich?«, fragte Nora mit gerunzelter Stirn. »Also, ich denke, da hätten wir uns beschwert. Ich meine, man zahlt doch für die Überfahrt!«

Sie gab dem Diener ein fast unmerkliches Zeichen, woraufhin er neben ihnen erschien und Doug noch einmal vorlegte.

Doug grinste sie jungenhaft an. »Ich bin als Matrose gereist«, vertraute er ihr dann an. »Da hat man sich nicht zu beschweren.«

Nora schaute ihn mit großen Augen an, in denen es übermütig blitzte. »Sie machen sich lustig über mich!«

Sie reagierte damenhaft brav, aber sie blickte wie ein Kind, dem man eben die beste Geschichte seit langem erzählt.

»Doch, wirklich.« Doug kaute hastig ein paar weitere Bissen. »Sie müssten doch wissen, dass … Also, von dem Geld, das mir mein Vater monatlich anwies, konnte ich kaum etwas für die Schiffspassage zur Seite legen. Und außerdem«, seine Augen blitzten jetzt auf, »hätte ich mich während der ganzen Reise zu Tode gelangweilt. So hatte ich wenigstens etwas zu tun. Aber erzählen Sie's meinem Vater nicht, er würde sich aufregen.«

»Dabei war er doch selbst jahrelang Seemann«, wunderte sich Nora. »Aber wie auch immer. Sie können mir eine brennende Frage beantworten: Wie schläft es sich in einer Hängematte?«

Doug hatte sich selten so gut amüsiert wie während dieses Banketts an der Seite seiner jungen Stiefmutter. Beide achteten nicht auf Elias, der allerdings auch genug damit zu tun hatte, die Dame auf seiner anderen Seite zu unterhalten. Lady Keensley war bekanntermaßen schwierig und beschäftigte ihre beiden Tischherren zur Genüge.

Nach dem Essen führte Elias Nora zum Tanz – sie eröffneten den Ball, indem sie der Gesellschaft bei einem Menuett voranschritten. Danach tanzte Nora noch mit einigen weiteren

Herren – es mangelte nach wie vor an Damen in den Kolonien. Insgesamt erlahmte die Begeisterung zum Tanz aber schnell bei allen Gästen, denn es war heiß an diesem Weihnachtsabend, und keiner hatte Lust, sich mehr zu bewegen als nötig. Ein paar jüngere Leute führten allerdings noch Paartänze auf, die sie wohl bei ihren Tanzmeistern gelernt hatten, und Doug entging nicht, dass die Mädchen dabei verstohlen zu ihm herüberblickten. An diesem Abend unternahmen sie jedoch noch keine Vorstöße, ebenso wenig wie ihre Mütter; die Überraschung über die plötzliche Heimkehr des Fortnam-Sohnes war wohl zu groß. Und schließlich drehte sich überhaupt niemand mehr auf der Tanzfläche. Die Gäste genossen die Musik des kleinen Orchesters nur noch als Hintergrund ihrer Plaudereien. Den Damen wurde Kaffee, Tee oder Kakao gereicht, Doug lief beim Geruch des mit Pfeffer und anderen Gewürzen angerichteten Getränks das Wasser im Munde zusammen. Wie lange hatte er es nicht gekostet! Aber natürlich konnte er sich nicht zu der Damenrunde gesellen, sondern folgte seinem Vater und den anderen Herren, die sich zum Rauchen und Trinken ins Herrenzimmer zurückzogen. Doug verzichtete auf stärkere Getränke und blieb beim Rumpunsch. Er war müde, der starke Schnaps würde das noch schlimmer machen. Unbeteiligt lauschte er dem Gespräch der Männer, das sich zunächst um die Geschäfte drehte – den fleißigen Vertretern der Pflanzer in London war es gelungen, die Preise für Zuckerrohr noch zu steigern – und dann zum Thema Maroons wechselte.

Doug horchte auf.

»Eine Frau? Ach, kommen Sie!« Lord Hollister kommentierte die Erzählung eines Pflanzers aus dem Inland mit einem Lachen. »Eine Frau führt Überfälle an?«

»Eine Ashanti-Frau«, bemerkte Elias, als würde das alles erklären. »Das ist sie doch, oder? Und soll sie früher in Afrika nicht selbst mit Sklaven gehandelt haben?«

»Das tun alle Ashanti«, meinte Keensley wegwerfend. »Jedenfalls hört man das. Die Ashanti sind wohl so was wie die Chefnigger an der Goldküste. Aber ob diese Granny Nanny da beteiligt war? Die müsste jetzt um die vierzig sein – als sie rüberkam, war sie ein halbes Kind. Wenn, dann handelten wohl eher die Brüder, obwohl die auch noch sehr jung waren … Wobei … egal. Jedenfalls sind sie alle abgehauen, kaum dass sie hier waren, und gleich in die Berge. Ein zähes Volk ist das, muss man ihnen lassen. Und seitdem lassen sie uns bluten. Zuerst hauptsächlich dieser Cudjoe, aber inzwischen sitzen sie alle fest im Sattel. Im wahrsten Sinne des Wortes – man hat die Frau schon reiten sehen!«

Doug versuchte, sich einen Reim aus der Geschichte zu machen, aber aus den paar Gesprächsfetzen ließ sich wenig entnehmen. Schließlich fragte er nach.

»Sie nennt sich Granny Nanny oder neuerdings auch Queen Nanny«, erklärte der Pflanzer aus dem Inland bereitwillig. »Klein für eine Ashanti, aber ein zähes Ding. Sie wurde zusammen mit ihren Brüdern an der Elfenbeinküste gefangen und in eine Farm an der Nordküste gebracht. Da haben sie auch ein paar Jahre verbracht. Also gleich abgehauen, wie Keensley sagt, sind sie nicht. Aber dann ist was vorgefallen, und sie sind weg – eine hässliche Sache. Sie haben drei Aufseher übern Jordan geschickt und dann ein Jahr später, bei einem Überfall, die ganze Pflanzerfamilie. Die Farm haben sie abgebrannt – womit im Grunde auch schon alles gesagt ist über die so genannten Windward Maroons. Die Brüder und das Mädchen – es soll eine gewichtige Rolle dabei gespielt haben, die ganzen Mistkerle dazu zu bringen, an einem Strang zu ziehen – haben sämtliche Marodeure der Berge gesammelt und sich schon bestehende Gruppen einverleibt. Angeblich haben sie regelrechte Städte da oben in den Blue Mountains, und sie haben die Gegend unter sich aufgeteilt. Nanny sitzt in Portland Parish oder Nanny Town, wie sie es jetzt nennt, mit Bruder Quao. Der mit dem komischen Namen …«

»Accompong«, half Keensley aus.

»… im Südwesten, und Cudjoe, der größte Mistkerl, in Saint James Parish. Von da aus operieren sie – Überfälle, Morde, Plünderungen. Granny Nanny scheint auch ein Herz für Feldnigger zu haben, sie hat schon achthundert Sklaven befreit.«

Doug wunderte sich. »Aber wenn man doch so genau weiß, wo sie sich aufhalten, warum räuchert man sie dann nicht aus?«, erkundigte er sich, mehr aus Interesse als aus Lust an kriegerischen Unternehmungen. Als Kind hatte er das Leben der Maroons als wild und romantisch empfunden, aber er wusste, dass sein Vater und die anderen Pflanzer rigoros und gnadenlos gegen sie vorgingen, wo immer es ihnen gelang, ihrer habhaft zu werden.

»Erst mal können und dann lachen!«, gab der Pflanzer aus dem Norden zurück. »Na ja, Sie können's nicht wissen, Sie waren lange fort. Aber so viel hat sich da gar nicht verändert in den letzten Jahren. Der Dschungel im Inland ist dicht, die Berge unzugänglich. Jeder Vorstoß ist gefährlich, zumal die Kerle das Gebiet da ja kennen wie ihre Westentasche. Außerdem sind sie schlau. Dieses Nanny Town … o ja, man weiß schon, wo das ist! Am Stony River, genauer gesagt oberhalb des Flusses auf einem Bergkamm. Die sehen sofort, wenn sich einer nähert. Das Dorf ist praktisch uneinnehmbar.«

»Man hat es also versucht?«, fragte Doug.

Der Pflanzer lachte ein böses Lachen. »Und ob, mein Junge! Mehr als einmal, immer, wenn sie wieder mal besonders grauenvoll gewütet hatten auf irgendeiner Plantage. Sie sollten das sehen, alles, was nicht verbrannt ist, schwimmt im Blut! Aber bislang ohne Erfolg. Meist kommt man nicht mal bis zum Ort. Ein paar Patrouillen haben sie in Hinterhalte gelockt und aufgerieben.«

Doug fand all das befremdlich, aber anscheinend tobte tatsächlich eine Art Krieg auf seiner Insel. Irgendwann würde man sich vielleicht damit auseinandersetzen müssen. Wobei er selbst es eher mit Verhandlungen versucht hätte als mit Kampf. Einsichtige Weiße hatten immer mit den Maroons verhandelt. Es war aussichtslos, sie vernichten zu wollen, eine friedliche Koexistenz war weitaus sinnvoller. Und das Allerbeste war, die Schwarzen erst gar nicht so wütend zu machen, wie Granny Nanny, Accompong, Quao und Cudjoe es offensichtlich waren.

Bevor er endlich in sein Bett fallen konnte, hatte Doug allerdings noch eine Begegnung, die sein eigenes Problem mit einem wütenden Sklaven wieder aufleben ließ. Als sich die Versammlung im Raucherzimmer endlich auflöste und auch Nora Fortnam die Damen verabschiedete, traf er Máanu im Korridor vor den Wohnräumen der Familie. Sie wollte sofort von ihm wegeilen, aber Doug hatte sie bereits erkannt. Er war nach dem Bankett rasch in die Küche geschlüpft, um Adwea zu begrüßen, und natürlich hatte die Köchin ihn nicht nur schluchzend umarmt wie einen wiedergefundenen Sohn, sondern ihm auch in Windeseile sämtliche Neuigkeiten der letzten vierzehn Jahre zu vermitteln versucht. Viel hatte Doug davon nicht behalten, nur dass ihre Tochter Máanu der neuen Herrin als Zofe diente. Adwea war stolz darauf, und Doug wunderte der Aufstieg des Mädchens nicht. Máanu war schon als Kind ein aufgewecktes Ding gewesen. Und nun war sie obendrein zu einer Schönheit herangewachsen.

Doug hielt sie auf. »Máanu! Lauf doch nicht weg! Lass mich dich wenigstens mal ansehen, wenn du schon nicht mit mir reden willst! Du … du weißt doch, wer ich bin?«

Máanu nickte, guckte aber grimmig. »Natürlich, Backra Doug, das pfeifen ja die Spatzen von den Dächern, dass Sie wieder hier sind. Und selbstverständlich rede ich mit Ihnen, wenn Sie es wünschen.« Sie knickste.

Doug rieb sich die Stirn. Die gleiche Haltung wie Akwasi. Aber immerhin sprach Máanu in ganzen Sätzen.

»Máanu, was habt ihr denn nur? Ich habe vorhin Akwasi getroffen. Und er … er benimmt sich …«

»Haben Sie Freudentänze erwartet?«, fragte Máanu hart. »Nach dem, was Sie getan haben?«

Doug hätte sie am liebsten geschüttelt. »Ich habe doch gar nichts getan, ich …«

»Eben!«, schnaubte Máanu. »Und wenn Sie jetzt was für Akwasi tun wollen, dann lassen Sie ihn in Ruhe! Er hat's schwer genug.«

»Aber warum ist er geblieben?«, fragte Doug hilflos. »Ich hatte gedacht … Also, wir hatten immer gedacht, er … er geht zu den Maroons. Warum ist er nicht geflohen?«

Er dachte an Akwasis geschundenen Rücken. Der Junge, den er gekannt hatte, hätte sich das nicht bieten lassen.

Máanu blitzte ihn an. »Vielleicht, weil er nicht wollte, dass sie ihm auch noch den Fuß abhacken! Das ist nämlich die gängige Strafe bei Flucht, Backra Douglas! Wenn sie einen kriegen, und sie kriegen einen fast immer. Herrgott, man möchte meinen, du bist noch das dumme Kind, das sie damals weggeschickt haben!«

Máanu drehte sich auf dem Absatz um und lief nun wirklich davon – beinahe Nora in die Arme, die auf einem Treppenabsatz gestanden und gehorcht hatte. Es ging gerade noch gut. Nora versteckte sich hinter einer Säule, und Máanu schaute weder nach links noch rechts, als sie die Treppe hinunterhastete. Sie musste Wasser holen, das Fest war zu Ende, ihre Herrin wollte ausgekleidet und ihr Bett musste gerichtet werden.

Nora saß dann auch schon vor ihrem Frisiertisch, als Máanu hereinkam. Und wieder einmal mussten Herrin und Dienerin ihre Erregung voreinander verbergen, als Máanu Nora das Haar löste und sie endlich aus dem Korsett befreite.

Nora überlegte, besser ihre Zofe oder ihren Stiefsohn auf das Gespräch, das sie auf der Treppe belauscht hatte anzusprechen. Natürlich hätte sie auch alles auf sich beruhen lassen können, aber sie war neugierig. Máanu und Doug hatten sich gestritten, aber sie waren auch vertraut miteinander – viel zu vertraut für Herrn und Sklavin. Und Akwasi hatte ebenfalls etwas damit zu tun – natürlich, sie waren alle unter Adweas sanfter Herrschaft in der Küche groß geworden. Nora hatte die herzliche Begrüßung zwischen der Köchin und Doug mitbekommen, sie musste mehr für ihn gewesen sein als einfach eine Kinderfrau. Und Akwasi sprach genauso gut Englisch wie Máanu – Nora fragte sich schon lange, warum sie im Haus diente, während man ihn auf die Felder geschickt hatte. Im Allgemeinen sah das den Pflanzern nicht ähnlich – aufgeweckte Sklavenkinder, die auf den Plantagen geboren waren und besser Englisch sprachen als ihre Eltern, wurden meistens als Hausdiener oder in den Pferdeställen eingesetzt. Auf die Felder schickte man Männer und manchmal auch Frauen aus Afrika.

Dann geschah aber etwas, das Noras Aufmerksamkeit zunächst von ihrem Stiefsohn und dessen Verhältnis zu den Sklaven ablenkte. Es war zwei Tage nach dem Fest, auch die letzten Gäste waren abgereist, und Doug und Elias waren nach Kingston geritten. Nora nutzte die Abwesenheit ihres Mannes, endlich mal wieder zum Strand zu reiten, und begab sich anschließend in die Küche, um mit Adwea eine Speisefolge abzusprechen. An sich war das überflüssig, sie redete der Köchin nie in ihre Arbeit hinein und hätte sich einfach vom abendlichen Menü überraschen lassen können. Adwea schien ihre Aufmerksamkeit aber zu schätzen und dozierte eifrig über die einzelnen Gänge, während Nora die Blicke müßig über den Küchengarten schweifen ließ. Sie blieben am Rand eines Beetes an einer winzigen Orchidee hängen. Immer noch enthüllte Nora der Garten neue Wunder, und diese kleine, filigrane Blüte entzückte sie.

»Unkraut!«, sagte Adwea kurz, als sie danach fragte, und machte Anstalten hinzulaufen, um das Gewächs kurzerhand auszureißen.

Nora hinderte sie daran. »Mach sie bloß nicht kaputt!«, sagte sie streng. »Wenn du sie hier nicht haben willst, pflanze ich sie aus und in meinen Garten. Aber erst mal sollten wir herausfinden, wie sie heißt. Máanu, holst du mir bitte das Buch von Sir Sloane aus dem Pavillon?«

Nora selbst wollte nicht gehen, Adwea konnte sehr rigoros sein, wenn sich irgendein Unkraut in ihren Kräutergarten verirrte.

Máanu sah von einem Topf auf, in dem sie gerührt hatte, und nahm ihn vom Herd. »Welches, Missis?«, fragte sie. »Das mit Tiere oder das, wo erzählen von alte Zeit?«

Nach wie vor sprach sie Pidgin-Englisch, wenn sie nicht mit Nora allein war.

»Flora und Fauna«, antwortete Nora. »Ich hab's im Gartenhaus liegen lassen.«

Erst als Máanu sich auf den Weg gemacht hatte, fiel ihr ein, dass sie tatsächlich auch das Werk über die Geschichte Jamaikas im Garten gelesen hatte. Máanu würde eben beide Bücher mitbringen, so schwer waren die ja nicht. Dann aber erschien Máanu – mit dem richtigen Buch.

»Also war das nun Glück«, meinte Nora leichthin, »oder kannst du lesen?«

Sie erwartete nicht wirklich eine Antwort, es musste Zufall gewesen sein – oder Máanu hatte einfach in die Bücher hineingesehen und die Bilder verglichen. Aber bevor sie noch ganz ausgesprochen hatte, schob sich Adwea wie ein aufgeregter Springteufel zwischen sie und Máanu.

»Die nicht kann lesen. 'Türlich nicht. Ist Nigger, dumme Nigger. Kann nur gucken Bilder. Du nur geguckt Bilder, ja, Kitty?«

Nora schaute irritiert von einer zur anderen. Adwea nannte ihre Tochter niemals Kitty, wenn Elias nicht zugegen war. Aber jetzt wirkte sie erschrocken und verstört. Auch aus Máanus Gesicht schien die Farbe zu weichen.

»Ich nur verglichen Bilder«, bestätigte sie.

Nora nickte. Aber sie konnte nicht daran glauben. Die Einbände der beiden Bücher waren nahezu gleich – und unbebildert. Natürlich konnte Máanu die Bücher aufgeschlagen und die Abbildungen im Innern verglichen haben, aber dafür war sie zu schnell zurück gewesen. Und warum hätte sie sich auch die Mühe machen sollen? Beide Bücher waren schmale Bändchen, sie konnte sie mit einer Handbewegung einstecken und mitnehmen.

Aber darüber zu reden war jetzt nicht die Zeit, zumal Adwea völlig außer sich wirkte. Nora gab sich vorerst mit Máanus Erklärung zufrieden und verschob die Erörterung der Angelegenheit auf später. Als sie abends beim Auskleiden mit dem Mädchen allein war, hielt sie ihr ein Buch über Barbados hin.

»Hier, Máanu. Lies vor. Und ich möchte keine Ausflüchte hören!«

Máanu senkte den Blick.

»B … Ba … rrr … Ich kann es nicht sehr gut, Missis. Wirklich. Nur ein paar Zeichen und Wörter. Akwasi kann es gut, aber ich … ich war ja noch so klein …« Die Worte brachen aus Máanu heraus, und Nora bemerkte erschrocken, dass das Mädchen zu zittern begann.

»Bitte, bitte nicht verraten Backra!«

Máanu verfiel wieder in Kindersprache, diesmal offensichtlich aus purer Panik. Nora hatte sie nie so verängstigt erlebt, seit sie damals um Akwasis Leben gefleht hatte.

»Aber das ist doch nichts Schlimmes, Máanu!«, meinte sie beruhigend. »Ja, ich weiß, die Pflanzer sagen, ihr solltet es nicht lernen, damit ihr keine Aushänge schreibt und damit andere zur Revolte auffordert oder was auch immer. Aber das ist doch Unsinn!«

Elias teilte diese Einstellung zwar mit praktisch allen anderen männlichen Pflanzern, aber Nora kannte die Verhältnisse in den Sklavenquartieren viel zu genau, um seine Befürchtungen zu teilen. Woher sollten die Leute Papier nehmen? Federn? Wie sollten sie Plakate vervielfältigen und drucken, und wie sollten die Afrikaner, die kaum ein Wort Englisch konnten, sie dann verstehen? Dagegen verbreiteten sich mündliche Nachrichten unter den Sklaven in Windeseile, auch von einer Plantage zur anderen. Niemand wäre auf die Idee gekommen, Briefe zu schreiben.

Nora sah die Hintergründe der strengen Verbote ganz woanders: Wenn man den Sklaven zugestand, lesen und schreiben zu lernen, musste man zugeben, dass sie Verstand hatten. Sie würden die Bibel lesen wie alle anderen Christenmenschen und sich nicht mehr mit ein paar Stellen abspeisen lassen, die ihnen vorschrieben, sich in ihr Dasein als Diener zu ergeben. Sie würden die Taufe fordern und die Anerkennung als Menschen wie ihre Herren. Man konnte nicht mehr vorgeben, sie wären den Tieren kaum übergeordnet.

»Sie sagen es nicht? Sie verraten es nicht? Der … der Backra schickt mich sonst auf die Felder wie …« Máanus Zittern ließ nicht nach.

»Wie Akwasi?«, fragte Nora. »Nun beruhige dich doch, Máanu, ich sage es niemandem. Aber du musst mir jetzt alles erzählen. Woher könnt ihr das, du und Akwasi? Und was hat der junge Backra damit zu tun? Ich habe euch belauscht, Máanu, dich und ihn, als ihr euch gestritten habt …«

Máanu schniefte. Sie brauchte einige Zeit, um wieder zu sich zu kommen, aber dann berichtete sie bereitwillig.

»Backra Doug und Akwasi waren immer zusammen. Bei Mama Adwe und dann auch später, als Doug Hauslehrer hatte.

Der Lehrer hat sich gar nicht drum gekümmert, der hielt Nigger alle für dumm, und Akwasi fand auch immer was zu tun, er fächelte ihm Luft zu oder holte Erfrischungen. Und dabei guckte er Doug natürlich über die Schulter. Ich später auch, als ich ein bisschen größer war, ich bewunderte die Jungen, ich rannte ihnen nach wie ein Hündchen. Dabei habe ich auch ein bisschen was mitgekriegt, aber natürlich nicht so viel wie Akwasi. Der war ja auch bei Doug, wenn er Hausaufgaben machte. Akwasi war gut im Rechnen, Doug mehr im Schreiben.«

Nora konnte es sich denken. Die Hälfte der Hausaufgaben hatte der Sklavenjunge erledigt.

»Die beiden hingen sehr aneinander, nicht wahr?«, fragte sie.

Máanu nickte. »Sie waren Freunde, sie waren wie Brüder. Und dann, als Doug zehn wurde, hat der Backra ihm Akwasi geschenkt.«

»Er hat was?«, fragte Nora entsetzt.

»Geschenkt, Missis, Akwasi war Dougs Nigger«, bestätigte Máanu.

»Aber … aber das ist ja entsetzlich!«

Nora rieb sich die Schläfe. Es war undenkbar, ein Kind einem anderen zum Geburtstag zu schenken. Ein Junge, der seinen Freund besitzen sollte!

»Die beiden fanden das gar nicht so schlimm«, berichtete allerdings Máanu. »Im Gegenteil, die waren ganz begeistert. Jetzt wären sie richtige Brüder, haben sie gesagt, und müssten sich nie trennen. Und was sie alles machen würden zusammen … Sie waren ganz glücklich.«

»Aber dann haben sie sich gezankt«, mutmaßte Nora.

Máanu schüttelte den Kopf. »Nein, sie haben sich nie gezankt. Aber sie wurden unvorsichtig. Jedenfalls fand der Backra raus, dass Akwasi schreiben und lesen konnte. Ich war nicht dabei zum Glück, ich war krank und Mama Adwe hielt mich in der

Küche. Sonst hätte er mich womöglich auch gestraft. So weiß ich nicht genau, was geschehen ist, aber Doug fuhr dann sehr bald nach England. Und Akwasi … Zuerst haben sie ihn eingesperrt und geschlagen. Im Dunkeln, allein und ohne Wasser. Ich weiß noch, dass er die ganze Nacht schrie und weinte. Nach Doug vor allem, die beiden waren doch nie getrennt, die schliefen sogar in einem Zimmer. Er hat Doug angefleht, ihm zu helfen …«

Noras presste die Lippen zusammen. »Aber Doug hat es nicht getan«, sagte sie dann.

Máanu schüttelte den Kopf. »Er hat Akwasi im Stich gelassen«, sagte sie verächtlich. »Er hat ihn verraten.«

KAPITEL 4

Máanus Enthüllungen beeinträchtigten Noras Verhältnis zu ihrem Stiefsohn, was sie selbst äußerst bedauerlich fand. Douglas war ihr am Weihnachtsabend sehr sympathisch erschienen, sie hatte sich zum ersten Mal auf einer solchen Feier wirklich gut unterhalten. Nun aber zog sie sich vor ihm zurück, wenn er sie zu gemeinsamen Ausritten einlud oder seltene Pflanzen für sie aufstöberte, deren Namen er zu ihrem Entzücken alle kannte. Dabei hatte sie am Anfang die Hoffnung gehegt, endlich einen Verbündeten zu finden. Dougs Haltung zu den schwarzen Sklaven war eindeutig anders als die seines Vaters, egal was damals zwischen ihm und Akwasi geschehen war. Der junge Mann geriet schon in der ersten Woche mehrmals mit Elias aneinander – zum ersten Mal, als der Pflanzer seine Sklaven gleich am Tag nach Weihnachten wieder auf die Felder schickte.

»Ein einziger Tag? Du gibst ihnen einen einzigen Tag frei zur Feier des immerhin höchsten christlichen Festes? Kein Wunder, dass sie da so ungern zum Gottesdienst gehen und lieber an ihren Obeah-Praktiken festhalten! Und die Haussklaven hatten überhaupt keinen Urlaub!«

Elias erwies sich jedoch als unerbittlich. Die Setzlinge, so erklärte er, müssten unbedingt in den Boden – als hinge der Erhalt der Plantage davon ab, ob die Pflanzen, die zum Reifen ohnehin zwei Jahre brauchten, an diesem oder am kommenden Tag eingesetzt wurden.

Doug nahm das wutschnaubend, Nora resigniert hin. Sie hatte ohnehin nicht an den Erfolg dieser Intervention geglaubt, allerdings interessierte sie die Erwähnung des Wortes Obeah, das sie hier erstmalig aus dem Mund eines Weißen hörte. Überhaupt war es in ihrem Beisein nur während ihrer allerersten Zeit auf der Plantage gefallen, und wenn sie sich richtig erinnerte im Zusammenhang mit medizinischer Hilfe. Seit sie selbst die Versorgung der Kranken auf der Pflanzung übernommen hatte, schienen Máanu und die anderen Sklaven sorglich darauf zu achten, den Obeah-Mann nicht zu erwähnen. Nora wusste nicht warum, aber bisher hatte sich noch keine Gelegenheit geboten nachzufragen. Auch Douglas gegenüber sprach sie das Thema nicht an. Wie sie es überhaupt vermied, über Sklavenangelegenheiten mit ihm zu sprechen. Und da man kaum über irgendetwas auf Jamaika reden konnte, ohne die freien oder versklavten Schwarzen anzusprechen, blieben ihre Unterhaltungen zumindest am Anfang ziemlich oberflächlich.

Nun konnte Nora allerdings nicht umhin, ihn zu beobachten und sehr bald fast zu bedauern. Doug fiel es erkennbar schwer, auf der Plantage wieder Fuß zu fassen. Egal was er anfing, es gab einfach keine angemessene Beschäftigung für den jungen Herrn. Wobei Doug bereit gewesen wäre, jede beliebige Aufgabe anzufassen, hätte Elias ihm nur eine zugewiesen. Aber zurzeit gab es keinen Bedarf für Dougs Kenntnisse bezüglich Verhandlungen und Handelsrecht. Das Zuckerrohr war geschnitten, verkocht und verkauft, erst im nächsten Jahr würden neue Absprachen mit Kaufleuten und Schiffseignern anstehen. Und um auf der Plantage selbst wirklich nützlich zu sein, fehlte Doug die praktische Erfahrung. Nora staunte zwar immer wieder darüber, wie viele Fakten über Zuckerrohranbau und Verarbeitung der junge Mann trotz jahrelanger Abwesenheit behalten hatte. Aber praktisch fiel es ihm denn doch schwer, den genauen Zeitpunkt zum

Schneiden eines Feldes zu bestimmen oder zu entscheiden, ob die Segel einer Windmühle jetzt erneuert werden mussten oder später.

Elias machte keine Anstalten, ihm zu helfen, sondern verhöhnte seinen Sohn offen für dessen allgemeine Unfähigkeit: »Zu faul zum Studieren und zu dumm zum Pflanzer! Wahrscheinlich werden wir dir doch noch einen Parlamentssitz kaufen müssen, damit du halbwegs nützlich wirst!«

Doug ließ diese Schmähungen allerdings erstaunlich gelassen an sich ablaufen. Brav folgte er seinem Vater auf dessen täglichen Inspektionsritten über die Pflanzung, am Anfang sicher in der Hoffnung, dabei etwas zu lernen. Tatsächlich kam es aber nur zu Streitigkeiten. Doug wusste nicht viel über Windverhältnisse, wann es zu stark oder zu schwach wehte, um die Windmühle richtig anzutreiben. Er hatte jedoch selbst schon Ochsengespanne um eine Ölmühle getrieben, und er wusste, dass es nicht die Schuld des schwarzen Gespannführers war, wenn die Tiere in der Mittagshitze unwillig waren und mitunter sogar durchgingen.

»Das sind die Fliegen, die machen die Biester verrückt«, erklärte er gelassen, während sich Elias' Donnerwetter über zwei schwarzen Jungen entlud. Die beiden versuchten verzweifelt, die Reste der Geschirre zusammenzuflicken, nachdem die Ochsen sich losgerissen, den Zaun um ihren kreisrunden Arbeitsplatz überrannt und zum Stall geflüchtet waren.

»Man kann sie mit Kürbisblättern abreiben oder diese ans Zaumzeug binden, oder man rührt eine Tinktur an aus Eukalyptusöl, Essig und aufgekochten Teeblättern. Aber so richtig wirkt gar nichts, am besten lässt man die Ochsen zur Mittagszeit im Stall.«

Elias reagierte auf diesen Hinweis natürlich mit einem weiteren Wutanfall, der sich jetzt auch gegen seinen Sohn richtete. Eine mehrstündige Mittagspause war für Mensch und

Tier nicht vorgesehen. Elias bestand darauf, dass die Sklaven die Ochsen wieder anschirrten und sie auch an diesem gluthei-ßen und obendrein völlig windstillen Tag weiter um die Runde trieben. Die zerrissenen Stränge würden sie am Abend erneuern müssen, außerdem verhängte er eine Strafe von fünf Stockhieben.

Doug ließ seine Vorwürfe schweigend über sich ergehen, verwirrt und verärgert über den Unverstand seines Vaters. Er musste sich zwingen, sich darüber nicht bei Nora zu beklagen, deren Engagement für die Sklaven ihm längst aufgefallen war. Tatsächlich gefiel ihm die junge Frau seines Vaters immer besser; zu der unbestreitbaren körperlichen Anziehung kamen ihre Begeisterung für die Natur der Insel und ihre Bemühungen um ein gutes Verhältnis zu den Arbeitern. Ihr medizinisches Wissen imponierte ihm, und er wurde nicht müde, ihr zuzusehen, wenn sie sich am Morgen der Kranken annahm. Allerdings bot auch das wieder Zündstoff. Máanu und erstaunlicherweise auch Akwasi, der sich stets um die Frauen herum zu schaffen machte und dabei oft genug zu spät zur Arbeit kam, blitzten ihn böse an, wenn er Nora über die Schulter schaute, während die Aufseher versuchten, ihn als Zeugen dafür anzurufen, dass dieser oder jene Schwarze doch nicht so krank war, wie die Missis behauptete. Doug ergriff dann stets für Nora Partei, was bei ihr erstaunlicherweise keine Regung auszulösen schien, seine Beliebtheit bei den Aufsehern aber nicht gerade steigerte.

Immerhin merkte er bald, dass auch Nora den Trumans, McAllisters und allen vorweg ihrem Gatten Elias keinerlei Sympathie entgegenbrachte. Nach wie vor fragte er sich, warum das schöne und reiche Mädchen sich ausgerechnet für einen älteren Pflanzer aus Übersee entschieden hatte, aber Liebe stand sicher nicht dahinter. Doug erkannte Abscheu, manchmal fast etwas wie Hass in ihrem Blick, wenn sie wieder einmal einer Bestrafung von Sklaven beiwohnen musste, die ihr Gatte wie beiläufig verhängt hatte. Anschließend gab es zwischen den Ehepartnern fast immer hässliche Szenen, denn Nora bestand darauf, die Wunden der Männer und manchmal auch Frauen zu verbinden. Vor den Dienern beherrschte Elias sich eisern, aber beim Abendessen überschüttete er Nora mit Vorwürfen. Sie nahm sie gelassen hin – und tat weiterhin, was sie wollte.

Nora faszinierte Doug, aber sie war ihm ein Buch mit sieben Siegeln, zumal sie sich beharrlich weigerte, sich ihm zu öffnen. Jedes persönlichere Gespräch und die meisten gemeinsamen Unternehmungen wehrte sie ab. Doug verstand das nicht, aber er machte sich auch nicht die Mühe, irgendetwas zu forcieren. Schließlich würde es nur zu Komplikationen führen, wenn sie sich zu bald zu nahe kamen – und Komplikationen waren das Letzte, was er zurzeit brauchen konnte.

Nora ihrerseits empfand das Leben mit Elias' Sohn immer mehr als einen Tanz auf dem Vulkan. Sie wusste aus eigener Erfahrung, wie schnell Elias Fortnam explodieren konnte, wenn es nicht nach seinem Kopf ging, und nun stand er zweifellos kurz vor einem massiven Ausbruch gegenüber seinem »ungeratenen« Sohn. Dabei fand Nora die Vorschläge vernünftig, die der junge Mann gelegentlich bei den Mahlzeiten anbrachte. So zum Beispiel, den Zuckerrohrsaft nicht in Fässer zu füllen und dann mühsam zum Kochhaus zu schaffen, sondern über eine Holzrinne direkt aus der Mühle dorthin zu leiten.

»Es dauert höchstens eine Woche, so was zu bauen, und dann geht alles viel schneller, spart Arbeitskraft …«

»Darum geht's mal wieder, was?«, höhnte Elias. »Um den Schutz deiner lieben Neger, dass die sich mal bloß nicht überarbeiten! Am liebsten würdest du sie in Watte packen wie Nora ihre Kranken. Aber die macht sich ja wenigstens nützlich, viel weniger Ausfälle, seit sie das in die Hand genommen hat. Daran solltest du dir ein Beispiel nehmen. Aber du …«

Nora konnte bei solchen Tiraden nur den Kopf sinken lassen und sich angelegentlich mit ihrem Essen beschäftigen. Sie hasste die schwelende Fehde zwischen Vater und Sohn, sie machte ihr die Mahlzeiten zuwider, die sie bisher stets gleichmütig über sich hatte ergehen lassen. Und sie hasste sich selbst dafür, dass sie Doug nicht unterstützte. Wobei es natürlich nichts genützt hätte. Im Gegenteil, Elias wäre nur noch wütender geworden und hätte dann auch Nora als Sklavenfreundin beschimpft. Dabei legitimierte sie ihre Hilfe für die Schwarzen immer noch mit dem Argument der Kaufmannstochter, wie Elias zwischen Stolz und Ironie zu sagen pflegte: Wenn die medizinische Versorgung besser war, starben weniger Sklaven und mussten nicht für teures Geld ersetzt werden.

Doug schaffte es allerdings nicht, ähnlich geschickt zu argumentieren. Der Starrsinn seines Vaters machte ihn wütend, ließ ihn aber eher verstummen als laut werden. Dabei war Doug durchaus redegewandt, und das Studium der Rechte sollte ihn auch auf Dispute vorbereitet haben. Sein Vater schaffte es allerdings stets mit drei Worten, den jungen Mann einzuschüchtern. Und dann eskalierte die Situation wirklich – und der Eklat vollzog sich ausgerechnet vor den versammelten Aufsehern der Plantage.

Elias hatte neue Sklaven gekauft, und nun diskutierte man wortreich darüber, wie dumm und faul die Afrikaner seien und wie man es schaffen sollte, die gewohnte Effektivität bis zur nächsten Ernte zu erreichen. Doug verzweifelte dabei wieder mal am Starrsinn der Schotten und seines Vaters.

»Wie sollen die Kerle es richtig und schnell machen, wenn sie nicht mal verstehen, worum es geht?«, fragte er schließlich. »Die können doch bisher nichts weiter als ›Ja, Backra‹, und das sagen sie, wenn man sie mit der Peitsche schlägt. Wahrscheinlich haben sie keine Ahnung, dass es das Gegenteil von ›Nein, Backra‹ bedeutet, die richtige Antwort auf ›Du dummer, stinkfauler Nigger, bist du eigentlich taub?‹. Diese Bemerkung, Mr. Truman, habe ich gestern in Abwandlungen zwanzig Mal von Ihnen gehört. Der Arbeiter auch, er versteht sie bloß nicht.«

Ein paar der Aufseher lachten, aber Truman fletschte die Zähne, und Elias fehlte es ebenfalls an jeglichem Verständnis.

»Dann mach es doch selbst, du kleiner Klugscheißer, wenn du so viel besser weißt, wie es geht!«, brüllte er seinen Sohn an. »Geben Sie ihm eine Peitsche, McNeil, und teilen Sie ihm einen Zug Nigger zu. Und morgen sehen wir mal, wie viele Setzlinge er in die Erde kriegt!«

Doug erschien an diesem Abend nicht zum Essen, aber Elias erzählte Nora zwischen Wut und Erheiterung von seiner Degradierung.

Nora beschloss, zum ersten Mal etwas einzuwenden. »Ob das denn klug war, Elias? Ich dachte, wir Familienmitglieder streiten nicht vor den Aufsehern. Die sind doch … Gott, ich muss dir nicht sagen, dass die Mehrheit aus brutalen Kerlen besteht, die jede Schwäche ausnutzen. Auch beim Backra.«

Elias winkte ab. »Und wenn schon, der Junge muss mal einen Dämpfer kriegen. Sie werden sich ein bisschen über ihn lustig machen und dann …«

»Sie werden ihn nie wieder ernst nehmen«, gab Nora zu bedenken.

Elias schnaubte. »Wenn er mal die Plantage erbt«, meinte er dann, »kann er sie ja alle entlassen und die Nigger machen lassen, was sie wollen. Aber solange sie mir gehört, wird er machen, was ich will.«

Am nächsten Morgen setzte sich Doug dann wirklich dem allgemeinen Gespött aus, als er sich persönlich bückte und einen Setzling in die Erde brachte. Dabei erklärte er in einfachen Worten, wie tief man ihn setzte und wie man die Erde drumherum aufhäufelte und festdrückte. Die neuen Sklaven sahen interessiert zu und verstanden nun wohl erstmalig, worum es überhaupt ging. Aber die anderen Aufseher konnten sich über den jungen Pflanzer nicht genug amüsieren, und selbst die erfahrenen Arbeiter feixten.

Schließlich nahm sich Toby, der alte Feldsklave, seines Herrn an. »Das nicht richtig, Backra. Wird nicht wachsen, schneiden Halme zu kurz. Ein Knoten nicht genug, muss sein zwei, besser drei, besser vier. Und eins nicht so nah an andere.«

Doug erhob sich, knallrot im Gesicht, und Toby fuhr erschrocken zurück, als er ihn ansah.

Doug zwang sich zu lächeln. »Vielen Dank, Toby!«, sagte er dann. »Aber konntest du nicht gleich was sagen? Jetzt müssen wir sehen, wie wir den neuen Leuten beibringen, dass auch ihr Backra Fehler macht.« Toby kaute auf seinen fleischigen Lippen herum, während Doug noch einmal tief Luft holte. »Am besten tust du das jetzt, Toby. Du brauchst selbst heute keine Stecklinge zu setzen. Pass nur auf, dass die anderen es richtig machen, und zeig ihnen im Notfall auch zehnmal, wie es geht.«

Doug bemühte sich, seine Würde zu wahren, während Toby die neuen Leute mit Feuereifer anwies. Am Ende des Tages hatte sein Zug die Arbeit wirklich im Griff, die neuen Sklaven arbeiteten fast so schnell wie die anderen und konnten nun obendrein auf Englisch bis vier zählen.

Elias Fortnam allerdings schäumte, als er von Dougs Anfangsschwierigkeiten hörte, und nahm ihm den neuen Posten gleich wieder weg. Nora, die seinen Ausbruch wieder schweigend über sich ergehen ließ, traf ihren Stiefsohn am nächsten Nachmittag im Garten.

Sie wollte ihm mit kurzem Gruß aus dem Weg gehen, aber er folgte ihr. Der junge Mann wirkte mutlos, ja fast verzweifelt.

»Nora, können Sie mir nicht einmal sagen, was ich Ihnen getan habe? Ist mein Vater eifersüchtig und hat es Ihnen verboten, oder warum reden Sie nicht mit mir? Ich dachte, ich könnte Ihnen vielleicht wenigstens ein bisschen Gesellschaft leisten, da ich sonst schon nichts mehr zu tun habe, aber …«

»Hat er Sie wirklich rausgeworfen?«, fragte Nora. »Ich dachte, er beruhigt sich. Letztendlich waren Sie doch äußerst erfolgreich. Die Sklaven sagen, Ihr Zug war gestern der beste unter allen, die neue Leute beschäftigten.«

Doug zuckte die Schultern. »Es kommt hier wohl nicht so sehr auf das Ergebnis an, sondern auf die Disziplin. Was ich für falsch halte. Aus Furcht vor der Peitsche arbeiten die Männer nicht wirklich besser. Im Gegenteil. Sie drücken sich, wo sie können, und wenn sie auch nur die kleinste Chance sehen, laufen sie weg.«

Nora nickte widerstrebend. Aber mit seinen letzten Worten hatte Doug etwas angesprochen, was ihr in den letzten Nächten den Schlaf geraubt hatte. Sie konnte nicht anders, sie musste nachhaken.

»Wissen Sie etwas von Hollisters Leuten?«, fragte sie. »Haben sie die gefasst?«

Von der Nachbarplantage waren zwei Tage zuvor zwei Schwarze entflohen. Ein Mann und eine Frau, Nora kannte sie. Sie hatte der Frau nach ihrer letzten »Fehlgeburt« beigestanden, und sie wusste, dass die beiden zusammenlebten. Jetzt hatten sie die Flucht gewagt – womöglich weil die Frau wieder schwanger war. Nora mochte an die Konsequenzen gar nicht denken.

»Noch nicht«, sagte Doug. »Aber das ist nur eine Frage der Zeit. Sie haben jetzt die Hunde von Keensley holen lassen, und eben nehmen sie wohl die Fährte auf. Da hätte ich mich heute übrigens ›nützlich machen‹ können, meint mein Vater. Sie suchten noch Männer für die Jagd.«

»Sie wollten aber nicht?«, fragte Nora.

Doug schüttelte den Kopf. »Das nun doch nicht. Ich bin mir sonst für nichts zu schade. Aber das …«

»Ich wünschte, wir hätten keine Sklaven!«, brach es aus Nora heraus. Sie hatte Tränen in den Augen. »Warum können wir nicht einfach weiße Arbeiter kommen lassen und bezahlen – wie in Europa. Sie sagten, Sie waren in den Weinbergen?«

Doug nickte und führte sie zu ihrem Lieblingsplatz im Pavillon. »Nun beruhigen Sie sich erst mal, Nora. Oder du. Wir sind nah verwandt, Nora, und ich … ich denke, wir verstehen einander auch ganz gut. Wir sollten einander nicht siezen.«

»Ob du oder Sie – wir sollten keine Sklaven halten. Das ist nicht christlich!«

Nora wollte wissen, wie Elias' Sohn und letztendlich der Erbe der Plantage zu dieser Sache stand.

Doug seufzte. »Es würde niemand kommen«, meinte er dann. »Aus Europa, meine ich. Arbeiter. Man hat das ja versucht, am Anfang. Vielleicht hast du mal von ›Lohnsklaven‹ gehört, damit hat man ein paar Schotten und Iren geködert, die so verzweifelt waren, dass sie alles getan hätten für ein Stück Land.«

Nora nickte und suchte nach ihrem Taschentuch. Ihre Augen wurden nun auch aus anderen Gründen feucht. Sie dachte an Simon und seine aufkommende Hoffnung, als McArrow, der frischgebackene Lord of Fennyloch, damals davon erzählte.

»Aber das System hat sich nicht bewährt«, fuhr Doug fort. »Und das nicht nur, weil die Pflanzer kein Land abgeben wollen. Mindestens genauso wichtig war, dass kaum einer der Lohnsklaven auch nur seine fünf Jahre auf den Feldern überlebte. Geschweige denn sieben. Die Weißen können in diesem Klima nicht arbeiten. Sie sterben wie die Fliegen.«

»Die Schwarzen leben auch nicht sehr lange!«, sagte Nora hart.

Doug seufzte. »Das ist richtig. Aber das könnte man ändern. Zum Beispiel indem man sie nicht jeden Tag bis zum Umfallen schuften ließe. Aber im Großen und Ganzen haben sie bessere Ausgangspositionen. Sie sind stark, sie sind das Klima von Kindheit an gewöhnt. Ihre Haut verbrennt nicht so schnell unter der Sonne …«

»Dann müssten wir sie eben bezahlen!«, meinte Nora. »Vielleicht kämen sie ja dann freiwillig aus Afrika.«

Doug lachte. »Das glaube ich nicht. Ich glaube auch nicht, dass sie sich drüben in Afrika für Lohn verdingen, das Prinzip der Sklaverei ist den Schwarzen keineswegs fremd. Im Gegenteil, in Afrika leben ganze Völker vom Sklavenhandel. Weshalb die Weißen ihre Arbeitskräfte auch gar nicht selbst verschleppen müssen, das machen die Kerle unter sich aus. So mancher, der heute unter der Knute stöhnt, hat früher selbst fleißig Menschen gejagt und dann verkauft oder auf den eigenen Feldern für sich schuften lassen. Insofern könnten sie sich mit der Gefangenschaft abfinden – wenn wir ihnen nur nicht jede Lebensfreude rauben würden! Aber so wie mein Vater und die anderen es handhaben: keine Ehen, überhaupt kein offenes Zusammenleben von Mann und Frau, um Himmels willen keine Familien! Keine freie Zeit, keine Feste, keine Religion … Wenn die ihre Obeah-Zeremonien abhalten, oder wie man das nennt, ist das nachts, wenn der Backra schläft. Ist doch klar, dass sie dann tagsüber nur an Flucht denken! Man könnte das völlig anders machen. Wenn sie es gut hätten auf den Plantagen, dann … dann würden sie vielleicht freiwillig bleiben.«

Nora bezweifelte das. Sie selbst hätte sich niemals mit Sklaverei abgefunden. Aber Dougs Konzept war auf jeden Fall besser als das seines Vaters. Und nun gewann auch ihre Neugierde wieder die Oberhand.

»Was sind Obeah-Zeremonien?«, fragte sie.

Doug zuckte die Achseln. »So was wie … Voodoo.«

Nora runzelte die Stirn. Sie hatte dieses Wort zwar schon gehört und gelesen, wusste es aber nicht mit Inhalt zu füllen.

»Die Leute versammeln sich und beschwören die Geister«, führte Doug aus.

»Etwas wie … Schwarze Messen?«, erkundigte sich Nora entsetzt.

Doug lachte. »Im weitesten Sinne. Aber ich glaube, sie schließen Gottvater, den Heiligen Geist und Jesus Christus dabei gar nicht aus. In Afrika beten sie wohl zu vielen Göttern und Geistern, da kommt es ihnen auf einen mehr oder weniger nicht an. Auf jeden Fall ist es ein wildes Spektakel.«

»Warst du mal dabei?«, fragte Nora begierig.

Ihr selbst grauste es vor der Gotteslästerung, aber andererseits zog der Gedanke an die Beschwörung von Geistern sie magisch an.

Doug nickte, aber sein Gesicht umflorte sich dabei. »Als Kind … heimlich …«, sagte er schließlich. Dann stand er auf. »Wie auch immer, Nora, ich wollte dich eigentlich fragen, ob du nicht mit mir ausreiten möchtest. Heute ist es vielleicht etwas spät, aber morgen, nachdem du die Sklaven verarztet hast? Wir haben ja wohl beide viel Zeit …« Er lächelte bitter. Nora kämpfte mit sich. »Natürlich nur sofern du … also wenn du wirklich möchtest. Wenn du … nichts Grundsätzliches gegen mich hast, warum auch immer …« Er wirkte plötzlich sehr jung und verletzlich.

Nora schüttelte den Kopf. »Ich komme gern mit«, sagte sie entschlossen und kämpfte den Gedanken an Máanu nieder.

Sie konnte ihre Entscheidungen nicht davon abhängig machen, was ihre Dienerin darüber dachte.

KAPITEL 5

In den nächsten Wochen verbrachten Nora und Doug viel Zeit miteinander. Und auch wenn Máanu stets ein abweisendes Gesicht machte, wenn ihre Herrin sie bat, ihr zum Ausritt das Haar aufzustecken oder sie für eine Fahrt nach Kingston herzurichten – Nora genoss seine Gesellschaft. Doug war ein guter Erzähler, was er mit seinem Vater gemeinsam hatte. Auch Elias hatte Nora schließlich am Anfang durch seine Berichte von Jamaika für sich eingenommen. Aber Doug verfolgte damit offensichtlich keinen Zweck, außer vielleicht, Nora zum Lachen zu bringen. Freimütig erzählte er von Heldentaten und grandiosen Reinfällen sowohl im Studium als auch auf seinen Reisen und unterhielt sie mit lebhaften Schilderungen von Festen und Spektakeln, von denen die brave Kaufmannstochter zwar gehört, die sie sich aber nie hatte vorstellen können.

»Doch, doch, er ist prächtig, dieser Karneval in Venedig. Aber auch ein bisschen … dekadent, könnte man vielleicht sagen. Ein Kostümfest folgt dem anderen, und unter dem Schutz der Masken … Nun ja, es wird sehr … ausschweifend. Alles ist erlaubt, man tut, als wüsste man nicht, mit wem man da tändelt, und so kann einen der zugehörige Gatte auch kaum fordern. Und manchmal weiß man's wirklich nicht – ich fand mich in der letzten Nacht in den Armen eines zierlichen Mädchens, aber als sie die Maske lüftete … Erspar mir die Einzelheiten …«

Nora lachte. Sie wusste nicht, ob all die Abenteuer, von denen Doug sprach, wirklich passiert waren oder ob er sich die

Geschichten nur ausdachte, aber das war ihr egal. Auf jeden Fall hatte sie sich lange nicht so jung und ausgelassen gefühlt wie beim Plaudern und Reiten mit ihrem Stiefsohn. Besonders Letzteres genoss sie, denn im Gegensatz zu seinem Vater – und den Reitknechten, die ungelenk auf ihren Maultieren hockten, wenn sie Nora beim Ausritt begleiteten – erwies sich Doug Fortnam als schneidiger Reiter. Er galoppierte am Strand mit Nora um die Wette und nahm es lachend hin, wenn die Araberstute Aurora seinen spanischen Hengst dabei um Längen schlug.

»Und dabei strengt er sich doch so an!«, meinte er bedauernd und klopfte Amigos Hals, als er endlich zu der triumphierenden Siegerin aufschloss. »Aber da ist nichts zu wollen, mein Freund, manche Frauen sind einfach zu rassig für uns.«

Dabei zwinkerte er Nora jungenhaft zu, und sie musste sich sehr überwinden, nicht zurückzulächeln, sondern den Blick schamhaft zu senken. Längst war ihr klar, dass Doug mit ihr tändelte, wobei er sich nicht mal in der Öffentlichkeit wirklich zurückhielt. Nora tadelte ihn schließlich deswegen, aber Doug tat, als verstehe er gar nicht, was sie meinte.

»Ihr macht das doch alle!«, gab er zurück und wies auf den Ballsaal der Hollisters, in dem sich eben verschiedene Paare zum Menuett zusammenfanden, die durchweg nicht miteinander verheiratet waren. Die Frauen ließen dabei nichts unversucht, ihre Partner zu reizen, indem sie scheinbar versehentlich die Fußknöchel unter den Kleidern aufblitzen ließen. Sie lächelten und zwinkerten, und manche mochte die Hand ihres Gegenübers anscheinend kaum loslassen. »Wie du vorhin den alten Keensley angelächelt hast … Ich wurde geradezu eifersüchtig.«

»Aber sonst wird Gott sei Dank keiner eifersüchtig auf den alten Lord Keensley!«, fauchte Nora. »Die Tändelei hier ist eine Art Gesellschaftsspiel, und ja, man macht es auch mit den Junggesellen, sonst gäbe es ja nichts zu tuscheln. Aber morgen ist jede von den Ladys wieder auf der eigenen Plantage und langweilt sich zu Tode. Du dagegen wohnst im gleichen Haus wie ich und begleitest mich auf Ausritten. Da könnte mehr als einer argwöhnisch werden – und vor allem ein ganz bestimmter!«

Ihr Blick suchte Elias, aber der hatte sich bereits mit anderen Herren ins Raucherzimmer zurückgezogen. Bislang hatte er Noras und Dougs vertrautes Verhältnis nie kommentiert, es schien ihm egal zu sein, womit die beiden ihre Tage verbrachten. Aber das würde sich schnell ändern, wenn die Gesellschaft von Kingston anfing, über Nora und ihren Stiefsohn zu reden. Nora wusste längst, dass Elias ihr fast alles durchgehen ließ – solange ihr Ruf als tadellose Lady und züchtige Herrin seines Hauses nicht in Gefahr geriet.

Nun redete Nora sich ein, dass es ihr diesmal nicht schwerfiel, den Erwartungen ihres Gatten zu entsprechen. Doug mochte manchmal mit ihr tändeln, aber sie gab die Komplimente und Scherzworte nie zurück. Natürlich mochte sie den jungen Mann, verlieben würde sie sich jedoch nie in ihn! Wie könnte sie auch, hatte er doch so gar nichts mit Simon gemeinsam – vielleicht abgesehen von dem Talent, Geschichten zu erzählen, aber Simon hatte Nora in seine Träume hineingezogen, während Doug sie nur unterhielt. Und wäre sie in Doug verliebt gewesen, so hätte sie Simon darüber sicher vergessen müssen, aber so war es nicht. Im Gegenteil, sie dachte eher häufiger an ihren Geliebten, wenn sie Dougs schlanken Körper vor sich auf dem Pferd sah oder sein Muskelspiel beim Klettern auf Felsen beobachtete. Am Abend erinnerte sie sich dann an die Zärtlichkeiten, die sie mit Simon getauscht hatte, an das Gefühl, sich an ihn zu schmiegen und umarmt und geküsst zu werden.

Am Anfang hatte sie diese Gefühle hinaufzubeschwören versucht, wenn Elias ihr beiwohnte, aber seit sie ihren Mann als Geizhals und Menschenschinder erkannt hatte, tat sie das nicht mehr. Es wäre ihr wie ein Verrat an ihrem Geliebten erschienen, wie ein Beschmutzen der Erinnerung an die Tage und Nächte mit ihm. Und nun war diese Erinnerung wieder da, gekoppelt an eine Sehnsucht, die Nora seit der Zeit mit Simon nicht mehr empfunden hatte. Mit Doug durfte das allerdings nichts zu tun haben. Es konnte nichts mit ihm zu tun haben, schließlich träumte sie von Simon.

Akwasi träumte von Nora. Noch mehr, sehr viel mehr, seit Doug Fortnam wieder aufgetaucht war, und erst recht, seit Nora und Doug immer öfter zusammen zu sehen waren. Dabei spürte er nicht direkt Eifersucht, sondern fühlte sich eher bestätigt: Die Missis liebte den Backra nicht, sie hatte nichts gemeinsam mit Elias Fortnam. Also war sie mit Doug zusammen, und das hieß, sie konnte ebenso gut mit ihm, Akwasi, zusammen sein. Es gab nichts, was Doug ihm voraushatte – natürlich abgesehen davon, dass er der Sohn des Backras war, aber daran mochte Akwasi nicht denken. Lieber dachte er daran, wie oft er seinen damaligen Freund geschlagen hatte. Im Wettlauf, beim Ringen, sogar beim Rechnen! Es gab keine Disziplin, in der er sich nicht zutrauen würde, gegen Doug Fortnam anzukommen. Akwasi fand keinen Grund, weshalb Nora ihm den Sohn des Backras vorziehen sollte.

Natürlich gab es niemanden, dem er diese Gedanken anvertrauen konnte. Schließlich konnte er sich denken, was Mama Adwe, Hardy oder Toby dazu sagen würden. Nora war weiß, er war schwarz, sie war die Herrin, er ein Sklave … Aber wider alle Vernunft glaubte Akwasi daran, dass Liebe all diese Schranken überwinden konnte. Und er begehrte Nora mit jeder Faser seines Herzens. Wenn sie ihn nur halb so sehr lieben würde … und das würde sie, wenn sie ihn nur einmal ansehen würde wie einen Mann, wie einen starken Mann, der sie beschützen und um sie kämpfen konnte, der sie mit Kraft und Geschick lieben konnte. Sie musste doch längst genug haben von dem alten, schlaffen

Körper des Backras! Und Doug … Nun, Akwasi war auch ihm überlegen. Nora musste ihn nur richtig ansehen.

Nora sah Akwasi allerdings niemals so an, wie er es sich erträumte. Im Grunde schaute sie stets freundlich über ihn hinweg, auch wenn sie ihn grüßte oder ein paar Worte mit ihm wechselte. Das musste sich ändern. Aber all seine Bemühungen, sich ihr zu präsentieren und seine Kraft und Geschicklichkeit unter Beweis zu stellen, schlugen fehl. Schließlich sah Akwasi keine Möglichkeit mehr, Noras Zuneigung ohne Hilfe zu erringen. Seine eigene Attraktivität reichte nicht aus, er brauchte die Unterstützung der Geister.

Akwasi zitterte beim Gedanken an die Konsequenzen, wenn die Weißen ihn erwischten, aber schließlich entschied er sich, dass Nora das Risiko wert war. Er schlich sich bei Nacht aus seinem Quartier, wanderte zu den Ställen, bei jedem Geräusch aufschreckend, und öffnete möglichst lautlos den Verschlag der Hühner. Die Tiere hockten auf den Stangen, statt wie tagsüber in ihrem Auslauf herumzupicken. Das machte es einfacher. Mit klopfendem Herzen packte Akwasi eins der Hühner und stopfte das protestierende Tier in einen mitgebrachten Sack. Jetzt musste er es nur noch bis zum kommenden Tag versteckt halten, aber das sollte gelingen. Und dann konnte er sich an den Obeah-Mann wenden. Akwasi schlich sich aufatmend zurück in seine Hütte. Der erste Schritt war getan, er hatte ein Huhn.

Máanu träumte von Akwasi. Sie hatte ihn immer geliebt, aber jetzt, da ihr Verhältnis zu ihrer Missis abgekühlt war, sehnte sie sich noch mehr nach seiner Nähe. Dabei verstand sie nicht, warum er sie nicht endlich einmal küsste oder nachts an ihre Hütte klopfte. Schließlich sahen sie sich doch jeden Tag, und er suchte die Nähe zu ihr, da war sie sich sicher. Warum sonst riskierte er Peitschenhiebe, weil er länger bei ihr blieb und der Missis bei den Vorbereitungen zur Krankenpflege half? Warum kam er in den Küchengarten, wenn die Missis mit Adwea verhandelte? Warum brachte er Máanu seltene Blumen und Kräuter, damit die Missis sie bestimmen und trocknen konnte? Máanu hegte keinerlei Zweifel daran, dass sich Akwasis Werbung an sie richtete. Aber sooft sie ihm auch signalisierte, dass sie bereit für ihn war – er nahm davon keine Notiz.

Letztendlich begann Máanu zu glauben, dass irgendetwas bei Akwasi nicht stimmte. Vielleicht war ein Geist in ihn gefahren, der seine Manneskraft lähmte oder der ihn blendete, wenn Máanu ihn anlächelte und mit schwingenden Hüften vor ihm herging. Laut Mama Adwe war so etwas möglich. Ein Mann konnte verzaubert werden, wobei meist eine andere Frau dahintersteckte.

»Aber wer sollte das denn sein?«, fragte sie verzweifelt.

Mama Adwe wies sie zum wiederholten Mal darauf hin, dass Akwasi vielleicht einfach eine andere liebe. Die Köchin war nicht unbegrenzt glücklich mit dem Wunsch ihrer Tochter, einen Feldsklaven zum Mann zu nehmen. Lieber wäre ihr einer der Pferdeburschen oder Hausdiener gewesen, dazu hätten womöglich sogar der Backra und sicher die Missis ihr Einverständnis gegeben. Bisher hatte Elias Fortnam zwar noch nie zwei seiner Sklaven verheiratet, aber Haussklaven hatten in der Regel eine sichere Stellung. Vielleicht ließ er sich ja diesmal dazu herab, ihnen eine gemeinsame Hütte zu schenken und ein kleines Fest auszurichten. Adwea träumte von einer solchen Hochzeit für ihre Töchter, aber mit Akwasi war das hoffnungslos. Sosehr Adwea ihren Ziehsohn mochte – eine große Zukunft räumte sie dem ewig renitenten Feldsklaven nicht ein. Entweder würde man ihn eines Tages totschlagen oder verkaufen. Oder er überredete Máanu zur Flucht, und wohin das führte … Die beiden Sklaven der Hollister-Plantage hatte man eine Woche nach ihrer Flucht geschnappt, und der Lord hatte sich nicht nehmen lassen, ein Exempel zu statuieren. Vor den versammelten Sklaven – auch Fortnam hatte seine Leute aufmarschieren lassen, obwohl sich sowohl sein Sohn als auch die Missis darüber empört zeigten – ließ er dem Mann einen Fuß abhacken und die Frau auspeitschen. Der Mann hatte es überlebt. Die Frau dagegen starb einige Tage später und mit ihr das ungeborene Kind.

»Kann Mann sonst wen lieben«, antwortete Adwea unbestimmt auf die Frage ihrer Tochter. Die Köchin hatte einen verrückten Verdacht, was Akwasi anging, aber den würde sie auf keinen Fall aussprechen. Und sie würde sich auch niemals anmaßen zu sagen, die Missis habe Akwasi vielleicht verzaubert. »Nur eins sicher: dich, Máanu, liebt nicht. Sieht jeder, der hat Augen im Kopf. Du ihn vergessen, Máanu. Hat viele Nigger auf dies Plantage. Viele schöne starke Nigger.«

Adwea predigte das anhaltend, aber Máanu wollte Akwasi und niemand anderen. Wobei sie fest davon überzeugt war, dass er nur einen Anstoß brauchte, um sie lieben zu lernen. Vielleicht auch einen Befreiungszauber, falls er wirklich von einer anderen besessen war. Máanu wusste sich aber langsam keinen Rat mehr. Was sie allein tun konnte, um Akwasi auf sich aufmerksam zu machen, hatte sie getan. Sie brauchte jetzt die Hilfe der Geister!

Um die zu beschwören, musste sie allerdings über ihren eigenen Schatten springen, schließlich hatte Adwea Diebstahl immer als die schlimmste Sünde hingestellt. Egal was die Backras auf dem Kerbholz hatten und wie sie ihre Sklaven behandelten: Ihr Eigentum war ihr Eigentum, man durfte sie nicht bestehlen. Nun nahm das niemand unter den Küchensklaven ganz genau, natürlich wurden immer mal Kleinigkeiten abgezweigt, um Freunden oder Familienmitgliedern einen Leckerbissen zukommen zu lassen. Aber größere Dinge nahm man nicht fort.

Máanu hatte denn auch ein sehr schlechtes Gewissen, als sie des Nachts mit einem Sack aus der Hütte ihrer Mutter schlich. Aber sie kämpfte es entschlossen nieder und wanderte in Richtung der Ställe. Mit zitternden Händen öffnete sie den Sack und lockte die Hennen, die sich ihr bereitwillig näherten. Máanu hatte sie oft gefüttert. Aber jetzt war sie hier, um einen nicht wiedergutzumachenden Frevel zu begehen.

Máanu stahl ein Huhn.

KAPITEL 6

Der Obeah-Mann saß vor seiner Hütte, als Máanu im Schatten des Abends zu ihm trat. Wie stets war Kwadwo beschäftigt, auch jetzt rührten seine starken schwarzen Hände in einem Topf, in dem er Schweineschmalz als Basis für eine Salbe erhitzte. Er hatte das Feuer ganz offen entzünden können, Kwadwo brauchte die Ingredienzien für seine Heiltränke und Pasten nicht zu stehlen. Was er nicht selbst sammelte oder anbaute, stellte ihm der Backra bereitwillig zur Verfügung. Schließlich kam es offiziell den Pferden in seinem Stall zugute – die Weißen kannten den Obeah-Mann Kwadwo als Peter, den Kutscher und Stallmeister.

Unter seinesgleichen bestand Kwadwo allerdings darauf, bei seinem richtigen Namen gerufen zu werden. Dabei war er noch recht jung gewesen, als man ihn an der Elfenbeinküste gefangen hatte – weiße Sklavenjäger, schwarze hätten es nicht gewagt, den Sohn des Medizinmanns anzurühren. Natürlich war Kwadwo selbst damals noch nicht sehr mächtig gewesen. Sein Vater hatte gerade erst begonnen, den Knaben in seine Geheimnisse einzuweihen, wie sein eigener Vater es viele Jahre zuvor mit ihm getan hatte. Die Mitglieder von Kwadwos Familie sprachen mit den Geistern, das war seit Anbeginn der Zeiten so gewesen, und Kwadwo war von Anfang an fest entschlossen, auch in Gefangenschaft nicht mit der Tradition zu brechen.

Sehr bald hatte sich auch ein Obeah-Mann gefunden, der ihn unterrichtete. Wobei Kwadwo zu Anfang verwirrt war, denn auf der Insel hatten die Geister andere Namen, und viele Beschwörungen wichen von denen ab, die sein Vater ausgeführt hatte. Aber das Schiff der Weißen hatte ihn natürlich auch weit weg von dem Land gebracht, in dem sein Stamm lebte. Gut möglich, dass die Geister ihm dabei nicht hatten folgen können oder wollen. Vielleicht hatte auch jedes Land andere Geister. Kwadwo war jedenfalls bereit gewesen, das zu akzeptieren, und seit dem Tod seines Lehrers fungierte er als Obeah-Priester für die Sklaven der Fortnam-Pflanzung. Er hörte sich die Nöte der Menschen an, gab Ratschläge und versuchte sich als Mediziner, wobei er bei den Pferden mehr Erfolge feierte als bei den Sklaven. Im Grunde war Kwadwo froh, dass die Missis diesen Bereich übernommen hatte, ihm selbst lag das Zwiegespräch mit den Geistern weitaus mehr als das Anmischen von Tränken und Salben.

Dennoch war er nicht bereit, leichtfertig Rituale zu feiern, in denen er die Geister rief. Nach Kwadwos Erfahrungen konnte zu viel dabei schiefgehen, und das legte er jetzt auch dem Mädchen auseinander, das einen Sack mit einem empört gackernden Huhn darin vor ihm hinlegte und entschlossen die Durchführung eines Zaubers forderte.

»Die Geister sollen machen, dass Akwasi mich liebt!«

Die kleine Haussklavin nahm kein Blatt vor den Mund. Sie wusste, was sie wollte.

»Gar so einfach ist das nicht«, meinte Kwadwo. »Erzwingen lässt sich da nichts.«

»Du forderst ein Huhn, aber du gibst keine Garantien?«, fragte Máanu verärgert.

Kwadwo zuckte die Schultern. »Wir können das Ritual durchführen, es wird ohnehin Zeit, wir hatten lange keine Versammlung mehr, um die Geister zu beschwören. Und ich werde einen Duppy rufen, der deinen Hunger teilt. Er wird sich dir zugesellen, und wenn du es dann schaffst, nach der Zeremonie ein Treffen mit dem jungen Mann herbeizuführen, dann wird er seinen Körper besetzen. Der junge Mann wird vor Liebe brennen ... zumindest eine Nacht.«

»Nur eine Nacht?«, fragte Máanu misstrauisch. Dafür hätte sie das Risiko mit dem Huhn nicht eingehen müssen. Eine Flache Zuckerrohrschnaps hätte höchstwahrscheinlich das gleiche Ergebnis erzielt. »Ich will, dass er mich ewig liebt – mit Geist und Körper.«

Kwadwo schüttelte den Kopf. »Das kann ich nicht versprechen, Mädchen. Ich kann nur einen liebeshungrigen Geist zwingen, in den Körper deines Freundes einzufahren und dich zu befriedigen. Aber ob er dort für immer Wohnung nimmt oder ob die Seele des Mannes dann selbst für dich entflammt, nachdem sein Körper deinen kennt, das wissen nur die Götter.«

Máanu seufzte. Das klang nicht allzu vielversprechend. Aber andererseits war es ja genau das, was sie wollte: Akwasi würde auf sie aufmerksam werden, er würde zumindest einmal ihre Liebe erfahren. Und sie würde alles tun, damit er sie niemals vergaß! Máanu würde das schaffen, sie musste es schaffen!

»Na schön«, erklärte sie sich schließlich einverstanden. »Wann können wir es machen?«

Kwadwo lächelte. »Am Samstag. Der Backra wird Samstag und Sonntag in Kingston sein. Die Missis allerdings nicht, es geht um einen Herrenabend oder etwas in der Art.«

Kwadwo wusste meist recht genau, was die Herrschaft plante. Als Stallmeister hörte er viel, und die Kutscher, die er aussuchte, vernahmen noch mehr. Vor allem aber sprach der Obeah-Mann ebenso gut Englisch wie Máanu und Akwasi – auch wenn er es sich vor den Weißen noch weniger anmerken ließ. Es blieb sein Geheimnis, wo er die Sprache gelernt hatte, und viele der Sklaven erfüllte es mit Ehrfurcht. Máanu überraschte es allerdings nicht sehr. Kwadwo war schon als Kind aus Afrika gekommen, er mochte im Haushalt seines ersten Backras aufgewachsen sein, und damals, als es noch weniger Sklaven auf Jamaika gegeben hatte, waren die Pflanzer längst nicht so streng gewesen. Außerdem hing der Obeah-Mann allsonntäglich an den Lippen des Christenpredigers. Er lauschte hingebungsvoll, wenn der Reverend aus der Bibel vorlas, und gehörte zu den wenigen, die ihm auch nach dem Gottesdienst noch zu Füßen saßen und Fragen stellten. Máanu fragte sich, ob das Berechnung war – niemals wäre jemand auf die Idee gekommen, der fromme Peter führe des Nachts Obeah-Rituale durch – oder ob es ihn wirklich interessierte. Kwadwo hätte Letzteres bestätigt: Alles, was die Götter und Geister anging, war wichtig für ihn, und gerade Gottvater und Jesus Christus schienen mächtige Geister zu sein.

»Die Missis ist kein Problem«, meinte Máanu. »Die spioniert nicht, und sie würde uns auch nicht verraten. Aber der junge Backra …«

»Der begleitet seinen Vater«, sagte Kwadwo. »Sie werden sich wieder nur streiten, aber der Backra kann ihn nicht ausschließen, ohne dass die anderen Fragen stellen. Bei diesem Herrenabend geht es wohl um die Maroons. Sie planen wieder mal, Queen Nanny auszuräuchern. Und da brauchen sie jeden Mann.«

»Die kriegen sie doch nicht«, lächelte Máanu. »Also gut, Samstag. Ich sage es den Dienern im Haus.«

Einige Zeit nachdem Máanu gegangen war, näherte sich Akwasi der Hütte des Obeah-Mannes. Es war spät, die meisten Sklaven waren bereits in ihren Hütten, aber Akwasi hatte den Schutz der Dunkelheit gebraucht, um den Sack mit dem Huhn aus seinem Versteck zu holen. Zum Glück war das Tier noch am Leben.

»Großer Obeah-Mann, Herr der Geister, ich möchte, dass du ein Ritual für mich durchführst«, bat Akwasi ehrfürchtig.

Kwadwo runzelte die Stirn. »Niemand beherrscht die Geister«, gab er zurück. »Aber ich kann sie für dich rufen, wenn du ein Opfertier bereitstellst. Vielleicht verrätst du mir noch dein Begehren?«

Akwasi nickte eifrig. »Ich bin in Liebe zu einer Frau entbrannt«, sagte er. »Aber sie ist wie blind, sie scheint mich nicht zu sehen. Diesen Bann möchte ich lösen. Ich will, dass sie mich liebt.«

Kwadwo hätte beinahe gelächelt. »So einfach ist das nicht«, beschied er allerdings auch diesen Kunden. »Ich kann da nichts erzwingen. Aber ich werde einen Duppy rufen, der von Begierde getrieben ist. Er wird sich dir zugesellen, und wenn du es dann schaffst, nach der Zeremonie ein Treffen mit der jungen Frau herbeizuführen, dann wird er ihren Körper besetzen. Die junge Frau wird dann vor Liebe brennen … zumindest eine Nacht.«

Akwasi nickte. »Das reicht«, sagte er. »Wenn sie mich einmal gespürt hat, wenn sie mir einmal nahe ist, dann wird sie mir verfallen. Da bin ich sicher!«

Kwadwo schmunzelte jetzt wirklich. An Selbstzweifeln litt der riesige Feldsklave zumindest nicht. Aber in diesem Fall durfte er auch kaum enttäuscht werden. Sehr seltsam, dass er und das Mädchen nicht auch ohne Hilfe der Geister zueinandergefunden hatten.

Aber Kwadwo war bereit, dies als eine Fügung zu sehen. Die Geister wollten eine Beschwörung, sie stand lange schon aus. Kwadwo rief die heimliche Versammlung der Sklaven jedoch nur ein, wenn einer von ihnen ein Opfertier zur Verfügung stellte. Er selbst stahl keine Hühner.

»Samstagnacht«, sagte er ruhig.

Akwasi nickte wieder. »Ich sage es den Feldniggern.«

KAPITEL 7

Nora kannte ihr Personal inzwischen längst gut genug, um schnell zu merken, dass unter den Schwarzen etwas vorging. In der Küche wurde viel mehr getuschelt als sonst – und vor allem verstummten die Mädchen und Hausdiener zu plötzlich, wenn sie ihrer Herrin ansichtig wurden. Nora verbot ihnen nicht, während der Arbeit zu singen und zu schwatzen, es bestand also nicht wirklich ein Grund für Heimlichkeiten. Schließlich versuchte sie diplomatisch geschickt, Máanu auszuhorchen. Vielleicht ging es ja um die Maroons und die von den Pflanzern gegen sie geplante Strafexpedition.

»Macht ihr euch Sorgen um dic freien Schwarzen?«, erkundigte sie sich.

Máanu zuckte auf ihre charakteristische Art die Schultern. »Wir haben unsere eigenen Sorgen«, meinte sie abweisend. »Warum sollen wir uns mit Leuten beschäftigen, die weit weg wohnen und mit denen wir nichts zu tun haben?«

Nora wunderte sich. »Aber sie … sie setzen sich doch für euch ein. Ich denke, diese Granny Nanny befreit Sklaven.«

Máanu lachte rau. »Missis, sie sagen, sie hätte achthundert Sklaven befreit. Das kann wahr sein, muss aber nicht. Und selbst wenn's so wär: Allein auf dieser Plantage gibt es zweihundertsiebzig, bei Hollister und bei Keensley je noch mal so viele. Da könnte sie bei drei Überfällen schon achthundert loseisen. Und sie machen viel mehr Überfälle …«

»Was bedeutet?«, fragte Nora verwirrt.

Máanu hatte Recht! Bisher hatte sie nie näher darüber nachgedacht, aber für die zahlreichen Überfälle, die den Windward Maroons zugeschrieben wurden, waren achthundert befreite Sklaven lächerlich wenig.

Máanu machte erneut ihre Geste des Nichtwissens oder Nicht-wissen-Wollens. »Viele trauen sich nicht. Die haben vor den Maroons mehr Angst als vor den Backras. Und die Haussklaven werden meistens gar nicht erst gefragt, die bringen sie um, Missis, zusammen mit den Backras. Bleiben ein paar Feldnigger. Aber bis die mitkriegen, dass sich ihnen da die Chance ihres Lebens bietet, sind die Maroons meistens schon wieder weg. Dann können sie ihnen höchstens noch nachrennen – und sie werden mit ziemlicher Sicherheit geschnappt.«

Über diese neuen Erkenntnisse bezüglich der Maroons vergaß Nora fast die Tuscheleien und Heimlichkeiten in der Küche. Am Samstagmorgen schnitt sie das Thema beim Frühstück an – in der Hoffnung, dass Doug und Elias wenigstens hier einer Meinung waren oder doch zumindest fähig, ein vernünftiges Gespräch zu führen.

»Es soll also wirklich so eine Art … hm … Bürgerwehr gegründet werden, gegen die freien Schwarzen?«, erkundigte sie sich. »Und ihr wollt da mitmachen?«

»Also ich bestimmt nicht!«, brummte Elias. »Hab genug damit zu tun, meine eigenen Nigger da zu halten, wo sie sind, da renn ich den anderen nicht nach. Aber der da«, er wies auf Doug, »der könnte sich endlich mal nützlich machen.«

Doug rieb sich die Stirn, eine Geste, die für ihn charakteristisch war und Nora manchmal an ihren Vater erinnerte. Thomas Reed pflegte sich beim Nachdenken an die Schläfe zu fassen. Doug führte die Bewegung auch aus, um sich zu beruhigen. Was ihm jetzt wieder nur mühsam gelang.

»Ich biete mich gern als Vermittler an«, meinte er schließlich.

»Allgemein sind die Leute ja Verhandlungen nicht abgeneigt, und als Advokat …«

»Advokat!« Elias schnaubte.

»Die Maroons werden kaum nach einer Urkunde fragen. Aber wohl nach jemandem, der einen Vertrag ausarbeiten kann, der alle Teile zufriedenstellt.«

Doug gab Zucker und Milch in seinen Tee. Er hatte das Getränk erst durch Nora schätzen gelernt. Vor allem seine beruhigende Wirkung, wenn man es ausreichend süßte.

»Verträge!«, erregte sich Elias. »Verhandlungen mit Dieben und Mördern! Ausräuchern muss man das Pack, da haben die Pflanzer von der Nordküste schon Recht. Wenn's bloß nicht so schwierig wäre. Aber ich erwarte von dir, dass du deinen Mann stehst, Doug! Du wirst ja wohl eine Flinte abfeuern können … Oder tut dir das Niggerpack mal wieder leid?«

Nora seufzte. Während der restlichen Mahlzeit gestaltete sich die Unterhaltung zwischen Vater und Sohn wie gehabt. Aber immerhin schien Elias nun ja eine Aufgabe für seinen ungeratenen Sohn gefunden zu haben. In Nora allerdings regte sich kalte Angst. Sie wollte nicht, dass Doug in den Krieg zog und womöglich erschossen oder erschlagen wurde.

»Und du willst wirklich … du willst wirklich in die Blue Mountains reiten und auf die Maroons schießen?«, fragte sie zögerlich, als sie den jungen Mann später im Stall traf.

Doug belud Amigo eben mit zusätzlichen Satteltaschen, schien also mit einer längeren Abwesenheit zu rechnen. Er zog die Augenbrauen hoch.

»Ja und nein. Also, der Ritt in die Blue Mountains wird mir kaum erspart bleiben – es soll da übrigens schön sein, würde dir auch gefallen. Es sei denn, die anderen Pflanzer stellen sich als vernünftiger heraus als Vater. Aber wahrscheinlich werden sie sich gemeinschaftlich betrinken und vom großen Sieg träumen. Und wenn ich dann nicht mitreite, bin ich endgültig der Feigling.«

»Aber … aber …«

Nora wusste nicht recht, was sie sagen sollte, ihr Gesichtsausdruck sprach jedoch Bände. Doug jedenfalls grinste verwegen, als er ihre Blässe und ihre geweiteten Augen registrierte. Sie war hinreißend, wie sie so dastand und um Worte rang. Am liebsten hätte er sie mitgenommen. Passend gekleidet war sie schon. Nora trug ein Reitkleid und hatte den Stallmeister eben gebeten, auch ihre Stute zu satteln. Zweifellos würde sie die Chance von Elias' Abwesenheit nutzen und zum Strand reiten. Dougs Vater war gleich nach dem Frühstück nach Kingston aufgebrochen, er hatte dort vor der Versammlung noch etwas zu erledigen.

»Du hast doch nicht etwa Angst um mich?«, fragte er vergnügt.

Nora biss sich auf die Lippen. »Natürlich nicht, ich …«

»Doch, doch, leugne es nicht, und es ist ja auch ganz natürlich.« Seine Augen blitzten vor Erheiterung. »In gewisser Weise bist du schließlich meine Mutter, und …«

»Red nicht solchen Unsinn!«, rutschte es Nora heraus. »Und ich meine … es …«, sie spielte verlegen mit ihrer Reitgerte, »… es ist doch gefährlich.«

Dougs Gesicht wurde ernst, aber auch weicher ob ihrer ehrlichen Sorge.

»Es ist nicht sehr gefährlich«, beruhigte er sie dann. »Deshalb sagte ich doch Ja und Nein zu deiner Frage. Wir werden in die Berge reiten, aber die Wahrscheinlichkeit, dass wir dort einen Maroon töten, ist äußerst gering. An sich würde es mich wundern, wenn wir überhaupt einen sehen. Falls uns doch einer begegnet, dann nur, weil er es so wollte. Die Leute kennen da jeden Stein, Nora, während wir ziellos in der Gegend herumreiten.« Er zog Amigos Sattelgurt nach.

»Umso größer ist aber doch die Gefahr eines Hinterhalts, oder?«

Nora war noch nicht überzeugt. Und sie hatte ihre Zurückhaltung jetzt aufgegeben. Gut, sie hatte Angst um ihn, aber das hieß ja nichts. Er hatte Recht, er war ihr Stiefsohn, ihr Verwandter. Sie durfte sich um ihn fürchten.

Doug nickte, wieder mit leichtem Lächeln. Noras Besorgnis freute ihn sichtlich, endlich gab sie diese Reserviertheit mal auf, die ihn manchmal schon an seiner Männlichkeit hatte zweifeln lassen. Bisher hatte er noch nie ein Mädchen so lange umwerben müssen. Andererseits hatte er es selten bei verheirateten Frauen und natürlich nie mit einer Stiefmutter versucht …

»Die Maroons könnten uns jederzeit in einen Hinterhalt locken und niedermetzeln«, meinte er dann. »Aber das werden sie nicht tun. Es wäre äußerst ungeschickt.«

»Ungeschickt?«, rief Nora aufgebracht.

Doug lachte. »Schon mal was von strategischem Denken gehört, schöne Stiefmutter? Schau, Nora, mein Vater und die anderen Pflanzer stellen die Maroons dar wie mordlüsterne Wilde, aber wenn man es mal nüchtern betrachtet, geht es denen gar nicht darum, Weiße niederzumetzeln und Sklaven zu befreien. Wenn sie Pflanzungen überfallen, wollen sie in erster Linie Beute. Gut, sie bringen die Pflanzer um – sie hegen zweifellos einen Hass auf weiße Plantagenbesitzer. Aber viel wichtiger als Blutvergießen ist ihnen das Plündern der Häuser und das Wegtreiben des Viehs.«

»Was ja auch nicht gerade nett ist«, murmelte Nora.

»Granny Nanny würde jetzt wahrscheinlich sagen, es bliebe ihnen einfach keine andere Wahl«, meinte Doug. »Nora, nach allem, was man hört, haben die da oben ein funktionierendes Gemeinwesen. Sie bestellen ihre Felder, und sie würden ihre Erträge gern verkaufen. Von dem Geld könnten sie sich Werkzeuge erhandeln, neues Zuchtvieh, Kleidung … was man so braucht. Aber das können sie nicht. Würden sie mit ihren Gütern in die Stadt kommen, würde man sie angreifen, einfangen, versklaven oder gleich lynchen. Also begehen sie Raubzüge und stehlen, was sie brauchen – zu allgemeinem Missvergnügen, wenn du mich fragst. Ein paar ehemalige Sklaven wollen zweifellos Rache, aber die große Mehrheit dieser Leute würde lieber von ihrer Hände Arbeit leben. Das sind Bauern, Nora, keine Krieger. Den Händlern in der Stadt wäre es zudem egal, mit wem sie Geschäfte machen – und es werden ja auch welche gemacht, irgendwo tauchen das Geld und der Schmuck, der bei den Überfällen gestohlen wird, immer wieder auf. Und die Hehler sind weiße Gauner! Um die würde ich mich lieber kümmern als um die Maroons!«

»Du meinst also, sie wären zu Verhandlungen bereit?«, fragte Nora. An den weißen Hehlern in Kingston war sie weniger interessiert, die bedrohten schließlich nicht Dougs Leben. »Das war nicht so dahingesagt, vorhin?«

Doug schüttelte den Kopf. »Es gab immer mal Vorstöße zu Verhandlungen mit den Maroons. Auch durchaus erfolgreich. Lange Zeit wurden zum Beispiel entflohene Sklaven nicht aufgenommen, sondern ausgeliefert.«

Nora dämmerte langsam, warum Máanu und die anderen Sklaven nicht allzu gut auf die Maroons zu sprechen waren.

»Allerdings hat sich die Lage geändert, seit Nanny und ihre Brüder in den Bergen das Sagen haben«, schränkte Doug ein. »Mit denen wurde noch nicht verhandelt. Auch, weil die Überfälle am Anfang sehr grausam waren und weil es ihnen offensichtlich darum ging, ihre Bevölkerung zu vergrößern, auch durch Aufnahme von Plantagennegern. Das hat viele Gründe. Aber es heißt nicht, dass kein Friedensvertrag möglich wäre. Und ganz sicher lehnen Cudjoe und Accompong Verhandlungen auch nicht grundsätzlich ab. Weshalb sie den Teufel tun und jeden Weißen, der in ihre Berge kommt, in einen Hinterhalt locken und in Stücke hacken würden. Im Gegenteil, wenn sie klug sind, zeigen sie sich gar nicht. Nichts ist zermürbender für so eine Möchtegernarmee wie unsere, als tagelang hilflos in den Bergen herumzuirren und dann ergebnislos heimzukehren. Glaub mir, Nora, mir passiert nichts. Aber trotzdem … Du könntest mir eine Art … hm … Abschiedskuss geben. Nur für alle Fälle. Damit ich die Süße deines Kusses auf den Lippen spüre, falls ich sterbe.«

Nora wollte zurückweichen. Aber Doug hatte sie schon an sich gezogen und seine Lippen auf die ihren gedrückt.

»Denk an mich, bis wir uns wiedersehen!«, lachte er dann, schwang sich in den Sattel und trieb sein Pferd an.

Nora blieb verwirrt zurück.

Nora ließ ebenfalls ihr Pferd satteln und freute sich, dass Peter keine Anstalten machte, ihr eine Begleitung zuzuweisen. Der alte Stallmeister schien an diesem Morgen sowieso nicht allzu sehr bei der Sache zu sein, Nora musste selbst die letzten Schnallen an Auroras Zaumzeug schließen. Eigentlich hätte sie den Mann dafür tadeln müssen, aber sie war zu aufgewühlt, um an irgendetwas anderes zu denken als an Dougs Kuss, seine festen, aber doch zärtlichen Lippen, das mutwillige Lachen, als er sich von ihr trennte. Was um Himmels willen war das? Was ging in ihr vor, was machte er mit ihr?

Nora galoppierte zum Strand, überzeugte sich davon, dass er wie fast immer verwaist war, und ließ sich in die Wellen gleiten wie so oft zuvor. Das Meerwasser würde den Kuss abwaschen – und das seltsame Gefühl, das er in ihr erzeugt hatte, wegspülen. Wenn sie im warmen Sand lag, würde sie wieder an Simon denken …

Aber tatsächlich drängte sich ihr beim Eintauchen ins Wasser das Bild ihres letzten Besuches am Strand auf. Sie war mit Doug hier gewesen, sie waren um die Wette geritten – und dann, als Nora brav ein Picknick auspackte, hatte er ohne jede Scham Stiefel und Hemd ausgezogen und sich in seinen Breeches in die Wellen gestürzt. Wobei er auch noch einen wilden Schrei ausstieß, wie ein Piratenkapitän beim Stürmen eines Schiffes. Nora hatte gelacht und ihn ein bisschen beneidet. Einer Dame war es selbstverständlich verboten, sich im Beisein eines Kavaliers auch nur ihrer Strümpfe zu entledigen, um im Wasser zu plantschen. Aber dann verlor sie sich ganz in ihrer Bewunderung für Dougs geschmeidigen Körper, das Spiel seiner Muskeln, seinen kraftvollen Kampf mit dem an diesem Tag recht bewegten Meer … Es war schön gewesen, ihm zuzusehen. Und jetzt erinnerte sie sich daran, als sie selbst im Wasser trieb – und sehnte sich nach seinem Körper neben sich, nach einem Wettschwimmen, einem gemeinsamen Spiel mit Wasser und Sand.

Nora war aufgewühlt gewesen, als sie zum Strand ritt, aber auf dem Heimweg klopfte ihr Herz noch schneller. Sie wusste nicht, wie sie die Gefühle einordnen sollte, die sie bewegten. Einerseits fühlte sie sich jünger, wacher und schien die Welt mit klareren Augen zu sehen. Andererseits pochte etwas wie Schuld in ihr. Als hätte sie Simon verraten …

KAPITEL 8

Nora wusste nicht, ob sie es sich einbildete oder ob es vielleicht mit dieser seltsam veränderten Wahrnehmung zu tun hatte, die sie zu haben meinte, seit Doug sie geküsst hatte. Aber als sie nach Cascarilla Gardens zurückkehrte, erschien ihr irgendetwas an der Atmosphäre im Hause seltsam. Die Diener wirkten fahrig und unkonzentriert, wieder brachen sie Gespräche ab, wenn Nora vorbeikam. Schließlich traf sie den Entschluss, der Sache auf den Grund zu gehen. Sie schickte Máanu fort und verbrachte den Nachmittag im Garten – allerdings nicht an ihrem Lieblingsplatz im Pavillon, wo sie höchstens durch Zufall mal Wortfetzen oder gar Gespräche aus der Küche mithörte. Stattdessen begab sie sich gezielt auf die Terrasse, die den Küchenvorplatz überdachte, und lauschte. Nora brauchte nicht lange zu warten. Irgendetwas war bei der Dienerschaft tatsächlich in aller Munde – allerdings senkten sie auch unter sich die Stimmen, wenn sie darüber redeten, und ergingen sich in Andeutungen.

»Du lenken Fluch auf Jimmy, wenn nicht dich fragen, ob mit dich geht«, neckte eins der Küchenmädchen kichernd das andere.

»Pah … ich lenken Zauber auf Jimmy, dann geht mit mich!«, gab das andere zurück.

»Für richtige Zauber du brauchen Huhn!«

»Hat sich Huhn!«

»Weißt du, wer bringt Huhn?«

»Weiß nicht, vielleicht bringen Jimmy Huhn zu machen Hochzeit mit mich!«

Wieder hörte Nora Gelächter. Sie runzelte die Stirn. Flüche und Hühner, auch Máanu hatte schon mal so etwas erwähnt. Und Zauber. War sie hier womöglich endlich einer der geheimnisvollen Obeah-Zeremonien auf der Spur, von denen Doug erzählt hatte? Passen würde es, schließlich war der Backra zuverlässig aus dem Haus und Doug, dem zumindest Máanu und Akwasi misstrauten, ebenfalls.

Dem Gespräch zwischen zwei Hausdienern meinte Nora dann auch den Zeitpunkt entnehmen zu können. »Wenn Mond steht über Meer.«

Nun stand der Mond da natürlich die halbe Nacht, und irgendwelche Auskünfte über den Ort des Treffens erschlossen sich Nora auch nicht aus ihrer Lauschaktion. Aber das war ziemlich egal, sie brauchte den Sklaven ja nur zu folgen. So schwer konnte das nicht sein, sie würde einfach vorgeben, früh zu Bett gehen zu wollen, und Máanu freigeben, sobald sie ihr Haar gelöst und es für die Nacht gebürstet hatte. Dann brauchte sie sich nur wieder anzukleiden und ungesehen zu den Sklavenquartieren hinüberzuhuschen. Die Büsche und Bäume, welche die Hütten vom Haus aus verbergen sollten, boten ausreichend Deckung, selbst wenn jemand vorbeikam. Ausgeschlossen war das nicht. Falls die Versammlung im Hüttendorf stattfand, mussten die Pferdeknechte, die im Stall schliefen, am Haupthaus vorbei.

Nora glaubte allerdings an einen anderen Versammlungsort. Wenn die Obeah-Zusammenkünfte auch nur das Geringste mit christlichen Messen zu tun hatten, so würde man dabei singen und laut beten. Im Hüttendorf, an dessen Rand auch die Aufseher wohnten, war das viel zu gefährlich. Die Versammelten würden sofort erwischt werden.

Nora verbrachte den Rest des Nachmittags und des Abends in nervöser Anspannung, und Máanu schien es nicht anders zu gehen. Das Mädchen war nachlässig und ungeschickt, es ließ Dinge fallen und zog Kamm und Bürste so ungeduldig durch Noras langes Haar, dass es ziepte. Nora musste sich beherrschen, ihre Zofe nicht anzufahren, aber sie wollte sie auf keinen Fall ärgerlich machen. Vielleicht würde sie ihre Hilfe brauchen, um sich bei der Versammlung einzuschleichen.

Letztendlich atmeten beide auf, als Máanu sich mit einem höflichen »Gute Nacht, Missis« verabschiedete. Nora wartete, bis sie das Haus mit ziemlicher Sicherheit verlassen hatte, dann band sie ihr Haar rasch im Nacken zusammen und schlüpfte in ein bequemes Hauskleid. Kein Korsett und kein Spitzenblüschen, es musste schnell gehen, und sie musste so beweglich wie möglich sein. Allerdings brauchte sie einen Schal, einen möglichst dunklen. Ihr Kleid war dunkelgrün, aber ihr Haar mochte im Mondlicht gesehen werden. Sie griff nach einem Schultertuch aus dunkelroter Seide. Nach kurzer Überlegung verzichtete sie allerdings auf Schuhwerk. Die leichten Seidenpantoffeln würde sie nur ruinieren, falls sie durch den Dschungel musste, und die schweren Reitschuhe machten womöglich Lärm.

Nora nahm den Weg durch die Küche und genoss einen Moment die Luft im nächtlichen Küchengarten. Es roch nach Thymian, Rosmarin und Basilikum, in der schwülwarmen Luft betörende Düfte, die sich mit dem Geruch der Orchideen und Rosen im Park vermischten. Dann tauchte sie ein in die Dunkelheit des Waldes, der wieder andere, schwere und erdige Düfte bereithielt und den Salzgeruch des Meeres erahnen ließ. Sie lief parallel zum Weg durch den lichten Dschungel, aber es fiel ihr nicht schwer, sich zu orientieren. Der Mond stand voll über dem Meer, das man hinter dem Dickicht aus Mangroven und Palmgewächsen nur erahnen konnte. Es war windstill, aber nicht ruhig – unzählige Grillen zirpten, es raschelte im Unterholz, Nachtvögel gaben unheimliche Laute von sich. Nora wusste, dass es sich um Eulen handelte, aber sie hatte nie eine gesehen.

Nun war sie nicht ängstlich, im Gegenteil, sie genoss ihr Abenteuer. Zudem war der Weg ja nicht weit. Nora erreichte die im Mondschein gespenstisch und wie ausgestorben wirkende Sklavensiedlung in wenigen Minuten. Bis jetzt tat sich hier nichts. Alles war dunkel und still, und sie fragte sich mit leisem Schaudern, wie es wäre, ohne jede Kerze, ohne jede Lampe leben zu müssen. Keiner der Sklaven konnte die Nacht zum Tag machen, wie es die Weißen bei ihren Festen, aber auch im Alltag mit ihren Kerzen und Öllampen taten. Allenfalls konnten sie vor den Hütten Feuer entzünden oder sich einen Weg mit Fackeln erleuchten – und Nora meinte sich zu erinnern, dass sie das oft auch taten.

In dieser Nacht war jedoch der Mond die einzige Lichtquelle, und aus keinem der Häuser drang nur der kleinste Laut. Als Nora ein paar Minuten lang im Wald am Rande des Quartiers gewartet hatte, befürchtete sie, die Leute wären bereits aufgebrochen. Aber dann öffnete sich die Tür der ersten Hütte. Lautlos wie die Zombies, von denen sie in einer Gespenstergeschichte gelesen hatte, schoben sich die Sklaven der Fortnam-Plantage aus ihren Häusern und entfernten sich in kleinen Gruppen. Sie gingen den Weg der Feldsklaven zur Arbeit – also musste der Versammlungsort irgendwo zwischen den Zuckerrohrfeldern liegen. Nora wartete so lange, wie sie sich eben traute. Adwea und Máanu sowie die kleine Mansah, deren Haus Nora von ihrem Versteck aus gut im Blick hatte, gingen auf jeden Fall mit einer der ersten Gruppen. Nora folgte schließlich Toby und dem alten Hardy, wobei es sie wunderte, dass die zwei sich der heidnischen Veranstaltung zugesellten. Bislang hatte sie die beiden Feldsklaven sowie den Stallmeister Peter stets für die eifrigsten Christen gehalten.

Nora hatte befürchtet, die Sklaven zwischen den Feldern aus den Augen zu verlieren, wenn sie zu großen Abstand hielt, aber dann stellte sie fest, dass es einfach war, ihnen auf der Spur zu bleiben. Sie verloren sich schließlich nicht in den endlosen Wegen zwischen den weitläufigen, immer gleich aussehenden Zuckerrohrfeldern. Stattdessen wanderten sie über den tagsüber viel befahrenen Pfad hinaus zur Windmühle – und dann herunter zu den Schuppen, in denen sich Zuckerküchen und Destillationsanlagen befanden. Hier waren auch die Ställe der Ochsen und Maultiere – und zu ihnen gehörte eine große Scheune, in der Heu gelagert wurde. Sie war zurzeit fast leer – Nora erinnerte sich daran, dass Elias den Stallmeister erst am Vortag mit rüden Worten darauf hingewiesen hatte, das Heu aufzufüllen.

»Bis kommt zurück Backra, voll«, hatte Peter geantwortet.

Nora hatte sich beiläufig gefragt, weshalb der alte Diener den Rüffel überhaupt riskiert hatte. Gewöhnlich war Peter äußerst zuverlässig und hätte nie zugelassen, dass für irgendwelche Tiere das Futter ausging. Nun, jetzt wusste sie es. Die Scheune war in dieser Nacht Versammlungssaal für die Obeah-Zeremonie, und der Stallmeister hatte an ihrer Planung mitgewirkt.

Nora fand den Ort perfekt gewählt – auch für ihre eigenen Zwecke. Sie fürchtete sich etwas vor den Ochsen, die schon mal ausschlagen konnten, wenn etwas sie erschreckte, aber vor den Maultieren hatte sie keine Angst. Also nahm sie einfach den Weg durch die Ställe und versteckte sich in einem Verschlag, in dem zwei Maultierstuten Heu kauten. Von hier aus sah sie zwar nichts, hörte aber Stimmengewirr aus der Scheune. Bislang hatten die Sklaven geschwiegen, hier jedoch fühlten sie sich sicher, und sie redeten nervös, ja fast hysterisch, aufeinander ein. Für sie war dies ein Abenteuer mit einem gewissen Gefahrenpotenzial. Natürlich würde der Backra sie nicht alle auspeitschen oder gar verkaufen, wenn man sie erwischte, aber mit Strafen hätten sie doch zu rechnen. Und der Obeah-Mann, oder wie man den Priester nannte, würde sicher von der Plantage entfernt.

Nora wartete geduldig, bis sich offensichtlich alle versammelt hatten und zur Ruhe kamen. Dann verließ sie den Verschlag und huschte zur Verbindungstür zwischen Stall und Scheune. Leider war sie zu, womit Nora nicht gerechnet hatte. Es schloss doch niemand eine Tür zwischen Stall und Heulager ab! Nora betätigte die Klinke und rüttelte ein wenig an der schweren Tür in der Hoffnung, von niemandem drinnen bemerkt zu werden.

Aber dann flog die Tür plötzlich auf, als wäre ein Riegel zersprungen. Der Druck, mit dem Nora sich dagegengelehnt hatte, katapultierte sie in die Scheune – und fast in die Arme der Köchin Adwea!

Starr vor Schreck standen sich die beiden Frauen gegenüber. Adwea hatte ganz sicher mit einem der ihren gerechnet, offensichtlich hatte sie vor der Tür gesessen und sie damit blockiert. Als dann jemand daran rüttelte, hatte sie sich erhoben und den Eingang freigemacht. Adwea mochte sonst wen erwartet haben – aber ganz sicher nicht ihre weiße Herrin!

»Missis … bitte, Missis …«, stammelte sie.

Nora legte den Finger an die Lippen. »Psst! Mach kein Aufsehen. Ich verrate nichts, ich will nur zugucken!«

Adwea runzelte die Stirn, aber dann schlich sich ein breites Lächeln über ihre Züge.

»Missis neugierig?« Es war eine Mischung zwischen Frage und Tadel.

Nora zwinkerte ihr zu. »Furchtbar neugierig!«, gestand sie. »Ich störe bestimmt nicht. Lass mich nur hier bei dir sitzen. Niemand wird mich sehen.«

»Geister Sie sehen!«, erklärte Adwea.

Nora hob die Augenbrauen. »Die werden mir schon nichts tun«, meinte sie.

Adwea schüttelte den Kopf. »Nein, nichts tun, Geister freundlich. Meistens. Kwadwo rufen freundlich Geister.«

Damit wies sie auf den Platz neben sich, und Nora zog ihr Tuch so dicht wie möglich um sich. Im Dunkeln würde sie hier in der äußersten Ecke der Scheune sicher nicht auffallen. Nora fragte sich, warum Adwea, die unter den Sklaven eigentlich einen hohen Rang einnahm, sich so weit hinten versteckte. Máanu und Mansah waren nicht bei ihr, sie saßen in der Mitte des Kreises, den die Sklaven um einen freien Raum gebildet hatten, näher. Máanu hatte sich einen Platz gegenüber von Akwasi gesucht. Sie schaute ihn unablässig an.

Nora konnte sich nun in der Scheune orientieren, was nicht sehr schwer war. In der Mitte befand sich eine Feuerstelle, und zwei Männer nah des Eingangs trugen obendrein Fackeln, um den Leuten den Weg zu weisen.

Die beiden schlossen schließlich auch die Tür der Scheune hinter den letzten Nachzüglern, und einer von ihnen begann gleich darauf zu singen. Nora erschrak, als Adwea mit lauter, dunkler Stimme einfiel, ebenso die anderen Sklaven. Das Lied klang anrührend, klagend, aber die Worte verstand Nora nicht. Es war auch kein Englisch, die Menschen mussten dieses Lied und diese Sprache aus Afrika mitgebracht haben.

»Was heißt das?«, flüsterte Nora, als Adwea und die anderen eine Silbenfolge mehrmals wiederholten.

Adwea zuckte die Schultern. »Ich nicht wissen, keiner wissen, rufen Geister … Sprache von Geister.«

Nora nahm zwar an, dass die Worte ursprünglich etwas bedeutet haben mussten, aber jetzt, da sie genau hinhörte, stellte sie fest, dass jeder Sänger sie etwas anders aussprach und einige auch offensichtlich improvisierten. Keiner wusste, was er da sang, aber dennoch wurden die Lieder immer lauter und fordernder. Dazu erklangen jetzt Trommeln überall in der Scheune.

Und dann trat ein Mann in die Mitte des Raumes ans Feuer.

Er war groß, massig und nackt bis auf einen Lendenschurz, und er intonierte Beschwörungen. Der Obeah-Mann. Nora war verblüfft, als sie ihren braven Stallmeister erkannte. Peter, der jeden Sonntag gläubig an den Lippen des Reverends hing.

»Kwadwo«, sagte Adwea beiläufig.

»Das ist sein richtiger Name?«, fragte Nora.

Die Köchin nickte. »Er mächtiger Zauberer. Sohn von Medizinmann.«

Nora rieb sich die Stirn und bemerkte gar nicht, dass sie damit Dougs Geste nachahmte. Kwadwo warf nun weiteres Holz aufs Feuer – kein Wunder, dass er sorgsam darauf geachtet hatte, kein Heu mehr in der Scheune zu lagern. Er hängte jetzt einen Kessel über die auflodernden Scheite und goss eine helle Flüssigkeit aus einer Kalebasse hinein. Danach nahm er einen Schluck aus der Kalebasse und reichte sie dem nächstsitzenden Sklaven. Seine Helfer ließen weitere Gefäße kreisen, und auch Adwea erhielt einen Krug. Nora roch Zuckerrohrschnaps. Adwea führte den Krug an die Lippen und reichte ihn dann nach kurzem Zögern ihrer Herrin. Nora zögerte. Konnte sie hier mit den Sklaven trinken? In England hätte sie sich niemals so mit ihren Dienern gemein gemacht.

»Bringt Sie näher die Geister«, erklärte Adwea.

Nora biss sich auf die Lippen und nahm dann einen kräftigen Schluck. Vielleicht musste man das einfach sehen wie das Teilen von Brot und Wein in der christlichen Gemeinde. Und da feierten Herr und Diener schließlich traditionell gemeinsam die Messe.

Der Gesang wurde lauter und fordernder, als die Krüge, Flaschen und Kalebassen zum zweiten und dritten Mal die Runde gemacht hatten. Die Menschen wiegten sich jetzt auch im Takt der Lieder, die Trommeln schienen Gewalt über sie zu gewinnen. Nora hatte das Gefühl, als würden sie direkt in ihrem Kopf geschlagen. Ein paar junge Leute vorn tanzten, ebenso der Obeah-Mann – aber dann erschrak Nora erneut, als ein Messer in seiner Hand aufblitzte. Der Gesang schwoll zu einem Crescendo an, aber Kwadwos Schrei übertönte ihn noch, als er jetzt ein Huhn aus einem Sack zog, das Tier in die Luft warf und mit einem blitzschnellen, wohlgezielten Schlag mit der Machete den Kopf vom Körper trennte. Eine Blutfontäne ergoss sich über die Nächststehenden. Der Körper des Tieres regte sich noch – wahrscheinlich wäre es wirklich noch ein paar Schritte gelaufen wie in der blutrünstigen Gespenstergeschichte, die Nora gelesen hatte. Aber der Obeah-Mann hob es nun rasch auf und schleuderte es in die Mitte der Gläubigen – in Máanus Richtung, wie Nora glaubte. Tatsächlich hob das Mädchen das tote Tier auf, hielt es über den Kessel und ließ es ausbluten. Aus dem Gefäß stieg stinkender Rauch auf, als der Obeah-Mann nun darin rührte und obendrein Kräuter verbrannte.

Auf die Menschen in der Nähe des Feuers schien dies aufpeitschend zu wirken, sie sangen, schrien und tanzten noch lauter. Adwea reichte Nora noch einmal den Krug mit dem Schnaps. Nora nahm ihn wie in Trance entgegen. Sie hatte nie in ihrem Leben so viel getrunken, aber sie fühlte sich nicht müde, sondern eher erregt. Dabei hätte dieses Ritual sie abstoßen müssen – und es stieß sie auch ab, als der Obeah-Mann die Schlachtung jetzt mit einem zweiten Huhn wiederholte und das sterbende Tier in Richtung Akwasi warf. Auch der junge Mann fing es auf und ließ sein Blut zum Gesang und zu den Beschwörungen des Zauberers in den Kessel rinnen.

Nora fragte sich einen Augenblick angewidert, ob sie hier womöglich einer Trauungszeremonie beiwohnte. Hatte Máanu Akwasi endlich dazu gebracht, um ihre Hand zu bitten, und wurden die Verlobten auf diese blutige Art verbunden? Máanu wirkte allerdings eher verblüfft als wie eine glückliche Braut. Sie schien sich über das zweite Huhn und über Akwasis Beteiligung an der Zeremonie zu wundern. Aber dann sang und tanzte sie genauso ekstatisch weiter wie die anderen Sklaven. Rauch und der Gestank von Blut und Kräutern verbreiteten sich langsam in der ganzen Scheune. Nora nahm das den Atem und die Fähigkeit zu denken. Sie war nur noch Gefühl und Gesang und Trommelschlag, schien sich außerhalb ihres Körpers zu befinden. Adwea reichte ihr ein weiteres Mal den Krug.

Der Obeah-Mann nahm sein Gebräu nun vom Feuer, tauchte eine Art Reisigbesen hinein und bespritzte die Gläubigen. Einige von ihnen wanden sich in Krämpfen am Boden.

»Geister in sie. Nehmen Besitz von sie«, erläuterte Adwea gelassen.

Die alte Köchin beobachtete das Treiben weitgehend unbeteiligt, sie schien kein Interesse daran zu haben, mit der magischen Flüssigkeit in Kontakt zu kommen. Den Zuckerrohrschnaps trank sie allerdings wie Wasser.

Nora sah mit angstvoll geweiteten Augen, aber ohne sich zu rühren, zu, wie einer ihrer Hausdiener gellend schreiend zu Boden fiel und ein Küchenmädchen hysterisch weinte. Nora war wie gelähmt, hin und her gerissen zwischen der Heilerin, die dies hier beenden und sich um die offensichtlich leidenden Menschen kümmern wollte, und dem körperlosen Wesen, das an den Lippen des Obeah-Mannes hing und die Besessenheit der Leute als Selbstverständlichkeit hinnahm. Und ein weiterer Teil von ihr suchte verzweifelt ihren eigenen Geist, den sie so oft beschworen hatte. Simon hatte versprochen, bei ihr zu bleiben. Aber wo war er jetzt, da sie ihn brauchte? Den anderen Toten fiel es offensichtlich ganz leicht, sich vor den Lebenden zu materialisieren. Einige der Männer und Frauen schienen die Duppies ihrer verstorbenen Angehörigen schließlich zu sehen. Sie begrüßten sie ekstatisch, nachdem sie sich etwas in die Augen gerieben hatten und dann über die linke Schulter blickten.

»Wasser aus Auge von Hund«, erklärte Adwea mit Gemütsruhe.

Nora dachte kurz daran, einen der Leute um ein wenig davon zu bitten, und musste dann hysterisch kichern. Sie war verrückt, sie musste verrückt sein. Es war überhaupt verrückt, Geister zu beschwören, aber noch schlimmer war es, dass sie das Gesicht Doug Fortnams nicht vor ihrem inneren Auge verdrängen konnte …

Nora nahm noch einen Schluck aus dem Krug, den Adwea ihr reichte, als sie merkte, dass sie weinte.

»Jetzt!«, sagte der Obeah-Mann und trat neben Máanu. »Jetzt, Mädchen, sag den Geistern deinen Wunsch.«

»Ich will, dass Akwasi mich liebt!«, flüsterte Máanu. »Ich möchte ihm gehören.«

Kwadwo ging zu Akwasi. »Sag dein Begehren, junger Mann!«

»Ich will Nora Fortnam besitzen!«, sagte Akwasi fest und hoffte, dass die Geister ihn über all dem Geschrei und den Gesängen um ihn herum auch hörten. »Sie soll mein sein bis in den Tod.«

Die Menschen tanzten und sangen noch, aber langsam verebbten die Klänge der Trommeln, Rasseln und Ratschen. Die Feuer brannten herunter, die Besessenen richteten sich benommen auf, während sich die Geister aus ihren Körpern zurückzogen. Alle, außer denen, die Akwasi und Máanu beschworen hatten. Ihre Zeit sollte jetzt erst kommen.

KAPITEL 9

Für Akwasi stellte das Treffen mit Nora nach der Obeah-Zeremonie die größte Schwierigkeit dar. Denn daran hatte Kwadwo schließlich keinen Zweifel gelassen: Der liebeswillige Duppy konnte nur in den Körper seiner Angebeteten fahren, wenn er sie ihm zeigte.

Akwasi hatte dieses Problem bis jetzt verdrängt, aber nun, berauscht und ermutigt von Zauber und Alkohol, wusste er, was zu tun war. Nora war allein im großen Haus, und es war tief in der Nacht. Sie musste längst schlafen und würde nicht hören, wenn er dort einbrach. Was wiederum nicht schwierig sein konnte. Möglicherweise war der Kücheneingang gar nicht verschlossen, und wenn doch, so genügte ein einfaches Werkzeug, um ihn aufzustemmen. Und im Haus kannte Akwasi sich schließlich aus, er wusste, wo Doug sein Zimmer hatte und wo Elias schlief. Nora hatte man mit ziemlicher Sicherheit die Räume von Dougs Mutter zugewiesen. Auch dort war Akwasi lange Zeit zuvor schon einmal gewesen – zusammen mit Doug, auf der Suche nach Abenteuern und vielleicht nach Geistern. Nun erschien ihm das alles eine glückliche Fügung, sicher führte ihm sein Duppy die Hand.

Allerdings brauchte er noch ein Stemmeisen oder ein anderes Werkzeug, das er als solches benutzen konnte. Aber das fand sich bestimmt irgendwo hier in den Ställen. Akwasi steuerte die Verbindungstür zwischen Stall und Scheune an.

Nora kam wieder halbwegs zu sich, als Adwea Anstalten machte aufzustehen. Auch die anderen Sklaven machten sich langsam auf den Heimweg. Nora zwang sich, wieder zu denken. Sie sollte auch verschwinden, bevor sie doch noch jemand erkannte. Bis jetzt hatten alle nach vorn gesehen, aber im Aufbruch konnte jemand um sich blicken und sie entdecken.

Nora wisperte Adwea einen Dank zu und zog sich dann wieder in die Ställe zurück. Sie konnte bei ihren freundlichen Maultierstuten eine Zeitlang warten, bis alles ruhig war. Nach dem langen Arbeitstag und der Obeah-Nacht würden die Sklaven sicher schnell heimgehen und dann schlafen wie tot. Nora konnte ihr Quartier gefahrlos passieren. Schlafen war eigentlich eine gute Idee … Noras Kopf dröhnte noch von den Trommeln, und sie war so taumelig vom Schnaps, dass ihr jede Bewegung schwerfiel. Wollte sie jetzt wirklich noch die Tür des Maultierverschlags aufschieben? Das Heu davor wirkte einladend. Wenn sie sich hier hinsetzte und ein bisschen ausruhte … vielleicht einen Herzschlag lang die Augen schloss …

Máanu sah Akwasi mit unsicheren Bewegungen aufstehen und zu den Ställen gehen. Sie fragte sich, was er da wollte, aber es war auf jeden Fall eine glückliche Fügung. Bei den Tieren war es ruhig und trocken, niemand würde Akwasi und sie stören. Sie überlegte, ob sie ihm gleich folgen sollte oder noch etwas warten. In letzterem Fall bestand natürlich die Gefahr, dass Akwasi durch die Ställe verschwand. Aber andererseits … Wenn man nach der Obeah-Zeremonie allein sein wollte, so meist, weil einem übel geworden war. Das passierte leicht bei all dem Alkohol, der Hitze, dem Rauch und dem Tanz. Und es wäre nun wirklich alles andere als romantisch gewesen, hätte sie Akwasi mit dem Kopf über dem Abtritt erwischt oder beim Wasserabschlagen im Ochsenstall.

Máanu ließ sich also Zeit dabei, Akwasi hinterherzuschlendern. Dann würde auch Adwea sie nicht sehen, die vor der Tür zum Stall gesessen hatte. Adwea hielt sich stets fern von der Opferstätte inmitten des Kreises. Sie habe genug eigene Geister, pflegte sie zu sagen, sie müsste nicht auch noch andere beschwören. Adwea war froh, wenn die Geisterwelt sie in Ruhe ließ. Máanus Vorstoß zur Eroberung Akwasis würde sie ganz sicher nicht gutheißen, und nicht nur wegen des gestohlenen Huhns.

Akwasi öffnete die Tür zu den Ställen. Seine Augen brauchten eine kurze Zeit, um sich an das Dunkel dort zu gewöhnen. Ganz so finster wie in der Scheune war es jedoch nicht, die Ställe waren zu einer Seite offen, und der Vollmond schien hinein. Gewöhnlich wäre es Akwasi leichtgefallen, sich zu orientieren, aber jetzt kämpfte er noch mit den Nachwirkungen der Trance, in die er sich getanzt und getrunken hatte. Und so wäre er beinahe über die Gestalt gestolpert, die, halb in ein dunkles Tuch gewickelt, schlafend auf einem Heuhaufen lag. Sicher irgendjemand, der es mit dem Zuckerrohrschnaps übertrieben hatte. Akwasi wollte erst weitergehen, aber dann beschloss er, denjenigen oder diejenige zu wecken. Ansonsten konnte er oder sie hier womöglich die ganze Nacht verschlafen und morgens von einem Aufseher gefunden werden.

Akwasi beugte sich herunter und zog das Tuch vom Gesicht der Schlafenden.

Nora öffnete die Augen, als er ungläubig ihren Namen wisperte, aber sie erkannte das Gesicht nicht, das sich über sie beugte. Vielmehr verschwammen so viele Gesichter vor ihren Augen. Simon? Der Sklave Akwasi? Oder Doug?

»Doug«, flüsterte Nora. Ihre Stimme klang verwaschen und kaum verständlich. »Was …? Wie …?«

Akwasis Herz pochte heftig. Akwasi – unzweifelhaft hatte sie seinen Namen gesagt! Er nahm sie in die Arme.

Nora fühlte, dass jemand sie an sich zog und an seine Brust drückte. Seltsam, dass die Haut schwarz schien, gegen die sie sich lehnte. Eine dunkle Stimme flüsterte Zärtlichkeiten. Und große, feste Hände tasteten plötzlich über ihren Rücken, ließen wohlige Schauer durch ihren Körper fahren. Sie hatte einen Anflug dieser Erregung gespürt, als sie bei Simon gelegen hatte – und am Nachmittag noch schuldbewusst davon geträumt, dass Doug sie erneut wecken könnte. Tat er es jetzt? War dies auch ein Traum? Aber die Lippen, die sie liebkosten, nachdem der Mann sie zurück ins Heu gebettet hatte, waren dunkel, die Hände schwarz, die ihr Kleid öffneten. Akwasi? Ein Sklave?

In Noras Gedanken flackerte kurz die Erinnerung an Eileen MacDougal auf, die sich mit ihrem Stallburschen eingelassen hatte. Eine Lady tat so etwas nicht … Aber wahrscheinlich war es ja sowieso nicht die Wirklichkeit. Und es war schön … Nora war berauscht, als sie sich Akwasi entgegenhob. Und wenn sie die Augen schloss, konnte sie ja auch gar nicht wissen, wer sie da erregte. Auf jeden Fall verstand der Mann etwas von seinem Tun. Nach nur wenigen Küssen und Liebkosungen brannte Nora, wie sie es nie getan hatte. Simons schüchterne Zärtlichkeiten, Elias' beiläufige … Auf eine solche Explosion von Empfindungen hatte nichts sie vorbereitet.

»Nora, meine Nora …«

Akwasi flüsterte Koseworte, aber er war kaum überrascht, als die junge Frau nicht noch einmal darauf reagierte. Jetzt war schließlich der Duppy in ihr – erst wenn er dessen Wunsch nach Liebe befriedigt hatte, würde sie wieder zu sich selbst finden. Und er musste es gut machen. Nicht nur, um den Duppy nicht zu verärgern und zu verfrühter Flucht zu veranlassen. Er musste auch Noras Körper seinen Stempel aufdrücken, Begehren in ihrem Herzen wecken und dort unten, tief in ihr, wohin nur sein Geschlecht vorstoßen würde. Akwasi streichelte und küsste sie – nahm sich viel mehr Zeit als bei den Sklavenmädchen, mit denen er sich früher vergnügt hatte.

Schließlich drang Akwasi sanft, aber doch kraftvoll in Nora ein – persönlich hätte er es lieber schneller gehabt und rauer, weniger feucht. Die Männer aus Afrika sagten, je trockener das Mädchen blieb, desto tugendhafter sei es. Aber Akwasi wusste, dass die Mädchen eine längere Vorbereitung schätzten. Zumal Noras Verhalten in diesem Fall ohnehin nichts über ihre Tugend aussagte, sondern höchstens über die des in sie gefahrenen Duppy. Akwasi tat sein Bestes, sowohl den Geist als auch die Frau zu befriedigen. Nora sollte sich auch am kommenden Tag wieder nach ihm sehnen.

Máanu betrat den Stall in dem Augenblick, als Nora sich unter Akwasi aufbäumte. Nicht wehrhaft, nein, lustvoll. Die Lichter in der Scheune waren inzwischen gelöscht, das Mädchen kam aus dem Dunkel in den vom Mondlicht erhellten Stall, seine Augen benötigten keine Zeit zur Umstellung. Allenfalls brauchte Máanus Verstand ein paar Herzschläge lang, um zu begreifen, was hier vorging. Akwasis kräftiger schwarzer Körper über der Frau war nicht zu verkennen. Aber mit wem betrog er sie? Welches Mädchen war ihr zuvorgekommen?

Máanu spürte lodernde Wut in sich aufsteigen. Es gab nicht viele junge Frauen auf der Plantage, und die meisten hatten gewusst, was sie plante. Wenn also eine von ihnen Akwasi aufgelauert oder ihm vor Máanu gefolgt war, dann in der Absicht, einen Zauber zu erneuern – oder ihn ihrerseits zu verführen! Ohne das Risiko eines gestohlenen Huhns! Máanu war kurz davor, ihren Auserwählten von dem Mädchen wegzureißen – aber dann erkannte sie, wem Akwasi beilag. Sie schlug die Hand vor den Mund.

Also die Missis – die Missis hatte einen Zauber über Akwasi geworfen! Das war schlimmer als alles, was Máanu sich je hätte vorstellen können … Das war … infam … bösartig bis ins Mark! Aber Máanu hatte gewusst, dass man den Weißen nicht trauen durfte. Sie hatte gewusst, dass sie Schwarze für ihre Spielchen brauchten – und nicht nur der Backra, wie sie jetzt erkannte. Nicht nur der verfluchte Backra, sondern auch seine Frau, Nora, die sie für eine Freundin gehalten hatte!

Máanu empfand tiefste Abscheu. Sie trat zurück, bevor die beiden sie sehen konnten, und floh in die Scheune, die alle anderen inzwischen verlassen hatten. Das war auch besser so. Niemand durfte ihr ansehen, wie sie sich fühlte. Niemand sollte wissen, wie sehr Akwasi sie gedemütigt hatte … obwohl Akwasi sicher nur das unschuldige Opfer war. Máanu beruhigte ihr rasendes Herz. Natürlich, sie musste dem Duppy den Weg zu ihm gewiesen haben, schließlich hatte sie, Máanu, ihn während der Zeremonie pausenlos angesehen. Und jetzt war der Geist in ihm, und Nora nutzte das schamlos aus!

Máanu hätte nie gedacht, dass sie so viel von ihren Bräuchen wusste. Aber wahrscheinlich war Máanu nicht das einzige Mädchen, das sie aushorchte. Vielleicht wisperte sie auch mit den Kranken, womöglich mit Frauen von anderen Plantagen, die Máanu nichts Gutes wollten. Máanus Gehirn arbeitete fiebrig, entwarf eine Szenerie nach der anderen. Aber egal, wie Nora von der Sache erfahren hatte und wie es ihr gelungen war, Akwasi in ihre Gewalt zu bringen. Es war bösester und finsterster Missbrauch und Verrat!

Nora regte sich, als Akwasi sich aus ihr zurückzog. Das Blut in ihr pulsierte, ihr Herz schlug heftig – langsam erwachte sie aus dem Halbschlaf, in dem sie gelegen hatte. Sie öffnete die Augen und sah – Akwasi.

»Du?«, fragte sie ungläubig.

Jäh fuhr ihr die Erinnerung an das, was sie getan oder besser zugelassen hatte, durch den Kopf.

Akwasi nickte stolz. »Hat es dir gefallen?«, erkundigte er sich. »O ja, es hat dir gefallen, ich erkenne dich jetzt, der Geist ist aus dir gewichen. Wirst du mich von nun an lieben, Nora? Werden wir nun … zusammen sein?«

Nora rieb sich die Stirn, ihr Kopf begann zu schmerzen. Das hier konnte nicht die Wirklichkeit sein, der Mann redete Unsinn. Aber andererseits fühlte es sich mehr als wirklich an. Sein Schweiß auf ihrer Haut, das Lager im Heu, das strahlend triumphierende Gesicht über ihr. Akwasi schien sich keiner Schuld bewusst. Aber wahrscheinlich hatte er mindestens so viel getrunken wie sie selbst, und obendrein hatte er in der Mitte des Kreises getanzt, all die Dämpfe eingeatmet …

Nora richtete sich auf. Sie musste jetzt klar denken, und sie durfte keine zu große Sache machen aus diesem … Vorfall? Unfall? Versehen? Traum? Wie auch immer sie es nennen wollte, wenn sie Akwasi nicht umbringen wollte, mussten sie beide es vergessen. Sie wusste nicht, welche Strafen auf die Schändung einer weißen Frau standen, aber es war gut möglich, dass man den Sklaven dafür hängte. Und das war die Sache nicht wert. Zumal Akwasi sie ja nicht mal hatte zwingen müssen.

Nora spürte Scham und ein vages Schuldgefühl in sich aufsteigen. Sie hatte den jungen Mann ermutigt, indem sie sich nicht gewehrt hatte. Aber das ließ sich ungeschehen machen. Niemand musste etwas davon erfahren, und vor allem durfte niemand dafür sterben.

»Hör zu, Akwasi, ich weiß nicht, was über mich gekommen ist«, begann sie.

Akwasi grinste. »Aber ich, Missis, Nora. Es war ein Geist, ein Duppy. Er hat Besitz von deinem Körper genommen, nachdem ich ihn darum gebeten hatte. Aber nun ist er fort – wenn du willst, können wir es gleich noch einmal machen. Oder morgen Nacht, oder …«

»Akwasi, schweig, du bist ja verrückt!«, rief Nora. »Das

hier kann dich den Kopf kosten und mich immerhin meinen guten Ruf – nicht auszudenken, was der Backra mit uns beiden täte! Also geh jetzt in deine Hütte. Ich bleibe noch ein bisschen hier, aber untersteh dich, mir aufzulauern! Niemand wird uns zusammen sehen, und selbstverständlich wird sich dies hier nicht wiederholen! Duppies! Wir reden in Zukunft weder über Geister noch über gestohlene Hühner. Wir reden gar nicht mehr, Akwasi! Geh mir künftig aus dem Weg!«

Akwasi wollte etwas erwidern, aber Nora funkelte ihn an. »Ich will dir nicht drohen, Akwasi!«, sagte sie streng. »Aber ein Wort zum Backra, dass du mich auch nur lüstern angesehen hast …«

Akwasi stand auf. »Ich liebe Sie, Missis …«

Nora atmete auf, als er wenigstens wieder von der vertrauten Anrede abging. »Das wird sich auch wieder ändern«, beschied sie ihn ruhig. »Das ist keine Liebe, Akwasi, das ist Schwärmerei …« Sie stockte kurz, als ihr bewusst wurde, dass sie hier die Worte ihres Vaters wiederholte. Dann sprach sie jedoch weiter. »Also vergiss mich, Akwasi. Verlieb dich in Máanu, die verzehrt sich schon lange nach dir!«

Damit erhob auch sie sich, und da Akwasi keine Anstalten machte, den Stall zu verlassen, ging Nora als Erste. Sie fühlte eine vage Angst, ihn so hinter sich zu lassen. Unter der Hand tuschelten die Frauen der Pflanzer immer wieder über Mädchen und Frauen, die vergewaltigt und sogar getötet wurden, wenn Sklaven außer Kontrolle gerieten. Aber Nora glaubte nicht, dass Akwasi so weit gehen würde. Akwasi war zivilisiert, er konnte schreiben und lesen, er würde sich nicht so vollständig von seinen Trieben und seiner Enttäuschung beherrschen lassen.

Akwasi blieb im Stall zurück, wie erschlagen von dem, was er gehört hatte. Es hatte nichts genützt. Es war nicht so, wie er gehofft hatte, er war niemals ein Mann für sie gewesen. Nora sah ihn wie alle anderen – als einen Besitz, einen Sklaven, dessen Liebe nicht mehr sein konnte als kindliche Schwärmerei. Und nun war sie noch weitergegangen, sie hatte ihm gedroht, hatte sich zum ersten Mal genauso verhalten wie jede andere Missis. Akwasi kam nicht auf die Idee, sich an Nora zu rächen. Noch nicht. Er spürte nicht einmal wirklich Wut, sondern nur überbordende, tiefste, dunkelste Verzweiflung. Der junge Sklave legte sich zurück ins Heu. Er konnte jetzt nicht in seine Hütte. Es durfte nicht sein, dass die anderen Jungen sahen, wie sein Körper vom Schluchzen geschüttelt wurde.

Akwasi weinte. Zum ersten Mal, seit Doug ihn verraten hatte.

Nora kehrte zurück in ihr Haus, zitternd und aufgewühlt wie nie zuvor. Im Küchengarten fand sie einen Eimer, füllte ihn am Bach mit Wasser und zog ihr Kleid aus, um sich Akwasis Geruch vom Körper zu waschen. Sie empfand ihn nicht als abstoßend wie den von Elias, aber sie wollte jede Erinnerung an dieses Erlebnis tilgen – es durfte einfach nicht geschehen sein. Auch das Kleid würde sie wegwerfen.

Nora beruhigte sich erst, als sie schließlich in ihr sauberes Nachthemd gehüllt zwischen den kühlen Seidenlaken ihres Bettes lag. Sie wollte nicht weiter darüber nachdenken, wie all das hatte geschehen können – ob vielleicht wirklich ein Geist in sie gefahren war oder ob sie nur die Besessenheit durch Doug Fortnam hatte abschütteln wollen, indem sie sich Akwasi hingab. Austreiben eines Geistes mittels eines anderen … Nora hätte fast gelacht. Aber ob es ein Duppy gewesen war, der Rausch der Trommeln oder der Zuckerrohrschnaps: Sie würde es vergessen, und sie dankte Gott dafür, dass es wenigstens keine Zeugen gab.

VERRAT

Jamaika
Frühjahr bis Herbst 1733

KAPITEL 1

Doug Fortnam ritt nun seit nahezu zwei Wochen durch die Blue Mountains und war die Sache gründlich leid. Dabei hätte er den Ausflug ins Inland seiner Insel eigentlich genießen können. Schon als Kind hatte er von der Erforschung der Gebirgskette geträumt, über der fast jeden Morgen blauer Nebel lag, bevor er sich im Laufe des Tages auflöste. Die ständig wechselnde Vegetation, die über- und unterirdisch verlaufenden Flüsse und Bäche, die Schluchten und Höhenzüge, Höhlen und Wasserfälle faszinierten ihn, und er bedauerte es oft, nicht zeichnen zu können. Nora hätte sich gefreut, hätte er die wilden Blumen und üppigen Dschungelpflanzen, die weiter oben niedrigeren, härteren und robusteren Gewächsen wie Flechten und Moosen wichen, für sie abbilden können. Mitunter träumte er von ihrem ernsthaften Gesicht beim Studium der Bücher und ihrem strahlenden Lächeln, wenn sie eine Pflanze gefunden hatte und bestimmen konnte. Er stellte sich auch gern vor, diesen Ritt mit ihr gemeinsam zu machen – möglichst bei schönem Wetter, wenn die Sonne durch das lichte Blätterdach über ihnen fiel und Schatten auf die Wege warf.

Die seltsame »Strafexpedition«, an der er widerwillig teilnahm, fand dagegen mitten in der Regenzeit statt. Es war Doug nicht gelungen, die Pflanzer davon zu überzeugen, das Unternehmen einen oder zwei Monate zu verschieben. Dabei war es im Grunde völlig egal, ob man die Gegend jetzt oder etwas später durchsuchte. Zumindest, was das Ziel der Operation anging. Hätte Doug auch nur im Entferntesten mit Feindberührung gerechnet, hätte er sich obendrein Sorgen gemacht. Schließlich machte der verschlammte Untergrund, über den sich die Pferde oftmals tasten mussten, das Reiten beschwerlich und rasche Angriffe oder Flucht völlig unmöglich. Der fast ständige, bindfadenartige Regen erschwerte zudem die ohnehin schlechte Sicht. Aber wahrscheinlich waren all die Männer, die den Ritt aus einer Laune heraus angesetzt hatten, nie im Inland gewesen und verließen sich insofern blind auf das beständige Klima in Kingston – und den Wind am Meer, der Dauerregen auch in der Regenzeit selten zuließ.

In den Blue Mountains – vor allem in ihrem östlichen Teil – regnete es dagegen selbst in den eigentlich trockeneren Monaten fast täglich. Die Gegend verdankte ihre paradiesische Pflanzenvielfalt der ausgiebigen Bewässerung. Für die Reiter bedeutete das nun ständige Feuchtigkeit. Selbst wenn es gerade nicht regnete, tropfte von den breiten, fleischigen Blättern der Bäume Wasser auf sie herab. Amigo, Dougs spanischer Hengst, schien das persönlich übel zu nehmen. Er ging nur unwillig voran und versuchte immer wieder, den Kopf zwischen den Vorderbeinen zu halten und das Wasser am Stirnschopf ablaufen zu lassen. Doug konnte es ihm nicht verdenken, auch sein Filzhut war bereits durchnässt, und das Wasser lief ihm über die Krempe ins Gesicht. Amigo musste sich den Regen zudem auch nachts gefallen lassen, die Pferde wurden unter freiem Himmel angebunden. Doug und die anderen Männer hatten immerhin Zelte, die sie nach den nächtlichen Regenfällen allerdings nicht trocknen konnten, bevor sie die Planen zusammenlegten. Also waren sie schon am zweiten Abend klamm und begannen am dritten zu schimmeln. Ebenso wie die Decken, ebenso wie der Proviant.

Nur die reichlich mitgeführten Rumflaschen hielten dicht –

und warm. Die Mitglieder der Expedition tranken sich ihr Abenteuer damit allnächtlich schön, nur Doug blieb zumindest halbwegs nüchtern. Er rechnete nicht wirklich mit einem Überfall der Maroons, aber falls die Herren der Berge sich doch entschlossen, ihre Gegner bei Nacht niederzumachen, wollte er seine Haut wenigstens so teuer wie möglich verkaufen. Eine Überlebenschance rechnete er sich in diesem Fall allerdings nicht aus. Wer hier herumritt, tat das mit Billigung oder zumindest Duldung der Maroons, egal was die anderen Männer sich vorstellten.

Überhaupt widersprach diese Expedition allem, was Doug je über Strategie gehört hatte – und das war nicht einmal wenig. Er hatte kurze Zeit überlegt, dem verhassten Studium der Rechte mittels einer Militärkarriere zu entkommen, dann hatte er sich allerdings dagegen entschieden. Schließlich zog es ihn zurück nach Jamaika, nicht in irgendwelche anderen Gegenden der Welt, in denen England gerade Krieg führte. Um sein aktuelles Abenteuer zu beurteilen, brauchte man *Die Kunst des Krieges* jedoch nicht gelesen zu haben. Dies hier war reines Tappen im Dunkeln, ausgeheckt von ein paar betrunkenen älteren Männern, die ein paar abenteuerlustige jüngere auf die Reise schickten. Dougs Mitstreiter auf diesem Ritt waren größtenteils Aufseher von den Plantagen, die lauthals verkündeten, sich vor den Schwarzen nicht zu fürchten. Sie schienen das Ganze als eine Art Urlaub zu betrachten und bewegten sich so großspurig und laut durch den Dschungel, dass jeder mit Gehör ausgestattete Maroon lange vor ihrem Auftauchen Zeit hatte, entweder zu fliehen oder sein Gewehr zu laden. Die Flinten der Verfolger steckten natürlich in den Satteltaschen. Niemals hätten sie rechtzeitig und halbwegs geordnet auf einen Hinterhalt reagieren können.

Nun hoffte Doug auf ein baldiges Ende des Unternehmens. Nicht deshalb, weil man auch nach zwei Wochen kein einziges schwarzes Gesicht gesehen hatte, sondern vor allem, weil die Rumvorräte zur Neige gingen.

»Müssen wir irgendwann noch mal machen«, meinte ein Aufseher von der Hollister-Plantage, als handle es sich um einen Angelausflug. »Aber dann nehmen wir vielleicht einen mit, der hier schon mal gewesen ist.«

Doug verdrehte nur die Augen. Er hatte von Anfang an vorgeschlagen, einen Führer anzuwerben. Es gab Weiße, die mit den Maroons handelten, meist kleine Gauner, die alle paar Wochen mit einem voll beladenen Maultier in die Berge ritten und hofften, möglichst viel Geld für ein paar minderwertige Werkzeuge einhandeln zu können. Es saßen auch immer mal »freie« Schwarze in Kingston im Gefängnis, meist weil man sie bei Diebstählen ertappt hatte. Der Gouverneur ließ sie in der Regel hängen – Doug war sich sicher, dass sie ihr Leben gern retten würden, indem sie die Weißen in die Berge führten. Das hatte er allerdings nicht vorgeschlagen; die Gefahr wäre zu groß gewesen, dass die Männer sie in einen Hinterhalt führten. Die Pflanzer schienen jedoch der Meinung zu sein, Nanny Town, wie die Maroons das Bergdorf nannten, in dem sie sich verschanzten, befände sich hinter der nächsten Weggabelung und es gäbe womöglich sogar Hinweisschilder.

»Weiß übrigens einer, wie wir hier wieder rauskommen?«, erkundigte sich der Aufseher launig, während er die letzte Flasche Zuckerrohrschnaps entkorkte.

Doug fasste sich an die Stirn, gleich darauf griff er nach seinem Kompass. Waren diese Leute denn noch nie von ihren Plantagen weg und vorher mal aus ihren schottischen Dörfern herausgekommen?

Nun hätte man in diesem Fall wohl nur die Pferde laufen lassen müssen. Amigo jedenfalls hatte sehr klare Vorstellungen davon, wie er seinen Stall auf Cascarilla Gardens wieder erreichte, und auch die anderen Vierbeiner bewegten sich gleich schneller, als die Gruppe sich endlich auf den Heimweg machte. Nach nur drei weiteren Tagen erreichten sie Kingston – wo sich die Männer als Helden feiern ließen.

»Erlegt haben wir zwar keinen, aber gründlich Angst haben wir den Kerlen gemacht!«, grölte Hollisters Aufseher. »In der nächsten Zeit wird sich keiner von denen hier sehen lassen!«

Das war zwar auch vorher nicht der Fall gewesen – die Maroons richteten ihre Angriffe meist auf abgelegene Farmen in den Ausläufern des Gebirges –, aber das kümmerte niemanden. Immerhin fand jetzt zumindest Doug in Kingston etwas Anerkennung. Auf einer der rasch angesetzten »Siegesfeiern« traf er ein paar Import-Export-Kaufleute, mit denen er kundig über Handelsrecht sprach, während die anderen Expeditionsteilnehmer becherten. Es gelang ihm schnell, sie von seinen Kenntnissen zu überzeugen, und sie fragten nicht nach einem Diplom, bevor sie ihn baten, Verträge für sie durchzusehen oder neue aufzusetzen. Nachdem er einem der Männer gleich bei Verhandlungen mit England beiseitestand und auf Gesetzeslücken hinwies, die ihm die Einfuhr seiner Waren ins Mutterland erleichterten, war sein Name in aller Munde. In Zukunft würde er nicht mehr untätig auf der Plantage seines Vaters herumsitzen müssen, sondern fast jeden Tag nach Kingston reiten und sein eigenes Geld verdienen.

Doug kehrte also halbwegs zufrieden heim.

Nora erwachte am Tag nach der Obeah-Zeremonie mit quälenden Kopfschmerzen. Sie hatte nie so viel getrunken wie in dieser Nacht, vor allem niemals härtere Sachen als Wein oder mal ein Glas Rumpunsch. Das Erlebnis mit Akwasi verblasste fast vor dem Pochen in ihrem Schädel – das auch dadurch nicht besser wurde, dass Máanu nicht auftauchte, um ihr zu helfen. Die kleine Mansah brachte ihr schließlich auf Adweas Geheiß ihr Riechsalz und legte ihr feuchte Tücher auf die Stirn.

»Máanu morgen wieder da«, verhieß das Mädchen.

Nora dachte sich nicht viel dabei. Sie vermutete, dass es Máanu an diesem Morgen ähnlich wie ihr selbst ging, was ihre Pflichtvergessenheit zwar nicht entschuldigte, aber immerhin erklärte. Nora wunderte sich erst, als Máanu am nächsten Tag zwar wieder zur Arbeit erschien, sich dabei aber so kratzbürstig und wortkarg verhielt wie an Noras erstem Tag auf der Plantage. Eigentlich war es noch schlimmer, denn damals hatte Máanu sich nur gleichgültig gegeben. Jetzt schien sie Nora regelrecht böse zu sein.

»Hast du mich auf der Obeah-Zeremonie gesehen?«, versuchte Nora die Gründe dafür zu erforschen. »Hat es dir nicht gepasst? Meinst du, Weiße dürften da nicht anwesend sein?«

»Missis tut, was Missis will«, gab Máanu patzig zurück.

Sie verzog sich aus dem Zimmer, vorgeblich, um irgendetwas zu tun oder zu holen. Nora hätte sie natürlich zwingen können, ihr Rede und Antwort zu stehen, aber sie wollte dem Mädchen nicht zu nahe treten. Irgendwann, so hoffte sie, würde Máanu wieder auftauen. Vielleicht hatte Noras Teilnahme an der Versammlung ja ihre religiösen Gefühle verletzt. Máanu hatte ganz vorn gesessen, wahrscheinlich gehörte sie also zu Kwadwos innigsten Gefolgsleuten. Nora fragte sich nur, woher sie überhaupt von der Anwesenheit ihrer Herrin wusste. Sie hätte Adwea zum Stillschweigen verpflichten müssen …

Was Akwasi anging, so hielt sich der junge Feldarbeiter an Noras Anweisungen und kam ihr nicht mehr nahe. In den ersten Tagen ging ihm auch Nora gezielt aus dem Weg, aber dann stellte sie fest, dass dies gar nicht nötig war, Akwasi mied sie von sich aus.

Zwei Tage nach dem Vorkommnis in der Scheune stellte Nora erleichtert fest, dass ihr Blutfluss einsetzte. Nicht auszudenken, was passiert wäre, wenn sie guter Hoffnung gewesen wäre. Sie hätte zwar gewusst, an welche Baarm Madda sie sich im Falle einer Schwangerschaft hätte wenden können. Die Heilerin und Hebamme gehörte zur Keensley-Plantage, und man erzählte sich, dass sie auch weiße Mädchen aus Kingston »behandelte«. Zudem starb kaum eine der Sklavinnen, die bei ihr gewesen waren, sie war sicher die Beste der Gegend. Aber Nora wäre denn doch vor Scham gestorben, hätte sie der alten Sklavin gestehen müssen, dass ein Mischlingskind in ihr wuchs. Oder dass sie das Kind ihres Mannes nicht wollte? Nora wäre das eine wie das andere gleichermaßen zuwider gewesen. Nun jedoch konnte sie den Vorfall mit Akwasi getrost vergessen – und meinte auch, dass es ihr gelang.

Bis Doug Fortnam zurück auf die Plantage kam.

»Und? Wie geht es meiner wunderschönen Stiefmutter?«

Doug wollte Nora unbefangen auf die Wange küssen, als er das Haus seines Vaters kurz vor dem Dinner betrat und ihr in der Eingangshalle begegnete. Er rechnete damit, dass auch sein Vater jeden Moment die Treppe herunterkam, also fiel seine Begrüßung für Nora tadellos aus – niemand wäre auf den Gedanken gekommen, zwischen den beiden wäre jemals mehr gewesen. Trotzdem zuckte Nora vor seinem Kuss zurück. Doug blickte verwirrt, aber dann erschien auch Elias, und jegliche Nachfrage verbot sich.

»Na, habt ihr das Niggernest ausgeräuchert?«

Nora seufzte. Schon Elias' erste Frage verhieß nichts Gutes, und das Abendessen verlief dann auch wie erwartet. Doug konnte über die Maroons nichts berichten, aber Elias ließ auch nicht zu, dass er Nora durch farbenfrohe Schilderungen seiner sonstigen Abenteuer auf dem Ritt unterhielt. Er unterbrach seinen Sohn, als er begann, von Vögeln, Farnen und Schmetterlingen zu erzählen.

»Was war das, junger Mann? Ein Ausflug mit der Botanisiertrommel? Du solltest uns die Maroons vom Leibe schaffen und keine Blümchen pflücken.« Er lachte über Dougs Schilderungen des Lagerlebens im Regen: »Junge, bist du aus Zucker? So geht's im Krieg zu, Douglas, da weht einem mal der Wind um die Ohren und die Wellen schlagen übers Deck. Aber da jammert man nicht, sondern greift zum Degen!«

»Ich konnte schlecht mit dem Wetter fechten«, bemerkte Doug schließlich. »So gern ich's getan hätte, wenn ich wenigstens den Duppy hätte finden können, der dafür verantwortlich war.« Er vermerkte verblüfft, wie Nora auf die Erwähnung des Geistes zusammenzuckte. Hatte er da irgendwelche religiösen Gefühle verletzt? »Aber der ließ sich genauso wenig blicken wie die Windward Maroons. Es tut mir leid, Vater, aber wenn du da Ergebnisse willst, musst du andere Leute schicken als ein paar Dummköpfe, die glauben, es gehöre zum Wesen des Negers, vor ihnen zu kuschen. Diese Leute wären vor Schreck vom Pferd gefallen, wenn da ein Schwarzer mit einer Flinte vor ihnen aufgetaucht wäre. Ich weiß, dass ich mich wiederhole, aber um Cudjoe- oder Nanny Town auszuräuchern, bräuchtest du eine halbe Armee, besser eine ganze. Gut geschult, auf alles vorbereitet – und bis an die Zähne bewaffnet. Dazu ein paar Spitzel, die einem zeigen, wo die Siedlungen überhaupt sind. Was Strafexpeditionen wie diese angeht – wir können Gott danken, dass wir da oben nicht mehr gesehen haben als ein paar Blümchen und Vögelchen.«

Doug stand auf und ging in sein Zimmer. Mit Nora würde er später reden.

Dougs erster Eindruck hatte zu seiner Enttäuschung nicht getrogen. Nora verhielt sich ihm gegenüber deutlich reservierter als vor der Expedition, anscheinend hatte sie ihm den Kuss doch übel genommen.

Doug verfluchte sich für seine Hast. Er hätte sich mehr Zeit nehmen müssen, bevor er sie spüren ließ, wie er zu ihr stand.

Jetzt konnte er wieder von vorn anfangen – und hatte weniger Zeit für sie als zuvor, da er fast jeden Tag nach Kingston ritt. Dennoch bemühte er sich weiter um die junge Frau, beschrieb ihr ausführlich die Pflanzen und Tiere der Berge und forderte sie immer wieder auf, ihn nach Kingston zu begleiten. Irgendwann nahm Nora aus Verzweiflung über ihre Einsamkeit an – blieb aber wachsam. Sie durfte ihren seltsamen Gefühlen für Doug nicht nachgeben, es wäre äußerst unpassend gewesen, den Sohn ihres Gatten zu … Nein, sie würde das Wort »lieben« nicht einmal denken!

Dazu kam, dass Máanus Verhalten sich auch mit der Zeit nicht änderte. Irgendetwas schien sie Nora übel zu nehmen. Sie tat ihre Arbeit, aber sie wechselte kein persönliches Wort mit ihrer Herrin. Für Nora warf das einen Schatten auf all ihre Unternehmungen. Es war mühsam, morgens die Kranken zu untersuchen und zu versorgen, wenn Máanu dabei anhaltend schwieg und schon auf dem Weg zu den Hütten hinter ihr her zockelte wie ein übel gelaunter Hund. Das Mädchen tat auch nichts mehr von sich aus, Nora musste jede Handreichung befehlen, und die schlechte Stimmung zwischen ihr und ihrer Dienerin zerrte an ihren Nerven.

»Warum schmeißt du sie denn nicht einfach raus?«, fragte Doug, als sie ihm zumindest in Andeutungen ihr Leid klagte. »Du kannst dir eine andere Zofe nehmen, wen kümmert's?«

Nora blitzte ihn an. »So wie du Akwasi damals rausgeschmissen hast?«

»Das war etwas anderes«, sagte Doug gequält, aber dann schwieg er.

Nora hätte sich ohrfeigen können. Nun herrschte also auch noch schlechte Stimmung zwischen ihr und Elias' Sohn.

Die gesamten Sommermonate dieses Jahres waren von schlechter Stimmung geprägt – zwischen Nora, Máanu und Akwasi, aber auch zwischen Doug und Elias. Dabei verstand Nora dies nicht, da Doug doch eigentlich genau das tat, wofür Elias ihn hatte ausbilden lassen. In Kingston war er als Advokat bald anerkannt – kein Mensch fragte nach einer Urkunde. Aber es war wohl wirklich so, wie er es am ersten Abend angedeutet hatte: Elias Fortnam hatte nie geplant, seinen Sohn zurück nach Jamaika zu holen – zumindest nicht zu seinen Lebzeiten. Vielleicht hatte er ja sogar die Hoffnung gehabt, mit Nora noch einen weiteren Erben zeugen zu können. Eine gemeinsame Leitung der Plantage erschien dem älteren Fortnam schlichtweg undenkbar.

»Ein Schiff hat nur einen Kapitän!«, erklärte er knapp, als Nora ihn mal darauf ansprach. »Und Doug hat nicht das Zeug, eine Plantage zu leiten, der Junge ist zu weich. Ein Niggerfreund. Ich hätte mir eher eine neue Frau nehmen sollen, es war falsch, den Knaben in der Küche aufwachsen zu lassen.«

Nora äußerte sich nicht dazu, dass eine Frau für Elias offenbar nichts anderes war als ein Mittel zum Zweck. Das hatte sie schließlich schon bei der Hochzeit gewusst, und sie war froh darüber, dass er sie inzwischen seit Monaten nicht mehr anrührte. Sie fragte sich dennoch manchmal, ob das mit ihrer Figur zusammenhing. Nora war nicht mehr ganz so zierlich wie als Neunzehnjährige. Sie war fraulicher geworden und muskulöser. Die regelmäßigen Wanderungen zu den Hütten, zum Strand und zur Badestelle im Dschungel kräftigten sie, sie schwamm und ritt. Dabei fand sie selbst, dass ihr das sehr gut stand, ihr fester, geschmeidiger Körper gefiel ihr. Elias schien sie nun allerdings in die Reihe der »fetten Kühe« einzuordnen, als die er die anderen Frauen der Pflanzer bezeichnete, wenn er nicht mehr ganz nüchtern war. Aber Nora konnte auch keine Geliebte unter den schwarzen Frauen ausmachen. Sie glaubte inzwischen, dass ihr Mann ein Bordell in Kingston besuchte, wenn er körperliches Begehren spürte.

Doug dagegen verschlang Nora mit den Augen, wenn sie gemeinsam ritten oder spazieren gingen. Es blieb auch nicht aus, dass sie sich zumindest in ihren Gesprächen wieder näherkamen. Sie brauchten beide jemanden, bei dem sie sich aussprechen konnten.

Die Streitereien zwischen Doug und Elias konzentrierten sich in diesen Monaten vor allem auf ein Thema, das Doug eines Tages nach einem Ritt nach Kingston zum ersten Mal zur Sprache brachte.

»Du musst mit Hollister reden«, meinte der junge Mann, als die Vorspeise serviert war. »Ich weiß zwar nicht, warum er das nicht selbst weiß, aber er ist ja bekanntlich nicht der Klügste. Jedenfalls rodet er Dschungel für neue Zuckerrohrfelder. Zwischen seinen Pflanzungen und dem Meer. Das geht nicht.«

Elias schnaubte. »Unser Lord muss selbst wissen, was er macht. Und ich kann's nachvollziehen, sein Besitz reicht nicht weit ins Inland, und er will vergrößern. Das geht uns doch allen so.«

Die Zuckerpreise hielten sich weiter in schwindelerregender Höhe, und zudem stieg die Nachfrage. Der Tee hatte seinen Siegeszug in England endgültig angetreten, und bei keinem Teeservice fehlte die Zuckerdose. Seit neuerdings Teestuben in England eröffneten und zu regelrechten Frauentreffpunkten wurden – die früheren Coffeeshops waren immer den Männern vorbehalten gewesen –, erschloss sich das neue Getränk auch mittleren und ärmeren Schichten. Ungesüßt rührte es aber kaum jemand an – die Zuckerbarone triumphierten.

»Aber so nah am Meer bringt es doch nichts«, gab Doug zu bedenken. »Beim nächsten Hurrikan wird alles weggespült.«

»Ist denn damit zu rechnen?«, erkundigte sich Nora. »Solange ich hier bin, hatten wir noch gar keinen Wirbelsturm.«

»Freu dich …«, knurrte Elias.

Doug dagegen wirkte besorgt. »Eben«, meinte er. »Das geht schon viel zu lange gut. Früher oder später fegt da wieder was über uns hinweg. Auf jeden Fall sicher im Laufe der nächsten zwanzig Jahre. Und so lange möchte Lord Hollister sein Zuckerrohr doch schneiden, oder?«

Zuckerrohr war äußerst langlebig. Es dauerte zwar bis zu zwei Jahren bis zur ersten Ernte, aber dann brachten die Stangen auch zuverlässig zwei Jahrzehnte lang Profit.

Elias grinste. »Möchte er und wird er auch. So dämlich ist der alte Hollister gar nicht. Er wird das Wasser umleiten.«

Doug runzelte die Stirn. »Wohin denn?«, erkundigte er sich.

Elias zuckte die Schultern. »Was weiß ich, wohin. Aber jedenfalls bauen sie Dämme und Ableitungen. Dafür hat er extra einen Experten aus England kommen lassen. Das wird schon, Junge, lass den mal machen. Der hat mehr Ahnung von Pflanzung als du.«

Doug sagte dazu nichts mehr, nahm sich am nächsten Tag aber Zeit, Hollisters neue Pflanzung ausführlich zu inspizieren. Am Abend erschien er deutlich aufgeregter als zuvor beim gemeinsamen Essen.

»Vater, wir können nicht dulden, was Hollister plant. Er leitet das Wasser auf unser Land!«

Elias nahm einen Schluck Wein. »Na und? Da ist bloß Dschungel. Falls mal ein Baum weggeschwemmt wird, können wir's verkraften. Das ist gute Nachbarschaft allemal wert.«

Doug rieb sich die Schläfe. »Da ist nicht nur Dschungel!«, beharrte er dann. »Da sind auch unsere Sklavenquartiere. Die werden überschwemmt, wenn das Wasser kommt.«

Elias blieb gelassen. »Die werden immer überschwemmt. Das ist nichts Neues.«

»Aber diesmal wird das Wasser höher steigen!«, versuchte Doug verzweifelt, ihm irgendeine Regung abzuringen. »Die Hütten können weggeschwemmt werden, sie …«

»Wäre auch nichts Neues«, meinte Elias. »Hatten wir schon zwei- oder dreimal. Man baut sie anschließend wieder auf. Wen kümmert's?«

Nora wollte einwenden, dass es die Sklaven durchaus kümmerte, wenn ihre wenigen Habseligkeiten weggeschwemmt wurden, wenn sie obdachlos waren, bis neue Hütten gebaut waren – und wenn sie ebendies auch noch neben ihrer anderen Arbeit erledigen mussten. Sie konnte sich jedenfalls kaum vorstellen, dass Elias die Leute dafür freistellte. Doug kam ihr jedoch zuvor.

»Es wird dich sehr wohl kümmern, wenn deine Leute ersaufen wie die Ratten!«, fuhr er seinen Vater an. »Du weißt, wie schnell das Wasser kommt, wenn es erst mal regnet und das Meer tobt. Es ist immer schwer, rechtzeitig wegzukommen!«

Doug dachte an einen Sturm, der ihn und Akwasi auf dem Weg vom Strand zur Sklavensiedlung überrascht hatte. Die Jungs hatten sehr schnell gemerkt, dass sie ihm nicht entkommen konnten, und sich schließlich auf einen der Bäume im Dschungel gerettet. Dort hatten sie ein paar aufregende Stunden ausgeharrt, bis sich das Wasser wieder zurückzog. Den Kindern war das mehr wie ein Abenteuer erschienen denn als lebensgefährlich, aber Adwea hatte gedacht, ihr Ziehsohn Akwasi und der Sohn des Backras seien ertrunken. Sie hatte erst gebetet und Gott und allen Geistern gedankt, bevor sie den Jungs die Hosenböden strammzog. Konntet ihr nicht rechtzeitig heimkommen, bevor der Sturm aufkam?, hatte sie geschimpft.

»Und jetzt stell dir das bei doppelter Wassermenge und doppelter Geschwindigkeit vor. Die Leute werden sich nicht rechtzeitig retten können.«

Elias schüttelte den Kopf. »Du hast meinen Respekt, Doug«, sagte er dann mit einer Stimme, triefend vor Hohn. »Nicht nur abgebrochener Rechtsgelehrter, nein, auch Militärstratege und jetzt Spezialist für Wasserbau. Was hat man dir noch alles beigebracht in England? Und konntest du nicht dableiben und vernünftigen Gebrauch davon machen? Aber nein, kommst her und stiftest Unfrieden. Ich jedenfalls werde dem alten Hollister sein Geschäft nicht verderben, weil da mal ein paar Neger nasse Füße kriegen. Aber gut, wenn du drauf bestehst, dann rede ich mit ihm. Mal sehen, was er dazu zu sagen hat.«

Doug wurde zu der Unterredung der beiden Pflanzer nicht hinzugezogen. Dafür redete der englische Deichbauer und Spezialist für Wasserableitung mit Engelszungen.

»Da besteht überhaupt keine Gefahr!«, erklärte Elias, als er, deutlich berauscht von Hollisters bestem Rum, nach Hause kam. »Habe ich doch gleich gesagt. Da kann gar nichts passieren.«

Doug rieb sich schon wieder die Schläfe. »Ich gehe recht in der Annahme«, sagte er dann, genauso spöttisch wie sein Vater am Tag zuvor, »dass euer englischer Spezialist noch nie einen Hurrikan erlebt hat, oder? Aber ich hoffe, er bleibt hier, bis der nächste tobt. Er könnte da noch einiges lernen.«

KAPITEL 2

Den meisten Weißen fiel es außerordentlich schwer, sich an das Klima auf Jamaika und den anderen Inseln zu gewöhnen. Vor allem das fast völlige Fehlen von Jahreszeiten setzte den Europäern zu. Selbst Nora, die es gern warm hatte, konnte am Anfang kaum glauben, dass die Hitze das ganze Jahr über nicht nachließ. Allerdings variierte die Regenmenge. Es gab keine regelrechte Trockenzeit wie im Süden Europas, wo es nach Dougs Angaben oft drei Monate gar nicht regnete, aber besonders an der Küste gab es in den Sommer- und Wintermonaten doch reine Sonnentage. Im Frühjahr und Herbst regnete es dagegen täglich und oft sintflutartig. Besonders nachmittags und abends gingen Wassermassen nieder, die befestigte Straßen in Flüsse, unbefestigte in grundlose rote Schlammpisten verwandelte.

Letzteres traf natürlich auch auf die Sklavenquartiere der Plantagen zu. Nur wenige Pflanzer erlaubten ihren Leuten, die Hütten an erhöhten Plätzen aufzubauen – hier platzierte man lieber Wirtschaftsgebäude wie Mühlen, Destillierschuppen, Kochhäuser und Ställe. Adwea, Máanu und die anderen Haussklaven wateten seit August durch knietiefen Schlamm, um morgens zur Arbeit zu kommen.

»Diese Jahr schlimmer wie sonst«, seufzte Adwea und wusch sich erst mal im Bach die Füße, bevor sie in die Küche trat. Der kleine Wasserlauf war zu einem reißenden Flüsschen angewachsen. »Dabei ich nicht merken mehr Regen. Sie, Missis?«

Nora hatte auch keine vermehrten Regenfälle registriert, aber natürlich konnte sie sich denken, was die Überschwemmung im Sklavenquartier verursachte. Der Bau der Wasserableitungsanlagen auf der Hollister-Plantage schritt schließlich zügig voran. Am Abend war dann zur Abwechslung einmal sie es, die das Thema anschnitt.

»Vielleicht hat Doug ja doch nicht ganz Unrecht, Elias«, begann sie vorsichtig. »Ich war heute Morgen im Dorf – aber dann habe ich die Untersuchungen nach oben zur Mühle verlegt. Das Sklavenquartier steht regelrecht unter Wasser, es läuft auch schon in die Häuser. Die Leute können da bald nicht mehr schlafen. Jedenfalls nicht auf dem Boden.«

»Dann sollen sie sich Betten zimmern«, brummte Elias. »Wie anständige Christenmenschen.«

Doug verkniff sich die Bemerkung, dass es noch viel schlimmer kommen könnte. Stattdessen ließ er hinter Elias' Rücken Spaten und Hacken an die Männer verteilen, mit denen sie zumindest primitive Wasserabflussgräben anlegen konnten.

»Aber das hilft sicher nicht bei einem echten Sturm«, ängstigte sich Nora, als sie das System bei einem gemeinsamen Ritt inspizierten. Doug schüttelte den Kopf. »Bei einem echten Sturm hilft gar nichts. Nur schnelle Flucht.«

»Aber sollten wir die Leute dann nicht wenigstens warnen?«, fragte Nora. »Die haben doch keine Ahnung von dem, was Hollister tut.«

»Sie würden es wahrscheinlich auch nicht verstehen«, meinte Doug pessimistisch. »Wenn's nicht mal bei meinem Vater wirklich ankommt! Das Problem ist ja nicht nur das Wasser selbst, sondern der plötzliche Einbruch, du kannst dir nicht vorstellen, wie schnell das geht. Und Warnungen … Es reicht nicht, etwas zu sagen, man brauchte einen regelrechten Plan: Jeder müsste genau wissen wohin, wenn ein Sturm droht, und wenn es mal falschen Alarm gäbe, dürfte das auch nicht so schlimm sein. Dann dankt man eben dem Himmel und schickt die Leute zurück in die Hütten oder an die Arbeit. Aber mein Vater würde ja Zeter und Mordio schreien, wenn mal eine Stunde Arbeit ausfällt. Und er würde sich nie einverstanden erklären, das mit den Schwarzen zu besprechen.«

Nora nickte müde. »Ich hab ihn mal drauf angesprochen, er meint, das würde nur Panik erzeugen …«

Doug nickte. »Das hat er mir auch gesagt. Und er hat nicht ganz Unrecht. Viele Neger sind wie Kinder – wenn man denen Angst macht, sitzen sie bei jedem Windstoß auf dem nächsten Baum. Und dann holen die Aufseher sie wieder runter und verteilen Peitschenhiebe. Es gäbe ein heilloses Durcheinander.«

»Nicht, wenn sie's selbst organisieren könnten«, überlegte Nora und dachte an die lautlosen, sehr disziplinierten Wanderungen der Sklaven in der Obeah-Nacht. »Wenn wir mit jemandem reden würden wie … hm … dem Obeah-Mann?«

Doug grinste. »Kennst du den?«

Kurz darauf sprachen sie mit Peter, dem Stallmeister.

»Sie mich nicht verraten?«

Peter brauchte eine Zeitlang, um sich vom Schrecken seiner Entdeckung zu erholen. Ihm war alles Blut aus dem Gesicht gewichen, als Nora ihn mit seinem afrikanischen Namen ansprach.

»Nein«, sagte Doug. »Welchen Göttern ihr bei Nacht huldigt, ist mir völlig egal.«

»Und ich frage auch nicht nach ein paar Hühnern …«, meinte Nora widerstrebend, obwohl ihr die rituelle Schlachtung äußerst zuwider gewesen war. »Aber du musst den Leuten erklären, dass auf der Hollister-Plantage …«

Doug schüttelte leicht den Kopf und gebot ihr mit einer Handbewegung Schweigen.

»Wir befürchten, Kwadwo«, sagte er dann ernst, »dass Lord

Hollister auf seiner Plantage die Geister gereizt hat. Sie könnten sich mit dem nächsten Sturm erheben und über euer Dorf kommen.«

»Wir nichts zu tun mit Hollister«, meinte der Obeah-Mann gelassen. »Geister sich rächen an seine Nigger.«

»Ich fürchte, die Geister machen da keinen Unterschied«, bemerkte Doug. Hollisters eigene Sklavenquartiere waren im Übrigen nicht gefährdet. Sie lagen im Inland, nah seines Hauses. Da die Hollisters in der Regel in Kingston residierten, war es ihnen egal, ob man die Hütten vom Farmhaus aus sah oder nicht. »Ich bin wirklich sehr besorgt, Peter … Kwadwo. Eine große Flut könnte kommen, wenn der nächste Sturm tobt.«

Kwadwo runzelte die Stirn. »Was ich machen, Backra? Wollen Zauber? Dann ich brauchen Huhn …«

Doug rieb sich die Schläfe, und Nora hätte fast gelacht.

»Du sollst die Leute nur warnen, Kwadwo. Sag ihnen, sie sollen nicht heulen und nicht beten, wenn der Sturm kommt, und nicht auf ihre Hausdächer klettern, wie sonst. Auch nicht auf die Bäume. Sie müssen rauf zur Windmühle – oder zum Haus, aber besser noch zur Mühle, das Wasser könnte bis zum Haus steigen, besonders, wenn es auch noch Riesenwellen gibt … wenn auch noch der Meeresgott tobt. Teil Leute ein, die den Schwachen und Kranken helfen, die kontrollieren, ob alle die Hütten verlassen haben. Leg einen Versammlungsort fest …«

»Sag den Leuten, sie sollen sich im Zweifelsfall in der Scheune versammeln«, sagte Nora. »Lagere nicht zu viel Heu, du weißt schon …«

Kwadwo blickte Nora prüfend an. »Die … Missis weiß viel …«, bemerkte er mit einem neuen Anflug von Angst.

Nora verdrehte die Augen. »Die Missis weiß alles«, behauptete sie dann. »Also: Dies ist deine Gemeinde, du bist für sie verantwortlich. Und diesmal gehört mehr dazu, als einem Huhn den Kopf abzuschlagen.«

»Du warst dabei!«, meinte Doug belustigt, als er mit Nora zum Haus zurückschlenderte.

Sie hatten es beide nicht eilig, keinen von ihnen lockte das Abendessen mit Elias, zu dem an diesem Tag obendrein die Hollisters geladen waren. Doug würde es äußerst schwerfallen, höflich zu bleiben, und Elias hatte Nora ausdrücklich verboten, das Thema Wasserumleitung anzuschneiden. Doug gegenüber war dieses Verbot zweifellos schon Wochen früher ausgesprochen worden.

»Leugne es nicht, Nora, du warst bei einer Zeremonie.«

Nora nickte. »Ich hab mich eingeschlichen«, gestand sie. »Aber ich habe nicht alles verstanden. Was um Himmels willen soll das mit den Hühnern?«

Doug lachte. »Sie sind Opfertiere«, meinte er. »Mithilfe ihres Blutes beschwört der Obeah-Mann die Geister. Und erfüllt besondere Wünsche. Wer jemanden verfluchen will oder einen Liebeszauber möchte oder so, der bringt ein Huhn mit …«

Nora runzelte die Stirn. »Aber wer glaubt denn an so was? Das kann doch nicht wirken. Ich meine … es gäbe keine Backras mehr, wenn die Flüche der Sklaven wahr würden.«

Doug zuckte die Achseln. »Es gibt ja auch keine Garantien. Manchmal findet sich jedoch der passende Duppy, der am nächsten Tag das Pferd des Backras erschreckt, und der Mann fällt herunter und bricht sich den Hals. Meistens nicht. Aber diese Menschen sind geduldig, sie geben den Duppies endlos Zeit, ihre Pflichten zu erfüllen: Es gilt auch als Erfolg, wenn der Backra fünf Jahre später an irgendeiner Krankheit stirbt.«

Nora seufzte. »Mir wäre es lieber, man würde mich nicht verfluchen«, murmelte sie. »Und ich habe mich wirklich bemüht. Aber …«

»Dich verflucht schon keiner«, tröstete sie Doug. »Im Gegenteil, die meisten beten dich an …«

Nora schnaubte. »Máanu …«

»Máanu ist seltsam«, stimmte Doug zu. »Sehr nachtragend, sehr … verbittert. Dabei weiß ich gar nicht, warum. Ihr ist damals doch gar nichts geschehen. Na ja, und Akwasi …«

»Warum hast du Akwasi verraten?«, brach es aus Nora heraus. »Ich meine … du … du bist doch sonst nicht so, du … du …«

»Ich habe was?«, fragte Doug ehrlich verwundert. »Verraten? Wer hat dir denn das erzählt?«

»Du hast ihn im Stich gelassen!«, warf Nora ihm vor. »Das sagte Máanu, und es klang nicht, als ob sie löge. Du bist nach England, und …«

»Mich zog nichts nach England, Nora!«, rief Doug heftig. Nora erinnerte sich, dass er auf eine ähnliche Anspielung schon einmal wütend reagiert hatte. »Ich bin nicht aus eigenem Antrieb fortgegangen.«

»Aber du hast dich auch nicht gewehrt. Und du hast nichts für Akwasi getan. Obwohl er dir … dir gehörte …« Die letzten Worte klangen erstickt.

Doug schüttelte den Kopf. Dann nahm er Noras Hand und zog sie in einen Seitenweg. Dieses Gespräch würde länger dauern als den kurzen Weg zum Haus. Aber sein Herz klopfte heftig. Vielleicht lag hier ja der Grund für Noras Reserviertheit. Er musste erfahren, was Máanu und Akwasi ihr erzählt hatten.

»Himmel, Nora, was hätte ich denn tun sollen?«, fragte er. Ihre Hand lag nach wie vor in seiner, und er hoffte, dass sie sie ihm nicht entzog. »Akwasi und Máanu haben zweifellos gedacht, ich wäre allmächtig. Ich durfte alles, was sie nicht durften, ich bekam alles, was ich mir wünschte, ich war weiß …«

»Du warst Besitzer eines Sklaven«, erinnerte ihn Nora. »Du warst verantwortlich!«

Doug rieb sich mal wieder die Schläfe, diesmal noch heftiger als sonst. »Hat dir dein Vater nie ein Pony geschenkt, Nora?«, fragte er eindringlich. »Oder ein Hündchen? Mit dem ernsten Hinweis, du wärest jetzt dafür verantwortlich?« Nora nickte, wollte aber gleich etwas einwenden. Doug ließ sie jedoch nicht dazu kommen. Er sprach hastig weiter. »Wenn dieses Pferd dich nun jeden Tag abgeworfen hätte, oder der Hund wäre bissig gewesen, dann hätte doch wohl alles anders ausgesehen, oder, Nora? Dann hätte dein Vater das Tier verkauft, egal, wie sehr du daran gehangen hättest …«

»Akwasi war kein Tier!«, erregte sich Nora.

»Nein, er war ein Kind!«, rief Doug. »Und ich war auch ein Kind. Ich war zehn Jahre alt. Mir konnte gar kein Sklave gehören, ebenso wenig wie dir dein Pony oder dein Hündchen allein gehören konnte. Was hätte ich tun sollen, Nora, was?«

»Du warst zehn?« Nora sah ihn verblüfft an. »Aber ich dachte … Man hat dich doch nach Oxford geschickt, an die Universität. Ich dachte, du wärest wenigstens sechzehn gewesen. Máanu …«

Sie brach ab. Nein, das stimmte nicht. Máanu hatte nichts über das Alter der Jungen gesagt, als es zu dem Vorfall gekommen war. Schon gar nichts Falsches, im Gegenteil. Nora hätte aus ihrer Erzählung darauf schließen können, dass die beiden noch Kinder gewesen waren. Sie hatte vom Lesenlernen erzählt. *Ich kann es nicht sehr gut … ich war ja noch so klein …* Máanu war sechs Jahre jünger als Akwasi und Doug, sie wäre also zehn gewesen, hätte man die beiden mit sechzehn getrennt. Nora hatte mit zehn längst lesen gekonnt …

»Sechzehn!« Nora und Doug hatten auf einem Baumstumpf Platz genommen, aber jetzt stand der junge Mann auf und wanderte aufgebracht umher. »Wie konntest du das glauben? Herrgott, mit sechzehn wären wir doch nicht mehr so dumm gewesen! Wir hätten uns nicht verraten. Und wenn es doch rausgekommen wäre, dann wären wir beide abgehauen. In die Berge, auf Biegen und Brechen, zu den Maroons. Aber so … Mein Vater hat uns ertappt, Nora, als ich krank war. Genau wie Máanu, wahrscheinlich die gleiche Erkältung, nur dass ich natürlich in meinem Zimmer lag und Mama Adwe ihre Tochter in der Küche hielt. Akwasi saß bei mir und las mir vor. Irgendeine Piratengeschichte. Wobei sich ja noch etwas hätte retten lassen, wenn wir geahnt hätten, was da auf uns zukam. Er hätte schließlich so tun können, als ob er las, und die Geschichte tatsächlich nur erfinden. Aber als Vater hereinkam und ihn fragte, erklärte er ganz stolz, er könne natürlich lesen, und führte es gleich vor. Und dann brach das Unheil über uns herein. Ich kam in ein Internat in England, mit dem nächsten Schiff. Und Akwasi … Ich dachte, Vater habe ihn verkauft. Er war ja zum Hausneger erzogen, er hätte eine ganze Stange Geld gebracht. Und ich tröstete mich auch immer damit, dass es Hausnegern gewöhnlich nicht schlecht ging. Aber ihn aufs Feld zu schicken … mit zehn Jahren … Er muss Furchtbares durchgemacht haben, ein wahres Wunder, dass er es überlebt hat. Nur – ich trage daran keine Schuld, Nora! Ich habe genauso geschrien und geweint wie er. Aber ich kann nichts für die Farbe meiner Haut. Ich kann nichts für die Entscheidungen meines Vaters. Und ich schwöre bei Gott, Nora, seit ich wieder hier bin, seit ich die Narben auf seinem Rücken gesehen habe und seit er mich behandelt, als … als ob … als ob ich sein Feind sei … Ich denke jeden Tag daran, was ich hätte tun können, wie ich ihm hätte helfen können.« Er vergrub das Gesicht in den Händen.

Nora konnte nicht anders, sie ging zu ihm und legte den Arm um ihn.

»Und ich hab auch noch gedacht, du …«

Doug zog sie an sich. »Aber du glaubst mir?«, fragte er leise.

Nora nickte. Natürlich glaubte sie ihm, und auch sie hatte nun Schuldgefühle. Sie hatte Máanus Erzählung – und Máanus Wut – völlig falsch gedeutet.

»Du warst ein Kind, Doug, hör auf, dir etwas vorzuwerfen. Du hattest keine Schuld. Dieses verdammte System ist schuld, die Sklaverei. Und …«

Und Elias, dachte sie.

Nora hatte kein schlechtes Gewissen gegenüber ihrem Mann, und sie dachte auch ausnahmsweise nicht an Simon, als sie es gleich darauf zuließ, dass Doug sie zärtlich küsste.

KAPITEL 3

Wären aufgebrachte Geister für den Ausbruch eines Sturmes verantwortlich gewesen, wie Kwadwo glaubte, dann hätte Akwasi sicher einen entfesselt, als er Doug und Nora in inniglicher Umarmung sah.

Weder Doug noch Nora hatten größere Notiz von dem Holzfällertrupp genommen, der im Wald, ganz in der Nähe ihres Weges zum Meer, mit dem Fällen und Zerlegen zweier älterer Mahagonibäume beschäftigt war. Elias Fortnam hatte entschieden, dass die Bäume dem nächsten Sommersturm ohnehin nicht mehr trotzen würden, und gedachte, das Holz zu verkaufen, solange es noch etwas wert war. Zu den damit beauftragten Sklaven gehörte Akwasi, der in der Krone eines der Bäume hockte, um die stärkeren Äste abzusägen, bevor man den Stamm zu Fall brachte. Er hatte eine exzellente Sicht auf das Liebespaar, und sein Hass auf den alten Rivalen schwoll so schnell an, dass ein Hurrikan dagegen betulich gewirkt hätte. Kein Duppy, kein Gott und kein Geist konnte von einer derart lodernden Wut unbeeindruckt bleiben – aber wie immer hielten sich die himmlischen Mächte heraus aus dem Schicksal der Menschen. Weder erfolgte ein Blitzschlag noch tat sich die Erde auf, um Akwasis Widersacher zu verschlingen.

Tatsächlich reagierte überhaupt nur der Aufseher auf Akwasis plötzliches Erstarren. Er brüllte den Sklaven an, endlich mit der Arbeit fortzufahren. Akwasi tat es schließlich. Aber in seiner Fantasie fuhr die Säge nicht durch die Zweige des Mahagonibaums, sondern durch Fleisch und Knochen des Mannes, den er einmal für seinen Freund gehalten hatte …

Nora Fortnam spürte den ersten Windhauch an einem Sonntagmorgen, als sie gelangweilt neben Ruth Stevens saß und sich die Predigt ihres Mannes anhörte. Auch die Aufseher und Pflanzer besuchten traditionell die Gebetsstunde des Reverends für die Sklaven – ganz so, als wären vor Gott und Jesus Christus alle gleich. Die Aufseher achteten allerdings eher darauf, ob unter den Schwarzen auch keiner fehlte, die Anwesenheit beim Gottesdienst war Pflicht. Und Pflanzer wie Elias Fortnam hatten auch ein Auge darauf, was der Reverend predigte. Schließlich gab es Bestrebungen unter christlichen Gruppierungen, Schwarze und Weiße wirklich gleichzusetzen, sprich, die Sklaverei zu verbieten. Die Predigten ihrer Vertreter wirkten aufwieglerisch, aber was das anging, war von Stevens nichts zu befürchten.

An diesem Tag zum Beispiel zitierte er salbungsvoll das Gleichnis vom Guten Hirten und fand reichlich Parallelen zwischen einem hingebungsvollen Schäfer und einem braven Zuckerrohrpflanzer, der aufopferungsvoll für seine Sklaven sorgte. Elias wirkte zufrieden, während Doug die Lippen zusammenpresste. Nora sah das, versucht, ihm verständnisvoll zuzublinzeln, ließ es dann jedoch besser. Sie wusste, dass er sie für wankelmütig hielt, aber seit jenem ersten Kuss im Wald hatte sie sich ihm wieder konsequent entzogen. So etwas durfte sich auf keinen Fall wiederholen, Nora war schließlich nicht frei. Gut, Doug brauchte nicht zu wissen, dass Simon ihre Seele besaß. Aber Elias hatte ein Anrecht auf ihren Körper. Nicht auszudenken, wenn er dahinterkam, dass sie ihn mit seinem eigenen Sohn betrog!

Während Ruth Stevens neben ihr laut und falsch ein Kirchenlied intonierte, sprach Nora im Stillen ein Gebet für Simon.

Sie tat das stets während des Gottesdienstes – auch wenn sie dabei in der letzten Zeit nicht immer bei der Sache war. Oft schlichen sich neuerdings Gedanken an Doug in ihre stumme Fürbitte ein. Wenn Nora sich nicht eisern beherrschte und Doug ebenfalls einsah, in welchen Wahnsinn sie mit ihrer aufkeimenden Zuneigung hineinstolpern konnten, würden sie Gottes Beistand bald sehr nötig brauchen!

Doug Fortnam sang ebenfalls nicht mit und hatte auch kein Auge für den Reverend, der eben segnend die Hände hob, und die ergeben auf dem schlammigen Platz ausharrenden Sklaven. Stattdessen blickte er besorgt über die Versammlung hinweg zum Meer. Doug saß Nora gegenüber – man hatte für die Herren der Plantage Stühle in die erste Reihe gestellt, während die Damen etwas abseits vom Hauptgeschehen im Schatten einer ausladenden Cascarilla Platz genommen hatten. Vielleicht, damit die Kinder des Reverends nicht störten – Ruth Stevens hatte es geschafft, in den eineinhalb Jahren auf Jamaika bereits zwei zur Welt zu bringen –, und sicher, damit sie keineswegs auf die Idee kamen, mit den Sklavenkindern von Cascarilla Gardens zu spielen, obwohl es kaum welche gab. Ruth hasste es auch, wenn schwarze Mamas wie Adwea sich ihren Kindern gurrend näherten, um sie liebevoll zu streicheln oder zu kitzeln. Sie fürchtete sich vor den Schwarzen und wirkte entsprechend abgearbeitet, da sie in ihrem Pfarrhaus in Kingston nicht einmal ein schwarzes Hausmädchen duldete. Ein weißes anzustellen war nicht möglich – es gab keine weißen Dienstboten auf Jamaika. Überhaupt ließ Ruth keine Gelegenheit aus, über das Land zu klagen, in das es sie hier im Gefolge des Reverends verschlagen hatte. Sie fand es zu heiß und zu feucht und zu laut und zu heidnisch, was immer das bedeuten sollte.

»Na, über die Hitze können Sie heute aber nicht klagen«, meinte Nora und hielt das Gesicht in den Wind. Er wehte kräftig und kühler als sonst vom Meer herüber.

»Dafür wird's regnen«, meinte Ruth pessimistisch und wies in Richtung Küste.

Tatsächlich brauten sich dort sehr dunkle Wolken zusammen, die rasch näher kamen – danach hatte Doug also ausgeschaut. Nora suchte jetzt doch seinen Blick, aber der junge Mann bemerkte es nicht. Er sprach aufgeregt auf seinen Vater ein, während der Reverend seine Gebete schneller beendete als sonst. Inzwischen fielen die ersten Regentropfen, und der Wind wurde stärker. Reverend Stevens zog es eindeutig ins Haus, wo ihn natürlich auch eine gute Mahlzeit erwartete. Die Fortnams pflegten den Geistlichen und seine Familie nach dem Gottesdienst zum Mittagessen einzuladen – während die Sklaven wieder an die Arbeit gingen.

Elias wechselte ein paar ärgerliche Worte mit Doug, und Nora hätte sich gern zu ihnen gesellt. Aber Ruth schwankte, als sie aufstand.

»Mir ist übel ...«, murmelte sie. »Dieses Wetter ... Immer diese Hitze, und dann plötzlich ...«

Die junge Frau hatte Recht, die Luft kühlte sich jetzt merklich ab, nachdem es am Morgen noch sehr heiß gewesen war. Der Regen prasselte mittlerweile so stark, dass die Stimme des Reverends kaum noch zu vernehmen war.

Nora nahm Ruth Stevens das Kleine ab, das auf ihrem Schoß gesessen hatte, und sah sich um. Die Sklaven waren dabei, sich zu zerstreuen – oder unter ihren Aufsehern zu sammeln, es schien da einander widersprechende Befehle zu geben. Eigentlich sollten sie gleich wieder an ihre Arbeitsplätze, aber niemand konnte übersehen, dass ein Sturm aufzog. Würde er sich zu dem Hurrikan entwickeln, von dem sie so oft gesprochen hatten? Nora dachte an ihren Notfallplan.

Ruth stöhnte jetzt und griff nach ihrem Bauch. »Ich fürchte, ich muss mich übergeben!«

Adwea und die anderen Haussklaven machten sich, anscheinend etwas widerstrebend, auf den Weg zum großen Haus, aber die Küche wartete. Und auch Elias und der Reverend brachen rasch auf. Sorgen schienen sie sich nicht zu machen. Stevens hatte auch keinen Blick für seine Familie, er nahm wohl an, die Frauen würden sich den Männern plaudernd anschließen.

Doug dagegen debattierte mit den Aufsehern. Er stritt sich mit McAllister herum, sicher ging es um die Evakuierungspläne. Unterstützung war von seiner Seite also vorerst nicht zu erwarten, Nora war mit Ruth und ihren Kindern allein. Seufzend hielt sie der jungen Frau den Kopf, während diese hinter einer Cascarilla ihr Frühstück von sich gab. Das ältere Kind klammerte sich an Noras Rock und begann zu schreien, der Kleine auf ihrem Arm greinte.

»Ich muss ihn stillen«, murmelte Ruth.

Sie konnte sich kaum auf den Beinen halten. Nora gab die Idee auf, sie ins Haus zu bringen, bevor sie bis auf die Haut durchnässt wurden.

»Kommen Sie ins Küchenhaus«, lud sie die junge Frau stattdessen ein und wies auf den Bau, der an den Versammlungsplatz grenzte. »Ich habe da einen Raum, in dem ich die Kranken behandle, wenn's regnet. Sie können sich kurz hinlegen, und ich bringe Ihnen eine Erfrischung.«

»Die kranken … Neger?«, fragte Ruth mit allen Anzeichen von Abscheu.

Sie musste von Noras Bemühungen um die Sklaven gehört haben, hatte sie aber nie darauf angesprochen. Nora verbiss sich die Bemerkung, dass die Liege nicht abfärbte.

»Auch die Aufseher, wenn sich einer verletzt hat«, behauptete sie.

Das kam zwar fast nie vor, schien die Frau des Reverends aber zu beruhigen. Sie ließ sich von Nora in Richtung des offenen Gebäudes führen, in dem für die Sklaven gekocht wurde. Einige Wochen zuvor hatte Nora darauf bestanden, dort ein kleines

Krankenrevier anzubauen. Sie wurde im Laufe der Zeit immer geschickter im Anmischen von Heilkräutern und Salben und mochte diese, das Verbandsmaterial, das sie zusammengestellt, und andere Hilfsmittel, die sie organisiert hatte, nicht mehr täglich zum Sklavenquartier und zurückschleppen. Außerdem weigerte sie sich, im Schlamm zu praktizieren; schlimm genug, dass sie mehr und mehr mit Durchfallerkrankungen und Fieber konfrontiert wurde, seit die Hütten fast ständig unter Wasser standen. Den Versammlungsplatz hielten die Männer mittels flacher Entwässerungsgräben halbwegs trocken, allerdings lief er eben allen Bemühungen zum Trotz voll Wasser.

Der Regen wurde zusehends stärker, als Nora Ruth zum Küchenhaus begleitete. Wäre der Wind nicht gewesen, hätte sie sich keine besonderen Sorgen gemacht, so aber beschloss sie, Ruth so rasch wie möglich zu verarzten und dann notfalls mit Gewalt zum Haus zu schleppen. Sie dachte an Dougs Warnungen: Es wäre viel zu gefährlich, den Sturm im Küchenhaus abzuwarten, auch wenn das etwas stabiler gebaut war als die Sklavenhütten. Jetzt schon wateten sie durch schmutziges, rötlich verfärbtes Wasser. Es ging so schnell … Wenn es wirklich zu einer Sturmflut kam, hatten sie bestimmt nicht mehr als eine Stunde Zeit, sich in Sicherheit zu bringen.

Nora hastete also ins Trockene und suchte zunächst in der Küche nach sauberem Wasser, um ein Tuch für Ruth zu befeuchten. Die junge Frau hielt es gegen ihre Stirn, und Nora gab dem älteren Kind etwas Fruchtsaft, während Ruth das jüngere stillte und dabei über ihre ausbleibende Milch lamentierte. Das Kind schien denn auch nicht zufrieden, es jammerte weiter. Ruth schob es von einer Brust zur anderen. Nora beeilte sich, etwas Tee für sie aufzubrühen, und gab einen Löffel Cascarilla-Sirup hinein, eine aus der Rinde der Pflanze gewonnene Substanz, gemischt mit Honig, die gegen Magenbeschwerden half. Sie sollte auch beruhigend wirken. Nora strich etwas von dem

Honig auf ihren Finger und ließ das Baby daran saugen. Dann versuchte sie, ihr Anliegen anzusprechen.

»Ruth, wenn es Ihnen etwas besser geht, müssen wir schleunigst fort von hier … Wenn der Sturm kommt, kann er die ganze Siedlung mitreißen …«

Ruth rieb sich den Nacken mit dem feuchten Tuch. »Das tut gut. Danke, Nora … Aber Sie meinen das doch nicht ernst, dass ein Sturm das ganze Haus … Was ist das bloß für ein Land?«

Nora versuchte, sie zum Schließen ihres Kleides und zum Aufbruch zu bewegen, aber sie reagierte quälend langsam. Erst als Wasser in den Raum drang, schien Leben in sie zu kommen. Nora erschrak nun endgültig. Das Wasser stieg wirklich rasend schnell.

»Kommen Sie, Ruth! Kommen Sie endlich!«

Nora nahm das Baby auf den Arm.

»Ist da noch jemand?«

Eine Männerstimme rief draußen. Nora riss die Tür auf, woraufhin gleich weitere Wassermassen in ihr Krankenrevier schwappten. Sie kannte die Stimme, und eine Woge der Erleichterung stieg in ihr auf.

»Doug? Hier sind wir!«

Nora zog Ruth hoch und sah dann auch Doug in den Raum stürzen. Er nahm das ältere Kind auf und zerrte alle heraus aus der Hütte. Draußen erwartete sie eine fast undurchsichtige Wand aus Regen – und ein Sklavenquartier, das sich längst in eine Art See verwandelt hatte. Das Wasser stand bereits hüfthoch, der Wind schien es vor sich her zu treiben. Er riss an Dougs Haar, sein Zopf hatte sich bereits gelöst. Noras Locken waren im Nu nass und wurden ihr ins Gesicht gepeitscht.

»Nora, um Gottes willen … Wir müssen weg von hier, schnell.«

Doug hakte Ruth unter. Das würde helfen, schneller vorwärtszukommen.

»Die … Schwarzen …« Nora sah sich um.

Sie war schon nach einem Augenblick völlig durchnässt.

»Sind alle weg, Kwadwo leistet gute Arbeit, aber die Aufseher haben erst alles behindert … und ich … ich bin der Letzte, aber ich hatte dich nicht mit meinem Vater gehen sehen … Halten Sie sich an mir fest, Mrs. Stevens, aber gehen sie selbst …«

Ruth konnte sich kaum allein aufrecht halten, und Nora ging es nicht viel besser. Die beiden Frauen trugen Sonntagskleidung, die bei Ruth allerdings bescheiden ausfiel. Ihr Rock aus dunklem Tuch war zwar sicher schwer, behinderte ihre Bewegungen aber nicht so stark wie Noras voluminöser Reifrock.

Doug erkannte das mit einem Blick. »Zieh das Ding aus, Nora, es zieht dich runter!«

Nora nestelte an dem Rock, während sie sich neben Doug in Richtung der Windmühle kämpfte. Ruth wimmerte, dass dies nicht der richtige Weg zum Haus sei, aber für Nora und Doug war klar, dass sie es niemals bis nach Cascarilla Gardens schaffen würden. Der Weg zum Haus stieg nur sanft an, das Wasser würde sie einholen. Der Pfad zu den Wirtschaftsgebäuden war dagegen verhältnismäßig steil. Wenn sie nur vorwärtskämen … Die Flut zerrte an Noras bleischweren Röcken.

»Steh still, Nora!« Doug musste schreien, um gegen den Wind anzukommen. »Ich helf dir.«

Er ließ Ruth einen Herzschlag lang los, riss sein Messer aus der Tasche und zertrennte blitzschnell den Stoff unterhalb von Noras Hüfte.

Ruth schrie entsetzt auf, anscheinend dachte sie selbst in diesem Moment noch an Schicklichkeit. Nora fühlte sich jedoch befreit, nachdem sie sich aus den Resten des Rocks gekämpft hatte. Sie kam endlich vorwärts, das Baby fest an sich gedrückt. Doug versuchte, nicht nur das Kleinkind über Wasser, sondern auch Ruth zu halten und mit sich zu ziehen. Die junge Frau heulte und betete, was sich mit dem Schreien der beiden

Kleinen und dem rasenden Wind zu einer nervenzerfetzenden Kakophonie verband. Nora sehnte sich danach, sie zum Schweigen zu bringen. Sie tastete sich mühsam über den schlüpfrigen Grund; der Weg zu den Wirtschaftsgebäuden war befestigt, aber nicht sehr gut. Schließlich schüttelte sie ihre Schuhe ab, presste das Kleine noch fester an sich und begann, so gut sie konnte, zu schwimmen. Das Wasser reichte ihr inzwischen fast bis zum Hals – sie kam schwimmend deutlich schneller voran, zumal der Wind in ihre Richtung wehte. Die Wellen trugen sie. Aber das Baby … und Doug mit Ruth …

Inzwischen kamen die ersten Wirtschaftsgebäude auf dem Hügel in Sicht, aber sie waren noch weit entfernt von trockenem Land. Das Dach der Destillerie ragte wie eine Insel aus dem Wasser. Eine rettende Insel? Nora überlegte, sie anzusteuern, aber andererseits konnte es gut sein, dass das Wasser weiter stieg und das Dach auch noch überflutete.

Doug schien ähnliche Überlegungen zu hegen, er musste sehen, dass nicht nur Ruths, sondern auch Noras Kräfte schwanden. Und sie mussten dringend aus dem Wasser. Dächer, die primitiven Möbel aus den Sklavenquartieren und ganze entwurzelte Bäume trieben an ihnen vorbei. Sie liefen Gefahr, von ihnen erfasst und womöglich erschlagen zu werden. Die Wellen schlugen immer höher, der Sturm nahm an Stärke noch zu.

»Wir müssen da rauf, Nora!« Doug keuchte. »Schwimm weiter!«

Nora nahm noch einmal alle Kraft zusammen, um nicht von der Strömung mitgezogen zu werden. Und schließlich klammerte sie sich wimmernd an den Rand des Daches der Destillerie. Sie versuchte, das Baby hinaufzuwuchten, aber es gelang ihr nicht. Sie brauchte schon alle Energie, um den Kopf des Kindes über Wasser zu halten. Während sie schwamm, hatte sie das nicht immer geschafft, womöglich war das Baby längst ertrunken – es hatte jedenfalls aufgehört zu schreien.

Nach einer gefühlten Ewigkeit in einem Inferno von Sturm und Regen, der die Welt um sie herum in fast völlige Dunkelheit getaucht hatte, hörte Nora neben sich Dougs Stimme.

»Festhalten, Mrs. Stevens, festhalten! Verdammt, so fassen Sie schon zu!«

»Die Kinder … Mary, Sam …«, wimmerte Ruth.

Doug hievte ein nasses Bündel auf das Dach. Auch das kleine Mädchen, das er getragen hatte, bewegte sich nicht mehr. Nur der Wind zerrte an dem feinen Haar und den Kleidern des Kindes.

Doug kämpfte mit Ruth, die sich an ihn klammerte. »Herrgott, Mrs. Stevens, halten Sie sich doch einen Augenblick am Dachfirst fest, bis ich oben bin und Sie heraufziehen kann … Der Wind reißt noch das Kind herunter …«

Nora hatte genug mit sich selbst zu tun, um das Drama weiterzuverfolgen, aber dann erschien plötzlich ein Schatten über ihr. Sie hörte Ruth schreien und beten, sie war also am Leben und umschlang eben ihr Kind. Und endlich nahm Doug ihr das Baby aus dem Arm.

»Kannst du noch, Nora? O mein Gott, lass bloß jetzt nicht noch los!«

Nora schüttelte den Kopf, was in dem Sturm und Regen sicher niemand registrierte, aber dann fühlte sie auch schon Dougs Griff unter ihren Achseln. Er zog sie aufs Dach – wie vor ihr schon Ruth und die Kleinen. Einen Herzschlag lang lag sie in seinen Armen.

»Nora … Nora …«

Doug flüsterte ihren Namen, bevor er sich mit ihr zusammen fallen ließ. Sie sah sein Gesicht im Zwielicht, angestrengt, zu Tode erschöpft, aber er raffte sich gleich wieder auf und kämpfte weiter gegen den Sturm.

»Wir müssen uns irgendwo festhalten. Wenn es schlimmer wird …«

Doug taumelte dem Schornstein der Destillerie entgegen, der wenigstens einen geringen Windschutz bieten würde. Er zerrte Ruth und die Kinder in seinen Schatten.

»Der Baum …«, keuchte Nora. Sie hatte das Gefühl, als risse der Wind die Worte von ihren Lippen.

Hinter dem Haus stand ein gewaltiger Guajakbaum. Die Sklaven pflegten die Maultiergespanne darunter im Schatten anzubinden. Der Stamm war außerordentlich dick – so schnell würde den Baum kein Sturm entwurzeln. Und seine Äste reichten bis über das Dach der Destillerie.

Doug nickte. »Wir können uns da anbinden … wenigstens die Kinder … Vielleicht ein bisschen Schutz im Laub finden … Kommen Sie, Mrs. Stevens! So kommen Sie schon!«

Ruth reagierte kaum noch. Doug zerrte sie und die Kinder zum Baum, Nora schleppte sich selbst hinüber. Rötliches, schmutziges Wasser überspülte das Dach.

Doug durchtrennte rasch auch Ruths Röcke und schnitt sie in Streifen, mit denen er die Kinder an die dicksten Zweige des Baumes band.

»Wenn es noch höher steigt«, warnte Nora, »ertrinken sie.«

»Dann ertrinken wir alle«, schrie Doug und zog mühsam einen weiteren Knoten fest. Der Wind riss ihm den Stoff fast aus der Hand.

Nora klammerte sich an den Ästen des Baums fest. Sie konnten auch noch etwas höher klettern … Erschöpft und fassungslos verfolgten sie und Doug, wie die Reste des Sklavenquartiers an ihnen vorbeitrieben. Dächer, Hausrat, tote Haustiere … und ein lebendes – Doug zog mit einer raschen Bewegung eine klatschnasse Katze aufs Dach, die ihm sofort die Krallen in den Handrücken schlug. Danach zog sie sich fauchend in den Gipfel des Guajakbaums zurück.

»Sehr dankbar«, stieß Doug aus und rieb die Kratzer an seiner Hand.

Nora schluchzte auf, als eine gewaltige Welle die erste menschliche Leiche gegen ihren Zufluchtsort schleuderte. Der alte Harry.

»Wie kann … er … o Gott!« Nora begann zu schluchzen.

Sie selbst hatte dem alten Sklaven an diesem Morgen erlaubt, in seiner Hütte zu bleiben. Anscheinend hatte niemand daran gedacht, ihn herauszuholen, die Sturmflut musste ihn überrascht haben.

»Er ist auf eins der Dächer geklettert«, sagte Doug wutentbrannt. »Das haben die Sklaven sonst immer gemacht, und er hat es bestimmt wieder getan, als er merkte, dass er allein war. Aber diesmal … Dieser gottverfluchte Hollister!« Er brüllte die letzten Worte in den Wind.

»Nicht … Missbrauchen Sie nicht den Namen des Herrn!« Ruth schien zu sich zu kommen.

»Fluch noch einmal, dann wird sie vielleicht wach und hält sich selbst fest«, rief Nora so laut sie konnte gegen den Sturm.

Ihre Arme schmerzten, und Doug musste es noch schlimmer gehen. Er umklammerte nicht nur einen Ast, um sich selbst zu halten, sondern hielt auch die völlig apathische Ruth. Niemand wusste, was mit den Kindern war, keins von ihnen gab einen Ton von sich, oder man hörte es einfach nicht in dem tosenden Sturm.

Unablässig goss es wie aus Kübeln. Der Wind trieb das Wasser vor sich her, weiter unten schlugen gewaltige Wellen gegen das, was vom Sklavendorf übrig geblieben war. Nora hatte sich bisher nie vorstellen können, dass das Meer über die Ufer treten konnte wie ein Fluss, aber sie hätte auch nie einen derart starken Wind für möglich gehalten. Der Sturm hatte längst ihren Haarschmuck und Ruths strenge Haube fortgerissen. Ihren Baum schien er aber nicht entwurzeln zu können – vorher hätte er die Destillerie umreißen müssen. Es war, als ob Baum und Haus sich aneinander festklammerten. Aber der Wind fetzte das Laub von den Zweigen und knickte die Krone. Die Katze floh nach unten, saß nun knapp über Nora und Doug und wirkte auf einmal fast kleinlaut. Immerhin krallte sie sich an der Baumrinde fest.

Ruth schaffte es nun wirklich, sich mit eigener Kraft festzuhalten, schrie aber wie von Sinnen nach ihren Kindern. Sie versuchte, sie loszubinden und an sich zu ziehen. Es gelang ihr schließlich auch bei dem Jüngeren – aber sein Anblick in ihrem Arm löste nur erneute Schreie aus.

»Er ist tot … o Gott, er ist tot …«

Doug und Nora sahen einander hilflos an. Sie konnten das nicht nachprüfen, aber es war möglich, sogar sehr wahrscheinlich.

»Ich will zu ihm … Ich will auch sterben!« Ruths Finger lösten sich von den Ästen – und auch von dem winzigen Bündel. Doug versuchte noch, danach zu fassen, aber dann sahen sie den Körper von Ruth Stevens' jüngstem Kind im Strudel des wild dahinrasenden Wassers davontreiben. Ruth gab einen fast unmenschlichen Ton von sich und versuchte, nach der Katze zu greifen.

»Sie lebt, das verfluchte Vieh lebt, und mein kleiner Sam …«

Nora tastete sich zu ihr vor. Sie hasste sich für das, was sie zu tun hatte, aber sie gab der jungen Frau zwei schallende Ohrfeigen. Ruth verstummte daraufhin und verfiel in erneute Apathie.

»Bind sie fest!«, schrie Nora gegen den Sturm an. »Bind sie fest, bevor sie sich selbst und das andere Kind auch noch umbringt!«

Doug richtete sich mühsam auf, schnitt neue Stofffetzen von Ruths Kleid und vertäute ihre Hände fest mit zwei Ästen. Er dankte den Himmel für seine Monate auf See. Bei Sturm und Regen sichere Knoten zu knüpfen, während man in den Segeln hing, hatte er wirklich gründlich gelernt.

Aber Nora sah schon den nächsten Schrecken auf sich zukommen. Neben toten Hunden, Rindern, Bäumen und Sträuchern trieb erneut eine Leiche vorbei. Oder nicht? Das Bündel mit dem kurzen, krausen Haar klammerte sich verzweifelt an einen dicken Ast – und schrie um Hilfe.

Doug Fortnam überlegte nicht lange. Sie hatten ein Kind verloren, aber da war ein anderes dabei zu ertrinken. Er ließ sich ins Wasser gleiten und erreichte das Mädchen mit zwei kräftigen Schwimmstößen. Aber es war nicht so einfach, mit ihm zurück zum Dach zu kommen. Der Sturm trieb ihn gnadenlos ab – aber dann …

»Hier, halt dich fest!«

Nora hatte das schützende Dach verlassen und war Doug in den Baum hinterhergeklettert. Nun lag sie auf einem Ast und zwang ihn mit ihrem ganzen Gewicht herunter ins Wasser. Sie flehte Gott an, dass er nicht brach. Doug griff verzweifelt zu, das kleine Mädchen in seinem Arm ebenfalls. Nora half dem Kind, sich hinaufzuziehen, Doug schaffte es allein. Keuchend und hustend lag er in einer Astgabel. Nora fiel mit Erleichterung auf, dass das Wasser auf dem Dach in den letzten Minuten nicht höher gestiegen war. Ein Hoffnungsschimmer. Das kleine Mädchen wimmerte. Nora erkannte Sally, eins der jüngsten Hausmädchen.

»Sally, woher … Wie kommst du …«

»Bin mit Annie … Haben geredet, in Wald …« Nora brauchte nicht mehr zu hören. Zwei Mädchen, die sich verplaudert hatten, statt brav sofort vom Gottesdienst aus hinauf ins Haus und an die Arbeit zu gehen. »Kam Welle. Riesig große Welle …«

Nora fragte nicht nach Annie. Sie zog die zitternde, weinende Sally an sich und wiegte sie in ihren Armen. Doug legte schließlich die Arme um beide, und sie umklammerten mit den Händen die stärkeren Zweige des Baums. Sic wussten nicht, wie lange sie so verharrten. Nora schloss die Augen, froh, das Wasser nicht mehr sehen zu müssen und das zum Teil grausige Treibgut. Es war so angenehm, Dougs kräftige, schützende Brust im Rücken zu spüren, er schien sie zu wärmen, obwohl auch er vor Kälte und Erschöpfung zitterte. Seine Lippen flüsterten mitunter ihren Namen, und sie meinte, sie manchmal auf ihrem Nacken zu spüren, sanfte, tröstende Küsse wie aus einer anderen Welt. Sie hätte sich ihnen gern ganz ergeben, wäre da nicht Sally gewesen, die haltlos schluchzte und unzusammenhängende Worte stammelte.

»Nur meine Schuld. Geister böse, weil Sally machen böse Sachen. Gott böse, Reverend sagt, nicht tun …«

»Sally, so schlimm ist das nicht«, versuchte Nora zu trösten. »Du hast nur etwas getrödelt. Dafür strafen die Geister dich nicht, da bin ich sicher …«

»Viel schlimmer. Getan viel schlimm Sally …«

Schließlich verstummte das Mädchen, trotz des Infernos um sie herum schien es in einen tranceähnlichen Schlafzustand gefallen zu sein.

Und dann klarte das Wetter plötzlich auf. Genauso schnell, wie sich die Regenwand vor ihnen erhoben hatte, war sie von einem Augenblick zum anderen verschwunden. Es war fast windstill, der Himmel beinahe wolkenlos, eine fahle Sonne erhellte die schreckliche Szenerie.

Doug löste sich von Nora.

»Ist es vorbei?«, fragte sie heiser.

Er schüttelte den Kopf. »Nein. Bleib um Himmels willen hier, dies ist das Auge, verstehst du? Das Auge des Hurrikans, eine wind- und niederschlagsfreie Zone. Es geht gleich weiter. Und es kann sein, dass es schlimmer wird. Rühr dich nicht, Nora, ich schaue nach Mrs. Stevens.«

Nora hörte sehr schnell, dass Ruth noch lebte. Sie schrie Doug an, sie loszubinden, wild entschlossen, sich ins Wasser zu werfen, um ihr Kind zu suchen. Doug sah nach der Älteren, Mary – und endlich gab es gute Nachrichten.

»Mrs. Stevens, Mrs. Stevens, hören Sie mir zu! Das Baby ist tot, da gibt es keine Hoffnung mehr, auch wenn Sie es finden. Aber Sie haben noch ein Kind. Hier, sehen Sie, das kleine Mädchen lebt …«

Schließlich band Doug eine Hand der Frau los, damit sie das schwach wimmernde kleine Ding an sich drücken konnte.

»Fragt sich nur, wie lange«, wisperte er Nora zu. »Es ist totenblass und völlig unterkühlt. Und jetzt wird es noch kälter.«

Das Auge des Hurrikans, wie Doug Nora kurz erklärte, war eine Kältezone. Sie alle froren erbärmlich. Und nun kam auch wieder Wind auf.

»Gib's mir, ich wärm es«, sagte Nora und zog das weiße Kind der Stevens zu Sally in ihre Umarmung, während Ruth wild gegen Doug kämpfte, der sie erbarmungslos erneut festband.

»Es ist zu Ihrem eigenen Besten, Mrs. Stevens, Sie können das Kind allein nicht halten!«

Und die Vorstellung, die Gattin des Reverends in das Menschenknäuel einzubeziehen, das Nora und Doug mit den Kindern bildeten, verbot sich von selbst. Ruth würde nicht mitspielen … Sie begann wieder zu schreien, als der Sturm von neuem aufbrauste, dann murmelte sie abwechselnd Gebete und verfluchte Gott. Sie schien jetzt völlig von Sinnen zu sein. Auch Sally lamentierte erneut. Gebete wechselten sich mit Selbstvorwürfen ab. Das Mädchen war überzeugt davon, die Götter hätten das Unwetter nur geschickt, um es für irgendeine Verfehlung zu strafen.

Nora zählte die Stunden nicht, aber später erfuhr sie, dass es Nachmittag wurde, bevor der Sturm endlich abflaute. Zuerst hörte es auf zu regnen, dann legte sich der Wind, und das Wasser floss langsam ab. Nora und Doug hockten erschöpft auf dem trocknenden Dach und zogen Bilanz. Sowohl Sally als auch Ruths Tochter waren am Leben – allerdings brauchte besonders

Letztere dringend Trockenheit und Wärme. Sie selbst waren beide bis auf ein paar Schrammen unverletzt.

»Und die Schlimmste verdanke ich dir!«, sagte Doug vorwurfsvoll zu der Katze, die auf einem der Äste saß und sich putzte. Sie sah fast beleidigt zu ihm herab.

Ruth Stevens schien zu schlafen. Nora hätte es ihr gern nachgetan. Aber sie konnte sich hier nicht ihrer Schwäche ergeben.

»Wie kommen wir weg von hier, zieht das Wasser ganz ab?«, erkundigte sie sich.

Doug zuckte die Schultern. »Im Moment geht's ja schnell«, bemerkte er. Das Wasser stand nur noch bis zur halben Höhe des Hauses. »Aber es kann auch erst mal aufhören zu sinken. Das Meer zieht sich zweifellos zurück. Aber wie es mit der Überschwemmung durch den Regen ist ... Ich weiß nicht ... Bei den Sklavenquartieren dürfte es Tage dauern, bis es abtrocknet.«

»Aber bis dahin ... bis dahin ist das Kind gestorben«, sagte Nora verzweifelt.

Diese Worte schienen zu Ruth durchzudringen. Sie richtete sich auf. Doug hatte sie nach dem Sturm losgebunden.

»Mary ... Wo ist Mary ... Sam ...?«

Sie schluchzte auf, als sie sich an Sams Tod erinnerte. Nora legte ihr rasch die kleine Mary in die Arme. Das Kind wimmerte wieder.

»Hier ist Mary.«

Ruth drückte das Kind an sich, lagerte es dann aber anders, ihre Brust schien zu schmerzen. Nora brachte das auf einen Gedanken.

»Vielleicht ... vielleicht versuchen Sie, sie zu stillen?«, regte sie an. »Sie braucht dringend Nahrung und Wärme. Und so lange kann sie doch auch noch nicht ...«

Mary konnte noch nicht lange abgestillt gewesen sein, bevor

ihr kleiner Bruder zur Welt kam. Sie würde sich vielleicht erinnern.

Ruth funkelte Nora an. »Nein! Nein! Die … die Milch gehört Sam … und Sam ist …« Ruths flackernder Blick erfasste Sally, die mit glasigen Augen auf das Wasser um sie herum blickte. »Sie … die … dieses Niggerbalg! Warum ist sie am Leben? Warum ist sie am Leben, und Sam ist tot?«

Sally machte sich sofort erneut Vorwürfe. »Ist, weil Götter böse, Sally böse …«

Und dann hörten sie Stimmen!

»Nicht schneller, Joe! Machen langsam!«

»Aber so schneller unten, Billy. Du Hasenfuß!«

»Ich nicht will ertrinken! So du nicht kannst steuern.«

Gleich danach tauchte ein Floß auf, vom abfließenden Wasser mitgezogen. Darauf hockten zwei von Kwadwos Stallburschen, die sich offenbar prächtig amüsierten. Mit zwei Brettern versuchten sie, das primitive Boot zu steuern. Wobei sie eigentlich nicht viel tun mussten: Das Wasser zog ab und nahm das Floß mit in Richtung Sklavenquartiere. Die beiden würden nur aufpassen müssen, nicht gleich hinaus aufs Meer gezogen zu werden, aber vielleicht war ihnen das sogar recht. Sie mochten später an einem Strand angeschwemmt werden, der keinem Backra gehörte …

Nun reagierten sie jedoch mit freudigen Rufen, als sie Nora und die anderen auf dem Dach der Destillerie entdeckten. Bereitwillig versuchten sie, das Floß in ihre Richtung umzuleiten. Doug zog sie an einem der improvisierten Ruder zu sich heran.

»Wo kommt ihr denn her? Hat Peter euch geschickt?«

»Kwadwo?«, fügte Nora hinzu und versuchte, ihre Blöße zu bedecken.

Während des Sturmes hatte sie keinen Gedanken an ihre nackten Beine verschwenden können, aber jetzt sahen sie und

Doug das Grinsen auf den Gesichtern der Jungen. Doug zog sein nasses, zerrissenes Hemd aus und reichte es ihr.

Die beiden Jungen nickten. »Sollen mal gucken, wie sieht aus in Dorf. Und sagen Backra, wo sind wir, bevor er allen abschlagen Fuß, weil weggelaufen«, sagte Joe.

»Ihr seid also alle in der Scheune untergekommen?«, freute sich Nora.

Billy hob die Hände. »Weiß nicht, Missis«, antwortete er. »Viele, ja. Aber weiß keiner, was ist mit Hausnigger. Und fehlt Harry, fehlt Emma, fehlt Toby …«

»O nein!«

Nora seufzte. Toby und die Feldsklavin Emma, die in der letzten Zeit oft mit Toby die Hütte geteilt hatte, waren beide gläubige Christen. Wahrscheinlich waren sie dem Reverend gefolgt, um vielleicht noch seinen Segen zu ergattern. Oder in der Vorstellung, einen Gottesmann würde der Sturm verschonen, wenn nicht gar alle, die an Jesus Christus und nicht an die alten Geister glaubten.

»Dann ganze Trupp von Mr. Truman, Missis. Der Backra sie geschickt, heben aus Gräben, damit Wasser nicht läuft in Häuser …«

Doug fasste sich an die Stirn. »Sicher«, seufzte er. »Ich hab noch versucht, es ihm auszureden, aber die haben wirklich gedacht, wenn sie vor einem Hurrikan ein paar Entwässerungsgräben buddeln, ließe sich etwas retten. Wenn die Männer nicht sehr viel Glück hatten, ist da keiner mehr am Leben …«

Auf dem Dach regte sich Ruth. »All die Nigger sind am Leben!«, klagte sie. »All die schwarzen Kerle. Aber Sam, mein kleiner Sam …«

Joe und Billy sahen sich verunsichert an. Nora ergriff schließlich die Initiative.

»Passen wir alle auf dieses Floß?«, erkundigte sie sich. »Und wie schätzt du die Möglichkeit ein, es zu steuern, Doug?«

Doug schätzte sie als sehr gut ein, sofern sich im Treibgut weitere Bretter finden ließen. Wenn alle ruderten, sagte er, würden sie gegen eine leichte Strömung ankommen und irgendwo oberhalb des Hauses anlanden können. Ruth nahm von Dougs Erklärungen keine Notiz. Sie lamentierte weiter und beschimpfte die Schwarzen. Nora brauchte schließlich all ihre Kraft, sie auf das Floß zu ziehen und sie dort ruhig zu halten. Sie schaffte das allerdings erst mithilfe von Billy und Joe. Ruths Furcht vor der Berührung der Schwarzen schien so groß zu sein, dass sie die Bootsfahrt schließlich wimmernd in der Mitte des Floßes verbrachte. Sally hielt die kleine Mary an sich gedrückt, die Männer führten ihre Rettungsinsel südlich gegen die Strömung. Schließlich trieben sie oberhalb des Hauses an. Die Katze war die Erste, die auf trockenes Land sprang. Sie hatte sich sofort in Billys Arme geflüchtet, als sie die Stallburschen erkannte.

»Ist Bessie, Stallkatze!«, erklärte der junge Schwarze. »Fängt gut Mäuse … Aber ich nicht wusste, dass kann schwimmen.«

Nora blickte ihr stirnrunzelnd nach, während sie Richtung Stall rannte. »Und ich dachte immer, das sei ein dummer Spruch mit den sieben Leben«, murmelte sie. »Aber man soll die Hoffnung einfach nicht aufgeben. Vielleicht haben es ja auch noch andere geschafft.«

Am Abend war das Wasser so weit abgelaufen, dass man Bilanz ziehen konnte. Harry, Toby, Annie und Emma waren tot, dazu vier Männer des Arbeitertrupps des Aufsehers Truman. Die anderen, darunter Akwasi, hatten sich schwimmend und mit viel Glück auf Bäume oder Dächer retten können, ähnlich wie Nora und Doug. Sie waren durchweg kräftige junge Burschen, die nicht so leicht aufgaben. Auch Truman selbst hatte überlebt. Sämtliche Hausbedienstete außer den Mädchen Sally und Annie waren früh genug vor dem Sturm in der Küche angelangt, und bis zum Haus war die Flutwelle nicht vorgedrungen – allerdings bis knapp davor, was Reverend Stevens auf Gottes Einfluss zurückführte. Dass es nicht gereicht hatte, um das Leben der beiden wirklich gläubigen Sklaven zu retten – Toby und Emma waren dem Reverend tatsächlich gefolgt –, registrierte er gar nicht. Dafür reagierte er verhältnismäßig gefasst auf die Nachricht vom Tode seines Sohnes und spendete Ruth ein wenig Trost, indem er mit ihr betete.

Nora brachte die junge Frau zu Bett und bereitete ihr dann eine große Tasse Kräuteraufguss zur Beruhigung. Sie hätte das gern Adwea überlassen, aber Ruth reagierte schon auf den Anblick der schwarzen Frau mit einem hysterischen Anfall.

»Dabei wäre es am besten gewesen, eine Baarm Madda hinzuzuziehen – falls sie schon wieder schwanger sein sollte. Wenn sie jetzt noch ein Kind verliert …« Nora teilte ihre Sorgen mit der wie immer verstockt schweigenden Máanu. »Aber wenn sie nicht will … Sag mal, wäre es wohl möglich, irgendetwas zu essen zu bekommen? Ich habe das Gefühl zu verhungern – wenn ich nicht vorher einschlafe …«

Máanu verbeugte sich leicht, eine Geste, die ihre Herrin wahnsinnig machte, wie sie sehr wohl wusste. »Sie sollten sich besser umziehen, in einer halben Stunde wird im Speisezimmer serviert.«

»Es wird was?«, fragte Nora. »Du meinst … Hier … hier bricht die Welt zusammen, wir haben neun Tote zu beklagen, aber wir … aber er … aber mein Mann lässt sich das Dinner servieren wie jeden Tag?«

Máanu knickste. »Einen Toten, Missis. Die anderen sind nur Sklaven. Im Übrigen auch vier tote Ochsen, Missis. Der Backra ist sehr erbost, er wird die Treiber auspeitschen lassen, weil sie die Tiere nicht von der Koppel geholt haben.«

Nora griff sich an die Stirn. »Máanu, ich wünschte, du würdest das lassen«, murmelte sie. »Wenigstens heute. Aber gut, wenn es denn sein muss, hilf mir beim Anziehen – und mach irgendetwas mit meinem Haar. Es müsste gewaschen werden, es ist ganz verdreckt und strohig von dem schmutzigen Wasser. Aber ich möchte dir nicht zumuten, heute noch Wasser heraufzuschleppen, Máanu. Also bitte, verschon auch du mich ein wenig. Sei normal oder sei still.«

Máanu bürstete Mengen von rotem Staub aus Noras Haar und band es dann einfach am Hinterkopf zusammen. Es sah trotzdem glanzlos und ungepflegt aus. Nora fuhr bei ihrem Anblick im Spiegel zusammen. Sie war bleich, ihre Augen lagen tief in den Höhlen, und ihre Wangen schienen eingefallen. Nora überlegte, zur Schminke zu greifen, aber dann ließ sie es sein. Sie sah einfach so erschöpft und müde aus, wie sie sich fühlte, und niemand sollte wagen, sie dafür zu tadeln. Máanu hielt immerhin den Mund und provozierte ihre Herrin nicht weiter. Sie legte ihr ein schlichtes dunkles Hauskleid heraus, dazu fand sich ein schwarzes Schultertuch. Nora fand sich damit dem Anlass angemessen gekleidet. Auf der Treppe traf sie Doug, der ebenso übermüdet wirkte. Sein blondes Haar wirkte rötlich, ihm hatte niemand den Staub herausgebürstet.

»Du musst es morgen waschen, sonst hält man dich für einen Iren«, versuchte Nora matt zu scherzen.

Doug lächelte ihr zu. »Wir können zusammen ans Meer gehen und alle Erde herausspülen«, bemerkte er. »Jetzt, da ich weiß, dass du schwimmen kannst …«

Nora errötete. »Ich kann Wasser heute nichts mehr abgewinnen – nicht mal dem Meer und dem Strand«, meinte sie. »Und jetzt dieses Dinner. Findest du es nicht auch … gespenstisch?«

Doug winkte ab. »Nicht noch mehr Götter und Geister … Wenn dieser Reverend gleich ein Tischgebet spricht und Gott für unsere Rettung dankt, schreie ich.«

Doug schrie natürlich nicht, sondern stand das kurze, ernste Gebet des Reverends für die Seelen der Verstorbenen mit scheinbarer Gelassenheit durch. Danach stürzte er sich mit dem gleichen Heißhunger auf die Speisen wie Nora. Der missbilligende Blick des Reverends, der selbst ungewohnt verhalten zugriff, störte keinen von ihnen. Laut wurde bei diesem Dinner überhaupt nur Elias, der nun endlich begriffen hatte, was sein Sohn ihm seit Wochen zu sagen versuchte.

»Dieser verdammte Hollister! Seine Pflanzung ist kaum beschädigt, ich hab's mir angesehen. Dafür ist unser Sklavenquartier vollständig hin – aber das wird er mir bezahlen, und auch die Verluste. Acht Sklaven, davon fünf Feldnigger in den besten Jahren! Und zwei Ochsengespanne! Dieser Experte aus England wird was zu hören bekommen …« Elias erregte sich lauthals und trank ein Glas Rum nach dem anderen. Hunger schien auch er nicht zu haben. »Allein, was das kostet, das alles wieder aufzubauen. Die Destillerie ist auch hin …«

Doug und Nora ließen ihn wüten, entschuldigten sich dann aber gleich nach dem Essen, desgleichen der Reverend. Letzterer wollte noch einmal nach seiner Frau sehen und mit ihr ein paar weitere Gebete für seinen Sohn sprechen. Nora fiel auf, dass er seiner geretteten kleinen Tochter kaum eine Bemerkung widmete. Wahrscheinlich wäre es ihm lieber gewesen, es hätte Mary getroffen.

Elias erhob sich dann zwangsläufig ebenfalls, rief Adwea, die zum Abdecken des Tisches kam, aber noch etwas zu.

»Addy … lass mir später noch einen Schlaftrunk hinaufbringen!«

Nora fiel auf, dass Adwea erstarrte.

»Heute, Backra?«, fragte die Sklavin. »Herr, bitte … Mädchen ist todmüde …«

»Natürlich heute!«, fuhr Elias sie an. »Wenn ich morgen meinte, hätte ich morgen gesagt!«

Adwea warf ihrem Herrn einen Blick zu, der Nora erschreckte. Sah sie da einen Funken des Hasses aufblitzen, der so oft in Máanus Augen stand?

»Sicher, Herr. Wie Backra befehlen …«

Nora stieg mühsam die Treppen hinauf – ihr tat alles weh, und am kommenden Morgen würde es sicher noch schlimmer kommen. Sie wunderte sich ein bisschen über Adwea. Máanus Mutter hatte als Köchin zwar eine privilegierte Stellung im Haus, aber sie war nicht dünkelhaft. Warum also brachte sie Elias den Rumpunsch nicht einfach selbst hinauf, wenn Mansah und Sally schon schliefen? Nora dachte kurz daran, selbst rasch in die Küche zu gehen, das Getränk zu holen und ihrem Mann zu bringen. Aber womöglich brachte ihn das auf dumme Gedanken, und sie hätte es nicht ausgehalten, Elias an diesem Abend noch beizuliegen. Also ging sie hinauf – und traf Doug vor ihren Räumen.

»Ich wollte dich noch einmal im Arm halten«, entschuldigte er sich flüsternd. »Und am liebsten … Nora, wir waren uns heute so nah …«

Nora nickte. Sie war zu müde zum Kokettieren – und auch sie hätte nichts dagegen gehabt, in Dougs Armen einzuschlafen. Dann würden sie die Bilder und Stimmen auch nicht verfolgen, die sie jetzt schon quälten.

Nora seufzte. »Ja, ich möchte auch noch einmal umarmt werden. Bevor wir … bevor wir dies hier wieder vergessen.«

Sie schmiegte sich in Dougs Arme und spürte noch einmal seine Kraft und seinen Schutz. Sie gingen ein gewaltiges Risiko ein, aber Nora hatte sich selten so sicher gefühlt wie an Dougs breiter Brust.

Eine andere blieb ungeschützt. Sie wartete zitternd auf der Treppe, bis das Paar sich trennte, und weder Doug noch Nora hörten das leise Tapsen ihrer nackten Füße auf dem Flur vor Elias Fortnams Räumen. Wenn Nora später ihr Weinen hörte, so hielt sie es nur für ein Echo aus einem bösen Traum.

KAPITEL 4

Der folgende Tag begann mit einem deprimierenden Blick aus dem Fenster. Nora pflegte stets als Erstes zum Meer hinüberzublicken und sich an dem Streifen Blau hinter dem satten Grün des Waldes zu erfreuen. Aber an diesem Morgen waren von dem Dschungelstreifen zwischen Garten und Strand nur die Wipfel der kräftigsten Bäume zu sehen, die aus dem rötlich braunen Wasser herausragten. Noch immer war das Land bis kurz vor der Anhöhe, auf der das Haupthaus von Cascarilla Gardens stand, überflutet. Die Sklavenquartiere oder das, was von ihnen übrig geblieben war, mussten noch vollständig unter Wasser stehen. Auch der Garten bot einen traurigen Anblick. Der Sturm hatte einen großen Teil der Bäume entwurzelt, der Regen Teile der Beete weggeschwemmt. Auch Noras geliebter Pavillon war schwer beschädigt. Nora dachte mit einem Anflug von Humor, dass er etwa so zerschlagen aussah, wie sie sich fühlte. Jeder Muskel rebellierte gegen ihre Absicht, aufzustehen und sich anzukleiden, am liebsten hätte sie sich gleich wieder ins Bett gelegt. Aber vor ihr lag ein langer, anstrengender Tag voller Arbeit und Trauer.

Máanu war brav zur Stelle, um ihr beim Haarewaschen und Ankleiden zu helfen, wirkte aber fast noch verbissener als sonst. Auf Noras Fragen dazu gab sie keine Antwort.

»Und wie geht es dem Reverend und seiner Frau?«, erkundigte sich Nora schließlich nach den Hausgästen. Diese Frage würde Máanu beantworten müssen.

»Die Frau weint«, erklärte Máanu, »und will aufstehen und nach dem Kind suchen. Sie meint, in der Nacht hätte ihr ein Engel gesagt, dass es noch am Leben sei …«

»Das ist nicht möglich«, sagte Nora.

Máanu zuckte wieder mit den Schultern. »Aber sie glaubt es. Der Reverend hat den Backra gebeten, die Leiche suchen zu lassen. Das tun jetzt zwanzig Nigger …«

»Aber das ist verrückt«, setzte Nora an.

Es konnte immer noch gefährlich sein, in die am Tag zuvor überfluteten Gebiete zu gehen. Der Boden war überall aufgeweicht und schlammig. Es konnte leicht zu Erdrutschen kommen, gerade an den Böschungen, an denen all das antrieb, was vom Sturm entwurzelt, weggerissen oder getötet worden war.

Dann aber hielt Nora inne. Es nutzte nichts zu lamentieren, Reverend Stevens und seine Frau würden sicher nicht abreisen, bevor das Kind gefunden worden war. Insofern hätte vielleicht sogar sie die Leute zur Verfügung gestellt – schon um die Hausgäste loszuwerden.

»Der Reverend kann heute Morgen erst mal einen Gottesdienst halten«, meinte sie schließlich. »Es hilft ja alles nichts, wir müssen die Toten begraben …«

Máanu lächelte ein verzerrtes, boshaftes Lächeln. »Der Sklavenfriedhof ist überschwemmt«, sagte sie dann.

Nora hatte das Gefühl, gleich zu explodieren. »Dann wird man eben einen neuen anlegen müssen!«, erklärte sie. »Und wir sollten auch gleich über einen neuen Platz für das Dorf nachdenken. Das alte stand doch bei jedem Sturm unter Wasser, wenn ich es richtig verstanden habe. Also wäre es sinnvoll, oberhalb des Hauses neu zu bauen.«

»Darüber hat sich Backra Doug heute Morgen schon mit Backra Elias gestritten«, bemerkte Máanu.

Nora seufzte. Sie konnte sich gut vorstellen, wie das abgelaufen war.

Beim Frühstück herrschte denn auch die erwartete angespannte Atmosphäre. Doug hatte vorgeschlagen, das neue Sklavenquartier bei den Pferdeställen anzulegen. Dort würde nur ein einziges Zuckerrohrfeld, noch dazu ein gerade erst angelegtes, weichen müssen. Man konnte die Setzlinge innerhalb weniger Tage herausziehen und anderswo wieder in den Boden stecken.

Dennoch wehrte sich Elias. Wahrscheinlich vor allem deswegen, weil der Vorschlag von Doug stammte. Nora beschloss, mal wieder die Karte der Kaufmannstochter auszuspielen.

»Da, wo das Dorf bisher lag, war es natürlich praktischer«, gab sie Elias zunächst Recht. »Ebenso nah am Kücheneingang wie an den Wirtschaftsgebäuden … Die Leute würden es von den Ställen aus etwas weiter bis zur Mühle haben …«

»Aber …« Doug wollte einwenden, dass dies kaum eine Rolle spielte, aber Nora gebot ihm mit einem Blick Schweigen.

»Bedenk allerdings mal die Kosten«, sprach sie dann gelassen weiter. »Was es jetzt an Zeit und Arbeit kostet, das Quartier wieder aufzubauen …«

»Das wird Hollister bezahlen!«, drohte Elias.

Er wirkte an diesem Morgen übermüdet und schlecht gelaunt. Sollte ihm das gestrige Drama doch nähergegangen sein, als Nora gedacht hatte?

»Schon möglich. Aber auch dann, wenn es nächstes Jahr wieder passiert? Dann wird er dir vorwerfen, die Hütten nicht verlegt zu haben. Und außerdem gab es bisher bei praktisch jedem Hurrikan Schäden an den Sklavenquartieren, nicht wahr? Jedes Jahr neu anfallende Reparaturarbeiten. Ich glaube nicht, dass sich das rechnet, Elias. Die einzige Alternative wäre, Dämme und Gräben zu bauen wie Hollister und das Sklavenquartier trockenzulegen.«

»Aber das kostet ein Vermögen!«, erregte sich Elias. »Allein der Kerl aus England …«

»Du solltest das einfach mal in Ruhe durchrechnen«, meinte Nora freundlich. »Du musst es nicht heute entscheiden. Lediglich das mit dem Friedhof …«

Der Morgen nach dem Hurrikan war regnerisch, aber es wurde trotzdem schon wieder warm. Die im Stall aufgebahrten Leichen mussten unter die Erde. Elias ließ sich schließlich überreden, einen neuen Sklavenfriedhof hinter den Ställen zu erlauben. Der erste Schritt hin zu einem daneben angelegten neuen Dorf. Doug und Nora sahen einander aufatmend an.

»Direkt neben dem Tierfriedhof, Missis, ja?«, bemerkte dagegen Máanu, als Nora sie von der Entscheidung des Backras in Kenntnis setzte.

Nora hatte zum ersten Mal in ihrem Leben den Wunsch, eine Dienerin zu schlagen.

Der Reverend hielt schließlich seinen Trauergottesdienst, während sich Nora um die schluchzende Ruth kümmerte. Die Männer, die das tote Kind suchen sollten, waren noch nicht zurück; Nora hoffte, dass es wenigstens keine engen Freunde der Verstorbenen waren, die der Feier gern beigewohnt hätten. Aber vielleicht würde Kwadwo ja ohnehin noch eine eigene, heimliche Zeremonie abhalten. Der Obeah-Mann gehörte zum Suchtrupp – und tatsächlich war er es, der das tote Baby am frühen Nachmittag fand. Nora fragte nicht, ob mit oder ohne Hilfe der Geister.

Ruth brach beim Anblick der kleinen Leiche erneut zusammen, an eine Heimfahrt an diesem Tag war nicht zu denken. Der Reverend zog sich mit ihr zurück, um zu beten, nachdem Nora sie erneut mit Johanniskrauttee und beruhigendem Cascarilla-Sirup versorgt hatte. Danach kümmerte sie sich um die zum Glück durchweg leichten Verletzungen, die einige der Sklaven bei ihrem Kampf gegen die Fluten erlitten hatten. Nur Akwasi hatte schwere Prellungen – er hatte sich an einem

Baum festgeklammert, gegen den der Wind dann einen anderen geschleudert hatte. Nora schickte Máanu, ihn mit Kampfer und Heilsalben einzureiben, woraufhin beide sie ansahen, als mute sie ihnen eine gegenseitige Auspeitschung zu. Nora fragte sich nicht zum ersten Mal, was zwischen den beiden geschehen war und ob womöglich ihr Erlebnis mit Akwasi in der Obeah-Nacht damit zu tun haben konnte. Aber Akwasi konnte nicht so verrückt gewesen sein, es der Zofe zu erzählen! Und dass Máanu es anderweitig erfahren hatte, schloss sie aus.

Doug organisierte inzwischen die vorläufige Unterbringung der Sklaven. Egal, wo man neu baute, zunächst mussten sie irgendwo unterkommen, zumal es schon wieder anhaltend regnete. Schließlich erklärte er Teile der Ställe und die Scheune bei den Wirtschaftsgebäuden zu Notunterkünften – immer auf die Gefahr hin, dass sein Vater am Abend jede Entscheidung widerrufen würde. Elias war nicht anwesend, er war gleich nach der Trauerfeier nach Kingston geritten, um »sich Hollister vorzunehmen«.

»Es kann sein, dass er heute nicht mehr zurückkommt«, sagte Doug wie beiläufig zu Nora, als sie mittags gemeinsam mit den Sklaven Eintopf löffelten. Auch eine vorläufige Sklavenküche würde organisiert werden müssen. Vorerst kochten Adwea und die Köche des Sklavenquartiers in den Wirtschaftsräumen des Hauses, aber der Küchengarten war zu klein für zweihundertfünfzig zu verköstigende Menschen. »Die Straße nach Kingston ist mit ziemlicher Sicherheit teilweise überflutet, wenn nicht weggebrochen.«

Nora errötete. Sie sah seinen Blick und die Frage zwischen den Worten.

»Aber dann sollte Elias doch umkehren«, meinte sie unschlüssig. »Und außerdem … Wir haben nach wie vor die Stevens im Haus … und in der Küche schlafen die Schwarzen. Ich kann nicht …«

Sie wusste nicht, ob sie nicht konnte oder nicht wollte, aber ganz sicher war sie an diesem Tag auch zu erschöpft, um irgendeine Entscheidung zu treffen. Natürlich dachte sie an Doug … andauernd, obwohl sie es nicht wollte. Aber wenn sie ihrem Verlangen wirklich nachgab – wenn sie zugab, dass sie begonnen hatte, ihn zu lieben –, dann würde das Konsequenzen haben, die niemand abschätzen konnte. Und überhaupt … Wenn sie sich ihm hingab, so wäre es eine Hochzeitsnacht. Und das sollte nicht so geschehen, nicht verstohlen und heimlich und voller Angst.

Nora dachte erneut an die Träume, die sie mit Simon geteilt hatte. Die Hütte am Strand … Und auch sein Geist hatte sie noch nicht freigegeben.

Doug nickte ergeben. Vielleicht hätte er noch weiter versucht, sie zu überzeugen, aber eben näherte sich McAllister mit neuen Problemen. Die Häuser der Aufseher am Rande der Sklavensiedlung waren natürlich auch weggeschwemmt worden. Und seine Männer, so erklärte ihr Vormann McAllister, schliefen auf keinen Fall gemeinsam mit den Sklaven in irgendwelchen Scheunen. Sie würden damit schließlich riskieren, im Schlaf ermordet zu werden. Entweder müsste man sie im Haus unterbringen oder andere Lösungen schaffen.

Doug nahm sich schließlich der Sache an. Es musste geeignete Räumlichkeiten in den Wirtschaftsgebäuden geben …

Am Ende des Tages standen Doug und Nora ein furchtbares gemeinsames Abendessen mit den Stevens durch – der Reverend hatte Ruth gezwungen, dazu aufzustehen und herunterzukommen. Nora hielt das nicht für klug, aber der Geistliche bestand darauf, das Leben müsse weitergehen.

»Gott gibt, und Gott nimmt!«, sagte er salbungsvoll. »Und sicher hatte er in seinem unerforschlichen Ratschluss Gründe, uns diesen Sohn zu nehmen. Wir müssen das mit der gleichen

Würde tragen wie Abraham, als man von ihm forderte, Isaak zu opfern …«

Die völlig übermüdete Nora dachte an die Opfer bei der Obeah-Zeremonie und hätte fast gekichert. Sie brauchte unbedingt Ruhe, sonst würde sie auch noch zusammenbrechen. Zum Glück war es wenigstens der kleinen Mary am Morgen gut gegangen, wie Adwea berichtete. Nora fragte sich, ob sich Sally nach wie vor um sie kümmerte, sie hatte das Hausmädchen den ganzen Tag über nicht gesehen. Ruth und der Reverend hatten offensichtlich nicht nach ihrer Tochter gefragt, was immerhin eine Erleichterung bedeutete. Nora hätte sich nicht auch noch um ein Kind kümmern können, dessen Mutter hysterisch wurde, wenn schwarze Hände es berührten.

Elias kehrte in der Nacht tatsächlich nicht heim, und Nora – zu erschöpft, um zu schlafen, ein Zustand, den sie vorher nie für möglich gehalten hatte – haderte mit ihrem Entschluss, nicht zu Doug hinüberzugehen. Schließlich zwang sie sich, die Umarmung hinaufzubeschwören, die sie im Sturm geteilt hatten. Dieses Gefühl der Sicherheit … Bisher hatte es Nora stets getröstet, sich Simon in ihren Armen vorzustellen. Aber jetzt war sie es, die sich in ihren Träumen an eine starke Brust schmiegte …

Am nächsten Tag reisten die Stevens endlich ab, Mary zwischen sich auf dem Bock ihres Wagens, den kleinen Sam in Tücher gewickelt hinten auf der Ladefläche. Ruth hatte sich zunächst nicht von ihm trennen wollen, aber der Reverend hatte erneut ein Machtwort gesprochen. Nora empfand Mitgefühl mit der jungen Frau. Ruth Stevens war ihrem Mann treu und brav um die halbe Welt gefolgt. Aber nun ließ er sie allein mit ihrer unendlichen Trauer. Nora fragte sich, wie ein Mann der Kirche so wenig einfühlsam sein konnte.

Das Wasser war weiter abgelaufen, aber mit Neubauten des Sklavenquartiers konnte mangels Entscheidung über den Bauplatz noch nicht begonnen werden. Die Aufseher gingen deshalb zur Tagesordnung über und trieben die Sklaven auf die Felder.

Elias kehrte am Nachmittag heim und war deutlich besserer Stimmung. Hollister hatte sich bereiterklärt, ihm drei seiner eigenen Sklaven und zwei Ochsen abzutreten und außerdem mit einem Geldbetrag für die Schäden geradezustehen.

»Drei sind natürlich nicht annähernd genug«, zeterte Elias beim Dinner, »aber er meinte, mehr könne er nicht entbehren. Also werden wir welche vom nächsten Schiff brauchen, die wir dann erst mal wieder anlernen müssen. Es ist ein Kreuz!«

Nora hoffte, dass Hollister wenigstens junge, ungebundene Männer schickte und nicht womöglich solche, die auf seiner Plantage mit Frauen und Kindern zusammenlebten. Sie verbot sich den Gedanken an Familienväter. Aber wahrscheinlich gab es da ohnehin noch einiges Hin und Her. Garantiert würde Elias mit der Auswahl von Hollister nicht einverstanden sein, und womöglich würden noch mehrmals Sklaven aus ihrem Heim herausgerissen, zurückgeschickt und durch andere ersetzt werden.

Immerhin löste Elias die Tafel an diesem Abend selbst früh auf. Er hatte am Abend zuvor zweifellos hart mit Hollister gezecht und brauchte nun Schlaf. Doug und Nora trafen sich kurz auf der Treppe, aber sie drückten einander nur rasch die Hände. Noch war zu viel Personal auf den Fluren unterwegs – Adwea räumte ab, Elias' Leibsklave brachte Waschwasser, Máanu erwartete Nora. Sie konnten sich nicht gefahrlos umarmen.

»Er hat dem Bauplatz für das neue Sklavenquartier zugestimmt!«, wisperte Doug Nora nur kurz zu. »Morgen beginnen sie mit der Rodung und dem Umlegen dieses Zuckerrohrfeldes.

Du hast das hervorragend hinbekommen – mit mir hätte er sich endlos gestritten.«

»Du gehst es falsch an«, begann Nora eine Erklärung, aber dann trat Elias' Diener in den Flur, und die beiden mussten sich trennen.

»Gute Nacht, Nora!«, flüsterte Doug. Es klang wie ein Kosewort.

»Gute Nacht, Doug«, sagte sie sanft und wunderte sich darüber, wie weich und zärtlich ihre Stimme plötzlich wurde.

Hatte sie so zu Simon gesprochen? Sie meinte, damals ständig zu einer Melodie gesungen zu haben, die ihre Herzen sangen. Fand sie jetzt dorthin zurück?

Es sollte keine gute Nacht werden. Nora hatte eben erst ein oder zwei Stunden geschlafen – und diesmal endlich tief und traumlos –, als jemand an ihre Tür klopfte. Doug? Nora stand auf und tastete sich durch die Dunkelheit ihrer Räume. Vor der Tür stand Adwea.

»Missis … Ich geschickt Máanu, aber sie nicht wollte. Sie nicht wollte, ich Sie holen. Aber Missis … Sie vielleicht noch helfen. Sie vielleicht noch Medizin. Ist so klein, Mädchen. Ist so jung …«

Nora rieb sich den Schlaf aus den Augen. »Eine … Fehlgeburt?«, fragte sie ungläubig.

Mitten in dem Chaos nach dem Sturm würde doch wohl keine der Sklavenfrauen die Baarm Madda aufgesucht haben!

Adwea nickte. »Ich Baarm Madda geholt. Aber nicht kann helfen. Ich nicht, sie nicht. Aber vielleicht Missis …«

Also keine Abtreibung, wahrscheinlich hatte die anstrengende Flucht vor dem Hurrikan eine Fehlgeburt ausgelöst. Nora fragte sich, bei welcher der schwarzen Frauen. Ihr jedenfalls war bislang keine Schwangerschaft aufgefallen. Und ob sie da helfen konnte, wenn die schwarze Heilerin schon versagte?

Nora zog ein leichtes Kleid über. Die neuere Mode empfahl luftige Modelle, nicht jedes ihrer für die letzte Saison gefertigten Kleider verlangte ein Korsett. Nora fand, dass dies das Leben ungemein erleichterte. Aber dann wanderten ihre Gedanken wieder zu der Sklavenfrau. Was konnte da passiert sein?

»Wo ist sie? Wer ist es überhaupt?«

Nora kannte inzwischen jeden der Sklaven auf Cascarilla Gardens mit Namen.

»Sally«, seufzte Ádwea. »Und ist hier, in Schuppen bei Küche.«

»Sally?«, fragte Nora entsetzt. »Aber sie … sie ist doch noch ein Kind! Und warum im Schuppen, Adwea? Da ist es doch dunkel und feucht. Warum hast du sie nicht mit in die Küche genommen?«

»Sie nicht wollen, sich schämen. Hab sie gefunden, gestern, in Schuppen, ganz krank, ganz blutig … Hab gerufen Baarm Madda. Aber wird nicht besser. Wird nicht …«

Nora griff nach den wenigen Verbänden und Medikamenten, die sie im Haus hatte. Die meisten ihrer Bestände waren mit dem Küchenhaus des Sklavenquartiers weggespült. Aber nach Aborten waren ohnehin weniger Medikamente als Spülungen und Massagen nötig. Wenn es wirklich eine Fehlgeburt war! So erfahren die schwarzen Frauen waren, aber hier mussten sie sich irren. Sally hatte noch keinen Liebhaber. Sie war doch höchstens dreizehn Jahre alt. Nora ging fieberhaft weitere Möglichkeiten für eine Blutung durch, während sie der Köchin nach unten folgte.

Zwei andere Frauen, eine davon eine Küchenhilfe, die andere die Baarm Madda von der Hollister-Plantage, beleuchteten den Schuppen mit Kerzen und Öllampen, als Nora eintraf. Die Baarm Madda gab seltsame Gesänge von sich. Sie klangen unheimlich, aber auch irgendwie beruhigend. Das Mädchen, das vor den beiden auf teilweise durchgebluteten Decken ruhte, hörte sie allerdings nicht mehr. Sally war blass, ihr Gesicht eingefallen. Nora wusste noch zu genau, wie der Tod aussah, sie hatte in London so viel Leid gesehen – all die schwindsüchtigen Kinder, die Blut aushusteten, bis sie starben. Auch dieses Mädchen hier mochte an Blutverlust sterben. Oder am Fieber?

Sallys Körper glühte. Nora kniete neben ihr nieder, nachdem sie die Baarm Madda kurz gegrüßt hatte. Die Frau ging ein gewaltiges Risiko ein, indem sie hier zu helfen versuchte. Bei Tag sah man es den Kräuterfrauen mitunter nach, wenn sie auf anderen Pflanzungen aushalfen. Bei Nacht aber galt dies als Fluchtversuch.

»Was hat sie denn nur? Was ist ihr passiert?«, fragte Nora.

Die schwarze Heilerin – sie war etwas älter als Adwea – hob resigniert die Tücher an, die sie über Sallys Unterleib gebreitet hatte.

»Hat verloren Kind«, sagte sie leise. »Aber war nicht ich. War keine von uns …«

Anscheinend meinte sie, sich und ihre Zunft rechtfertigen zu müssen.

»Aber wie kann sie … Sie ist doch noch ein Kind …«

Nora machte sich verzweifelt an die Aufgabe, die Blutung zu stillen, aber sie hatte wenig Hoffnung. Die schwarze Heilerin versuchte das schließlich seit Stunden und hatte auch nichts bewirkt.

Die Baarm Madda zuckte die Schultern. »Sie zwölf. Sie bluten jeden Monat. Dann Mann ihr auch kann machen Baby. Sie nur nicht konnte behalten. Noch viel zu klein.«

»Aber welcher Mann tut denn so etwas?«, fragte Nora entsetzt und blickte auf Sallys schmalen, kindlich unentwickelten Körper. »Wen reizt ein derart junges Mädchen? Er muss sie schließlich gezwungen haben. Sie war doch noch … Mir erschien sie noch völlig unschuldig.«

Sie brach ab, als ihr auf einmal Sallys Weinen während

des Sturms in den Sinn kam: *Sally böse … Sally machen böse Sachen …* – das Mädchen musste auf das angespielt haben, was irgendein Ungeheuer nachts mit ihm tat.

»Aber den kriegen wir!«, erklärte Nora entschlossen. »Ich werde das aufklären!« Sie begann, eine Spülung mit Kernseife und einer Kräuterlösung vorzubereiten, während sie sprach. Es war unwahrscheinlich, dass sie noch irgendwie helfen konnte, aber sie wollte es wenigstens versuchen. Sie brauchte Rotwein gegen den Blutverlust. »Brüht einen Kräutertee auf und holt Rotwein aus dem Haus, den flößt ihr der Kleinen ein!«, befahl Nora Adwea, während sie selbst das Kind wusch.

Hinter sich hörte sie ein bitteres Lachen. »Missis wird das aufklären? Bestimmt! Missis so besorgt um arme Nigger …«

Máanu. Nora wolle sie tadeln, hielt sich aber zurück. Ob das Mädchen etwas wusste? Sie musste später mit ihr reden …

»Wann ist das passiert?«, fragte sie Adwea.

Die Köchin druckste. »Ich nicht weiß … gestern, Tag vor gestern …«

»Vorgestern Nacht!«, sagte Máanu. »Und es geschah nicht von allein.« Dann verschwand sie.

Nora hielt sie nicht auf, merkte sich aber den Hinweis. Das Mädchen hatte das Kind nicht von allein verloren. Also durch den Hurrikan? Oder hatte der Mann es in der fraglichen Nacht noch einmal missbraucht? Sie warf Adwea einen fragenden Blick zu. Was Máanu wusste, musste eigentlich auch die Köchin wissen. Sie hatte nur Angst zu reden. Also einer der Aufseher?

Nora arbeitete hart, um die Blutung zu stillen, und irgendwann in der Nacht versiegte sie wirklich.

»Es wird besser … es …«

Nora empfand fast etwas wie Hoffnung, aber dann ließ ein Blick auf Sallys Gesicht sie innehalten.

Die Baarm Madda schüttelte den Kopf. »Wird nie wieder bluten«, sagte sie leise, woraufhin Adwea und die andere

Küchensklavin aufschluchzten. Auch Nora kämpfte mit den Tränen. »Aber nicht weinen, Missis«, sagte die Heilerin hart. »Nicht weinen, Addy … ist jetzt frei, Mädchen. Ist jetzt glücklich, ist jetzt frei …«

KAPITEL 5

»Ich bitte dich, Nora, das ist nun wirklich kein Thema für ein Tischgespräch!« Elias legte verstimmt die Gabel nieder, mit der er eben Stockfisch und gebratene Okraschoten aufgespießt hatte. »Erst recht nicht für eine Lady.«

Nora war spät zum Frühstück erschienen und hatte sich nicht gescheut, den Männern mit ihrer Geschichte den Appetit zu verderben. Sie selbst war nicht in der Lage, etwas zu essen. Es war ihr schon fast zuwider, Zucker in ihren Tee zu geben. Ohne die Gier der Weißen nach Zucker wäre Sally vielleicht noch am Leben – irgendwo in einem afrikanischen Dorf.

»Nun, unter Männern würde es kaum besprochen«, bemerkte Doug. »Du und ich hätten schließlich gar nichts davon mitbekommen. Du meinst also, Máanu weiß was, Nora? Wir müssen sie dazu befragen. Sehr ernsthaft. Ich bin ja sonst keiner, der mit der Peitsche droht, aber hier müssen wir womöglich so weit gehen, dass sie mehr Angst vor uns hat als vor dem Mann, der dem Kind das angetan hat.«

»Es muss ein Aufseher sein«, meinte Nora. »Adwea hat vor niemandem Angst im Sklavenquartier. Aber sie fürchtet sich zu Tode, hier auch nur die kleinsten Auskünfte zu geben.«

»Wobei ich nicht wagen würde, Adwea mit einer Peitsche zu bedrohen«, scherzte Doug mühsam. »Womöglich vergiftet sie uns noch, wenn wir sie zu hart anpacken …«

Nora konnte darüber nicht lachen. Aber dann kam eine erstaunliche Bemerkung von Elias.

»Hier wird niemand mit der Peitsche bedroht!«, erklärte der Pflanzer. »Was auch immer diese Frauen zu wissen meinen. Hier wird niemand zur Subordination aufgefordert. Wäre ja noch schöner, wenn hier jeder Nigger seinen Aufseher wegen irgendwas anschwärzen könnte. So etwas klärt man unter sich. Ich werde mit den Aufsehern reden, und wenn ich herausfinde, wer es war, werde ich ihm Sallys Wert vom Lohn abziehen.«

»Sallys Wert?«, fragte Nora entsetzt. »Sie war ein zwölfjähriges Mädchen! Und irgendein erwachsener Mistkerl hat sie vergewaltigt und geschwängert! Du kannst nicht ernsthaft glauben, das sei abzugelten, indem dir der Täter ihren Wert erstattet!«

»Sie war eine Sklavin!«, sagte Elias hart. »Und wenn wir schon von ihrem Wert sprechen … Für fünfzig Pfund ist so ein kleines Ding zu haben. Also macht keine so große Sache daraus.«

Nora glühte vor Wut. Sie hätte Lust gehabt, ihrem Mann ihre Nägel in die Wangen zu schlagen und sein Gesicht zu zerkratzen. Diesmal war es dagegen Doug, der ruhig blieb.

»Vater, so geht das nicht! Es gibt Gesetze, wie mit Sklaven umzugehen ist, und sie erlauben eindeutig nicht, dass man sich Kinder kauft, um sie zu Tode zu quälen.«

Elias verzog den Mund zu einem hässlichen Lächeln. »Nun lass mal die Kirche im Dorf! Das Mädchen ist nicht zu Tode gequält worden, es war nur schwanger. Gut, ein bisschen früh eingeritten … Aber wer will das ahnden? Wer weiß, was in all den Bordellen in Kingston passiert? Auch die kaufen sich Sklavinnen.«

»Eingeritten?«

Nora wollte etwas sagen, aber es verschlug ihr die Sprache.

»Das ist immerhin ein guter Hinweis«, meinte hingegen Doug, der sich deutlich um Gelassenheit bemühte. »Wenn ich das nächste Mal nach Kingston reite, werde ich mich umhören.

Vielleicht ist ja einer unserer Aufseher berühmt und berüchtigt für seine Vorliebe für blutjunge Huren. Entschuldige, Nora …«

Nora winkte ab. »Lass nur, Doug, du kannst nicht glauben, die Ladys von Kingston hätten nie von Bordellen gehört. Jedenfalls musst du ihn entlassen, Elias, wenn wir ihn ausmachen!«

Es fiel ihr schwer, ihren Mann anzusprechen.

»Und nicht nur das«, fügte Doug hinzu. »Du musst ihn der Obrigkeit melden. Das Kind ist tot, Vater. Im Grunde gehört der Mann gehenkt!«

Elias erklärte sich schließlich widerwillig bereit, den Mann auf jeden Fall zu entlassen, wenn Doug und Nora ihm seinen Namen sagten.

»Aber nur, wenn er geständig ist«, schränkte er ein. »Sonst sind den Denunziationen Tür und Tor geöffnet. Gibt man den Niggern einen Finger, dann nehmen sie die ganze Hand …«

Doug verzog das Gesicht. »Da mach dir mal keine Sorgen, Vater. Wenn ich mit dem Kerl fertig bin, gesteht der alles!«

»Warum sagst du es denn nicht, Máanu? Du weißt doch etwas. Und Doug und ich sind auf eurer Seite, wir …«

Nora redete seit einer halben Stunde auf ihre Zofe ein, aber Máanu reagierte nur mit einem rauen, hässlichen Lachen.

»Missis das wollen gar nicht wissen«, erklärte sie in Pidgin-Englisch, wohl wissend, dass sie ihre Herrin damit rasend machte. »Ist besser, wenn Missis vergessen. Und Backra Doug sowieso …«

Aus Máanu war nichts herauszubekommen, wobei sie ruhig und stoisch blieb. Der Versuch, Adwea zu einer Aussage zu bewegen, endete dagegen in Weinen und Schreien.

»Ich nicht sagen … Mich nicht kann zwingen … auch nicht wenn schlagen … Bitte nicht schlagen, Missis. War falsch, Missis, ich nicht hätte sollen rufen …«

Nora bemühte sich verzweifelt, die Köchin zu beruhigen

und ihr klarzumachen, dass sie nicht vorhabe, sie zu schlagen oder sonst wie zu misshandeln.

»Aber dir muss doch auch klar sein, Adwea, dass dieser Mann es vielleicht wieder macht. Himmel, Adwea, du hast eine kleine Tochter …«

Die Erwähnung einer Wiederholung des Verbrechens ließ die Dämme dann völlig brechen. Adwea schluchzte und schrie ihr Entsetzen und ihre Angst auf eine so verzweifelte Weise heraus, dass Nora nur noch fassungslos neben ihr sitzen und ihre Schulter streicheln konnte. Die Köchin schien die Berührung gar nicht zu bemerken. Sie jammerte und weinte so lange, bis Elias' aufgebrachte Stimme nach der nächsten Mahlzeit fragte. Dann nahm sie sich zusammen und ging an den Herd. Nora war ihrem Ziel damit keinen Deut nähergekommen.

»Adwea weiß alles, und Máanu auch. Und sie sterben fast vor Angst, auch wenn sie's nicht zeigen. Aber sie würden sich eher auspeitschen lassen, als irgendetwas zu sagen«, erklärte sie Doug, als die beiden endlich mal wieder einen gemeinsamen Ausritt unternahmen. An Heimlichkeiten war dabei allerdings nicht zu denken, der Strand war immer noch überschwemmt. Und auf der Plantage wimmelte es von Sklaven, die versuchten, neben der normalen Arbeit ihre Quartiere neu aufzubauen, und Weißen, die sie brutal zwangen, zuerst die Häuser für die Aufseher zu errichten.

Doug zog die Stirn kraus. »Nun, in den Bordellen in Kingston wissen sie jedenfalls nichts«, berichtete er von seinen eigenen Nachforschungen. »Natürlich gibt es immer wieder Kerle, die rau mit den Frauen umspringen, aber von unserer Plantage ist keiner einschlägig bekannt.«

»Er hält sich ja auch hier schadlos«, meinte Nora. »Wobei du das Schlimmste noch gar nicht weißt. Sally ist nicht die Einzige. Ich habe mit der Baarm Madda gesprochen, und sie sagt, es sind mehrere Mädchen gestorben auf Cascarilla Gardens … genau genommen drei in den letzten … Na ja, man kann das schlecht schätzen, die schwarzen Frauen zählen ja keine Kalenderjahre. Aber ich würde mal sagen, in den letzten zehn Jahren … Eins an einer Fehlgeburt wie Sally, eins ist ertrunken im Badeteich – obwohl es mit Sicherheit gut schwimmen konnte. Und eins hat sich erhängt.«

»Zehn Jahre?«, fragte Doug. »Na, dann komme ich zumindest nicht als Täter in Frage.«

Nora sah ihn völlig verwirrt an. »Dich hätte doch wohl auch niemand verdächtigt!«, sagte sie dann.

Doug rieb sich die Stirn. »Warum nicht?«, fragte er. »Nach dem, wie Máanu sich benimmt? Die scheint in mir doch den Inbegriff alles Bösen zu sehen.«

Nora lachte. »Du bist nur der Zweitschlechteste«, neckte sie ihn. »Der absolute Inbegriff alles Bösen ist der Backra …«

Sie dachte erst später darüber nach, was sie da gesagt hatte. Aber dann verwarf sie es schnell wieder. Elias hatte sie geheiratet und vorher Dougs Mutter. Er war ein harter Mann, aber sie selbst hatte er immer respektvoll behandelt. Niemals hatte sie auch nur einen Bluterguss gehabt, nachdem er sie in der Nacht besuchte, und immerhin hatte er sie entjungfert. Elias konnte es nicht sein – niemals.

Nachdem weder Dougs noch Noras Ermittlungen irgendein Ergebnis erbracht hatten, trat in den nächsten Wochen wieder Ruhe ein auf Cascarilla Gardens. Das Sklavenquartier erstand an erhöhter Stelle neu, die Dienstboten zogen aus Häusern und Ställen in ihre eigenen Hütten. Nora nahm die Krankenpflege wieder auf und richtete in der neuen Siedlung ein richtiges kleines Krankenrevier ein. Sie ging jeden Tag ins Dorf der Schwarzen und warf dabei einen besonderen Blick auf die sehr wenigen sehr jungen Mädchen, die auf der Plantage lebten. Eins von ihnen war Mansah, Adweas jüngere Tochter, aber um sie fürchtete sich Nora nicht allzu sehr. Schließlich war die Kleine praktisch ständig mit ihrer Mutter zusammen. Es war wohl geplant, sie zu Adweas Nachfolgerin auszubilden, sie half den ganzen Tag in der Küche.

Einige Wochen nach Sallys Tod traf Nora die Kleine beim Polieren der Möbel im Salon an.

»Das machst du aber schön!«, lobte sie freundlich, und tatsächlich hatte das Beistelltischchen, das Mansah gerade behandelte, selten so geglänzt. »Willst du uns denn jetzt auch im Haus helfen?«

Mansah nickte ernst. »Mama Adwe sagt, müssen. Weil sonst keine Hausmädchen …«

Sie blickte traurig. Mit Sally und der ertrunkenen Annie waren schließlich auch ihre Freundinnen und Spielgefährtinnen gestorben.

»Das stimmt«, meinte Nora. »Aber vielleicht kann ich mal mit dem Backra reden und mit Mama Adwe. Sicher würden einige der Feldsklavinnen gern im Haus arbeiten.«

Das war zweifellos der Fall. Auf den Zuckerrohrfeldern gab es weniger weibliche Arbeiter als auf Tabak- oder Baumwollplantagen, da die Arbeit zu schwer war. Schon die Männer starben jung, Frauen hielten es nur selten mehr als ein paar Jahre aus. Allerdings herrschte auf Jamaika stets ein Mangel an schwarzen Arbeitskräften, die Sklavenhändler belieferten eher größere, zentraler gelegene Inseln wie Barbados. Insofern wurden kräftige junge Frauen auch auf die Felder geschickt und griffen natürlich gern zu, wenn sich ihnen der Aufstieg zur Haussklavin bot. Hier wehrten sich allerdings oft die alteingesessenen Hausdiener. Irgendwelche hergelaufenen Afrikaner, wie sie sich ausdrückten, mochten standesbewusste Köche und Leibdiener nicht hinnehmen. Nora konnte nur hoffen, dass Adwea nicht so dachte.

Sie beschloss, sich die Frauen im Sklavenquartier in nächster Zeit auf ihre Eignung zum Hausmädchen anzusehen, damit Mansah möglichst bald an die Seite ihrer Mutter zurückkehren konnte. Aber dann kam ihr jemand dabei zuvor, mit Adwea zu reden.

Nora horchte diesmal nicht wissentlich, aber Máanus verärgerte Stimme war in ihrem Pavillon im Garten nicht zu überhören. Das Mädchen stritt lauthals mit seiner Mutter. Neugierig verließ Nora ihr Gartenhaus und ging auf die Terrasse über der Küche, um zu lauschen.

»Nicht Mansah! Sie sollte in der Küche bleiben, das war ausgemacht! Sie wird Köchin, nicht ... Mama Adwe, du kannst das nicht dulden! Nicht Mansah!«

»Was ich soll machen, Máanu? Widersprechen Backra?«

Adweas Stimme klang nicht so aufgebracht wie sonst, wenn sie, was gelegentlich vorkam, mit ihrer Tochter zankte. Sie wirkte eher verzweifelt und resigniert.

»Irgendwas musst du machen können. Schick sie einfach nicht ins Haus. Frag die Missis, ob sie dir ein paar Feldnigger ins Haus schickt, so schwer kann das doch nicht sein, ihnen beizubringen, wie man Möbel poliert. Aber Mansah lässt du nicht aus den Augen! Nicht Mansah, Mama Adwe! Nicht Mansah!«

»Und wenn drauf bestehen? Wenn wollen? Ist nichts, was wir können machen, Máanu, gar nichts ...«

Adweas Stimme klang erstickt. Und in Noras Kopf erklangen alle Alarmglocken. Das klang nicht so, als errege sich Máanu nur deshalb, weil ein Zimmermädchen im Verhältnis zu einer Köchin eine untergeordnete Position war. Es klang eher, als habe sie Angst um ihre Schwester. Und Adwea schien es nicht anders zu gehen. Also ging es hier um den Mann, der Sally missbraucht hatte. Einer der Hausdiener? Einer, der Zugriff auf die Mädchen hatte, wenn Adwea nicht aufpassen konnte? Aber einen Schwarzen hätten die Frauen doch verraten. Und weiße Männer … Nur zwei weiße Männer lebten in diesem Haus …

Aufgewühlt ging Nora zurück zu ihrem Buch, aber lesen konnte sie nicht mehr. Sollte sie Máanu gleich zu sich rufen? Das Mädchen musste jetzt reden, Nora würde ihr ihren Verdacht auf den Kopf zusagen. Aber jetzt musste sie sich erst mal beruhigen. Sie beschloss, am Abend mit Máanu zu sprechen. Bis dahin konnte sie auch darüber nachdenken, wie sie es Doug sagen sollte. Ob sie es Doug sagen konnte. Und was es dann zu tun gab.

Nora verbrachte den Tag in äußerster Anspannung und bekam beim Abendessen keinen Bissen herunter. Elias bemerkte das nicht, aber Doug sah sie besorgt an, bis sie sich schließlich mit Unpässlichkeit entschuldigte.

»Ich gehe einfach schon mal hinauf und lege mich hin«, sagte sie mit seltsam gequältem Lächeln. »Adwea soll mir Máanu schicken, damit sie mir hilft. Ich fühle mich nicht ganz wohl.«

Das war nicht einmal völlig gelogen. Nora hatte das Gefühl, ersticken zu müssen, wenn sie noch länger mit Elias an einem Tisch saß.

Als es dann jedoch kurz darauf an ihre Tür klopfte, stand da nicht Máanu, sondern Mansah und knickste brav.

»Mama Adwe sagt, ich soll Missis helfen. Máanu sich nicht fühlt wohl.«

Nora runzelte die Stirn. Sollte sie das jetzt glauben? Am späten Nachmittag war ihr Máanu noch ganz gesund erschienen. Aber andererseits konnte Máanu nicht wissen, dass sie heute ein weiteres Verhör plante. Vielleicht lag also irgendetwas anderes vor, das dem Mädchen wichtig genug schien, seinen Dienst zu schwänzen. Nora überlegte, ob sie trotz der kleinen Vertretung auf Máanus Erscheinen bestehen sollte. Aber dann hatte sie eine bessere Idee. Es war nicht wichtig, jetzt noch mit Máanu zu sprechen. In dieser Nacht konnte sie Mansah auf jeden Fall schützen.

»Schön, dann hilf mir mal, mein Haar zu lösen«, bat sie das Mädchen. »Und anschließend holst du mir ein Glas warme Milch aus der Küche und bringst deine Schlafmatte mit. Ich möchte, dass du heute Nacht hierbleibst, damit du dich um mich kümmern kannst, wenn irgendwas ist.«

Mansah nickte gehorsam und machte sich dann vergnügt an die Arbeit. Die Kleine fühlte sich offenbar wichtig als Vertretung ihrer großen Schwester und bemühte sich, möglichst professionell mit Noras Locken und ihrer Kleidung umzugehen. Nora hielt geduldig still, obwohl das Mädchen sie beim Kämmen ziepte, und wurde dafür durch Mansahs fröhliche Stimme entschädigt. Im Gegensatz zu der in der letzten Zeit stets mürrischen Máanu plauderte Mansah lebhaft und schaffte es damit fast, ihre Herrin aufzuheitern. Besonders am nächsten Morgen, als dann auch die Sonne ins Zimmer schien, vertrieb Mansahs gute Laune beinahe die Schatten der dunklen Ahnungen, die Nora seit dem Vortag quälten. Es konnte einfach nicht sein, dass irgendjemand nur darauf wartete, diesem hübschen, lebhaften Kind etwas anzutun! Kein normaler Mann wie Elias jedenfalls. Höchstens ein Monster, ein Ungeheuer, ein Irrer. Nora zerbrach sich den Kopf darüber, wo solch ein Mann lauern konnte. Sie musste unbedingt mit Máanu reden.

Die Zofe erschien allerdings auch nicht zu Noras morgendlicher »Sprechstunde« im Sklavenquartier, stattdessen kam wieder Mansah. Deren Begleitung war zwar vergnüglicher, aber langsam wurde Nora ungehalten. Als sie zurückkehrte, wandte sie sich an Adwea.

Die Köchin wirkte verängstigt. »Ich weiß, dass Máanu … böse Mädchen, nicht tut Pflicht. Aber sich nicht fühlt wohl, Missis, ist krank, ist …«

Nora schüttelte den Kopf. »Adwea, wenn Máanu krank wäre,

hätte sie sich heute Morgen bei mir melden müssen. Aber so, wie es sich jetzt darstellt, hat sie ihre Pflichten versäumt.«

Die Feldarbeiter hatten jeden Morgen vor ihren Aufsehern anzutreten, nur eine von Nora bestätigte Krankheit wurde widerwillig als Entschuldigung akzeptiert. Bei den Hausdienern und Stallburschen handhabte man das nicht so streng, da kontrollierten meist nur Kwadwo oder Adwea. Wenn Letztere eine Küchenhilfe entschuldigte, prüfte Nora das gewöhnlich nicht nach, schließlich verstand sich auch die Köchin auf Heilkräuter und Krankenpflege. Aber die Sache mit Máanu war doch verdächtig.

»Sie ist … sich … sich … hm … schämt. Aber morgen bestimmt sie ist …«

»War sie bei der Baarm Madda?«, fragte Nora verwundert.

Eine Abtreibung war eigentlich der einzige Grund, sich einer Unpässlichkeit wegen schämen zu müssen. Aber Máanu … Nora war inzwischen sehr sensibel für Anzeichen einer Schwangerschaft. Sie hatte schon mehrmals schwarze Frauen früh darauf angesprochen und verwarnt. Mitunter wagten sie nicht mehr, das Kind in sich töten zu lassen, wenn ihre Herrin davon wusste. Wenn sie erwischt wurden, erwarteten sie schließlich harte Strafen, und die Pflanzer griffen auch oft schon im Vorfeld zu rüden Methoden, die Frauen am Gang zur Baarm Madda zu hindern. Nora hatte allerdings nie eine Sklavin an Elias verraten. Und Máanu hatte nicht im Geringsten so ausgesehen, als erwarte sie ein Baby. Adwea schüttelte denn auch spontan den Kopf – um die Ausrede dann begeistert aufzugreifen.

»Ja, Missis. Woher wissen, Missis? Oh, bitte, nicht sagen Backra, Missis, sonst er sie lässt auspeitschen. Morgen sie wieder da, Missis, bestimmt, Missis …«

Nora glaubte ihr kein Wort, argwöhnte aber inzwischen, dass Máanus Verschwinden doch mit dem Gespräch zusammenhing, das sie mit ihrer Mutter über Mansah geführt hatte.

»Adwea, hat es irgendwas mit … mit Sally zu tun?«, fragte sie schließlich. »Mit dem, was ihr geschehen ist? Hat es mit Mansah zu tun?«

Ihr graute vor dem Gedanken, dass sich Máanu vielleicht selbst dem Ungeheuer in die Hände begeben hatte, um ihre kleine Schwester zu schützen.

Adwea wurde abwechselnd rot, und sie begann zu schwitzen, verneinte aber heftig. »Was soll haben zu tun, Missis? Sally tot. Mansah bei Missis …«

»Ist Máanu in Gefahr, Adwea?«, bedrängte Nora sie weiter.

Adwea schüttelte wild den Kopf. »Nein, nur krank. Morgen bestimmt, morgen bestimmt wieder da …«

Wieder da? Nora ließ die verängstigte Köchin in Ruhe, grübelte aber weiter. Ob Máanu fortgegangen war? Suchte sie Hilfe auf anderen Plantagen? Einen Zauber vielleicht?

Aber nein, Máanu glaubte sicher nicht an diese Dinge. Zumindest nicht genug, um dafür Risiken einzugehen.

»Du meinst, sie ist fortgelaufen?«, fragte Doug, als Nora ihm am Nachmittag von Máanus Ausbleiben erzählte. »Sie ist geflohen?«

»Geflohen?«

Daran hatte Nora nun gar nicht gedacht. Sie ritt mit Doug durch den Wald, ihr Ziel war der Strand. Aber sie würden dort sicher nicht absteigen und schwimmen. Nora hielt immer noch – oder besser, schon wieder – Abstand zwischen sich und ihrem Stiefsohn. Dabei fiel es ihr jeden Tag schwerer, seinen bittenden Blicken nicht nachzugeben. Sie träumte davon, ihn zu küssen, zu umarmen – und oft genug verdrängte er jetzt Simon in ihren Fantasien von der Hochzeitsnacht am Meer. Aber sie fühlte sich für all das schuldig. Und sie hatte ihm bisher auch nichts von dem Verdacht erzählt, der ihr unter den Nägeln brannte.

»Wenn Sklaven plötzlich verschwinden, ist Flucht im Allgemeinen der Grund dafür«, meinte Doug belustigt. »Hat es irgendeinen Anlass gegeben? Hast du vielleicht mit ihr gezankt?«

Nora biss sich auf die Lippen. »Sie hat sich mit ihrer Mutter gestritten«, verriet sie dann – und gab das belauschte Gespräch zwischen Adwea und Máanu möglichst genau wieder. »Es klang so dringlich, Doug. Als sei Mansah in tödlicher Gefahr – in unserem Haus, Doug!«

Doug runzelte die Stirn. »Denkst du nicht, dass du da etwas falsch verstanden hast? Was sollte ihr schließlich passieren?«

»Das Gleiche, was Sally passiert ist!«, gab Nora zurück.

Doug rieb sich die Stirn. »Aber Nora, das kann nicht sein. Einen Hausdiener hätte Máanu verraten. Und sonst – wie gesagt, ich komme nicht in Frage, und …«

Nora antwortete nicht, sondern starrte angestrengt auf den Weg, den ihr Pferd entlangschritt. Dabei lagen längst keine umgestürzten Bäume mehr quer darüber. Elias hatte die Stämme wegschaffen lassen und die wertvolleren Hölzer in Kingston verkauft. Die Landschaft wirkte auch nicht mehr so tot wie kurz nach dem Sturm. Aus den Stümpfen der abgeknickten Bäume und in den Lücken, die entwurzelte Pflanzen hinterlassen hatten, schossen jetzt schon wieder neue grüne Triebe.

Doug schüttelte heftig den Kopf. »Mein Vater war das nicht!«, sagte er dann im Brustton der Überzeugung. »Du darfst ihm das nicht unterstellen, das ist … das ist ungeheuerlich. Schau, Nora, wir haben durchaus unsere Differenzen, er kann grausam sein und hart. Aber Vergewaltigung von kleinen Mädchen … Er ist doch ein Mensch …«

»Und wer tut es dann?«, gab Nora zurück und sah ihm jetzt offen in die Augen. »Glaub mir, wenn ein Drache im Keller hauste, wüsste ich es. Wer auch immer das tut, ist ein Ungeheuer, aber er sieht aus wie du und ich …«

»Aber mein Vater …« Doug sprach den Satz nicht zu Ende.

Nora hielt ihr Pferd an und stieg jetzt doch ab, als sie den Strand erreichten. Es regnete gerade nicht, sie konnten wenigstens ein wenig am Meer entlanggehen. Nora verspürte den dringlichen Wunsch, Doug nahe zu sein.

»Schau, Doug, ich will es doch auch nicht glauben«, sagte sie dann, als er sofort, wie selbstverständlich, den Arm um sie legte. »Aber es muss ein Weißer sein, und wenn es wirklich im Haus passiert …«

»Dann passiert es eben nicht im Haus!«, behauptete Doug im Brustton der Überzeugung. »Du fantasierst dir da etwas zusammen, weiß der Himmel, was Máanu gemeint hat. Vielleicht macht sie sich einfach verrückt, weil Mansah nun nicht mehr jeden Moment mit ihrer Mutter zusammen ist. Das raubt ihr ja wirklich den absoluten Schutz. Aber sie kann nicht gemeint haben, dass es im Haus gefährlich ist. Sie kann einfach nicht.«

»Bleibt die Frage, wo Máanu steckt«, meinte Nora. »Und was ich tue, wenn sie morgen nicht auftaucht. Soll ich sie melden?«

Doug zuckte die Schultern. »Das wirst du müssen. Im Übrigen werden auch andere Fragen stellen. Die Aufseher haben ja auch ein Auge auf die Küchensklaven. Wenn das Mädchen wirklich fort ist …«

»Ich könnte sagen, ich hätte ihr ein paar Tage freigegeben«, überlegte Nora.

Doug sah sie ernst an. »Du willst sie also decken? Behaupten, du hättest ihr einen Passierschein gegeben oder so was?«

Nora lächelte. »Das ist eine gute Idee«, sagte sie dann. »Zu einer der Baarm Maddas auf … Warte mal … Hollister ist zu nah … aber Keensley! Eine Kräuterfrau auf der Keensley-Plantage. Sie sollte für mich irgendwelche seltenen Pflanzen holen, die nirgendwo sonst wachsen.«

Doug zog Nora in die Arme, und sie schmiegte sich an ihn, glücklich, dass er sie nicht verdammte.

»Aber wenn sie Máanu doch erwischen?«, gab er dann zu bedenken. »In dem Fall würde es rauskommen. Und wenn publik wird, dass du einer Sklavin zur Flucht verholfen hast … Das gibt einen Skandal, der die ganze Insel erschüttert!«

Nora machte sich los, sah Doug an und überlegte, ob sie ihm von Simon erzählen sollte. Aber dann entschloss sie sich dagegen, sie hatte an diesem Tag schon zu viele Geheimnisse enthüllt.

»Skandale«, sagte sie schließlich, »waren mir immer ziemlich egal.«

KAPITEL 6

Máanu wusste, dass sie die Maroons nie finden würde. Selbst dann nicht, wenn sie sich in den Blue Mountains ausgekannt hätte oder wenn sie eine Ahnung davon gehabt hätte, wo der Stony River verlief. Allerdings war sie sich sicher, dass die freien Schwarzen sie aufgreifen würden. Die Windward Maroons galten als ausgezeichnet organisiert, hinter jedem Baum konnte sich einer ihrer Späher verstecken. Fragte sich nur, ob der sie dann auch zu Granny Nanny brachte oder womöglich auslieferte. Die Pflanzer zahlten sicher eine beträchtliche Belohnung, wenn die Maroons ihnen einen Flüchtling zurückbrachten. Außerdem konnte sie theoretisch auch in Cudjoes Machtgebiet gelangen oder in den Bezirk von Accompong.

Máanu hoffte jedoch mit aller Kraft, dass die Geister ihr den Weg zum Dorf und dann auch zum Herzen der Ashanti Queen Nanny weisen würden. An irgendwelche Gefahren, die durch die Maroons drohen mochten, wollte sie gar nicht denken. Sie war entschlossen, sich sicher zu fühlen, nachdem sie Kingston hinter sich gelassen hatte. Rund um die Stadt lagen Plantagen, dann musste sie sich in Richtung der dunkel aufragenden Berge halten. In der ersten Nacht war sie vor Furcht, entdeckt und aufgegriffen zu werden, fast gestorben. Ein Aufseher, der patrouillierte, ein Pflanzer, der von einem Besuch in Kingston zurückkehrte, im schlimmsten Fall ein Suchtrupp, der hinter einem anderen entlaufenen Sklaven her war – und im allerschlimmsten Fall eine Suchaktion, die ihr selbst galt. Nora musste ihr Fehlen schließlich gleich am Abend aufgefallen sein. Wenn sie dann sofort den Backra informiert hatte …

Máanu hatte jedoch Glück. Sie ließ bei Tagesanbruch die Pflanzungen hinter sich und erreichte die Ausläufer der Blue Mountains. Seitdem ging es immer höher. Sie bahnte sich den Weg zwischen Palmen und Bambusgewächsen die Hügel hinauf, erst weiter oben dominierten Flechten und Buschwerk. Máanu durchwatete Bäche und schwamm durch Flüsse, aber die junge Frau hatte keinen Blick für die Schönheit der Berge. Sie musste sich beeilen, ihre Mission war die letzte Hoffnung für Mansah. Also schlug sie sich durch, immer nach Norden oder Nordosten. Irgendwo dort war Portland Parish. Irgendwo dort lag Nanny Town.

Die Maroons fanden das erschöpfte Mädchen dann am zweiten Tag seiner Wanderung. Máanu war fast froh darüber, sie war müde und hungrig. Der wenige Proviant, den sie bei ihrer überstürzten Flucht mitgenommen hatte, war längst verzehrt. Dennoch erschrak sie, als plötzlich ein Horn ertönte und zwei große schwarze Männer aus dem Busch traten.

»Wer du bist? Wo du hingehen? Was du willst?« Der ältere der beiden schoss Fragen auf sie ab.

»Máanu«, stellte Máanu sich vor. »Ich bin weggelaufen. Von einer Plantage hinter Spanish Town, Cascarilla Gardens …«

»Große Pflanzung«, sagte der Mann mit einem Nicken. »Fortnam. Elias Fortnam.«

Máanu nickte. »Ich will nach Nanny Town. Ich muss mit der Queen sprechen.«

Die Männer lachten. »Fragt sich, ob Queen sprechen will mit kleine Sklavenmädchen«, höhnte der Jüngere.

»Bringt mich einfach hin«, sagte Máanu entschlossen. »Das … Dies ist doch Portland Parish?«

»Ist Land von Queen Nanny und King Quao«, bestätigte der Ältere. »Aber wir nicht wissen, du allein? Du nicht führen Jäger hier? Ist komisch, kleine Mädchen, die kommt allein …«

»Ich bin kein kleines Mädchen!«, fauchte Máanu. »Ich bin eine Frau, und ich komme, um die Queen zu sehen. Man sagt, sie ist Baarm Madda …«

Angeblich verfügte Granny Nanny über Kenntnisse der Kräuterheilkunde.

Erneutes Gelächter. »Und da ihr haben keine eigene auf Plantage?«, fragte der Jüngere.

Máanu hielt seinem Blick stand. »Keine, die über so mächtige Geister gebietet!«, sagte sie dann.

»Dich schickt Obeah-Mann?«, fragte der Ältere, etwas verunsichert.

»Mich schickt keiner! Oder doch. Mich schicken … Mich schicken vier Duppies. Vier Duppies, die Rache fordern. Sie … sie können sehr wütend werden, wenn man sich ihnen in den Weg stellt.«

Máanu versuchte, möglichst viel Überzeugungskraft in ihre Worte zu legen. Obwohl sie nicht glaubte, dass die Geister von vier kleinen Mädchen sehr viel Gewicht hatten. Aber bis hierher hatten sie Máanu immerhin erfolgreich geleitet.

»Wir sie bringen nach Nanny Town«, beschloss der Ältere der Männer nun endlich. »Soll sie sagen da, was will …«

Máanu atmete auf, obwohl sie sich sagte, dass den Männern im Grunde nicht viel anderes übrig blieb. Natürlich konnten sie das Mädchen einfach weiter herumirren lassen oder gar töten, aber Máanu konnte sich nicht vorstellen, dass man die Wächter von Nanny Town mit solch einem Auftrag in den Busch schickte. Beinahe, so stellte sie dann fest, hätte sie die Siedlung sogar allein gefunden. Sie folgte den Männern nur gerade mal eine halbe Stunde lang über zugewucherte Dschungelpfade, bis sie den Stony River erreichten. Von hier aus war die Siedlung gut sichtbar, niemand hatte sich die Mühe gemacht, sie zu tarnen. Aber das war im Grunde auch nicht nötig. Man brauchte keine Ahnung von Strategie zu haben, um zu erkennen, dass hier eher auf Verteidigung gesetzt wurde denn auf Verstecken. Nanny Town lag auf einem Bergkamm mit hervorragendem Blick über den Fluss. Niemand konnte sich dem Dorf nähern oder gar den Fluss überqueren, ohne gesehen zu werden. Und Máanu sah nun auch, warum man die Siedlung Stadt nannte. Sie war tatsächlich sehr viel größer als die Sklavendörfer auf den Plantagen. Sicher standen über hundert zum Teil recht große Hütten und Häuser auf dem Hügel, um sie herum erstreckten sich Gärten und Felder.

Máanu und ihre Führer setzten mit einem Floß über den Fluss und erklommen den Bergkamm dann über steile Pfade. Ein Angreifer hatte hier keine Chance. Niemand konnte sich den Weg hinauf erkämpfen, man brauchte oft beide Hände, um sich an Felswänden abzustützen. Máanu war ein wenig außer Atem, als sie oben ankamen.

»Was nun?«, fragte einer der Männer den anderen. »Wir sie wirklich bringen zu Queen?«

Máanu wartete geduldig. Die Kerle machten sich wichtig, aber wenn man ein wenig nachdachte, war klar, dass sie Neuankömmlinge irgendwo melden mussten. Sicher fanden sie oft entlaufene Sklaven, und zweifellos verhörte man sie, bevor man ihnen erlaubte, zu bleiben und zu siedeln. Vielleicht taten Nanny und ihr Bruder Quao das nicht selbst, aber die Leute, die solche Verhöre durchführten, waren sicher wichtig. Máanu konnte ihnen ihr Anliegen schildern.

Tatsächlich führte man sie dann zu einem Haus in der Mitte des Dorfes. Eine runde Hütte, ganz anders als die Sklavenquartiere auf den Plantagen – wahrscheinlich hatte hier jemand so gebaut, wie er es von Afrika her gewöhnt war. Máanus Hoffnung stieg. Vielleicht lernte sie ja wirklich die Queen kennen. Wenn es ihr nur gelang, sie auch zu überzeugen. Wenn sie nur auf die Bitte eines abgerissenen, verzweifelten Sklavenmädchens hören würde …

Máanus Herz klopfte heftig, aber sie musste stark sein. Die junge Frau warf einen verstohlenen Blick über die linke Schulter und zog Trost aus dem Lächeln eines kleinen, kraushaarigen Geistes.

Elias Fortnam tobte, als Nora ihm schließlich gestand, dass ihre Zofe Máanu seit vier Tagen verschwunden war.

»Ich habe sie zu Keensley geschickt. Eine der Heilerinnen dort hat spezielle Kräuter. Aber dann kam sie nicht zurück«, fasste Nora ihre Geschichte zusammen.

»Und du wartest mehrere Tage, bevor du mir davon berichtest?«, brüllte Fortnam sie an. »Herrgott, Weib, zur Keensley-Plantage kommt sie in einem Tag. Hin und zurück!«

»Ich nahm an, sie wäre noch bei der Baarm Madda geblieben«, entschuldigte sich Nora. »Die Kräuter hat sie ja nicht immer vorrätig und …«

»Und da sollte deine Zofe nun danebensitzen und warten, bis sie nachgewachsen sind oder was? Was sollte das überhaupt? Zu Keensleys schicken wegen einer Pflanze … Wächst bei Keensleys was, was hier nicht wächst? Und konnte man da nicht rasch einen Pferdeburschen rüberschicken? Máanu ist eine Zofe, Nora, eine Zofe! Sie soll Haare aufstecken, Kleider instand halten, dir beim Ankleiden behilflich sein. Die ist wertvoll, Nora, so eine Zofe, die schickt man nicht los, ein paar Kräuter zu holen, und sagt nicht mal, wann sie zurück zu sein hat.« Elias wanderte verärgert im Zimmer umher.

»Eben weil sie eine Haussklavin war«, führte Nora an. »Ich … ich hab ihr vertraut …«

»Na, dann hast du ja jetzt wenigstens was gelernt!«, höhnte

Elias. »Vertrau nie einem Nigger! Hätten wir allerdings billiger haben können. So kostet mich dein Lernen zweihundert Pfund!«

»Wenn sie verschwunden bleibt«, begütigte Doug. »Aber wir werden sie doch wieder einfangen. Und wer weiß, vielleicht kommt sie sogar von selbst zurück.«

»Sicher! Weil sie nur eben mal eine Tante besuchen wollte«, lachte Elias. »So wird's sein. Und wovon träumen Niggerfreunde nachts?«

»Wie auch immer, sie war meine Sklavin«, erklärte Nora jetzt würdevoll. »Sie gehörte mir, wenn sie weg ist, ist es mein Verlust. Ich …«

»Ach, so hast du sie also auch selbst bezahlt, ja?« Elias' Stimme klang jetzt drohend. »Nora, meine Liebe, wie's aussieht, hast du noch sehr viel zu lernen. Hier, Nora, gehört dir nichts! Zumindest sicher nicht das lebende Inventar. Das fehlte noch, dass du die Verfügungsgewalt über die Nigger kriegtest, die würden ja verwöhnt und gepäppelt, bis sie platzen! Das Niggerweib gehört mir, nur mir, und nun werden wir versuchen, es wiederzukriegen. Auch wenn's nach 'ner halben Woche mehr als schlecht dafür aussieht. Aber ich kümmere mich gleich um Keensleys Hunde. Die können dann ja sofort Witterung aufnehmen – falls sie wirklich bei dieser Niggerhexe war.«

Er rauschte hinaus und ließ Nora stehen, die plötzlich sehr genau wusste, wie sich Doug vierzehn Jahre zuvor gefühlt haben musste, als man ihm Akwasi wegnahm. Für den Jungen musste es sogar noch schlimmer gewesen sein. Máanu war schließlich frei – und auf seine Frau konnte Elias zwar wütend sein, aber strafen konnte er sie nicht. Doug dagegen hatte mit ansehen müssen, wie man Akwasi einsperrte und schlug.

Doug legte Nora die Hand auf die Schulter. Weitere Berührungen wagten sie nicht, es würde hier bald vor Sklavenjägern wimmeln.

»Mach dir keine Sorgen, sie finden sie nicht«, sagte er beruhigend. »Jedenfalls nicht, wenn sie nicht irgendwas Verrücktes getan hat, wie bei einem Liebhaber von einer anderen Plantage unterschlüpfen oder so. Das ist meistens der Fall, wenn Frauen weglaufen. Aber bei Máanu glaube ich es nicht.«

Nora schüttelte den Kopf. »Ich auch nicht. Ak… Akwasi ist doch da, oder?«

Soweit sie wusste, war Akwasi der Einzige, den Máanu je verliebt angesehen hatte.

»Natürlich«, Doug nickte. »Wenn ein Feldnigger fehlt, fällt das gleich auf. Die haben keine Chance.«

»Aber Máanu hat eine?«, vergewisserte sich Nora. »Wo … wo glaubst du denn, dass sie hin ist?«

Doug lächelte. »Na, wo schon, Nora? In die Berge natürlich. Wenn alles gut gegangen ist, weilt sie längst bei den Maroons.«

»Und warum meinst du nun, soll ich dir helfen?«

Die Stimme der Frau klang kühl, aber immerhin hatte sie Máanu angewiesen, auf einem der gewebten Teppiche unterhalb ihres »Thrones« Platz zu nehmen, und sie angehört. Granny Nanny, die Queen, saß auf einem kunstvoll geschnitzten Hocker. Das Sitzmöbel stand auf zwei stabilen säulenähnlichen Beinen, in die Symbole eingearbeitet waren. Man hatte für die eher kleine Anführerin der Maroons eine Art Podest errichtet. Da hielt sie nun Hof – eine dünne, drahtige Person, deren westliche Kleidung einen sonderbaren Kontrast zu dem afrikanischen Kraal bot, den sie hier hatte bauen lassen. Sie war dunkel, sehr klein für eine Ashanti-Frau, ihr Gesicht wirkte stoisch. Lediglich die Augen machten sie zu einer auffallenden Erscheinung. Sie waren kohlschwarz, aber hinter ihnen schien ein Feuer zu lodern. Und sie wirkten so durchdringend, dass Máanu sich nackt fühlte unter dem Blick der Queen.

»Weil … Sie ist meine Schwester, Queen Nanny. Sie ist

ein schönes, liebes Mädchen. Und er wird das Gleiche mit ihr anstellen wie mit den anderen. Wie mit … mir …«

Máanu sah zu Boden.

»Du hast es ja überlebt«, sagte Nanny knapp.

Sie sprach ein weitgehend korrektes Englisch, wenn auch mit fremdem Akzent. Máanu erinnerte sich, dass man die Afrikanerin als Mädchen nach Jamaika gebracht hatte. Sie hatte die Sprache also hier erlernt – aber sie hatte sich nicht auf das Pidgin der Sklaven beschränkt.

»Ich hab damals auch ein Kind verloren«, gab Máanu erstickt zurück, »und wäre dabei beinahe gestorben. Ich trage die Narben bis heute.«

»Die tragen wir alle«, meinte Nanny gelassen. »Deine Schwester ist nicht die Erste und wird nicht die Letzte sein, die ein weißer Mann sich nimmt.«

»Aber … aber nicht so!«, brach es aus Máanu heraus. »Nicht jetzt schon!«

Sie hatte das Gefühl, in Tränen ausbrechen zu müssen. Dabei erinnerte sie sich kaum noch daran, wann sie zum letzten Mal geweint hatte.

Nanny hob die Brauen. »So oder anders, heute oder morgen. Ich kann das nicht ändern, und du kannst es auch nicht. Finde dich damit ab. Oder sag mir einen besseren Grund, warum ich eine Plantage angreifen soll, die fast dreißig Meilen entfernt liegt.«

Die Queen griff gelangweilt nach einer der Früchte, die in einem Korb neben ihrem Thron für sie bereitlagen.

»Ihr greift doch dauernd Plantagen an!«, rief Máanu. »Und Cascarilla ist reich. Dein Wächter kannte sie. Sie ist …«

»Die Plantage kennt jeder«, sagte Nanny und begann ihre Frucht zu schälen. »Aber sie ist zu weit weg. Es ist zu riskant. Wir können keine fünfzig Krieger über so viele Meilen schicken und die Pflanzung plündern lassen. Die kämen wahrscheinlich nicht mal ungesehen hin, aber gut, das ließe sich einrichten. Doch zurück kämen sie nie und nimmer, wenn Cascarilla Gardens brennt! Man würde uns jagen wie die Hasen. Es geht nicht, Mädchen, tut mir leid.«

Máanu biss sich auf die Lippen. Dann beugte sie sich vor. »Du brauchst keine fünfzig Männer, Queen Nanny. Gib mir … gib mir nur fünf!«

Die Hunde der Keensleys nahmen natürlich keine Spur auf, egal wie oft man sie durch das Sklavenquartier der Keensley- und später auch der Hollister-Plantage führte. Christopher Keensley verhielt sich äußerst kooperativ und tat alles, um Elias bei der Suche nach Máanu zu unterstützen. Er ließ sogar die Baarm Madda auspeitschen, zu der das Mädchen angeblich unterwegs gewesen war. Dabei wusste die Frau natürlich von nichts und blieb auch unter der Folter bei ihrer Aussage.

Elias versuchte es also auf der eigenen Pflanzung, aber seit Máanus Flucht war über eine Woche vergangen, und es hatte fast jeden Tag geregnet. Kein Hund würde ihrer Witterung jetzt noch folgen können.

»Und wenn sie in den Bergen ist, hat sie die Maroons sowieso längst erreicht«, zog Elias nach drei Tagen Suche verärgert Bilanz. Er hatte die Jagd eingestellt und saß wieder mit seiner Frau und seinem Sohn beim Dinner. »Das Miststück können wir abschreiben. Deine Schuld, Nora. Ich hoffe, du bist dir darüber bewusst.«

»Natürlich«, sagte Nora demütig und blickte nicht von ihrem Teller auf. Auf keinen Fall sollte Elias den Funken von Triumph in ihren Augen aufblitzen sehen. »Ich war nachlässig, es tut mir sehr leid. Aber immerhin brauchst du mir keine neue Zofe zu kaufen. Ich werde die kleine Mansah ausbilden.«

Elias schnaubte und schob wütend seinen Teller zurück. Er hatte die leichte Vorspeise nicht angerührt, roch aber bereits nach Rum. Wahrscheinlich hatte er den Ärger über die misslungene Jagd schon mit Keensley heruntergespült.

»Mandy? Die Schwester? So weit kommt das noch, die gleiche Brut, die gleichen Allüren. Ich hätte Kitty damals mit auf die Felder schicken sollen, als …«

»Als du Akwasi auf die Felder geschickt hast?«, fragte Doug gefährlich ruhig.

Er hatte sich nur am ersten Tag an der Suche nach Máanu beteiligt, zumindest gab er vor, es zu tun. Die letzten beiden Tage hatte er weitgehend in Kingston verbracht.

Elias warf ihm einen bösen Blick zu. »Ja, als ich deinen Niggerfreund mit gutem Grund auf die Felder geschickt habe. Wenigstens der ist noch da, unter der Knute hält man sie am sichersten. Und jetzt möchte ich davon nichts mehr hören. Nora, ich werde mich um eine Zofe für dich in Kingston kümmern. Keine Widerrede, du wirst standesgemäß ausgestattet sein. Und künftig benimmst du dich wie eine Lady. Ein bisschen Krankenpflege ist ja schön und gut. Aber keine Besuche mehr bei schwarzen Hexen. Und wenn du im Sklavenquartier Hilfe brauchst, findet sich sicher ein Mädchen aus der Küche oder gleich vom Feld. Die Zofe bleibt im Haus. Nicht auszudenken, dass sie sich in einen Feldnigger verguckt, und wir haben den nächsten Ärger.«

»Aber …«, Nora wollte noch widersprechen, Elias stand jedoch auf, ohne den Hauptgang abzuwarten. »Ich gehe rauf«, sagte er, immer noch wütend, in Noras und Dougs Richtung, und wandte sich anschließend an den Diener, der eben mit dem Essen eintrat. »Sag Addy, sie soll mir später noch einen Schlaftrunk hinaufbringen lassen.«

Nora verkrampfte die Hände um ihre Serviette. Sie musste ruhig bleiben. Was auch immer sie sagte, an diesem Abend würde Elias sich nicht mehr beruhigen. Am nächsten Tag war er allerdings meist besser gestimmt. Nora fragte sich müßig, was ihm Adwea wohl in den Rumpunsch mischte. Nach dem Schlaftrunk schien er meistens ausgeglichener und friedlicher.

Der Diener wirkte etwas betreten, fasste sich dann aber schnell und begann, Nora und Doug vorzulegen. Beide nahmen wenig. Nora war schon vorher nicht hungrig gewesen, und die bislang angespannte Atmosphäre bei Tisch hatte sie weiter belastet. Bedrückt griff sie nach ihrem Taschentuch und tupfte sich den Schweiß von der Stirn, bevor sie halbherzig ihren Löffel aufnahm und in ihrer Suppe rührte. Doug, der ihr gegenübersaß, lächelte sie über ihre Weingläser hinweg an.

»Das war es dann also mit der Sklavenjagd«, sagte er aufmunternd. »Sieht gut aus für Máanu. Ich hoffe, sie wird glücklich.«

»Ich auch«, meinte Nora erstickt. »Aber ich …«

Sie hatte sich bisher stets beherrscht, aber jetzt kämpfte sie mit den Tränen. Es war zu viel, Máanu, Elias' erneute Standpauke – und das Wissen, Mansah nicht weiter schützen zu können, vor was auch immer. Bisher hatte Nora stets vermieden, allzu intensiv an ihre Zukunft in diesem Haus zu denken. Sie liebte die Insel, sie arrangierte sich mit ihrem Gatten – aber Letzteres wurde zusehends unerträglich. Sie konnte nicht weitere zehn oder zwanzig Jahre neben Elias herleben – und erst recht nicht neben Doug!

Nora konnte es nicht mehr leugnen, sie empfand mehr für ihren Stiefsohn, als sich auf die Dauer verbergen ließ: Wenn sie Doug nicht wenigstens ab und zu gestattete, sie zu umarmen und zu küssen, wenn sie ihm letztlich nicht mehr erlaubte – dann würde sie verdorren! Und er würde es auch nicht aushalten, sie niemals mehr zu berühren. Irgendwann würde er gehen, und das konnte sie nicht ertragen. Nora versuchte, ihren Löffel zum Mund zu führen und zu schlucken, aber ihr Magen schien jetzt schon zu rebellieren. Auf die Dauer würde es auf eine Affäre hinauslaufen. Und wenn Elias sie ertappte …

Doug schien ihre Gedanken zu lesen. Sehr sanft legte er seine Hand auf die ihre. »Mach dir nicht so viele Sorgen«, sagte er zärtlich. »Lass es einfach geschehen …«

Seine Stimme klang lockend und zärtlich. Nora konnte ihre Tränen kaum noch zurückhalten.

»Aber das kann ich nicht!«, flüsterte sie. »Wenn man uns sieht …«

Doug nahm ihre Hand und küsste sie. »Dann laufen wir einfach weg!«, lächelte er. »Wie Máanu.«

»Aber das geht nicht … die Leute …«

Nora wusste, dass es eine Ausrede war. Im Grunde fürchtete sie sich nicht vor dem Klatsch, sie fürchtete sich vor Elias. Obwohl er gegangen war, schien seine Präsenz noch im Raum spürbar zu sein. Aber Dougs zärtliches Spiel mit ihren Fingern vertrieb die Geister. Nora fühlte, wie etwas in ihr nachgab.

»Bist du nicht Skandale gewöhnt?«, fragte Doug zärtlich. »Komm mit mir, Nora. Ich werde auf dich aufpassen. Jetzt und immer …«

Doug Fortnam führte Nora die Treppe hinauf, ohne ein Licht zu entzünden, und liebte sie dann langsam und zärtlich in der Dunkelheit ihres Zimmers. Sie ließen die Kerzen aus, und Nora rief kein Mädchen, um ihr beim Auskleiden zu helfen – Doug übernahm das selbst, geschickt und fürsorglich im Licht des durchs Fenster hineinlächelnden Vollmonds.

»Am besten nehme ich dich als Zofe«, neckte sie ihn, als er dann auch noch ihr Haar löste und es sanft bürstete. Immer wieder küsste er ihren Nacken.

»Ich stehe zu Diensten«, flüsterte er und ließ seine Lippen herab zu ihren Schultern und Brüsten wandern.

Schließlich trug er sie ins Bett, streichelte und liebkoste sie und flüsterte zärtliche Worte, während er in sie eindrang. Nora hatte damals mit Simon einen Anflug davon gespürt, wie es sein würde, geliebt zu werden. Aber nun steigerte sich die Wärme und zärtliche Sehnsucht, die sie mit Simon empfunden hatte, zu einem Wirbel von Gefühlen.

»Einmal bis zum Mond und zurück«, murmelte sie, als sie langsam, wie von Engeln gewiegt, zurück in die Wirklichkeit sank.

Doug lachte. »Du warst immer reiselustig. Und wir können gleich versuchen, auch noch die Venus zu erreichen … Aber erst erzählst du mir von deinen früheren Skandalen! Keine Widerrede, Nora Fortnam, geborene Reed. Ich will alles wissen!«

Nora errötete. Sie lag in seinem Arm und fühlte sich getröstet und sicher. Sollte sie nun wirklich Simons Geist erwecken? Oder war der längst hier und lächelte … Sie tastete nach dem Anhänger aus seinem Siegelring, den sie wie fast immer trug. Er brannte nicht auf ihrer Haut.

»Also gut …«, murmelte sie und versuchte, nicht an Geister zu denken – weder an Simons guten noch an Elias' bösen … »Ich …«

Sie wusste nicht recht, wie sie beginnen sollte. »Es gab da einmal einen Mann«, sagte sie schließlich. »Einen … einen Lord … Keinen Zuckerbaron, einen wirklichen Lord … und er konnte … er konnte wunderschöne Geschichten erzählen …«

Nora selbst flüsterte fast, als sie schließlich doch den Geist ihres Liebsten beschwor. Mit manchmal singender, dann wieder erstickter Stimme schilderte sie Doug Simons Sanftmut und Zärtlichkeit, die Träume, die sie geteilt hatten – und schließlich seinen Tod in ihren Armen.

»Deswegen hast du meinen Vater geheiratet«, sagte Doug leise, als sie geendet hatte. »Du wolltest hierherkommen. Du hast Simons Insel gesucht.«

Nora nickte. »Und ich hab dich gefunden«, flüsterte sie. »Aber ich weiß nicht, ob … ob …«

Doug lächelte. »Ob dein Simon uns seinen Segen gibt? Also,

wenn dich das beruhigt, können wir dem Obeah-Mann morgen ein Huhn bringen. Oder lassen wir's drauf ankommen? Probieren wir, ob der Blitz einschlägt, wenn wir uns noch einmal lieben?«

Der Blitz schlug natürlich nicht ein, obwohl die zweite Vereinigung für beide noch ekstatischer, noch erfüllender war als die erste. Nora fühlte sich befreit, nachdem sie ihre Geschichte erzählt hatte – und auch von Doug schien eine Last abgefallen zu sein. Vielleicht betrog er Simons Geist mit Nora Fortnam, aber ganz sicher nicht seinen Vater.

Schließlich lag die junge Frau in seinen Armen, und beide ließen ihre Gedanken schweifen. »Bleibst du bei mir heute Nacht?«, fragte Nora.

Doug nickte. »Wenn du es dir wünschst. Ich muss nur fort sein, bevor Adwea kommt. Der bleibt in diesem Hause nichts verborgen. Und diesem Terry, dem Hausdiener meines Vaters, traue ich auch nicht. Der schleicht hier auch nachts mitunter umher. Und dabei dachte ich eigentlich, mein Vater ließe keinen der Schwarzen im Haus schlafen.«

Nora wunderte das ebenfalls. Sie hatte Máanu einige Male im Haus übernachten lassen, als das Verhältnis zwischen ihr und ihrer Zofe noch besser gewesen war. Elias hatte das immer scharf gerügt.

Doug richtete sich jetzt auf und griff nach der Weinflasche, die er zuvor mit nach oben genommen hatte.

»Sie ist noch halb voll«, bemerkte er. »Also komm, Liebste. Gönnen wir uns noch einen Schlaftrunk.«

Nora sah ihm müßig zu, wie er die Gläser füllte – und spürte dabei ein seltsames Gefühl in sich aufsteigen. Eigentlich war alles gut in dieser Nacht. Der Wein funkelte in den Pokalen, der Mond spiegelte sich darin … Aber dennoch kämpfte Nora plötzlich mit einer diffusen Angst. Ein Schlaftrunk. *Sag Addy, sie soll mir später noch einen Schlaftrunk hinaufbringen lassen …*

War es wirklich nur Dougs zufällige Erwähnung des Wortes, das sie so oft aus Elias' Mund gehört hatte? Oder war da etwas anderes? War da etwas, das sie längst hätte verstehen sollen, über das sie jedoch monatelang hinweggesehen und -gehört hatte?

Sag Addy, sie soll mir später noch einen Schlaftrunk hinaufbringen lassen … Elias hatte es an diesem Abend wieder gesagt. Und der Hausdiener hatte auf die Worte reagiert, indem er fast das Tablett fallen ließ. Und war der Satz so oder ähnlich nicht auch an dem Abend gefallen, bevor Sally ihre Fehlgeburt erlitt? Máanus Anspielung nach infolge eines weiteren Missbrauchs? Nora dachte an Adweas Widerspruch … *Heute, Backra?* Nora hatte sich darüber gewundert. Und dann Máanus heftiger Streit mit ihrer Mutter … Máanus Verschwinden … Und schließlich Elias' übertriebene Reaktion darauf, dass Nora sich Mansah zur Zofe wünschte …

Noras Ahnungen verdichteten sich zu einer entsetzlichen Gewissheit. Unvermittelt griff sie nach Dougs Arm, ihre Nägel schlugen sich in sein Fleisch, fassungslos auf der Suche nach einem Halt.

»Doug, komm, wir müssen da einschreiten!«, sagte sie dann und wunderte sich darüber, wie sicher ihre Stimme klang. »Ich kann das jetzt nicht erklären … Aber wenn ich mich nicht sehr irre, tut dein Vater gerade Mansah etwas Schreckliches an.«

KAPITEL 7

Nora antwortete nicht auf Dougs verwirrte Nachfragen. Sie warf sich nur ihren Morgenmantel über – plötzlich war es ihr egal, was Elias sagen würde, wenn sie so leicht bekleidet gemeinsam mit seinem Sohn erschien. Wenn sie Recht hatte, war von jetzt an sowieso alles anders. Und wenn sie nicht Recht hatte …

Doug schlüpfte schließlich in seine Kniehosen. Er verstand kein Wort, aber er begriff die Dringlichkeit hinter Noras seltsamem Verhalten. Und sie war ihm nie hysterisch oder verrückt erschienen, im Gegenteil, eigentlich kannte er sie als besonnene junge Frau. Nora entzündete eine Kerze.

»Komm!«, rief sie und riss ihn zur Tür.

Mit jedem ihrer Herzschläge, seit sie sich erinnert hatte, schien die Geschichte besser zusammenzupassen. Natürlich gab es keine Bastarde auf Cascarilla Gardens, obwohl Elias kein Interesse an seiner Frau zeigte! Die Mädchen, auf die er es abgesehen hatte, waren viel zu jung, um selbst Kinder auszutragen. Und war Elias' Interesse an seiner sehr jungen Ehefrau nicht erst völlig erlahmt, als Nora weiblichere Formen annahm? Und diese Eheschließung – die Blicke der anderen Pflanzer und ihrer Frauen, die Nora in der ersten Zeit auf Jamaika irritiert hatten … Die Gesellschaft in Kingston musste darüber getuschelt haben, dass auf Cascarilla Gardens immer wieder Mädchen verschwanden. Elias war vor den Gerüchten geflohen. Und dann hatte sich diese Heirat ergeben …

»Wir hätten das längst sehen müssen!«, murmelte sie. »Wir waren blind, Doug. Und jetzt … Hoffentlich ist es noch nicht zu spät.«

Doug folgte ihr schließlich barfuß und mit bloßem Oberkörper. Nicht auszudenken, wenn sein Vater sie so auf dem Korridor ertappte. Und Nora schien die Räume ihres Gatten ja gerade anzusteuern …

Doug meinte, leises Weinen zu hören, als sie sich den Zimmern näherten. Er allein wäre jetzt stehen geblieben und hätte erst mal gelauscht. Aber Nora war nicht zu stoppen. Sie rannte über den Flur und riss die Tür zu Elias' Wohnräumen auf. Seine Suite war ähnlich gestaltet wie ihre. Ein Wohn- und vielleicht Empfangsraum, das Ankleidezimmer – und das Schlafzimmer. Nora stürzte hinein, gefolgt von Doug. Im Ankleidezimmer wartete Terry, Elias' Leibsklave.

»Backra Doug, Missis …« Der Mann starrte die beiden erschrocken an. »Sie nicht hier können rein …«

Er schien bereit, den beiden die Tür zu Elias' Schlafzimmer zu versperren. Nora schob ihn beiseite.

»Und ob wir können!«, sagte sie, stieß die Tür auf und starrte entsetzt auf die Szene, die sich ihr bot.

Die kleine Mansah drückte sich wimmernd in eine Ecke des Raumes. Sie hielt ein Kissen an sich gedrückt – wie einen Schutzschild oder um sich daran festzuhalten. Elias stand mit geöffnetem Hosenbund bedrohlich vor dem Mädchen.

»Steh auf, und zieh dich aus!«

Mansah schien wie gelähmt. Die Augen der Kleinen waren geweitet, sie starrte entsetzt auf den Mann, der wie ein Riese vor ihr aufragte.

Nora hörte, wie Doug hinter ihr scharf die Luft einsog. Für ihn musste der Anblick noch schockierender sein – es war sein Vater, der so etwas Schreckliches tat.

»Nicht, Backra, nicht machen mit Mansah wie mit Sally!«

Mansah flehte mit dünner, erstickter Stimme. Weder sie noch ihr Peiniger hatten Nora und Doug bemerkt. Als Elias nicht reagierte, vergrub das Mädchen den Kopf in dem voluminösen Kissen, das später wohl seine Schreie hätte ersticken sollen.

Aber Elias fand keine Gelegenheit mehr, es ihr wegzureißen. Doug sprang hinter Nora hervor und riss seinen Vater von dem Mädchen weg. Seine Faust fand mit einem sicheren Schlag Elias' Kinn, der ältere Mann wurde durch den halben Raum geschleudert.

»Du … du Mistkerl warst es selbst!«

Dougs Stimme klang erstickt vor Abscheu und Entsetzen. Nora eilte zu Mansah und zog sie aus ihrer Ecke. Die Kleine flüchtete sich in ihre Arme und begann haltlos zu schluchzen.

»Er hat … er hat …«

Das Mädchen fand keine Worte für das, was ihm geschehen war. Nora stellte jedoch erleichtert fest, dass es noch sein Kleid trug und dass dies auch keine Blutflecken aufwies. Elias hatte Mansah sicher zu Tode erschreckt, aber jedenfalls hatte er sie noch nicht verletzt.

»Du verfluchter Mistkerl schändest kleine Mädchen!« Doug zerrte seinen Vater hoch und schrie ihm seine Anschuldigungen ins Gesicht. »Du bringst sie um …« Doug schien es aussprechen zu müssen, um es glauben zu können.

Elias kam langsam wieder zu sich. »Na und?«, höhnte er. »Schon vergessen? Sie gehören mir! Und man kriegt sie im Dutzend billiger auf dem Markt in Kingston!«

»Du bist …« Doug stand der Ekel im Gesicht geschrieben. »Du bist … ein Monster! Ich werde … ich werde die Polizei …«

Elias verzog das Gesicht zu einem hässlichen Lachen. »Die Polizei! Und? Was soll die tun? Gut, das Mädchen ist ein bisschen jung. Aber diese Niggerhuren sind frühreif. Der Constable wird mir beipflichten. Der ist nicht so zart besaitet. Und sonst auch keiner. Nur ihr … Wo kommt ihr überhaupt her, halb nackt, mitten in der Nacht?« Sein Blick wurde lauernd.

Doug zitterte, in seinen Augen stand blanke Mordlust. Er wollte seinen Säbel ziehen, aber natürlich lag die Waffe in seinem Zimmer. Jetzt schlossen sich seine Hände wie von selbst um den Hals seines Vaters. Doug drückte zu, hörte Elias' Röcheln und weidete sich daran. Er würde dieses Ungeheuer töten, er würde ihm antun, was er den Mädchen getan hatte, er …

»Nein!« Noras Stimme riss Doug aus seiner tödlichen Trance. »Doug, lass los, du bringst ihn um …«

»Und wenn?«, stieß Doug wütend hervor. »Würde das die Erde nicht zu einem besseren Ort machen?«

»Und dich womöglich an den Galgen bringen! Doug, was immer er getan hat, er ist dein Vater!«

Elias wehrte sich mit letzter Kraft. Er fiel zu Boden, als Doug losließ.

»Und nicht mal dazu hat mein feiner Sohn die Traute«, krächzte Elias hervor. Er hatte sich niemals wirklich gefürchtet.

Vor Dougs Augen zog ein blutroter Schleier auf. Er bückte sich zu Elias, der sich eben aufrappelte. Aber Nora stand bereits zwischen ihnen.

»Raus, Doug!«, befahl sie. »Verschwinde hier, und beruhige dich! Du weißt ja nicht mehr, was du tust!«

»Nora … Nora, er …«

Doug wollte widersprechen, aber Nora schob ihn entschlossen in Richtung Tür. Elias lachte ihm höhnisch nach, und Doug meinte, auch ein verhaltenes Grinsen im Gesicht des Hausdieners zu erkennen, der den Eingang bewachte.

»Geh!«, rief Nora, als er zögerte.

Und plötzlich glaubte Doug, das alles nicht mehr ertragen zu können. Er rannte aus dem Zimmer, wobei er Elias' Hausdiener mit einem raschen, brutalen Schlag durch den gesamten Ankleideraum schmetterte. Der Mann hatte an der Tür gestanden und dem Schauspiel zugesehen. Er musste genau gewusst haben, was Elias mit den Mädchen tat.

Aber wer in diesem Haus, abgesehen von Nora und Doug, hatte das wohl nicht gewusst?

Nora atmete auf, als Doug floh. Nicht auszudenken, dass er auch noch einen Mord beging. Aber dann sah sie sich erschrocken um. Elias war nicht verletzt, er war eben dabei, sich aufzurichten. Und sie war allein mit ihm in einem Raum. Mit ihm und Mansah. Die Kleine löste sich von Nora und flüchtete schreckensbleich erneut in ihre Ecke. Unwahrscheinlich, dass sie mit ihr fliehen konnte, bevor Elias wieder ganz bei sich war. Nora erfasste erstmals, dass auch sie sich in Gefahr befand. Was war, wenn Elias sie selbst und Mansah tötete? Und sich irgendeine Geschichte ausdachte, vielleicht den Hausdiener Terry der Tat beschuldigte? Der war zumindest nicht mehr fähig, sich zu wehren, er lag bewusstlos auf dem Boden des Ankleidezimmers. Elias konnte auch ihn töten, behaupten, ihn auf frischer Tat ertappt zu haben. Dann stünde sein Wort gegen Dougs …

Nora blickte in Elias' wütendes Gesicht und schaute dann suchend um sich. Eine Waffe … Sie musste sich irgendwie verteidigen können … Und dann erblickte sie Elias' Degen. Die Waffe lehnte an der Wand neben dem Bett. Nora konnte sie mit einem Griff erreichen … Sie stieß Elias von sich, der sich ihr eben näherte, und griff nach dem Degen. Sie zog blank und stellte sich schützend vor Mansah.

»Rühr uns nicht an!«, fauchte sie entschlossen. »Wag es nicht!«

Doug rannte wie von Furien gehetzt aus dem Haus, in dem er geboren war. Zurzeit wünschte er sich nichts mehr, als Elias Fortnam seinen Degen ins Herz zu stoßen, egal, welche Konsequenzen es hatte, und egal, wie Nora dazu stand. Zumal sein

Vater Recht hatte: Mit ziemlicher Sicherheit würde ihm nichts geschehen, nur weil er ein paar Sklavenmädchen geschändet hatte. Natürlich gäbe es einen Skandal, gesellschaftlich wäre das Ganze eine Katastrophe für Cascarilla Gardens. Aber das würde Nora wahrscheinlich mehr wehtun als Elias. Die anderen Pflanzer verziehen ihm sicher schnell, er würde weiterhin mit ihnen trinken und verhandeln. Nur in aller Öffentlichkeit würde man die Fortnams ächten, keine Gesellschaften, keine Bälle mehr. Nora würde ganz auf Cascarilla Gardens beschränkt bleiben. Mit ihrem gewalttätigen Mann. Natürlich konnte Doug sie entführen und mir ihr fliehen. Elias würde sie kaum daran hindern. Schließlich konnte er anschließend behaupten, alles sei nur eine Lüge gewesen, in die Welt gesetzt von seinem betrügerischen Weib und seinem Sohn. Und weitere Sklavenmädchen würden missbraucht werden und sterben …

Blind vor Wut und Verzweiflung rannte Doug aus dem Haus zu den Ställen. Er musste irgendetwas tun, um wieder zu sich zu kommen, um seine Gedanken zu sammeln. Amigo wieherte ihm zu. Doug warf ihm ein Zaumzeug über. Er führte das verwunderte Pferd aus dem Stall, schwang sich von einer Futterkiste aus auf seinen ungesattelten Rücken. Reiten war gut. Es brachte ihn fort von hier, schnell, und es würde ihm helfen, den Kopf freizubekommen. Nora hatte Recht, er musste wieder zu sich kommen. Später würde er dann mit ihr reden … Später würde sich eine Lösung finden … später …

Doug schnalzte dem Pferd zu, und Amigo galoppierte hinaus in die Nacht. Zum Strand hinaus, zum Meer, am besten ins Meer. Doug hatte den dringenden Wunsch, sich zu reinigen.

Máanu schlich zu der Hütte, in der Akwasi schlief. Bis hierher hatte sie sich die größte Mühe gegeben, keinen Laut zu erzeugen, aber an das Geschick der fünf Männer in ihrer Begleitung kam sie dabei nicht heran. Die Maroons, die Granny Nanny ihr zur Verfügung gestellt hatte, waren erfahrene Krieger. Sie mussten schon in Afrika gelernt haben, wie man sich anschlich und blitzschnell zuschlug, um dann ebenso rasch zu verschwinden. Dazu hatten sie ein ungeheuer hohes Tempo vorgelegt – in nur einem Tag waren sie von Portland Parish bis nach Cascarilla Gardens marschiert, ständig im Schutz des Dschungels, was ziemliche Umwege erfordert hatte. Nun hatten sie im Dunkel der Nacht die Plantage der Hollisters durchquert und endlich das neue Sklavenquartier der Fortnams erreicht. Máanu wollte sie eben anweisen, im Wald auf sie zu warten, als ihr Anführer das Wort ergriff.

»Wo Aufseher?«, fragte er ruhig.

Máanu wies auf vier größere Häuser am Rande der Siedlung. »Da drin. Aber … meint ihr nicht, es wäre sicherer, wenn wir mehrere wären?«

Der Mann schüttelte den Kopf und zog sein Messer. »Du Sklaven wecken, wir Aufseher …« Er machte eine eindeutige Geste.

Máanu nickte mit klopfendem Herzen. Hoffentlich wusste der Mann, was er tat. Aber es brachte nichts, sich hier mit den Maroons zu streiten. Und ihr Anführer mochte durchaus Recht haben. Wenn sie die Aufseher in ihren Betten überraschten, waren sie leichter zu töten. Erwachten sie aber erst mal, weil sich ein Sklavenaufstand ankündigte, würden Schüsse fallen, und die Fortnams im Haus wären gewarnt.

Máanu schlüpfte ohne ein weiteres Wort in Akwasis Hütte.

»Akwasi! Bobbo! Coffee! Fiddler!«

Sie rief die jungen Männer an, die sich die Hütte teilten, und rüttelte Akwasi wach. Nach der schweren Arbeit auf den Feldern schliefen die meisten Sklaven wie tot.

Bobbo, ein immer zu Scherzen aufgelegter junger Mann, war schließlich der Erste, der sich aufrichtete.

»Das nicht gibt's! Máanu!«, rief er verwundert, achtete aber darauf, dabei die Stimme zu senken. »Was du machen hier? Du frei! Nicht sagen, dass kommen zurück zu befreien Akwasi! Ist schön Liebe. Aber ist auch verrückt!«

»Ich komme, euch alle zu befreien!«, erklärte Máanu. Auch die anderen Männer kamen langsam zu sich und rieben sich den Schlaf aus den Augen. Nur Akwasi schien sofort hellwach, als er das Mädchen bemerkte. »Ich bin mit einer Streitmacht der Maroons hier. Cascarilla Gardens wird heute Nacht brennen! Aber wir brauchen Hilfe. Ihr müsst kämpfen! Wenn ihr mitmacht, seid ihr frei!«

»Oder tot«, gab Coffee zu bedenken. »Sie fangen Sklaven immer …«

»Nicht immer …« Fiddler schien bereit, die Sache zu diskutieren.

»Uns fangen sie nicht!«, sagte Máanu kurz. »Und jetzt kommt. Wir müssen die anderen wecken. Die jungen Feldnigger vor allem, die anderen sind zu zögerlich. Aber für euch gilt's! Akwasi, Coffee, Bobbo, Fiddler – jeder geht in eine Hütte!«

Akwasi schüttelte den Kopf. »Ich bin kein Botenjunge, ich kämpfe!«, sagte er fest. »Wo sind deine Maroons, Máanu? Wenn sie klug sind, töten sie jetzt schon die Aufseher!«

Máanu nickte besorgt. »Sie tun genau das. Aber du …«

Akwasi nahm mit einer raschen Bewegung das Messer an sich, das sie am Gürtel trug. »Ich töte Truman!«

Akwasi wusste, in welcher Hütte sein Peiniger schlief, und steuerte sie zielsicher an. Er lauschte nach den anderen Verschwörern, aber die Maroons taten ihr Werk lautlos. Akwasi sah nur einen Schatten, der eben ins Haus schlüpfte, als er sich Trumans Hütte näherte. Wie es aussah, war er zu spät, einer der anderen würde ihm zuvorkommen. Aber dann hörte er plötzlich einen Schrei und Kampfgeräusche, die entsetzlich laut durch die Nacht drangen, aus der Hütte. Akwasi lief es kalt über den Rücken. Das mussten die anderen Aufseher hören, das musste man bis zum Haus hören, auf jeden Fall in jeder Hütte des Sklavenquartiers. Und wenn nur einer der Schwarzen meinte, sich beim Backra lieb Kind machen zu können, indem er sie verriet …

Akwasi überlegte nicht lange. Er zückte Máanus Messer und riss die Tür des Aufseherquartiers auf. Im Licht des hereinscheinenden Mondes sah er Truman mit einem der Maroons ringen. Der Schwarze hielt dem Aufseher verzweifelt den Mund zu, aber Truman kämpfte sich eben frei.

»Zu Hilfe! Ein Aufstand! Ein Überfall!«

Akwasi trat blitzschnell hinter den Mann, zog seinen Kopf zurück und schnitt ihm mit einer raschen Bewegung die Kehle durch. Die Schreie verstummten in einem gurgelnden Ton. Truman sackte zusammen.

»Das ging viel zu schnell, du Hund!«, wisperte Akwasi dem Sterbenden zu.

Der Maroon grinste. »Das gerade richtig. Die Kerl wach, als ich kommen. Aber sich gestellt schlafend, als ich angreifen. Dann Kampf. Du Hilfe. Du kommen mit uns?«

Akwasi nickte. »Ich bin Akwasi! Und ich brenne darauf, mit den Kerlen im Haus das Gleiche zu machen wie mit dem hier! Was ist mit den anderen?«

»Müssten sein alle tot. Dies letzte Haus. Maroons noch suchen Gold … und Waffen …«

Die Aufseher waren zwar meist nicht reich, aber ein paar Münzen würde wohl der eine oder andere im Haus gehabt haben. Und natürlich Gewehre. Akwasis Herz klopfte heftig, als er Trumans Büchse an der Wand lehnen sah.

»Kann ich …?« Er sah den Maroon fragend an.

»Sicher. Ich hab Waffe.« Er zeigte auf die über seiner Schulter hängende Flinte. »Aber nicht schießen, wenn nicht nötig. Nicht macht Lärm. Muss nicht merken jeder, dass Überfall.«

»Aber letztendlich brennen wir doch das Haus nieder?«, fragte Akwasi hoffnungsvoll.

Der Maroon nickte. »Aber später. Erst Gold. Erst …«

Er fuhr mit der Hand seine Kehle entlang. Erst würden sie die Pflanzer töten. Die übliche Vorgehensweise bei Überfällen der Maroons.

Als Akwasi und sein neuer Waffenbruder aus dem Haus des Aufsehers traten, hatte Máanu bereits um die fünfzig Sklaven auf dem Dorfplatz versammelt. Praktisch alle waren jung, ihre Rücken wiesen Spuren der Peitsche auf – und sie alle dürstete es nach Rache.

Die Maroons nickten ihnen zu.

»Wir alle Haus. Aber leise. Wenn kein Verräter, wir finden alle schlafen. Das am besten. Aber oft Verräter …«

Das war auch das gewesen, was Granny Nanny an Einwänden gegen Máanus Plan vorgebracht hatte. Die Maroons hatten schlechte Erfahrungen damit gemacht, die Sklaven der überfallenen Plantage mit einzubeziehen. Natürlich gab es immer Männer und Frauen, die darauf brannten, sich an den Backras zu rächen. Aber andere Sklaven waren ihren Herren treu ergeben. Gerade Haussklaven hatten oft Skrupel, ihre Backras zu töten und das Haus, in dem sie oft genug aufgewachsen waren, dem Erdboden gleichzumachen. Sehr häufig schon hatten sie Überfälle verraten und den Maroons somit den Überraschungseffekt verdorben. Grundsätzlich änderte das meist nichts – in aller Regel waren die Maroons in der Überzahl und töteten die Pflanzer auf jeden Fall. Aber mitunter hatten sie dabei auch eigene Verluste zu beklagen, was Granny Nanny weitestmöglich zu vermeiden suchte.

»Hier kein Verräter!« Akwasi erkannte Adweas Stimme. »Aber Backra nicht schlafen. Hat Backra Mädchen.«

Máanu schrie auf. »Er hat Mansah? Wir sind zu spät gekommen? Wie konntest du, Mama Adwe, wie konntest du? Hatte ich dir nicht gesagt … Kommt jetzt! Schnell! Wir werden versuchen, sie zu retten. Und wenn wir sie nicht retten können, dann werde ich sie rächen!« In Máanus Augen stand blanke Mordlust. Sie hob eine Machete auf. »Mir nach!«, rief sie den Männern zu. »Und macht euch keine Sorgen. Er wird wach sein, aber er ist in seiner eigenen Welt. Er wird nichts sehen und nichts hören als das Blut und die Schreie meiner Schwester!«

Elias Fortnam sah benommen auf den Degen in der Hand seiner Frau, in ihre blitzenden, wütenden Augen und auf das Mädchen, das sich hinter ihr versteckte. Er brauchte einige Zeit, um zu begreifen, wie er in diese Lage gekommen war. Er war doch immer vorsichtig gewesen – niemals hätte er gedacht, dass Nora und Doug etwas ahnten. Natürlich wussten die Hausnigger Bescheid, das ließ sich ja nicht vermeiden. Aber die hatte er unter Kontrolle gehabt. Und Máanu, die Einzige, die ihm ihren Hass mitunter gezeigt hatte, war fort. Aber nun bedrohte ihn sein eigenes Weib – vielleicht war es doch ein Fehler gewesen, Nora ins Haus zu holen … Elias überlegte kurz, ob sie wirklich fähig wäre, die Waffe gegen ihn einzusetzen. Sicher hatte sie nie einen Degen geführt. Aber das Ding war scharf – und Nora konnte Blut sehen, sie schnitt im Sklavenquartier auch Abszesse auf und versorgte Wunden, die sich die Männer mit Macheten schlugen.

»Lass den Unsinn, Nora«, zischte er schließlich. »Ich hab dem Mädchen nichts getan. Und du konntest nicht glauben, dass ich wie ein Heiliger neben dir her lebe.«

»Das habe ich nie verlangt«, gab Nora zurück. »Du bist meinem Bett aus freien Stücken ferngeblieben – nachdem ich nicht mehr wie ein kleines Mädchen aussah, nehme ich an. Und es geht nicht darum, dass du eine Sklavin in dein Bett holst. Das tun andere auch. Es geht darum, dass du Kinder missbrauchst. Dass du Kinder umbringst!«

Mansah schluchzte auf. Elias warf einen Blick auf das Mädchen.

»Also gut, Nora, ich schenk sie dir. Mit Besitzurkunde und allem Drum und Dran, du kannst das Mädchen behalten. Mach eine Zofe aus ihr, oder schick sie zu den Maroons oder was dir in den Kopf kommt. Aber benimm dich jetzt, geh in dein Zimmer und vergiss diese Nacht.«

»Damit du dir das nächste Mädchen holen kannst?«, höhnte Nora.

Sie spürte, dass der Degen in ihrer Hand ihr Mut machte, und Elias zeigte ja auch Bereitschaft, sie gehen zu lassen. Aber was sollte, was konnte sie jetzt tun? Sie würde mit Doug reden müssen, Elias hatte jedoch Recht: Die Polizei würde nicht einschreiten. Und selbst der gesellschaftliche Skandal würde sich in Grenzen halten. Im Grunde gab es nur eine Möglichkeit – Nora musste genau das tun, was Elias wollte. Bei ihm bleiben, sich ruhig verhalten und ihren Mann von jetzt an aufs Strengste kontrollieren. Sie konnte verhindern, dass er seinen dunklen Neigungen weiter nachging. Zumindest in ihrem Haus. Ob er andere Möglichkeiten finden würde, blieb dahingestellt, aber die Kinder ihrer eigenen Plantage konnte sie schützen. Nora schwindelte es bei dem Gedanken an jahrelange Wachsamkeit. Und bei den weiteren Konsequenzen dieser Entscheidung. Sie würde niemals mit Doug zusammen sein können. Niemals, unter keinen Umständen durfte sie Elias einen Scheidungsgrund liefern. Der Traum, mit Doug einfach fortzulaufen, war ausgeträumt. Aber erst einmal musste sie aus dem Zimmer …

Nora schob sich mit vorgehaltenem Degen langsam Richtung Tür, während sich Mansah an ihren Morgenrock klammerte. Sie zog ihr den leichten Überwurf dabei fast aus, worüber Elias anzüglich grinste.

Aber dann hörte sie ein Geräusch aus Elias' Wohnraum. Jäh wurde die Tür aufgestoßen. Doug? Kam er womöglich zurück?

Gefasst? Oder erst recht voller Mordlust? Aber die Stimme, die jetzt laut durch die Wohnung hallte, war keine männliche.

»Terry, du hinterhältiger mieser Verräter! Gib den Weg frei, oder ich hau dich in Stücke!«

Ein Schlag und ein darauffolgender, entsetzter Schmerzensschrei des Hausdieners bewiesen, dass Máanu ihre Drohung gleich wahrmachte. Der Schrei ebbte in einem Wimmern ab. Und dann geschah alles gleichzeitig. Während Terry unter weiteren Hieben mit der Machete eines der Maroons aufheulte, riss Máanu die Tür zu Elias' Schlafzimmer auf.

Verwirrt schauten das Mädchen und Akwasi, der hinter ihm auftauchte, auf die Szene zwischen Elias und Nora.

»Sie, Missis?«, fragte Máanu verblüfft. »Sie ... wussten?«

»Sie mich retten!«

Mansah fand ihre Stimme wieder, löste sich von Nora und rannte, vorbei an ihrem Peiniger, in die Arme der Schwester. Elias schien blitzartig zu begreifen, was vorging. Er warf einen verzweifelten Blick auf den Degen, aber den hielt Nora nach wie vor umklammert.

»Gib mir den Degen, Nora! Wirf ihn mir zu!«, rief er.

Nora beachtete ihn gar nicht.

»Erst seit heute Abend«, antwortete sie Máanu. »Es tut mir so leid. Aber ... aber Mansah ist nichts geschehen ...«

Akwasi sah, wie Elias, die helle Panik in den Augen, sich rückwärts in eine Ecke des Raumes bewegte. Oder zum Fenster? Er durfte nicht fliehen!

»Nun mach schon, Máanu, bring ihn um!«, rief Akwasi und wies auf den Backra. »Oder soll ich?«

Hinter ihm drängten die Maroons herein, unzweifelhaft gewillt, mit allen anwesenden Weißen und möglichen weiteren Haussklaven kurzen Prozess zu machen. Hinter ihnen lag Terry in seinem Blut.

Máanu sah Elias hasserfüllt an. »Hackt ihn in Stücke!«, wies sie ihre Leute an. »Ich weiß, es soll schnell gehen. Aber macht es nicht zu schnell!«

Nora verschloss ihre Augen vor dem, was Akwasi, die Maroons und Máanu mit Elias Fortnam taten. Sie hörte nur Mansahs entsetzte Weigerung, als sie von ihrer Schwester aufgefordert wurde, sich an der Metzelei zu beteiligen. Und nahm die Kleine in die Arme, als sie wieder zu ihr floh.

»Schau nicht hin, Mansah, nicht hinsehen. Und nicht hinhören …« Nora drückte das Mädchen an sich und vernahm fassungslos, wie Máanu ihrem Mann zwischen den Machetenhieben all die Gräueltaten vorhielt, die er einst an ihr begangen hatte. Máanu hatte also auch zu seinen Opfern gehört. Das erklärte alles. »Denk an was Schönes«, flüsterte Nora und hielt Mansah die Ohren zu. »Du musst dies vergessen, hörst du … Wir … wir müssen dies vergessen …«

Sie wiegte das Mädchen in den Armen, bis Elias' letztes Wimmern verklang. Dann sah sie Máanu an. Die Hände ihrer Zofe waren blutbefleckt.

»Und jetzt, Máanu?«, fragte sie mit erstickter Stimme. »Bin ich die Nächste?«

Máanu hob ihr Messer.

»Nein!«, rief Akwasi. Er trug nur den Lendenschurz, in dem er geschlafen hatte, aber auch der war nun voller Blut. »Nein, der Nächste ist Doug Fortnam!« Er spuckte den Namen seines früheren Freundes aus. »Sie …«

»Tötet sie schnell!«, sagte Máanu entschlossen.

Ihr Blick auf Nora war fast entschuldigend. Vielleicht erinnerte sie sich daran, dass Nora ihr nie wirklich etwas angetan hatte. Aber die Maroons ließen niemals Überlebende zurück.

»Nein!« Noch einmal klang Akwasis Stimme. Der kräftige Schwarze stellte sich entschlossen vor Nora. »Sie wird nicht getötet. Sie gehört mir. Wir nehmen sie mit. Ich will sie!«

Nora blickte verwirrt zu ihm auf, Máanu betrachtete ihn hasserfüllt.

»Du willst sie?«, stieß sie dann aus. »Du willst sie immer noch? Es … es war nicht nur der … der Duppy?«

Nora verstand nicht. Oder doch? Hatte Máanu sie damals gesehen, als sie sich Akwasi im Rausch der Obeah-Zeremonie hingab?

»Ich will sie!«, sagte Akwasi kurz. »Als mein Weib! Sie gehört mir!« Sein Blick auf Nora war voller Begehren und voller Triumph. Früher, bevor er sie mit Doug gesehen hatte, hätte auch Liebe darin gelegen, aber jetzt … »Als meine Sklavin!«, setzte er hinzu.

Der Anführer der Maroons schüttelte den Kopf. »Das nicht gut«, sagte er dann. »Wir nicht wollen Weiße in Nanny Town. Wird nicht erlauben die Queen.«

Akwasi warf den Kopf hoch. »Dann gehe ich eben nach Cudjoe Town. Ob Saint James Parish oder Portland Parish, mir ist's egal … Irgendwer wird uns schon aufnehmen …«

Máanu wollte etwas Hitziges erwidern, aber das Eintreten weiterer Schwarzer unterbrach die Diskussion.

»Da niemand mehr, Máanu«, bemerkte ihr Anführer, einer der Maroons. »Wir getötet zwei Hausnigger, die wollten verraten. Einer uns gezeigt, wo wohnen dritte Weiße. Aber der nicht da.«

»Doug Fortnam ist entkommen?« Akwasi fuhr auf, ebenso Máanu. »Aber er …« Akwasis Gesicht zeigte offene Enttäuschung. Es wirkte ratlos, fast kindlich.

Die Maroons dagegen waren alarmiert. »Wird holen Hilfe. Also machen schnell!« Ihr Anführer durchwühlte die Schubladen und Schränke in Elias Fortnams Räumen. Die Männer hinter den Neuankömmlingen, Feldsklaven, die sich den Maroons angeschlossen hatten, blickten fassungslos auf die zerstückelte Leiche ihres früheren Backras. »Suchen Beute, dann zünden an Haus«, erläuterte ihnen der Maroon das weitere Vorgehen. Er wurde jetzt erkennbar nervös. Wenn tatsächlich jemand Hilfe holte, Männer mit Flinten, Hunde, Pferde … Falls jetzt schon eine Verfolgung einsetzte, würde es schwer sein zu entkommen.

»Wir nicht glauben, er entkommen«, meinte einer der Plantagensklaven, diesmal ein früherer Hausneger. Nora erkannte ihn als einen der Gärtner. »Hat heute niemand geschlafen in sein Bett. Vielleicht war in Kingston.«

»Verräter sagen, dass hat gegessen hier«, meinte der Maroon kurz, der eben die Nachricht von Dougs Verschwinden gebracht hatte. »Ist besser, machen schnell.«

Niemand kümmerte sich mehr um Nora, als die Männer nun das Haus in Windeseile auf Wertsachen untersuchten. Die junge Frau kauerte auf dem blutdurchtränkten Teppich im Zimmer ihres Gatten. Mansah klammerte sich an sie.

»Will zu Mama Adwe«, flüsterte die Kleine, die nicht minder verstört schien als Nora selbst. »Glauben Missis, die mich lassen zu Mama Adwe?«

Nora glaubte das nicht wirklich, zumal sie keine Ahnung hatte, was mit Adwea und den anderen Sklavinnen geschehen war. Hier im Haus schienen sich außer Máanu nur Männer aufzuhalten. Und so hasserfüllt, wie Máanu war, erschien es ihr gut möglich, dass sie auch ihre Mutter getötet hatte. Die Köchin hatte dem Backra schließlich ihre beiden Töchter ausgeliefert. Auf jeden Fall würde Máanu ihre Schwester sicher nicht zurücklassen. Zweifellos nahm sie das Mädchen mit zu den Maroons.

»Du bleibst bei mir!«, sagte Nora tröstend zu Mansah. »Du hast gehört, Akwasi will mich mitnehmen …«

Ihr Blick fiel auf Elias' Leiche, und auf einmal erschien es ihr nicht mehr ganz so schrecklich, verschleppt zu werden. Es war immerhin besser als ein solcher Tod. Vielleicht war es ja auch möglich zu fliehen. Und Doug … Doug war frei. Er würde ihr helfen!

Erschrocken sah sie hoch, als der Schatten des Maroon-Führers vor ihr aufragte.

»Was jetzt mit diese Weiße?«, fragte er. »Schnell tot, machen weg?«

Nora duckte sich, als ein Messer aufblitzte. Aber dann war da wieder Akwasi.

»Ich habe gesagt, sie gehört mir! Sie kommt mit mir, sie ist meine Beute. Sie ist alles, was ich will!«

»Du nicht viel zu wollen«, meinte der große Schwarze. »Du neu, du nicht Maroon.«

Akwasi blitzte ihn drohend an. »O doch, und ob ich das bin! Ich hab den Backra getötet. Und ich bin stark. Ich werde ein großer Krieger werden für eure Nanny. Oder für Cudjoe. Oder ich baue mir selbst eine Hütte in den Bergen. Ich gehe mit euch, oder ich gehe allein. Aber sie geht mit!«

Der Maroon zuckte die Achseln. »Du nicht gehen alleine«, entschied er. »Das gefährlich. Wenn schnappen dich, erzählen viel und sagen, haben geschnappt Maroons. Du gehen mit uns, kannst mitnehmen weiße Frau. Aber Urteil fällt Nanny.«

Akwasi nickte. Dann ließ er den Blick über Noras spärliche Bekleidung schweifen.

»Was hast du gemacht?«, fragte er hart. »Wieso rennst du halb nackt herum? Warst du im Bett mit deinem Doug?«

Akwasi war intelligent. Er zog seine Schlüsse aus dem unberührten Bett in Dougs Zimmer und Noras leichter Bekleidung. Zudem hielt er es für unwahrscheinlich, dass sie allein in Elias' Räume gekommen war, um ihren Gatten zu stellen.

Nora funkelte ihn an. »Das geht dich nichts an!«, sagte sie kühl.

Akwasis Ohrfeige traf sie völlig unvorbereitet. Der Schlag war nicht hart, aber an seiner Hand haftete Elias' Blut.

»Sprich nicht so mit deinem Herrn!«, fuhr Akwasi sie an. »Du wirst lernen, mir zu gehorchen!«

»Möchtest du ein ›Ja, Backra!‹ hören?« Der spöttische Einwand kam von Máanu. »Da wird Madam üben müssen …«

»Madam muss sich erst mal ordentlich kleiden«, bemerkte Akwasi. »So kann sie nicht in die Berge. Geh mit und hilf ihr, Máanu!«

»Bin ich jetzt auch deine Sklavin?« Máanu fuhr auf.

»Ich brauche keine Hilfe«, erklärte Nora.

»Du wirst auch keine kriegen!«, sagte Máanu hart. »Aber ich gehe mit, schon um den Schmuck zu holen. Mach jetzt, wir müssen fort.«

In Noras Räumen wimmelte es von Sklaven, die ihre Schmuckschatullen plünderten. Auch einen Teil ihrer Kleider hatten sie bereits in Säcke gesteckt – zum Glück eher die prunkvollen Roben, die man vielleicht in Kingston oder einer anderen, etwas weiter entfernten Siedlung zu Geld machen konnte, nicht die schlichten Hauskleider.

»Nun mach schon!«, trieb Máanu ihre frühere Herrin an, als Nora zögerte, sich vor den Männern zu entkleiden. »Die haben alle schon nackte Frauen gesehen. Beim Auspeitschen zum Beispiel. Du erinnerst dich? Man führt uns zum Richtplatz und reißt uns die Kleider vom Leib. Gewöhn dir ab, dich für was Besseres zu halten.«

Mit einer raschen Bewegung zog sie Nora den Morgenrock vom Körper, öffnete eine der Schubladen und warf ihr etwas Unterzeug hin. Nora kamen die Tränen vor Scham, als sie nackt vor den starrenden Männern stand und die Hände von Brüsten und Scham nehmen musste, um Hemd und Hose anzuziehen. Rasch und unauffällig löste sie den Anhänger von ihrem Hals, das dünne Seidenbändchen, an dem es hing, war leicht zu zerreißen. Nora barg das Schmuckstück in ihrer Hand, bevor die Männer es sehen, ihr abnehmen und der Beute hinzufügen konnten. Schließlich hatte Máanu ein Einsehen und scheuchte die Kerle hinaus.

»Sonst werden wir nie fertig«, brummte sie und hinderte Nora auch nicht, ein paar weitere Kleider zusammenzuraffen und in ein Bündel zu schnüren. Als Nora überlegte, auch noch ihre Reitstiefel mitzunehmen, riss Máanu sie ihr aus der Hand. »Das reicht jetzt!«, spie sie aus. »Sklaven gehen barfuß. Das muss der Lady doch aufgefallen sein, so lange wie sie schon hier ist. Also geh!«

Nora fügte sich. Sie warf keinen Blick zurück, als Máanu sie nun wieder Akwasi übergab, der hart ihre Hand nahm. Sie hielt die Gemme immer noch umklammert. Nora blutete das Herz, aber sie ließ das Schmuckstück fallen, als Akwasi sie durch den Garten zerrte. Er führte sie zu einer Gruppe aufgeregt miteinander flüsternder Sklaven. Nora zählte um die achtzig oder neunzig fast durchgehend junge Leute. Was aus den anderen geworden war, wagte sie nicht zu fragen.

Máanu und zwei der Maroons führten die Gruppe offen durch die Zuckerrohrplantage in Richtung der Hollister-Ländereien. Die anderen drei blieben zurück, und Nora fand erst eine Stunde später heraus, was der Grund dafür war. Sie war mit gesenktem Kopf hinter Akwasi hergestolpert, aber jetzt hob sie den Blick, denn die befreiten Sklaven stießen verhaltene Jubelschreie aus. Und dann sah sie den Feuerschein. Cascarilla Gardens ging in Flammen auf.

LIEBE

Blue Mountains, Nanny Town, Cascarilla Gardens
Herbst 1733 bis Herbst 1735

KAPITEL 1

Doug ließ Amigo den Strand entlanggaloppieren, bis sowohl er als auch das Pferd müde waren. Schließlich verhielt er den Hengst auf einer Klippe weit über dem Meer, er hatte den Sandstrand längst hinter sich gelassen. Atemlos blickte er auf die See im Mondlicht – der Ritt auf dem ungesattelten Pferd war anstrengend gewesen, hatte ihn aber immerhin nicht zum Denken kommen lassen. Nun, da etliche Meilen zwischen ihm und Cascarilla Gardens lagen, kam er langsam wieder zu sich. Und hatte erneut das Bild vor Augen, das sich ihm und Nora in Elias' Räumen geboten hatte. Niemals, nicht in seinen schlimmsten Träumen, hätte er das auf Cascarilla Gardens umgehende Ungeheuer mit seinem Vater in Verbindung gebracht! Aber jetzt, im Nachhinein, sah auch er die Hinweise, die ihm und Nora entgangen waren. Elias' mangelnde Bereitschaft, Sallys Vergewaltiger zu suchen, sein Desinteresse am Tod der schwarzen Mädchen – obwohl er sonst über jeden Penny schimpfte, den ihn der Ausfall eines Sklaven kostete. Máanus seltsames Verhalten, ihr Verschwinden – sämtliche Haussklaven mussten von Elias' Taten gewusst haben! Und womöglich hatten Máanu und Akwasi geglaubt, Nora und Doug wüssten es auch.

Doug ließ sich vom Pferd gleiten und wanderte langsam neben Amigo in den Mangrovendschungel, der sich vor ihm auftat. Er war mehrmals mit Akwasi hier gewesen – zu Fuß natürlich ein Tagesausflug. Aber sie hatten atemlos vor Spannung den Urwald erforscht und waren schließlich durch den Anblick eines wirklich spektakulären Wasserfalls belohnt worden. Gedankenverloren folgte Doug einem Wasserlauf bachaufwärts, bis er ihn fand; im Mondschein wirkte er noch verwunschener und unwirklicher als bei Tageslicht. Das Wasser sprang kaskadenartig über rund geschliffene Steine – Akwasi und Doug hatten versucht hinaufzuklettern und gelacht, wenn sie immer wieder den Halt verloren und im Bach landeten. Doug ließ jetzt sein Pferd trinken und schöpfte auch selbst Wasser aus dem Bach. Er musste Nora den Wasserfall eines Tages zeigen …

Erst jetzt, als er sich langsam wieder entspannte, fiel ihm ein, in welch misslicher Lage er Nora und Mansah im Zimmer seines Vaters zurückgelassen hatte. Verdammt, hoffentlich war da nichts passiert! Aber andererseits glaubte er nicht, dass Elias Nora etwas antat – zumal es in Doug einen weiteren Zeugen seiner Schandtaten gab. Dennoch wäre es besser gewesen zu bleiben. Nora hatte ihn zwar aus dem Zimmer geschickt, aber doch nicht aus dem Haus. Er hätte auf sie warten und mit ihr reden müssen. Eine Lösung finden … eine bessere als feige Flucht …

Dougs Herz war schwer, als er sich von einem Stein aus erneut auf sein Pferd schwang. Langsam lenkte er Amigo durch den Dschungel. Als er die Klippen wieder erreichte, sah er ein seltsames Leuchten am Horizont. War das nicht die Richtung, in der Cascarilla Gardens lag?

Alarmiert spähte Doug nach Osten. Brannte dort etwas? Es kam relativ häufig vor, dass eine der Hütten im Sklavenquartier in Brand geriet, wenn die Schwarzen davor ein Feuer entzündeten. Aber jetzt, bei Nacht? Und eine brennende Hütte hätte man auf diese Entfernung auch nicht sehen können. Was dort in Flammen stand, war ein großes Haus! Doug stieß Amigo die Fersen in die Flanken. Was dort brannte, war Cascarilla Gardens!

»Soweit wir bis jetzt wissen, gibt es im Haus ungefähr vier Tote, Sir.«

Benson, ein Aufseher der Keensley-Plantage, erstattete Doug Bericht, nachdem er einen anzüglichen Blick auf dessen spärliche Bekleidung geworfen hatte. Gewöhnlich hätte er wahrscheinlich gefragt, ob Doug öfter halb nackt bei Nacht ausritt, aber in Anbetracht der tragischen Situation würde er die Überlegungen dazu auf später verschieben.

»Ungefähr?«, fragte Doug und sah verwirrt und immer noch ungläubig auf die rauchenden Trümmer von Cascarilla Gardens.

Das Haus war fast völlig ausgebrannt, allerdings standen die Grundmauern noch; die zurückgebliebenen Sklaven hatten gleich nach Abzug der Maroons mit den Löscharbeiten begonnen. Außerdem waren die Hollisters und die Keensleys schnell verständigt worden. Schon nachdem die Aufseher ermordet worden waren und die Maroons die fluchtwilligen Sklaven zusammenriefen und zum Sturm auf das Haus einteilten, hatten sich ein paar ältere Hausdiener zu den anderen Plantagen aufgemacht. Das kam selten vor bei Maroon-Überfällen, aber gewöhnlich rekrutierten die freien Schwarzen auch keine Plantagensklaven, sondern überfielen direkt die Häuser. Die Sklaven wurden des Überfalls meist erst gewahr, wenn das Herrenhaus brannte.

»Man kann's schlecht ausmachen, Sir«, antwortete der Aufseher etwas verlegen. »Die … die Leichen sind völlig verbrannt. Und zum Teil … also zum Teil …«

»Nun lassen Sie den Jungen erst mal in Ruhe mit den Einzelheiten.« Christopher Keensley hatte Doug erspäht und schob seinen Aufseher beiseite. »Hier, Douglas, nehmen Sie einen Schluck …«

Keensley reichte ihm eine Taschenflasche. Doug wollte erst ablehnen, führte das Gefäß dann aber doch an die Lippen und schmeckte besten Zuckerrohrschnaps. Er fühlte sich daraufhin zwar nicht wirklich besser, aber ihm war nicht mehr so schwindlig.

»Sie wissen doch selbst, Junge«, setzte Keensley nun mit einer Erklärung an, »wie diese … diese … Tiere töten. Und diesmal waren ja auch noch Feldnigger dabei, wenn ich das richtig verstanden habe, die noch bösartiger vorgingen. Anscheinend haben sie Ihren Vater und Ihre Stiefmutter im Schlafzimmer überrascht. Und sie … Nun, sie hatten Macheten …«

Doug suchte Halt an der Flanke seines Pferdes. »Sie haben sie … in Stücke gehackt?«, fragte er tonlos.

Keensley nickte und reichte ihm erneut die Taschenflasche. »Und dann angezündet. Der einzige Trost ist, dass sie sicher nicht in den Flammen starben. Aber man kann die Leichen unmöglich identifizieren, es tut mir leid, Doug. Sie sollten sich das auch gar nicht ansehen, Sie …«

»Es ist sicher Nora?«, flüsterte Doug.

Keensley nickte wieder. »Nach allem, was anzunehmen ist. Wer sollte es sonst sein? Wir vermuteten allerdings auch Sie unter den Toten. Wie gesagt …«

»Ich will sie sehen!«, sagte Doug und gab Keensley die Taschenflasche zurück. »Ich … ich muss das selbst sehen, ich …«

Er ließ Amigos Zügel los und stolperte in Richtung des Hauses. Man hatte die Opfer des Überfalls davor auf Decken gelegt – eben schleppten zwei Sklaven die Leichen von Truman und McAllister heran.

»Sämtliche Aufseher sind auch tot, Sir!«, meldete Benson seinem Arbeitgeber. Keensley nickte unkonzentriert.

»Das sollten Sie nicht tun!«, sprach er weiter auf Doug ein. »Sie werden das nie mehr aus dem Kopf bekommen …«

Doug sah ihn an, sein Blick flackerte. »Es gibt vieles, was sich mir in dieser Nacht ins Gedächtnis brennen wird. Aber dies … Ich …«

Keensley folgte ihm kopfschüttelnd zum Aufbahrungsplatz.

»Lassen Sie den Reverend benachrichtigen«, sagte er müde zu Benson. »Wir … wir sollten … das hier … möglichst bald bestatten.«

Doug brach nicht zusammen, als er vor den verkohlten Leichen und Leichenteilen stand. Vielleicht hätte er die Fassung verloren, wenn er Nora wirklich erkannt hätte, aber dies … Der Anblick war grauenvoll, weckte jedoch keinerlei Erinnerungen an das, was diese Menschen einmal gewesen waren. Tatsächlich konnte man nicht einmal mehr erkennen, ob es Schwarze oder Weiße waren, Männer oder Frauen, Erwachsene oder Kinder. Doug fragte sich, ob Mansah darunter war oder ob die Maroons das Mädchen mitgenommen hatten. Aber gewöhnlich pflegten sie Hausdiener zu töten. Er wandte sich ab. Keensley hielt ihm sofort die Flasche entgegen.

»Kommen Sie jetzt … Hier können Sie nichts mehr tun, das Feuer ist gelöscht, die verbleibenden Sklaven haben wir unter die Aufsicht eines unserer Leute gestellt.«

»Aufsicht?«, fragte Doug fahrig. »Wozu Aufsicht? Wenn sie … wenn sie bis jetzt nicht weg sind … warum sollten sie jetzt noch fortlaufen?«

Keensley lachte böse. »Sie wissen doch wohl selbst, dass dem Pack nicht zu trauen ist.«

Doug rieb sich die Stirn. »Ich möchte zum Sklavenquartier«, sagte er dann. »Zu … unserem. Zu … meinem.«

Es war ein seltsames Gefühl, aber er musste sich vergegenwärtigen, dass er der Erbe seines Vaters war. Das, was von Cascarilla Gardens übrig war, eventuell noch lebendes Vieh und die verbleibenden Sklaven gehörten jetzt ihm.

»Das ist wieder keine gute Idee, Douglas. Sie sollten zunächst mit zu uns kommen. Hier können Sie morgen …«

Doug schüttelte den Kopf. »Ich muss heute noch mit ihnen sprechen. Mit … Wissen Sie, ob … ob Mama Adwe …?«

Er wandte sich ab, als Keensley ihm zu verstehen gab, dass er nichts wusste. Amigo stand noch da, wo er ihn verlassen hatte. Der Hengst wirkte nicht minder verwirrt und unsicher wie sein Herr. Doug klopfte ihm den Hals und erstieg das Pferd von einer Baumwurzel aus.

»Bring uns … bring uns zu den Ställen … Vielleicht hast ja wenigstens du noch ein Heim …«

Tatsächlich hatten die Maroons die Ställe nicht abgebrannt – was wieder ungewöhnlich war. Meist setzten sie auch die Wirtschaftsgebäude in Brand. Aber hier hatten wahrscheinlich die Plantagensklaven geplündert, nicht die Angreifer selbst. Insofern waren zwar alle Pferde und Maultiere fort, die Gebäude hatte man aber verschont – vielleicht aufgrund der Nähe zu den Sklavenquartieren, auf die das Feuer leicht hätte übergreifen können. Kwadwo, der Obeah-Mann, nahm Amigo in Empfang.

»Kwadwo …«, sagte Doug tonlos. »Du … du bist nicht weggegangen?«

Kwadwo schüttelte den Kopf. »Nein, Backra, ich nicht fliehen. Viele nicht gehen, all die Älteren, die Kranken, die Ängstlichen. Alle die brauchen Obeah-Mann. Das hier nicht nur Ihre Nigger, Backra, das auch meine Nigger.« Würdevoll richtete der alte Mann sich auf.

Doug nickte. »Wir … wir werden uns beide um sie kümmern«, flüsterte er. »Weißt du … weißt du von der Missis, Kwadwo? Warst du … warst du im Haus?«

Kwadwo schüttelte den Kopf. »Nein, ich hier, Backra. Hab geholfen satteln Pferde. Die doch dumme Feldnigger, tun Sattel von Pferd von Missis auf dumme Maultier … Ich natürlich nicht wollen mitgeben, aber …«

Kwadwo biss sich auf die Lippen. Womöglich würde der Backra ihn für die Beihilfe beim Raub der Tiere strafen.

Doug winkte ab. Er registrierte Kwadwos Aussage, wollte

sich damit aber jetzt nicht beschäftigen. Morgen würde er darüber nachdenken müssen, warum die Maroons so weit entfernt von den Blue Mountains zuschlugen und warum sie Feldarbeiter rekrutierten. Aber jetzt …

»Die Missis im Haus?«, fragte Kwadwo, um den Backra abzulenken. Auch er ließ die Blicke fragend über Dougs Aufzug schweifen. »Oder sie mit Ihnen …?«

Der alte Obeah-Priester hatte scharfe Augen. Die sich anbahnende Liebe zwischen Nora und Doug war ihm nicht entgangen.

Doug schüttelte den Kopf. »Sie war im Haus …«, sagte er müde.

Kwadwo schürzte die Lippen. »Dann ist sie … Tut mir leid, Backra Doug, aber in Haus alle tot.«

Doug verließ den Obeah-Mann und taumelte zu den Sklavenquartieren. Langsam überzog ihn bleierne Müdigkeit, die den Schmerz fast dämpfte. Aber er wollte nicht zu den Keensleys. Am liebsten hätte er sich im Stroh neben seinem Pferd ausgestreckt …

Die verbliebenen Schwarzen im Dorf waren alle noch auf den Beinen und fixierten ihren Backra mit Blicken zwischen Erleichterung und Angst. Grundsätzlich musste es eine gute Nachricht für sie sein, dass jemand aus der Familie überlebt hatte. Ansonsten wäre die Plantage sicher in den Besitz eines der Nachbarn übergegangen, oder die Hollisters und die Keensleys hätten sie geteilt. Auf jeden Fall hätte kein Bedarf an einem eigenen Sklavenquartier bestanden, man hätte die Dorfgemeinschaft auseinandergerissen und die Menschen einzeln verkauft.

Aber andererseits mochte der junge Backra nun auch von Rache beseelt sein. Vielleicht hielt er sich an den verbliebenen Sklaven schadlos für den Mord an seinen Angehörigen. Die Menschen verneigten sich zitternd vor ihrem Herrn.

»Wo ist Adwea?«, fragte Doug den Nächstbesten. »Ist sie …?«

»Ich hier, Backra Doug.« Die füllige Köchin trat aus einer der Hütten. »Ich nicht weg. Akwasi weg, Máanu weg. Mansah ich nicht weiß. Vielleicht tot. Aber ich nicht weg. Ich bleib. Und du …«

Doug wankte auf sie zu. Adwea breitete die Arme aus.

»Ich gehabt fünf Kinder«, flüsterte Adwea. »Mein erste verkauft, dann Máanu, Akwasi und du. Und Mansah. Ich schlechte Frau, ich sie gegeben Backra. Du der Letzte. Komm. Komm zu Mama Adwe!«

Doug warf sich in ihre Arme und schluchzte aus tiefster Seele am Busen seiner Amme, seiner Mama Adwe, seiner Mutter.

Obwohl Keensley und Hollister ihn deshalb für verrückt erklärten, verbrachte Doug die Nacht im Sklavenquartier. Er raffte sich noch einmal auf und schickte den Aufseher der Keensleys energisch weg. Kwadwo versammelte daraufhin seine Gemeinde, und die Trauergesänge der Menschen, in die sich vielleicht auch die eine oder andere Lobpreisung und zweifellos eine Menge Fürbitten für die jungen Schwarzen mischten, die den Maroons in die Freiheit gefolgt waren, begleiteten Doug in den Schlaf. Adwea wiegte ihn wie ein Kind und weinte selbst um ihre Töchter. Niemand hatte sich die Mühe gemacht, sie von Mansahs Rettung in Kenntnis zu setzen. Ihre Jüngste, so vermutete sie, war wohl gemeinsam mit ihrem Peiniger gestorben – oder vorher durch seine Hand. Und Máanu würde ihre Mutter dafür ihr Leben lang hassen.

Am nächsten Tag lagen bleiernes Schweigen und rauchgeschwängerte Luft über den Resten von Cascarilla Gardens. Christopher Keensley und Lord Hollister hatten die Tischler unter ihren Sklaven noch in der Nacht gezwungen, provisorische Särge für die Toten zu erstellen – ein weiterer Blick auf die Brandopfer sollte Doug Fortnam erspart bleiben. Dennoch konnte er sich kaum zwingen, die Augen von den schlichten Holzkisten abzuwenden, als er sich schließlich aufraffte, die Ruine des Hauses zu inspizieren. Er konnte nach wie vor nicht glauben, dass Nora in einem dieser Särge sein sollte. Sie war doch so lebendig, so zärtlich, so wach und liebevoll gewesen. Doug haderte mit Gott und den Geistern. Hatte Simon Greenborough sich doch für seine verlorene Liebe gerächt? Oder war dies der Schlag gewesen, den Gott längst hätte gegen Elias Fortnam führen müssen?

Doug versuchte, seine Aufmerksamkeit auf das Haus zu lenken. Es würde nicht allzu schwer sein, es wieder aufzubauen. Sofern er das wollte. Aber eigentlich hatte es ihm nie gefallen. Die strenge Architektur des englischen Herrenhauses, die Säulen und Treppen – für Doug passte dies alles nicht zu Jamaika. Aber vorerst war ihm auch nicht nach den verspielten bunten Türmchen und Terrassen der spanisch beeinflussten Kolonialarchitektur. Vorerst würde eine Hütte genügen … Er hörte Noras Stimme … *Und wir bauten uns eine Hütte aus Bambus und deckten sie mit Palmblättern. Ich flocht eine Hängematte, und er liebte mich darauf im Mondlicht …*

Doug hätte ihr gern ihre Hütte gebaut. Am Strand, am Meer … Warum nur hatte er sie alleingelassen? Er verfluchte die Panik und die Wut, die ihn aus dem Haus getrieben hatten. Wobei er sich noch so oft sagen konnte, dass er nichts für Nora hätte tun können. Bislang hatte kein einziger Pflanzer einen Überfall der Maroons überlebt. Die Männer waren stets in der Übermacht, hervorragende Kämpfer und gänzlich skrupellos. Doug hätte lediglich gemeinsam mit Nora sterben können.

Aber auch das erschien ihm im Moment die bessere Alternative zu dem verzweifelten Gefühl der Leere und Dunkelheit, das ihn vollständig lähmte. Doug ließ sich mutlos auf einer rußgeschwärzten Stufe der Eingangstreppe nieder. Am liebsten hätte er sich irgendwo versteckt und sich ganz seiner Trauer überlassen, aber die Welt um ihn herum stellte gnadenlos Ansprüche. Gleich würde er sich um die Sklaven kümmern müssen … die Trauerfeier …

Doug starrte auf den sauber geharkten Kies der Einfahrt, der durch den Brand nicht gelitten hatte, sondern noch so ordentlich und normal wirkte wie am Tag zuvor. Irgendetwas blitzte dort jetzt in der Sonne auf, das kein Kiesel sein konnte … Doug erhob sich mühsam. Feucht vom Morgentau, aber schon warm von der Sonne lag dort Noras Gemme. Er nahm das Schmuckstück auf, und es fühlte sich fast so an, als habe Nora es eben von ihrem Hals genommen.

Dougs Herz klopfte heftig. Sie hatte es am Abend zuvor getragen, auch während sie einander geliebt hatten. Und dann damit gespielt, als sie ihm von Simon erzählte.

Doug fragte sich, ob der Fund irgendetwas zu bedeuten hatte – aber er wusste, dass er sich damit nur selbst etwas vormachte. Das Seidenband, an dem das Schmuckstück gehangen hatte, war zerrissen. Zweifellos hatte es jemand von Noras Hals gezerrt, bevor man sie getötet hatte. Die Maroons waren als gründliche Plünderer bekannt. In den Herrenhäusern, die sie überfielen, verbrannte nichts von erkennbarem Wert. Ganz sicher hätten sie kein Schmuckstück dagelassen. Aber dieses hier musste einer der Mörder bei seiner raschen Flucht verloren haben … Doug legte die Hand darum und fühlte sich fast etwas getröstet. Nora hatte dieses Schmuckstück geliebt – und nun würde es ihn für immer an sie erinnern.

Erfüllt von neuer Kraft machte er sich auf den Weg zum Sklavenquartier.

Keensley hatte Doug gleich am Morgen erneut zwei Aufseher vorbeigeschickt – schließlich musste er doch inzwischen zur

Vernunft gekommen sein und bereit, Hilfe bei der Bewachung seiner Sklaven anzunehmen. Doug lehnte sie allerdings weiter konsequent ab. Stattdessen ernannte er Kwadwo zum Busha, wie man die wenigen schwarzen Dorfvorsteher nannte.

»Vorerst gibt es keine Arbeit«, sagte er müde. »Ich … ihr … wir werden heute nicht aufs Feld gehen. Und im Haus … im Haus ist ja auch nichts zu tun …«

»Wollen Sie es nicht wiederaufbauen, Backra?«, fragte Kwadwo verwundert. Er wusste nicht, was ihn dazu ermutigte, aber er gab es auf, mit seinem Backra Pidgin-Englisch zu sprechen. »Sollen wir nicht …?«

»Für wen soll ich es aufbauen, Kwadwo?« Doug rieb sich die Stirn. »Aber ihr könnt eines der Häuser reinigen, in denen die Aufseher gewohnt haben. Das reicht für mich. Adwea kann für mich kochen.«

»Dann Sie verkaufen alle Hausdiener, Backra?«, fragte Adwea bestürzt. »Mädchen, Pagen …?«

Doug seufzte. Er überlegte kurz, ob er das Wissen ansprechen sollte, über das all diese Hausdiener geschwiegen hatten. Am liebsten hätte er keinen von ihnen mehr um sich gehabt. Aber andererseits war ihnen keine andere Wahl geblieben. Nicht einmal Adwea …

»Natürlich nicht«, beruhigte er die Köchin. »Ich … ich verkaufe niemanden … macht euch keine Sorgen. Und ich schicke auch niemanden vom Haus aufs Feld …«

Diese bange Frage stand den Hausdienern in den Gesichtern geschrieben, niemand brauchte sie zu stellen.

»Wir werden sehen, was wir machen. Heute jedenfalls …«

»Was denn ist mit Reverend?«

Adwea wies auf den Wagen der Stevens, der eben ins Sklavenquartier rollte. Doug graute es vor der Begegnung mit dem Mann. Hoffentlich hatte er diesmal wenigstens Frau und Kinder zu Hause gelassen, Ruth war doch sicher noch in Trauer.

»Macht noch ein Aufseherhaus fertig«, bestimmte Doug. »Sofern dem Reverend das recht ist. Wahrscheinlich übernachtet er bei den Hollisters oder Keensleys. Aber wir werden … wir werden eine Trauerfeier vorbereiten müssen. Mama Adwe …«

Adwea nickte. »Ich schon machen, Backra!«, sagte sie tröstend. »Können wir machen in Sklavenküche. Machen wir Barbecue …«

Doug überkam schon bei dem Gedanken an glühende Kohlen und den Geruch von bratendem Fleisch Übelkeit, aber das würde er Adwea überlassen. Erschöpft wandte er sich dem Reverend zu, dessen lange, hagere Gestalt in seinem verschlissenen schwarzen Anzug eben vom Wagen stieg.

»Mr. Fortnam!« Der Reverend drückte Doug die Hand. »Worte vermögen nichts im Angesicht Ihres großen Schmerzes …«

Doug wappnete sich gegen seine Predigt.

KAPITEL 2

Nora schleppte sich erschöpft über die steilen Hügel der Blue Mountains. Eigentlich hatte sie immer geglaubt, recht gut zu Fuß zu sein, aber der Gewaltmarsch mit den Sklaven brachte sie an die Grenzen ihrer Kräfte. Dabei bewegte sich der Zug nach den Maßstäben der Schwarzen wohl noch langsam – die drei Männer, die zunächst auf der Plantage geblieben waren, um Cascarilla Gardens anzuzünden, hatten die Hauptgruppe innerhalb weniger Stunden eingeholt. Anschließend trieben sie die befreiten Sklaven gnadenlos an. Sie mussten Kingston noch im Laufe der Nacht hinter sich lassen und so viele Meilen wie möglich zwischen sich und die geplünderte Plantage legen. Die einzige Chance dazu bestand darin, schnell weit ins Inland zu wandern, ein noch unerschlossenes Gebiet, in dem es praktisch keine Wege gab. Der Anführer der Maroons ging denn auch voraus und schlug den Weg mit der Machete frei. Die Menschen stolperten über die Wurzeln und Schlingpflanzen hinter ihm her, wobei sie dem Himmel noch dafür danken konnten, dass dies eine Vollmondnacht war.

Nora sah trotzdem fast nichts, schließlich befand sich fast immer ein Blätterdach über ihnen, solange sie die höheren Bereiche der Berge noch nicht erreicht hatten. Obwohl Akwasi sie fest an der Hand hielt, so fest, dass es eher schmerzte als Schutz bot, fiel sie immer wieder hin. Außer ihr passierte das nur Máanu, Mansah und der einzigen weiteren Haussklavin, die sich ihnen angeschlossen hatte. Die Feldarbeiter bewegten sich unglaublich sicher und schienen auch die Dornen und Wurzeln nicht zu spüren, die Nora die Füße blutig rissen.

Für Nora war bald jeder Schritt mit rasenden Schmerzen verbunden, dabei war sie immer stolz auf die Hornhaut unter ihren Füßen gewesen. Schließlich lief sie oft genug barfuß über den Strand oder zur Badestelle im Wald. Aber das war anscheinend nichts gegen die Strapazen, denen die Feldsklaven jeden Tag ausgesetzt waren. Die jedenfalls lachten nur über die lauthals vorgebrachten Klagen der Haussklavin. Máanu, der es sicher nicht besser ging, sagte nichts. Sie schritt verbissen voran und zerrte dabei die weinende Mansah hinter sich her.

Nora machte sich Sorgen um das kleine Mädchen, das nicht nur mit dem Gewaltmarsch völlig überfordert war, sondern obendrein mit dem Grauen der Nacht zu kämpfen hatte. Wann immer es die Möglichkeit hatte, rannte es zu Nora und versteckte den Kopf zwischen ihren Röcken. Die Gelegenheit bot sich aber kaum, die Maroons ließen der Gruppe keine Zeit zum Rasten. Sie durften keinem Weißen begegnen, und wenn doch, so durften sie ihn nicht entkommen lassen. Die vielen Menschen und die Vielzahl der geraubten Tiere würden auf jeden Fall auffallen und waren gegen ein Aufgebot an Pflanzern auf freiem Feld kaum zu verteidigen. Also hasteten sie weiter, bis es Morgen wurde und Passatwinde die berühmten blauen Nebel über die Berge trieben. Nora hatte allerdings keinen Blick für das Naturschauspiel. Sie war einfach nur zu Tode erschöpft, jeder Schritt war eine neue Qual.

Im Laufe des Tages kam dazu quälende Hitze, die auch kaum nachließ, als sie in höhere Bergregionen hinaufstiegen. Die Vegetation änderte sich hier ein wenig, der dichte Dschungel machte Büschen und Akaziengewächsen Platz, die in betörend bunten Farben blühten, umtanzt von Schmetterlingen und Kolibris. Nora dachte traurig daran, dass sie diese Pflanzen niemals würde bestimmen können. Und dass es ihr nun auch egal war.

Irgendwann war ihr dann alles egal, sie wollte nur noch sterben, während sich die befreiten Sklaven um sie herum eher über Hunger beklagten. Der Marsch selbst schien sie kaum anzustrengen. Jetzt, da sie begannen, sich sicher zu fühlen, stimmten die Jüngeren sogar Lieder an. Das behagte dem Anführer allerdings nicht.

»Ihr still. Wir längst nicht in Nanny Town. Hier können sein Händler, uns werden verraten.«

Nora empfand vage Wut auf die weißen Händler, die ganz ungeniert mit den Maroons Geschäfte machten. Sie mussten wissen, dass Geld und Güter von geplünderten Plantagen stammten. So konnte es dem Anführer auch eigentlich egal sein, ob man sie verriet oder nicht. Jeder wusste, dass der Überfall auf Cascarilla Gardens von Maroons begangen worden war.

»Aber nicht wissen, von welche Maroons«, erläuterte der Anführer, als die junge Haussklavin ihm genau das vorhielt. »Kann sein Nanny, kann sein Cudjoe, kann sein Accompong aus Saint Elizabeth Parish. Sie nicht wissen, wen angreifen zu Rache. Also angreifen alle, wozu nicht haben genug Leute, oder angreifen keinen. Was besser.«

»Gibt viele Angriffe?«, fragte das Mädchen ängstlich.

Der Anführer stand auf. Sie hatten an einem Fluss kurz gerastet, um zu trinken, aber nun wollte er gleich weiter. »Mal mehr, mal weniger. Aber keine Angst. Nichts passiert. Nanny Town ist uneinnehmbar!«

Den letzten Satz sprach er stolz in absolut korrektem Englisch. Nora seufzte. Also schlechte Chancen für Doug, wenn er sie suchte.

Die befreiten Sklaven bewegten sich nun auf ausgetreteneren Pfaden, obwohl auf den ersten Blick keiner der Wege als solcher erkennbar gewesen wäre. Aber es gab doch keine Dornen und Wurzeln mehr, über die man ständig stolperte, und die Männer an der Spitze des Zuges schienen sich sehr genau auszukennen.

Nora hoffte, dass sie Nanny Town näher kamen, aber der Weg zog sich dennoch endlos hin. Irgendwann sah jedes der Täler, jeder der Hügel, die zusehends zu Bergen wurden, gleich für sie aus, und dann schaute sie überhaupt nur noch auf den Boden, um ihre geschundenen Füße vielleicht auf Sand und nicht auf Stein zu setzen. Akwasi hielt sie immer noch fest, ohne auch nur ein Wort zu ihr zu sagen. Es war fast gespenstisch, stundenlang in anhaltendem Schweigen hinter ihm hergezerrt zu werden.

Auch die anderen Sklaven richteten kein Wort an Akwasi, und an Nora natürlich erst recht nicht. Akwasis Entschluss, die weiße Frau auf Biegen und Brechen mitzunehmen, stieß auf allgemeine Missbilligung. Der junge Mann machte sich damit zum Ausgestoßenen. Außerdem munkelte man, er sei es gewesen, der den Backra getötet habe. Das brachte ihm den Respekt der anderen ein, aber auch eine Art abergläubische Furcht. Wenn jemanden der rächende Blitzschlag treffen würde, den der Reverend untreuen Dienern jeden Sonntag voraussagte, so zweifellos ihn.

Mansah hörte irgendwann auf zu weinen. Mit leerem Gesichtsausdruck folgte sie Máanu – sie musste nicht einmal mehr gezogen werden. Das Mädchen war längst zu erschöpft, um Widerstand zu leisten. Endlich, als es wieder Abend wurde, ließ der Anführer der Maroons halten.

»Machen Rast zwei Stunden«, sagte er. »Nichts zu essen, aber essen morgen in Nanny Town. Hier wenn wollen, können schlafen. Ist sicher, hierher nicht kommt weißer Mann bei Nacht.«

Nora ließ sich zu Boden fallen. Schlafen … Die Augen schließen … Endlich wieder zu Atem kommen … Aber Akwasi riss sie hoch, kaum dass ihre Schultern den Boden berührten.

»Komm mit!«, sagte er hart. »Ich will dich. Bevor sie dich mir morgen womöglich wegnehmen!«

Wegnehmen? Nora nahm die Bedeutung der Worte kaum

auf. Aber sicher, es konnte durchaus sein, dass sie all diese Strapazen nur erduldete, um dann von den Maroons in Stücke gehauen oder öffentlich zu Tode gepeitscht zu werden. Sie hatte keine Vorstellung, was den freien Schwarzen zur Bestrafung einer Pflanzerin wohl einfallen mochte, aber inzwischen war sie in einem Zustand, in dem ihr das völlig gleichgültig war. Wenn man sie nur in Ruhe ließ. Aber eben das hatte Akwasi nicht vor.

»Komm schon. Oder willst du, dass uns alle dabei zusehen?«

Er zog sie auf die Beine und vom Weg fort. Allerdings nicht weit, mehr als ein paar Schritte mochte er sich wohl nicht von der Gruppe entfernen. Zu Noras Verwunderung erlaubte er ihr, sich fallen zu lassen, während er rasch ein paar Farne schnitt und eine Art Lager bereitete.

»Hier. Dein Brautbett!«, sagte er sarkastisch. »Soll keiner sagen, Akwasi würde seine Sklavin schlecht behandeln. Ist weicher als der Strand, nicht wahr? Ist schöner als der Wald, in dem dich Doug geküsst hat!«

Nora fragte sich, woher Akwasi das wusste, aber sie hatte nicht mehr die Kraft, darüber nachzudenken. Das Lager auf den Farnen war wirklich weich. Dazu erfüllten die Büsche und Blüten rundum die Nacht mit betörendem Duft. Unter anderen Umständen hätte sie dieses »Brautbett« genießen können. Nora ließ resigniert zu, dass Akwasi sie auf den Rücken warf, hinderte ihn aber mit letzter Kraft daran, ihr Kleid aufzureißen.

»Mach's nicht kaputt«, sagte sie. »Sonst … sonst könntest du mich auch gleich vor allen anderen nehmen …«

Nora empfand kaum Furcht, eher Überdruss und Gleichmut, als sie schließlich ihr Kleid hochschob. Sie hatte eigentlich nie besondere Schmerzen gespürt, wenn Elias in sie eindrang. Seine oft nur raschen und wenig stimulierenden Berührungen ihrer Brüste und ihrer Scham hatten genügt, sie ein wenig feucht werden zu lassen. Nora war leicht zu erregen – wenn man ihr ein paar Herzschläge lang Zeit ließ, Simons Gesicht vor ihren geschlossenen Augen aufsteigen zu lassen. Sie verging dann nicht vor Glück wie wenige Stunden zuvor noch in Dougs Armen, aber sie litt auch nicht. Manchmal verfiel sie fast in eine Art Halbschlaf, wenn Elias sich auf ihr abmühte. Und jetzt, da sie ohnehin todmüde war …

Akwasi wartete kaum ab, bis sie ihren Rock hochgeschoben hatte. Er fasste grob nach ihren Brüsten – kein Vergleich zu seinen heftigen, aber liebevollen Berührungen damals in der Scheune. Damals hatte er sie lieben wollen, aber jetzt schien es nur noch darum zu gehen, sie zu erniedrigen. Nora schrie auf, als er ihre Schenkel auseinanderzwang und ohne jede Vorbereitung in sie eindrang. Sie stöhnte vor Schmerz, als er brutal immer wieder zustieß. Eine Ewigkeit schien zu vergehen, bis er sich endlich aus ihr zurückzog.

»Das war gut!«, sagte er dann und grinste sie an. »Viel besser als letztes Mal.«

»Besser?«, fragte Nora aufgebracht. »Aber ich … Es tat weh …«

Akwasi nickte. »So soll's sein«, spie er im Brustton der Überzeugung aus. »So will man es in Afrika. Eine gute Frau bleibt trocken. Nur eine Hure hat Spaß …«

Er legte sich neben sie und schien fast augenblicklich einzuschlafen. Nora lag noch lange wach und versuchte, den Schmerz in ihrer wunden, blutenden Scham auszublenden. Und die Angst vor dem, was in Nanny Town vor ihr lag.

Außer dem früheren Hausmädchen und der kleinen Mansah, die gleich wieder zu weinen begann, als die Maroons sie nach wenigen Stunden Ruhe aus dem Tiefschlaf holten, störte sich niemand in der Gruppe daran, dass es sehr bald weiterging. Im Gegenteil, die früheren Sklaven waren in Hochstimmung. Schließlich würden sie bald Nanny Town erreichen, eine Stadt freier Schwarzer, einen Ort, von dem viele von ihnen jahrelang geträumt hatten. Erst dort würden sie sich völlig sicher fühlen und anscheinand auch ihre Anführer. Die gingen erneut mit mörderischer Eile voran. Nora war schon nach wenigen Schritten wieder außer Atem und kämpfte jetzt obendrein nicht mehr nur mit dem Schmerz in ihren Füßen, sondern auch mit dem Brennen in ihrer Scham. Dazu führten die Wege kontinuierlich aufwärts. Nanny Town lag hoch in den Bergen.

Schließlich erreichten die Flüchtenden den Stony River, und die befreiten Sklaven jubelten. Der Fluss bot einen atemberaubenden Anblick im letzten Mond- und ersten Tageslicht, das er widerspiegelte – wie ein silbernes Band. Die Maroons folgten seinem Verlauf noch einige Meilen, und dann lag Nanny Town endlich vor ihnen! Die Neuankömmlinge bemerkten das Dorf zuerst gar nicht. Die Bauten der Ashanti fügten sich so harmonisch in die Landschaft ein, dass sie im Morgenlicht kaum erkennbar waren. Die Wächter der Maroons sahen die Karawane von Menschen und Tieren allerdings schon eine halbe Meile vor Erreichen der Stadt und kündigten sie mit lautem Hörnerschall an. Die Neuankömmlinge fuhren zusammen, als sie die Warnung hörten. Sie verhielten unweigerlich – einem möglichen Hinterhalt wären sie wahrscheinlich gleich zum Opfer gefallen.

Plötzlich traten Männer aus dem Buschwerk nah des Ufers, die vorher völlig unsichtbar und bewegungslos verharrt und die Wege beobachtet hatten. Die gewaltigen, schwer bewaffneten Schwarzen, einige in westlicher Kleidung, andere in der Tracht ihrer früheren Stämme, begrüßten Máanu und ihre fünf Begleiter erfreut und ehrerbietig. Dieses Abenteuer würde den Ruhm der Männer als Krieger mehren – und auch die Achtung, die man Máanu entgegenbrachte.

Nora schleppte sich mit letzter Kraft durch den Fluss und über die steilen Pfade hinauf zur Stadt. Sie sehnte sich nur noch nach einem Platz, auf dem sie sich fallen lassen konnte. Wenn

Akwasi sie noch einmal nehmen wollte, sollte er es tun; inzwischen glaubte sie, zu erschöpft zu sein, um auch nur Schmerz zu spüren. Wenn er sie hinterher nur ausruhen ließ. Ihr Herz hämmerte, und ihr Atem ging stoßweise, als sie schließlich die Siedlung erreichten.

Aber damit war ihr Martyrium noch keineswegs beendet. Inzwischen war die Sonne vollständig aufgegangen. Die Straßen und Wege von Nanny Town waren bevölkert mit Männern, Frauen und Kindern, alle starrten Akwasi und seine ungewöhnliche Kriegsbeute hemmungslos an. Ein paar der schwarzen Frauen und Mädchen riefen der Weißen auch gleich Schmähworte nach, und eine spuckte nach ihr. Nora versuchte, es nicht zu beachten. Sie wollte nur schlafen. Über alles andere konnte sie später nachdenken.

Die Maroons führten ihre Schützlinge und die Lasttiere mit der reichen Beute im Triumphzug durch den Ort und ließen die Karawane dann auf dem Dorfplatz halten. Die meisten der früheren Sklaven, nun doch erschöpft von ihrem Gewaltmarsch und überwältigt von den neuen Eindrücken, ließen sich gleich auf den festgestampften Boden fallen. Die Bewohner der Stadt, angelockt von den Erzählungen der erfolgreichen Krieger, versorgten sie mit Wasser, Früchten und Fladenbrot, auf das sie eine Art Hirsebrei strichen. Die Neuankömmlinge schlangen das Essen hungrig herunter, Nora erhielt nichts. Der weißen Frau wurden nur ungläubige oder böse Blicke zuteil.

Dann trat eine kleine, unscheinbar wirkende Frau aus einer der runden Hütten, die den Dorfplatz umgaben. Nora konnte sie kaum erkennen. Sie hatte sich etwas abseits der befreiten Sklaven fallen lassen, bewacht von Akwasi, dessen gewaltiger Körper die Sicht auf die Geschehnisse weitgehend verdeckte. Allerdings reagierten die Neuankömmlinge mit gespanntem Raunen, die Einwohner von Nanny Town mit Hochrufen. Es schien sich um Granny Nanny zu handeln. Die Queen. Nora bemerkte verblüfft, dass jeglicher Laut auf dem Dorfplatz abriss, als die kleine Frau die Stimme erhob.

»So bist du zurückgekommen, Máanu, Tochter!«

Ein kaum hörbares Raunen. »Tochter« musste ein Ehrentitel sein.

»Wie ich gesagt habe, Queen Nanny. Mit reicher Beute und Verstärkung für den Stamm!« Máanus Stimme klang triumphierend.

»Und hast du deine Schwester befreien können?«

Nora hielt den Atem an. Widerwillig wuchs ihr Respekt vor Máanu. Der Hass der jungen Frau gegen den Backra, gekoppelt mit ihrer Liebe zu Mansah, hatte sie diesen Feldzug planen lassen. Ein einziges Mädchen hatte Elias bezwungen.

»Ja!«, sagte Máanu.

Nora nahm an, dass sie ihre Schwester vorschob. Mansah schluchzte schon wieder.

»Das?«, fragte Nanny spöttisch. »Dieses jammernde kleine Ding? War das der Mühe wert? Nun, du musst es wissen. Der Kerl brennt in der Hölle?«

»In der tiefsten und dunkelsten!«, sagte Máanu hasserfüllt.

»Gut. Wir werden morgen eine Zeremonie durchführen, um seinen Duppy zu bannen. Und du … Die Männer sollen ein Haus bauen für dich und deine Schwester – und deinen Mann, falls du einen erwählst.« Erneutes Raunen in der Menge. Auch dies schien eine Belohnung zu sein. Máanu war in der Hierarchie von Nanny Town deutlich aufgestiegen. »Wo ist nun der Sklave, der eine weiße Frau mitgeführt hat?«

Nora horchte erschrocken auf, und Akwasi schien zusammenzufahren. Woher konnte die Queen das schon wissen? Aber wahrscheinlich hatte auf den letzten Meilen vor Nanny Town jeder Busch Augen und Ohren gehabt.

Einer der Maroons wies auf Akwasi und Nora, und die Menge teilte sich vor ihnen. Nora krümmte sich zusammen. Sie wollte sich diesen Menschen jetzt nicht zeigen. Sie war nicht bereit, sich der Queen und ihrer scharfen, spöttischen Stimme zu stellen. Zumal sie sicher entsetzlich aussah. Ihr Kleid war zerknittert, zerrissen und schweißdurchtränkt, ihre Füße bluteten, Arme und Gesicht waren voller Schürfwunden und Kratzer. Ihr Haar hing schmutzig, feucht und verfilzt um ihr erschöpftes, eingefallenes Gesicht. Nora wollte schlafen oder sterben, wenn es sein musste. Aber sie wollte keinen Auftritt vor einer Königin.

Einer der Krieger – nicht Akwasi – zerrte sie hoch. Akwasi stand bereits vor Granny Nanny.

»Ich bin es!«, sagte er stolz. »Akwasi. Ich will sie, ich wollte sie immer. Und ich habe ihren Herrn getötet.«

»Du hast den Backra erschlagen?«, fragte Nanny mit deutlicher Hochachtung in der Stimme.

Sie wusste um die Hemmung vieler Sklaven, tatsächlich Hand an ihre verhassten Meister zu legen.

Akwasi nickte. »Wir haben es gemeinsam getan«, erklärte er. »Aber letztlich war ich es, der ihm den Kopf vom Körper trennte. Von dem, was noch davon übrig war. Damit gehört sie mir.«

Nora erschauderte.

»Darüber könnte man streiten, Akwasi«, meinte Nanny. »Hier gehört die Beute eigentlich allen. Und gewöhnlich machen wir keine Gefangenen.«

»Ist es in deiner Stadt verboten, Sklaven zu halten?«, erkundigte sich Akwasi. »Du bist Ashanti.«

Nanny stieß scharf die Luft aus. »Ich war Ashanti«, berichtigte sie. »Und es ist wahr, wir hielten immer Sklaven. Wir lebten vom Sklavenhandel. Aber dies ist mein Stamm. Und der hielt bislang keine.«

Nora schöpfte fast etwas wie Hoffnung. Wenn Nanny die Sklavenhaltung ablehnte …

»Weil es die Götter verbieten?«, fragte Akwasi in spöttischem Ton. »Wie unser Obeah-Mann zu verkünden pflegte?«

Nanny lachte. Es klang wie das Keckern der Vögel im Dschungel. »Die Götter sind mir egal«, sagte sie. »Die machen ihre Sachen, ich mache meine. Aber wir hier sind ein Stamm. Er gehört mir, Quao, Cudjoe und Accompong. Die Berge hier sind zu klein für verschiedene Stämme. Wenn wir einander bekämpfen und Sklaven nehmen, schwächen wir uns. Deshalb schicken wir auch keine Leute mehr zurück, selbst nicht gegen Lösegeld. Es schwächt uns.«

Nora verlor den Mut. Aus Nanny sprach Strategie, keine Menschlichkeit und ganz sicher keine grundsätzliche Ablehnung der Sklaverei.

»Sie ist weiß«, sagte Akwasi.

»Was die Sache erschwert …« Nanny seufzte. »Wenn es eine schwarze Frau wäre – sie würde sich irgendwann in ihr Schicksal fügen. Du willst sie doch für dein Bett, oder?« Akwasi nickte. »Und du bist ein stattlicher Mann, eine Schwarze würde lernen, dich zu schätzen. Aber eine Weiße? Es wird Schwierigkeiten geben, junger Mann.«

Akwasi richtete sich auf. »Ich werde fertig mit meiner Frau!«, sagte er hart.

Nanny lachte. »Ich sprach nicht von nächtlichen Schwierigkeiten. Aber was soll sie tagsüber tun? Deinen Acker bestellen? Dein Haus beschicken wie eine schwarze Frau? Während sich die anderen die Mäuler darüber zerreißen, dass du keine von ihnen zum Weib willst? Es gibt hier sehr viel mehr Männer als Frauen, Akwasi.«

»Hat dich jemand gefragt, ob du die Äcker der Weißen bestellen willst, Queen, als man dich in Afrika fing?«, erkundigte sich Akwasi. »Und was die weißen Frauen sagen würden, wenn der Backra dich in sein Bett zwingt?«

Nanny keckerte wieder, und ihre Augen blitzten. Der Disput

mit Akwasi schien sie zu belustigen. »Du hast auf alles eine Antwort, junger Krieger. So zeig mir das Mädchen!«

Sie wies auf Nora, die den Kopf gesenkt hielt und versuchte, sich hinter ihrem Haar zu verstecken. Der Krieger, der sie hielt, zog ihren Kopf an ihrem Haar hoch, damit Nanny ihr Gesicht sehen konnte.

»Was ist mit dir, weiße Missis?«, fragte sie dann. »Willst du ihm dienen oder sterben?«

Nora sah in ihre wachen, durchdringenden Augen, ihr kleines schwarzes Gesicht, das einem Gnom oder einer Fee hätte gehören können. Sie überlegte, was sie tun oder sagen konnte.

»Ich habe ihm nie etwas getan!«, brach es dann aus ihr heraus. »Ich habe überhaupt noch nie jemandem etwas getan …«

Sie hörte lautes Gelächter. Máanu.

»Das war nicht die Frage«, meinte Nanny gelassen. »Aber wenn du es wissen willst: Auch ich hatte nie jemandem etwas getan, als man mich aus meinem Dorf entführte.«

»Ich habe immer geholfen, ich habe für eure Leute getan, was ich konnte. Ich war … ich war immer gegen die Sklaverei …«

Jetzt kicherten alle. Nora senkte beschämt den Blick. Sie musste aufhören, sie merkte, dass sie sich lächerlich machte. Es war besser, Nannys Frage zu beantworten. Ihre Rechtfertigungen wollte niemand hören.

»Ich will leben«, sagte sie schließlich.

Nanny nickte. »Eine gute Antwort. Wahrscheinlich wirst du sie noch bereuen. Du hörst es, Akwasi, sie wird dir dienen. Willst du sie als deine Frau oder deine Sklavin?«

Akwasi blickte Nora an, und auch sie sah ihm jetzt in die Augen. Akwasi schwankte. Er hatte Nora geliebt, mehr als er sagen konnte. Aber sie hatte ihn betrogen. Genau wie Doug. Sie waren alle gleich.

»Als meine Sklavin!«, sagte er hart.

Nora senkte wieder den Blick.

Nanny zog die Augenbrauen hoch. »Dann nimm sie. Aber ich möchte keine Klagen hören. Von keinem von euch. Geht jetzt. Man wird den Neuen Quartiere anweisen – aber deine Sklavin bleibt draußen, ich will hier niemanden zwingen, mit einer Weißen die Hütte zu teilen. Bau ihr morgen ein Haus. Oder sieh zu, dass sie dir eins baut. Mach mit ihr, was du willst.«

KAPITEL 3

Akwasi konstruierte sein Haus nach dem Muster der Sklavenhütten auf Cascarilla Gardens. Damit hatte er Erfahrung, schließlich hatten die Schwarzen dort gerade erst ihre Siedlung neu aufbauen müssen. Die Rundhütten der Afrikaner, die teilweise mit Wänden aus Kuhdung versehen waren, schienen ihm dagegen suspekt, er zog die Holz- und Lehmbauweise vor. Nora hatte den Tag und die erste Nacht nach ihrer Ankunft in Nanny Town in einer Ecke des Dorfplatzes verschlafen, während die Sonne ihre Haut verbrannte. Jetzt aber half sie Akwasi bereitwillig beim Hausbau. Sie hatte den dringenden Wunsch, der Hitze und den Insekten, aber vor allem den Blicken und Spötteleien der anderen Dorfbewohner zu entkommen, die alle nacheinander vorbeikamen, um die weiße Sklavin anzugaffen und zu schikanieren.

Auch Máanu schlenderte heran, während Nora Lehm an die Wände ihrer Hütte warf.

»Nun, wie gefällt es dir, weiße Missis?«, fragte sie mit schiefem Lächeln. »Und du, Akwasi? Baust du nur für sie eine Sklavenhütte oder wirst du auch selbst darin wohnen?«

Akwasi zuckte die Schultern. »Es war nicht mein Haus, das ich hasste, nur die Backras, die mich darin gefangen hielten«, sagte er gelassen. »Anders zu bauen habe ich nie gelernt. Und sie muss nehmen, was sie kriegt!«

Dabei warf er Nora einen ungewollt anerkennenden Blick zu, was Máanu schmerzlich bemerkte. An ihr zeigte er nach wie vor kein Interesse. Er hatte sich die prächtige Rundhütte, die man ihr ganz in der Nähe der Residenz von Granny Nanny zugewiesen hatte, noch nicht einmal angesehen.

»Ich frage mich, warum du mich hasst, Máanu«, meinte Nora müde. »Was habe ich dir getan? Ich wusste nichts von dem, was Elias tat. Als ich dahinterkam, bin ich eingeschritten, Mansah konnte ich retten. Und ich hätte früher etwas getan, wenn du geredet hättest. Wenn jemand Sallys Tod hätte verhindern können, Máanu, dann du. Nicht ich.«

Máanu blitzte sie an. »Wer spricht von Sally?«, fragte sie dann böse.

Nora fasste sich an die Stirn, zog aber schnell die Hand zurück, weil es schmerzte. Ihr seit Tagen ungeschützt der Sonne ausgesetztes Gesicht glühte, sehr zur Erheiterung der Schwarzen in ihrer Umgebung. Noras Versuch, sich aus Blättern eine Art Sonnenhut zu flechten, wurde von vorbeigehenden Frauen vereitelt. Sie zogen ihr den Schutz einfach weg und zertraten die Blätter im Staub.

»Willst du nicht werden wie wir, weiße Missis?«

Nora kämpfte nun gegen den Kopfschmerz und hoffte inbrünstig, dass ihre Haut sich an die Sonne gewöhnen würde. Sie war immer schnell braun geworden, bislang eine ihrer größten Sorgen, seit sie auf Jamaika weilte. Elias hatte Wert darauf gelegt, dass seine perfekte Lady mit marmorweißem Teint aufwarten konnte wie die anderen Frauen der Pflanzer, die das Haus praktisch nie verließen. Nun konnte es lebenswichtig werden, rasch einen natürlichen Schutz gegen die Sonne aufzubauen. Und einen künstlichen – ihr Haus musste so schnell fertig werden wie eben möglich. Nora warf mit neuem Elan Lehm gegen die Wand.

Die üblichen Sklavenhütten waren schnell erstellt – Nora musste nur noch eine weitere Nacht unter freiem Himmel verbringen, bevor ihr Haus einzugsbereit war. Sie wappnete sich gegen eine erneute Vergewaltigung durch Akwasi, aber zu ihrer Erleichterung ließ er sie in Ruhe. Was sicher auch damit zu tun hatte, dass er selbst nicht zur Ruhe kam. Die allermeisten Schwarzen in Nanny Town missbilligten seine zweibeinige weißhäutige »Beute«, wenn auch aus unterschiedlichen Gründen. Es gab einige, die Sklaverei grundsätzlich ablehnten, nachdem sie selbst zu ihrem Opfer geworden waren; andere empfanden es als unter der Würde eines freien Schwarzen, eine Weiße in sein Bett zu nehmen, und begegneten Akwasi mit Schmähungen. Aber die große Mehrheit befürchtete einfach Scherereien durch die Weiße im Lager.

»Das lassen die Backras doch nicht auf sich beruhen«, hörte Nora zwei Frauen miteinander tuscheln, während sie Getreide zu Mehl zerstampften. »Ein paar Pferde und Maultiere, das verschmerzen sie. Aber eine Frau? Die werden versuchen, sie zurückzuholen, und wenn sie dabei unser Dorf schleifen, umso besser für sie!«

Die Befürchtung, er brächte die Maroons mit seinen verrückten Ideen noch alle ins Unglück, kam natürlich auch Akwasi zu Ohren. Noras Besitz würde sein Ansehen in seinem neuen Stamm stark beeinträchtigen. Auf keinen Fall wollte er die Leute nun noch weiter auf sich aufmerksam machen, indem er der Weißen im Freien und unter den Augen der halben Stadt beilag.

In der ersten Nacht im neuen Haus hielt er sich allerdings schadlos und ließ Nora wund und weinend zurück. Sie hatte nicht aufschluchzen oder schreien wollen – nur nicht auch noch ihre Würde verlieren! Aber Akwasis Stöße waren zu schmerzhaft, er drang rücksichtslos und gewaltsam in sie ein, während seine starken Hände ihre Oberarme umfasst hielten und sie auf den harten Lehmboden drückten. Nora hatte noch keine Matten flechten können, und so war ihr Lager im Haus härter als das auf dem Farnkraut in der ersten Nacht. Am Ende schmerzte auch ihr Rücken. Fast noch mehr weh tat es allerdings, dass Akwasi sie während des Aktes nicht ansah. Er blickte starr an ihr vorbei, und Nora fühlte sich wie eine geprügelte Holzpuppe, die ein unartiges Kind herumstieß.

Gegen Morgen schaffte sie es dann nur mühsam, aufzustehen und das Mehl für die Fladen zu mahlen, aus denen ihr Frühstück bestand. Das zumindest fiel ihr nicht schwer. Die Frauen, die neugierig vorbeikamen, um sich am Anblick der ungeschickten weißen Frau zu laben, wurden enttäuscht. Nora zerkleinerte schließlich seit Monaten Heilkräuter mit dem Mörser, mischte Salben zusammen und wusch Verbände. Das Kornmahlen und Teigmischen sowie das Backen der Fladen über dem offenen Feuer hätten ihr sogar Spaß machen können – wäre es nur nicht für einen Mann erfolgt, der sie auf Biegen und Brechen besitzen wollte, obwohl er sie offensichtlich hasste.

Schwieriger war es da schon mit dem Flechten der Schlafmatten. Die Frauen stellten sie aus Palmblättern her, und Nora hatte sich das eigentlich ganz einfach vorgestellt. Wehmütig dachte sie an ihre Träume mit Simon, während ihr das Flechtwerk jetzt bei jedem Versuch erneut auseinanderfiel. Sie hätte jemanden gebraucht, der es ihr zeigte, aber die Einzige, die sich schüchtern zu ihr gesellte, war die kleine Mansah. Das Mädchen war verängstigt und traurig. Máanu und die anderen Frauen in Nanny Town konnten ihr die Mutter nicht ersetzen, obwohl natürlich alle nett zu ihr waren – schon um Máanu, die neue Vertraute der Queen, für sich einzunehmen. Granny Nanny hatte offensichtlich Gefallen an der jungen Máanu gefunden und rief sie oft in ihre Hütte, um dieses oder jenes mit ihr zu besprechen. Die anderen Frauen behaupteten ehrfurchtsvoll, sie berate sich mit ihr.

Mansah wusste es allerdings besser. »Queen nicht beraten mit keinem«, erklärte sie Nora, während sie versuchte, ihr beim

Flechten zu helfen. Sie zeigte sich dabei aber ebenso ungeschickt wie die Weiße. Es musste einen Trick geben, den bisher keine der beiden beherrschte. »Aber reden englisch mit Máanu. Und will lernen lesen. Máanu sagen, sie selbst nicht kann richtig, muss fragen Akwasi. Aber Granny nicht reden mit Akwasi, sie böse, weil Akwasi mitbringen Missis. Später wird müssen, meint Máanu, weil sie nicht kann lesen Vertrag.«

»Einen Vertrag?«, fragte Nora, verwundert und wieder mal etwas hoffnungsvoll. »Die Maroons wollen Verträge mit den Backras schließen?«

Mansah zuckte die Schultern. »Weiß nicht, Missis, Máanu sagt, Granny will nicht. Weil Vertrag immer heißen, Sklaven zurückschicken, wenn weggelaufen. Aber will wohl Cudjoe ...«

Cudjoe schien Nannys ältester Bruder zu sein. Nora hatte in Kingston gehört, dass er in den ersten Jahren die Raubzüge und Aufstände der Maroons initiiert hatte. Inzwischen saß er aber recht sicher im Saint James Parish, im Nordwesten der Insel. Vielleicht wollte er seinen Ort wirklich legalisieren ...

»Quao war bei ihm«, erzählte Mansah weiter. »Aber jetzt wieder da. Und streiten mit Nanny.«

»Über einen Friedensschluss?«, fragte Nora.

Mansah zuckte erneut die Schultern. Bei ihr wirkte Máanus charakteristische Geste aber nicht enervierend, sondern eher drollig.

»Weiß nicht, Missis«, wiederholte sie. »Nanny und Quao sprechen fremde Sprache. Ashanti-Sprache. Máanu sagt, sie gern würde lernen. Lernen richtige Sprache von richtige Volk!«

Nora schob sich das Haar aus dem Gesicht – woraufhin ihr Flechtwerk sofort wieder auseinanderfiel. Die Blätter waren einfach zu glatt, ohne einen Rahmen hielten sie nicht. Resigniert sah sie in Mansahs eifriges kleines Gesicht.

»Máanu ist doch gar keine Ashanti«, bemerkte sie dann. »Soweit ich weiß, ist ihre Mutter Dogon. Und die Ashanti haben die Dogon seit Jahrhunderten versklavt. Was ist an ihrer Sprache also besser als an Englisch? Das du übrigens richtig sprechen solltest, Mansah. Es gibt keinen Grund dafür, zu reden wie ein kleines Baby, du hast jetzt keinen Backra mehr, der darauf besteht. Du bist frei. Versuch also, richtige Sätze zu bilden!«

Die nächsten Stunden vergingen in beidseitigen Bemühungen. Nora kämpfte damit, eine Art Webrahmen zu erstellen, Mansah versuchte, korrekte Wendungen in Englisch zu formulieren. Letzteres verlief weitaus erfolgreicher als Ersteres. Nora wollte die Blätter schon verärgert einfach übereinanderstapeln, um des Nachts wenigstens etwas weicher zu liegen, als sie unerwarteten Besuch erhielten. Mansah versteckte sich sofort hinter Nora, als der Schatten eines Menschen auf sie fiel. Das tat sie schon den ganzen Nachmittag – schließlich kam eine Frau nach der anderen vorbei, um sich über Noras Ungeschick lustig zu machen.

Mansah tat ihr Bestes, ihnen diesen Spaß zu verderben. Der Neuankömmling hatte jedoch keinen Blick für Noras Arbeit. Er musterte ungeniert die weiße Frau.

»Du bist das also«, sagte der Mann schließlich. »Ich konnte es bis jetzt nicht glauben. Ich dachte, du wärst vielleicht Mulattin oder so was. Sehr weiß. Aber doch … doch keine weiße Missis …«

Nora sah verärgert zu ihm auf. »Nun, dann willkommen zur Tierschau!«, bemerkte sie. »Wobei du nicht der Erste bist, vielleicht sollte Akwasi Geld dafür nehmen, dass er mich ausstellt.«

Sie wusste, dass dies als ungehörig galt, aber sie gab die forschenden Blicke des Mannes ebenso offen zurück. Der Schwarze, der vor ihr stand, war eher klein, aber kräftig. Sein Gesicht war breit, die Augen ebenso durchdringend schwarz und blitzend wie die der Queen.

»Von mir würde er keins kriegen, Missis, ich hab alles Recht der Welt, dich anzusehen. Ich bin Quao, der King.«

Also Nannys Bruder. Natürlich, er sah ihr ähnlich, schien aber jünger zu sein.

»Und? Gefalle ich dir?«, fragte Nora. »Oder soll ich erst die Zähne vorzeigen?«

Auf Sklavenmärkten verlangte man das stets von der zweibeinigen Ware.

Quao lachte. »Du solltest mich nicht beißen«, warnte er. »Aber sonst ... Wenn ich ehrlich sein soll, gefällst du mir gar nicht. Du wirst hier nur Ärger machen.«

Nora schnaubte. »Ich habe mich nicht aufgedrängt«, sagte sie sarkastisch.

Quao seufzte. »Aber irgendwas muss ja wohl gewesen sein zwischen dir und diesem Jungen, der dich so sehr liebt und so sehr hasst. Hast du ihn ermuntert? Bist du eine von diesen Weißen, die gern von etwas schwarzem Fleisch naschen?«

Nora blitzte ihn an. »Ich habe nie ...« Aber dann erinnerte sie sich an die Nacht der Obeah-Zeremonie und senkte den Blick. »Ich hab das nicht angefangen ...«

»Oh ...« Quao hob die Hände, als sei er im Begriff, die Geister zu beschwören. »Da war also etwas. Ich hab's geahnt und Nanny auch. Dabei könnte alles so einfach sein, wenn dieser Junge und Máanu ... Aber wie auch immer, Missis – wie heißt du eigentlich?«

Nora nannte ihren Namen.

»Also, Nora ...«

Nora spürte vage Erleichterung. Niemand hatte sie bei ihrem richtigen Namen gerufen, seit man sie aus Cascarilla Gardens verschleppt hatte.

»Also, Nora, weder mir noch der Queen gefällt es, dass du hier bist. Wir haben sogar darüber gesprochen, dich ... nun ja, zu beseitigen. Aber dieser Akwasi will dich, und wie es aussieht, werden wir ihn brauchen. Stimmt es, dass er schreiben und lesen kann?«

Nora zuckte die Schultern. »Er ist mit dem Sohn des Backras aufgewachsen. Die beiden waren Freunde, auch wenn Akwasi ihn heute hasst …«

Quao beobachtete sie aufmerksam. Er hatte in langen Jahren gelernt, in den Mienen der Menschen zu lesen. »Das also auch noch …«, murmelte er. »Ist der Sohn des Backras tot?«

Nora schüttelte den Kopf.

»Es wird immer schlimmer«, seufzte Quao. »Womöglich wird er dich suchen … Aber wie gesagt, wir brauchen Akwasi. Er soll haben, was er will. Aber ich werde mit ihm über Sklaverei sprechen müssen, wie wir sie bei den Ashanti handhabten. Du musst keine Angst haben, er wird dich nicht grausam behandeln. Und wenn er Kinder mit dir zeugt, sollte er dich zur Frau nehmen, damit sie sein Erbe antreten können. Überhaupt würde es mich interessieren, wie er sein Recht begründet, dich als Sklavin zu halten. Du hast schließlich nichts verbrochen.«

Nora hatte aus diesem Gespräch einiges gelernt – vor allem, dass bei den Ashanti Kriminelle und Kriegsgefangene versklavt wurden. Man jagte die Menschen verfeindeter Stämme. Mit der Hautfarbe hatte Sklaverei nichts zu tun.

»Aber sie ist eine Kriegsgefangene!«, argumentierte Akwasi, als Quao ihm kurz danach vorhielt, die weiße Frau möglicherweise unrechtmäßig zu besitzen. »Ihr Stamm ist mein Feind!«

Granny Nannys Bruder seufzte wieder. »Ja, das habe ich schon ihren Andeutungen entnommen. Aber du weißt, dass du sie nicht halten kannst wie Vieh. Du hast die Pflicht, sie zu versorgen, zu kleiden, du darfst sie weder schlagen noch vergewaltigen.«

Nora blickte zu Boden.

Akwasi fuhr auf. »Hat sie sich beschwert? Ich nehme sie, wie ein Mann in Afrika seine Frau nimmt, ich …«

»Und ich benehme mich, wie es eine Lady in meinem Land

tut!«, fuhr ihm Nora über den Mund. »Und breite die Nächte mit meinem … Gebieter … nicht vor Fremden aus.«

Sie war errötet, während die Männer so ungeniert über sie sprachen, aber nun wandelte sich ihr Scham zu Zorn.

Quao winkte ab, als habe er es hier mit zwei streitenden Kindern zu tun. »Macht, was ihr wollt«, sagte er kurz. »Aber bedenke, Akwasi, dass du sie zu deiner Frau machst, wenn sie dir ein Kind schenkt. Darauf bestehe ich. Wir werden hier keine Sklavenkinder aufwachsen lassen wie auf den Plantagen der Weißen. Und du, Nora, bewahre dir deine scharfe Zunge. Du wirst sie brauchen. Denn dein Gebieter ist verpflichtet, dich gut zu behandeln. Für den Stamm als solchen gilt das nicht …«

Nora sollte die Konsequenz seiner Worte bald zu spüren bekommen. In Nanny Town lebte man nicht nur von Überfällen. Wie Doug damals schon gesagt hatte, waren die Ashanti von jeher Bauern. Wobei die Landarbeit hauptsächlich in den Händen der Frauen lag, die sie gemeinsam verrichteten. Auch Akwasi würde das Land, das ihm gleich am nächsten Tag angewiesen wurde, nicht isoliert von den anderen bearbeiten. Zwar oblag es ihm, es zu roden – wobei man Brandrodung bevorzugte –, aber dann würden die Frauen in Gruppen mit dem Umgraben und der Einsaat beginnen. Nora würde sich also nicht wie bisher vor den anderen Frauen verstecken können. Verwundert vernahm sie, wie einer der Maroons Akwasi anwies, das Buschwerk auf seinem Land in Flammen zu setzen.

»Das sieht man doch meilenweit!«, sagte sie halb verständnislos, halb hoffnungsvoll zu Akwasi. »Der Rauch und die Flammen – ihr könntet gleich eine Karte in Kingston aushängen, in der Nanny Town verzeichnet ist.«

Der andere Maroon lachte. »Das nicht Geheimnis, weiße Frau. Gouverneur weiß, wo sind Cudjoe Town, Nanny Town, Accompong …«

Akwasi blickte stolz auf sie herunter. Er hatte sich eben launig mit dem Krieger unterhalten, unter den einfachen Männern der Maroons hatte sich seine Ausgrenzung nicht lange gehalten. Im Gegenteil, im Stillen beneideten ihn viele von ihnen. Schließlich war er nicht der Einzige, der als Sklave gelegentlich lüstern auf die marmorweiße Haut der Pflanzerfrauen gestiert hatte.

»O ja«, bestätigte er jetzt. »Der Gouverneur weiß das genau. Und seine Truppen haben zigmal versucht, die Städte einzunehmen. Aber vergeblich. Jeder Angriff wurde zurückgeschlagen. Das passt ihm natürlich nicht. Deshalb tut er so, als hätte er keine Ahnung, wo wir uns verstecken.«

Nora verspürte etwas wie Wut. Es konnte nicht sein, dass diese kleine Frau Nanny und ihre Brüder dem gesamten britischen Empire trotzten. Aber Doug und die anderen Pflanzer waren im letzten Jahr auch hilflos durch die Berge geirrt. Andererseits mochte es recht klug vom Gouverneur sein, sein Wissen vor den Zuckerbaronen geheim zu halten. Nach allem, was Doug von ihrer Strafexpedition erzählt hatte, war das Schweigen der Krone sogar lebensrettend – man brauchte kein großer Stratege zu sein, um zu wissen, dass die Verteidiger von Nanny Town die bunt zusammengewürfelte Truppe in kürzester Zeit aufgerieben hätten. Natürlich hätten die Maroons das auch so gekonnt, ein Hinterhalt irgendwo in den Bergen wäre leicht zu organisieren gewesen. Aber langsam verstand sie die vielfältigen Beziehungen und stillschweigenden Übereinkommen, die trotz aller Erbfeindschaft zwischen den freien Schwarzen und der Regierung von Jamaika bestanden. Zum Beispiel die Sache mit den Strafexpeditionen der Pflanzer: Der Gouverneur unterstützte sie nicht, die Maroons griffen sie nicht an.

Und während Nora ihrem neuen »Herrn« half, das Feuer auszutreten, und dann die Plackerei anging, das neue Land von den Wurzeln der eben abgebrannten Vegetation zu befreien, begriff sie auch, weshalb sich Nanny und Quao um ihre eigene Rolle in diesem Zwist sorgten. Gelegentliche Überfälle, auch verbunden mit Raub und Mord, nahm der Gouverneur zähneknirschend hin. Wenn die Schwarzen jedoch begannen, Weiße als Sklaven zu halten, würde der Druck zu stark werden. Nora hoffte auf Doug. Er konnte die Zuckerbarone mobilisieren und den Gouverneur zwingen, alle Macht der Krone einzusetzen, um die weiße Frau aus den Händen der Maroons zu retten. Wenn er nur nicht so dumm und unbedacht war wie die anderen Pflanzer und seine Wut in einer sinnlosen Strafexpedition verpuffen ließ!

KAPITEL 4

Lord Hollister, Keensley und die anderen Pflanzer der Region drängten auf eine Strafexpedition gegen die Maroons, kaum dass die Begräbnisfeierlichkeiten auf Cascarilla Gardens beendet waren. Sie reagierten empört, als Doug Fortnam sich weigerte, sich ihr anzuschließen.

»Hier hätten Sie doch die Möglichkeit, Rache zu üben, junger Mann!«, warf ihm Keensley vor. »Oder wollen Sie die Kerle damit durchkommen lassen, unsere Männer zu töten und unseren Besitz niederzubrennen?«

Doug wollte ihn heftig daran erinnern, dass man auch um eine Frau trauerte, aber dann hielt er sich zurück. Sein Verhältnis zu Nora jetzt noch öffentlich zu machen, war wirklich das Letzte, was er wollte. Also ballte er nur im Stillen die Fäuste und schüttelte den Kopf.

»Hat so eine Strafaktion je irgendetwas bewirkt?«, fragte er. »Ja, sicher, die Männer schnappen schon mal so einen armen schwarzen Teufel und lassen ihn in Kingston henken. Aber das sind doch keine Maroons, das sind weggelaufene Sklaven auf dem Weg in die Berge …«

»Da henkt man also keine Falschen!«, trumpfte Lord Hollister auf.

Doug rieb sich die Stirn. »Aber auch nicht die Verantwortlichen für die Überfälle. Gegen die Maroons helfen keine Strafexpeditionen. Die wohnen nicht in Zeltlagern, die haben Städte und Verteidigungsanlagen. Wir müssten Truppen ausheben und einen Krieg entfesseln. Und dafür, habe zumindest ich weder den Drang noch die Mittel. Wirken Sie auf den Gouverneur ein, wenn Sie sich etwas davon versprechen. Aber ich habe hier Wichtigeres zu tun. Ich habe keine Zeit, ziellos durch die Berge zu irren, um vielleicht einen oder zwei Schwarze zu erschießen, während hier alles drunter und drüber geht.«

»Aber wir sind es Elias' Andenken schuldig!«, trumpfte Lord Hollister auf.

Doug verkrampfte erneut die Hände unter dem Tisch. Er selbst hatte nicht das Bedürfnis, den Tod seines Vaters zu rächen. Elias hatte genau das bekommen, was er verdient hatte. Wenn da nicht Nora gewesen wäre …

»Machen Sie, was sie wollen«, beschied er schließlich seine Nachbarn. »Aber ich denke, dass ich meine Sohnespflicht am besten erfülle, indem ich Cascarilla Gardens halte …«

… und ein bisschen tätige Reue zeige für das, was mein Vater getan hat. Letzteres sprach Doug natürlich nicht aus, aber die Überlegung beherrschte sein gesamtes Handeln seit der Nacht des Feuers. Sie bewahrte ihn davor, seine Gedanken nur um Nora kreisen zu lassen, um das, was sie gedacht und gespürt hatte, als die Maroons ihre Macheten in ihren Leib rammten, an ihre Angst und ihre Schmerzen.

Doug konzentrierte sich darauf, zunächst Bilanz zu ziehen und die Arbeit auf Cascarilla Gardens neu zu ordnen. Er war entschlossen, es ohne Peitschen und ohne Aufseher zu versuchen, und versammelte seine Schwarzen, gleich nachdem die Begräbnisfeierlichkeiten beendet und der Reverend und die Nachbarn abgezogen waren.

»Ich brauche euch nicht wirklich zu erklären, wo wir stehen«, sagte er ruhig. »Wir sind mitten in der Ernte, das Zuckerrohr auf zwei Dritteln der Fläche muss geschnitten werden. Aber achtzig unserer Leute sind weg – fast alles Feldarbeiter. Haben wir überhaupt noch welche unter uns?«

Ein paar ältere Sklaven hoben die Hände. Doug nickte ihnen zu.

»Ich freue mich, dass ihr hiergeblieben seid. Und ich kann euch nicht dafür bestrafen, indem ich euch jetzt Tag und Nacht aufs Feld schicke. Zumal auch ein Großteil der Zugtiere gestohlen worden ist. Cascarilla Gardens besitzt nur noch zwei Ochsengespanne – die waren an Keensley verliehen – und drei Pferde. Mein Pferd und zwei Stuten, die bei Hollisters neuem Berberhengst standen …«

Dougs Stimme drohte zu brechen, als er an Noras Begeisterung für den bildschönen Grauschimmel dachte, den der Lord für ein kleines Vermögen aus dem Orient hatte holen lassen. Pferderennen auf speziell dazu ausgebauten Rennbahnen kamen in England immer mehr in Mode, und auf Dauer plante der Lord etwas Vergleichbares auch auf Jamaika. Zudem gefiel es ihm wohl nicht, dass Noras Aurora seinem eigenen Pferd bei jeder Jagd weglief. Auf jeden Fall hatte er den Hengst importiert und nahm nun Stuten zum Decken auf. Die Fortnams hatten Aurora und eine der anderen Stuten, die mit Nora aus England gekommen waren, dort angemeldet. Das hatte die Pferde vor dem Raub gerettet.

»Jedenfalls alles keine Zugpferde. Ich werde nun morgen nach Kingston reiten und versuchen, ein paar Arbeitstiere zu kaufen – einfach wird das nicht sein – und auch … auch ein paar Sklaven.«

Doug fiel es schwer, das auszusprechen, aber die Schwarzen nahmen es gelassen auf. Sie schienen sich eher über die Entlastung zu freuen als die Versklavung weiterer Afrikaner zu betrauern. »Ihr …«, er wies auf die alten Feldsklaven, »… werdet dafür verantwortlich sein, sie einzuweisen. Und so leid es mir tut, aber vorerst müsst ihr alle noch hier befindlichen Haussklaven und Handwerker unterstützen. Wir brauchen im Moment keine Schmiede, keine Tischler und keine Hausdiener.«

Ein entrüstetes Murmeln ging durch die Menge der Schwarzen.

Doug seufzte. »Ja, ich weiß, ich habe versprochen, niemanden zu degradieren. Aber um ein Haus mit vielen Dienern zu erhalten, brauche ich Einkünfte durch Zuckerrohr. Also müsst ihr vorerst mit anfassen.«

Er warf einen besorgten Blick auf die Gruppe der Haussklaven. Wenn sie nicht freiwillig mitspielten, würde er einen Aufseher beschäftigen müssen. Und dann knallten womöglich sehr bald wieder die Peitschen. Doug biss sich auf die Lippen, als Kwadwo vortrat. Der Obeah-Mann und Stallmeister hielt es zweifellos für unter seiner Würde, Zuckerrohr zu schneiden.

Die Worte des alten Geisterbeschwörers ließen Doug dann aber aufatmen. »Ich werde mein Bestes tun und meine Stallburschen ebenfalls«, sagte er würdevoll.

Die Nächste, die vortrat, war Adwea. »Ich auch!«, erklärte sie. »Und meine Küchenhilfen. Aber werden wir nicht so viel schaffen wie Feldnigger, Backra Doug. Sie uns dann auspeitschen?« Die Frage schwankte zwischen Schalk und Furcht.

Doug schüttelte den Kopf. »Auf Cascarilla Gardens wird niemand mehr ausgepeitscht!«, sagte er. »Es sei denn, er hat gestohlen oder sonst etwas Schlimmes getan. Aber das bestimmt nicht irgendein Aufseher, das bestimme allein ich. Und künftig werdet ihr auch sonntags nicht mehr arbeiten, und zu Weihnachten und zu Ostern gibt es weitere Tage frei …« Jubel brandete auf. »Als Gegenleistung«, rief Doug, »erwarte ich Treue und bereitwillige Pflichterfüllung. Morgen früh werdet ihr euch alle bei Kwadwo zum Dienst melden und auf die Anweisungen der Feldnigger hören. Alle, außer Adwea und ihren Küchenhilfen. Schließlich sollen die Feldarbeiter nicht verhungern.«

Als Doug am nächsten Morgen nach Kingston ritt, hatten sich die Schwarzen tatsächlich bereits versammelt, nahmen Macheten entgegen und ließen sich von den sonst so missachteten Feldsklaven in Arbeitsgruppen einteilen. Das zumindest lief gut an. Aber Doug empfand keine Freude. Jede Palme am Weg, jede Biegung, jeder schöne Ausblick über eine Siedlung oder später über den Strand erinnerten ihn an Nora. Sie hatte sich so sehr an der Landschaft, der Sonne, dem Farbenspiel von Dschungel und Meer gefreut. Wie konnte sie nur tot sein? Und warum war irgendetwas in ihm nicht bereit, sich damit abzufinden? Immer wieder fasste er nach der Gemme in seiner Tasche und blickte wie zwanghaft über seine linke Schulter. Aber kein Duppy – weder ein rächender Simon noch eine liebende Nora oder ein wütender Elias – ließ sich blicken.

In den nächsten Monaten organisierte Doug Fortnam das Leben auf Cascarilla Gardens neu und ließ eigentlich nichts aus, um seine Nachbarn dabei vor den Kopf zu stoßen.

»Der Verlust hat ihn den Verstand gekostet!«, seufzte Lady Hollister, als der junge Mann sich standhaft weigerte, sofort den Wiederaufbau seines Hauses anzugehen. »Er kann nicht im Haus eines Verwalters wohnen!«

»Vor allem riskiert er Leib und Leben!«, erregte sich Christopher Keensley. »So nah und als einziger Weißer im Dorf der Nigger. Wenn ihn die alten nicht umbringen, dann die neuen!«

Doug hatte tatsächlich fünfzig neue Arbeiter für seine Felder gekauft, Menschen, die direkt mit dem letzten Sklavenschiff aus Afrika gekommen waren. Sie befanden sich in dem üblichen furchtbaren Zustand, als sie von Bord kamen, und Doug gab ihnen zum Entsetzen seiner Nachbarn die ersten Wochen frei, um sich einzugewöhnen. Seine Stammbelegschaft versorgte sie und brachte ihnen Englisch bei – und zu seiner eigenen Überraschung ging die Rechnung auf: Keinem der neuen Schwarzen war die Idee der Versklavung fremd. Sie trauerten zwar über ihr Schicksal, aber es war nie etwas Undenkbares für sie gewesen, irgendwann der Besitz eines anderen Menschen zu werden.

Doug hatte sich zudem beliebt gemacht, indem er eine Frau und ihre Tochter kaufte, obwohl das Mädchen noch sehr jung war und sich nicht unmittelbar nützlich machen würde. Auch zwei Paare und eine Familie erstand er gemeinsam und erlaubte ihnen, eine gemeinsame Hütte zu beziehen.

Die alteingesessenen Schwarzen von Cascarilla Gardens wurden darüber mutig, und drei Paare fragten nach einer Heiratserlaubnis. Doug schenkte ihnen jeweils eine Ziege und drei Hühner und stellte sie zwei Tage frei, um sich ein größeres Haus zu bauen. Eine förmliche Trauung, möglichst durch den Reverend, ließ sich allerdings nicht machen.

»Ich habe gefragt, Tiny«, beschied er mit schlechtem Gewissen einen riesigen Feldarbeiter und seine Frau, die sehr gläubig war. Sie pflegte Stevens bei den Gottesdiensten jedes Wort vom Munde abzulesen. »Aber der Reverend traut euch nicht, weil ihr nicht getauft seid. Und taufen kann er euch auch nicht, weil …« Doug biss sich auf die Lippen. Er konnte auf keinen Fall von den möglicherweise fehlenden Seelen der Schwarzen sprechen. »Ich weiß nicht, warum«, fuhr er schließlich fort. »Außerdem verbietet es das Gesetz, dass Sklaven miteinander die Ehe schließen. Sklaven gelten als unmündig wie Kinder und dürfen keine Verträge abschließen. Und da die Ehe ein Vertrag ist …«

Tiny und Leonie sahen ihn verständnislos an. Doug überlegte, wie Nora dieses Problem gelöst hätte. Sie war immer pragmatisch gewesen …

»Hört mal, ihr nehmt euch einfach noch ein Huhn«, beschied er die Sklaven, »und gebt es Kwadwo. Ich bin sicher, bei einer ausreichend großen Menge an Hühnern beschwört der euch jeden Geist.«

»Und das gilt?«, fragte Leonie zweifelnd.

Sie war nicht mehr jung, Cascarilla Gardens war schon die dritte Plantage, auf der sie diente, seit man sie als Siebzehnjährige verschleppt hatte. Doug wusste, dass Nora sie mehrmals behandelt hatte. Wahrscheinlich im Anschluss an Besuche bei der Baarm Madda.

Jetzt nickte er ihr aufmunternd zu. »Auf Cascarilla Gardens gilt das!«, versicherte er ihr. »Ich werde dich und Tiny nicht trennen, und wenn eure Ehe mit Kindern gesegnet wird, habt ihr mein Wort, dass ich auch sie nicht verkaufe.«

Übers Jahr gab es drei neugeborene Kinder auf Cascarilla Gardens.

Von Kindern wimmelte es auch in Nanny Town, allerdings gab es kaum Kräuterfrauen. Granny Nanny war fast die Einzige, die sich auf Geburtshilfe und Krankenpflege verstand, und auch was sie leistete, reichte nicht wirklich an die Kenntnisse der Baarm Maddas auf den Plantagen heran. Nora bemerkte das bald, obwohl natürlich keine der schwarzen Frauen die Weiße ins Vertrauen zog. Allerdings hatte sie viel Zeit, die Frauen zu beobachten, schließlich schickte Akwasi sie gleich nach Zaunbau und Rodung mit ihnen aufs Feld. Noras Martyrium in Nanny Town trat damit in eine neue Phase ein, denn jetzt beschränkten sich die Frauen nicht mehr darauf, sie zu beobachten und ihr Ungeschick bei alltäglichen Dingen wie dem Flechten von Matten zu belachen. Stattdessen ließen sie die Weiße ihren Status als Sklavin spüren.

»Wir brauchen das Zuckerrohr jetzt nicht mehr selbst zu schneiden!«, verkündete eine bildschöne Ashanti, anscheinend die Wortführerin der jüngeren, noch unverheirateten Frauen. »Dafür haben wir unsere Sklavin!«

Lachend drückte sie Nora eine stumpfe Machete in die Hand und wies auf das Zuckerrohrfeld der Siedlung. In Nanny Town wurde ebenfalls Zuckerrohr angebaut, wenn auch nicht im gleichen Ausmaß wie auf den Plantagen. Eigentlich bestritt man damit nur den eigenen Bedarf an Zucker und Alkohol – wobei Nanny und Quao die Destillerie wohlweislich kontrollierten und nur begrenzte Mengen Schnaps an die Bewohner der Siedlung verteilten. Der Großteil der Felder von Nanny Town diente dem Anbau von Nahrungsmitteln, von Yamswurzeln bis Maniok über Getreide und Früchte. Die Arbeit auf diesen Feldern oblag traditionell den Frauen und war auch nicht allzu schwer – sofern man körperliche Arbeit bei der landestypischen Hitze und der hohen Luftfeuchtigkeit gewöhnt war. Die stolzen Ashanti-Männer sahen nicht ein, dass sie bei der Zuckerrohrernte helfen sollten. Sie ließen die Frauen damit allein, die sie wiederum den jüngeren Mädchen aufdrückten. Und die zwangen jetzt Nora, die Machete zu schwingen.

»Nun mach schon, Sklavin!«, lachten die Mädchen und schlugen mit Peitschen aus Palmwedeln auf Nora ein.

Das hinterließ keine Striemen, tat aber dennoch weh und war demütigend. Zumal Nora tat, was sie konnte. Sie hegte am Anfang die Hoffnung, den Frauen vielleicht durch unermüdlichen Arbeitseinsatz imponieren zu können. Sie mussten sie doch anerkennen, wenn sie sahen, dass sie nicht versuchte, sich vor niederen Arbeiten zu drücken. Nun erkannte sie allerdings bald, dass sie dieser selbst gestellten Aufgabe nicht gewachsen war. Nach wie vor verursachte die unverwandt auf sie herabbrennende Sonne ihr Kopfschmerzen, und die Hitze ließ sie mit Schwindelanfällen kämpfen. Es war etwas anderes, ob man im Klima von Jamaika ausritt, spazieren ging und Kranke pflegte oder ob man mit einer Machete auf widerspenstiges, hartes, mannshohes Gras einhieb.

Nora war schon nach wenigen Minuten schweißgebadet, ihr Kleid klebte am Körper, und immer wieder verhedderte sie sich in ihren Röcken – wobei diese sie immerhin mehrfach davor bewahrten, die Machete statt ins Zuckerrohr in ihre eigenen Beine zu schlagen. Sie hatte nie geglaubt, dass sich die Sklaven die Verletzungen absichtlich zuzogen, die sie auf Cascarilla Gardens so oft behandelt hatte. Aber ihr war auch nicht bewusst geworden, wie schnell so ein Machetenschlag danebenging. Irgendwann empfand sie es fast als Glück, dass die Mädchen sie mit einem derart stumpfen Messer ausgestattet hatten. Es machte die Arbeit mühsam, verringerte aber das Risiko, sich zu verletzen.

Nora kämpfte um ihre Haltung und irgendwann auch um ihr Bewusstsein, während die Sonne stieg und die Mädchen sie kichernd beschimpften und schmähten. Ihre Hände hatten längst Blasen, ihre Füße waren wieder wund, und ihre Scham schmerzte noch nach der letzten Nacht mit Akwasi bei jedem Schritt. Das besserte sich nicht, wie sie gehofft hatte. All ihre Versuche, sich vielleicht selbst zu reiben und ein bisschen zu erregen, bevor er über sie herfiel, waren zum Scheitern verurteilt. In dem Moment, indem Akwasi zu ihr kam, verkrampfte sie sich vor Angst und in Erwartung des Schmerzes. Sie hätte ihn nur lindern können, indem sie eine Salbe auftrug, aber sie fand keine Zeit, eine solche herzustellen. Ganz abgesehen davon, dass sie nicht genug Freiheit hatte, um die Zutaten dazu zusammenzusuchen. Es gab zwar Kräutergärten in Nanny Town, aber wenn sie Heilkräuter enthielten, so fast nur solche, die Nora nicht kannte. Das Wissen darüber musste aus Afrika, nicht aus Europa nach Jamaika gekommen sein.

Nun gab es Wildpflanzen wie Aloe Vera, die sich auf Cascarilla Gardens an jeder Ecke gefunden hatten und die sich sehr gut zur Erstellung von Wundsalbe eigneten. Aber direkt in Nanny Town wuchsen sie nicht, und Akwasi hätte Nora niemals gestattet, die Siedlung zu verlassen, um danach zu suchen. Schließlich nahm sie allen Mut zusammen und fragte die anderen Frauen nach einer Baarm Madda – erzielte damit aber nur weiteren Argwohn.

»Was ist, weiße Frau, bist du schwanger? Willst du womöglich kein Kind? Aber das hilft dir nichts, das hat mir auch nichts geholfen!«

Julie, eine der älteren verheirateten Frauen, die sehr gut Englisch sprach, blitzte Nora voller Wut an. Nora fragte sich, was der Grund dafür war. Sie hatte nichts getan, um Julie zu erzürnen. Aber Julie schien erzählen zu wollen.

»Mein Backra hat mich auf sein Lager gezerrt, und ich wollt's loswerden!«, spie sie ihr entgegen. »Aber die Missis wollte Sklavenkinder. Sie hat mich erwischt und auspeitschen lassen. Und dann hielten sie mich angekettet, bis das Kind geboren war. Leider war's hell, fast weiß, man sah sofort, wer's mir gemacht hatte. Da hat sie's weggenommen … Hab nie wieder was davon gehört …«

Nora war erschüttert, aber Julie erzählte ganz nüchtern. Sie hatte offensichtlich keine Tränen mehr. Und ganz sicher kein Mitleid mit den Nöten einer weißen Frau …

Schließlich war es Mansah, die Nora aus der Klemme half, indem sie Nanny um eine Salbe für eine kleine Verletzung bat. Máanu hielt sich immer noch oft in Gesellschaft der Queen auf, und so sah auch Mansah sie häufig, obwohl sich beide offensichtlich nicht mochten. Nanny missbilligte, dass Mansah immer noch viel weinte und trauerte. Sie warf Máanu vor, ihre Schwester zu verweichlichen.

»Schick das Mädchen aufs Feld, es soll arbeiten, dann hört's auch auf zu flennen!«, sagte die Ashanti hart.

In ihrem Volk erzog man die Männer und Frauen von klein auf zum stolzen und stoischen Ertragen von Misslichkeiten. Máanu dagegen war mit der Einteilung in Feld- und Haussklaven großgeworden. Mansah aufs Feld zu schicken bedeutete für sie, das Mädchen zu erniedrigen. Dennoch fügte sie sich schließlich der Queen, und Mansah weinte bittere Tränen – obwohl die Feldarbeit der Frauen von Nanny Town nicht im Entferntesten mit der Plackerei auf den Zuckerrohrfeldern der Pflanzer zu vergleichen war. Wenn man nicht gerade die verachtete, geschundene weiße Sklavin war, machte das Pflanzen und Ernten von Gemüse und Getreide sogar Spaß. Die Frauen sangen dabei und erzählten sich Geschichten, sie machten häufig Pausen und plauderten miteinander. Die meisten Kinder der Siedlung beteiligten sich ganz freiwillig, halfen ein bisschen, spielten zwischen den Beeten oder bastelten sich Spielzeug aus Holz und Gartenabfall.

Mansah schwang trotz ihrer Verzweiflung verbissen die Hacke. Die Kleine war niemals ein unbeschwertes Kind gewesen, sondern von klein auf eine Sklavin, die nur geduldet wurde, wenn sie sich nützlich machte. Sie dauerte Nora. Bisher hatte sie nie über die kleinen Haussklaven nachgedacht, ebenso wenig wie über die Küchenmädchen in England. Aber jetzt wurde ihr klar, wie anders für Mansah, Sally und ehemals Máanu alles gewesen war. Wenn englische Küchenhilfen nicht spurten, verloren sie schlimmstenfalls ihren Job. Mansah und den anderen Sklavenkindern drohte der Verkauf auf die Felder.

Immerhin sprachen die Menschen von Nanny Town mit Mansah, und Nora konnte sich ihrer Hilfe versichern, nach einer Baarm Madda zu fragen. Das Mädchen brachte ihr daraufhin die Salbe von Queen Nanny.

»Sie hier kein Baarm Maddas haben«, berichtete sie unglücklich. »Nur Nanny, die das kann aus Afrika …«

Nora schnupperte misstrauisch an dem Tiegel Salbe. Das Gemisch roch merkwürdig, und auch die braune Farbe und lehmige Konsistenz wirkten wenig vertraut und vertrauenerweckend. Zumal auch Mansahs nächste Worte an Nannys Kompetenz als Kräuterfrau zweifeln ließen.

»Aber weiß nicht, ob gute Medizin. Letzte Nacht in Hütte neben uns …«

»In der Hütte neben uns …«, berichtigte Nora.

»In der Hütte neben uns gestern ist Frau gestorben«, führte Mansah aus, und Nora war zu erschrocken, um sie zu korrigieren. »Pretty. Sie schwanger … äh … war schwanger, und gestern kam Kind. Ihr Mann holen Nanny und sie … auch gekommen.«

Mansah verzog drollig das Gesicht, wie immer, wenn sie sich um richtiges Englisch bemühte, aber Nora konnte sich an diesem Tag nicht daran erfreuen. Sie erinnerte sich an Pretty, eine wunderschöne junge Frau, die ihrem Namen alle Ehre machte.

»Aber nicht konnte helfen. Máanu …«

»Was hatte denn Máanu damit zu tun?«, fragte Nora alarmiert.

»Máanu hat versucht, Kind in Pretty zu drehen«, gab Mansah Auskunft. »Wie machen Missis. Aber ging nicht …«

Nora schob ihr Haar aus dem Gesicht. Es hatte sich schon wieder unter dem Tuch gelöst, das sie neuerdings turbanartig darumschlug, wie es einige der schwarzen Frauen taten. Allerdings war sie darin noch nicht sehr geschickt. Im Gegensatz zur Geburtshilfe. Der Griff zum Drehen des Kindes bei einer Fehllage war eigentlich nicht schwierig, die Baarm Madda der Keensleys hatte ihn Nora gezeigt, und Máanu hatte dabei zugesehen. Aber Máanu selbst hatte ihn nie ausgeführt. Sie half bei der Krankenpflege, hatte aber keinerlei Ambitionen, zur Baarm Madda zu werden. Und nun war ihr Pretty unter den Händen gestorben.

»Deine Schwester ist aber nicht auf die Idee gekommen, mich zu holen?«, fragte Nora bitter.

Mansah schüttelte den Kopf. »Hinterher ihr tat leid. Sie hat gesagt, sie hätte tun sollen. Aber wollte nicht … wollte nicht … ganz schweres Wort, Missis, irgendwas mit Brüste. Sie wollte nicht brüsten Nanny.«

»Brüskieren, Mansah«, berichtigte Nora müde. »Wahrscheinlich wollte sie Nanny nicht brüskieren. Das hat mit Brüsten nichts zu tun, es bedeutet eher, jemanden nicht ärgerlich zu machen. Und zweifellos lag ihr auch nicht daran, die Queen wissen zu lassen, dass die weiße Sklavin zu irgendetwas nützlich ist. Dafür musste nun Pretty sterben … Máanu wird irgendwann ersticken an ihrem Hass.«

KAPITEL 5

»Sie werden darüber hinwegkommen.«

Doug Fortnam hatte die Worte unendlich oft gehört – vom Reverend, von seinen Freunden und Nachbarn, sogar von den Sklaven auf Cascarilla Gardens.

Besonders die Damen in Kingston und Spanish Town äußerten immer wieder Besorgnis über seine anhaltende Trauer – und bei der Gelegenheit auch gleich über seine Wohnung, wenn sie ihn besuchten. Das taten sie oft, schließlich gab es Töchter, jüngere Schwestern und Kusinen, die sie gern mit dem jungen Erben einer großen Plantage verheiratet hätten. Und Doug selbst begab sich fast nie mehr unter Menschen, seit »das Unglück sein Haus getroffen hatte« – ein Ausdruck, den die Damen gern für den Überfall der Maroons benutzten, wohl weil er ihnen weniger bedrohlich erschien und ihre eigene Sicherheit weniger in Frage stellte. Schließlich machte der Gouverneur keine Anstalten, die Nester der Maroons in den Blue Mountains auszuräuchern. Er hatte sich dort zwischen 1729 und 1734 oft genug eine blutige Nase geholt. Jetzt setzte er eher auf Verhandlungen – und versuchte, Rückschläge wie den Überfall auf Cascarilla Gardens möglichst zu ignorieren.

»Wann bauen Sie endlich Ihr Haus wieder auf?«, fragte Lady Hollister vorwurfsvoll. Sie war vorbeigekommen, um Doug zum Frühjahrsball einzuladen. Nun saß sie sichtlich nervös auf einem der schlichten Stühle, mit denen er seine Wohnung in dem früheren Aufseherhaus möbliert hatte. Die Nähe der Sklavenquartiere war ihr sichtlich unangenehm. »Ihr … Ihr Unglück ist jetzt doch über ein Jahr her, Sie müssen langsam darüber hinwegkommen.«

Doug versuchte, sich zu einem Lächeln zu zwingen. »Über manche Dinge kommt man nicht so leicht hinweg«, murmelte er, doch dann fasste er sich. »Aber den Hausbau werde ich nun wirklich in Angriff nehmen. Ich plane einen Neubau, weniger im Stil eines englischen Landhauses als in dem Ihres Hauses in Kingston.«

Lady Hollister strahlte. »Das ist eine gute Idee!«, erklärte sie erfreut.

Ihre Nichte, eben aus einem englischen Internat nach Jamaika zurückgekehrt, hatte schließlich bereits geäußert, dass sie auf keinen Fall in einem protzigen Steinkasten leben wollte. Der verspielte Stil der Kolonialarchitektur gefiel der jungen Lucille sehr viel besser. »Wir könnten Ihnen da einen Architekten empfehlen.«

Doug nickte, lächelte und ließ die Dame plaudern. Er hatte im Grunde wenig Interesse an einem Neubau, aber er sah ein, dass er auf Dauer Zugeständnisse machen musste. Er konnte sich nicht vollständig außerhalb der Gesellschaft von Kingston stellen, zumal das wirtschaftlich unklug gewesen wäre. Cascarilla Gardens hatte im letzten Jahr gute Gewinne erzielt, aber die anderen Pflanzer hatten ihm deutlich zu verstehen gegeben, dass sie seine unkonventionelle Leitung der Plantage absolut nicht schätzten. Ein Pflanzer, der kaum komfortabler wohnte als die Schwarzen, eine Pflanzung ohne Aufseher mit Sklaven, denen es freigestellt war, die Sonntagsgottesdienste zu besuchen, die heiraten durften, indem sie gemeinsam über einen Besen sprangen – ein Brauch, von dem Doug aus Virginia gehört und den er für seine Leute übernommen hatte. Die Eheschließung wurde dadurch zu einem ausgelassenen Fest für die gesamte Sklavensiedlung.

Bislang hatte man dem Erben von Fortnam diese Extravaganzen nachgesehen. Aber nun war die Trauerzeit vorbei, und er würde zu konventionellerem Verhalten zurückfinden müssen. Wenn nicht, drohte ihm die Ausgrenzung. Die Pflanzer würden ihn nicht mehr bei Preisverhandlungen hinzuziehen und keine Schiffe mehr gemeinsam mit ihm chartern, um die Ware nach England zu bringen.

So war Doug nichts anderes übrig geblieben, als einen jungen Schotten als Aufseher einzustellen. Ian McCloud war ein verarmter Adliger – seine Geschichte erinnerte Doug an Noras geliebten Simon. Auf jeden Fall war Mister Ian, wie er sich von den Sklaven nennen ließ, wobei er peinlich auf korrekte Aussprache und keine Verballhornung zu Backra Ian achtete, ein ähnlicher Traumtänzer. Der junge Mann setzte die Regel ad absurdum, dass Rothaarige im Allgemeinen und Schotten im Besonderen lebhaft und aufbrausend wären. Stattdessen war er grüblerisch veranlagt und verbrachte den Tag gern lesend unter einer Palme, während die Sklaven ihre Arbeit in bewährter Manier selbst organisierten. Ian McCloud wäre nie auf den Gedanken gekommen, irgendjemanden auszupeitschen, und er lauschte dem Sonntagsgottesdienst mit der Ergriffenheit eines wahren Christen, statt die Häupter der anwesenden Sklaven zu zählen.

Mit ihm kam seine Gattin Priscilla, ihres Zeichens ein Medium, wie sie Doug gleich wissen ließ. Ungefragt nahm sie Kontakt mit den Geistern von Elias und Nora Fortnam auf und bestellte dem jungen Mann herzliche Grüße aus dem Jenseits. Doug wusste nicht, ob er darüber lachen oder sie tadeln sollte – und kämpfte mit dem gänzlich unrealistischen Traum, sie Noras Geist beschwören zu lassen. Aber dann behielt er doch seinen klaren Kopf: Zweifellos hatten mindestens drei Hühner ihr Leben dafür lassen müssen, dass Elias Fortnams Duppy vom örtlichen Obeah-Mann gebannt wurde. Kwadwo würde vehement abstreiten, dass er trotzdem noch jemandem erscheinen konnte. Und wenn doch, dann würde er wohl eher vor Wut über Dougs Eigenheiten schäumen, statt ihm artige Grüße zu übermitteln. Doug verbuchte Priscillas Visionen unter Überspanntheit und ging der jungen Frau aus dem Weg.

Das würde natürlich einfacher sein, wenn das Herrenhaus erst wieder stand. Doug seufzte. Nora hätte ein Neubau im Kolonialstil gefallen. Er beschloss, das Haus in ihren Lieblingsfarben streichen zu lassen. Er würde ihren Vater danach fragen müssen. Seit Doug seine traurige Pflicht erfüllt hatte, Thomas Reed vom Tod seiner Tochter zu benachrichtigen, standen der junge Pflanzer und der Kaufmann in regem Briefkontakt. Es schien beiden zu helfen, sich über Nora auszutauschen. Doug berichtete davon, dass die schwarzen Frauen ihr Grab pflegten, und Reed erzählte von Noras Kindheit in London. Er mochte inzwischen ahnen, dass Doug und Nora mehr verbunden hatte als eine angeheiratete Verwandtschaft, seine Briefe klangen oft seltsam tröstend. Aber natürlich würde er dieses Thema niemals ansprechen. Ebenso wenig wie Doug ihm von Noras wenig glücklicher Ehe berichtet hätte. Thomas Reed fiel es schon schwer genug, sich damit abzufinden, dass seine einzige Tochter in der Fremde den Tod gefunden hatte.

Und auch Doug Fortnam war weit davon entfernt, über Noras Verlust hinwegzukommen.

KAPITEL 6

Nora war nach über einem Jahr Gefangenschaft in Nanny Town der Verzweiflung nahe. Am Anfang hatte sie auf einen Angriff der Weißen gehofft – umso mehr, als sie Nannys und Quaos Anstrengungen zur vermehrten Verteidigung bemerkte. Die Geschwister rechneten mit einem Vergeltungsschlag – und einem weit heftigeren als die üblichen Strafexpeditionen der Pflanzer. Nora registrierte, dass sie mehr Wachen aufstellten, den Zaun um die Siedlung erhöhten und Krieger zum Schutz der dort arbeitenden Frauen und Kinder mit auf die Felder schickten. Auch die Ausbildung der neuen Bewohner wurde nicht vernachlässigt. Akwasi und die anderen Feldsklaven von Cascarilla Gardens trainierten mit Feuereifer, Gewehre gezielt abzufeuern, aber auch Speere zu werfen und ihre Messer und Stöcke so geschickt im Nahkampf zu gebrauchen wie ihre Ahnen in Afrika. Akwasi, kräftig und intelligent wie er war, tat sich in jeder dieser Disziplinen hervor. Er wurde nun wirklich zu Nanny und Quao gerufen und bewies ihnen, dass er lesen und schreiben konnte. Sehr viel besser als jeder andere Maroon – schließlich hatten auch die von Geburt an freien Schwarzen, die noch von den spanischen Sklaven abstammten, nie eine Schule besucht. Nun hielten sie den jungen Mann in allen Ehren – auch Máanu wurde aufgrund ihrer geringen Kenntnisse in den Kulturtechniken fast vergöttert.

Nora fragte sich, warum man die beiden nicht dazu anstellte, ihre Künste anderen zu vermitteln – es wäre doch einfacher gewesen, eine Schule zu gründen als zwei Stammesangehörige zu hätscheln wie Wundertäter. Hier jedoch versagte Nannys sonstiger Weitblick. Es kam ihr wohl gar nicht in den Sinn, dass Lesen und Schreiben ebenso leicht zu lernen und zu vermitteln waren wie Feldarbeit und Kriegskunst. Sie sprach von Büchern und Verträgen auch nach wie vor als von sprechendem Papier; ihr wäre nie der Einfall gekommen, sich selbst Lesekenntnisse anzueignen.

Nora kämpfte mit sich. Wenn sie sich auf den Feldern abplagte, dachte sie mehr als einmal daran, sich Nanny selbst als Lehrerin anzubieten. Sie wollte sich nicht mit dem Feind verbrüdern, aber andererseits wäre es sehr viel angenehmer, in einer Schule zu arbeiten, als hier, schikaniert von den anderen Frauen, Zuckerrohr zu schneiden. Nach wie vor zwangen die früheren Sklavinnen sie zu den anstrengendsten Arbeiten, und Nora gewöhnte sich nur begrenzt daran. Zwar war ihre Haut nun wirklich gebräunt, und der Turban schützte ihr Haar vor dem gänzlichen Ausbleichen in der Sonne, aber die Hitze setzte ihr weiterhin zu. Sie verstand jetzt die Argumente der Pflanzer gegen den Einsatz weißer Arbeiter auf den Zuckerrohrfeldern. Niemals hätten sie die Plackerei so lange durchgehalten wie die Schwarzen, erst recht nicht zehn Stunden am Tag und mit einem einzigen arbeitsfreien Vormittag in der Woche.

Immerhin entwickelte Nora zunehmend mehr Geschick im Umgang mit Macheten und Hacken, und auch ihre Füße und Hände waren nicht mehr wund. Nannys Salbe hatte Wunder gewirkt – allerdings war es wirklich eher eine Art Heilerde als eine Paste auf der Basis von Fett. Bei Noras drängendstem Problem, dem nahezu täglichen schmerzhaften Beischlaf mit Akwasi, half sie folglich nicht viel.

Noras Hoffnung, Akwasi könnte irgendwann genug von einer Frau haben, die ihn in keiner Hinsicht ermutigte, sondern nur steif und verängstigt unter ihm lag, bestätigte sich nicht.

Tatsächlich schien Akwasi am Ziel all seiner Träume zu sein. Und Máanu hörte nicht auf, Nora dafür zu hassen.

So verging Woche um Woche, und Noras Hoffnung auf einen Angriff der Engländer schwand. Doug Fortnam schien keinerlei Anstrengungen zu machen, irgendetwas zu ihrer Rettung zu unternehmen. Zuerst entschuldigte sie das mit seiner Erschütterung über den Angriff – sicher fühlte er sich schuldig, weil er Nora mit seinem Vater allein gelassen hatte. Dann nahm sie an, er würde seinen Einfluss beim Gouverneur geltend machen. Sie traute ihrem Geliebten zu, nicht kopflos Strafexpeditionen zu organisieren, sondern an der richtigen Stelle energisch zu intervenieren. Vielleicht wären ja sogar Verhandlungen möglich. Nora wusste inzwischen etwas mehr über das Verhältnis zwischen Gouverneur und Maroons und konnte Nannys Verhalten einschätzen. Ganz sicher hätte die Queen keinen Krieg und keine Meuterei ihrer eigenen Leute riskiert, um Akwasi seine weiße Sklavin zu lassen!

Tatsächlich schien man Nora jedoch in Kingston vergessen zu haben. Und Doug selbst war sie wohl auch nicht wichtig genug, um eine private Rettungsaktion zu starten. Die Fortnams waren reich, er hätte zum Beispiel einen der weißen Händler fürstlich für eine Entführung belohnen können. Die kamen häufig nach Nanny Town, und Nora schöpfte immer wieder Hoffnung, wenn sie Pferde und Maultiergespanne vor Nannys Hütte stehen sah. Sie wurde jedoch stets enttäuscht – und ihre eigenen Versuche, sich vielleicht mit einem der Kaufleute in Verbindung zu setzen, vereitelte Akwasis Wachsamkeit. Nora gelangte nicht mal in die Nähe der weißen Krämer.

Schließlich begann sie an Dougs Liebe zu zweifeln. Vielleicht war es für ihn doch nur eine Spielerei gewesen, zumal er jetzt der Erbe der Plantage war und so ziemlich jedes Mädchen zwischen Kingston und Montego Bay heiraten konnte. Nora versuchte, den Gedanken an Doug zur Seite zu schieben und stattdessen erneut Simons Geist zu beschwören. Der hatte sie nie betrogen, jetzt aber zeigte er sich nicht. Nora fand keine tröstlichen Tagträume. Die Gedanken an den Strand und das Meer verblassten. Der Traum war zum Albtraum geworden, die Sonne, die Nora immer so geliebt hatte, drohte jetzt, sie zu verbrennen.

Und dann geschah etwas, das die ganze Sache noch schlimmer machte, weil es Nora für immer an Nanny Town band. Schon seit einer Weile spannten und schmerzten ihre Brüste, nach dem Aufstehen war ihr übel und die Füße kamen ihr bleischwer vor, wenn sie sich zur Arbeit schleppte. Als sie dann auch noch beim Brandroden ein Schwindel erfasste, der ihr kurz die Sinne raubte, konnte sie die Tatsache nicht mehr leugnen. Sie war schwanger, eine andere Ursache für all diese Symptome konnte es nicht geben. Dabei hatte sie sich fast schon sicher gefühlt. Schließlich hatte sie von Elias nie empfangen, und auch die glückliche Nacht mit Doug war ohne Folgen geblieben. Nora hatte fest daran geglaubt, unfruchtbar zu sein. Aber nun …

Die junge Frau rappelte sich mühsam auf und brachte sich erst mal in Sicherheit vor den Flammen, die das Buschwerk auf dem neuen Feld verschlangen. Wahrscheinlich hatte der Brandgeruch die Übelkeit ausgelöst oder auch der Anblick des Feuers, der sie an die Flammen über Cascarilla Gardens erinnerte.

Aber im Grunde war das Feuer ihr Glück. Nora war allein auf dieser Seite des Feldes, die anderen Frauen hatten ihre kurze Ohnmacht wahrscheinlich nicht bemerkt. Nora versuchte, tief zu atmen, um ihre Panik niederzukämpfen. Sie hatte so viele Schwarze behandelt, die Abtreibungen hinter sich hatten – irgendjemand hier musste wissen, wie es ging. Wobei Nora keinen Herzschlag lang daran zweifelte, das Risiko auf sich nehmen zu wollen. Die Alternative war zu schrecklich. Auf keinen Fall, auf gar keinen Fall wollte sie Akwasi ein Kind gebären!

Mansah verstand nicht sofort, was Nora ihr in vorsichtigen Worten vortrug.

»Sie Kind, Missis? Von wem? Backra Doug?«

Anscheinend war den Sklaven auf Cascarilla Gardens die sich anbahnende Beziehung zwischen der Missis und dem jungen Backra nicht entgangen. Nora errötete und gab sich einen Herzschlag lang einem Traum hin. Wenn sie nun ein Kind der Liebe trüge statt eine Frucht der Schmerzen und der Angst? Aber das war natürlich nicht möglich. Ihre Liebesnacht mit Doug war über ein Jahr her.

»Das tut nichts zur Sache!«, beschied sie das kleine Mädchen. »Jedenfalls brauche ich eine Baarm Madda. Und nicht Granny Nanny.«

»Aber ich nicht weiß eine, gibt keine.«

Mansah dachte angestrengt nach, kam aber zu keinem anderen Ergebnis als einige Monate zuvor. Die medizinische Versorgung der Maroons lag allein in den Händen der Queen, und Nanny bildete auch keine Nachfolgerin aus. Unter den früheren Sklavinnen gab es ebenfalls keine Heilerinnen. In die Blue Mountains kamen meist junge Feldsklaven, die Baarm Maddas dagegen arbeiteten in aller Regel in den Häusern ihrer Herren und waren älter. Vielleicht hätte Granny Nanny sie auch gar nicht gern neben sich geduldet. Wenn Nora an die beeindruckenden Persönlichkeiten der Baarm Maddas auf den Plantagen der Keensleys und Hollisters zurückdachte, so erschienen sie ihr heute fast wie etwas kleinere und weniger mächtige Ausgaben der Queen. Sie mochten Nanny den Einfluss auf ihre Leute streitig machen, wenn sie in Freiheit an Ansehen gewannen.

»Es muss eine Frau geben, die Babys wegmacht«, sagte Nora hart. »Und die brauche ich.«

Mansah fragte nicht weiter nach. Dem Sklavenmädchen, so jung es noch war, schien dieser Wunsch nicht fremd.

Aber dann dauerte es länger und länger, ohne dass die Kleine Nora ein Ergebnis ihrer Bemühungen meldete. Die junge Frau wartete ungeduldig, schließlich wusste sie von ihren früheren Patientinnen, dass ein Abbruch einfacher und weniger gefährlich war, je eher man ihn vornahm. Nora überlegte, ob es ihr gelingen könnte, durch noch härtere Arbeit eine Fehlgeburt herbeizuführen. Sie hackte also Wurzeln bis zur völligen Erschöpfung und versuchte, möglichst nichts zu essen und wenig zu trinken. Mitunter war sie danach so ausgelaugt, dass ihr Herz raste. Sie wurde knochig und kämpfte mit Schwindel und Atemnot – aber ihre Brüste schwollen weiter an, und ihr Blutfluss setzte nicht ein. Das Kind in ihrem Leib überstand auch Akwasis weitere allnächtliche Übergriffe, obwohl Nora vor Schmerzen stöhnte und manchmal meinte, sterben zu müssen. Sie hatte in den letzten Monaten ein paar primitive Rezepte erfunden, sich ein wenig zu helfen, sie presste Öle aus Kräutern und rieb sich damit ein oder zerstampfte Aloe Vera. Aber in diesen Wochen verzichtete sie auf all das. Vielleicht würden der Schmerz und die Wut das Kind ja umbringen – oder Akwasi tötete es, indem er Nora strafte, wenn sie sich mit dem Mut der Verzweiflung gegen ihn wehrte.

Aber tatsächlich erntete Nora nur blaue Flecke und Wunden. Zwar stellte sie mitunter erleichtert fest, dass sie endlich blutete, aber letztlich waren es immer nur äußere Verletzungen. Zu Krämpfen kam es nicht. Nora fühlte sich seelisch und körperlich krank, aber sie blieb schwanger – und irgendwann begann sie eine Art Respekt für dieses Wesen zu empfinden, das da so beharrlich um seine Existenz kämpfte.

So fühlte sie schließlich fast etwas wie Bedauern, als Mansah sich endlich zu ihr gesellte, während sie am Morgen Hirse mahlte und mit Maniok zu einem Brei verrührte. Sie kämpfte gegen Schwindel und Übelkeit, erst recht, als sie den Topf mit dem Linsengericht aufs Feuer setzte, das sie am Vorabend gekocht hatte. Akwasi würde den Brei dazu essen. Nora dagegen wurde bei dem Gedanken schon schlecht. Sie mochte keinen Getreidebrei und sehnte sich nach einem Stück Brot oder Käse.

»Riecht gut!«, sagte Mansah, tippte den Finger in den Topf und naschte vom Eintopf. »Viel Pfeffer, mag ich gern!«

Nora schluckte, besann sich dann aber auf ihre Höflichkeit – und vor allem darauf, dass niemand etwas von ihrer Schwangerschaft merken sollte. Akwasi hatte sowieso schon begonnen, seine Sklavin argwöhnisch zu beobachten.

»Nimm dir ruhig was«, ermunterte sie das Mädchen.

Akwasi würde denken, sie selbst hätte den Speisen gut zugesprochen. Das mochte ihn in Sicherheit wiegen. Mansah ließ sich das nicht zweimal sagen. Sie griff erst in den Brei, dann in den Topf mit dem Eintopf und schleckte sich beides von der Hand. Nora spürte erneute Übelkeit aufwallen. Dann aber besann sich Mansah auf ihre Mission.

»Ich gefunden Baarm Madda!«, raunte sie Nora mit verschwörerischer Miene zu. »War schwierig. Sie nicht will, dass Nanny wissen, was sie machen. Nanny will sein Einzige. Aber Tolo schon gemacht, bevor Nanny kam zu Maroons!«

Also keine Sklavin, sondern eine von Geburt an freie Schwarze. Nora ließ das aufatmen. Die Maroon-Frauen behandelten sie deutlich besser als die befreiten Sklavinnen. Sie hegten keinen grundsätzlichen Hass gegen Weiße. In Nanny Town waren sie allerdings in der Minderheit.

Nora runzelte die Stirn. »Wer ist das, Tolo?«, erkundigte sie sich. Sie erinnerte sich an keine Frau dieses Namens.

Mansah bediente sich noch einmal vom Hirsebrei. »Tolo nicht lebt hier«, gab sie mit vollem Mund Auskunft. »Nicht im Dorf. Leute sagen, sie Hexe …«

Nora lächelte. »Das sagen die Weißen von allen Baarm Maddas«, meinte sie.

»Und sie mal Streit mit Nanny. Wohnt im Busch, flussaufwärts. Eine Stunde.« Mansah griff in den Topf mit den Linsen. »Sehr gut. Sehr gut für weiße Missis!« Sie grinste ihrer früheren Herrin schalkhaft zu.

Nora bemühte sich zu lächeln. »Wird sie mir denn helfen?«, fragte sie nervös. »Hast du mit ihr gesprochen? Es wird schwer sein hinzukommen, ich werde ja den halben Tag unterwegs sein.«

Ihr graute vor dem Weg durch den Busch, erst recht vor dem Rückweg. Die meisten Baarm Maddas halfen den Frauen, indem sie die Frucht mit einer Art Löffel aus ihnen herauskratzten. Danach sollten sie ruhen. Die Frauen, die Nora nach einem solchen Abbruch unter der Hand gestorben waren, berichteten stattdessen von langen Wanderungen zu einer Heilerin auf der nächsten oder übernächsten Plantage – und anschließender Arbeit auf den Feldern.

Mansah versuchte, mit vollem Mund gleichzeitig zu nicken und den Kopf zu schütteln. »Nicht gesprochen mit ihr, nur mit anderen Frauen. Aber sie immer helfen. Tolo ist arm, braucht Sachen. Wenn Frauen krank, sie zahlen mit Hirse, Früchte … so was eben. Aber wenn wegmachen Kind, will Huhn.«

Auch das also noch. Nora rieb sich die Schläfe. Sie würde ein Huhn stehlen müssen wie die Sklaven für ihre Obeah-Zeremonien. Wenn ihre Lage nicht so aussichtslos verzweifelt gewesen wäre, hätte sie gelacht.

»Missis kann gehen gleich morgen«, meinte die praktische Mansah. »Morgen sie roden Land für neue Leute …«

Tatsächlich hatten Nannys Maroons in der letzten Woche wieder eine Plantage überfallen und neben reicher Beute zwei Dutzend befreite Sklaven mitgebracht. Seitdem herrschte Unruhe in Nanny Town. Anscheinend hatte es zwischen Quao und Nanny Meinungsverschiedenheiten darüber gegeben, ob weitere Überfälle stattfinden sollten oder nicht, und am Tag zuvor war eine Abordnung aus Cudjoe Town gekommen, deren Anführer ernstlich verstimmt war. Nora nahm an, dass es Cudjoe selbst war, also Nannys älterer Bruder. Zumindest stritten sich die drei Anführer seitdem lauthals in ihrer afrikanischen Muttersprache.

»Und wenn so viel Feuer und so viel Leute, Missis kann leicht weglaufen. Tolo finden ist nicht schwer, meint Antonia. Fluss macht Biegung, Bach mündet rein, Missis geht bachaufwärts bis Teich bei Quelle, da Hütte von Tolo.«

Mansah wollte wohl noch weiterreden, aber eben tauchte Akwasis kräftige Gestalt in der Tür der Hütte auf.

»Ist das Frühstück endlich fertig?«, fragte er Nora kalt. »Du kannst dann aufs Feld gehen.«

Akwasi frühstückte nie mit Nora zusammen – zumindest bei einigen afrikanischen Stämmen schien es nicht üblich zu sein, dass Männer und Frauen gemeinsam aßen. Natürlich war Akwasi mit keiner solchen Tradition aufgewachsen, aber es schien ihm zu gefallen, sich auf seine Wurzeln zu besinnen.

Nora stand gehorsam auf. »Danke für deinen Besuch, Mansah«, sagte sie förmlich. »Und natürlich will ich morgen gern beim Roden helfen. Du brauchst auch wirklich keine Angst vor dem Feuer zu haben, die Männer passen schon auf. Und sonst bleibst du einfach in meiner Nähe …«

Mansah zwinkerte ihr vergnügt zu, als sich jetzt beide erhoben. Sie verstand die List.

»Ich nicht weggehen von Rocksaum von Missis!«, erklärte sie ernst.

Wenn sie am nächsten Tag jemand fragte, würde sie schwören, den ganzen Tag mit Nora verbracht zu haben.

Am nächsten Morgen wehte starker Wind, was die Brandrodungen erschwerte. Tatsächlich fanden sich deshalb mehr Männer als sonst zum Helfen auf den Feldern ein, und Mansah hatte Recht: Alles ging ein bisschen drunter und drüber. Es fing damit an, dass die noch unverheirateten Frauen den Männern Blicke zuwarfen und Scherzworte mit ihnen tauschten. Die Männer, die schon länger in Nanny Town lebten, beobachteten argwöhnisch, wie sich die Mädchen mehr oder weniger verschämt an die Neuankömmlinge heranmachten. Die Neuen tanzten und lachten berauscht von ihrer neu gewonnenen Freiheit, die nun auch noch durch den Erwerb von »eigenem« Land gekrönt wurde. Es war leicht für Nora, sich abzusetzen, als die Flammen schließlich hochschlugen – und auf ihrem Weg zu den Hühnerställen fand sie das Dorf fast verlassen. Das war auch besser so, da sich die Henne, die sie für Tolo ausgewählt hatte, absolut nicht fangen lassen wollte. Nora hatte keine Erfahrung mit Federvieh. Das Tier zu greifen dauerte recht lange und verlief vor allem nicht lautlos. Sämtliche Hühner gackerten empört, und die Henne wehrte sich heftig, als Nora sie in einen Sack steckte.

»Es tut mir ja auch leid«, entschuldigte sie sich bei dem Tier, während sie den Jutesack zuband und sich über die Schulter warf. Sie wusste nicht, ob Tolo das Huhn lebend wollte, aber sie hatte noch nie ein Tier geschlachtet und brachte es nicht über sich, diesem kurzerhand den Hals umzudrehen.

Schließlich kletterte sie zum Fluss hinunter. Es gab verschiedene Pfade, mehr oder weniger schwierig zu passieren, und Nora entschied sich für den steilsten und gefährlichsten. Sie hoffte, dass er weniger gut bewacht wurde als die anderen – zumal sich die Wächter auch eher auf Eindringlinge konzentrierten als auf Menschen, die Nanny Town verließen. Das war niemandem verboten – außer Nora. Es gab mehrere unter den afrikanischen Frauen, die sich fast völlig verhüllten, wenn sie ihr Haus verließen. Nora hatte gehört, dass sie irgendeinem Glauben anhingen, der das befahl – auf den Plantagen war es ihnen natürlich verboten gewesen. Hier verbargen sie jedoch ihr Haar unter bunten Schleiern, statt nur einen Turban darum zu winden, und sie hielten den Kopf fast immer gesenkt. Wenn Nora es ihnen nachmachte, würden die Wächter sie sicher nicht kontrollieren.

Allerdings gab sie sich auch nicht der Illusion hin, auf dem Weg zu Tolo völlig unbeobachtet zu bleiben. Das Verteidigungssystem von Nanny Town funktionierte tadellos, und auch wenn Nanny die »Hexe« nicht mochte, stand sie doch zweifellos unter dem Schutz der Windward Maroons. Der Fluss mochte verlassen wirken, aber Nora war sich sicher, dass wachsame Augen sie beobachteten, während sie seinem Verlauf folgte. Schamerfüllt überlegte sie, ob die Männer auch um die Bedeutung des Huhns in ihrem Sack wussten. Verborgen blieb ihnen die zappelnde, protestierende Henne sicher nicht.

Tatsächlich war es nicht wirklich weit zu Tolos Hütte. Man wanderte ungefähr eine Stunde, aber das lag eher daran, dass kein befestigter Pfad am Fluss entlangführte; nur gelegentlich, wenn das Ufer sandig wurde, erkannte Nora die Abdrücke schmaler Frauenfüße. Sie suchte sich den Weg durch Farne und Flechtengewächse, in denen sich mannigfaltige Insekten verbargen. Trotz ihrer traurigen Mission weidete sich Nora am Anblick der bunten Schmetterlinge, litt allerdings unter den Stechinsekten, die sich an ihren Waden gütlich taten. Nora dachte daran, dass es auf Jamaika angeblich auch Krokodile gab – allerdings wohl eher im Westen am Black River als hier im Osten der Insel. Trotzdem spähte sie in einer Mischung aus Besorgnis und Abenteuerlust in die flachen Flussbuchten. Die Ufer waren von Akazien und Farnen beschattet, und im grünlichen Halbdunkel hielt Nora nur zu oft einen Ast oder einen Schatten für eine der großen Echsen. An sich hätte sie die Tiere gern einmal gesehen, wenn auch nicht unbedingt an diesem Tag, da sie unbewaffnet und allein war. Wehmütig dachte sie zurück an die vagen Pläne, die sie mit Doug geschmiedet hatte. Eines Tages wollte er ihr die Insel zeigen. Mit Doug hätte sie sich nicht vor den Echsen gefürchtet … Aber Doug hatte sie im Stich gelassen. Nora musste sich zwingen, ihn ebenfalls zu vergessen.

Trotz des schattigen Ufers war Nora in Schweiß gebadet, als sie die Flussbiegung endlich erreichte und dort tatsächlich auf den einmündenden Bach stieß. Sie wusch sich darin Gesicht und Hände und wagte jetzt auch, den Schleier sinken zu lassen. Ein möglicher Beobachter der Maroons musste wissen, dass sie zu Tolo unterwegs war, und würde sich aus Frauenangelegenheiten zumindest vorerst heraushalten. Natürlich mochte er Akwasi später von den Eskapaden seiner Sklavin erzählen, aber das war Nora egal. Sollte Akwasi sie strafen. Wenn sie zurückkam, würde zumindest ihr dringendstes Problem erledigt sein.

Tolos Hütte lag gut getarnt am Rande eines Weihers, der von einer sprudelnden Quelle gespeist wurde. Ein idyllisches Plätzchen – die Frauen in Nanny Town sagten, dass sich in solchen Gegenden auch sehr gern gute Geister aufhielten. Wahrscheinlich hatte Tolo den Ort deshalb gewählt. Die alte Frau saß vor ihrer Hütte am Feuer und schaute Nora mit aufmerksamen, hellen Augen entgegen. Nora starrte verblüfft zurück, sie hatte vorher nie eine Schwarze mit so strahlendem Blick gesehen.

»Tolo?«, fragte sie befangen.

Die alte Frau verzog das Gesicht, Nora wusste nicht, ob ihre Grimasse ein Lächeln sein sollte. Tolo war fülliger als Nanny und sicher erheblich älter, aber nicht viel größer. Sie war höchstwahrscheinlich keine Ashanti, sondern musste aus einem anderen Teil Afrikas stammen als die stolzen Menschen von der Elfenbeinküste.

»Wer sonst?«, antwortete sie schließlich. »Und du … Ich hatte gehört, dass Nanny eine weiße Frau in der Stadt hat. Aber ich wollte es nicht glauben.«

»Ich bin nicht aus eigenem Antrieb dort«, sagte Nora scharf.

Ihr wurde schon wieder schlecht. Tolo verbrannte irgendwelche Kräuter in ihrem Feuer, wahrscheinlich, um Insekten abzuschrecken. Außerdem kochte eine stinkende Masse in einem Topf.

Tolo grinste nun wirklich. »Ich auch nicht«, bemerkte sie. »Keiner von uns ist freiwillig in diesem Land, aber dich hat man zumindest nicht in Ketten nackt auf ein Schiff gezerrt. Mit solchen Klagen, Kind, machst du dir keine Freunde.«

Nora registrierte, dass Tolo fließend Englisch sprach.

»Aber Sie sind doch schon immer hier«, meinte sie dann. Sie wählte unwillkürlich die respektvolle Anrede. Tolo war imponierend, ihre Ausstrahlung mindestens ebenso königlich wie die Nannys. »Sie sind hier geboren, nicht?«

Tolo nickte. »Aber meine Mutter wurde geraubt«, erklärte sie. »Und ich ... Sagen wir, ich hatte eine bessere Stellung in meinem Stamm, bevor Cudjoe, Accompong, Nanny und Quao die Maroons einten ... Aber ich sollte nicht hadern, im Grunde ist es besser so – jedenfalls für die Maroons. Für die Sklaven wird es schlechter, wenn Cudjoe erst mal Verträge schließt ...«

»Nanny Town nimmt sie in Massen auf«, meinte Nora.

Sie hätte das Thema eigentlich auf ihr wirkliches Problem bringen sollen, aber es war interessant, mit dieser offensichtlich klugen Frau über die Maroons, die Weißen und die Sklaven auf Jamaika zu sprechen.

»Noch«, sagte Tolo. »Aber wenn sie Frieden mit dem Gouverneur wollen, müssen sie sich verpflichten, sie zurückzuschicken. Nanny passt das nicht ... Sie hat auch gute Seiten ... wobei ich nicht glaube, dass ihr viel an den befreiten Sklaven liegt. Eher hat sie Spaß an den Überfällen und den vielen toten weißen Backras ... Wenn's nach ihr ginge, würde ganz Kingston brennen. Sie ist voller Hass.«

Wie Máanu, dachte Nora unglücklich.

»Vielleicht schicken sie mich dann auch zurück«, meinte sie hoffnungsvoll.

Tolo zuckte die Schultern. »Wenn irgendwem in Kingston an dir liegen würde, weiße Frau, hätten sie das schon längst getan … Aber das scheint ja nicht der Fall zu sein. Und wenn du das Kind austrägst …«

Nora sah sie erschrocken an. »Woher wissen Sie es?«

Die alte Frau lachte. »Mit ein bisschen Erfahrung sieht man das gleich, Mädchen. Nanny weiß es sicher auch – und dankt wahrscheinlich ihren Göttern, dass du den Weg zu mir gefunden hast. Dein Kind bringt ihr nur Ärger. Wenn du's nämlich zur Welt bringst, muss dein Nigger dich zur Frau nehmen. Eine weiße Dienerin als Belohnung für einen Ausnahmekrieger mag angehen. Aber Kinder, die in ihrer Stadt als Sklaven aufwachsen, wird Nanny nicht dulden. Also eine Heirat, aber das könnte Ärger mit den Engländern geben. Falls dich doch mal einer zurückwill. Seine Sklavin müsste dein Nigger herausrücken. Sein Weib nicht.«

»Ich will das Kind nicht!«, sagte Nora heftig.

Tolo zuckte die Schultern. »Bist du sicher? Deine Stellung im Dorf würde sich verbessern …«

»Ich will keine bessere Stellung in Nanny Town! Ich will da weg. Ich will …« Nora ballte die Fäuste.

»Und es ist dein Kind. Dein erstes, nicht wahr? Hast du nie eins gewollt?«

Nora verstummte. Sie konnte das nicht ehrlich abstreiten, schließlich gab es Zeiten, da sie von Kindern geträumt hatte. Natürlich damals gemeinsam mit Simon, aber auch in den letzten Wochen beim Gedanken an Doug. Sogar ein Kind von Elias wäre ihr in den ersten Monaten ihrer Ehe nicht unwillkommen gewesen. Zumindest hätte sie nicht daran gedacht, die Schwangerschaft abzubrechen. Aber hier, in Sklaverei, unter all den feindselig gesinnten Frauen …

»Du willst kein Sklavenkind«, fasste Tolo Noras Gedanken zusammen, als habe sie in ihr gelesen. »Aber du würdest ja auch keins bekommen. Das Kind wäre frei, es wäre der Erbe deines Mannes.«

»Was hat der schon zu vererben?«, fragte Nora verbittert. »Ein Stück Land, das ich in Fronarbeit beackere.«

»Bei den Weißen wäre es ein Stück Land, das die Nigger in Fronarbeit beackern«, grinste Tolo. »Ist das nicht dasselbe? Aber gut, du musst es wissen. Wenngleich du einen hohen Preis zahlst. Man zahlt immer einen hohen Preis, du wirst träumen von diesem Kind.«

Nora wollte erwidern, dass sie schon seit Monaten nicht mehr träumte, aber es war natürlich nicht die Wahrheit. Was fehlte, waren nur die schönen Träume. Des Nachts verfolgten sie Visionen von Blut und Angst und Schreien. Und nun würde sie noch einen Duppy schaffen, der sie verfolgte …

»Ich werde für den Obeah-Mann ein Huhn stehlen«, sagte Nora fest, »und seinen Geist bannen.«

Tolo lachte. »Immerhin kennst du die wichtigsten Regeln. Also schön, weiße Frau. Bleib hier sitzen, denk noch ein bisschen darüber nach, und ich werde dir einen Trank brauen. Den nimmst du heute Abend, dann wirst du morgen bluten. Und falls irgendjemand dich noch will bei den Weißen, magst du irgendwann heimkehren.«

Nora vergrub das Gesicht in den Händen. Nachdenken war das Letzte, was sie jetzt wollte. Am liebsten wollte sie überhaupt nicht mehr denken. Vor allem nicht an Doug.

Tolo kehrte schließlich mit einer verkorkten Phiole zurück, gefüllt mit einer dunkelbraunen Flüssigkeit. Nora nahm den Trank dankend entgegen und versteckte ihn in einer der Taschen ihres Rocks.

»Ich werde nicht daran sterben?«, vergewisserte sie sich.

Tolo zog die Schultern hoch. »Kenne ich den Willen der Götter?«, fragte sie zurück. »Jede Frau, die ein Kind in sich tötet, kann mit ihm sterben. Auch das ist ein Preis, den wir zahlen. Aber bei mir passiert es selten. Mach dir keine Sorgen.«

Nora machte sich zunächst Sorgen darum, möglichst ungesehen wieder nach Nanny Town zu kommen, aber wie es aussah, war das Schicksal ihr gnädig. Schon auf halbem Weg in die Siedlung roch sie Rauch und sah Flammen auf dem Bergkamm. Das Feuer auf den neuen Äckern war den Brandrodern wohl außer Kontrolle geraten, die damit beschäftigten Männer und Frauen hatten alle Hände voll zu tun, die Brände wieder einzudämmen. Sogar einige der ranghöchsten Krieger kämpften mit den Flammen, und nicht mal die jungen Mädchen hatten an diesem Tag Schmähworte für Nora. Möglichst unauffällig reihte sie sich in die Gruppe der Frauen ein, die Wasser aus einem der Bäche schöpften und Eimer von einer zur anderen weiterreichten. Es war eine ziemliche Plackerei, zu der Nachmittagshitze kam die der Flammen. Der Wind blies glühende Aschepartikel vor sich her, die auf der Haut schmerzten und winzige Löcher in die Kleider der Frauen sengten. Die Bevölkerung von Nanny Town wurde der Brände erst Herr, als gegen Abend der übliche Tropenregen niederging.

Bei Dunkelwerden war auch die letzte Glut gelöscht, und die Männer und Frauen schleppten sich todmüde und schmutzig von Schweiß und Asche in ihre Hütten. Viele badeten noch im Fluss oder an einem der Bäche – durch Nanny Town flossen mehrere Bachläufe, sogar zwei Quellen entsprangen auf dem Bergkamm. Auch das machte die Siedlung autark. Der Versuch, das Dorf vom Wasser abzuschneiden, war ebenso aussichtslos wie der, es auszuhungern.

Nora versagte sich jedoch das Bad. Es war zu riskant. Wenn Tolo mit einem Blick gesehen hatte, dass sie schwanger war, dann erkannten das sicher auch etliche der anderen Frauen, wenn sie Nora unbekleidet vor sich hätten. Der Gedanke, dieses Versteckspiel bis zum kommenden Morgen beendet zu haben, erfüllte die junge Frau mit unverhohlener Erleichterung. Nein, die Entscheidung war richtig. Sie wollte kein Kind von Akwasi, und sie würde keins haben.

Nora wartete nur noch, bis es völlig dunkel war und das Essen für Akwasi über dem offenen Feuer schmorte. Akwasi hatte der Brandbekämpfung nicht beigewohnt und war sauber und ausgeruht zu seiner Hütte zurückgekehrt. Er war bei Nanny gewesen. Nach wie vor stritten sich Cudjoe, Nanny und Quao in Nannys Kral, aber inzwischen verhandelten sie über mögliche Verträge mit den Weißen. Akwasi sollte alles niederschreiben, über das eine Einigung erzielt wurde. Leider gab es kaum einen Konsens in den Vorstellungen der Geschwister, außer dass der Gouverneur ihre Siedlungen als legal anerkennen und ihnen den Handel mit Kingston, Spanish Town und anderen englischen Niederlassungen erlauben sollte. Was sie ihm ihrerseits dafür bieten wollten, war heiß umstritten. Akwasi hatte den größten Teil des Tages in gähnender Langeweile verbracht, während die Geschwister in der Sprache der Ashanti aufeinander einredeten.

Nora seufzte, als sie seine gereizte Stimmung wahrnahm. Sicher würde er sich in dieser Nacht an ihr abreagieren. Aber dieses Mal war es ihr egal. Wahrscheinlich würde es ihm nicht entgehen, wenn sie morgen krank war. Umso besser, wenn er es dann auf nächtliche Misshandlungen zurückführte.

Nora ließ ihn mit seinem Essen am Feuer zurück und ging in die Hütte. Sie zündete kein Licht an – fast niemand in Nanny Town verwandte Kerzen oder Öllampen. Weder die Sklaven noch die verschleppten Afrikaner waren künstliche Beleuchtung gewöhnt. Allerdings fiel fahles Mondlicht in den Raum. Nora warf einen Blick in den Himmel und erkannte, dass beinahe Vollmond war. Wieder eine Vollmondnacht – das bleiche Gesicht des Himmelskörpers blickte fast tröstend auf sie herab. Nora empfand keine Gewissensbisse, keiner ihrer Geister erhob

Einspruch gegen das, was sie im Begriff war zu tun. Sie sprach ein Gebet und entkorkte das Fläschchen.

Als sie es eben zu den Lippen führte, flog die Tür auf.

»Du wirst das nicht trinken!« Akwasi brüllte sie an und schlug ihr die Phiole mit dem Trank aus der Hand. Gleich darauf ohrfeigte er sie und stieß ihr die Faust in den Magen. »Hast du schon was in dir, du … du …« Nora würgte, sie konnte nicht antworten. Akwasi zerrte sie vor die Hütte und schlug sie ein weiteres Mal. »Kotz es aus, Schlampe!«, schrie er sie an.

Nora übergab sich schluchzend neben dem Feuer. Akwasi hielt ihr Handgelenk fest umklammert. Als Nora aufsah und wieder halbwegs klar denken konnte, erkannte sie Máanu im Schatten der Hütte. Die junge Frau wirkte ausgeruht und trug offensichtlich neue Kleidung. Ein leuchtend roter Rock und ein gewebtes Oberteil in den Farben der Ashanti: rot wie das Blut, gelb wie das Gold, grün wie das Land.

»Du …«

Máanu sah wunderschön aus, aber ihr aristokratisches Gesicht war wieder mal hasserfüllt, als sie sich Nora jetzt zuwandte.

»Ja, ich. Wer sonst? Man hat mir gesagt, Mansah stelle seltsame Fragen für ein so junges Mädchen. Da bin ich der Sache nachgegangen. Und so …«

»Aber …«

Nora wollte einwenden, dass Máanu ja wohl die Letzte wäre, die ein Interesse daran hatte, ihr Kind zu retten. Schließlich hatte sie Akwasi immer für sich selbst gewollt, und wenn Tolo Recht hatte und Nanny auf einer Heirat zwischen Nora und Akwasi bestehen würde, hatte sie endgültig verloren. Aber ein Blick in Máanus Gesicht sagte Nora, dass dies ihrer früheren Zofe egal war. Sie wollte Nora verletzen, um jeden Preis. Wenn es sein musste, selbst um den ihres eigenen Glücks.

»Du wirst mein Kind nicht umbringen!«, stieß jetzt Akwasi hervor. »Ich werde das nicht zulassen!«

»Und wie willst du mich daran hindern?«, fragte Nora.

Sie wusste, dass ihre Stimme schwach klang – im Augenblick war keinerlei Auflehnung mehr denkbar, aber sie wollte doch nicht klein beigeben. Sicher würde ihr am nächsten Morgen etwas Neues einfallen.

Akwasi lachte. »Das kann ich dir sagen! Weißt du, wie der Backra meine Mutter daran gehindert hat?«, sagte er dann. »Nein? Dann will ich's dir sagen. Du kennst den Verschlag neben der Küche? Die Besenkammer?«

Nora nickte mit klopfendem Herzen. In diesem Verschlag war Sally gestorben.

»Ich bin drin geboren. Nachdem meine Mutter sechs Monate lang im Dunkeln an die Wand gefesselt war. Sie wollte mich nicht, sie war fest entschlossen. Sobald man ihr auch nur eine Hand freiließ, versuchte sie, sich selbst und mich zu töten. Als ich geboren wurde, nahm man mich ihr weg. Am nächsten Tag ging sie ins Wasser. Eine Ashanti-Prinzessin. Und da glaubst du, ich würde nicht mit einer weißen Puppe fertig?«

Nora blickte Akwasi an, und ihre Wut wich einer Art Mitleid. Für die unbeugsame Ashanti-Prinzessin – und noch mehr für das Kind, das sich mühte, auf eine Mutter stolz zu sein, die sich nichts mehr gewünscht hatte, als es zu töten. Schließlich atmete sie tief aus und ein, um wieder zur Ruhe zu finden.

»Mein Kind hat ihr Blut«, fuhr Akwasi fort, »das Blut von Häuptlingen. Es wird ein großer Krieger werden, die Geister werden es segnen.«

Du wirst ihm also Lesen und Schreiben beibringen, dachte Nora bitter. Und die naiven Afrikaner glauben lassen, dies seien Geschenke der Götter …

»Und die Leute werden es Bastard rufen oder Mestize«, fiel sie ihm ins Wort. »Gern auch ›dreckiger Bastard‹. Und jeder wird es so nennen, die Schwarzen und die Weißen. Es gibt keinen Platz auf der Welt für Kinder wie dieses. Warum lässt du es nicht einfach sterben, Akwasi? Warum lässt du mich nicht gehen und nimmst dir eine schwarze Frau?«

Akwasi blitzte sie an. »Damit du zurück zu Doug Fortnam kannst? Aber du gehörst mir, Nora, und das Kind gehört mir auch. Wenn es eine Schande trägt, dann deine Schande!«

Nora seufzte. »Seine Schande wird ihm im Gesicht stehen, für den einen ist sie schwarz, für den anderen weiß. Aber zumindest hier wird es kein Sklavenkind werden, Akwasi«, sagte sie. »Darauf wird Nanny bestehen. Du musst mich zur Frau nehmen, und das Kind wird mir genauso gehören wie dir. Ich hoffe, du wirst damit glücklich, so glücklich wie du, Máanu. Lass mich jetzt los, Akwasi. Ich werde zum Badeplatz gehen und mich reinigen. Und wenn noch Frauen da sind, dann sage ich ihnen, dass Akwasis Weib sein Kind trägt. Von nun an wird mich niemand mehr Sklavin rufen.«

Akwasi ließ seine Blicke unsicher von Nora zu Máanu wandern. Er schwankte offensichtlich, ob er Nora wirklich gehen lassen sollte.

»Was ist, wenn sie sich umbringt?«, fragte er mit fast kindlichem Ausdruck in Máanus Richtung.

Nora wirbelte zu ihm herum, bevor sie etwas antworten konnte. »Ich bringe mich nicht um, Akwasi, keine Sorge. Ich bin keine Prinzessin, aber ich bin auch nicht feige. Eine Nora Reed stiehlt sich nicht weg wie deine wunderbare Mutter, Akwasi. Wenn man mich zwingt, ein Kind in eine feindliche Welt zu gebären, dann werde ich ihm den Weg hindurchweisen. Und wenn es sein muss, dann nehm ich mir ein Messer und schlag ihn frei für mein Kind! Egal, wer sich mir dabei querstellt. Und jetzt lass mich gehen. Mir ist heiß, und mir ist übel. Das geht Schwangeren oft so, wenn man sie in den Bauch schlägt. Mit ein bisschen Glück, Akwasi, hast du dein Kind gerade umgebracht.«

Nora wandte sich ab und verließ hocherhobenen Hauptes

das Feuer. Akwasi und Máanu starrten ihr nach, aber niemand hielt sie auf.

Máanu konnte nicht umhin, eine gewisse Bewunderung für ihre frühere Herrin zu empfinden. Diese Weiße hatte Würde! Máanu wurde bewusst, dass sie nicht stolz auf ihre Handlungen war. Nora Fortnam hatte niemals eine der Frauen verraten, denen sie nach einer Abtreibung auf Cascarilla Gardens beigestanden hatte – und in der letzten Zeit auf der Plantage hatte sie zweifellos genug Erfahrung gehabt, um eine schwangere Frau als solche zu erkennen. Sie hätte Elias davon in Kenntnis setzen können, wenn eine seiner Sklavinnen ein Kind im Bauch hatte – aber sie hatte es nie getan. Nora trug natürlich auch keinerlei Schuld am Schicksal von Akwasis Mutter. Sie dafür zu bestrafen war Unsinn.

Máanu hatte denn auch mit sich gerungen, bevor sie Akwasi von ihrem Verdacht gegenüber Nora erzählte. Und Nora hatte Recht: Máanu schadete sich selbst damit. In den letzten Wochen war sie Akwasi nähergekommen als jemals auf Cascarilla Gardens. Dort war sie immer die Haussklavin gewesen, er der verachtete Feldsklave. Hier aber waren beide die hochgeschätzten Ratgeber der Queen – fähig der von den Afrikanern als magisch empfundenen Künste des Lesens und Schreibens. Es wäre nur logisch gewesen, wenn sich Máanu und Akwasi irgendwann zusammengefunden hätten, reich beschenkt von Nanny und Quao. Und obendrein meinte Máanu zu beobachten, dass Noras Anziehungskraft auf Akwasi nachließ. Sie wusste nicht, ob da ein Zauber verblasste – oder eine ganz diesseitige Leidenschaft, jahrelang genährt durch ihre Unerfüllbarkeit.

Nora selbst schien Akwasi auch nicht mehr zu begehren, schon auf Cascarilla Gardens hatte sie mit Doug Fortnam getändelt. Wahrscheinlich war sie einfach eine dieser Frauen, die jeden Mann nur ein- oder zweimal im Bett wollte und seiner dann schnell überdrüssig wurde. Zweifellos eine Hure, zweifellos von Reiz für einen ehemaligen Sklaven. Aber auf Dauer keine Konkurrenz für eine Frau wie Máanu. Doch jetzt hatte sie ihr zu einer gesicherten Stellung verholfen. Máanu wusste, dass das, was sie tat, verrückt war, aber sie konnte nicht anders: Nora hatte ihr Akwasi gestohlen, hatte ihren Zauber für sich genutzt, ihr Vertrauen missbraucht … Die junge Frau verspürte immer noch rasende Wut, wenn sie nur an Nora Fortnam dachte. Sie wollte die Weiße verletzen, ihr Leben zerstören, wie sie selbst Máanu die Träume geraubt hatte. Denn auch, wenn es ihr jetzt noch gelang, Akwasi für sich zu gewinnen – ihr Traum von der großen, wirklichen Liebe war zerstört.

Was Máanu nicht hinderte, ihre Pläne weiterzuverfolgen. Während Akwasi Nora nachsah, griff sie gelassen nach einem Stück Fladenbrot und tunkte es in den Auflauf, der immer noch über dem Feuer brodelte.

»Du wirst also Vater, Akwasi«, sagte sie.

Akwasi nickte benommen. »Ich schulde dir etwas«, bemerkte er deutlich unwillig.

Máanu nickte. »Ja«, stimmte sie ihm gelassen zu. »Du schuldest mir ein Kind.«

Akwasi wollte auffahren, aber Máanus offensichtliche Gelassenheit ließ ihn innehalten. Die junge Frau kaute ohne jede Regung an ihrem Brot.

»Was soll das heißen?«, fragte er dann rau. »Du willst das Kind der weißen Frau?«

Nora schüttelte den Kopf. »Was soll ich mit ihrem Bastard?«, meinte sie mit schiefem Lächeln. »Sie hat Recht, das Kind wird niemandem jemals Ehre machen. Ich will ein eigenes Kind, Akwasi. Den Sohn eines Häuptlings, ein Kind, das zu Füßen der Queen spielt, das sie Granny nennt … Granny Nanny, falls es dir noch nicht aufgefallen ist, hat keine Erben.«

Akwasi dachte nach. »Aber dazu müsste ich dich zur Frau nehmen«, überlegte er.

Máanu zuckte die Schultern. »Was hindert dich?«, fragte sie.

Er runzelte die Stirn. »Na ja … Nora … Sie wird … sie hat das Recht, die Queen wird darauf bestehen, dass ich sie …«

Máanu richtete ihren festen Blick auf ihn. »Bist du Christ, Akwasi?«, fragte sie.

Akwasi blitzte sie an. »Natürlich nicht! Dieser unsägliche Reverend Stevens … Wie könnte ich seinen Gott anbeten?«

»Bist du sonst irgendwas?«, erkundigte sich Máanu.

Ihr Gesicht wirkte jetzt fast spitzbübisch, ähnlich dem ihrer Schwester Mansah.

»Ich hab mal für den Obeah-Mann ein Huhn gestohlen«, gestand Akwasi, ohne auf die näheren Umstände einzugehen.

»Das zählt nicht«, meinte Máanu. »Obeah ist … Obeah ist nur ein bisschen Zauberei. Aber Nanny, die hat eine richtige Religion. Sie hat mir davon erzählt. Die Ashanti hatten mächtige Götter.«

»Und?«, fragte Akwasi.

Máanu lächelte. »Die Götter unserer Vorfahren erlauben großen Kriegern mehrere Frauen …«

»Du hast es dir also anders überlegt?«, fragte Tolo und setzte sich neben Nora.

Sie war zu der großen Zeremonie geladen worden, in der Granny Nanny nach Tradition der Ashanti Akwasi und Máanu miteinander verbinden wollte. Máanu gehörte nach wie vor zu den besonderen Vertrauten der Queen, und sie ließ es sich nicht nehmen, ein Fest für sie zu feiern, an dem ganz Nanny Town teilhaben sollte.

»Du bist doch noch schwanger, nicht wahr?«

Nora nickte widerwillig und drückte sich in den Schatten der Büsche, unter denen Tolo Schutz vor der brennenden

Sonne suchte und sie selbst eher ein Versteck vor den Augen der anderen Frauen. Seit Tagen verlangte man ihr wieder einmal Fronarbeit ab, Tag und Nacht wurde für die Hochzeit gebacken und gekocht, geschlachtet, gebraten und gebraut. Nora kam kaum zur Ruhe – und sie blieb vor allem keine Sekunde ohne Aufsicht. Inzwischen wusste jede Frau in Nanny Town, dass Akwasis Sklavin schwanger war. Sie hatte abtreiben wollen, aber Akwasi bestand darauf, dass sie das Kind austrug. Besonders die früheren Sklavinnen, die erlebt hatten, was ihre Backras taten, um sie selbst zum »Züchten« zu zwingen, waren nur zu bereit, ihn dabei zu unterstützen. Natürlich tuschelte man darüber, dass er trotzdem eine andere Frau nahm – nur die Afrikanerinnen aus Stämmen, in denen Vielweiberei üblich war, und die Musliminnen fanden sein Verhalten selbstverständlich: Eine erste Frau hatte immer mehr Rechte als eine zweite. Es war undenkbar, dass Akwasi zunächst eine Sklavin erhöhte und dann die Ehe mit einer Gleichgestellten einging.

Nora war die Reihenfolge eher recht: Sie betrachtete eine Zwangsehe mit einem früheren Sklaven nicht als rechtsgültig und hoffte, irgendwann befreit zu werden, um in ihre eigene Welt zurückkehren zu können. Die Wahrscheinlichkeit, dass die Obrigkeit in Kingston das genauso sah, stieg mit dem Status als Zweitfrau.

»Es war nicht meine Entscheidung«, meinte sie jetzt. »Ich hab's falsch gemacht, ich hätte Ihren Trank gleich schlucken müssen. Jetzt lassen sie mich nicht mehr aus den Augen.«

Nora erhob sich seufzend, als eine der Maroon-Frauen einen Ast des Busches zur Seite schob, sie dahinter entdeckte und vorwurfsvoll ansah.

Tolo zuckte die Schultern. »Nimm's als den Willen der Götter«, meinte sie gleichmütig. »Sie trägt aber noch kein Kind?«

Sie wies auf Máanu, die man eben, unter Gesängen und Segenswünschen, in Nannys Rundhütte führte.

Nora schüttelte den Kopf. »Bis jetzt noch nicht. Sie kommen ja morgen erst zusammen. Aber sie will eins – und wie es aussieht, bekommt sie immer, was sie will.« Sie warf Máanu einen wütenden Blick zu.

»Das macht nicht unbedingt auch glücklich«, meinte Tolo gelassen. »Zumal wenn man so seltsame Wünsche hat. Und übrigens: Es entspricht ihrem Willen, dass ich heute hier bin. Ich bin eine Dogon, wie Máanus Mutter. Und sie besteht darauf, nach unseren Bräuchen auf die Hochzeit vorbereitet zu werden. Er auch, also ihr Mann, obwohl Nanny sicher versucht hat, es ihm auszureden. Bei den Ashanti ist es nicht üblich. Aber dieser Nigger würde am liebsten alle afrikanischen Bräuche wieder aufleben lassen, an die sich nur irgendjemand erinnert, egal aus welcher Gegend sie kommen und von welchem Stamm. Dabei ist Akwasi im Innern weißer als du.« Mit diesen unverständlichen Worten erhob sich Tolo. »Ich werde denn also meines Amtes walten – und du betest für Máanu.«

Die alte Hebamme und Heilerin verschwand in Nannys Hütte. Nora blieb verwirrt zurück. Warum sollte sie für Máanu beten? Gleichmütig begab sie sich zurück an ihre schweißtreibende Arbeit – Nora war zum Drehen des Bratspießes eingeteilt, an dem ein ganzer Ochse über dem Feuer garte. Allein der Geruch verdarb ihr den Appetit auf das spätere Festmahl. Nach wie vor kämpfte sie mit Übelkeit.

Erstaunlicherweise schien es Granny Nanny ähnlich zu gehen. Die Ashanti-Queen wirkte bleich und mitgenommen, als sie eine Stunde später aus ihrer Hütte kam – die Kräuterdämpfe und der infernalische Lärm, der seit Tolos Eintritt in der Hütte angehalten hatte, schienen ihr zu Kopf gestiegen zu sein. Die Frauen intonierten traditionelle Lieder, in die sich zumindest für Noras Ohren auch Schreie zu mischen schienen. Fast als litte jemand Schmerzen. Aber Nora hatte genug mit ihrem eigenen Unwohlsein zu tun, um die Liturgie afrikanischer

Hochzeitsriten zu analysieren. Schon seit Tagen erklangen fast unausgesetzt Trommeln, deren monotones Einwirken auf das Trommelfell jedes normale Hörvermögen abtötete.

Nora beachtete die Queen denn auch nicht weiter, schon weil inzwischen das Fest begann und es ihr und den noch unverheirateten Maroon-Mädchen oblag, die Feiernden zu bedienen. Nora brachte Akwasi, der wie geistesabwesend dasaß, Fleisch, Fladenbrot und scharf gewürzte Pasten und Ragouts aus Hülsenfrüchten. Die Queen redete auf Quao und einige andere, aus Afrika stammende Ashanti-Frauen ein. Die Afrikaner stritten mal wieder um irgendetwas. Nora hörte nicht hin. Sie war müde, ihr Rücken schmerzte, und sie sehnte sich nur noch nach etwas Ruhe und vielleicht einem Gespräch mit Tolo. Sicher kannte die alte Heilerin ein Mittel gegen ihre Übelkeit. Aber Tolo hatte Nannys Hütte noch nicht verlassen. Langsam fragte sich Nora, was sie dort wohl tat und warum auch Máanu nicht herauskam. Aber vielleicht war es ja üblich in Afrika, Mann und Frau vor der Hochzeit zu separieren. Nora hatte zu viel zu tun, um sich darüber Gedanken zu machen.

Erst als der Abend bereits fortgeschritten war, fand sie ein halbwegs ruhiges Plätzchen, und sie meinte nun auch, etwas Brei und Eintopf vertragen zu können. Als sie eben den Löffel in die Schale steckte, hörte sie ein schwaches Weinen, und jemand zupfte an ihrem Rock.

»Missis … Missis müssen gehen zu Máanu. Frau, Hexe, hat was Schreckliches getan, sie schreien und weinen und bluten. Sagen alle, wäre nicht schlimm und dass ich bleiben müsste bei ihr, weil Schwester. Aber ich glaub, ist sehr schlimm, ich gern zeigen Missis … bitte, Missis …«

Die Kleine wirkte erschüttert, sie war totenblass und verängstigt.

Nora nahm sie in den Arm. »Máanu wird mich aber nicht bei sich haben wollen, egal, was ihr geschehen ist«, meinte sie. »Und wenn Tolo bei ihr ist, wird sie ja auch sicher gut versorgt.«

Mansah schüttelte heftig den Kopf. »Hat ja selbst geschnitten, Hexe Tolo! Mit Messer. Máanu sagt, muss so sein. Gehört zu Hochzeit. Aber kann doch nicht, Missis, oder? Ich immer gedacht, Hochzeit schön!«

»Sie sollte es zumindest sein«, seufzte Nora.

Sie war neugierig geworden. Was konnte Tolo Máanu angetan haben? Oder was hatte Máanu gewollt, das Tolo ihr antat? Denn Tolo war ihre Mission widerstrebend angegangen, das wusste sie schließlich.

»Also schön, Mansah, ich gehe mit und biete Máanu meine Hilfe an. Aber sie wird mich rauswerfen, das weiß ich jetzt schon. Ich mache es nur, damit du dich nicht fürchtest.«

Nora erwartete jeden Moment, von einer der anderen Frauen oder auch einem der Männer, die auf dem Versammlungsplatz feierten, angesprochen und aufgehalten zu werden. Aber inzwischen hatten alle dem frisch gebrauten Getreidebier und dem Zuckerrohrschnaps reichlich zugesprochen. Die meisten Gesänge waren verstummt, und viele der Feiernden wirkten schläfrig. Nur ein paar ganz Unermüdliche tanzten noch um die Feuer, aber die hatten sowieso keinen Blick für das ängstliche kleine Mädchen und die weiße Frau, die sich jetzt Nannys Heim näherten. Mansah schob die Decke beiseite, die vor dem Eingang hing.

»Máanu?«, fragte sie schüchtern, und dann aufgeregter: »Máanu! Sie ist tot, Missis, bestimmt ist sie tot!«

Nora, die hinter ihr in den Raum spähte, sah Máanu im Kerzenlicht auf einem Deckenlager. Die junge Frau hatte die Augen geschlossen und wirkte bleich, war aber nicht tot.

»Psst, sie schläft endlich. Weck sie bloß nicht wieder auf!« Tolo kam an die Tür und gebot dem verängstigten Kind Schweigen. »Ihr fehlt nichts weiter, Mädchen, sie hat es gut überstanden. Ich habe ihr auch gleich einen Schlaftrunk gegeben, aber da draußen herrschte ja solch ein Krach, sie kam gar nicht zur Ruhe … und es tut natürlich weh.«

»Was ist denn passiert?«, fragte Nora und schob sich jetzt energisch in die Hütte.

Sie hatte sich vor Máanus Hass gefürchtet, aber Tolo ängstigte sie nicht. Die alte Frau ließ sie auch ohne Zögern ein.

»Ich hab sie beschnitten, wie es bei unserem Volk üblich ist«, gab sie mit düsterem Gesichtsausdruck Auskunft. »Ich habe ihr gesagt, dass es nicht sein muss. Sie ist längst eine Frau, darüber gibt es keinen Zweifel. Sie hat Kinder empfangen … wenn auch nicht ausgetragen. Und man macht es sonst ja auch viel früher, eher in ihrem Alter.« Sie wies auf Mansah, die sich wimmernd hinter Nora versteckte.

»Man macht was?«, Nora verstand nicht.

Sie näherte sich jetzt Máanus Lager und sah, dass die junge Frau ruhig atmete. Allerdings entdeckte sie Blutflecken auf der Decke. Ohne weiter zu fragen, hob sie diese an – und sah ein dickes Polster aus Blättern und Verbänden zwischen Máanus Beinen.

»Sie war doch nicht schwanger«, sagte sie verständnislos. Bisher hatte sie so etwas nur bei Frauen gesehen, die kurz zuvor eine Baarm Madda aufgesucht hatten, um ein Kind in sich zu töten.

Tolo schüttelte den Kopf. »Nein, natürlich nicht. Und ich hab auch nicht viel abgeschnitten. Nur das Allernötigste. Weil sie's ja unbedingt wollte …«

Plötzlich erinnerte Nora sich. Einige Sklavinnen, die sie auf Cascarilla Gardens beim Baden beobachtet hatte, waren zwischen den Beinen verstümmelt, manche mehr, manche weniger. Macht man, wenn Mädchen groß wird, hatte eine von ihnen ihr einmal erklärt. Adwea hatte sich deutlicher ausgedrückt, als Nora die Narben an ihr entdeckte. Ist Zeichen, dass ich erwachsene Frau, hatte sie erklärt. Nora hatte dann nicht weiter gefragt. Aber die Frauen taten ihr leid. Schließlich waren doch genau das die Stellen, an denen es prickelte und von denen die Lust und die Freude auszugehen schien, wenn ein Mann sich anschickte, eine Frau zu lieben.

»Aber das ist … Warum zum Teufel sollte sie so was gewollt haben?«

Nora blickte hilflos zwischen Máanu und Tolo hin und her. Mansah ließ sich neben Máanu nieder und weinte leise.

»Es ist Brauch bei den Dogon«, gab Tolo Auskunft. »Es heißt, jeder Mensch werde als Mann und Frau geboren. Und damit sie ganz würden, müsste man dem Mann die weiblichen und der Frau die männlichen Teile abschneiden, wenn sie erwachsen werden.«

Nora griff sich an die Stirn. »Aber das ist Unsinn!«

Tolo zuckte die Schultern. »Das hat die Queen ihr auch gesagt, die Ashanti machen es nicht und kriegen trotzdem Kinder.«

Die sie dann abtrieben … Nora fühlte Schwindel in sich aufkommen. Sie schien in einer völlig verrückten Welt zu leben! Aber sie erinnerte sich jetzt, nie eine beschnittene Frau nach einer Abtreibung betreut zu haben. Nur die stolzen, kriegerischen Ashanti weigerten sich, in der Sklaverei Kinder zu gebären. Die sanfteren Dogon töteten ihren Nachwuchs nicht.

»Aber Akwasi ist Ashanti!«, wandte Nora ein. »Wieso unterstützt er das?«

Tolo zog die Brauen hoch. »Akwasi ist im Inneren weiß«, sagte sie abwertend. »Ich hab's dir schon gesagt. Der will keine Queen, der will ein braves Christenmädchen, das nur ihm zu Willen ist und selbst keine Freude an der Liebe hat. Dann betrügt sie ihn nämlich auch nicht. Und das ist seine größte Angst. Also zeig ihm nie, wenn du Geschmack dran findest, weiße Frau. Sonst zwingt er dich auch noch, das zu tun.« Sie wies auf Máanu und deckte sie sanft wieder zu.

Nora seufzte. So weit kannte sie Akwasi bereits. Und sie konnte keine Genugtuung dabei fühlen, dass auch Máanu ihre Hochzeitsnacht kaum genießen würde.

KAPITEL 7

Máanu saß ihrer Hochzeitszeremonie am nächsten Tag mit bleichem Gesicht vor. Sie nahm breitbeinig Platz auf dem Hocker, den Akwasi ihr traditionell schenkte, und als es darum ging, die vielen anderen Geschenke in ihre Hütte zu tragen, brauchte sie Hilfe. Am Morgen nach der Hochzeit ließ sie sich nicht blicken, Mansah berichtete besorgt, sie könne nicht aufstehen. Nora wunderte das nicht, zweifellos war die Nacht mit Akwasi furchtbar gewesen. Tolo versicherte allerdings, es bestünde keine Gefahr für Leib und Leben.

»Ich hab wirklich nicht viel abgeschnitten, nur gerade so viel, dass sie zufrieden waren – sie und er. Sie kann auch noch was fühlen, nur jetzt hat sie natürlich noch keine Freude an ihrem Mann, da sind ja noch offene Wunden. Wie gesagt, man macht es sonst viel, viel früher, lange bevor die Frau zum ersten Mal berührt wird.«

Tolo warf Mansah einen fragenden Blick zu, aber die suchte schon wieder Schutz in Noras Röcken.

»Sie darf mich nicht schneiden, Missis! Missis, du aufpassen!«, flehte sie.

Tolo schüttelte den Kopf. »Niemand zwingt dich, Mädchen, du hast Glück. Granny Nanny lehnt es ab. Sonst … Bei uns zu Hause schützte uns da niemand, und glaub mir, die schnitten tiefer als ich bei deiner Schwester. Nun geh zu Máanu, Kind, und pfleg sie ein bisschen. In ein paar Tagen ist sie wieder ganz die Alte, keine Angst.«

Nora wusste es natürlich besser. Egal, wie gut jemand gepflegt wurde, es konnte gerade im jamaikanischen Klima immer wieder vorkommen, dass sich Wunden entzündeten. Dann starben die Menschen selbst an eigentlich harmlosen Verletzungen. Aber auch sie wollte Mansah keine Angst machen. Und ihre eigene Hilfe hätte Máanu abgelehnt. Aber andererseits hatte ihre frühere Zofe sie oft genug bei Krankenbesuchen begleitet. Sie musste eigentlich selbst wissen, wie man Wunden sauber hielt.

Tatsächlich heilten Máanus Wunden ohne Komplikationen – wozu sicher beitrug, dass Akwasi seine neue Frau in den nächsten Tagen in Ruhe ließ und sich wieder Nora zuwandte. Er nahm sie jetzt gleichfalls zur Frau – wenn auch unter weniger umständlichen Zeremonien als Máanu. Granny Nanny rief nur den Segen von ein paar Göttern und Geistern auf das Paar herab und setzte das Dorf davon in Kenntnis, dass Nora keine Sklavin mehr war.

Ihre Stellung unter den Frauen verbesserte sich sofort. Die unverheirateten Mädchen hörten auf, sie zu drangsalieren, während die erwachsenen Frauen sie zwar etwas widerwillig, aber ohne Quälereien in ihre Gruppe aufnahmen. Nora arbeitete meist etwas abseits von ihnen, aber sie musste nicht mehr die schwersten Tätigkeiten übernehmen, sondern wurde im Gegenteil geschont, als ihre Schwangerschaft sichtbar wurde. Dass die Frauen nicht mit ihr redeten, war ihr egal, sie hatte schließlich Mansah, die sich bei den jungen Mädchen ebenso unwohl fühlte wie Nora bei den Frauen. Neuerdings schlief die Kleine sogar in ihrem Haus – mit dem ausgesprochenen Segen von Máanu und Akwasi. Beide nahmen an, dass Nora in Mansahs Anwesenheit keine Versuche machen würde, dem Kind in ihrem Leib oder sich selbst etwas anzutun. Sie wurde also nicht nur tagsüber von den anderen Frauen überwacht, sondern blieb auch nachts unter

Aufsicht, wenn Akwasi Máanu besuchte. Das tat er jede Nacht, nachdem Máanu sich halbwegs erholt hatte – offensichtlich tat er sein Bestes, um gleich noch ein weiteres und diesmal reinblütiges Kind zu zeugen.

Nora nahm das alles gleichmütig hin. Sie hatte sich längst mit ihrer Schwangerschaft abgefunden, und sie dankte dem Himmel für Akwasis Ignoranz ihr gegenüber. Mochte Máanu mit ihm glücklich werden. Nora wünschte beiden nur das Beste – solange man sie in Ruhe ließ. Die Gesellschaft von Mansah genoss sie dagegen. Die Kleine lernte endlich richtig Englisch und zu ihrer eigenen, größten Verwirrung auch schreiben und lesen.

»Das kann wirklich jeder, Missis? Man braucht nicht den Segen der Götter?«

Und dann, als Nora nur noch wenige Wochen vor der Entbindung stand, änderte sich auch ihr Verhältnis zu den anderen Frauen oder zumindest einem Teil von ihnen. In der letzten Zeit hatte sie ihre häufigere freie Zeit genutzt, um einen Kräutergarten anzulegen. Mansah half dabei eifrig, sie interessierte sich weit mehr für Heilkunst als ihre Schwester. Da sie sich nach Belieben frei in der Siedlung bewegen konnte, fragte sie die immer wieder mal vorbeiziehenden weißen Händler nach Saatgut, und bald konnte Nora sie auch aussenden, außerhalb der Siedlung nach nützlichen Pflanzen und Wurzeln zu suchen.

Nora selbst waren solche Exkursionen nach wie vor verwehrt – die Frauen beobachteten jeden Schritt, den sie außerhalb der Felder machte. Aber nun wuchsen Petersilie, Kamille, Salbei und Frauenmantel auch rund um ihre Hütte, viel mehr, als sie für sich selbst und Mansah jemals brauchen würde. Nora sehnte sich nach ihrer Arbeit mit Kranken und konnte kaum an sich halten, als sie eines Mittags einem Gespräch zwischen zwei Maroon-Frauen lauschte. Eine von ihnen klagte über starken Blutfluss und Krämpfe während ihrer Monatsblutung.

»Sollte ich gehen zu Tolo«, seufzte sie. »Aber Weg so weit.«

»Und Nanny?«, fragte ihre Freundin.

Die Erste verdrehte die Augen. »Nanny sagt, ist nicht schlimm. Abwarten, vergeht wieder. Aber Nanny starke Frau, Queen. Ich nur kleine Maroon, nicht so tapfer.«

Nora seufzte. Das alles bestärkte sie in der Ansicht, dass Nanny nicht allzu viel über Heilkunst wusste. Nach dem, was man hörte, war sie noch sehr jung gewesen, als sie in Afrika geraubt wurde. Selbst wenn ihre Mutter also eine große Schamanin gewesen sein sollte – so viel konnte sie ihr da noch nicht beigebracht haben, und in all den Jahren hatte Nanny auch sicher vieles vergessen.

Nora griff in ihre Tasche und holte eine Handvoll Kräuter heraus. Sie hielt sie immer für Mansah bereit, die seit drei Monaten zur Frau geworden war und ebenfalls stark unter Krämpfen litt. Nora pflegte ihr einen Aufguss zu machen, wenn es sie während der Arbeit überkam – sie versuchte, die anderen Frauen möglichst nicht merken zu lassen, dass Mansah bereits blutete. Denn egal, was Nanny sagte: Akwasi und Máanu war zuzutrauen, dass sie auch bei Máanus Schwester auf die Einhaltung der Bräuche der Dogon bestanden.

»Hier«, sagte sie zu der Frau, die sie als María kannte. Ein ungewöhnlicher Name für eine Sklavin, aber Nora wusste inzwischen, dass die echten Maroons, die von Geburt an freien Schwarzen, häufig auf spanische Namen hörten. »Brüh diese Kräuter auf und lass sie zehn Minuten ziehen. Davon trinkst du drei Tassen am Tag, es wird dir helfen.«

María beäugte die getrockneten Kräuter misstrauisch. »Du mich aber nicht wollen vergiften, weiße Frau?«

Nora entzündete wortlos ein Feuer, obwohl die Frauen über die zusätzliche Wärme in der Mittagshitze stöhnten. Sie erhitzte Wasser, gab die Kräuter hinein, ließ sie einen Moment ziehen und nahm selbst ein paar Schlucke, nachdem das Gebräu abgekühlt war. Auch Mansah trank den Sud. Sie schüttelte sich, schluckte dann aber brav.

»Er ist grässlich bitter, aber er wirkt gut«, erklärte die Kleine.

Nora füllte einen weiteren Becher für María. Auch sie verzog das Gesicht, als sie den Tee zögernd trank. Vollständig überzeugt war sie wohl noch nicht, aber sie nahm immerhin an, dass Nora kaum versuchte, Mansah zu vergiften. Nach einer halben Stunde entspannte sich ihr Gesicht, und sie lächelte Nora ungläubig an.

»Hat aufgehört!«, sagte sie verblüfft. »Hat gewirkt! Was willst du haben für Kräuter, weiße Frau? Tolo will Sack Getreide oder Ei.«

Nora schüttelte den Kopf. »Ich habe genug Getreide und Hühner«, sagte sie.

Zu Nannys Hochzeitsgeschenken hatten drei Hennen gehört – und zumindest was die anging, hatte die Queen Akwasis beide Frauen gleich beschenkt. Mit Möbeln und Decken, Kleidung und sogar etwas Schmuck war allerdings nur Máanu bedacht worden.

»Aber ich … Also, ich würde mich wirklich freuen, wenn ihr aufhören könntet, mich weiße Missis zu nennen oder weiße Frau. Auch Engländer haben Namen, wisst ihr?« Nora errötete und schalt sich selbst dafür. »Meiner ist Nora.«

María blieb nicht Noras einzige Patientin. In den nächsten Tagen kamen immer wieder Maroon-Frauen mit meist kleineren Problemen zu ihr, fast alle von Geburt an freie Schwarze. Die befreiten Sklaven misstrauten einer weißen Heilerin, und Nora konnte es ihnen nicht übel nehmen. Diese Menschen mussten alles hassen, was sie auch nur im Entferntesten an ihre Zeiten auf den Plantagen erinnerte. Die echten Maroons lehnten die Weißen dagegen nicht grundsätzlich ab. Zwar fürchteten sie sich vor Angriffen – Nora erfuhr von ihnen, dass der Gouverneur wenige Jahre zuvor sehr ernsthafte Versuche gemacht hatte, Nanny Town zu erobern –, aber sie freuten sich andererseits über den Besuch von weißen Händlern, bei denen sie Haushaltsgegenstände oder kleine Luxusgüter gegen Feldfrüchte eintauschen konnten. Weiße Frauen hatten sie vor Noras Verschleppung nie getroffen, und sie zeigten sich nun, da das Eis gebrochen war, weniger ablehnend als neugierig. Viele von ihnen hätten ihr Leben gern dem der Engländer in Kingston und Montego Bay angepasst, statt wie Nanny und die meisten befreiten Sklaven dem afrikanischen Lebensstil nachzueifern. Manche Entscheidungen der Queen, wie etwa die Erlaubnis für Akwasi, gleich zwei Frauen zu heiraten, schockierten sie geradezu. Einige waren auch Christinnen oder hingen einer stark christlich geprägten Obeah-Variante an. Nora wunderte sich nicht allzu sehr darüber, dass weiland Tolo ihre Obeah-Frau gewesen war.

»Wir noch manchmal machen Zeremonie«, gestand María schließlich ihrer neuen Freundin. »Aber Nanny sieht nicht gern in Dorf, und in Wald wir haben Angst bei Nacht. Nanny sagt, ist besser, wenn Queen auch Obeah-Frau. Bei Ashanti so üblich.«

Bei den Ashanti schienen Frauen allgemein viel Freiheit zu genießen. Nora staunte, wenn sie davon hörte, dass sie in der Stammespolitik fast die gleichen Rechte hatten wie die Männer und dass sie sich sogar an Kämpfen beteiligten, wenn ihre Dörfer bedroht waren.

»Wir immer mussten schreien und Steine schmeißen, wenn kommen Engländer«, berichtete auch María. »Früher Männer uns dann haben versteckt, aber jetzt starkes Dorf, uneinnehmbar!«

Dieses schwierige Wort kannte nun wirklich jeder in Nanny Town – und Nora wurde immer wieder das Herz schwer, wenn sie es hörte. Es war auch nicht sehr wahrscheinlich, dass es innerhalb der Siedlung jemals zu Aufständen und Machtwechseln kommen würde. Die ursprünglichen Maroons waren zwar nicht mit jeder Entscheidung der Queen und ihrer Geschwister einverstanden, aber sie wussten zu schätzen, dass Nanny und Quao, Cudjoe und Accompong die freien Schwarzen geeint und zu schlagkräftigen Verbänden zusammengefasst hatten. Bevor die Ashanti-Geschwister kamen, hatten sie in kleineren Gruppen gelebt und waren viel herumvagabundiert. Im Großen und Ganzen gefiel María und den anderen der neue Lebensstil besser.

»Aber Nanny uns nicht macht zu Sklaven«, schwächte María ab, nachdem sie ein bisschen darüber geschimpft hatte, dass ihr die afrikanischen Gesänge der Ashanti nicht gefielen und dass sie mit Nannys Verehrung des Gottes Onyame wenig anfangen konnte. »Wenn Tolo macht Zeremonie im Wald, nicht verboten, und wenn wir beten zu Baby Jesus, nicht verboten, und auch nicht, was machen die Moslems.«

Was die Moslems machten, wusste eigentlich keiner genau. Die kleine Gruppe ehemaliger Sklaven aus Afrika, die meist Stämmen der Mandingo angehörten, blieb stets unter sich und hielt ihre eigenen Gottesdienste. Zu Marías Freude – der jungen Frau unterstand die Pflege eines der gemeinschaftlich genutzten Hühnerställe – brauchten sie dafür keine Hennen. Ihre Frauen fielen nicht weiter auf, außer dass sie sich nicht an dem oft etwas schlüpfrigen Geplauder der Maroon-Frauen über die nächtlichen Leistungen ihrer Männer auf der Schlafmatte beteiligten. Aber sie pflegten fünfmal am Tag zu beten und ihr Haar unter Schleiern oder kunstvoll gebundenen Turbanen vollständig zu verstecken. Nanny duldete die drei oder vier Familien und die fünf oder sechs allein lebenden Männer, die ihren Glauben aus Afrika mitgebracht hatten und trotz der Zwangsgottesdienste auf den Plantagen und der Versuchungen der lebensfrohen Obeah-Zusammenkünfte daran festhielten. Sie schätzte besonders die Männer, die sich nie betranken –

sie wurden in den entlegensten Außenwachposten eingesetzt, da nicht die Gefahr bestand, dass sie heimlich Bier oder gar Schnaps herstellten und dann womöglich einen Angriff der Weißen verschliefen.

Noras neue Gefährtinnen wurden nicht müde, sie für ihr undankbares Dasein als Akwasis Zweitfrau zu bedauern, aber Nora selbst war damit recht zufrieden. Es ging ihr jetzt weitaus besser als in der ersten Zeit in Nanny Town. Sie begann sogar, sich ein wenig auf das Kind zu freuen, das sich in ihrem Bauch bewegte und lebhaft strampelte. Offensichtlich hatten ihm weder Noras mangelnde Ernährung am Anfang der Schwangerschaft noch Akwasis Schläge in ihren Bauch etwas geschadet – und Nora befürchtete auch nicht, dass es ganz allein aufwachsen würde. María und die anderen Maroon-Frauen hatten alle Kinder und würden sie sicher mit Noras Sohn spielen lassen – oder mit ihrer Tochter, obwohl Akwasi das für völlig undenkbar hielt. Er schien nicht mit weiblicher Nachkommenschaft zu rechnen, wieder ein Beweis für Tolos These, dass er eher wie ein Weißer dachte und fühlte als wie ein Ashanti. Bei Letzteren galt eine Frau schließlich fast so viel wie ein Mann. Immerhin habe Akwasi inzwischen zwei Eisen im Feuer, wie Tolo grinsend bemerkte, als sie Nora einmal besuchte. Einige Monate nach der Hochzeit war auch Máanu schwanger geworden und trug ihren noch beinahe flachen Bauch stolz herausgestreckt, als habe sie da etwas geschafft, was vorher noch nie einer Frau gelungen war.

»Werden Sie kommen, wenn mein Kind geboren wird?«, fragte Nora die alte Obeah-Frau ängstlich, als sie sich wieder auf den Weg in ihr Exil im Dschungel machte.

Tolo schüttelte den Kopf. »Ach was! Bis ich hier sein kann, ist das Kind längst da. Du bist gesund und stark, du wirst es gut machen. Und Nanny wird ja helfen …«

Bei Pretty ist Nanny keine große Hilfe gewesen, dachte Nora bitter, aber sie hoffte immerhin darauf, dass ihr auch María und ihre neuen Maroon-Vertrauten Elena und Sophia beistehen würden. Alle drei hatten Kinder und würden Komplikationen bestimmt rechtzeitig erkennen, um Mansah doch noch zu Tolo zu schicken.

Tatsächlich ging dann wirklich alles gut. Nora lag lange in den Wehen. Sie war von ihrer Natur her schmal gebaut, es dauerte, bis der Geburtskanal sich ausreichend weitete. Aber auch ihr Kind war zierlich, und es lag richtig. Nach zwölf schmerzhaften, aber nicht gänzlich unerträglichen Stunden, in denen María, Elena und Sophia Nora umsorgten, während Mansah schluchzend in der Ecke saß, rutschte ein kleines, rotgesichtiges Mädchen mit schwarzem Haar und hellbrauner Haut in die Hände Granny Nannys.

»Willkommen auf der Welt, und der Segen Onyames und aller Geister des Himmels und der Erde soll dich begleiten!«, begrüßte die Queen es liebevoll, rieb es ab und legte es Nora in die Arme. »Ein so schönes Kind, weiße Frau, es möge stark sein wie sein Vater und schön wie seine Mutter.«

Nora wusste inzwischen, dass die Ashanti der Meinung waren, der Vater gäbe seinem Kind den Geist und die Kraft, die Mutter das Fleisch. Letzteres galt mehr, die Kinder gehörten deshalb eher der Familie ihrer Mutter als der ihres Vaters; auch Königtum vererbte sich über die weibliche Linie.

Akwasi zeigte sich erwartungsgemäß nicht so begeistert, nahm seine Tochter aber pflichtgemäß an, trug sie aus der Hütte und hielt sie den Sternen entgegen.

»Sie wird Dede heißen«, verkündete er, »der Name meiner Mutter.«

Nora nahm dies kommentarlos hin, taufte das Kind jedoch am nächsten Tag auf den Namen Deirdre – wobei ihre dem Christentum nahestehenden Freundinnen lebhaft Anteil nahmen. Alle waren überzeugt davon, dieser Name stünde in der Bibel.

»Bringt sicher Glück!«, freute sich María und küsste das Baby. Die Frauen in Nanny Town gingen sehr liebevoll mit den Kindern um.

Nora empfand es schon als Glück, dass weder Akwasi noch Máanu Anstalten machten, ihr das Kind wegzunehmen. Sie hatte das befürchtet, schließlich war es auf Plantagen gang und gäbe, dass den schwarzen Frauen ihre Babys entzogen wurden. Zu Máanus hasserfülltem Rachefeldzug hätte es gepasst. Aber Akwasi hatte wohl gleich das Interesse verloren, als Nora ein Mädchen zur Welt brachte, und Máanu war ausreichend mit der Erwartung ihres eigenen Kindes beschäftigt. Sie versicherte Akwasi, dass sie ihm den erwünschten Sohn schenken würde.

»Es wird ein großes Kind werden«, prophezeite Nora der stolzen Máanu, als diese ihren Pflichtbesuch bei ihr und Dede absolvierte. Die junge Schwarze war wunderschön in ihren bunten afrikanischen Gewändern, die sie jetzt fast immer trug – während der Schwangerschaft waren sie viel bequemer als die Kleidung der Weißen. Máanu war nach wie vor sehr schlank und hielt sich königlich aufrecht, ihr Haar und ihre Haut glänzten, und ihr Bauch wölbte sich inzwischen weit vor, obwohl sie noch drei Monate bis zur Geburt des Kindes vor sich hatte. »Aber keine leichte Geburt«, fügte Nora hinzu. »Du solltest Nanny bitten, Tolo rechtzeitig herzuholen. Zumal du …« Sie errötete.

»Die Beschneidung behindert eine Geburt überhaupt nicht«, sagte Máanu böse. »Das hat Tolo mir versichert. Nanny wird mir beistehen, und mit ihr alle Geister der Ashanti und der Dogon.«

»Ich meinte weniger die Beschneidung.« Nora fiel es schwer, die Sache anzusprechen, aber sie hatte Sally noch vor Augen, und sie erinnerte sich an Tolos Bemerkung bei Máanus

Beschneidung: *Sie hat Kinder empfangen …* Máanu hatte also Fehlgeburten gehabt, auch wenn sie nicht daran verblutet war. Aber Narben und Verwachsungen hatte sie sicher. »Du solltest Tolo wenigstens bitten, dich vor der Geburt anzusehen. Die Geister … Na ja, sie können sicher hilfreich sein, aber im Allgemeinen … Du hast früher doch auch gewusst, wie das ist.«

Nora dachte an Máanus zynische Bemerkungen über Glauben, Gebete und Gott.

»Ich werde Akwasis Sohn mithilfe der Queen zur Welt bringen«, sagte Máanu hoheitsvoll. »Und du wirst mir keine Angst machen, weiße Missis. Ich bin stark.«

Nora sagte nichts weiter dazu. Sie lenkte das Gespräch wieder auf Dede und dahin, wie niedlich sie war und wie kräftig sie an Noras Brüsten saugte. Das kleine Mädchen machte keinerlei Probleme, das Einzige, was auffällig war und allen Frauen gleich Ausrufe zwischen Entzücken, Verwunderung und Angst entlockte, waren seine blauen Augen. Nun war Dedes Haut nicht so dunkel, dass dieses Erbe ihrer weißen Vorfahren wirklich verwirrend wirkte. Aber die meisten Frauen in Nanny Town hatten nie ein helläugiges Baby gesehen, und bei einigen Stämmen galt die Geburt eines solchen als schlechtes Omen.

»Unsinn!«, lachte allerdings Tolo und tat das Gerücht, hier sei womöglich ein Dämon geboren, mit einer Handbewegung ab. »Natürlich ist es schlecht, wenn eine schwarze Frau ein weißes Kind zur Welt bringt. Das kommt vor, es hat dann blaue oder auch mal rote Augen, ganz unheimlich. Und meistens lebt es nicht lange. Aber bei deinem kleinen Mädchen ist das ganz normal. Es wird schön aussehen, wenn es älter ist.«

»Sie könnten auch noch grün werden«, bemerkte Nora, um weiteren Gerüchten über sich geisterhaft verfärbende Babyaugen gleich vorzubeugen. »Ich selbst hatte auch blaue Augen, bis ich ein paar Monate alt war. Es heißt, alle weißen Kinder kommen mit blauen Augen zur Welt.«

Tolo nickte. »Deine Dede ist wunderschön und gänzlich normal – und es ist gut, dass sie ein Mädchen ist. Ein Mischlingskind hat es niemals leicht, aber ein schönes Mädchen hat es immer leichter als ein hässliches, und jedes Mischlingsmädchen hat es leichter als ein Mischlingsjunge.«

Nora war nicht überrascht, als Mansah gut drei Monate nach Deirdres Geburt wieder mal schluchzend vor ihrer Tür stand. Das Mädchen hatte erneut die Hütten getauscht, seit es Akwasi gefiel, Nora wieder mit seiner Gunst zu bedenken. Máanu war schließlich hochschwanger, während Nora sich von der Geburt ihrer Tochter erholt hatte und schöner war als je zuvor. Ihr Körper hatte sich inzwischen an ein Leben mit mehr Sonne und mehr Arbeit gewöhnt, und seit sie nicht mehr gequält und zu den schwersten Tätigkeiten gezwungen wurde, tat ihm das sogar gut. Nora war schlank und sehnig, aber nach der Geburt hatte sie fraulichere Formen angenommen. Zudem stillte sie, ihre Brüste waren voll und fest. Die beständige Sonne hatte ihrer Haut einen goldbraunen Ton verliehen, den die bunten Tücher noch unterstrichen, die sie nach Art der Afrikanerinnen um ihr helles Haar wand. Akwasi erregte ihr Anblick erneut, seine Wut auf Nora und Doug legte sich langsam. Sie hatte ihn betrogen, er hatte sich gerächt – aber nun war sie sein, mit Haut und Haar. Sie hatte sein Kind geboren.

Akwasi begann, etwas vorsichtiger mit Nora umzugehen. Das ging nicht so weit, dass er sie zärtlich liebte – nach wie vor hing er der Vorstellung an, eine tugendhafte Frau dürfte die Liebe nicht genießen –, aber er sprach doch freundlich mit ihr und schlug sie nicht wieder. Nora hasste und fürchtete die Nächte trotzdem, in denen er sie besuchte. Sie war fest entschlossen, ihm kein weiteres Kind zu gebären, sosehr sie Dede inzwischen auch liebte. Eine Phiole von Tolo lag stets unauffällig zwischen ihren selbst gebrauten Tränken und Salben. Beim geringsten Anzeichen einer Schwangerschaft würde sie von ihr Gebrauch machen.

Nora stieß Akwasi, der eben dabei war, in sie einzudringen, von sich, als sie ein Klopfen und Schluchzen an der Tür vernahm. Sie wehrte sich fast immer, er war daran gewöhnt, es zu ignorieren, und tat es auch jetzt.

»Hör auf, Akwasi!« Nora kämpfte mit aller Kraft, bemühte sich aber, nicht zu viel Lärm zu machen, um Dede nicht zu wecken. Das Kind hatte zum Glück einen festen Schlaf. »Du hörst doch, da ist was, und es klingt nach Mansah. Was ist mit Máanu? Sie müsste doch bald niederkommen. Womöglich ...«

Sie stemmte sich hoch und hüllte sich rasch in ein Tuch, als Akwasi unwillig von ihr herunterrollte. Dann eilte sie zur Tür. Wie erwartet lehnte Mansah wimmernd an der Wand neben dem Eingang.

»Du musst kommen, Missis. Máanu ... Máanu kriegt ihr Kind.«

Nora zog das Mädchen herein.

»Das ist doch schön, Mansah«, meinte sie beruhigend. »Hast du Nanny schon gerufen? Die wollte ihr beistehen. Und sie wohnt doch auch gleich nebenan.« Noras Hütte lag am Rand von Nanny Town, was Akwasi im Grunde nicht gefiel. Es war üblich, dass jede Frau eines Kriegers ihr eigenes Haus hatte, aber in afrikanischen Dörfern lagen die in der Regel nebeneinander. Die Rundhütten im Zentrum waren jedoch alle belegt, und Máanu dachte gar nicht daran, ihr privilegiertes Heim nah der Hütte der Queen gegen ein Sklavenhaus an der Peripherie der Siedlung einzutauschen.

»Nanny ist seit Stunden bei ihr. Sie sagt, alles ist normal, aber Baby kommt und kommt nicht. Máanu schreit fürchterlich ...«

»Das kommt dir nur so vor, Mansah«, begütigte Nora. »Schau, ich hab doch auch geschrien, und du hast dich geängstigt, aber dann war Dede da und alles gut.«

»Aber dies Baby kommt nicht, Missis. Nanny sagt, es ist vielleicht zu groß. Es passt nicht … passt nicht durch …« Mansahs Stimme wurde heiser vor Entsetzen. »Und Máanu blutet so schrecklich.«

Nora seufzte. So etwas Ähnliches hatte sie befürchtet. Allerdings würde sie selbst auch nicht viel mehr tun können als Nanny. Sie war keine Geburtshelferin, dazu hatte es auf Cascarilla Gardens zu wenige Kinder gegeben. Worauf sie sich wirklich verstand, war die Stillung von Blutungen nach Abtreibungen. Wenn das Baby erst da war, mochte sie Máanu vielleicht helfen können, aber jetzt …

»Komm, Missis, bitte!«

Nora begann halbherzig, Medikamente in ihre Tasche zu packen.

»Máanu wird mich nicht wollen und Nanny erst recht nicht«, prophezeite sie.

Aber nun schaltete sich Akwasi ein. Er hatte sich angezogen und baute sich vor der erneut schluchzenden Mansah auf.

»Was sagst du, Mädchen? Das Kind kommt nicht? Mein Sohn wird in Máanu sterben?«

»Vor allem wird erst mal Máanu sterben«, bemerkte Nora. »Und mit ihr zwangsläufig das Kind – wenn nicht noch ein Wunder geschieht.«

»Nanny ruft die Götter an«, erklärte Mansah. »Verbrennt Kräuter …«

»Das wird zweifellos helfen«, meinte Nora sarkastisch. »Ich kann versuchen, was zu tun, Akwasi, aber dann musst du mitkommen und Máanu zwingen, mich an sie heranzulassen. Und Nanny erzählen, die Götter hätten mir einen Stern auf den Kopf fallen lassen und mich damit herbeigerufen oder etwas Ähnliches. Vielleicht glaubt sie's ja. Ich werde mein Bestes tun, Akwasi, aber mach mich nicht verantwortlich, wenn dein Sohn oder deine Tochter trotzdem stirbt.«

Akwasi war bereit, alles zu tun und durchzusetzen, wenn nur eine Chance für seinen sehnlich erwarteten Erben bestand. Er trug Nora sogar die Tasche hinterher, damit sie schneller fortkamen. Als sie ihren Turban auf dem Weg zu Máanus Hütte um ihr Haar wickelte, monierte Akwasi ihre Eitelkeit.

»Das tue ich nicht, weil ich schön aussehen will, sondern damit mir das Haar nicht ins Gesicht fällt«, herrschte Nora ihn an. »Und du, Mansah, was rennst du uns nach? Bei Máanu kannst du nichts tun. Aber Dede ist ganz allein in der Hütte. Geh zu ihr, pass auf sie auf – oder bring sie in Gottes Namen mit, wenn du nicht allein sein willst. Vor allem hör auf zu weinen! Ich weiß, dies ist schwer für dich, aber langsam musst du dich benehmen wie eine erwachsene Frau!«

Mansah kehrte wimmernd um, und Nora ging schneller. Hoffentlich kümmerte das Mädchen sich wirklich um ihre Tochter. Aber eigentlich kam Mansah gut mit dem Baby zurecht, und wahrscheinlich würde Dede sowieso die ganze Nacht ruhig und friedlich schlafen.

In Máanus Hütte roch es nach Blut und verbrannten Kräutern. Nanny saß neben einer Schale mit schwelendem Weihrauch oder was immer es war, das hier ein wenig Wohlgeruch, aber auch Hitze und Rauch verbreitete. Nora musste gleich husten, und Máanu auf ihrer Matte war ohnehin schweißgebadet.

»Es soll aufhören«, wimmerte sie. »Nanny, mach etwas!«

Dann, während eine weitere Wehe sie erfasste, begann sie laut zu stöhnen und zu wehklagen. Mansah hatte wohl Recht, Máanu kämpfte diesen Kampf schon viele Stunden. Ihr Körper bäumte sich unter der Wehe auf, aber das Köpfchen des Kindes war noch nicht zu sehen.

Akwasi kniete sich neben seine jammernde Frau. »Máanu, ich habe die Missis mitgebracht. Ich möchte, dass sie sich das ansieht. Ich will es, also wehr dich nicht. Sie will dir nur helfen.«

Máanus flackernder Blick suchte den ihres Mannes, ihre Augen waren blutunterlaufen. »Wenn einer macht, dass das aufhört, dann ist mir auch der Teufel willkommen!«, stieß sie aus, bevor sie erneut stöhnte und dann aufschrie.

Nora schob Nanny beiseite. Die Heilerin schien sich in eine Art Trance gesungen zu haben – sie war den Göttern zurzeit wohl näher als ihrer Patientin.

Nora drückte Máanus Beine weiter auseinander. Es musste lange her sein, dass die Fruchtblase geplatzt war, sie war völlig trocken, und sie blutete tatsächlich. Allerdings nicht so schlimm, wie Mansah es geschildert hatte.

Nora griff in einen Tiegel mit Salbe aus Aloe Vera und Schweinefett, um ihre Hände geschmeidiger zu machen. Sie tastete erst Máanus Bauch ab, um dann ihre Scheide zu untersuchen.

»Die Queen hat Recht, das Kind liegt richtig«, sagte sie kurz. »Aber es ist sehr groß. Es dauert einfach, bis sich alles weitet, und wahrscheinlich reißt es auch noch ein. Vielleicht ist innen sogar was verwachsen, nach … nach dem, was der Backra mit dir … Ich werde versuchen, das zu ertasten. Und du musst dem Kind und mir helfen … Aber vorher …«

Nora suchte nach einem Fläschchen in ihrer Tasche. Ein weiterer Trank von Tolo, der Schmerzen lindern sollte. Nora wusste nicht, wie man ihn zubereitete, sie vermutete, dass Tolo Pflanzen anbaute, aus denen man Laudanum gewinnen konnte.

Máanu wurde nach dem Trank tatsächlich etwas ruhiger, und Nora konnte das Köpfchen des Kindes ertasten, als sie sich ein wenig entspannte. Es steckte allerdings fest.

»Ich weiß nicht, ob es noch lebt«, sagte Nora aufgeregt. »Aber es muss auf jeden Fall bald raus, so kann es nicht lange überleben. Du musst mir jetzt helfen, Akwasi. Und du musst pressen, Máanu, so schrecklich es ist. Richte sie auf, sodass sie hockt, und drück auf ihren Bauch, Akwasi, wenn die nächste Wehe kommt.«

Nora hatte kleine, schmale Hände, aber sie rutschten am Kopf des Kindes ab, als sie versuchte, ihn zu umfassen und herauszuziehen. Aber immerhin half das Fett an ihren Händen. Der Geburtskanal wurde geschmeidiger – und schließlich bewegte sich das Kind. Während Máanu fast unmenschlich schrie, glitt das Baby hindurch. Es war ein wirklich ungewöhnlich großer Junge. Als sie ihn an den Füßen hochhielt und ihm einen Klaps auf den Rücken gab, brüllte er protestierend.

Aus Máanus Scheide sickerte Blut, aber das war etwas, mit dem Nora sich auskannte. Sie überließ das Baby dem hilflosen Akwasi und der langsam zu sich kommenden Granny Nanny. Die Priesterin begann sofort, das Wohl der Götter auf sein Haupt zu beschwören. Nora kümmerte sich um Máanu, die jetzt vor Erschöpfung weinte. Sie blutete, aber es war kein schäumendes, hellrotes Blut, und es schoss auch nicht aus ihr heraus. Tief im Inneren schien nichts verletzt. Nach kurzer Zeit schon kam die Nachgeburt, und die Blutung ließ merklich nach.

Als Mansah eine halbe Stunde später mit der schreienden Dede die Hütte betrat – sie hatte es allein mit dem schlafenden Kind nicht mehr ausgehalten, und auf dem Weg war es natürlich erwacht –, lag das Baby sauber gewickelt in den Armen seiner Mutter.

»Komm her, Mansah«, sagte Nora müde und nahm dem Mädchen ihre Tochter aus den Armen. »Du hast einen kleinen Neffen. Und mach dir keine Sorgen um deine Schwester, es werden beide überleben.«

Sie war überrascht, dass Máanu sich daraufhin regte, das Wort aber nicht an ihre Schwester, sondern an Nora richtete.

»Danke«, flüsterte sie. »Danke, Missis.«

Nora seufzte. »Du bist nicht mehr meine Sklavin, Máanu, wie du in den letzten Monaten nicht müde wurdest, mir zu versichern. Wenn du nun also anfangen würdest, mich Nora zu nennen …«

RACHE

Cascarilla Gardens, Nanny Town, Spanish Town
Herbst 1738 – Herbst 1739

KAPITEL 1

Sie haben hier so viele Mädchen herumlaufen, Mr. Fortnam, und alle machen einen so wohlerzogenen Eindruck. Können Sie mir nicht eine als Zofe abtreten?«

Lady Hollister wedelte sich mit ihrem Fächer Luft zu. Für jamaikanische Verhältnisse war es zwar angenehm kühl auf Doug Fortnams neuer Terrasse, aber die etwas korpulente Lady war vom Tanzen erhitzt. Doug hatte keine Mühen und Kosten gescheut. Nachdem er sich endlich dazu durchgerungen hatte, sein neues Haus zu planen und bauen zu lassen, verlief der Ball zur Einweihung glanzvoll, ein eigens bestellter Tanzmeister hielt die Gäste in Bewegung. Für Lady Hollister war das fast schon zu viel. Doug brachte die schnaufende Dame fürsorglich zurück an den Tisch ihres Gatten und winkte einem der Dienstmädchen, ihr einen Julep zu servieren.

»Wenn ich eins der Mädchen überreden kann«, antwortete Doug gutmütig auf ihre Frage. »Sie haben nämlich Recht, ich habe eigentlich zu viele Haussklaven. Wobei Adwea sie alle hervorragend im Griff hat, selbst die Kinder aus Afrika.«

»Sie setzen Afrika-Importe als Haussklaven ein?«, fragte Lord Hollister verwundert, während seine Frau über Dougs Ansinnen die Stirn runzelte, das betroffene Mädchen vorher zu fragen. »Da bewähren sich doch eher die Sklaven der … äh … zweiten Generation.«

Doug unterdrückte ein unwilliges Kopfschütteln, als er an Lord Hollisters Methode zur Erzeugung braver Hausdiener

Keine Haussklavin war vor den Nachstellungen des Pflanzers sicher. Er zuckte die Schultern.

»Was soll ich machen? Ich habe viele sehr junge Schwarze. Die kann ich nicht gleich auf die Felder schicken. Also gehen die jungen Männer in die Lehre zu den Handwerkern – ich habe viele gute Tischler, wie Sie sehen …«, er wies auf das Geländer rund um die Terrasse seines neuen Hauses, das verspielte, hölzerne Gartenhaus und die mit Schnitzereien verzierten Türmchen und Balkone, die den Neubau zierten, »… und hervorragende Schnapsbrenner.« Doug nahm sein Glas und prostete seinem Nachbarn zu. »Tja, aber für die Mädchen gibt's draußen nichts zu tun, die sind alle bei Adwea in der Küche und im Haus.«

»Sie sollten wirklich ein paar davon verkaufen«, meinte die Lady neidvoll. »Hier stehen sie sich gegenseitig im Weg, und woanders sucht man händeringend nach guten Hausdienern.«

Dougs Lippen verschmälerten sich. »Cascarilla Gardens verkauft keine Sklaven«, sagte er knapp. »Die Leute leben hier als Familien zusammen. Sie haben mein Wort, dass ich sie nicht auseinanderreiße.«

Lord Hollister lachte, und Christopher Keensley, der gerade ebenfalls am Tisch Platz nahm und kaum weniger keuchte als Lady Hollister, fiel sofort ein.

»Deshalb haben Sie ja auch so viele schwarze Fresser, die nichts einbringen!«, höhnte er. »Die Sklavenhändler freuen sich immer, Sie zu sehen. Doug Fortnam, heißt es, nimmt ihnen ihre Ladenhüter ab!«

Doug rieb sich die Stirn. Er wollte nicht mit seinen Nachbarn streiten, und natürlich wusste er, dass man sich in Kingston über ihn lustig machte. Dabei kaufte er inzwischen gar keine Sklaven mehr und blieb den Märkten fern – aus reinem Interesse zog ihn nichts zu einem Sklavenhändler. Als er jedoch nach dem Überfall der Maroons gezwungen gewesen war, neue Sklaven anzuschaffen, hatte er stets Skrupel gehabt, Männer und Frauen und vor allem Mütter und Kinder auseinanderzureißen. Er hatte eine ganze Familie und drei oder vier Mütter mit ihren Söhnen und Töchtern gekauft. Bereut hatte er das nicht, tatsächlich gehörten diese Leute inzwischen zu seinen fleißigsten Arbeitern. Sie waren dankbar und hegten keinerlei Fluchtpläne.

In seinen Augen hatte Doug kein Verlustgeschäft gemacht. Cascarilla Gardens hatte auch noch fast fünf Jahre nach dem Überfall der Maroons nur einen einzigen Aufseher. Allein die Gehälter, die Doug damit sparte, wogen den geringen Kaufpreis für ein paar Kinder zehnmal auf. Den Versuch, solche Berechnungen auch Hollister und Keensley nahezubringen, hatte er allerdings längst aufgegeben. Die setzten nach wie vor auf Peitschenschläge und strenge Zucht.

»Nun, wie Sie sehen, bewähren sich die Ladenhüter ja hervorragend«, meinte Doug also nur begütigend und nahm ein neues Glas von einem Tablett, das ihm ein artig knicksendes Mädchen in korrekter Manier vorhielt. »Dies hier ist zum Beispiel Alima.«

Das Mädchen ließ züchtig die Augen sinken. Alima war schüchtern, ihre Eltern hingen dem muslimischen Glauben an und achteten sehr darauf, dass sie nicht herumtändelte und mit Jungen flirtete wie manche Gleichaltrige aus der Sklavensiedlung.

»Alima ist jetzt so etwa sechzehn, sie kam mit zehn oder elf aus Afrika. Adwea sagt, sie sei geschickt und fleißig, vor allem auch sehr brav. Eine Stellung als Zofe würde ihr sicher gefallen, oder, Alima?«

Das Mädchen hob die Lider und schaute zu ihm auf. Seine Neugier war geweckt. Doug lächelte der Kleinen zu. Alima hatte ein fein geschnittenes Gesicht mit hohen Wangenknochen und runde walnussbraune Augen, die noch gänzlich unschuldig in die Welt blickten. Sie kombinierte ihr spitzenbesetztes Dienstbotenkleid – Doug hatte sich wirklich bemüht, bei diesem Fest alles richtig zu machen – mit einem himmelblauen Turban, unter dem sich kurzes, krauses Haar verbarg.

»Ich gern mag schöne Dinge, Backra Doug«, sagte sie mit sanfter Stimme. Sie sprach Englisch mit singendem, afrikanischem Akzent. »Gern polieren neue Möbel!«

Alima ließ den Blick bewundernd und liebevoll über die zierlichen, fein geschwungenen Sessel, Tische und Kommoden wandern, die Doug für das neue Haus aus England hatte kommen lassen. Den größten Teil davon hatten Lady Hollister und ihre Nichte ausgesucht – Doug selbst interessierte sich kein bisschen für elegante Einrichtung, er hätte gern mit einfachen Tischen und Stühlen aus der eigenen Tischlerei der Plantage vorliebgenommen. Aber er bemühte sich, nicht allzu sehr aus der Reihe zu tanzen; es gab genug Meinungsverschiedenheiten zwischen ihm und den anderen Pflanzern, da musste er nicht auch noch bei der Haushaltsführung alles anders machen. Auf die Dauer würde das wohl auch bedeuten, sich eine Frau suchen zu müssen.

Doug graute es allein bei diesem Gedanken. Noras Verlust war nun so viele Jahre her, aber immer noch wachte er jeden Tag mit dem Gedanken an sie auf, und jede Nacht brauchte er Rum, um ihren Geist nicht so nah an sich heranzulassen, dass er erneut um sie weinte. Oft dachte er daran, dass er lieber mit ihr gestorben wäre, statt ohne sie weiterzuleben, aber andererseits hätte ihr zweifellos gefallen, was er aus Cascarilla Gardens gemacht hatte. Niemand wusste es, aber das Haus, die Sklavensiedlung, die neuen Gebräuche im Umgang mit den Arbeitern und Dougs Fürsorge um ihre Kinder waren ein Denkmal für Nora Fortnam. Doug hatte sogar eine Hütte am Meer gebaut – eigenhändig, aus Holz und Palmblättern. Wann immer ihn die Sehnsucht übermannte, nahm er Noras Stute Aurora und ritt mit ihr an den Strand, band sie an der vertrauten Stelle an und ging über den Sand, über den Nora gegangen war, schwamm dort, wo sie geschwommen war, und ergab sich seiner Trauer in der Hütte, die sie sich erträumt hatte. Er fragte sich, ob der Geist des Simon Greenborough womöglich darüber lachte … Vielleicht hatte Doug da ja ihm einen Schrein gebaut und nicht seiner Liebsten. Aber er fühlte sich ihr hier einfach näher als an dem Grab auf dem Fortnam'schen Familienfriedhof, wo man die grausigen Überreste der Toten jener Nacht bestattet hatte.

»Vielleicht würdest du dich ja auch gern um schöne Kleider kümmern.« Doug wandte sich erneut an Alima.

Er durfte seine Gedanken nicht abschweifen lassen. Dies war sein Fest, seine Nachbarn und Geschäftspartner sollten wissen, dass die Fortnam-Plantage wieder das war, was sie immer gewesen war: ein starkes Unternehmen mit einem Herrn, der wusste, was er tat. Auch wenn er manches anders machte als die anderen.

Alima strahlte. »Sehr gern, Backra!«, rief sie aufgeregt.

Doug nickte ihr zu. »Dann werden wir mal darüber reden müssen«, sagte er und entließ das Mädchen, nachdem sich auch Hollister und Keensley von seinem Tablett bedient hatten. Hollister starrte die Kleine seltsam an. Doug gefiel sein Blick nicht. Vielleicht war es doch keine so gute Idee, Alima in seinen Haushalt zu schicken.

»Sie hören's, Lady Hollister«, sagte er dennoch launig. »Die Kleine wäre willig. Aber ich muss natürlich noch mit ihren Eltern sprechen.«

»Wir sollten doch vor allem über einen Preis sprechen!«, meinte Lord Hollister. »Wir wollen schließlich nichts geschenkt, und billig kann das hübsche Kind nicht sein.«

Doug presste erneut die Lippen zusammen. »Ich habe schon gesagt, dass hier niemand zum Verkauf steht«, erklärte er. Dann sah er Hollisters Frau an. »Wenn ich Ihnen Alima schicke, Mylady, so nur als ›Leihgabe‹. Ich stelle sie Ihnen ein paar Jahre zur Verfügung, und Sie geben mir schließlich eine perfekt ausgebildete Zofe zurück.«

Christopher Keensley grinste anzüglich. »Was wollen Sie denn mit dem Kammerkätzchen?«, fragte er. »Kommen Sie nicht allein in Ihre Kniehosen? Oder nicht heraus?«

Die Männer lachten dröhnend.

Doug bemühte sich, seine aufkommende Wut nicht zu zeigen. »Ich bevorzuge Breeches«, bemerkte er schließlich, während Lady Hollister ein wissendes Lächeln aufsetzte.

»Mr. Fortnam wird die Kleine wohl nicht selbst benötigen«, sagte sie, und ihre Stimme klang wie ein Schnurren. »Aber sicher gibt es doch mal eine Mrs. Fortnam …«

Doug lächelte ihr bemüht zu. »Genau daran habe ich gedacht«, meinte er. »Und da wir gerade bei einem so anregenden Thema sind – wo steckt Ihre bildschöne Nichte, Lady Hollister? Ich glaube, sie hat mir heute noch keinen einzigen Tanz geschenkt. Sollte sie womöglich unseren charmanten Tanzmeister anziehender finden als mich?«

Über Lady Hollisters feistes Gesicht ging ein Strahlen. »Sie sollten sich auf die Suche nach ihr machen«, schnurrte sie. »Nicht, dass Ihnen einer zuvorkommt.«

Doug, der wusste, dass ganz sicher niemand Schlange stehen würde, um Lucille Hornby den Hof zu machen – das Mädchen war nicht nur albern und rundlich, sondern stammte obendrein aus einer mittellosen Beamtenfamilie in London –, erhob sich pflichtschuldigst.

»Sie hören es, meine Herren, und werden mich sicher entschuldigen.«

Doug richtete sein lichtblaues elegantes Wams und seine Spitzenmanschetten, während er den luftigen Ballsaal durchquerte. Er war groß genug für Gesellschaften wie diese, wirkte sonst aber nicht überladen, sondern eher wie ein verspielter Lichthof, verbunden mit Terrassen und Seitenräumen. Nora hätte ihn geliebt … Doug riss sich zusammen. Er musste endlich aufhören, pausenlos an sie zu denken. Schon damit er mehr in den Töchtern und Nichten der anderen Pflanzer sehen konnte als eine endlose Reihe alberner, kichernder Gören in weißen Kleidern, die über nichts anderes redeten als über die Hitze und die Beschwerlichkeiten des Lebens in der Kolonie. Womöglich blieb er sonst doch noch an Lucille Hornby haften.

Doug straffte sich und forderte das nächstbeste Mädchen zum Tanz auf.

Er musste einfach über Nora hinwegkommen.

Das Mädchen Alima weinte ein bisschen, als Doug ihm vorschlug, die nächsten Jahre Lady Hollister zu dienen. Vor allem aber weinte Alimas Mutter Khadija, die sich nicht vorstellen konnte, sich von ihrer Tochter zu trennen. Ihr Vater, ein kräftiger, untersetzter Afrikaner namens Maalik, sah das gelassener.

»Wenn heiraten, auch weg«, erklärte er. »Und hier keine Mann für sie. Hollister mehr Kingston, Kingston mehr Muslims.«

Doug sah Verwicklungen auf sich zukommen. Wenn sich ein junger Mann für Alima interessieren würde, musste er den womöglich auch noch kaufen. Grundsätzlich sah er allerdings schwarz dafür, dass sich im Haushalt der Hollisters ein Mitglied von Maaliks Glaubensgemeinschaft finden würde. Die Haussklaven in Kingston waren größtenteils alles andere als afrikanisch-arabischer Abstammung, und auf der Hollister-Plantage würde Alima kaum in Kontakt mit Feldsklaven kommen. Ganz abgesehen davon, dass Reverend Stevens die Hollisters genauso häufig besuchte wie die Fortnams, wobei dort die Gottesdienste Pflicht waren. Wenn bei den Hollisters wirklich noch ein Sklave seinem alten und auch in Afrika eher seltenen Glauben anhing, musste er das heimlich tun. Reverend Stevens jedenfalls hielt den Islam für eine Erfindung des Teufels. Doug hatte ihn nur einmal kurz und vorsichtig darauf angesprochen – und war dafür sofort mit einer mehrstündigen Predigt bestraft worden. In ihrem Anschluss wusste er zwar immer noch nicht, was Maalik und seine Familie da eigentlich glaubten, konnte sich den Reverend aber gut als Hassprediger auf einem Kreuzzug vorstellen.

»Alima wäre keineswegs weg«, beruhigte er jetzt die schluchzende Mutter. »Wenn die Hollisters auf der Plantage sind oder wenn sie mich hier besuchen, nimmt die Lady ihre Zofe selbstverständlich mit. Und ihr könnt Alima sonntags auch in Kingston besuchen. Ich glaube nicht, dass die Lady ihr den ganzen Tag freigibt, und es ist ein langer Weg bis dorthin – ihr könntet nur eine Stunde mit ihr zusammen sein –, aber an mir soll es nicht liegen. Ich gebe euch Passierscheine, von mir aus jeden Sonntag.«

»Sie würde auch nicht verkauft?«

Das war Kwadwo. Er fungierte nach wie vor als Busha der Sklavengemeinde, und Doug pflegte ihn hinzuzuziehen, wenn irgendetwas Grundlegendes zu besprechen war. Oft fiel es dem alten Obeah-Mann leichter, gerade den neuen Sklaven aus Afrika etwas verständlich zu machen. Sie sprachen schließlich selbst das Pidgin-Englisch der Sklaven nur unvollständig, und Doug wusste oft nicht, ob sie komplizierte Zusammenhänge wirklich nachvollziehen konnten. Kwadwo konnte sich in ihre Denkweise besser hineinversetzen.

Doug schüttelte den Kopf. »Nein, Alima wird nicht verkauft. Sie bleibt in meinem Besitz, und irgendwann holen wir sie wieder. Wenn … Wenn ich …« Er verstummte.

Kwadwo sah ihn verständnisvoll an. In seinen Augen stand Mitleid, er wusste genau, was zwischen seinem Herrn und Nora gewesen war.

»Sie hätten ihrem Duppy kein Haus bauen sollen«, meinte er geistesabwesend. »So wird er niemals gehen …«

Kwadwo hatte Dougs Hüttenbau am Strand äußerst skeptisch beäugt. Seit Obeah-Zeremonien auf Cascarilla Gardens nicht mehr verboten waren, standen rund um sein eigenes Haus kleine Bauwerke, die Geister einladen sollten, bei ihm zu wohnen. Doug erinnerten sie an Hundehütten, aber er sagte nichts dazu.

»Vielleicht will ich gar nicht, dass er geht, Kwadwo«, murmelte er. »Aber lassen wir das, wir sprechen von Alima. Ich werde Lady Hollister eindringlich klarmachen, dass sie nicht ihr Eigentum ist, dass sie ordentlich behandelt und ihre Tugend nicht angetastet wird.« Bei dem letzten Versprechen klang Dougs Stimme fast grimmig. Er würde das auch gegenüber Lady Hollisters Gatten nachdrücklich ansprechen. »Es wäre dem allgemeinen Frieden zuträglich, wenn sie den Gottesdiensten des Reverends beiwohnen würde, aber es fänden sich auch Ausreden, wenn sie das nicht über sich brächte. Am Beten wird die Lady sie nicht hindern, wenn es nicht gerade in der Arbeitszeit sein muss. Aber das wisst ihr ja selbst.«

Auch auf Cascarilla Gardens hatten die Muslime ihre Gebete nach der Arbeit zu verrichten.

»Also, wie ist es, Alima, hast du Lust?«, fragte Doug schließlich.

Alima schlug wieder die Augen nieder. »Wenn Mama nicht zu traurig und Papa nicht böse, dann gern. Ich gern schöne Kleider, Lady Hollister sehr schöne Lady. Und Missy Hornby – sooo schöne Lady …«

Über Letzteres, dachte Doug respektlos, konnte man zwar geteilter Meinung sein, aber wenn Alima ihre neue Herrin mochte, umso besser.

Tatsächlich gestaltete sich das Arrangement zunächst erfreulich für alle Beteiligten. Doug brachte das Mädchen nach Kingston und besprach alles Wichtige mit der Lady. Der Lord war leider gerade abwesend. Doug brachte die Sache mit der Tugend dennoch deutlich zur Sprache.

»Aber natürlich, Mr. Fortnam, wo denken Sie hin!«, lachte Lady Hollister. »Das Mädchen ist bei mir sicher wie in Abrahams Schoß. Obwohl wir natürlich ein paar sehr hübsche Hausdiener haben.« Sie kicherte.

Doug musste sich bemühen, nicht die Augen zu verdrehen. Bemerkte die Lady wirklich nicht die Ähnlichkeit all dieser jungen Mulatten mit ihrem Ehemann?

»Ich bin sicher, Alima wird sich da ganz von sich aus zurückhalten«, sagte er dann, ohne das Lächeln der Lady zu erwidern. »Aber es ist Ihre Aufgabe, diese Zurückhaltung auch bei allen männlichen Mitgliedern dieses Haushalts sicherzustellen.«

Die Lady nickte, offensichtlich immer noch belustigt. Doug seufzte. Noch deutlicher konnte er nicht werden. Dafür nahm er sich die Zeit, Alima gleich eine Woche später in ihrem neuen Heim zu besuchen, und traf auf allgemeine Zufriedenheit. Lady Hollister schwärmte von Alimas Umsicht und Anstelligkeit, Alima begeisterte sich für das Spitzenkleid mit Schürzchen, das sie hier täglich tragen durfte. Sie hörte gar nicht mehr auf, von Lady Hollisters hübschen Sachen zu schwärmen, und schwätzte über Schminkzeug und Frisuren. Wenn das so weitergeht, wird sie sich bald anhören wie Lucille, dachte Doug mit leichtem Bedauern. Er fand die meisten Sklavenmädchen sehr viel interessanter als die jungen Damen der Gesellschaft, hätte sie aber selbstverständlich nie angerührt.

Eine Woche später wanderten Maalik und Khadija nach Kingston – Doug wunderte sich immer wieder darüber, wie wenig besonders den gebürtigen Afrikanern die langen Wege in glühender Hitze ausmachten. Beide kehrten strahlend zurück. Khadija war hocherfreut, wie gut es Alima in der neuen Stellung gefiel und was sie alles lernte.

»Sie tun weiß Zeug in Gesicht von Herrin«, beschrieb sie zu

Dougs Belustigung das tägliche Schminken der Lady. »Wozu machen, Backra? Ist doch schon weiß!«

Doug überließ es Kwadwo, ihr die Mode der weißen Backras zu erklären, und hörte etwas besorgter dem nicht minder begeisterten Maalik zu. Er hatte auf dem Markt einen schwarzen Muslimbruder getroffen, der dem gleichen Stamm angehört hatte wie seine Familie.

»Vielleicht Mann für Alima. Sagt, Backra gut. Vielleicht kaufen Alima ...«

Doug rieb sich mal wieder die Stirn. Plötzlich hatte der vorher so besorgte Vater also nichts mehr dagegen, seine Tochter zu veräußern. Schade, dass Nora das nicht hören konnte.

Einige Wochen lang vernahm er dann nichts mehr von Alima außer gelegentlichen Bemerkungen Adweas, denen man entnehmen konnte, dass es dem Mädchen gut ging. Jedenfalls stellte die Köchin sie und ihre neue Stellung den anderen Haussklavinnen als leuchtendes Beispiel dar. Sätze wie »Wenn nicht strengt an, nie wirst du kriegen schöne Kleider wie Alima« und »Du gut machen, dann vielleicht auch mal Zofe bei schöne Dame wie Alima« gehörten bald zu ihren Standarddrohungen oder Ermutigungen. Maalik und Khadija fragten jeden zweiten oder dritten Sonntag um Reiseerlaubnisse nach, und wenn Doug eine Einladung gab, kam Alima mit nach Cascarilla Gardens und erzählte ihren neidischen Freundinnen halbe Nächte lang von den Wundern ihres Lebens bei Lady Hollister.

Die Lady ihrerseits, ebenso wie ihre Nichte, waren des Lobes für Alima voll und konnten sich bei den diversen Weihnachtseinladungen und Bällen, auf denen sich die Kingstoner Gesellschaft kurz nach der Zuckerrohrernte regelmäßig traf, nicht genug bei Doug bedanken.

»Da haben wir ja mal alle glücklich gemacht«, meinte er schließlich zu seinem Aufseher, dem sanften Mr. McCloud, mit dem er am Weihnachtsabend einen Rumpunsch teilte. »Aber sehen Sie zu, dass morgen auch für Alima ein Geschenk bereitliegt.« Doug pflegte seine Leute zu Weihnachten mit kleinen Sonderzuteilungen zu bedenken – meist Zuckerrohrschnaps, für die Muslime eher Kaffeebohnen oder Tee. »Die Hollisters sind zwar in Kingston, aber es wird den Eltern wichtig sein, dass wir das Mädchen nicht vergessen. Es gehört schließlich immer noch zu Cascarilla Gardens.«

Ian McCloud nickte. »Und es kommt ja auch nächste Woche«, erklärte er. »Das hat Maalik mir ganz glücklich erzählt, die Hollisters ziehen für ein paar Tage auf ihre Plantage.«

Doug grinste. »Klar, es ist Zeit für die Rumdestillation. Das lässt sich der Alte nicht aus der Hand nehmen, und die Ergebnisse können sich ja auch sehen lassen.« Er hob sein Glas und zwinkerte. »Ich gestehe, dass ich ihnen Alima auch geliehen habe, weil im Gegenzug ein paar Fässer rüberkamen.«

McCloud lachte. »Ich habe dem Vater jedenfalls gesagt, sie könne dann wieder in seiner Hütte wohnen. Ich hoffe, das ist Ihnen recht.«

Doug zuckte die Achseln. »Wenn die Lady nicht drauf besteht, dass sie auf ihrer Türschwelle schläft … Manche Damen können sich ja keine drei Minuten von ihren Zofen trennen. Aber sonst …«

McClouds Gesicht wurde ernst. »Ich möchte mich nicht undespektierlich zu Lord Hollister äußern«, bemerkte er. »Aber ich hielte es nicht für ratsam, dass die Kleine hier auf der Türschwelle ihrer Herrin nächtigt. In Kingston führen die Hollisters ja ein großes Haus. Aber hier …«

Doug nickte wissend. »Hier ist ihre Türschwelle auch seine Türschwelle. Schon verstanden, Mr. Ian. Sie machen das vollständig richtig. Wenn es irgendwelche Probleme gibt, werde ich eine glaubwürdige Begründung für die Hollisters finden. Die Tugend der Kleinen darf nicht in Gefahr kommen.«

KAPITEL 2

Eine Woche später zog Alima dann tatsächlich wieder in die Hütte ihrer Eltern, obwohl Lady Hollister sie ungern gehen ließ. Sie argumentierte mit dem weiten Weg, den das Mädchen spätnachts würde gehen müssen, und damit, dass sie ebenso gut im Sklavenquartier der Hollisters nächtigen könnte.

»Da kennt sie aber niemanden«, beharrte Doug. »Und allein unter lauter fremden Feldniggern wäre sie wohl gefährdeter als auf dem Heimweg, nachdem alle längst im Bett sind. Wobei sich auch die Frage stellt, warum sie denn bis mitten in der Nacht für Sie arbeiten muss. Lassen Sie das Mädchen bei Sonnenuntergang Schluss machen, dann kommt sie noch im letzten Tageslicht heim, und alle sind zufrieden.«

Lady Hollister erklärte sich mürrisch dazu bereit, allerdings erschien Alima trotzdem meist erst spät am Abend auf Cascarilla Gardens. Ihre Ankunft raubte Maalik und Khadija den Schlaf, die dann natürlich noch mit ihr reden und ihr zu essen geben wollten. Doug war davon nicht begeistert, nahm es aber hin, um die Hollisters bei Laune zu halten.

Bis Alima eines Tages schon sehr viel früher als sonst heimkam – und die Katastrophe geschehen war.

Doug hatte es sich schon im Schlafrock im Herrenzimmer gemütlich gemacht und las ein Buch, als es so laut an die Tür des Herrenhauses klopfte, dass er es bis in die Nebenräume hörte.

Ein Hausdiener, der daraufhin öffnete, diskutierte aufgeregt mit mehreren Männern, Doug erkannte die Stimme seines Aufsehers. Seufzend stand er auf, um selbst nach dem Rechten zu sehen, aber der Diener hatte die Ankömmlinge schon eintreten lassen. Als Doug ihnen in seinem weitläufigen Empfangsbereich entgegentrat, sah er McCloud, Kwadwo und Maalik. Alle waren offenbar in äußerster Erregung. Der Feldsklave warf sich sofort vor Doug zu Boden, als er seiner ansichtig wurde.

»Gutes Mädchen. Sie gutes Mädchen. Nicht machen tot, nicht wollen, nicht …«

Der Mann schluchzte und machte Anstalten, Dougs Knöchel zu umklammern. Kwadwo hinderte ihn daran.

»Hör damit auf, Maalik, das macht man hier nicht.«

McCloud schaute peinlich berührt auf den völlig verzweifelten Mann.

»Sie gut. Sie nicht hängen. Sie …«

»Kann mir mal einer erklären, was hier los ist?«, fragte Doug. »Steh auf, Maalik, und rede richtig. Oder lass einen von den anderen erzählen. Mr. Ian …«

»Ich hab's auch noch nicht ganz begriffen, Mr. Fortnam«, gestand der Aufseher. »Nur von anderen Sklaven gehört, Alima sei wieder da. Ich dachte zuerst, die Lady hat sie einfach etwas früher freigestellt. Aber dann kam Maalik … na ja, er machte bei mir das Gleiche, was er gerade bei Ihnen gemacht hat. Er ist völlig außer sich. Ich hab dann Kwadwo gerufen. Der hat mit ihm gesprochen. Und ich bin in seine Hütte und hab das Mädchen gesucht. Aber die benimmt sich genauso verrückt. Als ich reinkam, hat sie sich in einer Ecke verkrochen und nur gejammert. Dass sie das doch nicht wollte, und was jetzt würde, und bestimmt würde man sie hängen. Die Mutter schrie und heulte. Jedenfalls war das Einzige, was ich aus denen rauskriegte, dass Alima fortgelaufen ist.«

Doug zuckte die Achseln. »Na und? Sicher irgendein Missverständnis. Wir werden es morgen klären. Aber ich kann das Mädchen schon verstehen, wahrscheinlich hat es irgendwas falsch gemacht, und die Dame drohte gleich mit Auspeitschen. Die Hollisters sind damit ja schnell bei der Hand. Und jetzt ist sie auch noch weggelaufen. Aber da braucht sie sich keine Sorgen zu machen, sie gehört ja von Rechts wegen hierher. Die Behörden werden ihr nichts antun, selbst wenn die Lady sie anzeigt. Und hängen ...« Er lachte.

McCloud schüttelte den Kopf. »Es tut mir leid, Mr. Fortnam, aber wie es aussieht, ist die Sache ungleich ernster. Nach dem, was Kwadwo mir jetzt schon erzählt hat, kann es durchaus sein, dass dem Mädchen der Galgen droht. Auf jeden Fall kann das nicht bis morgen warten, so leid es mir tut, Sie zu stören.«

Ian McCloud war manchmal etwas weitschweifig, aber seine Entscheidungen erwiesen sich meist als richtig. Doug wappnete sich mit Geduld.

»Dann erzähl mal, Kwadwo«, sagte er. »Oder nein, kommt mit in mein Zimmer und setzt euch alle hin. Einen Rum bekommt ihr auch – und Maalik einen besonders großen, egal, was sein Gott dazu sagt. Das ist Medizin, der Mann muss sich beruhigen.«

Kwadwo setzte sich, sichtlich beeindruckt von den schweren Möbeln und den vielen Flaschen auf dem Schrank, auf den Teppich im Herrenzimmer. Er nahm würdevoll ein Glas Rum entgegen und drückte auch dem immer noch klagenden Maalik eins in die Hand.

»Also, wenn ich alles richtig verstanden habe, dann ist das mit dem Mädchen heute Nachmittag passiert«, begann der Stallmeister und Obeah-Mann dann mit dem Bericht. »Alima hat wohl ... Wie sagt man das, wenn man Kleider glättet, mit einem Eisen ...«

»Bügeln«, sagte McCloud.

Kwadwo nickte. »Das Mädchen war beim Bügeln ...«

Alima erledigte ihre Arbeit im Ankleidezimmer ihrer Herrin, wie sie es immer tat. Es war allerdings viel beengter als in Kingston, das Farmhaus der Hollisters war wesentlich kleiner als die Herrenhäuser auf Cascarilla Gardens oder auf der Plantage der Keensleys. So gab es kaum Räume für Besucher und keinen Ballsaal, und der Lord und die Lady mussten das Ankleidezimmer miteinander teilen. Nun fiel das nicht sonderlich ins Gewicht: Lady Hollister schlief gern lange. Wenn Alima am Morgen kam, um ihr Tee zu bringen, sie zu frisieren, zu schminken und ihr beim Ankleiden zu helfen, war der Lord schon längst in seiner Destillerie und kümmerte sich um den berühmten Hollister-Rum.

Alima dachte sich demnach nichts Böses, als Hollister unerwartet eintrat. Sie senkte nur schüchtern die Augen, wie sie es immer tat, wenn sie mit dem Backra zusammentraf, und murmelte einen höflichen Gruß. Allerdings bemerkte sie gleich, dass irgendetwas vorging, als der Lord nicht weiter in sein Schlafzimmer ging, sondern stehen blieb und sie anstarrte. Dabei lud das Ankleidezimmer beim Bügeln nun wirklich nicht zum Verweilen ein. Alima erhitzte das Plätteisen, indem sie es mit glühenden Kohlen füllte, einen Eimer voll davon hatte sie aus der Küche mitgebracht. Die schwelten nun unter dem Fenster vor sich hin und verbreiteten, ebenso wie das Plätteisen selbst, glühende Hitze an einem ohnehin schon heißen Tag. Obwohl Alima die Wärme gewohnt war, stand ihr der Schweiß auf der Stirn.

»Du bist ein hübsches Mädchen«, bemerkte der Lord schließlich.

Alima errötete. Sie wusste nicht, was sie darauf erwidern sollte.

»Ich denke, du hättest gern ein neues Kleid.«

Alima wunderte sich. Warum wollte der Lord ihr ein neues Kleid schenken? Aber es war natürlich gerade Weihnachten gewesen. Auf Cascarilla Gardens erhielten die Sklaven dann immer neue Kleidung. Ob Hollister einfach verspätet Geschenke machte?

»Nun sag schon, Chocolate.« Die Stimme des Lords klang dringlich und irgendwie erstickt. »So solltest du heißen. Chocolate. Du bist so schwarz … Ich hatte nie eine so Schwarze wie dich.«

Alima wäre am liebsten hinausgelaufen, vor allem, als der Lord sich ihr jetzt näherte. Natürlich war sie schwarz, sie kam schließlich aus Afrika. Alle in ihrem Stamm waren schwarz. Während die Hausdiener bei Hollister eher hellbraun waren. Aber weshalb sollte das wichtig sein?

»Also, Chocolate?«

»Hab gern schöne Kleider«, sagte Alima ausweichend.

Der Lord grinste.

»Ich auch«, bemerkte er mit seltsam heiserer, gedämpfter Stimme, als teilte er mit dem Mädchen ein Geheimnis. »Aber manchmal … wenn es so heiß ist … dann will man sie auch ausziehen.«

Alima betrachtete entsetzt aus dem Augenwinkel, wie der Lord seine Seidenstrümpfe abstreifte und die Bänder seiner Kniehosen löste. Nun war dies sein Ankleidezimmer. Es war sein gutes Recht … wenn er sie nur erst hätte gehen lassen …

Alima bemühte sich angestrengt, nicht zu ihrem Herrn hinüberzusehen. Wenn sie einfach tat, als bemerkte sie nichts, würde er sich vielleicht andere Hosen anziehen und gehen … Sie wandte sich ab und füllte ihr Plätteisen frisch mit glühenden Kohlen. Es war jetzt sehr heiß, sie musste sich genau konzentrieren, um das Spitzenhemd ihrer Herrin ja nicht anzusengen … Alima richtete ihre ganze Aufmerksamkeit auf ihre Arbeit und erschrak zu Tode, als Hollister sie plötzlich von hinten umfasste.

»Komm, kleine Chocalate, zieh dich auch aus. Warte, ich helfe dir.«

Der Lord drehte das Mädchen zu sich um, und Alima blickte starr vor Erschrecken auf seinen entblößten Unterleib. Natürlich hatte sie schon manchmal Männer nackt gesehen – in Afrika, aber auch aus den Augenwinkeln beim Baden auf Cascarilla Gardens. Allerdings hatte es nie so – gewaltig ausgesehen. Das Geschlecht der Jungen hatte sich ihr nie so entgegengestreckt wie ein Pfahl, der sie aufspießen konnte. Und genau so etwas schien der Backra vorzuhaben. Er näherte sich Alima. Sie wich ihm furchtsam aus.

»Nicht, Backra. Will kein neues Kleid …«

Alima zog sich weiter zurück. Sie versuchte, Hollisters Scham einfach nicht anzusehen. Aber dann gab es keine Ausweichmöglichkeit mehr, außer vielleicht in das Zimmer der Missis. Der Mann griff nach ihrem Arm, wollte sie an sich ziehen …

Alima hielt immer noch das Plätteisen in der Hand – weit von sich gestreckt, um nicht womöglich ihre eigenen Röcke in Brand zu setzen. Aber jetzt … Das Eisen war die einzige Waffe, die sie hatte. Rasend vor Angst stieß das Mädchen zu. Das glühende, schwere Eisen traf Lord Hollister zwischen den Beinen – genau da, wo der Pfahl aufragte. Alima hielt es fest, sicher einen oder zwei Herzschläge lang, bevor die Schreie des Herrn sie wieder zu Bewusstsein brachten. Hollister brach brüllend vor Schmerz vor ihr zusammen, Alima ließ das Plätteisen fallen. Natürlich öffnete es sich, und die Kohlen fielen heraus auf den Lord, der jetzt noch lauter schrie. Alima ergriff die Flucht und traf in der Tür mit der Herrin zusammen, die ebenfalls zu schreien begann, als sie den Backra am Boden sah. Inzwischen hatte sein Hemd Feuer gefangen. Alima rannte an ihr vorbei. Und danach wusste das Mädchen von nichts mehr. Sie lief nur noch, erst die Treppen hinunter, dann aus dem Haus und Richtung Cascarilla Gardens. Das Einzige, was sie noch im Ohr hatte, war der Schrei der Herrin.

»Dafür wirst du hängen!«

»Sie hat ihm das Plätteisen in die Weichteile gestoßen?«, fragte Doug.

Er musste trotz des Ernstes der Situation ein Grinsen unterdrücken. Im Grunde hatte der alte Lustmolch genau das bekommen, was er verdiente.

»So habe ich den Vater verstanden«, meinte Kwadwo.

Er wies auf Maalik, der neben ihm kauerte. Kwadwo klang äußerst besorgt.

»Und das Mädchen hat auch so was gesagt«, fügte McCloud hinzu. »Ich hatte das erst nicht richtig verstanden, aber jetzt …«

Doug rieb sich die Stirn. »Das sieht schlecht für sie aus«, murmelte er und wandte sich dann an Maalik, der nach dem Genuss eines großen Bechers Rum etwas hoffnungsvoller in die Welt blickte. Eine Hoffnung, die sein Herr ihm jetzt zerstören musste. »Es tut mir leid, Maalik, aber wenn Alima den Mann wirklich schwer verletzt hat, erst recht, wenn er womöglich stirbt, dann kann ich sie nicht schützen.«

Maalik gab einen heulenden Laut von sich.

Doug seufzte. »Sie ist mein Eigentum, ich kann sie vor willkürlichen Strafen bewahren. Aber bei Mord greift das Gesetz der Krone, egal ob Sklave oder freier Mann.«

»Sie gut Mädchen …«, wimmerte Maalik.

»Sie hat sich doch nur verteidigt«, bemerkte McCloud.

Doug verzog das Gesicht. »Das muss man ihr erst mal glauben. Mehr noch, sie müsste beweisen, dass er ihr Gewalt antun wollte. Und selbst wenn sie das könnte: Ich brauche doch hier keinem zu sagen, wie viel die Ehre einer Negerin gilt!«

McCloud ließ den Kopf hängen. Kwadwo versuchte, Maalik in völlig unverständlichem Pidgin irgendetwas zu erklären.

Doug straffte sich. »Wie auch immer, wir müssen die Lage irgendwie meistern. Am besten reite ich morgen erst mal rüber und schaue mir selbst an, was los ist. Vielleicht ist es ja gar nicht so schlimm. Und falls doch … Die Kleine soll ihre Sachen packen, und du erklärst ihr, Kwadwo, wie sie um Kingston herum in die Berge kommt.«

»Sie wollen …? Sie soll …? Sie wollen sie freilassen?«

Ian McCloud starrte Doug völlig verblüfft an, Kwadwo nicht minder.

Doug zuckte die Schultern. »Wenn sie gehenkt wird, bin ich sie auch los«, sagte er pragmatisch. »Und habe obendrein ein schlechtes Gewissen. Es war schließlich meine Schuld, ich hätte sie nie in dieses Haus schicken dürfen.«

»Aber wenn das Schule macht …«

Ian McCloud war kein Hardliner, aber einen Sklaven einfach flüchten zu lassen, mehr noch, ihn auch noch zur Flucht zu ermuntern …

»Sie wird gar nicht gehen«, gab Kwadwo zu bedenken. »Überlegen Sie doch, Backra, das kleine Mädchen, ganz allein in den Blue Mountains …«

Doug verdrehte die Augen. »Máanu ist damals auch …«

»Aber Alima ist nicht Máanu.« Kwadwo schüttelte den Kopf. »Alima war immer beschützt, immer bei ihrer Familie – und dann dieser komische Gott.« Was den Islam anging, waren der Reverend und der Obeah-Mann zumindest tendenziell einer Meinung. »Und wo sie nicht mal zur Obeah-Zeremonie dürfte. Die traut sich doch kein Mann anzugucken. Und da soll sie in die Berge … unter die Krieger der Maroons?«

Doug seufzte. Hatte er nicht geahnt, dass ihn das Hollister-Arrangement teuer zu stehen kommen konnte?

»Also schön, Kwadwo. Erklär Maalik den Weg. Sollen sie in Gottes Namen zusammen verschwinden, die ganze Familie. Aber nur, wenn's gar nicht anders geht.« Er stand auf.

Ian McCloud war noch immer fassungslos, Kwadwo betrachtete seinen Herrn mit ganz neuer Achtung, fast Ehrfurcht.

»Was ist, wenn heute Nacht noch was passiert?«, fragte McCloud schließlich. »Wenn jemand von der Obrigkeit …«

Doug schüttelte den Kopf. »Das halte ich für unwahrscheinlich. Die Lady wird andere Dinge im Kopf haben, als das Mädchen gleich anzuzeigen – und der Lord erst recht. Die Rotröcke kommen frühestens morgen. Aber falls doch jemand auftaucht: Das Mädchen ist nie hier gewesen. Es mag sich sonst wo verstecken, aber hier ist es nicht angekommen. Nun gucken Sie nicht so verschreckt, McCloud! Man wird uns das schon glauben, ich gelte als ehrenwerter Mann. Wenn der Gouverneur daran zweifelt, kann er später ja immer noch die Sklavenquartiere durchsuchen lassen …«

Später würden Alima und ihre Familie fort sein. Sklaven im Wert von über fünfhundert Pfund. Doug konnte Lord Hollister nicht wirklich bedauern.

Bis zum nächsten Morgen geschah natürlich nichts, aber Kwadwo hielt Amigo schon gesattelt bereit, als Doug früh in die Ställe kam. Er blickte sehr besorgt, Alima und Khadija hatten die ganze Nacht geweint. Die Frauen wollten nicht in die Berge und Maalik eigentlich auch nicht … Doug fasste sich an die Stirn. Wieder eine Erfahrung, die er gern mit Nora geteilt hätte. *Dann würden sie vielleicht freiwillig bleiben* … Nora hatte ihn damals ausgelacht, als er die Möglichkeit äußerte.

Nun quälte Doug sich mit Selbstvorwürfen, während er die zwei Meilen zu Hollisters hinüberritt. Er hätte es wissen müssen. Er hätte der Lady kein Mädchen schicken dürfen, erst recht kein so extrem schüchternes und tugendhaftes wie Alima. Ein dreisteres kleines Ding hätte den Lord geschickter abgewehrt oder sich ihm sogar hingegeben. Immerhin hatte er das Mädchen ja für seine Gunst belohnen wollen, und ein neues Kleid war für eine junge Sklavin ein großherziges Geschenk. Dann hätte Doug es jetzt schlimmstenfalls mit einem kleinen Bastard in seinem Besitz zu tun, der die Züge seines Nachbarn trug.

Als Doug sein Pferd vor dem Farmhaus der Hollisters verhielt, wartete dort bereits der Wagen des Arztes aus Kingston. Kein gutes Zeichen, zumal Dr. Walton auch nicht gerade als Zierde seiner Zunft galt. Der Arzt sprach dem Rum gern zu, am Nachmittag war er meist kaum noch ansprechbar. Auch jetzt schien er dem Verletzten nicht unbedingt gutzutun. Lord Hollisters Schmerzensschreie klangen durch das ganze Haus.

Auf Dougs Klopfen hin öffnete ein verängstigter Hausdiener. Gleich hinter ihm erschien die Lady.

»Mr. Fortnam! Dass Sie sich hertrauen!« Lady Hollister schoss wie eine Furie auf Doug los. Sie wirkte blass, obwohl sie nicht geschminkt war. Ihr Haar hing wirr um ihren Kopf, und sie war deutlich übernächtigt. »Was für ein Monster haben Sie uns da ins Haus geschickt? Das Mädchen … Es wird hängen, da können Sie sicher sein. Und das ist noch zu gut für sie! Wenn's nach mir ginge, müsste sie brennen! Was sie meinem Mann da angetan hat … Hören Sie nur, so geht es schon die ganze Nacht! Er hat furchtbare Schmerzen. Er ist …« Sie schluchzte theatralisch auf.

»Ich hatte Ihnen gesagt, Sie sollten auf das Mädchen aufpassen.« Doug war entschlossen, seine Sklavin zu verteidigen. »Sie ist nun mal sehr schüchtern, Ihr Gatte hat ihr Angst gemacht.«

»Schüchtern? Dass ich nicht lache! Schöne Augen hat sie ihm gemacht, ganz sicher! Sonst würde er doch nie …«

Doug fragte sich, ob Lady Hollister ihren Hausdienern wirklich noch nie ins Gesicht gesehen hatte.

»Er sagt, sie hat ihn verführt. Und dann … O mein armer Mann, mein armer Ronald …« Weiteres Schluchzen erklang.

Doug wusste nicht, was er sagen sollte. Vor allem interessierte ihn aber, wie es wirklich um Hollister stand. Seine Stimme zumindest klang noch recht kräftig. Es war jedoch sicher keine gute Idee, ihn besuchen zu wollen. Während er noch unschlüssig dastand und auf irgendeine weitere Reaktion der Lady wartete, kam der Arzt die Treppe herunter. Auch er war ziemlich blass, wogegen er allerdings schon die Taschenflasche gezückt hatte, um erst mal ein paar Schlucke zu nehmen.

»Wie steht es, Doktor?«, fragte Doug. »Ich hörte von der Sache, und es ist mir natürlich überaus peinlich …«

Dr. Walton nickte ernst. »Eine grauenhafte Geschichte«, sagte er. »Lord Hollister … Nun, auch wenn er die Sache überlebt … er wird nie mehr das sein, was er war …«

Die Lady schluchzte auf.

»Besteht Lebensgefahr?«, fragte Doug besorgt.

Der Arzt zuckte die Schultern. »Bei einer so großen Verbrennung – noch dazu an derart … hm … empfindsamen Körperstellen … Man muss mit allem rechnen, Mr. Fortnam. Ich habe jetzt Kompressen mit Mehl und Öl aufgelegt … Wir werden sehen, wie es sich entwickelt. Es ist sehr ernst, Mylady, so leid es mir tut. Hat man das … die … Hat man die Niggerhure schon gefasst?«

Doug biss sich auf die Lippen. »Das Mädchen …«, setzte er an.

»Der Gouverneur wird heute noch verständigt werden!«, sagte die Lady mit schmalen Lippen. »Wobei Mr. Fortnam sich ja nicht gerade hilfsbereit zeigt. Oder haben Sie das Mädchen bereits festgesetzt, Fortnam?«

Doug schüttelte den Kopf. »Ich hörte heute Morgen von meinem Stallmeister von der Sache«, behauptete er. »Sie wissen ja, die Buschtrommel … Die Schwarzen wissen immer alles eher als wir. Aber das Mädchen ist nicht aufgetaucht. Die Eltern waren besorgt. Deshalb wandten sie sich an den …«

»Die Rotröcke werden die schon finden«, meinte Dr. Walton beruhigend in Richtung der Lady. »Und ihrer gerechten Strafe zuführen. Auf so was stehen siebzig Peitschenhiebe, wenn ich mich nicht irre. Die überlebt sie nicht …«

Der menschenfreundliche Mediziner nahm seinen Dreispitz, klemmte ihn unter den Arm und nickte der Lady und Doug einen Gruß zu. »Ich komme morgen wieder. Ihr Mann … Geben Sie ihm Rum und Laudanum, das wird die Schmerzen etwas lindern.«

Dr. Walton verließ das Haus, Doug folgte ihm. Die an diesem Tag äußerst streitbare Lady war allerdings noch nicht mit ihm fertig.

»Sie werden die Sklavin selbstverständlich ausliefern, falls sie sich zu Ihnen flüchtet«, sagte Lady Hollister streng, bevor sie ihm die Tür freigab.

Doug nickte. »Selbstverständlich«, sagte er steif.

Doug Fortnam ließ Amigo vom Fleck weg angaloppieren und ritt so schnell wie möglich zurück nach Cascarilla Gardens. Kwadwo sollte anspannen und nach Kingston fahren – unter den Planen auf seinem Lieferwagen würde sich ein Versteck für drei Menschen finden lassen. Alimas Familie musste so schnell es ging fliehen.

KAPITEL 3

Nein, Jefe, du musst jetzt nach Hause gehen. Deine Mama wartet auf dich. Und wenn du Granny schön bittest, erzählt sie dir bestimmt noch eine Geschichte aus Afrika.«

Nora hob den protestierenden Halbbruder ihrer Tochter Dede auf und schob ihn ihrer Freundin María in die Arme. »Nimm ihn bitte mit ins Dorf, María, sonst kriege ich Ärger mit Máanu. Sie lässt doch jetzt schon verlauten, ich würde ihn zu sehr vereinnahmen.«

Die dreijährige Dede pflegte ihre Mutter aufs Feld zu begleiten wie fast alle anderen kleineren Kinder der Siedlung. Der fast gleichaltrige Jefe hätte mit Máanu im Ort bleiben können; Granny Nanny machte es nichts, wenn er in ihrer Hütte spielte, während Máanu arbeitete. Offiziell fungierte sie als eine Art Sekretärin, und tatsächlich zog die Queen sie bei Verhandlungen mit Händlern und Vertretern ihrer Brüder zu. Die Frauen in Nanny Town nannten sie allerdings kichernd Haussklavin oder Zofe. Máanu kochte und putzte für Nanny und Quao, sie richtete Nannys Kleider und half ihr beim Anrühren ihrer Medizinen. Im Grunde tat sie das Gleiche für die Maroon-Queen, was sie früher für Nora getan hatte – und wieder ohne Lohn, wenn man das erhöhte Ansehen im Ort nicht rechnete. Das besaß sie nur als Akwasis Hauptfrau.

Akwasis Lese- und Schreibkenntnisse wurden immer wichtiger für Granny und ihre Brüder. Er reiste mitunter zwischen

Nanny Town, Cudjoe Town und Accompongs Siedlung im Südwesten hin und her. Sein kleiner Sohn Jefe war ebenfalls privilegiert, Granny Nanny verwöhnte ihn sehr. Jefe machte sich allerdings nichts daraus, allein in ihrer Hütte zu spielen. Stattdessen hängte er sich fast jeden Tag an die Rocksäume irgendwelcher Frauen, die zur Arbeit auf den Feldern gingen, und schloss sich dann Nora und der kleinen Dede an. Die Kinder liebten einander zärtlich; Nora konnte sich kaum daran sattsehen, wie der große, kräftige Jefe seiner feenhaft zierlichen Schwester hinterherlief. Der Junge pflückte ihr Früchte, brachte ihr bunte Blumen und machte sogar schon Anstalten, sie gegenüber anderen Kindern, wenn es Streit gab, zu beschützen.

Máanu war weniger begeistert von der innigen Freundschaft zwischen den Halbgeschwistern, aber sie fügte sich Nanny, die das völlig normal fand. In Afrika war es üblich, dass Kinder alle Frauen ihres Vaters Mama nannten. Und wenn Jefe lieber mit Nora aufs Feld ging als mit Máanu im Dorf blieb, gab es aus ihrer Sicht keine Einwände.

Auch Nora störte der Kleine nicht. Wie wohl alle Geburtshelfer war sie stolz auf jedes Kind, bei dessen Geburt sie sich nützlich gemacht hatte. Bei Jefes war sie zum ersten Mal in Nanny Town zu Hilfe gerufen worden, und es war obendrein eine schwere Geburt gewesen. Seit Nora Máanu das Leben gerettet hatte, war sie als Heilerin und Geburtshelferin in der ganzen Siedlung anerkannt – Granny Nanny unterstützte das, solange sie keine Zauber durchführte oder sonst etwas unternahm, die Maroons irgendwie zu missionieren. An der spirituellen Führung ihrer Leute hielt die Queen fest, wie auch an ihrer Orientierung an Afrika. Nanny Town sollte funktionieren wie ein Dorf der Ashanti. Alles, was englisch geprägt war, lehnte die Queen ab – sie versuchte auch, den Tauschhandel der weißen Händler auf das Lebensnotwendigste zu reduzieren. Nora wusste, dass die ursprünglichen Maroons und auch einige befreite Sklaven darüber klagten. Vor allem die Männer mochten nicht weben und töpfern wie ihre Vorväter in Afrika, sie sahen sich allein als Jäger und Krieger, allenfalls hätten sie Feldarbeit akzeptiert. Die oblag in Afrika allerdings allein den Frauen, worüber die von Geburt an freien Maroons mitunter murrten.

»Ich schlag Zuckerrohr, und Nigger liegt faul in Sonne und hält Wache!«, brachte María es einmal zur heißesten Zeit des Jahres auf den Punkt, als die Frauen zur Mittagszcit in den Schatten einer Palme sanken. »Dabei kann genauso gut auf Ausguck klettern ich, runterschauen und in Horn blasen. Aber er viel kräftiger hauen zu mit Machete.«

»Und das Tuch, das webt meiner, ist schlecht«, fügte Elena hinzu. Wie auch Marías Familie hatten sie und ihr Mann sich seit Generationen in den Bergen durchgeschlagen, bevor sie sich Nanny und Quao anschlossen. Mit seiner neuen Aufgabe als Handwerker war ihr Mann ziemlich unzufrieden. »Er das hasst, er viel lieber jagen. War immer Jäger … na ja, manchmal auch bisschen geklaut auf Plantagen … aber nicht kann weben. Sagt, ist Weiberarbeit.«

»Ist auch Weiberarbeit«, stimmte Millie zu, eine befreite Haussklavin, die sich mit der Feldarbeit äußerst schwertat. »Ich gut in Weben, gut in Nähen.«

Die anderen Frauen nickten. Jede von ihnen hätte ein schattiges Plätzchen am Webrahmen der Zuckerrohrernte vorgezogen. »Wenn Vertrag geschlossen und Handel frei, wir kaufen Tuch und nähen Kleider!«, war die allgemeine Meinung, wobei Mädchen wie Mansah auch gern noch kichernd ein »Kaufen Seide und nähen Kleider, wie feine weiße Missis hat!« hinzufügten.

Granny Nanny würde es schwerfallen, ihr Kleinafrika in den Blue Mountains zu erhalten, wenn die Weißen die Handelsverbote wirklich aufhoben.

Nora machte die Feldarbeit wenig aus. Ihr Körper war inzwischen an die Belastungen gewöhnt, und sie hatte immer gern draußen gearbeitet. Beim Jäten und Säen schwätzte sie mit den anderen Frauen, hielt die Kinder zu spielerischem Helfen an und fand auch immer wieder Zeiten, allein zu sein und ihre Gedanken schweifen zu lassen. Inzwischen währte ihre Gefangenschaft in Nanny Town fünf lange Jahre, und sie hatte sich mehr oder weniger damit abgefunden. Máanu und sie waren keine Freundinnen geworden, nachdem sie Jefe auf die Welt geholfen hatte, aber es herrschte doch zumindest eine Art Waffenstillstand. Auch mit Akwasi hatte sich Nora halbwegs arrangiert. Er verteilte seine »Gunst« zwischen beiden Frauen, wie das, was er Gesetz nannte, es von ihm verlangte. Allerdings zog er Nora zu deren Leidwesen deutlich vor. Sie war inzwischen überzeugt davon, dass es bei ihrer Entführung nicht nur darum gegangen war, Doug Fortnam die Frau wegzunehmen. Vielleicht war sogar dieses verrückte Abenteuer nach der Obeah-Zeremonie kein Zufall gewesen, womöglich hatte Akwasi Nora schon damals geliebt oder doch zumindest begehrt.

Mit dieser seltsamen Liebe konnte Nora besser umgehen als mit dem Hass und Zorn, die die ersten Monate ihrer Beziehung bestimmt hatten. Sie empfand nach wie vor nichts für Akwasi und fürchtete die Nächte mit ihm, aber es war nicht mehr gar so schlimm wie am Anfang, und mitunter kam es sogar zu einer Art Gespräch zwischen ihr und Akwasi. Nora erfuhr einiges über die Verhandlungen zwischen dem Gouverneur und den Windward Maroons. Die Vertreter der Krone, Gouverneur Edward Trelawny und sein Heerführer Colonel Guthrie, hatten wohl eingesehen, dass es freie Schwarze auf Jamaika gab und immer geben würde. Es war sehr viel vernünftiger, ihr Gebiet als eigenständige Kolonie anzuerkennen und ihre Stellung als Bürger zu garantieren, statt sie immer wieder zu bekämpfen. Die Grundlagen des Abkommens standen auch bereits fest: Der

Gouverneur würde seine Ansprüche auf das Land der Maroons aufgeben und es ihnen offiziell überschreiben. Freier Handel sollte erlaubt sein, die Maroons würden sich in den Siedlungen der Weißen unbehelligt bewegen können. Als Gegenleistung würden jegliche Angriffe auf Plantagen eingestellt und keine Sklaven mehr befreit werden. Die genaue Ausformulierung des letzten Punktes war jedoch noch umstritten, und die Auseinandersetzung tobte heftig. Der Gouverneur bestand auf einer Verpflichtung der Maroons, entflohene, zu ihnen geflüchtete Sklaven zurückzuschicken. Solche Vereinbarungen hatte es früher schon zwischen Pflanzern und freien Schwarzen gegeben, worauf sich Trelawny nun auch berief. Cudjoe und Accompong waren bereit, den Vertrag so zu akzeptieren, aber Nanny wehrte sich mit aller Kraft. Sie würde sich gern verpflichten, keine Sklaven mehr zu befreien – wobei das ohnehin wegfiel, wenn sie keine Überfälle mehr auf Plantagen verübte. Aber hilflose Menschen zurückschicken, die nach verzweifelter Flucht endlich eine Zuflucht gefunden hatten – das lehnte die schwarze Queen ab.

»Zumal die Weißen ja noch mehr wollen!«, erklärte Akwasi, der ganz auf Seiten Nannys stand, zornig. »Da wir die Berge doch so gut kennen, könnten wir uns ein nettes Zubrot verdienen, indem wir entlaufene Sklaven regelrecht jagen! Man würde eine Kopfprämie für jeden zahlen, den wir zurückbringen! Unvorstellbar, dass Cudjoe das gutheißt!«

Nora hatte dazu nur die Augenbrauen hochgezogen. Sie hielt schon Nanny nicht unbedingt für eine Heldin, aber für Cudjoe hatte sie nichts als Verachtung übrig. Natürlich mochte es sein, dass sein Gemeinwesen in Saint James Parish ebenso gut organisiert war wie Nanny Town, aber letztlich gründete sich sein Ruhm vor allem auf äußerst brutale Überfälle in dessen Umgebung. Nirgendwo hatten die Pflanzer so unter den Maroons zu leiden wie im Nordwesten – was in den letzten

Jahren natürlich zum Aufbau regelrechter Privatarmeen geführt hatte. Cudjoes Ausfälle waren zusehends weniger erfolgreich. Man drängte ihn in die Berge zurück, die von ihm kontrollierten Landstriche wurden immer kleiner. Nora nahm an, dass hier der Grund für seine plötzliche Verhandlungsbereitschaft zu suchen war. Garantiert würde er begeistert Patrouillen in die Berge schicken, um entlaufene Sklaven zu jagen und gegen Geld zurückzubringen. Seine Vorfahren in Afrika hatten ja nie viel anderes getan. Sklavenhandel galt bei den Ashanti als durchaus ehrenwerter Berufszweig.

Vorerst war Nanny noch nicht bereit, seinen Wünschen nachzugeben, aber auf Dauer würde es zu einem Vertragsschluss kommen, da war Akwasi sich sicher. Nora sah dem Tag mit Trauer entgegen, bedeutete er für sie doch die endgültige Festschreibung ihrer eigenen Sklaverei. Offensichtlich tolerierten die Weißen die Gefangenschaft einer der ihren bei den Maroons – nach den ersten Monaten des Hoffens hatte sie sich irgendwann damit abgefunden. Wahrscheinlich würde sie den Rest ihres Lebens in ihrer Hütte verbringen, Feldarbeit verrichten und einem Mann zu Willen sein, den sie nicht liebte.

Nora tröstete sich damit, dass sie dieses Los mit Tausenden von Frauen überall in der Welt teilte. Afrikanische Mädchen suchten sich ihre Männer wohl auch eher selten selbst aus, und schon die grausame Sitte der Beschneidung hinderte sie daran, Freude an der Liebe zu empfinden. Wobei Liebe das war, was Nora am meisten vermisste. Der Luxus von Cascarilla Gardens fehlte ihr nicht; ihr heutiges Leben unterschied sich gar nicht so sehr von dem, das sie sich damals mit Simon erträumt hatte. Gut, ihre Hütte lag nicht am Meer, sondern in den Bergen, aber es war warm und die Umgebung von Nanny Town traumhaft schön. Nora durfte sich in den vergangenen drei Jahren freier bewegen und erkundete begeistert die Pflanzenvielfalt, die Bachläufe und Wasserfälle, die von der Natur oft verspielter und ansprechender gestaltet worden waren als jeder Springbrunnen in englischen Parks. Mit Dede und Jefe beobachtete sie Schmetterlinge und Vögel, eins der Tiere farbenprächtiger und graziler als das andere. Sie sammelte Blüten, Blätter und Wurzeln – als Heilkräuter, aber auch einfach um ihrer Schönheit willen. Und natürlich liebte sie ihre Tochter, die so ganz in diese Umgebung passte.

Die kleine Deirdre war graziös wie eine Elfe. Wenn Nora ihr Haar mit Blumen schmückte, wirkte sie wie einem Märchenbuch entsprungen. Deirdres Haut war eher rötlich braun als schwarz, nicht sehr viel dunkler als Noras eigene, aber schimmernder. Dazu hatte sie tatsächlich Noras leuchtend grüne Augen geerbt und ihren zarten Knochenbau. Akwasis Züge erkannte man nicht in ihrem Gesicht – während Jefe seinem Vater jetzt schon ähnlich sah. Dede verband ihr schwarzes und weißes Erbe zu einem eigenwilligen exotischen Aussehen. Auch ihr Haar war eine seltsame Mischung: schwarz und glänzend wie das ihres Vaters, aber fein und großlockig wie Noras. Nora war überzeugt, dass ihr kleines Mädchen zu einer außergewöhnlichen Schönheit heranwuchs. Zu schade, dass es in dieser abgelegenen Siedlung vergraben bleiben würde, verheiratet mit irgendeinem Krieger und verurteilt zum Bestellen seiner Felder.

Aber daran mochte Nora vorerst nicht denken. Sie verweigerte sich der Resignation, weder wollte sie sich selbst aufgeben, noch ihre Tochter. Je ruhiger ihr Leben verlief, desto häufiger fand Nora inzwischen zurück in die Welt ihrer Tagträume. Sie stellte sich eine Flucht mit Deirdre vor und eine glückliche Zukunft. Kaum dass Dede alt genug war, Geschichten zu verstehen, begann Nora, ihr Märchen zu erzählen, die sie sich selbst für sie ausdachte. Eines Tages, so schilderte sie dem Mädchen, würde ein Prinz nach Nanny Town kommen und sich auf den ersten Blick in Dede verlieben. Er würde sie mit auf eine Insel im fernen Meer nehmen, ihr dort ein Haus bauen und sie für immer lieben.

»Und natürlich sind alle Menschen frei auf dieser Insel. Sie bestellen das Land nicht, sie essen einfach das, was auf den Bäumen wächst, und sie sind glücklich mit dem, was sie haben, sie brauchen keinen Handel zu treiben …«

»Und was tun sie den ganzen Tag?«, fragte Dede und kaute an einer Mango. Sie liebte frische Früchte, der Verzicht auf Bohnen und Fladenbrot würde ihr offensichtlich nichts ausmachen.

Nora lachte. »Oh, sie machen Musik und erzählen sich Geschichten … Sie schwimmen im Meer … Eines Tages muss ich dir das Meer zeigen, meine Süße, du glaubst nicht, wie groß und schön es ist! Und wenn der Mond sich darin spiegelt …«

Dede kuschelte sich in ihre Arme und ließ sich von Noras Worten einlullen.

»Und manchmal nimmt der Prinz dich auch mit auf sein Schiff, vielleicht mögt ihr sogar mal nach England segeln und auf den Bällen des Königs tanzen …«

Dede lächelte. Sie tanzte gern. Eine Sache war allerdings noch zu klären: »Kann Jefe wohl der Prinz sein?«

Nora schwieg. Auf diese Frage ihrer Tochter mochte sie keine Antwort geben.

Während sie Dede die Zukunft in leuchtenden Farben schilderte, beschwor Nora für sich selbst eher Szenen der Vergangenheit. Die Zeit mit Doug Fortnam sparte sie jedoch aus, es tat zu weh, daran zu denken, wie sehr er sie verraten hatte. Wenn sie sich gestattete, ihrer Wut freien Lauf zu lassen, brachte sie manchmal sogar Verständnis für Akwasi auf. Hatte Doug damals wirklich nichts tun können, um seinen Freund zu retten? Oder hatte er sich das nur eingeredet, genau wie er es sich jetzt zweifellos einredete, Nora nicht helfen zu können? Doug musste den Überfall der Maroons überlebt haben – Nora war sich sicher, dass Akwasi mit seinem Tod geprahlt hätte, wenn er den Nachzüglern doch noch ins Netz gegangen wäre. Also musste er auch wissen, dass Nora lebte – und sie war sicher, dass es ihm nicht an Mitteln fehlte, einen Befreiungsversuch zu wagen. Doug hatte Elias' Vermögen und die ertragreiche Plantage geerbt, er hätte eine ganze Armee ausheben können, um Nanny Town anzugreifen! Nora hätte das jedenfalls getan, wenn sie ihn in Gefangenschaft gewusst hätte.

Aber Doug schien ihr Schicksal ja egal zu sein. Auch jetzt noch kämpfte sie mit den Tränen, wenn sie sich erlaubte, darüber nachzugrübeln. Es war besser, das gleich zu lassen und alles zu vergessen, was mit Doug zusammenhing. Sein Gesicht, seine kräftige Gestalt, sein Grübchenlächeln, seinen verwegenen Reitstil und seine gewaltigen Schwimmstöße, seine Umarmungen am Strand, seine Küsse … die letzte Nacht auf Cascarilla Gardens …

Besser beschwor sie erneut Simons treuen Geist. Nora dachte an ihre Spaziergänge in den Londoner Parks, ihre Träume von der Südsee – und sie holte ihn in ihr manchmal so tristes Leben in Nanny Town. Das war einfacher, wenn Akwasi nicht bei ihr war – verständlicherweise floh Simons Geist vor seiner lauten und immer noch rücksichtslosen Anwesenheit. Aber in den Wochen, die Akwasi in den Blue Mountains herumreiste, oder in den viel zu seltenen Nächten, die er mit Máanu verbrachte, träumte sich Nora Simon an ihre Seite. Sie stellte sich vor, dass Dede seine Tochter war, und sie beide beobachteten sie beim Spielen. Er versicherte Nora, wie schön Dede war und wie sehr sie ihrer Mutter glich, und Nora wiederholte dem Kind die Märchen, die er ihr erzählte. Nachts lag er neben ihr, und sie dachte an seine vorsichtigen, sanften Umarmungen. Manchmal schaffte sie es, die Nacht mit Doug zu beschwören, aber Simon an seine Stelle zu setzen. Danach fühlte sie sich stets etwas schuldig, als hätte sie beide betrogen. Aber die Träume machten ihr Leben farbiger und schöner. Es gab Tage, an denen Nora sich fast als glücklich bezeichnete.

»Eine ganze Familie?«, fragte Mansah mit vollem Mund.

Auch sie liebte Mangos, die jetzt, in der Mittagspause, auf willkommene Weise den Durst stillten. Die Frauen hatten sie eben frisch geerntet und saßen nun wieder mal im Schatten ihrer Lieblingsbäume, um Neuigkeiten auszutauschen.

»Ja«, bestätigte Keitha. Die große schwarze Frau, die ihr Haar zur Gänze unter einem roten Turban versteckte, mischte sich sonst selten in die Gespräche der Frauen. Sie war eine befreite Feldsklavin, drei Jahre vor dem Überfall der Maroons auf ihre Plantage aus Afrika geraubt. Wie alle in ihrem Heimatort war sie Muslimin und hatte sich noch auf der Plantage mit einem Mann ihres Glaubens zusammengetan, der auf demselben Schiff mit ihr nach Jamaika gekommen war. Nun lebte sie mit ihm in Nanny Town – geduldet wie die wenigen anderen Muslime, aber stets etwas abseits der Gemeinde.

An diesem Tag hatte sie jedoch etwas zu erzählen, und sie trug es im Kreis von Nora und ihren Freundinnen vor, zu denen sie am ehesten Vertrauen hatte. Nora hatte ihr erst kürzlich bei der Geburt ihres kleinen Sohnes beigestanden.

»Alle von Pflanzung bei Spanish Town. Mädchen greifen an Backra – und dann Backra sie lassen gehen.«

»Die Tochter hat den Backra angegriffen, und dafür hat er sie freigelassen?«

Nora runzelte die Stirn. Das konnte sie sich nicht vorstellen. Nun sprach Keitha allerdings sehr schlecht Englisch, vielleicht hatte sie etwas falsch verstanden. Oder sie schaffte es nicht, die Geschichte richtig nachzuerzählen, weil sie mit den Neuankömmlingen in ihrer eigenen Sprache geredet hatte. Es hieß, die Queen habe Keitha und ihren Mann als Übersetzer zugezogen.

Eine Patrouille hatte die entflohenen Sklaven ein paar Meilen westlich der Siedlung am Fluss gefunden und hergebracht. Sie hatten sich als Muslime erwiesen, ursprünglich in einem Dorf beheimatet, das nicht weit von Keithas Geburtsort entfernt lag.

»Nicht gleiche Backra«, versuchte Keitha zu verdeutlichen. »Andere. Sie kaufen alle, von Schiff. Mann, Frau, Kind. Gute Backra …«

Die anderen Frauen lachten.

»Gute Backras nicht gibt!«, behauptete Millie. »Gibt schlechte und sehr schlechte und ganz schlechte. Aber nicht gute!«

»Neue sagen doch!«, beharrte Keitha.

María dachte nach. »Plantage in Nähe von Spanish Town … Das doch Gegend, wo ihr kommt her.« Sie wandte sich an Mansah. Nora mochte sie wohl nicht auf ihre Herkunftsplantage ansprechen. »Vielleicht kennen du Wunder-Backra!«

Mansah begann sofort, die Plantagen an den Fingern aufzuzählen. »Es gibt Herberts Park und Lawrences zwischen Kingston und Spanish Town, dann Peaks Garden und Hollister und Keensley und …« Sie warf Nora einen verschämten Blick zu.

»Und Cascarilla Gardens«, ergänzte Nora nüchtern.

Keitha kaute an ihren Lippen. »Kleine was sagt von Holl… Holl…«

Nora seufzte. »Na, wenn sie Lord Hollister als guten Backra bezeichnet, ist sie zumindest nicht anspruchsvoll«, bemerkte sie. »Das kann alles nicht sein, Keitha, irgendwas bringst du durcheinander. Wir werden warten müssen, bis die Frauen selbst aufs Feld kommen. Sie bleiben doch, oder?«

Keitha nickte. »Mädchen gut Englisch«, verriet sie dann noch. »Mann, Frau nicht.«

Dafür erwies sich der Mann der Neuankömmlinge als gelernter und begeisterter Töpfer. Er hatte diesen Beruf in Afrika ausgeübt und war selig, nun wieder zur Töpferscheibe greifen zu dürfen statt zur Machete. Auch hatte er keine kriegerischen Ambitionen. Nanny frohlockte über das erneute Stück Afrika in ihrer Stadt, zumal Maaliks Produkte auch bei den Maroon-Frauen Gefallen fanden, die sonst eher westlich orientiert waren. Sie teilte den Neuen bereitwillig ein großes, erst kurz zuvor gerodetes Stück Land zu, und Khadija, Maaliks Frau, begann sofort tatkräftig, es urbar zu machen. Sie ging das sehr geschickt an, wahrscheinlich hatte sie es auch in Afrika schon getan. Das Mädchen neben ihr kämpfte dagegen mit Hacke und Rechen, es war an Feldarbeit ganz sicher nicht gewöhnt. Das hübsche kleine Ding wirkte denn auch mürrisch, als sich Mutter und Tochter zur Mittagszeit zu den anderen Frauen gesellten. Die Mutter schwatzte mit Keitha in ihrer eigenen Sprache. Das Mädchen fühlte sich dagegen eher zu den anderen Frauen und Mädchen hingezogen. Wahrscheinlich hatte es seine Muttersprache schon größtenteils vergessen und plauderte lieber auf Englisch.

Mansah stürzte sich sofort auf sie. »Du musst uns jetzt alles erzählen!«, forderte sie sie auf. »Deine ganze Geschichte. Keitha hat uns neugierig gemacht. Aber ihr Englisch reicht einfach nicht.«

»Wir alle nicht gut Englisch«, murmelte das Mädchen, das sich mit Alima vorstellte, und senkte den Kopf.

Alima hatte eben noch ganz aufgeschlossen gewirkt, aber Mansahs aufdringliche Fragen schienen ihr peinlich zu sein. Mansah warf einen Blick auf ihre Hände, Alimas Finger waren mit Blasen übersät.

»Du wärst die erste Haussklavin, die kein Englisch kann«, höhnte sie dann. »Du warst doch im Haus, gib's zu! Wenn du an Feldarbeit gewöhnt wärst, hättest du Schwielen.«

Alima errötete, und Nora beschloss einzugreifen.

»Nun hör auf, sie zu quälen, Mansah. Wir geben jetzt erst mal

Salbe auf ihre Hände und verbinden die schlimmsten Wunden. Und nachher hilfst du uns beim Mangopflücken, Kleine. Wenn du weiter mit der Hacke arbeitest, ist da morgen nur noch rohes Fleisch, und du kannst gar nichts mehr tun.«

Nora wollte nach Alimas Händen greifen, aber das Mädchen entzog sich ihr entsetzt. Sie hatte eben schon erschrocken gewirkt, als sie Noras weiße Haut sah, und auch ihre Mutter blickte argwöhnisch. Keitha schien sie allerdings gerade über Noras Geschichte aufzuklären. Die beiden schauten immer wieder zu der Weißen herüber, während sie redeten.

»Ich tue dir nichts, Alima«, versuchte sie zu beschwichtigen, aber Alima wirkte so ängstlich, dass schließlich María zum Salbentiegel griff und die Kleine verarztete.

»Ein bisschen du müssen aber doch erzählen«, ermutigte sie das Mädchen dann. »Sonst Mansah platzen vor Neugier. Und das wir nicht wollen haben – geplatzte Mädchen unter Baum.«

Alima lächelte schüchtern. María hatte eine einnehmende Art, die auch hier ihre Wirkung nicht verfehlte.

»Du uns nicht sagen willst, was mit dich und Backra, ja?«, fragte María. Nora bewunderte wieder mal ihren Scharfsinn. Zweifellos war dies das Thema, das dem Mädchen am meisten naheging. »Aber uns sagen, warum ganze Familie und alle flüchten. Keitha sagen, ganze Familie kommen aus Afrika, Backra kaufen ganze Familie. Aber das …«

»Das nicht machen Backras!«, sagte Millie kategorisch.

Alima nickte entschieden. »Doch!«, sagte sie dann. »Backra Doug schon. Backra Doug an Schiff, wenn wir kommen. Und Mama weinen, ich weinen und …«

Nora brauchte einen Herzschlag lang, um sich zu fassen. Schon die Erwähnung des Namens schmerzte. Viel mehr, als sie jemals gedacht hatte. Viel mehr, als sie jemals geglaubt hätte, wieder empfinden zu können.

»Doug … Doug Fortnam?«, fragte sie tonlos.

Alima nickte wieder. »Ja, Backra Fortnam. Guter Backra. Guter, guter Backra! Mama weinen, ich weinen, Papa weinen – da er kaufen alle. Tun Mama und Papa auf Feld, mich in Haus. Zu Mama Adwe … Gute Haus …«

Mansah schluchzte auf, als der Name ihrer Mutter fiel. Und Nora dankte dem Himmel, dass die Frauen in der nächsten Stunde so viel Anteil an Mansahs und Alimas Schicksal nahmen, dass keine auf die weiße Frau achtete, die jetzt noch ein wenig bleicher wirkte als sonst. Doug war also noch da, er war eindeutig am Leben, aber daran hatte sie ja eigentlich auch nie gezweifelt. Er führte Cascarilla Gardens – vorbildlich, wie es aussah. Alima berichtete von einer sich fast selbst verwaltenden Sklavensiedlung, von freien Sonntagen, von Hochzeiten unter Sklaven … schließlich in fahrigen Worten von ihrer Stellung bei Hollisters und ihrer Flucht.

»Ich nicht gehen allein. Aber dann Backra Doug schicken Papa, Mama mit, Kwadwo uns fährt nach Kingston, uns zeigt Weg in Berge. Backra Doug sehr, sehr gute Backra!«

Das Mädchen endete seine Erzählung und wurde von den anderen Frauen freigebig mit Früchten und Brot versorgt, während Mansah sie weiter nach ihrer Mutter und ihren Freundinnen ausfragte.

María schien sich auf einmal an Nora zu erinnern.

»Das doch war dein Pflanzung, nicht?«, fragte sie und sah ihre Freundin forschend an. Sie erkannte zweifellos auf den ersten Blick, wie aufgewühlt sie war. »Aber Backra Doug nicht deine Mann?«

Nora schüttelte den Kopf, fest entschlossen, sich nichts von dem Strom der Gefühle anmerken zu lassen, die sie fast zittern ließen.

»Mein Mann ist tot. Das weißt du doch.«

»Auch nicht deine Sohn?«, stellte María fest.

Nora zwang sich zu einem nervösen Lachen. »Nein, nein,

natürlich nicht. Doug ist, Doug war …« Sie wurde nun doch abwechselnd rot und blass.

Alima hatte ihre letzten Worte gehört. Sie war nun zutraulicher. Die Beichte vor den Frauen hatte sie gelöst, auch der Weißen gegenüber.

»Weiße Frau … kennen Backra Doug?«, fragte sie schüchtern.

Nora wusste nicht, was sie erwidern sollte.

»Sie wär fast deine Missis geworden«, erklärte María. »Hat dein Backra Doug nie erzählt? Von Vater, die tot, von sein Frau, die hier?«

Nora zitterte nun wirklich. Sie wusste nicht, ob María wusste, was sie tat, aber die Freundin kannte sie gut. Vermutlich hatte sie beim ersten Blick in ihr aufgewühltes Gesicht gelesen, dass da irgendetwas war zwischen Nora und Alimas Backra.

Alima schien nicht zu verstehen. Verwirrt sah sie zu María auf. »Doch. Haus ganz verbrannt, wenn kommen. Erst letzte Jahr bauen neue Haus. Aber Missy Nora nicht hier. Kann nicht sein. Missy Nora tot.«

KAPITEL 4

Doug Fortnam bestand eine hochnotpeinliche Untersuchung durch zwei Constables, geschickt vom Gouverneur. Sie gipfelte in einer Durchsuchung seines Sklavenquartiers, da Lady Hollister den starken Verdacht äußerte, er böte den Gesuchten Asyl. Seit Doug Maalik und Khadija als vermisst gemeldet hatte, standen auch sie auf der Fahndungsliste.

»Ich verstehe dieses Misstrauen nicht!«, erregte sich Doug, nachdem die Männer natürlich nichts gefunden hatten. »Ich gehöre schließlich auch zu den Geschädigten. Das Mädchen war Zofe, die Eltern wertvolle Feldsklaven. Und jetzt sind sie weg!«

Der ältere der Constables schnaubte. »Sie trifft da aber schon eine gewisse Mitschuld, Sir«, erklärte er dann. »Als Sie wussten, dass die Kleine flüchtig war, hätten Sie die Eltern inhaftieren müssen. Warum lassen Sie überhaupt Familien zusammen? Bringt nur Ärger, glauben Sie's mir.«

»Hätte Lord Hollister die Finger von meiner Sklavin gelassen, wäre das alles nicht passiert«, gab Doug zurück. »Was hatte er bei der Zofe seiner Frau zu schaffen? Zumal ich beide Hollisters ausdrücklich darauf hingewiesen habe, dass ich das Mädchen als Jungfrau zurückhaben möchte. Unbeschadet sozusagen.«

Die Männer lachten.

»Nun stellen Sie sich mal nicht so an!«, meinte der Jüngere.

»Ein zerrissenes Jungfernhäutchen ist nicht wertmindernd. Oder hatten Sie da selbst Ihre Pläne?« Der Mann grinste.

Doug zwang sich zu schweigen. Die Männer nahmen das als Zustimmung.

»Na, also«, meinte der andere. »Sehen wir's, wie's ist, sie ist eine Sklavin. Sie hat ihrem Herrn zu Willen zu sein. Dem einen oder dem anderen, wen schert's?«

»Das sehe ich anders«, sagte Doug fest und umklammerte die Gemme in seiner Tasche, die er an diesem Tag als Glücksbringer bei sich trug. Nora hätte erwartet, dass er in einer solchen Situation Stellung bezog. »Natürlich ist sie eine Sklavin, aber sie ist auch ein Mensch. Ich habe ihre Arbeitskraft gekauft, die steht mir zu. Das gibt mir jedoch nicht das Recht, sie zu missbrauchen, zu ängstigen und zu demütigen!«

Erneutes Gelächter.

»Sie sollten sich um eine Pfarrstelle bemühen, Mr. Fortnam«, kicherte der Ältere. »Sie reden wie ein Reverend. Und jetzt, wo die Stevens weggehen …«

Nachdem Ruth Stevens' zweiter Sohn wenige Monate zuvor an einem Fieber verstorben war, hatte der Reverend die Waffen gestreckt. Seine Frau hasste die Insel, und ohne ihre Hilfe war die Pfarrstelle nicht zu halten. Nun wartete er nur noch auf seinen Nachfolger. Dann wollten die Stevens nach England zurückkehren.

»Und die Schwarzen machen's doch genauso, wenn man sie lässt!«, fügte der Jüngere hinzu. »Man hört, die Maroons halten sich jetzt weiße Sklaven! Vor allem Frauen. Was glauben Sie, wozu sie die brauchen? Zum Wasserholen?«

Die Männer grölten.

»Weiße Frauen?« Doug runzelte die Stirn. »Bei den Maroons?«

Der ältere Constable nickte. »Unglaublich, nicht? Unerhört auch eigentlich, der Gouverneur sollte da einschreiten. Aber der ist im Moment ja sanft wie ein Täubchen, weil er hofft, diesen Vertrag schließen zu können. Für Sie hat's allerdings was Gutes. Wenn die Kerle zugelaufene Sklaven rückwirkend ausliefern müssen, kriegen Sie vielleicht auch Ihre Flüchtlinge zurück.« Der Mann grinste und machte eine Gebärde des Halsabschneidens.

Doug äußerte sich nicht mehr, hoffte aber, dass es nicht dazu kam. Wobei er sich auch kaum vorstellen konnte, dass sich die Maroons auf eine rückwirkende Vereinbarung einlassen würden. Das bedingte schließlich einen Volksaufstand in Cudjoe- und Nanny Town. Nein, was immer auch geschehen würde: Alima und ihre Familie waren in Sicherheit.

Doug ließ die Bemerkung des Constable, die Maroons hielten neuerdings weiße Sklaven, jedoch keine Ruhe. Der Mann hatte Recht, wenn das stimmte, war es ungeheuerlich. Und der Gouverneur musste etwas dagegen tun – die Gesellschaft konnte sich das nicht gefallen lassen. Doug beschloss, bei seinem nächsten Besuch in Kingston mehr über diese Sache herauszufinden und gegebenenfalls die Versammlung der Pflanzer zu informieren. Sein Renommee in der Kingstoner Gesellschaft hatte durch den Vorfall mit Alima schwer gelitten. Lord Hollister war auch jetzt noch, zwei Wochen danach, schwer krank. Er lag fiebernd auf der Plantage im Bett – ein Transport nach Kingston war ihm bislang nicht zuzumuten – und litt unter großen Schmerzen. Immer noch bestand Lebensgefahr. Lady Hollister nahm die Beileids- und Krankenbesuche ihrer Freunde und Nachbarn entgegen, der Lord selbst konnte keinen Besuch empfangen. Sie wurde nicht müde zu erzählen, wie sehr sie von dem »Niggerfreund« Doug Fortnam, wie sie sich auszudrücken pflegte, und seiner teuflischen Sklavin hinters Licht geführt worden war. Nun konnten sich die meisten Pflanzer zweifellos die wahre Geschichte zusammenreimen, aber sie sahen es natürlich wie die Constables: Lord Hollister büßte zu hart für ein Kavaliersdelikt. Das Mädchen hätte sich fügen müssen oder allenfalls weglaufen dürfen. Seine Panikreaktion traf auf keinen Funken von Verständnis.

Doug hatte es denn auch aufgegeben, Alima zu entschuldigen. Er schimpfte stattdessen über den Verlust von Maalik und Khadija, um unter den Weißen nicht vollends das Gesicht zu verlieren. Wenn er nun eine Ungeheuerlichkeit wie die Schändung weißer Frauen in einer Maroon-Siedlung anprangerte, würde er neues Vertrauen und Glaubwürdigkeit gewinnen. Und hoffentlich keinen Krieg auslösen, dem dann wieder Alima und ihre Familie, Máanu und Akwasi zum Opfer fielen. Doug grollte seinen entlaufenen Sklaven nicht. Máanu hatte gute Gründe gehabt wegzulaufen, und Akwasi – wer hätte den Überfall der Maroons nicht genutzt, sich selbst zu befreien?

Aber er konnte es drehen und wenden, wie er wollte: Einen Bruch mit der Gesellschaft der Pflanzer in Kingston konnte er nicht riskieren. Zu viele Geschäfte wurden gemeinsam abgeschlossen, zu viele Schiffe gechartert – und auch um den Gouverneur ein bisschen zu kontrollieren, musste man zusammenhalten. Im Alleingang konnte er Cascarilla Gardens vielleicht halten, aber die Einkünfte würden drastisch sinken – und dann könnte Doug es sich auch nicht mehr leisten, seinen Sklaven so viele Freiheiten und Vergünstigungen zu lassen wie jetzt.

Manchmal, dachte Doug, fühle ich mich wie auf einem Drahtseil und unendlich allein. Es gab letztlich niemanden, mit dem er über seine Gedanken und Gefühle reden konnte; er vermisste Nora schmerzlich. Während Amigo wieder einmal auf die Straße nach Kingston zutrabte – Doug war entschlossen, seine Nachforschungen nicht länger zu verschieben –, kämpfte sein Reiter kurz mit dem Verlangen, stattdessen zum Strand abzubiegen und Noras Geist in der Hütte dort zu suchen. Oder Simons Geist – wahrscheinlich wäre selbst der ein angenehmerer Gesprächspartner gewesen als die Leute, die er an diesem Tag zu treffen plante.

Doug lenkte die Schritte seines Pferdes aber doch in die Stadt – zunächst nach Spanish Town, auf den ältesten Markt. Hier hatten Händler ihre Niederlassungen, von denen man munkelte, sie machten Geschäfte mit den Maroons. Sofern man bei den baufälligen Schuppen von Niederlassungen reden konnte. Die Männer führten sie meist mithilfe von einem oder zwei Sklaven, oft Frauen, die ihnen des Nachts wohl auch zu Willen waren. Es handelte sich um zwielichtige Kerle, Doug hatte gewöhnlich nichts mit ihnen zu schaffen. Genau genommen hätte er ihre Namen gar nicht gekannt, wären sie nicht gelegentlich auf Versammlungen der Pflanzer gefallen – meist in abfälligem Zusammenhang. Außerdem hörte er zuweilen etwas von seinen Sklaven. Einige von ihnen hatten um die Erlaubnis gebeten, Gemüse und Eier im Ort zu verkaufen. Viele Frauen beackerten kleine Gärten rund um ihre Häuser und hielten Kleinvieh für den eigenen Bedarf. Der Verkauf von Überschüssen konnte ihnen obendrein ein paar Pennys einbringen.

»Wer nimmt sie euch denn eigentlich ab?«, hatte Doug einmal misstrauisch gefragt, woraufhin die Namen Whistler und Barefoot fielen.

Doug hatte keine Ahnung, ob die Kerle wirklich so hießen, aber in den schlechteren Vierteln von Spanish Town kannte sie offensichtlich jedes Kind. Nun führte Doug sein Pferd durch die engen Straßen der alten Stadt und fand Barefoots Geschäft neben einer Taverne. Wie erwartet ein Schuppen, in dem ein paar Fässer mit billigem Rum und Säcke mit Hülsenfrüchten und getrockneten Feigen auf Käufer warteten. Außerdem türmten sich Haushaltsgegenstände aus Eisen, Töpfe, Pfannen und andere Gerätschaften in den Ecken. Als Doug durch ein kleines Fenster hineinspähte, öffnete ihm eine schwarze Frau. Sie hielt den Blick ängstlich gesenkt.

»Wollen Sie kaufen, Backra?«, fragte sie leise. »Proviant für Schiff …«

Doug schüttelte den Kopf. »Ich habe kein Schiff«, meinte er. »Aber ich würde gern deinen Backra sprechen. Barefoot. Das ist er doch?«

Die Frau nickte. Sie war noch recht jung und hübsch, aber sie wirkte eingeschüchtert.

»Ist er. Ist nebenan«, gab sie Auskunft.

»In der Kneipe?«, vergewisserte sich Doug.

Die junge Frau nickte wieder. Doug gab ihr einen Penny. Sie wollte ihm dafür die Hände küssen.

»Ich sparen«, sagte sie mit leiser Stimme. »Irgendwann mich kaufen frei, dann Maroons …«

Doug lächelte ihr aufmunternd zu, auch wenn er nicht glaubte, dass sie jemals die hundert Pfund zusammenbekommen würde, die sie zweifellos wert war. Aber die Hoffnung tat ihr sicher gut. Er betrat die Taverne. Barefoot konnte kein wirklicher Mistkerl sein, wenn er seine Sklavin zumindest glauben ließ, sie käme irgendwann frei.

Doug erkannte den Mann dann an seinem offensichtlichen Markenzeichen: Er trug Kniehosen, aber weder Schuhe noch Strümpfe.

»Mr. Barefoot?«, fragte Doug und näherte sich dem kippeligen Holztisch und den wenig vertrauenswürdigen drei Stühlen, die darumstanden.

Mehr als zwei Tische hatte die Taverne nicht. Es roch nach Rum und altem Fett, der Boden war mit Kautabakresten übersät.

Der untersetzte rotgesichtige Händler nickte. »Setzen Sie sich. Roberta, einen Rum für den Herrn. Kommt nicht oft vor, dass so ein vornehmer Backra in mein Kontor schneit.«

»Ihr Kontor?«, fragte Doug mit schiefem Lächeln.

Barefoot machte eine die Taverne umfassende Bewegung. »Gefällt's Ihnen nicht?«

Doug lachte. »Ich wüsste kein schöneres«, bemerkte er dann und prostete dem Händler zu. Die Bedienung, eine magere Kreolin, hatte das Glas umgehend vor ihm auf den Tisch gestellt. »Doug Fortnam, mein Name.«

Barefoot trank ebenfalls. »Fortnam von Cascarilla Gardens?«, erkundigte er sich dann.

Doug nickte.

Der Händler richtete seine wässerigen, aber aufmerksamen hellblauen Augen auf ihn. »Was woll'n denn Sie vom alten Barefoot?«, fragte er misstrauisch. »Sie woll'n doch kein Schiff ausrüsten, oder? Und Eisenwaren brauchen Sie auch nicht.«

»Nein.« Doug lächelte. »Aber ich brauche eine Auskunft. Für die ich gegebenenfalls auch etwas zahlen würde und die selbstverständlich unter uns bleibt. Zumindest würde ich niemandem verraten, wer sie mir gegeben hat.«

Der Händler zog die Augenbrauen hoch. »So viele Geheimnisse gibt's nicht auf Jamaika, Sir. Und ich hüt schon mal gar keine. Bei mir geht alles ganz legal zu, Mr. Fortnam. Ich hab nichts zu verbergen.« Er bemühte sich um einen treuherzigen Blick.

»Bis auf die paar Ausflüge in die Blue Mountains, die Sie gelegentlich unternehmen«, bemerkte Doug. »Leugnen Sie nicht, das weiß jeder. Und von mir aus … meinen Segen haben Sie. Mir ist's zehnmal lieber, die handeln sich ihre Waren ein, als sie bei uns zu stehlen.«

Der Händler fixierte ihn misstrauisch. »Sie sind ein gebranntes Kind, nicht?«

Doug nickte. »Ja. Cascarilla Gardens wurde vor einigen Jahren ausgeraubt. Mein Vater und meine Stiefmutter kamen dabei ums Leben.«

Barefoot sah unter gerunzelten Brauen vor. »Die Frau auch?«, fragte er. »Komisch, ich dachte … Aber gut, Sie wissen das besser. Mein … äh … herzliches Beileid.«

»Danke«, sagte Doug und kämpfte gegen das Gefühl der Beengung, das ihn immer lähmte, sobald er an Nora dachte.

»Was wollen Sie denn nun wissen?«, fragte Barefoot schließlich, nachdem beide erneut dem Rum zugesprochen hatten. »Es geht um die Maroons, ja? Wieder mal eine Strafexpedition? Also ich führ Sie nicht, dass das klar ist. Und ich rat Ihnen auch ab. Wer immer da hingeht, ob Freund oder Feind – die haben ihn im Visier, eine Stunde bevor er die Siedlung auch nur zu Gesicht bekommt. Vergessen Sie's, da hat sich mehr als ein Gouverneur blaue Augen geholt.«

Doug nickte wieder. »Ich weiß«, sagte er. »Ich kenne die Berge. Aber ich möchte etwas anderes wissen. Was ist dran an dem Gerücht, die Maroons hielten weiße Sklaven?«

Barefoots Augen blickten ehrlich verwundert. »Weiße Sklaven? Wo haben Sie denn das her? Aber wie Sie schon sagen, ein Gerücht. Das würde sich auch gar nicht lohnen. Die bauen zwar ein bisschen Zuckerrohr an, aber nur für den Eigenbedarf. Das wächst da oben gar nicht so gut. Jedenfalls schicken sie ihre Frauen aufs Feld, das ist wohl so üblich in Afrika. Und die werden mit dem Gemüse auch ganz gut fertig. Sklaven müssten sie dagegen beaufsichtigen, wozu sie wenig Lust hätten, und Weiße würden ihnen obendrein wegsterben wie die Fliegen. Wissen Sie doch selbst, dass die ganze Rasse nicht geschaffen ist für harte Arbeit in diesem Klima.«

Doug rieb sich die Stirn. »Mein Informant sprach von … weißen Sklavinnen«, sagte er dann.

Barefoot schürzte die Lippen. »Ach, das meinen Sie … Das sind dumme Gerüchte. Tatsächlich gibt's da oben nur eine …«

»Aber es gibt eine?« Doug blickte alarmiert auf. »Eine …?«

»In Nanny Town«, gab Barefoot mit Gemütsruhe Auskunft. »Tauchte auf, kurz nach dem Überfall auf Ihre Plantage. Deshalb dachte ich … Aber vergessen Sie's! Tatsache ist, dass ich die Frau nie gesehen habe. Es soll sie jedoch geben, die Nigger da oben haben sich ’ne Zeitlang die Köpfe drüber heißgeredet. Jedenfalls gehört sie einem verdienten Krieger – wobei man das in übertragenem Sinne verstehen muss. Der Knabe schleppt zwar Waffen mit sich rum, aber tatsächlich brauchen sie ihn mehr für die Verhandlungen. Angeblich kann er lesen und schreiben.«

Doug spürte, wie ihm heiß wurde.

»Und?«, fragte er erstickt. »Kann er?«

Barefoot zuckte die Schultern. »Keine Ahnung, ich kann’s auch nicht«, gab er zu. »Aber der Kerl ist was Besonderes da oben, auf den halten sie große Stücke, die Queen und der King. Na ja, und da wollte sie’s ihm wohl nicht abschlagen. Jedenfalls hält er sich eine weiße Sklavin. Oder hielt, inzwischen soll er sie geheiratet haben. Noch so eine Sache, über die sich die alten Maroons aufregen. Eine schwarze Frau hat er nämlich auch noch. Jedenfalls soll die Weiße jetzt frei sein, ist ja auch wichtig, wenn’s demnächst um die großen Verträge geht. Der Gouverneur wär nicht begeistert, wenn sie da weiße Mädchen schänden.«

Doug schluckte. »Sie … bleibt also freiwillig?«, fragte er mit rauer Stimme.

Barefoot verdrehte die Augen. »Woher soll ich das wissen? Wenn ich komme, schaffen sie das Mädchen beiseite. Nicht unbedingt ein Zeichen dafür, dass sie freiwillig da ist, aber wie gesagt, keine Ahnung. Sie ist jedoch sicher die einzige ihrer Art. Von Versklavung Weißer im großen Stil kann keine Rede sein.«

Doug schob die Hand unter seinen Kragen, er fühlte sich, als müsse er ersticken. »Den Namen der Frau haben Sie nie gehört«, sagte er leise. »Aber … aber vielleicht den Namen des … Kriegers?«

Barefoot nickte. »Doch, wohl, wenn ich den noch zusammenkriege. So was Afrikanisches – auch wieder ein Ding, das der alten Nanny gut gefällt. Warten Sie, was mit Ak… oder Ab… Abwasi!«

»Akwasi«, berichtigte Doug.

Seine Stimme klang belegt. Er konnte immer noch kaum glauben, was Barefoot ihm da offenbarte.

»Und die Frau … die Frau ist … Sie wissen nicht, wie sehr Sie mir geholfen haben, Barefoot!« Doug hatte plötzlich das Gefühl, als löse sich ein Alb von seiner Brust, der ihn jahrelang niedergedrückt hatte. »Ich habe nie geglaubt, dass sie tot ist. Nie. Es war einfach so ein Gefühl, wissen Sie …«

Er stand auf und drückte dem völlig verdutzten Barefoot ein Goldstück in die Hand. Dann verließ er die Taverne und schenkte der Schwarzen in Barefoots Laden ein zweites.

»Dafür, dass du auf mein Pferd aufgepasst hast …«

Amigo stand brav vor dem Laden und brauchte eigentlich gar keinen Aufpasser. Das Mädchen sah fassungslos zu Doug auf.

»Gottes Segen, Backra!«, flüsterte sie dann. »Gottes Segen!«

Doug stieg auf sein Pferd und lächelte ihr zu. »Den werde ich brauchen«, sagte er leise.

»Sie wissen von der weißen Frau in Nanny Town?«

Doug hatte alle Formalitäten durchlaufen, um möglichst rasch eine Audienz beim Gouverneur zu bekommen. Jetzt hielt er sich nicht lange mit Vorreden auf.

Edward Trelawny nickte. »Es ist uns zu Ohren gekommen«, gab er zu. »Aber unsere Unterhändler haben sie nie gesehen, was nichts zu bedeuten hat. Wir verhandeln in der Regel in Cudjoe Town.«

Trelawny faltete seine schmalen weißen Hände im Schoß. Der Gouverneur war Sohn eines Bischofs und galt als Schöngeist. Die Bürger schätzten ihn aufgrund seiner Verhandlungs- und Kompromissbereitschaft, er regierte volksnah und wünschte ganz offensichtlich, es allen recht zu machen. Auch Doug hatte er sofort nach seinem Gesuch empfangen und schien seine direkte Art zwar befremdlich zu finden, aber nicht übel zu nehmen.

»Sie gehen davon aus, dass sie freiwillig dort ist?«, fragte Doug weiter. Wo Trelawny mit den Maroons verhandelte, interessierte ihn nicht.

Trelawny hob die Hände. »Es mag uns unverständlich erscheinen, Mr. Fortnam«, meinte er mit sanfter Stimme, »aber Sie wissen selbst: Sehr viele weiße Männer fühlen sich zu schwarzen Frauen sozusagen … hm … hingezogen. Warum sollte das umgekehrt nicht auch so sein? Soweit wir wissen, lebt die Lady dort als Ehefrau eines angesehenen Kriegers.«

»Oder als seine Sklavin!«, höhnte Doug. »Sie wissen nicht, wer sie ist?«

Der Gouverneur zuckte die Schultern unter seiner Brokatweste. Er war sehr sorgfältig gekleidet, und unter anderen Bedingungen hätte Doug sich seiner Breeches fast geschämt. Er mutete dem Gouverneur mit seiner Erscheinung wirklich einiges zu … Vielleicht, dachte er, sollte ich wenigstens vorsichtiger mit ihm umgehen.

»Es wird niemand vermisst, wenn Sie das meinen«, bemerkte Trelawny. »Wir gehen also von einer, nun ja, einer Frau aus dem Hafenviertel aus. Vielleicht auch eine der Sträflingsfrauen, die sie hier ja immer noch manchmal abladen, obwohl wir uns das bereits mehrmals verbeten haben …« Er machte eine hilflose Geste.

Doug schüttelte den Kopf. »Es gibt Indizien dafür, dass es nicht so ist«, sagte er dann. »Die Frau, um die es geht, wurde verschleppt. Mit hoher Wahrscheinlichkeit handelt sich um Nora Fortnam, die … äh … Ehefrau meines ermordeten Vaters.«

Trelawny hob interessiert den Kopf. Seine Perücke saß tadellos, sein weiß geschminktes Gesicht zeigte einen leicht verwunderten Ausdruck. »Aber Mrs. Fortnam wurde getötet. Hat man nicht ihre Leiche gefunden?«

Doug rieb sich die Stirn. »Man hat mehrere grausam zerstückelte Leichen gefunden«, sagte er und versuchte, das Bild zu vergessen, das ihm gleich wieder vor Augen stand. »Zudem bis zur völligen Unkenntlichkeit verkohlt. Niemand konnte sicher identifiziert werden. Aber wir gingen natürlich davon aus, dass Nora darunter war. Die Maroons machen keine Gefangenen.«

»Und was bringt Sie jetzt auf den Gedanken, dass es anders war?«, fragte Trelawny.

Doug erzählte es ihm.

»Dieser Akwasi hegt einen ungeheuren Hass auf mich«, endete er schließlich. »Wobei ich ihm nie wirklich Grund dazu gegeben habe, aber mein Vater … Nun ja, eigentlich ist es egal. Aber Akwasi wollte immer genau das, was ich wollte. Oder was ich hatte … So nahm er Nora …«

In Trelawnys weißem Gesicht stand leise Missbilligung. »Gestehen Sie mir da sozusagen eine Affäre zwischen Ihnen und Ihrer … hm … Stiefmutter?«

»Sozusagen«, bestätigte Doug. »Ich würde es eher Liebe nennen. Aber das hat ja wohl nichts zu tun mit dem aktuellen Problem. Was gedenken Sie nun also zu unternehmen, Exzellenz? Nora Fortnam hegte nie eine Affinität zu schwarzen Männern. Sie ist also ganz sicher nicht freiwillig in den Blue Mountains, sie wurde verschleppt, und sie wird gefangen gehalten. Seit nunmehr fünf Jahren. Wäre es nicht Zeit, sie zu befreien?«

Der Gouverneur kaute auf seiner Unterlippe und verschmierte dabei die sorgfältig aufgetragene rote Schminke.

»Das … äh … ist eine lange Zeit, Mr. Fortnam.«

Doug zwang sich zur Geduld. »Eine zu lange Zeit, Exzellenz. Und bitte versuchen Sie jetzt nicht anzudeuten, Nora hätte sich inzwischen vielleicht in ihren Peiniger verliebt. Das ist Unsinn. Sie ist … sehr treu …«

Trelawny lächelte fast etwas mitleidig. Doug war klar, dass es nicht sehr hilfreich wäre, jetzt auch noch einen Geist namens Simon Greenborough zu erwähnen …

Der Gouverneur räusperte sich. »Schauen Sie, Mr. Fortnam, Ihre Zuneigung und Ihr Vertrauen zu Ihrer … hm … Stiefmutter in allen Ehren. Aber ich muss in größeren Dimensionen denken. Ich denke, Sie wissen, dass wir vor dem Abschluss eines Vertragswerks stehen zwischen der Krone und den Windward Maroons. Es wird die Siedlung der Schwarzen anerkennen, ihren Handel mit unseren Städten legitimieren – und es wird Überfälle mit so tragischem Ausgang wie den Angriff auf Ihre Plantage für immer verhindern. Die Maroons werden entlaufene Sklaven zurückschicken … Sie sind bereit, sich zu verpflichten, Frieden zu halten. Und da soll ich nun, kurz vor der Unterzeichnung, Truppen hinschicken, um eine Frau zu befreien, die vielleicht gar nicht befreit werden will? Ich soll meine Verhandlungspartner der Entführung und Freiheitsberaubung verdächtigen?«

»Aber dessen haben sie sich nun mal schuldig gemacht!«, unterbrach ihn Doug scharf. »Sie wollen sie doch nicht im Nachhinein von jedem Verdacht auf Mord und Brandstiftung freischreiben!«

Trelawny hob wieder wie entschuldigend die Hände. »Ohne eine Amnestie wird es nicht abgehen, Mr. Fortnam. Sie sind doch ein vernünftiger Mann … Man muss die Toten ruhen lassen …«

»Aber Nora Fortnam ist nicht tot!« Doug wusste, dass es falsch war, aber er brüllte den Gouverneur an. »Sie wird da oben gefangen gehalten, und Sie sagen mir ins Gesicht, Sie wollen sie auf dem Altar eines scheinbaren Friedens opfern!«

»Eines tatsächlichen Friedens«, begütigte Trelawny. Er war wirklich ein duldsamer Mann. »Und nun mäßigen Sie sich, Mr. Fortnam. Denken Sie nach. Was könnte ich tun?«

Doug zuckte die Achseln. »Machen Sie ihre Freilassung zur Bedingung«, regte er an. »Schreiben Sie den Namen Nora Fortnam in Ihren Friedensvertrag!«

Trelawny schüttelte den Kopf. »Das kann ich nicht. Ich kann nicht die Auslieferung der Ehefrau eines ihrer Anführer verlangen. Wie würde das weitergehen? Jeder Maroon, der da oben sitzt, würde womöglich eine Sklavin von einer der Plantagen fordern. Diese Leute sind sehr empfindlich, Mr. Fortnam. Ashanti. Ein, wie ich hörte, in seiner Heimat sehr mächtiges Volk. Sehr … hm … stolz …«

Doug äußerte sich nicht zu dem Paradox, dass Trelawny die Ashanti einerseits als stolze Verhandlungspartner anerkannte, andererseits bedenkenlos versklavte, wenn sie ihm nicht frei in den Blue Mountains, sondern in Ketten angeliefert wurden. Eine Diskussion würde zu nichts führen, Trelawny war seine »Friedensmission« wichtiger als Noras Freiheit. Eine Sklavin mehr oder weniger … Diesmal eine Weiße, aber es hatte sie ja nie jemand gesehen.

»Ich lasse das nicht auf sich beruhen«, sagte Doug mühsam beherrscht. »Auch wenn Sie Nora aufgeben, ich tue es nicht. Ich werde sie selbst befreien.«

Trelawny machte eine resignierende Geste. »Tun Sie, was Sie nicht lassen können«, meinte er abschließend. »Aber entfesseln Sie keinen Krieg. Zu einem oder zwei Bewaffneten in Ihrer Begleitung sage ich nichts – auch wenn ich bezweifle, dass Sie jemanden finden, der verrückt genug ist, eine solche Mission zu wagen. Wenn ich allerdings höre, dass Sie in größerem Stil Truppen ausheben, lasse ich Sie festnehmen.«

Doug nickte und stand auf. »Ich habe verstanden«, sagte er kühl. »Ich werde allein gehen. Und mit Nora zurückkommen oder eben gar nicht. Ihr Problem mit mir, Exzellenz, ist auf jeden Fall gelöst.«

KAPITEL 5

Tot?«, flüsterte Nora. »Er ... er denkt, ich sei tot?« Sie konnte das Zittern ihrer Hände jetzt nicht mehr unterdrücken. Fassungslos blickte sie auf Alima.

»Missy Nora tot!«, erklärte das Mädchen im Brustton der Überzeugung. »Mama auch weiß, nicht? Mama, du wissen, wo Grab von Missy Nora ...«

Keitha übersetzte etwas. Khadija nickte und antwortete etwas in ihrer Sprache.

»Sicher, Frauen immer bringen Blumen«, übersetzte Keitha wieder.

»Und Reverend immer beten für Missy Nora und Backra Elias«, fügte Alima hinzu. »Wir auch beten. Weil Backra Doug gute Mann. Und Mama Adwe sagen, Missy Nora gute Frau. Aber tot.«

Das Mädchen war entschlossen, darauf zu beharren. Nora hatte Zeit, sich zu fassen, während Mansah auf Alima einredete.

»Das ist Missy Nora. Bestimmt. Sie ist nicht tot, ich schwöre!«

María sah Nora an. »Du gedacht, er dich vergessen«, sagte sie ruhig. »Du gedacht, er ...«

Nora biss sich auf die Lippen. »Ich kann gar nicht mehr denken«, flüsterte sie. »Ich ... ich schäm mich so ... Ich hätte wissen müssen ... Er hätte nie ...« María nahm sie in die Arme.

Mansah hatte Alima inzwischen überzeugt – mit dem verblüffenden Effekt, dass ihre neue Freundin aufsprang und sich anschickte, zum Dorf zu rennen.

»Missy Nora leben! Sicher! Mama, ich muss sagen Papa! Muss er gehen nach Cascarilla. Oder schicken einen. Muss einer sagen Backra Doug. Dann der nicht mehr traurig!«

Doug Fortnam plante eine Expedition mit leichtem Gepäck. Er würde allein in die Berge gehen, wie er dem Gouverneur versprochen hatte – zumal ihm das auch die einzig erfolgversprechende Idee zu sein schien. Eine kleine Truppe Kämpfer konnte nie unsichtbar nach Nanny Town vorstoßen – sie wäre der Übermacht der Maroons hilflos ausgeliefert. Und eine große Streitmacht … Doug traute dem Gouverneur zu, seine Warnung wahrzumachen. Mal ganz abgesehen davon, dass frühere Gouverneure schon halbe Armeen nach Nanny Town geschickt hatten. Die Stadt galt als uneinnehmbar. Höchstens ein Einzelkämpfer konnte Chancen haben.

Das zumindest meinte Kenneth Leisure, ein Veteran, der an früheren Angriffen auf die Maroon-Siedlung beteiligt gewesen war. Doug hatte seinen neuen Freund Barefoot noch einmal kontaktiert, der ihm seinerseits zwar nicht helfen wollte, allerdings die Namen einiger Soldaten kannte, die damals gegen Nanny Town gekämpft hatten.

»Die haben uns mühelos zurückgeschlagen«, erzählte Leisure, ein kräftiger, kampfgestählter Mann bei einem gut gefüllten Glas Rum in der Taverne neben Barefoots »Handelshaus«. »Keine Verluste bei denen, sehr wenige bei uns, man musste sich schon sehr dumm anstellen, um da in Schussweite rumzulaufen. Im Ernst, nicht mal unser Sergeant war so blöde, einen Sturm zu riskieren, nicht mit uns zweitausend Mann.«

»Zweitausend Mann?«, fragte Doug verblüfft.

Leisure nickte. »Aber um da reinzukommen, hätte es zehntausend gebraucht – oder mehr, letztlich hätte es davon abgehangen, wie viel Munition die hatten. Zwischen uns und dem Ort lag der Fluss, Mann, da hätten die Nigger Zielschießen üben können, während wir übersetzten. Danach eine freie Fläche. Nur ein paar Yards, aber da musste man erst mal rüberkommen, ohne getroffen zu werden. Und dann der steile Aufstieg. Kaum zu sichern auch, wir hätten von unten nach oben schießen müssen, und die Kerle hatten alle Deckung der Welt. Wenn sich das Dorf überhaupt einnehmen lässt, Mann, dann mit Riesenverlusten. Das wollte der Gouverneur zum Glück nicht. Sonst wär ich jetzt nicht hier.«

Doug orderte dem Mann einen weiteren Rum. Dann kam er langsam zu seinem Anliegen.

»Also, wenn ich da wen rausholen wollte«, schwadronierte Leisure nach dem dritten Drink. »Ich würd 'n Nigger reinschicken …«

Doug merkte auf.

»Einen Sklaven?«, fragte er. »Wie meinen Sie das?«

»Kann auch 'n freier sein, Hauptsache schwarz. Der braucht nur 'n bisschen inner Gegend rumzuirren, wie 'n flüchtiger Sklave eben. Die Nanny greift den auf. Sicher, da gibt's kein Vertun. Na ja, und wenn er erst inner Stadt is, dann sucht er sich das Weibsbild und haut mit ihm ab. Ganz einfache Sache.«

»Bis auf die Wachen«, wandte Doug ein.

Leisure zuckte die Achseln. »Nachts sin alle Nigger grau«, sinnierte er. »Und die Mädchen gehen doch auch mal mit 'nem Kerl in die Büsche – oder sonst wohin. Das würd schon gehen. Für 'n Weißen seh ich schwarz.« Er kicherte ob seiner Wortspiele.

Barefoot schüttelte den Kopf.

Doug überlegte. »Die Idee ist gar nicht so schlecht«, meinte er dann. »Nur dass sich kaum ein Freiwilliger finden wird. Wer geht denn in die Berge und dann wieder zurück? Von den Sklaven garantiert keiner. Und einen freien Schwarzen ansprechen … Da ist mir das Risiko zu groß, dass er uns verpfeift. Aber man könnte es anders machen … Barefoot, alter Kumpel. Bei Ihnen im Haus ist doch alles verkäuflich, oder?«

Der Händler grinste. »Ich selbst koste 'nen dicken Aufpreis«, witzelte er.

Doug lächelte pflichtschuldigst. »Sie sind mir zu fett«, sagte er. »Aber Ihr Mädchen da drin … Wie sieht's aus? Verkaufen Sie mir Ihre Sklavin?«

Die eingeschüchterte schwarze Sklavin in Barefoots Laden konnte ihr Glück kaum fassen.

»Sie mich kaufen frei? Ich in Berge?« Sie machte Anstalten, sich vor Doug auf den Boden zu werfen. »Sie doch schon gegeben Goldstück. Ich schon reich, bald mich kaufen selbst, ich …«

»Du kannst morgen in die Berge, Princess«, wiederholte Doug und fragte sich, wer dem Mädchen wohl diesen albernen Namen gegeben hatte. »Aber es ist nicht ganz umsonst. Du musst mir einen kleinen Gefallen tun.«

Princess blickte ihn etwas verwirrt an. Ihr musste durch den Kopf schießen, dass es am Hafen hübschere Mädchen gab als sie. Und wahrscheinlich auch auf Fortnams Plantage. Um eine Frau wie Princess zu besitzen, brauchte man sie nicht freizukaufen.

»Nicht das, was du denkst, Princess«, begütigte Doug. »Es geht um etwas anderes. Wenn du in die Blue Mountains gehst, werde ich dir folgen. Du wirst mich nicht bemerken, und die Maroons hoffentlich auch nicht, wenn sie dich aufgreifen. Aber ich werde da sein, und ich werde mich verstecken. Da ist eine Quelle, zwei Meilen flussabwärts von Nanny Town …« Zumindest hatte Leisure behauptet, er habe diesen Platz als Mitglied eines Erkundungstrupps entdeckt. Die Männer hatten den Fluss einige Meilen unterhalb Nanny Towns überquert und dann versucht, sich seitlich an den Ort heranzutasten. Das hatte allerdings nichts genützt, auch hier waren die Wege bewacht und obendrein zu schmal für eine Armee. »An der Quelle werde ich warten. Und du wirst in der Stadt eine Frau suchen. Eine Weiße namens Nora Fortnam. Und wenn sie … wenn sie mich noch … Also, wenn sie nicht freiwillig bei den Maroons ist, sondern fliehen will, dann soll sie dorthin kommen. Zu der Quelle. Sie braucht sich nicht zu hetzen, ich werde lange warten.«

Doug wäre bereit gewesen, sein Leben lang zu warten, aber sein Verstand sagte ihm, dass es reichte, Nora einen Monat lang Zeit zu lassen.

»Vier … nein, sechs Wochen werde ich warten. In der Zeit sollte sie eine Gelegenheit finden.«

»Und wenn sie nicht glauben Geschichte?«, erkundigte sich Princess. »Bin nur hergelaufener Nigger. Wenn sie glauben, ich lüge?«

Doug runzelte die Stirn. »Warum sollte sie dir nicht glauben?« Aber dann griff er doch in die Tasche, nestelte Noras Anhänger heraus und drückte ihn mit blutendem Herzen in die Hand der Sklavin. »Gib ihr das«, sagte er heiser. »Dann glaubt sie dir. Und sie … sie kann es in jedem Fall behalten. Es … es war ihr sehr kostbar.«

»Und ich dann frei?«, fragte Princess noch einmal argwöhnisch.

Doug seufzte. Dann sah er sie fest an.

»Princess, in dem Moment, in dem du Spanish Town verlässt, bist du frei – pass bloß auf den ersten Meilen auf, dass du keinem Sklavenjäger in die Hände fällst. Ich kann dich auch nicht zwingen, diesen Auftrag auszuführen. Aber ich bitte dich …«

Princess nickte und hob die Hand. »Ich versprechen, Herr. Ich schwören bei Gott!«

Doug erinnerte sich daran, dass sie gläubig war. Und ertappte sich dabei, zum ersten Mal seit vielen Jahren aus ganzem Herzen zu beten.

Princess konnte den Aufbruch kaum abwarten, aber Doug brauchte doch noch einige Tage, um seine Ausrüstung zusammenzustellen. Er würde mit leichtem Gepäck und leichter Bewaffnung in die Berge gehen – wenn er gezwungen sein sollte, gegen eine Übermacht von Männern anzutreten, wäre er sowieso verloren. Seine Hoffnung bestand nur darin, auf dem Hinweg nicht bemerkt zu werden, weil er sich direkt hinter Princess hielt. Die Frau würde sich offen und ohne jede Tarnung in den Blue Mountains bewegen und zweifellos sofort die Aufmerksamkeit der Späher auf sich lenken. Doug hoffte, dass die Männer ihr dann folgten und nicht abwarteten, ob sich hinter ihr noch jemand anschlich. So kurz vor dem Abschluss des Vertrages mit dem Gouverneur rechnete Granny Nanny wahrscheinlich nicht mit einem Angriff, die Wachtposten wären also kaum doppelt oder dreifach besetzt. Und was den Rückweg anging … Er konnte kaum annehmen, unbemerkt zu bleiben, aber es blieb ihm keine andere Wahl, als auf spärlich besetzte Posten zu vertrauen. Einen oder zwei Wachmänner konnte er sicher ausschalten. Und vielleicht hatte Nora auch eine Idee. Sie lebte jetzt seit fünf Jahren unter den Maroons, es war ausgeschlossen, dass sie immer noch extrem streng bewacht wurde.

Doug nahm also nur eine Pistole mit und vertraute ansonsten auf sein Geschick mit Säbel und Jagdmesser. Wenn er sich verteidigte oder angriff, musste das ohnehin möglichst lautlos geschehen. Schon beim ersten Schuss würden die Maroons gewarnt sein, sich sammeln und ihn stellen. Ansonsten rüstete er sich mit haltbaren Nahrungsmitteln aus, vor allem Schiffszwieback und Trockenfleisch aus Barefoots Beständen. Natürlich konnte er auch fischen und Fallen stellen, während er auf Nora wartete, aber vor allem Letzteres war riskant. Wenn die Maroons eine Falle fanden, hatte er verloren. Seine Chance bestand darin, dass sie ihn nicht suchten. Vermuteten sie einen

Eindringling auf ihrem Hoheitsgebiet, dann trieben sie den auch auf.

Schließlich folgte Princess aufgeregt den vagen Wegbeschreibungen Barefoots Richtung Nanny Town.

»Sie wird doch in der richtigen Siedlung ankommen, oder?«, fragte Doug besorgt, aber Barefoot grinste nur.

»Cudjoe Town ist Dutzende von Meilen weit weg, ganz im Nordwesten. Accompong sitzt in Elizabeth Parish. Bis sie da gelandet ist, haben Nannys Leute sie zehnmal gesichtet. Lassen Sie Princess nur laufen – und Sie passen auf Ihren eigenen Kopf auf!«

Tatsächlich war Nanny Town von Kingston aus innerhalb eines guten Tagesmarsches erreichbar – wenn man denn wusste, wohin man sich wenden musste. Princess, die nicht die Schnellste war und sich obendrein nur zögernd vorantastete, als wollte jede Pflanze sie vergiften und jeder Schmetterling sie fressen, brauchte bis in die Nacht, bevor sie auf Nannys Wächter stieß. Sie schrie laut auf, als sich ein mit Speer und Messer bewaffneter Krieger vor ihr aus dem Busch schob. Doug, der etwa fünfzig Yards hinter ihr lief, duckte sich rasch hinter einem Accarabusch. Er konnte nur hoffen, dass der Mann ihn nicht gesehen hatte – und auch kein weiterer Wächter. Er selbst war vom Auftauchen des großen Schwarzen ebenso überrascht worden wie Princess.

Nun horchte er auf die Stimmen vor ihm, und Wut kochte in ihm auf, als Princess' vermeintlicher Retter ihr erst mal Avancen machte. Natürlich würde er die befreite Sklavin nach Nanny Town bringen. Aber erst könnte man doch gemeinsam etwas Spaß haben. So ein Nachtmarsch Richtung Siedlung sei schließlich kein Vergnügen …

Doug betete, dass Princess das Angebot nicht annahm – und dass der Mann keine Anstalten machte, sie dazu zu zwingen.

Für ihn war ein Nachtmarsch sehr viel sicherer, die Dunkelheit bot zusätzlichen Schutz. Aber was war, wenn der Mann versuchte, sie zu vergewaltigen? Sollte Doug ihr dann zu Hilfe kommen?

Zum Glück bewahrheiteten sich diese Befürchtungen nicht. Princess wehrte entsetzt ab – sie war sicher keine Jungfrau mehr, Barefoot hatte sie ja nicht allein als Verkäuferin gehalten. Aber sie war Christin und wollte gottgefällig leben. Sie träumte von einem Ehemann, möglichst einer richtigen Trauung, und legte das nun lang und breit vor dem grobschlächtigen Maroon, der sie aufgegriffen hatte, offen. Der Mann verstand zwar sicher nur die Hälfte von ihrem erklärenden und entschuldigenden Wortschwall, aber er wusste ein Nein zu respektieren. Resignierend machte er sich daran, Princess direkt nach Nanny Town zu eskortieren, und stieß nur ein paar hundert Yards weiter auf den nächsten Späher. Allerdings schien auch der keine Lust zu haben, die Nacht im Busch zu verbringen. Er war gleich bereit, Princess mit zu begleiten, und keiner der beiden machte sich die Mühe, sich lautlos zu bewegen oder wenigstens die Stimmen zu dämpfen. Auf dem Weg bis zum Fluss machten sie noch fünf weitere Wächter auf sich aufmerksam. Doug versuchte, sich ihre Verstecke zu merken, aber Letzteres war im Dunkeln aussichtslos.

Die Männer lachten und plauderten mit der entflohenen Schwarzen, die auf dem Weg in ihre Siedlung war, und begannen, mit ihr zu flirten. In Nanny Town herrschte zweifellos erheblicher Männerüberschuss. Zwei weitere Wächter schlossen sich Princess' Eskorte an, wahrscheinlich um das neue Mädchen gleich für sich einzunehmen. Doug fragte sich, ob sie sich nicht vor Bestrafung fürchteten. Sicher war es verboten, die Posten ohne wichtigen Grund zu verlassen. Andererseits wimmelte es vor Wachen, die Hälfte hätte gereicht, um die Siedlung zu sichern. Doug wusste nicht recht, was er davon halten sollte, aber er selbst blieb jedenfalls unbemerkt.

Nach knapp zwei Stunden erreichte er im Gefolge der Männer und Princess' den Stony River und sah oberhalb des Flusses die Feuer von Nanny Town. Die Schwarzen durchwateten den Fluss und hätten nun, Leisures Erklärungen zufolge, die Klippen hinaufklettern müssen. Allerdings führten sie Princess offensichtlich auf einfacheren Wegen darum herum. Doug unterdrückte den Impuls, ihnen zu folgen und einen Fluchtweg für Nora auszukundschaften. Aber das war dumm, Nora lebte hier lange genug, um die Wege zu kennen. Und er selbst wagte sich nicht in die Höhle des Löwen Akwasi. Also ließ er Princess ziehen und wanderte weiter flussabwärts – sehr vorsichtig jetzt und immer auf der Hut vor weiteren Wächtern. An einer Stelle, an der es ihm ungefährlich schien, überquerte er schließlich den Fluss – und stieß auf eine Art Pfad, der wohl von Nanny Town aus flussabwärts führte. Und dann blieb ihm fast das Herz stehen, als er plötzlich Schritte hörte. Offensichtlich kam ihm hier jemand entgegen. Doug drückte sich ins Unterholz – und vernahm eine Stimme von oben.

»He, ihr zwei! Alles gut? Ihr spät! Ihr nicht sollt gehen bei Nacht, sagt Queen.«

Eine unwillige Männerstimme, sicher ein weiterer gelangweilter Wächter in einem Ausguck auf einem Baum. Überrascht wirkte er jedoch nicht, und offensichtlich rechnete er auch nicht mit entlaufenen Sklaven, sondern Bewohnerinnen von Nanny Town.

Als Antwort erklang weibliches Lachen. »Nicht machen scheu Pferd, Jimmy, hast du ja gar keins! Sonst nicht wirkt kleine Zauber, den gemacht Tillie. Du nicht sagen Jimmy, für wen du gemacht kleine Zauber!« Weiteres Kichern. Anscheinend zwei junge Mädchen.

Doug versuchte, mit dem Schatten einer Palme zu verschmelzen, als sie vorbeigingen, aber zur Sorge bestand kein Anlass. Eins der schwarzen Mädchen sowie der Wächter Jimmy hatten offensichtlich nur Augen füreinander. Zu Dougs größter Verwunderung verließ auch er seinen Posten, kletterte den Baum herab und schloss sich den Mädchen an. Eifrig flirtend mit der jungen Tillie verschwand er in Richtung Nanny Town. Die Disziplin der Wächter dieser Siedlung ließ eindeutig zu wünschen übrig.

Doug brachte der Anblick der Mädchen, die beide in dunkle, weite Gewänder gehüllt waren, allerdings auf eine neue Idee. Anscheinend führte dieser Weg zu irgendeinem Heiligtum, an dem Frauen und Mädchen ihre kleinen Obeah-Zeremonien abhielten. So etwas gab es bei jeder Plantage, und natürlich woben die Frauen ihre Liebes- und Fruchtbarkeitszauber bei Nacht. Die Wächter waren hier folglich an heimliche Besucher gewöhnt. Doug holte eine Decke aus seinem Rucksack und drapierte sie um sich wie einen Schleier. Im Dunkeln musste er wie eine Frau wirken, die sich zu ihren Geistern schlich.

So getarnt wanderte Doug über den Uferweg, der ihm erstaunlich ausgetreten schien. Leisure hatte die Quelle und die in der Nähe befindlichen Höhlen eigentlich ein Geheimversteck genannt … Nun ja, seit den Angriffen der diversen früheren Gouverneure auf Nanny Town war viel geschehen. Vielleicht hatte sich die Siedlung ausgebreitet, und Dougs Zufluchtsort lag nun näher bei den Hütten. Für ihn sicher gefährlicher, aber einfacher für Nora, wenn sie zu ihm wollte.

Häuser oder Feuer sah er allerdings nicht auf dem beschriebenen Weg. Bis auf fahles Mondlicht war es stockdunkel, als er die Biegung des Flusses erreichte, an der ein Bach in den Stony River münden sollte. Der Bach fand sich auch gleich. Es hatte in den letzten Tagen fortwährend geregnet, also führte er eine Menge Wasser. Doug folgte ihm, wie Leisure es ihm gesagt hatte. Der Weg verlief zunächst durch tiefen Wald, dann lichtete sich der Dschungel. Die Quelle spiegelte das Mondlicht wider und tat sich vor ihm auf wie die strahlend beleuchtete

Bühne eines Theaterstücks. In leuchtenden Kaskaden sprang das Wasser über glatte, runde Steine … Trotz seiner Erschöpfung konnte Doug sich kaum daran sattsehen. Und links davon sollten die Höhlen sein … Er ließ die Decke sinken und machte sich auf die Suche.

»Keine Bewegung! Hände weg vom Säbel! Ich hab eine Waffe!«

Die schneidende Stimme kam von links, vielleicht aus einer der Höhlen. Doug wandte sich ihr erschrocken zu und ärgerte sich über sich selbst. Musste er sich hier wie auf dem Präsentierteller zeigen? Hätte er die Lichtung nicht erst sichern können?

»Wer bist du? Wo kommst du her? Du bist kein Nigger!«

Zu seiner Überraschung erkannte Doug die Stimme einer Frau – die recht korrektes Englisch sprach.

»Madam …« Zu sehen war immer noch nichts, die Stimme kam aus dem Dunkel, aber jemand entsicherte ein Gewehr. Dann ertönte eine Art Kichern.

»Madam hat mich noch nie einer genannt!«

»Ich will Ihnen nichts Böses, Madam, bitte …« Vielleicht ließ sich die Frau ja beschwichtigen, und er konnte entkommen, bevor sie die Wachen rief. Wenn sie sich nicht selbst hier versteckte … Doug sah sich nach einem Fluchtweg um.

»Bei mir ist auch nichts zu klauen. Und wenn du mich schänden willst …« Wieder ein fast gespenstisches Lachen. »Nun, ist lange her, vielleicht macht's ja noch mal Spaß …«

Mit diesen Worten trat die Frau ins Mondlicht. Doug erkannte eine füllige ältere Schwarze, die ihn ein bisschen an seine Köchin Adwea erinnerte. Sie grinste ein zahnloses Grinsen.

»Mein Name ist Tolo«, stellte sie sich vor. »Willkommen in meinem Reich.«

Doug orientierte sich auf der Lichtung und erkannte eine Hütte, die halb in eine der Höhlen hineingebaut war. Es sah aus, als schnitte der Berg sie in zwei Stücke. Davor befanden sich kleinere Bauten. Ein Hühnerstall, sorglich umzäunt, und einige Miniaturhütten – einladend offen für die Geister.

Doug wurde einiges klar.

»Du bist die Obeah-Frau«, sagte er. Deshalb also der ausgetretene Weg. Die Frauen suchten hier Hilfe bei ihren Ritualen.

Tolo lachte. »Ich war's jedenfalls mal. Aber jetzt komm, oder willst du den Wachen in die Hände fallen? Ich brauch nur die Waffe abzufeuern, dann kommen sie. Auch wenn wir zu viel Lärm machen. Ich bin nicht allein hier, weißer Mann …«

Die Warnung war klar. Aber es war dennoch seltsam, dass die Zauberin so weit abseits vom Dorf lebte.

Doug folgte der Frau in ihre Hütte, halbrund und fensterlos, durch ein Loch im Dach fiel etwas Mondlicht. Es roch nach Kräutern und Moder, in der Höhle musste es feucht sein.

»Was willst du also hier?«, fragte Tolo. »Plant der Gouverneur nun doch noch einen Angriff, und du bist sein Spion? Das glaube ich nicht, dafür bist du zu ungeschickt! Aber immerhin hast du's unbemerkt bis hierher geschafft …«

Doug zuckte die Schultern. Tolo wies ihn an, sich auf den Boden ihrer Hütte zu setzen, und schob ihm ein Kissen hin. Doug dankte und ließ sich nieder.

»Die Wachen sind nicht besonders aufmerksam«, bemerkte er.

Tolo kicherte. »Das kommt, weil Nanny nicht da ist«, gab sie Auskunft. »Akwasi nehmen sie nicht ernst …«

»Akwasi ist ihr Stellvertreter?«, brach es aus Doug heraus.

Tolo musterte ihn forschend. »Du kennst Akwasi?«, fragte sie.

Doug nickte grimmig. »Es … es wundert mich nicht wirklich«, meinte er dann. »Er ist ein kluger Kopf.«

Tolo runzelte die Stirn. »Ja? Nun, Männer urteilen da vielleicht anders als ich … Aber nun rede. Was führt dich her?«

»Wo ist denn Granny Nanny?«, fragte Doug zurück. »Ich dachte …«

»Die Queen und der King treffen sich mit Cudjoe und Accompong in den Bergen. Um ihre Götter anzurufen, wegen dieses Vertrages mit dem Gouverneur. Ich hoffe, die Götter hören sie. Afrika ist weit …« Tolo klang nicht sehr optimistisch.

Doug lächelte. »Hört Gott uns nicht immer?«, meinte er.

Tolo zog die Augenbrauen hoch. »Kommt wohl auf den Gott an«, bemerkte sie vage. »Die afrikanischen Götter sind nie viel gereist … Was ist jetzt mit dir? Muss ich meine Waffe wieder vorholen, damit du redest?«

Doug grinste. Er hätte die rundliche Frau längst überwältigt, bevor sie ihre Pistole wieder vorgekramt und entsichert hätte, aber nichts lag ihm ferner.

»Meine Name ist Doug Fortnam«, stellte er sich vor. »Von Cascarilla Gardens. Kennst du eine … Nora Fortnam?«

Er sprach ruhig, aber innerlich zitterte er. Es war immer noch möglich, dass er sich irrte. Die weiße Frau musste nicht Nora sein …

Tolos breites schwarzes Gesicht verzog sich zu einem Lächeln.

»Du kommst spät«, bemerkte sie.

Doug verstand nicht.

»Nun, sie hat dich früher erwartet«, präzisierte die alte Frau. »Ob sie dich jetzt noch will … Ich weiß nicht, ich weiß nicht …«

Es klang wie eine Neckerei, aber Doug schnitt es trotzdem wie ein Messer in die Brust. »Ich dachte, sie wäre tot. Ich dachte, ich hätte sie verloren. Wenn ich es gewusst hätte … Ich wäre am nächsten Tag gekommen, ich …«

»Dann wärst wahrscheinlich du tot«, meinte Tolo gelassen. »Die Geister treiben mitunter Scherze mit uns. Und jetzt willst du sie mitnehmen? Das wird Akwasi nicht gefallen.«

Doug fuhr auf. »Ob's dem gefällt oder nicht, ist mir egal. Ich habe ihm nie was getan, und Nora erst recht nicht. Wenn es sein muss, werde ich um sie kämpfen, ich …«

»Du willst also zur Queen gehen und einen Zweikampf vorschlagen?« Tolo lachte meckernd. »Das klingt nach einem Märchen, das wir noch in hundert Jahren unseren Kindern erzählen werden.«

Doug biss sich auf die Lippen. »Das eher nicht«, meinte er. »Der Gouverneur … Nun, er will keine diplomatischen Verwicklungen. Keine weiße Sklavin, keine spektakuläre Befreiung. Ich dachte also … Wenn sie mich noch will … Sie kommt einfach hierher, und dann gehen wir …«

Tolos lachte wieder. »Du hast ihr also schon einen Liebesbrief geschickt?«, erkundigte sie sich. »Mit einer weißen Taube? Die Tochter meiner alten Missis malte so was auf ihre Briefe. Mit Herzchen im Schnabel …«

Doug lachte jetzt auch. »Mehr mit einer schwarzen Krähe. Aber sie wird erfahren, dass ich hier auf sie warte. Wenn ich das darf …«

Tolo nickte gelassen. »Wenn die Geister dich geschickt haben … Wer bin ich, um dich zu hindern? Aber halte dich versteckt! Um den Hügel herum sind weitere Höhlen. Und stell es dir nicht zu leicht vor. Niemand geht hier einfach weg, wenn die Queen es nicht will. Und Akwasi ist hoch geachtet.« Tolo stand auf und schob den Vorhang zur Seite, der ihre Hütte verschloss. »Du musst auch sicher sein, ob du Nora noch willst«, sagte sie schließlich, fast widerstrebend. »Wenn sie kommt, kommt sie nicht allein, weißer Mann. Sie hat ein Kind.«

KAPITEL 6

Es sprach sich schnell herum, dass die Wächter eine entlaufene Sklavin aufgegriffen hatten, und zufällig war Nora dabei, als man Princess zu Akwasi führte. Es war Sonntag, und Dede hatte verlangt, Jefe in seiner Hütte zu besuchen. Dem kleinen Mädchen gefiel es, wie die Afrikaner auf dem Boden zu sitzen, mit den Fingern zu essen und dann auf den Trommeln herumzuschlagen, die überall standen und lagen. Dede bewunderte die bunt bemalten Schilde an der Wand, die Speere und farbenprächtigen Kissen und Teppiche. Máanu scheute keine Mühe, ihre Hütte einer afrikanischen Behausung so ähnlich wie möglich zu gestalten, während Nora Wert darauf legte, dass ihre Tochter Möbel kennenlernte und mit dem Löffel aß. Ein Besuch bei ihrer zweiten Mama war da eine willkommene Abwechslung.

Nora hatte natürlich geschluckt, als Dede Máanu zum ersten Mal so nannte, aber dann wurde ihr klar, dass sie den Ausdruck von Nanny haben musste. Die Queen spielte gern mit beiden Kindern, wenn Dede Jefe besuchte, und war dabei genauso huldvoll und großmütterlich zu Noras wie zu Máanus Kind. Nora fragte sich, ob sie darunter litt, selbst keine Kinder zu haben, aber vielleicht war das ja normal für eine Ashanti-Queen. Auch in Afrika gab es weibliche Stammesvorstände, wie die kommunikationsfreudige María einigen befreiten Sklavinnen entlockt hatte. Bei den Ashanti stand die Schwester oder Tante des Häuptlings einem eigenen Rat vor und war nach ihm die einflussreichste Person im Stamm. Vielleicht durften diese Frauen ja nicht heiraten. Oder Nannys Kinderlosigkeit ging auf etwas zurück, was weiland ihr Backra mit ihr getan hatte. Auch darüber munkelte man. Sicher waren Ausschreitungen gegenüber dem Mädchen der Grund dafür, dass die Geschwister von ihrer Plantage geflohen waren. Und Nanny selbst sollte den Backra später grausam getötet haben.

Nun aber flehten Nanny und Quao irgendwo in den Bergen den Segen irgendwelcher Götter über ein endlich ausgehandeltes Vertragswerk herab, und Akwasi führte hier die Geschäfte. Er kam sich dabei äußerst wichtig vor, wie Nora bemerkte, als er demonstrativ auf dem Hocker des Häuptlings Platz nahm und die neue Frau – Princess – vor sich stehen ließ.

Princess erzählte die übliche Geschichte. Ihr Backra hatte es übertrieben mit der Arbeit und den Misshandlungen. Als er betrunken schlief, war sie fortgelaufen. Sie hatte Glück gehabt, dass man sie nicht geschnappt hatte.

»Du hast ihn also nicht umgebracht?«, fragte Akwasi.

Es sah aus, als ob das demnächst wichtig werden würde. Das Vertragswerk sah eine Rückgabe entflohener Sklaven vor, zumindest unter bestimmten Bedingungen.

Princess schüttelte heftig den Kopf. »Ich nicht umbringen. Ich Christin!« Sie hob ihm das billige Kreuz entgegen, das sie um den Hals trug. »Ich getauft!«, sagte sie stolz. »Neuer Reverend taufen Sklaven. Sagen, dass vor Gott und süße Herr Jesus alle sein gleich!«

Reverend Stevens' Nachfolger war endlich eingetroffen und sah die Sache mit der Seele der Schwarzen anders als sein Vorgänger. Er taufte sie in Scharen nach jedem Gottesdienst.

Akwasi beeindruckte das nicht. »Gut. Du kannst hierbleiben. Aber du musst dir einen Mann nehmen. Hier …« Er ließ den Blick über die Gruppe der Männer wandern, die Princess hergeleitet hatten. »Tally! Willst du sie haben?«

Princess warf dem großen jungen Mann – es war der Wächter, der sie in der Nacht gestellt hatte – einen erschrockenen Blick zu.

»Ich nicht gleich Mann«, wehrte sie sich. »Nicht irgendein Mann. Ich Christ …«

»Tally ist nicht irgendein Mann!«, belehrte sie Akwasi. »Er ist einer unserer besten Krieger. Ihm gehört viel Land, aber er hat keine Frau, es zu bestellen. Willst du sie, Tally?«

Nora und María hatten die Szene fassungslos beobachtet. Natürlich musste die neu angekommene Frau einen Mann nehmen, das war üblich. Aber doch nicht so schnell und so überfallartig! In Afrika wurden Mädchen von ihren Vätern verheiratet – meist ohne gefragt zu werden. Auch das hatten die Frauen bereits herausgefunden. Aber in der Siedlung hatte sich eigentlich das auf den Plantagen übliche Verfahren eingebürgert: Wenn eine einzelne Frau eintraf, pflegten die ledigen Männer sie heftig zu umwerben, und schließlich wählte sie selbst, wen sie in ihr Bett nahm. Wobei sich die jungen Frauen in Nanny Town auch daran orientierten, wie viel Ansehen der Mann in der Gesellschaft genoss und wie viel Land er besaß. Aber dazu konnte man Princess nicht zwingen. Wenn ihr der Glaube ihres Mannes wichtiger war …

Erstaunlicherweise war es Máanu, die schließlich vortrat. »Bist du ihr Vater, Akwasi, dass du sie verheiratest?«, fragte sie höhnisch. »Oder ihr Backra, dass du sie verkaufst? Was hat Tally dir für sie geboten? Du musst den Mann nicht nehmen, Princess. Du kannst dir selbst eine Hütte bauen und dir später einen suchen.«

»Aber ich nicht kann Haus bauen«, sagte Princess verzweifelt.

Die Situation überforderte sie sichtlich. So hatte sie sich die Freiheit nicht vorgestellt.

»Da siehst du's«, bemerkte Akwasi zu seiner Frau. »Sie will Tally. Oder besser Robby?«

Ein anderer, etwas kleinerer Mann, ebenfalls aus Princess' nächtlicher Eskorte, trat vor und leckte sich die Lippen.

»Ich will Christ«, beharrte Princess verwirrt. »Einer von beide Christ?«

Die Leute auf dem Dorfplatz lachten. Unter den ursprünglich spanischen Sklaven beteten viele zur Dreifaltigkeit, allerdings immer in Gemeinschaft mit anderen Obeah-Göttern und Geistern. Als Christ hätte sich niemand bezeichnet.

»Sie kann warten, bis Nanny zurückkommt!«, beharrte Máanu. »Und Tally und Robby können solange ja schon mal Hütten bauen. Dann kann sie hinterher den nehmen, der das schönste Haus hat!« Auch das schien bei gewissen Stämmen Afrikas ein Auswahlkriterium zu sein.

»Ich will Christ!«, wiederholte Princess. »Aber wo soll schlafen, wenn kein Haus?«

Nora runzelte die Stirn. Sie wusste nicht recht, wie sie das Mädchen einschätzen sollte. Princess war wohl Haussklavin gewesen – auch wenn sie nur einen Herrn gehabt und nicht in einem Haushalt mit Frau und Kindern gelebt hatte. Sie kam auch sicher von keiner Plantage – dort hätte sich niemand davor gefürchtet, ein paar Nächte unter freiem Himmel zu verbringen. Nun, sie hatte gesagt, sie stamme aus Kingston … Nora hätte den neuen Reverend dort gern kennengelernt, der Sklaven taufte. Aber jetzt musste sie sich erst mal um dieses Mädchen kümmern, das offensichtlich völlig unselbstständig war. Und hoffen, dass Máanu sie darin unterstützte.

»Du kannst bei mir wohnen«, sagte sie ruhig. »Bis Nanny zurück ist …«

Princess strahlte – und auf ihrem Gesicht schien obendrein etwas wie freudiges Erkennen aufzuleuchten. Nora wunderte das, gewöhnlich standen befreite Sklavinnen der weißen Frau eher argwöhnisch gegenüber.

»Dein Mann nichts dagegen?«, fragte sie.

Nora warf Akwasi einen festen Blick zu. »Mein Mann führt hier die Geschäfte für die Queen …« Sie spie die Worte aus. »Wenn auch auf sehr eigenwillige Art und Weise. Aber bis Nanny zurück ist, wird er im Dorf bleiben. Bei seiner anderen Frau …«

Princess bekreuzigte sich. »Du aber Christin?«, vergewisserte sie sich.

Nora nickte, obwohl sie da in der letzten Zeit ihre Zweifel hatte. Weder Gott noch sein Sohn hatten ihre Gebete schließlich je erhört.

»Ich bin getauft«, sagte sie.

Princess lächelte glücklich. »Dann ich gehen mit Missis!«, beschied sie Akwasi und die Bewerber um ihre Hand.

Tally und Robby begannen sofort, auf Akwasi einzureden. Der Rest der unverheirateten männlichen Anwesenden rechnete sich dagegen neue Chancen aus und lächelte Princess verheißungsvoll zu, als sie Nora durch die sich zerstreuende Menge folgte. Das Mädchen hatte jedoch keinen Blick für sie.

»Ich auch Nachricht für Missis!«, wisperte sie Nora zu, die nicht genau hinhörte, da sie sich suchend nach ihrer Tochter umsah. »Deshalb gut, dass gehen mit. Gott fügt alles nach seine Sinn. Sagen Reverend.«

Nora seufzte. »Dann hoffen wir mal, dass er Recht hat«, beschied sie die Frau und lächelte, als sie ihre Tochter entdeckte. Die Kleine hatte mit Jefe Kriegsbemalung gespielt und war über und über bedeckt mit Kalk und rotem Schlamm. »Dede, da bist du ja! Wenn auch kaum wiederzuerkennen. Komm jetzt, wir müssen gehen. Wir haben Besuch, Dede, und denk dir, sie heißt Princess! Ist das nicht ein schöner Name?« Sie nahm das kleine Mädchen hoch, und Princess blickte verblüfft in die leuchtend grünen Augen des Kindes, die denen seiner Mutter aufs Haar glichen. »Princess, das ist meine Tochter Deirdre!«

Sie verstand nicht, warum Princess sich erneut bekreuzigte.

Akwasi ließ sich während der Nacht nicht blicken, aber damit hatte Nora auch nicht gerechnet. Princess war völlig erschöpft auf dem Boden in ihrer Hütte eingeschlafen, während sie noch mit Dede am Bach war, um der Kleinen die Farbe abzuwaschen. Nora ließ sie schlafen und wartete auch am nächsten Morgen, bis sie von den Düften des Frühstücks wach wurde. Dabei entschied sie sich, der neuen Freundin ein »weißes Frühstück« zuzubereiten. Sie hatte keinen Stockfisch, aber Okraschoten konnte sie braten – sie selbst zog das traditionelle Frühstück der Weißen auf Jamaika nach wie vor den von den Afrikanern so geliebten Hülsenfrüchten vor. Außerdem hortete sie ein wenig Kaffee. Sie kultivierte Kaffeebohnen auf ihrem Stück Land und röstete sie selbst.

Princess lockte der Geruch wie erwartet aus der Hütte. Sie taumelte verschlafen heraus und hockte sich neben Nora ans Feuer. Das Sitzen auf dem Boden schien ihr fremd zu sein, sie kam sicher nicht aus Afrika. Wahrscheinlich war sie schon als Sklavin geboren. Während sie noch an ihrem Kaffee nippte, erschien überraschend Máanu. Nora wunderte sich darüber. Máanu beehrte sie selten mit ihrem Besuch und eigentlich nie so früh am Morgen. Nora verhielt sich wachsam – während Princess die junge Frau bewundernd anstarrte. Máanu wirkte imponierend und exotisch. Sie trug einen bunten Kaftan, und ihr langes Haar hatte jemand zu vielen Dutzend, am Kopf eng anliegenden Zöpfchen geflochten. Das betonte die schlanke, aristokratische Form ihres Schädels und ihres Gesichts – Nora musste wieder an die sagenhafte Königin Kleopatra denken. Allerdings wirkte Máanu alles andere als glücklich und hielt sich auch nicht so stolz und selbstsicher aufrecht wie sonst.

»Ich wollte fragen, wie es ihr geht«, wandte sie sich an Nora und zeigte auf Princess, nachdem sie kurz gegrüßt hatte.

Nora zuckte die Schultern. »Frag sie selbst, sie kann für

sich sprechen«, bemerkte sie. »Während ich im Gedankenlesen immer noch Schwächen aufweise. Aber das weißt du ja …« Sie füllte einen weiteren Becher Kaffee für Máanu.

Máanu gönnte Princess keinen Blick. Ihr Anliegen richtete sich klar an Nora. »Du … wirst es der Queen doch nicht erzählen, oder?«, fragte sie leise.

Nora runzelte die Stirn. »Was?«, fragte sie. »Die Sache mit Akwasi? Sein Versuch, eine neue Bürgerin von Nanny Town als Trophäe für verdiente Krieger auszugeben? Die Queen sollte das eigentlich erfahren. Aber wie du ebenfalls weißt, gehöre ich nicht gerade zu ihren engsten Vertrauten.«

Máanu spielte mit ihrem Armreif. Sie trug bunten Schmuck, den ein paar Frauen aus Afrika in ihrer Freizeit fertigten.

»Er … er ist nicht so …«, murmelte sie vage. »Er ist nur …«

Nora suchte ihren Blick. »Máanu, du brauchst ihn nicht zu verteidigen. Ich weiß genau, wie er ist. Unser gemeinsamer Mann fließt über vor Selbstmitleid, weil man ihn als Zehnjährigen einmal furchtbar ungerecht behandelt hat. Um sich dafür zu rächen, schlägt er seit Jahren um sich, dabei hätte er nun wirklich keinen Grund mehr dafür. Er ist hoch geachtet, er kriegt alles, was er will – aber nein, er muss sich auch noch aufspielen …«

»Er will diese Männer hinter sich wissen«, erklärte Máanu. »Sie sollen sich ihm verpflichtet fühlen, wenn es mal … wenn es mal …«

»Wenn mal was?«, fragte Nora. »Plant er einen Aufstand gegen Granny Nanny? Oder befürchtet er, dass der Gouverneur doch noch Truppen schickt und dass er fliehen muss und anderswo eine Stadt gründen? Oder will er sich einfach Freunde kaufen, weil er sonst keine hat?«

Máanu vergrub das Gesicht in den Händen. »Er hat Angst, dass sie dich zurückschickt«, sagte sie erstickt. »Wenn der Vertrag unterzeichnet wird. Dann kann er dich nicht länger versteckt halten, und wenn der Gouverneur erfährt, dass du hier bist … Er könnte dich zurückfordern.«

Nora stellte ihren Kaffeebecher ab. Ungläubig starrte sie Máanu an.

»Akwasi würde einen Aufstand gegen Nanny riskieren, um mich behalten zu können?«, fragte sie verblüfft. »Aber das … Mein Gott, Máanu, so wichtig kann ich ihm einfach nicht sein! Das ist unmöglich, er …«

»Er liebt dich«, sagte Máanu kurz. »Keine Ahnung, wie du das geschafft hast …« Sie seufzte und schaute dann mit leerem Blick von Nora zu der nervösen Princess. »Was tut ein Christenmädchen, wenn es einen Mann mehr will als alles andere?«, fragte sie müde. »Was für eine Magie habt ihr, die ich nicht habe?«

Nora tat sie plötzlich leid. Aber Máanu durfte sich nicht weiter in eine Sache verrennen, die letztlich zum Vorwurf der Hexerei führen konnte.

»Das Einzige, was ich für den Mann tun konnte, den ich mehr wollte als alles andere«, sagte Nora hart, »war beten. Aber es hat nichts genützt. Er ist trotzdem gestorben. Und es tut mir leid, Máanu, aber danach habe ich mich nicht mehr um allzu viel Koketterie bemüht. Vorher habe ich natürlich ein paar Dinge … nun, ausprobiert. Wie ich meinen Reifrock wippen lassen konnte, wenn ich ging, damit die jungen Männer meine Beine aufblitzen sahen. Wie ich die Spitze in meinem Ausschnitt verrutschen lassen konnte, um ihnen einen Blick auf meinen Busen zu gewähren … Mit Magie hat das allerdings nichts zu tun.«

»Christen nicht machen Zauber!«, erklärte Princess kategorisch.

Nora zuckte die Schultern. »So würde ich das nicht sagen. Ich kann mich noch gut an die Geschichten vom französischen Hof erinnern. Die Mätressen Ludwigs XIV. … da hat wohl mehr als eine Hexerei betrieben. Es wurden auch welche verurteilt, war da nicht was mit Madame de Montespan? Oder diese Madame de Maintenon aus Martinique? Jedenfalls ging es um hässliche Dinge, Blutopfer, ermordete Kinder …«

Princess bekreuzigte sich wieder, Máanu jedoch schaute immer noch ins Leere.

»Ich hab nur ein Huhn gestohlen«, gab sie zu. »Für den Obeah-Mann. Er versprach mir dafür einen Zauber. Aber du hast ihn gekriegt!« Der alte hasserfüllte Blick traf Nora erneut.

Nora biss sich auf die Lippen. Sie verstand. Jetzt endlich verstand sie.

»Du hast das Huhn geopfert, um Akwasi zu bekommen?«, fragte sie. »Und er hat stattdessen … Du hast uns gesehen, nicht? Und du meintest, dass dein Duppy oder sein Duppy oder …« Sie brach ab. So ganz konnte sie die Sache immer noch nicht nachvollziehen. »Aber Máanu, ich habe überhaupt nicht gezaubert!«, erklärte sie dann. »Ich war nur betrunken – und einsam … Deshalb habe ich ihn nicht abgewehrt. Und ich war verliebt, aber ganz bestimmt nicht in Akwasi.«

Princess hörte nicht auf, sich zu bekreuzigen.

»Akwasi hatte auch ein Huhn gestohlen«, sagte Máanu unvermittelt mit fast tonloser Stimme. Um dann aufzustehen, ohne weiter darauf einzugehen.

»Bitte verrate ihn nicht an die Queen. Er muss eines Tages einsehen …« Sie sprach nicht weiter.

Nora nickte ihr zu. »Von mir wird sie nichts erfahren. Aber du musst mir auch etwas versprechen. Du hast dich jetzt lange genug an mir gerächt. Wenn Nanny mich also irgendwann einmal zurückschicken will – rede es ihr nicht aus!«

Princess schob sich näher an Nora heran, als Máanu gegangen war. »Du nicht musst warten, bis Nanny dich schickt zurück«, flüsterte sie verschwörerisch. »Ich nicht hier, weil weggelaufen.

Viel zu viel Angst, weglaufen, Backras hauen ab Fuß, weißt du …« Sie schüttelte sich. »Und Reverend sagt, guter Christ sein gute Diener …«

Nora hörte nur mit halbem Ohr zu. Sie war noch zu aufgewühlt von dem, was Máanu erzählt hatte. Sie wusste also tatsächlich von Noras kurzer Affäre mit Akwasi und fühlte sich um ihren Zauber betrogen. Kein Wunder, dass sie wütend gewesen war. Mit dem Diebstahl des Huhns hatte sie ihr Leben riskiert. Aber Liebe ließ sich nun mal nicht erzwingen …

»Ich hier, weil mich gekauft Backra Fortnam«, sprach Princess weiter und hatte damit schlagartig Noras ganze Aufmerksamkeit.

»Er mich schicken, zu sagen weiße Missis, dass er warten. An Quelle, zwei Meilen von hier. Du gehen zu ihm, weiße Missis, wenn du ihn noch wollen! Er dich bringen heim! Hier ist Beweis!«

Die Gemme aus Simons altem Siegelring fiel in Noras Hände.

Nora betrachtete sie ungläubig. Dann brach sie in Tränen aus.

KAPITEL 7

Nora folgte dem Uferpfad mit klopfendem Herzen. Sie verließ sich darauf, dass Akwasi sie auch in dieser Nacht nicht aufsuchen würde, und ging im Schutz der Dämmerung. Allerdings würde sie ohnehin niemand aufhalten. Auf der Lichtung am Wasser stand Tolos Hütte. Die Wächter würden keiner Frau verwehren, dort hinzugehen. Aber Doug konnte sich auch kaum bei der Quelle versteckt halten, ohne von der alten Baarm Madda entdeckt worden zu sein. Also gab es drei Möglichkeiten: Vielleicht irrte sich Princess, dann würde sie Doug nie finden. Vielleicht hatte er Tolos Hütte rechtzeitig gesehen und war vor möglicher Entdeckung geflohen – dann war es ebenso aussichtslos. Oder Tolo versteckte ihn …

Der letzte Gedanke ließ Noras Herz schneller schlagen. Tolo war immer auf ihrer Seite gewesen. Womöglich würde sie ihr auch bei der Flucht behilflich sein. Sie musste jeden Pfad rund um ihre Hütte kennen – bestimmt gab es Möglichkeiten, Nanny Town oberhalb der Siedlung zu umgehen und sich dann zur Nordostküste durchzuschlagen. Es gab dort kleine Orte wie Port Antonio und Port Maria, wo sie Aufnahme finden würden. Auf dem direkten Weg Richtung Kingston zu entkommen, hielt Nora nicht für möglich. Der Wald dort war voller Krieger, die schon deshalb Wache hielten, um nicht weben oder töpfern zu müssen. Auf keinen Fall kamen ein Mann, eine Frau und ein Kind durch die Sperren.

Aber ob Doug sie mit Dede überhaupt mitnehmen würde?

Nora versuchte verzweifelt, sich keine zu großen Hoffnungen zu machen. Vielleicht war er gleich wieder gegangen, als er hörte, dass sie längst Akwasis Frau war.

Doug Fortnam beobachtete die Lichtung von einer der Höhlen aus, die oberhalb von Tolos Hütte lagen. Die alte Frau – und vorher Leisure – hatten nicht zu viel versprochen. Die Gegend war voller idealer Verstecke. Wenn man etwas kletterte, fand man sogar Höhlen mit Ausguck. In einer lagerte Doug nun seit zwei Tagen – und wurde von Stunde zu Stunde ungeduldiger. Es konnte nicht allzu schwer für Nora sein, einen Besuch bei Tolo vorzutäuschen. Also worauf wartete sie noch? War Princess womöglich noch nicht zu ihr vorgedrungen? Wurde sie doch gefangen gehalten? Oder wollte sie ihn einfach nicht wiedersehen? Die Sache mit dem Kind lag Doug schwer im Magen. Nora würde sich entscheiden müssen, ob sie es mitnahm oder in Nanny Town ließ. Und egal, was Tolo behauptete: Vielleicht hatte sie ja längst gelernt, Akwasi zu lieben …

In seinen dunkelsten Stunden dachte Doug an den Ausbruch von Lady Hollister. Auch sie hatte mit ihrem Mann sicher hässliche Dinge erlebt. Und dennoch stellte sie sich bedingungslos auf seine Seite. Sie musste ihn lieben … Doug rieb sich die Stirn. Das ewige Grübeln verursachte ihm Kopfschmerzen. Wenn er hier wirklich vier oder gar sechs Wochen ausharren musste, würde er wahnsinnig werden.

Aber dann trat eine Frau auf die Lichtung und sah sich um. Sie kam aus Nanny Town, aber sie steuerte nicht zielsicher auf Tolos Hütte zu wie frühere Besucherinnen, die Doug beobachtet hatte. Und sie war kleiner als die meisten schwarzen Frauen. Sie war zierlich …

Dougs Herz begann zu rasen. Mit aller Konzentration spähte er in die Dämmerung. Die Frau beugte sich herunter zum Teich unter der Quelle. Sie trank. Doug sah kleine, zarte

Hände … Und dann löste sich der Turban, den sie wie alle anderen Frauen um den Kopf geschlungen trug, und gab eine Fülle von Locken frei. Doug konnte die Farbe nicht genau erkennen, aber das Haar war heller als das der Schwarzen – ihre Haut war auch heller.

»Nora!«

Doug konnte einen Aufschrei unterdrücken, aber halblaut entfuhr ihm doch ihr Name. Die Frau hob den Kopf, als habe sie ihn gehört. Doug stand auf und stieß sich dabei am Dach der halbhohen Höhle. Dann stieg er den Felsen hinab – bis es ihm zu lange dauerte. Nur nicht riskieren, dass sie wieder ging!

Doug atmete tief durch, stieß sich seitlich ab und ließ sich in den Teich fallen, aus dem Nora gerade getrunken hatte.

Als er prustend auftauchte, sah er direkt in ihr verblüfftes – und gleich darauf strahlendes Gesicht.

»Ich habe die Götter oft um dein Kommen gebeten«, bemerkte Nora. »Sie haben lange gebraucht. Aber dass sie dich dann gleich vom Himmel fallen lassen …«

Doug stieg aus dem Wasser und zog sie in die Arme. »Himmel ist, wo du bist!«, flüsterte er. »O Gott, Nora, wie sehr habe ich mich nach dir gesehnt! Ich dachte doch, du wärest tot …«

Er küsste sie, und Nora erwiderte den Kuss, als habe sie ihn am Tag zuvor das letzte Mal in den Armen gehalten. Sie empfand ein unglaubliches Gefühl von Ganzheit und Erleichterung. Er war da, endlich da. Ein Mensch. Kein Geist, kein Traum, keine Ausgeburt ihrer Sehnsucht. Schließlich sah sie ihn an und erblickte ein Gesicht, das reifer und schmaler geworden war. Doug wirkte hagerer als früher, seine Lachfalten waren ersten Zeichen von Sorgen und Anspannung gewichen. Aber vielleicht lag das auch an dem Marsch durch die Wildnis und dem angstvollen Warten. Sein Haar jedenfalls war voll und hell wie zuvor, es fiel lang und lockig auf seine Schultern. Und sein

Lächeln zeigte die Grübchen, die sie so sehr vermisst hatte. Wie schon damals musste Nora einfach sofort zurücklächeln.

Doug betrachtete zärtlich ihr feines, feenhaftes Gesicht, jetzt braun gebrannt, fast wie bei einer Mulattin. Und darin diese leuchtend grünen Augen, die er jede Nacht in seinen Träumen gesehen hatte. Nora war dünner als früher, aber ihr Körper war schlank und fraulich geworden, Doug spürte ihre kleinen festen Brüste unter ihrer schlichten Bluse. Sie trug, was alle einfachen Frauen und Sklavinnen auf Jamaika trugen: einen verschlissenen Rock und eine abgetragene Bluse. Akwasi schien seine »Gattin« nicht zu verwöhnen …

»Du bist gekommen! Aber willst du auch mit mir weggehen?«, fragte Doug atemlos, nachdem sie sich erneut geküsst hatten.

Nora nickte. »Wenn du mich mitnimmst … Ich komme nicht allein, Doug. Tolo wird es dir erzählt haben: Ich habe ein Kind.«

Doug hätte Nora auch mit drei Kindern genommen. Er hatte sich nie so vollständig glücklich und erfüllt gefühlt wie in dieser Nacht auf der Lichtung. Eigentlich hatte er erwartet, dass Tolo sich blicken ließ, um ihre Freundin zu begrüßen, aber die alte Frau tat nichts, um Noras und Dougs Wiedersehen zu stören. Es fiel denn auch länger und inniger aus, als Doug es jemals erwartet hätte. Nora folgte ihm fast selbstverständlich die Felswand hinauf in sein Versteck – sie kletterte äußerst geschickt mit nackten Füßen wie eine Eingeborene. Es würde nicht einfach sein, sie wieder an das Leben einer weißen Missis zu gewöhnen – allein der Puder, den sie brauchen würde, um die Sonnenbräune abzudecken …

Doug lächelte bei dem Gedanken. Aber dann dachte er gar nichts mehr, sondern war nur noch Gefühl. Er ging auf in ihrer Liebe, ließ sich Zeit, ihren Körper erneut zu erkunden und zu erwecken. Dabei musste er sehr viel vorsichtiger sein als damals in ihrer ersten Nacht auf Cascarilla Gardens. Nora schreckte zurück, als er Anstalten machte, sie zu berühren, sich auf sie zu legen … Doug verbrachte Stunden damit, sie zu streicheln und zu küssen, bevor sie sich ihm endlich wieder vertrauensvoll öffnen konnte.

»Ich sollte Akwasi umbringen für das, was er dir angetan hat«, flüsterte er.

Nora schmiegte sich an ihn. »Vielleicht wirst du das müssen«, sagte sie in das weiche Haar auf seiner Brust.

Und dann erzählte sie ihm die Geschichte von Akwasi und Máanu.

»Freiwillig lässt er mich niemals gehen«, endete sie schließlich.

Doug nickte. Er war bereit zu kämpfen.

Schließlich wurde es Morgen, bis die beiden sich voneinander lösten. Doug beobachtete im ersten Sonnenlicht, wie Nora Rock und Bluse wieder überstreifte.

»Wo ist der Anhänger?«, fragte er verträumt. »Das Mädchen hat ihn dir doch gegeben?«

Nora nickte. »Ich habe mich unendlich gefreut. Aber … er … er sollte nicht zwischen uns stehen …«

Doug runzelte die Stirn.

Nora lächelte. »Ich habe es dir doch erzählt«, sagte sie leise, »das mit Simon …«

»Und?«, fragte Doug.

Nora zog die Gemme aus der Tasche. Sie hatte sie natürlich bei sich, sie war entschlossen, sich nie wieder davon zu trennen.

»Siehst du nicht, dass es ein Siegel ist?«, fragte sie sanft. »Was meinst du, wofür das G steht?«

Nora verstand nicht, warum Doug nach kurzem Nachdenken in lautes Lachen ausbrach.

»Oh, Nora!« Er konnte kaum an sich halten und zog sie dabei ausgelassen noch einmal an sich. »Nora, Liebste, ich habe fünf Jahre lang den falschen Geist beschworen!«

Als Nora sich endlich auf den Weg zurück zur Siedlung machte, tanzte sie vor Freude. Alles würde gut werden! Doug hatte nichts dagegen, Deirdre mit in die Freiheit zu nehmen, und Tolo hatte Noras Vermutung bestätigt: Es würde nicht einfach werden, aber es gab Pfade, mittels derer sich Nanny Town oberhalb der Siedlung umgehen ließe. Natürlich würden sie aufpassen müssen, auf dem Weg zur Nordostküste nicht den Spähern von Cudjoe oder Accompong in die Arme zu laufen, aber Nanny erwartete keine Angriffe von hinten. Oberhalb der Siedlung gab es keine oder nur sehr wenige Wächter. Das Einzige, was Nora dabei beunruhigte, war der eilige Aufbruch. In Anbetracht von Dougs Erfahrungen im Gefolge von Princess und Tolos Erklärung dafür hatte er beschlossen, die Flucht gleich am nächsten Tag anzugehen. Solange Nanny und Quao unterwegs waren, stand es um die Disziplin der Wächter nicht zum Besten. Nora vermutete, dass die gewieften Rebellenführer regelmäßige Kontrollen durchführten, was Akwasi unterließ.

Nora und Dede mussten also innerhalb eines Tages reisebereit sein, was ihr überstürzt schien. Aber andererseits gab es wirklich nicht viel zu packen. Sie würde nur ein Bündel mit der nötigsten Kleidung und vor allem Reiseproviant schnüren. Ihre Hütte und ihren gesamten Hausstand, so plante sie schon auf dem Weg zurück nach Nanny Town, konnte Princess übernehmen. Das Schwierigste war sicher, Dede davon zu überzeugen, Nanny Town ohne Abschied von Jefe zu verlassen. Am besten sagte sie dem Kind, dass es nur auf eine kurze Reise ging …

Auf jeden Fall würde sich eine Lösung finden – Nora konnte sich an diesem Morgen nicht vorstellen, dass sich irgendetwas nicht in ihrem Sinne entwickeln konnte. Ihr Leben war lange genug kompliziert gewesen, jetzt endlich würde sich alles zum Guten wenden.

Diese Träume zerplatzten allerdings gleich eine Stunde nach ihrer Rückkehr nach Nanny Town. Nora saß mit Princess vor ihrer Hütte, aß ein paar Früchte und erzählte ihrer neuen Freundin gerade so viel über ihre Nacht mit Doug, dass Dede, die in der Nähe spielte, nicht aufmerksam wurde.

»Aber ihr doch wollt heiraten, nicht?«, vergewisserte sich die etwas prüde Princess gerade, als Akwasi mit grimmigem Gesicht aus Richtung des Dorfes kam. Er baute sich in furchterregender Pose vor Nora auf und blitzte sie an.

»Was hast du gemacht? Die ganze Nacht bei der Hexe? Irgendwelche Verschwörungen, irgendwelche Zauber? Oder wieder ein … ein Kind? Zieh dich aus, du weißes Luder! Zieh dich aus, ich will sehen, ob du blutest!«

Nora erzitterte innerlich. Natürlich, die Wächter. Man hatte sie sowohl auf dem Hinweg als auch auf dem Rückweg zu Tolo gesehen und Akwasi darüber informiert. Wobei die abergläubischen Männer zum Glück nur irgendwelche geheimen Rituale fürchteten. Auf die Wahrheit war zumindest bis jetzt noch niemand verfallen. Das musste so bleiben. Und das würde es nur, wenn Nora sich nichts anmerken ließ. Möglichst gleichmütig ließ sie ihren Rock sinken und hoffte, dass Akwasi ihre Brust nicht sehen wollte. Hier konnten Dougs stürmischere Küsse und Zärtlichkeiten vielleicht Spuren hinterlassen haben. Aber an ihrem Unterleib war sicher nichts zu erkennen – Doug und Nora hatten vor ihrem Aufbruch ausgiebig im Teich unterhalb des Wasserfalls gebadet. Außerdem hatten sie um Tolos Feuer gesessen, und der Geruch der darin verbrannten Kräuter hing jetzt noch in Noras Kleidern und ihrem Haar. Princess hatte die Nase gerümpft, als sie sich zu ihr setzte. Jetzt wandte die befreite Sklavin sich beschämt ab, als Nora sich entblößte.

»Zufrieden?«, fragte Nora ihren Mann höhnisch. »Oder willst du auch noch die Kräuter sehen, die man nach Tolos Ansicht nur in Halbmondnächten pflücken darf? Da muss ich dich enttäuschen, sie trocknen noch über ihrem Feuer. Aber riechen kannst du sie!«

Todesmutig hob sie Akwasi ihren Rock entgegen. Als glühender Anhänger Nannys hatte er die Obeah-Frau sicher noch nicht besucht und konnte nicht wissen, dass es im Umfeld ihrer Feuer und der Wohnungen ihrer Geister immer bestialisch stank.

Akwasi schüttelte sich, als er den Geruch wahrnahm. »Was macht man mit dem Zeug?«, fragte er widerwillig. »Tote aufwecken? Oder eher Gift mischen? Ich seh dich nicht gern bei dieser Hexe, Nora, also halt dich fern!«

Akwasi drehte auf dem Absatz um – sicher selbst etwas beschämt über seinen Ausbruch. Nora zog ihren Rock wieder an und schaute ihm wütend nach. Akwasis Verbot, Tolo zu treffen, machte ihren Aufbruch am nächsten Tag viel komplizierter – besonders wenn Akwasi die Wachen anwies, auf sie zu achten. Sie konnte nur hoffen, dass sie es ihm nicht sofort meldeten, wenn sie vorbeiging, und dass Doug und sie weit genug fort waren, wenn Akwasi zu suchen begann. Kurze Zeit dachte sie auch darüber nach, die Flucht aufzuschieben. In einer oder zwei Wochen würden vielleicht nicht Akwasi, aber ganz sicher die Wachmänner sein Verbot vergessen haben. Nanny tauschte die Wachen auch oft aus, das Risiko wäre geringer. Um wieder dadurch größer zu werden, dass die Patrouillen aufmerksamer sein würden.

Nora überlegte hin und her, aber im Grunde stand ihr Entschluss fest: Sie hatte genug von Akwasi, seinen Einschränkungen und Eifersuchtsanfällen. Nora wollte weg, lieber heute als morgen!

Nora erntete nicht nur gemeinsam mit Tolo Heilkräuter – eigentlich tat sie das sogar viel häufiger allein, und meist während des Tages, wenn sie die oft kleinen Wurzeln, Beeren und Blätter besser sehen und von ähnlichen Pflanzen unterscheiden konnte. So verabschiedete sie sich auch am Tag ihrer Flucht schon gegen Mittag von den anderen Frauen auf dem Feld.

»Ich gehe in den Wald, ich habe gestern mit Tolo ein paar Pimentbäume entdeckt, die gerade Beeren tragen. Am besten pflücke ich gleich welche, bevor ich vergesse, wo die Bäume stehen.«

Die anderen Frauen nickten nur dazu. Lediglich Jefe protestierte, als Nora Anstalten machte, Dede mitzunehmen.

»Ich will auch mit!«, verlangte der Kleine. »Ich will auch picknicken im Wald!«

Mit einem Picknick hatte Nora ihrer Tochter eben den Ausflug schmackhaft gemacht, und es erklärte auch das Proviantbündel, das sie jetzt noch mit frischen Früchten auffüllte.

»Es dauert zu lange, Jefe«, beschied ihn Nora. »Vielleicht bleiben wir bis zum Dunkelwerden weg, und dann schimpft deine Mama. Beim nächsten Mal, Jefe. Beim nächsten Mal bestimmt!«

Obwohl der Kleine heulte, machte sich Nora mit Dede auf den Weg und begrüßte unterwegs freundlich jeden Wachmann. Sie schenkte allen ein paar frische Mangos und erzählte von ihrem Vorhaben. Tolo erwähnte sie nicht, und die Männer schienen keinen Argwohn zu hegen. Wahrscheinlich hielten sie Akwasis Verbot an Nora, die Heilerin aufzusuchen, ohnehin für übertrieben. Einen der ihren vor möglichen Zaubereien seiner Ehefrau zu warnen, war eine Sache, den Frauen ihre Freiheit einzuschränken, eine andere. Nora verlor eine Menge Zeit durch ihre Plaudereien mit den Wachen, meinte aber, dass es die Sache wert sei.

Tatsächlich wäre ihre Flucht unbemerkt geblieben, hätte sich Jefe weniger über Dedes Weggang erregt. Aber der kleine Junge war zurzeit in einer ausgeprägten Trotzphase und ergab sich keineswegs gelassen in sein Schicksal, als Nora ihm seine Schwester entzog. Stattdessen quengelte er und benahm sich schlecht – er versuchte sogar, die Zuckerrohrsetzlinge, welche die Frauen gerade in die Erde brachten, wieder herauszureißen und andere Pflanzen zu zertrampeln. Schließlich reichte das sogar der langmütigen María. Entschlossen hob sie das strampelnde Kind hoch und drückte es Mansah in die Arme.

»Hier, nehmen ihn und bringen zu seine Mama. Soll er ärgern Máanu. Hier nur uns hält von Arbeit ab!«

Mansah ließ sich das natürlich nicht zweimal sagen. Noch immer hasste sie die Arbeit auf den Feldern und nutzte jede Gelegenheit, sich davor zu drücken. Also zerrte sie den widerstrebenden Jefe gern Richtung Dorf und brachte ihn zu seinen Eltern. Akwasi verhandelte irgendwelche Streitigkeiten zwischen zwei Töpfern, Máanu schimpfte mit einem Weber wegen seiner unsauberen Arbeit. Sie nahm Mansah ihren Sohn nur unwillig ab.

»Wieso kann ihn Nora nicht ruhigkriegen? Schafft sie doch sonst immer, mit Dede ist er stets friedlich«, wunderte sie sich.

Akwasi sah auf.

»Nora ist im Wald und sammelt Beeren«, antwortete Mansah. »Irgendwo bei Tolos Hütte. Die kommt erst heute Abend zurück – und wahrscheinlich hat sie auch keine Lust auf den kleinen Streithammel. Ich würde den mal verhauen, Máanu. Ist ja vielleicht nicht üblich in Afrika, aber sonst wird er nie ein brauchbarer Nigger …«

Während Máanu sich noch darüber erregte, dass sie ihren Sohn keineswegs zu einem »brauchbaren Nigger«, sondern eher zu einem großen Krieger zu erziehen dachte, brachte Akwasi seine Geschäfte rasch zu Ende.

»Sie ist bei Tolo, Mansah?«, fragte er die Schwester seiner Erstfrau. »Schon wieder?«

Mansah zuckte die Schultern. Von dem Streit zwischen Akwasi und Nora hatte sie nichts mitbekommen.

»Sie pflückt Beeren und Blätter vom Pimentbaum. Macht man Öl draus, hilft bei Blähungen«, gab sie freimütig Auskunft. »Ob mit Tolo oder ohne Tolo weiß ich nicht, aber sie haben die Bäume wohl gemeinsam gefunden.«

Der Pimentbaum wuchs eigentlich eher nah der Küste. Nora betrachtete es als Glücksfall, einen in der Gegend zu finden, und sie war die Einzige, die seine Früchte zu Heilölen verarbeitete. Weder Nanny noch Tolo kannten ihre Einsatzmöglichkeiten. Vielleicht hätte Akwasi Ruhe gegeben, hätte er das gewusst. Aber die Bemerkung »bei Tolos Hütte« hatte sein Misstrauen geweckt.

»Schick die Leute weg, wenn sie heute noch was von mir wollen«, wandte er sich an Máanu. »Ich gehe zum Wasserfall – muss doch mal sehen, was die beiden Hexen da tagelang treiben! Pimentbäume abernten! Das kann sie einem anderen erzählen!«

KAPITEL 8

Doug Fortnam hatte seine Vorbereitungen abgeschlossen, als Nora und Dede am späten Mittag auf die Lichtung kamen. Seine Waffen und die spärliche sonstige Ausrüstung waren verpackt, und er hatte sich Tolos Erklärungen zu den Landmarken am Weg um Nanny Town eingeprägt. Für den Weißen war das oft mühsam gewesen; die Afrikanerin verwandte völlig andere Bilder und Beschreibungen der Landschaft, als er es gewohnt war, und mit der Karte, die er auf dem Boden vor ihrer Hütte einritzte, konnte sie überhaupt nichts anfangen. Letztlich meinte er allerdings, alles halbwegs verstanden zu haben, wobei es ja auch nicht allzu schwierig war. Je weiter hinauf in die Berge sie gingen, bevor sie sich ostwärts hielten, um Nanny Town zu umgehen, desto sicherer. Aber auf einen Abstieg auf die andere Seite ließ man sich besser nicht ein, da drohten Begegnungen mit den Leuten Cudjoes oder Accompongs.

Die letzten Stunden hatte er mit angespanntem Warten verbracht – damit rechnend, dass Nora wieder erst gegen Abend kam. Ihr schon mittägliches Erscheinen war eine freudige Überraschung, und er musste sich sehr beherrschen, sie nicht spontan in die Arme zu ziehen. Nora wehrte ihn jedoch mit einem Stirnrunzeln und einem Seitenblick auf das kleine Mädchen ab, das brav an ihrer Hand mitlief.

»Das ist Deirdre«, stellte sie vor.

Doug lächelte der Kleinen zu. Er hatte nicht mit einer so

ausgeprägten Schönheit und Ähnlichkeit mit Nora gerechnet.

»Aber du wirst kein Unglück über Irland bringen, oder?«, neckte er sie.

Dede schenkte ihm einen verwirrten Blick aus ihren grünen Augen und runzelte die Stirn, wie es für Nora typisch war. Doug liebte sie sofort.

»Ich muss dir die Geschichte mal erzählen«, sagte er dann. »Deirdre war der Name einer Prinzessin, weißt du. Ein wunderschönes Mädchen, aber bei seiner Geburt wurde ihm geweissagt, es würde Unglück über Irland bringen …«

»Ist ein Unglück gekommen?«, erkundigte sich Dede neugierig. Sie liebte Geschichten.

»In gewisser Weise«, meinte Doug. »Aber es war nicht Deirdres Schuld. Der König hat selbst …«

»Unser Freund Doug erzählt dir die Geschichte unterwegs«, unterbrach ihn Nora und sah besorgt auf den Weg, über den sie gekommen war. »Lass uns aufbrechen, mir ist das nicht geheuer mit Akwasi. Ich hätte doch sagen sollen, ich sammle die Beeren ganz woanders … Jedenfalls sollten wir gehen.« Sie warf ihr Bündel über die Schulter.

»Ihr solltet besser bleiben!« Eine gebieterische Stimme hallte vom Rand der Lichtung.

Doug suchte nach seiner Pistole, aber die Waffe war in seinem Rucksack verstaut, und der Säbel, den er schnell gezogen hatte, half ihm kaum gegen die Übermacht. Akwasi und drei nicht minder große schwarze Wachmänner traten eben aus dem Wald.

»Sieh an, sieh an, und ich dachte immer, die Hexerei hier sei Aberglaube!«, sagte Akwasi mit grimmigem Lachen. »Aber nein, der alten Tolo scheint es ja möglich zu sein, längst vergessene Liebhaber aus der Luft erscheinen zu lassen. Oder wie bist du hergekommen, Fortnam?«

Doug zuckte die Schultern und hielt ihm herausfordernd die Waffe entgegen. Vielleicht konnte er einen Speer damit abwehren, wenn Akwasi ihn warf. Allerdings kaum vier Speere …

»Ich komme immer zurück, Akwasi«, sagte er dann. »Du hättest darauf vertrauen sollen. Es hat lange gedauert, aber heute wärst du Busha auf Cascarilla Gardens.«

Akwasi lachte. »Obernigger beim Backra! Genau das hab ich mir immer gewünscht … Aber du konntest deinen Alten ja nicht mal selbst aus dem Weg schaffen. Wenn ich das nicht gemacht hätte …«

»Ich war zehn, Akwasi!«

Doug hatte das Gefühl, diese absurde Auseinandersetzung endlos führen zu müssen. Aber zumindest wusste er jetzt, wer Elias Fortnam erschlagen hatte. Er konnte es Akwasi nicht wirklich übel nehmen. Die Art und Weise, wie sein Vater getötet worden war, ließ ihn für seine eigene Zukunft wenig Gutes ahnen.

»Lass uns gehen, Akwasi!« Das war Nora. Sie wusste, es würde keinen Zweck haben, aber sie musste wenigstens versuchen, an Akwasis Vernunft zu appellieren – und an seine Liebe. »Wenn dir etwas an mir liegt, Akwasi, dann lass uns gehen. Ich gehöre zu Doug, nicht zu dir. Ich will nach Hause. Und du gehörst zu Máanu. Sie liebt dich …«

»Máanu sitzt brav zu Hause, wie es sich einer guten Ehefrau geziemt«, sagte Akwasi. »Während du mich betrügst. Es wäre interessant zu wissen, wie das in Afrika bestraft wird. Einer von den Mohammedanern hat mir mal erzählt, sie steinigen die Weiber …«

»Wenn du mich umbringst, hast du mich auch verloren«, bemerkte Nora. »Du verlierst mich auf jeden Fall, Akwasi. Und was Doug angeht … Ihr wart einmal Freunde. Ist da wirklich gar nichts mehr, was euch verbindet?«

Sie brauchte nur in Akwasis Augen zu sehen, um zu erkennen, dass da durchaus etwas war. Allerdings nur Hass. Blanker Hass.

»Lass es sein, Nora, es lässt sich nicht in Frieden lösen«, sagte Doug. »Aber anders ginge es, Akwasi. Wir stehen hier heute als zwei freie Männer. Wir könnten um sie kämpfen …«

Akwasi lachte wieder. »Du schlägst einen Zweikampf vor?«

»Unter weißen Gentlemen nennt man das ein Duell«, meinte Doug. »Und ja, ich würde mit dir kämpfen. Du kannst die Waffen wählen.«

Nora schüttelte den Kopf. Akwasi war größer und schwerer als Doug, er überragte ihn um Haupteslänge. Und er trainierte den Kampf mit den traditionellen Waffen seines Volkes seit Jahren. Mit Wurfspeer und Messer würde er Doug mühelos töten. Aber Akwasi war auch nicht bereit, sich darauf einzulassen.

»O nein, Backra, damit köderst du mich nicht. Ich bin kein Gentleman – du brauchst mir nicht zu schmeicheln. Wenn überhaupt hochwohlgeboren, dann vielleicht irgendwann der King …« Die Männer hinter ihm raunten, erstaunt, vielleicht erschrocken. »Und du, mein Freund, bist auch nicht mehr der Backra. Ich nehme dich hiermit gefangen, und damit bist du nicht mehr als ein Sklave. Das ist ein uralter Brauch überall in Afrika, ob schwarz, ob weiß!« Er grinste. »Und sie ist sowieso meine Sklavin …« Er wies auf Nora. »Was steht noch gleich auf Flucht, meine Liebe? Für Frauen siebzig Peitschenhiebe, nicht?«

Nora blitzte ihn an. »Das wagst du nicht! Ich bin deine Frau, Akwasi!«

»Auf einmal?«, höhnte Akwasi. »Aber gut, wir können uns auch über Steinigung unterhalten. Das hat Zeit. Erst bringen wir den Gefangenen ins Dorf. Ich könnte mir vorstellen, dass da viele Leute sind, die Lust haben, sich schadlos zu halten an einem weißen Backra!«

Mit einer raschen Bewegung seines Speers schlug Akwasi

Doug den Säbel aus der Hand. Der Angriff war so überraschend gekommen, dass er nichts dagegensetzte. Die anderen Schwarzen ergriffen ihn sogleich und rissen ihm die Arme auf den Rücken.

»Fesselt ihn!«, befahl Akwasi. »Und das Weib und die Hexe.« Er wies auf Tolos Hütte. »Die hat ihnen geholfen, sie muss ebenfalls bestraft werden. Wir bringen sie alle nach Nanny Town.«

»Papa …« Ein dünnes Stimmchen war auf einmal zu vernehmen. Dede hatte den Auftritt ihres Vaters als grimmiger Krieger fassungslos mitangesehen. Jetzt schob sie sich neben ihre Mutter, als die Männer Anstalten machten, auch Nora zu fesseln. »Bist du böse?«

Akwasi grinste zu ihr herab. »Dede, Kleines, hab keine Angst! Ich bin auch nicht böse, nicht mit dir jedenfalls. Und du wirst mir noch mal dankbar sein für das, was ich hier tue. Deine Mutter wollte dich mit zu den Weißen nehmen. Und weißt du, was du da wärst? Eine Sklavin. Bei den Weißen müssen Niggerkinder schwer arbeiten und dürfen nicht spielen. Wenn du nicht brav bist, schlagen sie dich mit Peitschen. Deine Mutter …«

»Akwasi, sag ihr doch so was nicht!«, rief Nora verzweifelt. »Es ist nicht wahr, Dede, ich würde dir nie etwas Böses antun. Und Doug auch nicht, du …«

»Bei den Weißen bin ich eine Prinzessin!« Dede baute sich ebenso selbstbewusst und resolut vor ihrem Vater auf wie der eben vor seinen Gefangenen. »Deirdre. Und wenn sie nicht aufpassen, dann bringe ich Unglück über Irland!«

Trotz seiner misslichen Lage hätte Doug fast gelacht über das winzige, elfenhafte Persönchen, das dem gewaltigen Krieger trotzte. Akwasi lauschte ihr verblüfft. Er kannte die Sage natürlich nicht – und hatte bis heute auch nicht gewusst, dass Nora seine Tochter Deirdre nannte.

»Dein Name ist Dede!«, sagte er jetzt mit einem bösen Seitenblick auf Nora. »Das ist dein einziger Name, ein guter, afrikanischer, der niemandem Unglück bringt.«

»Und wenn doch, dann musst du einfach dem Obeah-Mann ein Huhn stehlen!« Nora erwiderte die Blicke Akwasis jetzt genauso zornerfüllt. »Das erfüllt alle Wünsche. Solange man nur dran glaubt.«

Dede wirkte jetzt genauso ratlos wie ihr Vater wutentbrannt.

»Woher weißt du das?«, zischte er. »Aber ja, es stimmt, ich habe dich gebannt. Du solltest mir gehören, und du gehörst mir noch immer!«

Nora spuckte vor ihm aus. »Da siehst du, was ich ihm wert bin, Deirdre«, spottete sie. »Eine schwarze Sklavin bringt auf dem Markt leicht zweihundertfünfzig Pfund. Eine Henne kostet höchstens einen Shilling.«

Das kleine Mädchen begann zu weinen. Doug fand es an der Zeit, diesem bösartigen Streit vor dem Kind ein Ende zu machen – zumal er die Kombattanten für ausreichend beschäftigt hielt, was längst die Aufmerksamkeit der Wächter auf sich gezogen hatte. Die Männer hatten seine Fesseln noch nicht richtig zugezogen. Doug wirbelte herum, riss einem von ihnen das Messer vom Gürtel und griff gleichzeitig nach seinem Säbel, den Akwasis Attacke in einen Busch geschleudert hatte. Er lag da fast griffbereit, und Doug stieß ihn in einer fließenden Bewegung in die Schulter eines der Krieger, die jetzt Anstalten machten, sich auf ihn zu stürzen. Aber natürlich war der Befreiungsversuch aussichtslos. Die beiden anderen waren gleich über ihm, und mindestens einer von ihnen schien sich aufs Stockfechten zu verstehen. Seine Waffe traf Doug schmerzhaft am Oberarm und an der Hüfte. Der Arm erlahmte, und er ließ den Säbel fallen.

»Ein Ausbruchsversuch!« Akwasi lächelte strahlend. »Der Fluchtversuch eines Sklaven. Es wird immer besser, Doug Fortnam. Wir werden ein Tribunal abhalten. Schade, dass wir keinen Reverend dahaben, der dir erklärt, weshalb man seinem Backra treu zu dienen hat, bevor er mit dir betet, während sie dir den Fuß abschlagen.«

Doug wollte etwas sagen, aber Nora blickte ihn beschwörend an. Es war sinnlos – ihre einzige Chance bestand darin, ruhig mitzugehen und auf die Vernunft Máanus und der anderen Dorfbewohner zu vertrauen. Und auf die baldige Rückkehr der Queen! Granny Nanny würde auf keinen Fall erlauben, dass man kurz vor Vertragsunterzeichnung einen weißen Eindringling peitschte und zerstückelte.

Bevor die Männer noch näher kommen konnten, um sie zu fesseln, nahm sie ihr Kind in den Arm.

»Ich komme freiwillig mit!«, erklärte sie. »Und er auch.« Sie wies auf Doug. »Akwasi ist nicht unser Richter, obwohl er sich so aufführt. Wir unterstellen uns der Gerichtsbarkeit der Queen.«

Die schwarzen Wächter hatten das Wort Gerichtsbarkeit sicher noch nie gehört, aber sie ließen Nora unbehelligt. Doug dagegen banden sie die Arme mit brutaler Gewalt nach hinten. Nora sah, dass er Schmerzen hatte, wahrscheinlich hatte er nach dem Stockschlag einen großen Bluterguss im rechten Arm.

In diesem Moment trat Tolo aus ihrer Hütte.

»Akwasi, du verhöhnst die Geister!«, sagte sie mit fester Stimme. »Die Frau gehört dir nicht, du hast ihren Körper besessen, aber nie ihren Geist. Einmal war das verzeihlich, da hat dich ein Duppy genarrt. Danach war es böse. Du hast kein Recht auf sie. Lass sie gehen!«

»Und ob ich ein Recht auf sie habe. Die Queen hat sie mir gegeben!«, beharrte Akwasi. »Mit dem Segen der Geister!« Er trumpfte auf, und Nora dachte an Nannys Beschwörungen zurück.

Tolo zuckte die Achseln. »Wir werden sehen, wer auf Dauer die stärkeren Geister hinter sich hat«, meinte sie dann. »Aber mich werdet ihr nicht anrühren!« Sie wandte sich mit Befehlsstimme an Akwasis Begleiter. »So viel Macht habe ich gerade noch, dass ich euch auf der Stelle …«

»Kannst du sie vielleicht in Frösche verwandeln?«, fragte Dede schüchtern.

Tolo lächelte das kleine Mädchen an – und dann schien sich ihr Blick in weiter Ferne zu verlieren. »Ich weiß nicht, wo Irland liegt«, sagte sie dann. »Aber dieses Kind wird sehr viel Unglück über Blut von deinem Blute bringen, Akwasi. Und ihr …« Sie machte eine scheuchende Handbewegung, und die Wachen wichen ängstlich zurück.

Akwasi lachte höhnisch. »Sie ist selbst Blut von meinem Blute«, sagte er.

Tolo nickte. »Schon das war falsch. Und nun verlasst mein Land. Mach deine Fehler anderswo, Akwasi, hier störst du die Ruhe der Geister. Und manche von ihnen sind nicht sehr langmütig …«

Zumindest Akwasis Begleiter hatten nichts Dringlicheres zu tun, als sich schnell von der Lichtung zu entfernen. Sie trieben Doug mit ihren Speeren vor sich her, ihnen folgte der Verletzte, der sich die blutende Schulter hielt. Dann kam Nora mit ihrem Kind, zuletzt Akwasi. Auf dem Rückweg nach Nanny Town wurde kein Wort gewechselt. Akwasi brütete still vor sich hin, und Nora hatte genug damit zu tun, ihre rasende Angst niederzukämpfen. Angst um sich selbst, um Doug und nun auch um ihr Kind. Was sollten Tolos verrückte Weissagungen? Und konnten sie womöglich dazu führen, dass Akwasi seine Tochter tötete?

Akwasi ließ Doug in eine Rundhütte sperren, die sonst als Lagerraum genutzt wurde. Natürlich hatte sie kein Schloss, aber die Männer stellten Wachen davor auf. Freiwillige dafür fanden sich reichlich. Nora sank der Mut, als sie erkannte, wie viele ehemalige Sklaven heute noch danach lechzten, sich an einem weißen Backra zu rächen. Das Tribunal, das am kommenden Tag stattfinden sollte, wurde mit Spannung erwartet. Nora durfte in ihre Hütte zurückkehren – allerdings »beaufsichtigte« Akwasi sie persönlich und ließ sie so schmerzerfüllt und wütend zurück wie seit Jahren nicht mehr.

Am Morgen weckten sie dann ein paar aufgeregte Wachen mit der Nachricht, dass der Gefangene entflohen war. Doug hatte die aus Stroh und Kuhfladen geformten Wände der Hütte durchbrochen. Viel Werkzeug brauchte man dazu nicht, ein im Lagerraum befindlicher Spaten hatte gereicht. Den hatte er dann auch als Waffe mitgenommen. Akwasi drohte den säumigen Wächtern mit fürchterlichen Strafen. Bevor er allerdings noch irgendwelche Maßnahmen ergreifen konnte, erklangen schon Hörner, die Entwarnung gaben. Gleich die ersten Patrouillen rund um die Siedlung hatten Doug wieder gefangen genommen. Man mochte Nanny Town umgehen können, wenn man erst mal einen Außenposten wie Tolos Hütte erreicht hatte. Aber ungesehen aus dem Dorf heraus- oder hineinzukommen war unmöglich.

Doug sah etwa so geschlagen aus, wie Nora sich fühlte, als die Männer ihn zurück in die Stadt brachten. Er musste sich gegen die erneute Gefangennahme gewehrt haben, woraufhin ihm die Maroons gezeigt hatten, was ein trainierter Mann selbst mit einfachen und lautlosen Waffen wie einem Schlagstock anstellen konnte. Die Männer mussten ihn stützen, um ihn zu der improvisierten Plattform für die Bestrafung zu schleifen, die Akwasis Freunde in ihrem Überschwang nach Dougs Gefangennahme am Vortag vorbereitet hatten. Nora wurde übel, als sie des Aufbaus ansichtig wurde: Die leicht erhöhte »Bühne«, aufgebaut um einen Baum, an den man den Verurteilten zum Auspeitschen aufhängen konnte, glich zu genau den Konstruktionen auf den Versammlungsplätzen der Plantagen. Hier wollte ganz sicher niemand »Recht sprechen«. Es ging um primitive Rache, ausgeheckt von Menschen, die jedes Mitglied der weißen Rasse hassten. Ein paar der ehemaligen Sklaven hielten Flaschen mit Zuckerrohrschnaps in den Händen. Akwasi musste Sonderrationen verteilt haben.

Nora fühlte die letzte Hoffnung schwinden – zumal das Spektakel nicht, wie eigentlich zu erwarten gewesen wäre, auf dem Versammlungsplatz mitten im Ort stattfand. Man hatte es auf die Übungsplätze der Krieger verlegt, abseits vom Dorf. Wer nicht wollte, würde gar nichts davon mitbekommen. Dementsprechend gestaltete sich denn auch das Publikum: Es versammelten sich fast nur Männer, und die weitaus meisten unter ihnen waren ehemalige Feldsklaven.

Viele kamen mit nackten Oberkörpern. Als man Doug zwischen ihnen hindurchführte, zeigten sie ihm die Narben der Peitschenhiebe auf ihren Rücken. Die echten Maroons, die Familien und älteren Dorfbewohner, von denen Nora sich einen mäßigenden Einfluss erhofft hatte, blieben dagegen in ihren Hütten. Sie brachten kein besonderes Mitleid für weiße Backras auf, bei Überfällen hatten sie keinerlei Hemmungen, Pflanzer zu töten. Aber sie fanden auch kein Vergnügen daran, sie öffentlich zu Tode zu quälen. Wenn Akwasi und seine Leute das tun wollten, würden sie wegschauen.

So waren es insgesamt nur etwa fünfzig von den über zweitausend Bewohnern von Nanny Town, die sich rund um die Plattform und den Galgenbaum versammelten. Sie johlten und pfiffen, als man Doug daranhängte, indem man seine Arme über einem Ast zusammenband. Nora begriff nicht, wie sie das genießen konnten. Jeder von ihnen musste sich erinnern, wie man sich in dieser Situation fühlte. Aber immerhin gab Doug ihnen nicht die Genugtuung, irgendwie auf ihre Schmähungen zu reagieren. Er hatte sich stoisch durch die Menge schleifen und binden lassen – Nora fühlte sich an Akwasis Haltung erinnert, als sie zum ersten Mal einer solchen Bestrafung beiwohnte. Wieder fragte sie sich, wie die Männer einander derart hassen konnten, waren sie sich im Grunde doch so ähnlich.

Akwasi zerrte Nora mit sich auf die Plattform.

»Maroons!«, rief er den Leuten zu. Begeistertes Johlen folgte. Die befreiten Sklaven verstanden den Namen als Ehrentitel – zumal ihnen die von Geburt an freien Schwarzen oft das Gefühl gaben, in Nanny Town Bürger zweiter Klasse zu sein. »Wir sind heute hier, um über einen Sklaven Gericht zu halten! Ich habe ihn gefangen genommen, wie man es mit uns in Afrika tat. Als Kriegsgefangenen, nachdem er in unsere Siedlung einbrach, mit der Absicht, meinen Besitz zu stehlen – ich habe ihn nicht geraubt!«

Ein paar Männer applaudierten. Die wenigen, denen der Unterschied klar war. Den meisten war dagegen schlicht egal, ob ihr Opfer irgendeines Vergehens schuldig oder einfach zur falschen Zeit am falschen Ort gewesen war.

»Ich bin nicht dein Besitz!«, rief Nora.

Ihre leuchtend grünen Augen schienen dabei Funken zu sprühen. Doug schaute auf und sah sie an. Sie war so schön – wenn er sie nur ansehen durfte, während er starb.

Die Männer beachteten Noras Einwand nicht. Sie lachten nur, als Akwasi weitersprach.

»Was also schuldet uns dieser Sklave?«, schrie er in die Menge.

»Zuckerrohr!«, antworteten ein paar der Männer.

»Arbeit!«, riefen einige andere.

»Soll sein gute Knecht!«, zitierte einer grinsend die Vorhaltungen Reverend Stevens'.

»Richtig!«, rief Akwasi mit einem scheinbar ernsten Nicken. »Aber was tat der Sklave? Er lief weg. Ein erstes Mal … Was steht als Strafe fürs Fortlaufen? Zum ersten Mal?«

»Fünfzig Peitschenhiebe!«

»Dreißig Peitschenhiebe!«

»Siebzig!«

Anscheinend differierten die Strafen je nach Plantage. Nur wenige Pflanzer hatten wohl die Höchstmenge von siebzig verhängt, schließlich wollten sie die Arbeitskraft ihres Sklaven ja weiter nutzen.

»Sagen wir fünfzig!«, grinste Akwasi. »Aufseher?«

Einer der kräftigsten Männer, ein riesiger Schwarzer, den Nora nur vom Sehen kannte, ergriff die Peitsche. Er kam nicht aus Cascarilla Gardens, sondern war von einer Plantage östlich von Kingston befreit worden. Überhaupt fanden sich nur wenige frühere Sklaven der Fortnams unter den Zuschauern. Die meisten von ihnen kannten noch den Unterschied zwischen Elias und Doug. Wahrscheinlich schämten sie sich für Akwasis Rachefeldzug. Aber wie die Maroons würden auch sie nicht Partei ergreifen. Ein Weißer in Nanny Town war vogelfrei.

Unter den Jubelschreien der ehemaligen Sklaven knallten jetzt die ersten Peitschenhiebe auf Dougs nackten Rücken. Er bäumte sich darunter auf, schrie allerdings nicht, wobei sich in diesem Stadium noch fast jeder Sklave beherrscht hatte, den Nora je an einem Baum hatte hängen sehen. Erst als die Haut aufplatzte und die Peitsche schließlich immer tiefere Wunden riss, hielten die Männer es nicht mehr aus. Dougs Lippen entrang sich das erste Stöhnen beim achtzehnten Schlag, als ihm das Blut bereits den Rücken herunterlief. Nora suchte verzweifelt seinen Blick, um ihm Mut zu machen.

Doug, der bisher den Kopf gesenkt hielt und in seine eigene Welt versunken wirkte, schien das zu spüren. Er hob den Kopf, sah ihr in die Augen – und lächelte.

Akwasi brüllte seinen Zorn darüber hinaus. »Was machst du, Kerl?«, rief er den Aufseher an. »Schon müde? Der Sklave lacht über dich. Will ihn einer ablösen?«

Ein anderer Mann ergriff unter den Zurufen des Publikums die Peitsche. Die nächsten Schläge erfolgten mit neuer Wucht. Doug hielt sich inzwischen nicht mehr auf den Beinen. Er hing nun wirklich an dem imponierend großen Blauholzbaum, den Akwasis Leute für die Bestrafung ausgesucht hatten. Die Blätter des Baumes leuchteten im Sonnenlicht purpurrot – wie Dougs Blut. Nora schwindelte, aber sie musste stark sein. Sie musste noch Kraft haben, wenn ihr später womöglich das Gleiche drohte. Akwasi würde sich zweifellos auch an ihr schadlos halten für die Flucht.

Doug versuchte jetzt, sein Schreien zu unterdrücken, indem er sich auf die Lippen biss. Sie waren bald so blutig wie sein Rücken. Aber er schaffte es wirklich, Akwasi die Genugtuung nicht zu geben. Mit fast übermenschlicher Anstrengung versagte er sich jede Schmerzensäußerung. Beim sechsunddreißigsten Schlag verlor er das Bewusstsein.

»Und nun?«, fragte Akwasi grinsend ins Publikum.

»Wasser!«, antworteten die Männer mit einer Stimme.

Sie wussten noch zu genau, wie es auf den Plantagen zugegangen war. Nora graute vor ihren gnadenlosen Gesichtern. Akwasi leerte einen Eimer Wasser über Dougs regloser Gestalt.

Doug kam hustend wieder zu sich.

»Weiter?«, fragte der Aufseher, halb an Akwasi, halb an sein Opfer gewandt. Doug kämpfte um seine Haltung, aber er schaffte es, ihm den Kopf zuzuwenden.

»Ich warte«, stieß er zwischen seinen geschundenen Lippen hervor.

Akwasi biss die Zähne zusammen. Schließlich erfolgte der fünfzigste Schlag. Doug hing schweiß- und blutüberströmt in seinen Fesseln – und auch der Mann mit der Peitsche wirkte erschöpft.

Akwasi gab beiden etwas Zeit, zu Atem zu kommen, auch die Männer im Publikum beruhigten sich jetzt. Dann vergewisserte er sich mit einem Blick, dass der Gefangene bei Bewusstsein war.

»Unser Sklave wurde also bestraft«, sagte er gelassen in die Menge. »Aber was tat er? Er nutzte gleich die nächste Gelegenheit zu einer weiteren Flucht.«

Nora stöhnte. Sie hatte nicht wirklich gehofft, dass Akwasi es damit bewenden ließ. Aber dies … dies war zu perfide … Warum hatte er nicht einfach siebzig Hiebe verhängt und es zu Ende gebracht?

»Was steht als Strafe auf die zweite Flucht?«

Nora kämpfte erneut mit der Übelkeit. Sie hatte plötzlich den Bestrafungsplatz auf der Hollister-Plantage vor sich. Die beiden wieder eingefangenen Sklaven …

»Bein ab!«, rief einer der Männer.

»Fuß ab!«, Das waren andere. Anscheinend die häufigste Strafe.

Um Nora drehte sich alles. Doug sah sie hilfesuchend an. Zum ersten Mal sah sie echte Panik in seinen Augen. Auch er musste sich erinnern. Hollisters Sklave hatte die Amputation überlebt, aber das war nicht die Regel. Die weitaus meisten Opfer starben Tage danach unter Fieber und Schmerzen. Das also plante Akwasi …

Er grinste. »Vielleicht reichen ja auch ein paar Zehen? Was meinst du, Sklave? Wenn du nett bittest?«

Doug hatte nicht mehr genug Speichel, um ihn anzuspucken, aber sein Blick sagte genug. Er würde nicht bitten.

»Ein halber Fuß!«, entschied Akwasi lachend.

Jemand zerrte Dougs Fuß auf einen Richtblock. Seine Stiefel hatte man ihm längst weggenommen, die ehemaligen Sklaven hatten ihn zum Richtplatz geführt wie damals einen der ihren – nackter Oberkörper, nackte Füße, nur bekleidet mit einer jetzt blutgetränkten, hellen Baumwollhose. Doug wehrte sich verzweifelt so gut er noch konnte gegen die Männer, die ihn festhielten, woraufhin seine Henker ihn mit einem Seil an den Baum fesselten. Die Rinde bohrte sich in die Wunden in seinem Rücken. Doug schrie zum ersten Mal auf.

»Und wer ist hier geschickt mit der Machete?«, fragte Akwasi in die Menge.

Nora folgte seinem Blick. Gab es wirklich niemanden, der Einspruch erhob? Aber sie sah nur lachende schwarze Gesichter vor dem Podium – und einen bunten Punkt, der sich von der Siedlung her näherte. Eine Frau. Nanny? Nein, das war unmöglich, diese Frau war groß und jung. Die Queen hätte sich niemals so behände bewegen können. Während ein junger Mann zur Machete griff, erkannte Nora Máanu.

Akwasi und der Henker unterhielten sich kurz darüber, wo er zuschlagen sollte. Der Hieb würde Dougs Zehen und Fußballen abtrennen. Doug hob sein totenblasses Gesicht und suchte irgendetwas wie Gefühl in Akwasis Blick. Er bewegte die Lippen.

»Akwasi, wir waren …«

Nora las die Worte mehr von seinen Lippen ab, als sie zu hören.

Akwasi winkte ab. »Wir waren niemals Freunde«, spie er aus.

Máanu schob sich laut schimpfend mit erhobenen Fäusten zwischen den hintersten Reihen der Zuschauer durch.

»Mach!«, sagte Akwasi.

Der junge Henker schlug zu, und Doug bäumte sich auf, als die Machete ihn traf. Aber der Schlag war ungeschickt erfolgt. Er hinterließ eine tiefe Wunde, trennte den Fuß aber nicht vom Körper. Und dann hatte Máanu das Podium erreicht. Sie erstieg es mit einem Schritt und riss dem Mann die Machete aus der Hand.

»Was soll das? Seid ihr verrückt geworden?« Die junge Frau hielt das Messer vor sich, als wollte sie es gegen Akwasi und seinen Helfer führen. »Ich hab gedacht, ihr sucht ihn noch. Ich war bei Tolo … Mansah ist verschwunden. Und jetzt höre ich das hier! Ihr seid … Das ist unglaublich!«

Máanu wandte sich Doug zu und durchschnitt die Fesseln, die ihn an den Baum banden. Ungläubig blickte sie auf das Blut an der Rinde. Doug hing noch an seinen Armen, er war völlig hilflos, auf einem Bein konnte er sich nicht aufrechthalten, und den verletzten Fuß wagte er nicht zu bewegen.

»Das ist unser gutes Recht!«, verteidigte sich Akwasi. »Steht sogar in der Bibel: ›Auge um Auge …‹«

»Seit wann zitierst du die Bibel?«, gab Máanu zornig zurück. »Der Akwasi, den ich kannte, hat dem Obeah-Mann Hühner gestohlen. Und jetzt redet er wie ein weißer Reverend. Tolo hat Recht, Akwasi, du bist weißer als jeder Backra!«

»Das nimmst du zurück!«

Akwasi schien Anstalten zu machen, sich auf sie zu stürzen. Máanu gab ihm eine schallende Ohrfeige.

»Denk dran, dass du jetzt auch noch die andere Wange hinhalten musst!«, verhöhnte sie ihn.

Akwasi schien das die Sprache zu rauben. Dafür regte sich ein anderer Mann, ein großer Ashanti, wahrscheinlich gebürtiger Afrikaner.

»Das genug, Frau! Wir stolz. Wir Rache!«

»Wir Maroons!«, erklärte ein weiterer und warf sich in die Brust.

Die anderen gaben Beifallsrufe von sich und stießen mit den Speeren auf wie afrikanische Krieger. Máanu sah zu ihnen herunter, als handle es sich um unartige Kinder.

»Maroons?«, fragte sie dann. »Ich sehe hier keine Maroons. Und erst recht keinen Stolz!«

Máanu hob erneut die Machete. Ohne sich um die Proteste der Männer zu kümmern, schnitt sie Dougs rechten Arm los.

»Ich sehe nur das, was ich zeitlebens auf den Plantagen gesehen habe: Kerle, denen es Spaß machte, andere zu Tode zu quälen.«

Sie zerschnitt Dougs zweite Fessel. Der junge Mann sank stöhnend zu Boden. Nora wollte zu ihm gehen, aber Akwasi hinderte sie. Máanu blitzte ihn an.

»Und ich sehe keine Ashanti. Nur jammernde, wertlose Feldnigger, die Frauen zwingen, ihnen zu Willen zu sein und ihre Kinder zu gebären, obwohl da keine Liebe ist, sondern nichts als Hass!«

Akwasi ließ Nora los und näherte sich erneut drohend seiner Hauptfrau. Máanu blickte herausfordernd zu ihm auf, und selbst Nora, die eigentlich nur noch Augen für Doug hatte, spürte ihre Kraft. Akwasi mochte sich als Statthalter Quaos sehen, aber Máanu repräsentierte die Macht der Queen. Niemand würde wagen, ihr etwas zu tun. Jetzt näherten sich weitere Bewohner aus Nanny Town. Frauen, aber auch bewaffnete Männer, echte Maroons. Das Mädchen Alima führte sie an.

»Nichts tun Backra!«, rief sie schon von weitem. »Guter Backra. Und Nanny da. Nanny böse! Nicht tun Backra weh!«

Alimas Turban hatte sich gelöst, und ihr Haar flog im Wind. Maalik, ihr Vater, nahm das kommentarlos hin. Er schritt grimmig zwischen den anderen Männern nach vorn, bewaffnet mit einer Machete.

»Wie viele Peitschenhiebe stehen auf Bürgerkrieg?«, fragte Máanu spöttisch ihren Mann. »Komm jetzt herunter und stell dich der Queen. Sie wird dazu einiges zu sagen haben!«

Später konnte sich Nora an das Geschehen der folgenden Stunde nur noch schemenhaft erinnern. Sie war neben Doug zusammengebrochen, aber sie hatte noch genug Kraft gehabt, sich zu vergewissern, dass er lebte. Allerdings wusste sie nicht mehr, wie man sie und Doug zusammen fortgebracht und in eins der Rundhäuser gesperrt hatte. Als sie zu Bewusstsein kam, war die Tür bereits hinter ihnen geschlossen. Das Haus war völlig kahl, wahrscheinlich ein Neubau, und die Männer hatten Nora und Doug auf die nackte, festgestampfte Erde geworfen.

Vor Nora blitzte erneut ein altes Bild auf, als sie Doug neben sich liegen sah. Akwasi, damals auf dem Fußboden seiner Hütte, sein zerschundener Rücken. Máanu, die das Blut mit ihrem neuen Sonntagskleid stillte. Sie selbst zerriss nun ebenfalls ihren Unterrock, um zumindest Dougs Fuß notdürftig zu verbinden. Die Wunde war tief, aber sie konnte vollständig verheilen. Wenn sie sauber gehalten, behandelt und verbunden wurde, wenn der Verletzte Ruhe bekam … Nora machte sich keine Illusionen. Selbst wenn alles gut lief, bestand die Gefahr, dass sich die Verletzung entzündete. Ohne Versorgung der Wunden würde Doug mit ziemlicher Sicherheit sterben.

Mansah brachte Nora schließlich einen Krug Wasser und ein Trinkgefäß.

»Nanny ist sehr böse auf Akwasi!«, raunte sie ihr dabei zu. »Ich hab sie geholt, die Nanny! Die Trommeln sagten, sie würde noch eine Nacht in den Bergen bleiben und beten. Aber ich bin raufgelaufen und hab sie gesucht …«

»Du jetzt kommen!«

Der mürrische Wächter, der Mansah begleitet hatte, war einer der Männer vom Richtplatz. Nora sah ihn hasserfüllt an. Mansah fügte sich widerwillig. Nora bemühte sich, Doug so weit zu stützen, dass sie den Becher an seine Lippen führen konnte. Er trank durstig.

»Diese Hütten«, flüsterte er dann. »Sie haben keine festen Wände. Man braucht nicht mal Werkzeug. Wir … wir können heute Nacht fliehen …«

»Damit sie uns wieder einfangen?«, fragte Nora sanft und strich ihm das schweißfeuchte Haar aus der Stirn. »Du hast doch selbst gesehen, wie gut der Ort gesichert ist.«

Und du könntest keine drei Schritte gehen. Sie sprach es

nicht aus, Doug würde sich die Schwäche nicht eingestehen. Aber tatsächlich war es völlig unmöglich, in seinem Zustand zwanzig Meilen durch den Busch zu fliehen. Selbst wenn die Wachen sie durchlassen würden.

»Du musst fliehen«, sagte Doug. »Wenigstens du. Wenn du in Kingston erzählst …«

Nora schüttelte den Kopf. »Ich allein käme auch nicht weg. Und wenn, dann höchstens zur Nordostküste. Bis ich den Gouverneur alarmiert hätte, hätten sie dich längst umgebracht. Außerdem will ich nicht gehen. Ich bin genau da, wo ich sein will.«

Sie bettete Doug vorsichtig auf ihren Schoß, nachdem sie aus dem Rest ihres Unterrocks Verbandsstreifen für die Wunden an seinem Rücken gerissen hatte. Auch wenn sie sonst nichts für ihn tun konnte, die Striemen sollten wenigstens nicht mit dem Lehmboden in Berührung kommen und weiter verschmutzen.

»Du willst mir nur deine Beine zeigen«, bemühte sich Doug zu scherzen, als sie dann auch ihren weiten Rock zerriss. »Das … das machst du immer, denk … denk an den Hurrikan.«

Nora zwang sich zu lächeln. »Ich bin und bleibe kokett«, bemerkte sie. »Wie konntest du dich nur in eine so leichtfertige Frau verlieben?«

»Ich hab mich in eine Meerjungfrau verliebt«, flüsterte Doug. »Ich sah dich am Strand … mit deinem Pferd. Weißt du, dass ich das Pferd noch habe? Und ein Fohlen. Wenn … wenn wir heimkommen, können wir am Strand entlanggaloppieren …«

Nora streichelte sein Gesicht. Sie spürte jetzt schon, dass er fiebrig wurde. »Aurora wird Amigo nur wieder abhängen«, sagte sie.

Doug schüttelte den Kopf. »Aber nicht ihren Sohn. Nicht den Araber. Weißt du nicht mehr? Sie war bei Keensleys Wunderhengst. Das Fohlen … das Fohlen könnte Rennen gewinnen … Wenn wir zu Hause sind, werden wir …« Doug sprach mit schwächer werdender Stimme von wilden Jagden im Sattel der Kinder der Wüste.

Nora bettete ihn bequemer und versuchte, nicht an Simon zu denken. Es war wieder wie damals. Sie hielt einen Mann in den Armen, der Geschichten erzählte. Sie hatte nichts in der Hand, um den Tod aufzuhalten, nur ihre Träume. Irgendwann schlief sie ein. Vielleicht war ja auch dies ein Traum, ein Albtraum, gesandt von einem eifersüchtigen Geist.

KAPITEL 9

Der Albtraum war nicht vorbei, als Nora erwachte. Doug lag immer noch in ihren Armen, jetzt glühend vor Fieber. Sie versuchte, ihm Wasser zu trinken zu geben, aber er konnte kaum schlucken. Wahrscheinlich würde er auch nichts essen können – falls irgendjemand in Nanny Town ihnen etwas zukommen ließ. Es war halbwegs hell in der Hütte, die Sonne musste also schon recht hoch am Himmel stehen. Dann öffnete sich die einfache Bambustür, und der mürrische Wächter ließ Máanu ein. Sie brachte einen Topf mit Linseneintopf, etwas Fladenbrot – und einen Tiegel Salbe. Nora roch sofort, dass es der Balsam war, den Nanny anmischte. Sie hatte wenig Vertrauen dazu, aber immerhin hatte er damals gegen ihre ärgsten Schmerzen geholfen.

»Das war alles, was ich hatte«, entschuldigte sich Máanu. »Ich habe kein Talent zur Baarm Madda, das weißt du ja.«

Nora nickte. »Wir verdanken dir schon mehr, als wir je vergelten können«, sagte sie steif. »Was ist mit Nanny?«

Nanny hätte mehr Heilmittel gehabt. Vor allem hätte sie Nora den Zugang zu ihren eigenen Vorräten ermöglichen können. Máanu zuckte in ihrer charakteristischen Manier die Schultern.

»Nanny und Quao beraten sich noch«, meinte sie. »Darüber, was mit euch passieren soll.«

Nora hob die Brauen. »Ob Akwasi sein begonnenes Werk fortsetzen darf?«, spottete sie.

Máanu schüttelte den Kopf. In ihren Augen stand Kummer.

»Akwasi wurde aus Nanny Town verbannt«, sagte sie leise. »Ich wollte mitgehen, aber er … er war so voller Wut, ich dachte, er tut mir etwas an. Und den Kindern …« Als sie Noras entsetzten Blick sah, fügte sie schnell hinzu: »Jefe ist bei Nanny, Dede bei Princess, mach dir keine Sorgen.«

»Nanny hat ihn geächtet?«

Nora konnte es kaum glauben. Doug in ihrem Arm hob mühsam die Lider. Anscheinend folgte er dem Gespräch, ein gutes Zeichen. In der Nacht hatte Nora schon gedacht, dass sie ihn längst im Fieberwahn verloren hatte.

»Verbannt«, wiederholte Máanu. »Er darf nie zurückkehren, Cudjoe und Accompong werden ihn auch nicht aufnehmen, da sind schon Boten unterwegs. Aber er kann natürlich auch allein überleben, er …« Sie biss sich auf die Lippen.

»Wa… warum?«

Doug stieß die Worte mühsam hervor. Nora tauchte ein Tuch ins Wasser und befeuchtete seine Lippen.

»Tausend Gründe«, antwortete Máanu. »Unbotmäßigkeit, Amtsanmaßung … Gefährdung des Friedens … Wenn dem Gouverneur zu Ohren käme, hier würden Weiße zu Tode gequält, wäre es aus mit der Anerkennung der Maroons.«

»Dann verstehe ich nicht, warum man uns hierlässt und …«

Nora sprach nicht weiter, aber ihr Blick auf den schwer verwundeten Mann in ihrem Arm sprach Bände.

Máanu zuckte wieder die Achseln. »Darüber beraten sie ja noch. Es kann sein, dass sie euch verschwinden lassen.«

»Was?«, fragte Nora entsetzt. Doug verzog schmerzvoll das Gesicht, als sie sich wütend aufsetzte. »Sie wollen uns umbringen? Nach alldem?«

»Sie können euch umbringen oder euch laufen lassen. Aber es macht einen schlechten Eindruck, wenn er so in Kingston ankommt.« Máanu wies auf Doug. »Und wenn er stirbt, dann können sie dich absolut nicht laufen lassen. Dann geht nur noch ›verschollen, Akwasi ist mit seiner weißen Nutte weg, und von Nora und Doug Fortnam hat Nanny Town nie was gehört‹.«

Nora rieb sich die Schläfe. »Warum lassen sie mich seine Wunden dann nicht versorgen?«, fragte sie.

Máanu hob die Brauen. »Darüber verhandeln sie ja gerade«, wiederholte sie.

Nora seufzte.

»Aber ich würde euch laufen lassen«, sagte Máanu. »Diese Muslime, diese Familie, die du freigelassen hast, Doug, würden euch helfen. Auf die Gefahr hin, dass sie wieder versklavt und bestraft werden. Aber der Mann meint, er könnte dich stützen oder tragen.«

Doug versuchte sich aufzurichten, aber Nora schüttelte den Kopf. »An den Wachen vorbei?«, fragte sie.

»Zu Tolo – wir könnten so tun, als brächten sie einen Verletzten zu ihr. Wenn die Trage verhüllt ist … Und dann könntet ihr Nanny Town umgehen …«

Sie brach ab. Máanu interessierte sich nicht sehr für Krankenpflege, aber sie wusste genug davon, um Dougs Zustand einzuschätzen. Auf dem direkten Weg kam man in einem bis zwei Tagen nach Kingston. Aber über die Berge würde es mindestens eine Woche dauern. Und es war Regenzeit. Der Kranke auf der Trage würde nach wenigen Stunden durchnässt sein, dazu durchgeschüttelt, fiebernd … Doug würde Kingston niemals lebend erreichen.

»Vergiss es«, sagte Nora leise. »Geh zu deiner Queen und sag ihr, wir unterwerfen uns ihrem Urteil. Wenn wir sterben müssen, damit es diesen Vertrag gibt, dann muss das wohl so sein. Aber frag sie, ob sie wirklich einen Vertrag will, der mit Blut geschrieben ist. Wenn das gut gehen soll auf Jamaika, mit Frieden zwischen den Weißen und den Maroons, dann müssen beide Teile verzeihen. Die Weißen haben Tausenden die Freiheit genommen, sie ausgepeitscht und verstümmelt. Die Maroons haben geraubt und gebranntschatzt – und ausgepeitscht und verstümmelt.«

»Der Gouverneur«, flüsterte Doug, »ist ein verständiger Mann. Er … wir …«

»Wir werden ihm erklären, was geschehen ist«, vervollständigte Nora und tupfte Doug den Schweiß vom Gesicht.

Máanu stand auf. »Ich werde sehen, was ich tun kann«, sagte sie dann. »Nanny ist …«

Nora biss sich auf die Lippen. Sie hatte eigentlich nicht bitten wollen. Sie wollte stolz sein, wie Doug am Richtplatz. Aber dann konnte sie nicht anders.

»Sie ist eine Frau«, meinte sie. »Sag ihr, dass ich nichts tun werde, das ihr schaden könnte, wenn sie mir nur den Mann lässt, den ich liebe.«

Máanu lächelte schwach. »Sie ist eine Königin. Die denken anders. Aber sie muss auch einmal eine junge Frau gewesen sein. Und vielleicht hat sie sogar mal für einen Obeah-Mann ein Huhn gestohlen …«

In den nächsten Stunden wartete Nora, während Doug in ihren Armen immer schwächer wurde. Das Fleisch an den Wundrändern schwoll an und entzündete sich, das Fieber stieg. Wenn Nora nicht bald etwas tun könnte, würde die Wunde am Fuß eitern. Doug konnte zumindest sein Bein verlieren. Er war jetzt auch schon kaum noch bei Bewusstsein – und Nora hoffte nur, dass ihn schöne Träume begleiteten. Wie damals in London beschwor sie die Liebe, den Strand und das Meer, wenn sie meinte, dass er sie hörte. Sie sprach mit sanfter Stimme auf ihren Geliebten ein – und verfluchte lautlos Akwasi, die Queen, Gott und alle Geister. Vielleicht fand es ja irgendein höheres Wesen komisch, dass sich ihr Leben im Kreis drehte, vielleicht konnte sie ihrem Schicksal einfach nicht entkommen. Die Kälte im Londoner Eastend, jetzt die glühende, stickige Luft in dieser Bambushütte auf Jamaika. Sie hatte die halbe Welt durchquert, nur um wieder ein Leben in ihren Armen verrinnen zu sehen.

Irgendwann wusste Nora selbst nicht mehr, ob sie wachte oder träumte, ob sie sich das Licht, das plötzlich mitten in der Nacht vor dem Eingang zur Hütte aufleuchtete, nur einbildete oder ob es wirklich da war. Und ob die schwarzen Hände, die Dougs fieberglühenden Körper aufhoben und von ihrer Seite zerrten, zu Geistern oder zu wirklichen Menschen gehörten.

»Ist er tot?«, flüsterte sie erschöpft.

Jemand strich ihr beruhigend das Haar aus dem Gesicht.

»Nein. Aber ich will ihn von hier wegbringen. Es ist heiß hier, stickig, es stinkt.«

Tolos Stimme. Ein Teil von Noras benommenen Sinnen belustigte es, dass ausgerechnet die alte Obeah-Frau von Gestank sprach. Aber es stimmte, der Kuhmist, mit dem man Noras und Dougs Gefängnis befestigt hatte, war noch frisch und roch streng. Nora hatte das bis dahin kaum wahrgenommen …

»Hat Máanu dich gerufen?«, fragte Nora müde.

Sie sollte jetzt aufstehen und Doug folgen, den irgendjemand wegtrug. Aber sie wusste nicht, ob sie es schaffte. Sie hatte zwei Tage fast bewegungslos dagesessen, um Doug wenigstens davor zu bewahren, auf dem dreckigen Boden zu liegen. Jetzt war sie steif und ihre Glieder schmerzten.

»Nanny hat mich gerufen«, sagte Tolo und half ihr auf. »Komm. Wir bringen ihn in deine Hütte. Da ist es besser …«

»Kannst du ihm helfen?«

Nora tastete sich unsicher an Tolos Arm zum Ausgang. Es war Nacht, aber der Mond schien hell, keine Wolke war zu sehen trotz der Regenzeit. Zwei Männer trugen Doug auf einer Trage. Nora sah, dass seine Augen geöffnet waren. Er blickte zum Himmel.

Tolo zuckte die Schultern. »Ich werde es versuchen. Du wirst es versuchen, Nanny wird es versuchen. Wenn die Götter es wollen, wird er leben. Wenn nicht …«

Nora war wieder halbwegs zu sich gekommen, als sie ihre Hütte erreichten. Princess, die dort mit Dede geschlafen hatte, machte bereitwillig Platz und räumte das Bett, das Nora sich einige Jahre zuvor mit großer Anstrengung aus Bambus gebaut hatte. Sie mochte nicht auf dem Boden auf Matten schlafen wie die Schwarzen, und Princess mochte das auch nicht. Aber jetzt suchte sie eifrig zusätzliche Kissen und Decken, als die Männer den Verletzten auf die Pritsche betteten. Nora umarmte ihre Tochter und brach in Tränen aus – fing sich aber gleich, als Tolo Anstalten machte, eine übel riechende Salbe auf Dougs Verletzungen zu schmieren.

»Erst waschen, Tolo!«, sagte sie bestimmt. »Ich weiß, du hältst nichts davon, und vielleicht ist das Wasser in Afrika auch wirklich schädlich, aber hier ist es Quellwasser, es ist sauber und frisch. Und ich hab Seife …«

»Kann ich helfen?«, fragte Princess. Sie schaute mitleidig und ziemlich hoffnungslos auf den Mann auf der Bettstatt, der ihr letzter Backra gewesen war.

Nora nickte. »Mach Feuer, und mach Wasser warm. Wir brauchen Seifenlauge. Und Tee … Gegen Fieber hilft Weidenrinde …«

Sie schaute unglücklich und fragend auf Tolo. Hier in Nanny Town hatte sie keine Weidenrinde. Auf Cascarilla Gardens hatte sie sich das Mittel aus England kommen lassen.

»Wir nehmen Bitterholz«, sagte Tolo. »Ich habe etwas hier …« Sie beförderte eine Tinktur aus ihrem Korb.

»Und haben wir wohl … Zuckerrohrschnaps?«, erkundigte sich Nora.

Wenn sie an die Kalebassen in den Händen der Männer am Richtplatz dachte, wurde ihr übel, aber Dr. Masons Rezept,

Alkohol verschwenderisch über offene Wunden zu gießen, hatte sich einfach schon dutzendfach bewährt.

Tolo grinste. »Hab ich immer«, sagte sie. »Nanny teilt es zu, aber ich brenne mein eigenes Zeug. Die Nächte sind sonst sehr einsam …«

Während Nora noch dabei war, Dougs Wunden zu säubern, und Tolo ihm Bitterholztinktur einflößte, erschien die Queen. Nora blickte sie verwundert an. Abgesehen von der Nacht von Jefes Geburt hatte sie Granny Nanny nie irgendwo anders als in ihrer Hütte oder am Versammlungsplatz gesehen. Sie zwang sich zu einer ehrfürchtigen Verbeugung.

»Queen, ich danke …«

»Lass das«, sagte Nanny kurz. »Ich werde helfen. Die Geister sagen, dass ich ihn heilen kann.«

Misstrauisch betrachtete Nora das Tongefäß, in dem die afrikanische Heilerin nun Kräuter verbrannte, während sie Gebete vor sich hin murmelte.

»Wir streuen die Asche in die Wunden und …« Die Queen beugte sich über Dougs Rücken.

»Nanny«, unterbrach Tolo in ruhigem Ton, bevor Nora aufschreien konnte. »Eine von uns sollte die Geister anrufen. Wir brauchen ihre Kraft. Aber die Kleine da kann es nicht …« Sie wies auf Nora. »Und ich … Nun, ich habe den Gott Onyame zu dir reden hören. Du hast mächtige Geister. Die Götter deines Volkes sind dir über den Ozean gefolgt …«

Nanny lächelte ob der Schmeichelei. »Ich bin nur ihr Gefäß, ich gebe ihnen Gestalt.«

»Wie wir alle«, sagte die Obeah-Frau. »Aber zu dir kommen sie lieber. Bitte ruf für uns die Geister, Nanny!«

Nora gewöhnte sich an die monotonen Gesänge der Queen, die gelegentlich von schrillen Schreien unterbrochen wurden, während sie selbst an Tolos Seite um Dougs Leben kämpfte. Die

Frauen verbanden die Wunden, badeten sie nach Noras Rezepten, legten Kompressen mit Blättern auf, auf deren Wirkung Tolo schwor. Sie flößten ihm Quassia-Tinktur gegen das Fieber ein und einen Tee aus der Rinde des Pimentbaums, der kräftigend wirken sollte. Trotz Noras Protesten verbrannte Tolo Bitterholz und andere Kräuter, um die allgegenwärtigen Fliegen zu vertreiben, die den Kranken quälten. Nora musste zugeben, dass sie besser wirkten als Dedes Gewedel mit Palmblättern, wozu Princess die Kleine anhielt.

»Hab ich auch gemacht, als so klein war wie du!«, erklärte sie dem Mädchen.

Dede strahlte sie an. »Machen das alle Prinzessinnen?«

Niemand erklärte ihr, dass es meist die erste Arbeit war, zu der man Sklavenkinder heranzog.

All das untermalten Nannys Geisterbeschwörungen und Princess' nicht minder beseeltes, aber weniger lärmendes Beten zur Heiligen Dreifaltigkeit. Nora hoffte, dass diese Geräuschkulisse sie wenigstens wach hielt. Trotz ihrer völligen Erschöpfung wollte sie sich nicht ausruhen. Simon war von ihr gegangen, als sie geschlafen hatte – und nun, da sie endlich das Gefühl hatte, den Kreislauf durchbrechen zu können, mochte sie dieses Risiko nicht eingehen.

Aber dann plötzlich sank das Fieber. Dougs Wunden schienen sich langsam zu schließen, der Fuß hatte nicht begonnen zu eitern. Irgendwann am dritten Tag, als Nanny einen besonders schaurigen Schrei zum Himmel herausließ, kam Doug zu Bewusstsein.

»Das kann … nicht die Hölle sein«, flüsterte er, als er in Noras strahlende grüne Augen blickte. »Obwohl es so riecht und sich auch … so anhört …«

Nora lächelte ihm zu. »Das sind nur Tolos Kräuter und Nannys Geister. Du solltest das alles nicht verachten. Ohne die zwei wärst du nicht mehr am Leben.«

»Ich träumte, ich wäre in unserer Hütte am Strand …«, sagte er leise.

»Haben wir da eine Hütte?«, fragte Nora verwundert. Die Hütte am Strand war Simons Traum gewesen, zu Doug gehörten die Pferde.

Doug nickte schwach. »Wenn … wenn er sie freigibt …«

Doug lag noch zwei Wochen lang in Noras Hütte, bevor sie ihm erlaubte, aufzustehen und seinen Fuß vorsichtig wieder zu belasten. Einige Tage später schaffte er es, auf Nora gestützt, bis zu Nannys Hütte in der Mitte des Dorfes. Die Queen hatte die beiden rufen lassen. Auf dem Weg durch Nanny Town begegneten sie niemandem. Nora führte das darauf zurück, dass alle bei der Arbeit waren, aber sicher spielte auch die Scham der Maroons eine Rolle. Ihre Führer hatten ihnen wohl recht deutlich gemacht, dass sie Akwasi nicht hätten gewähren lassen dürfen.

Nanny erwartete Nora und Doug auf ihrem Hocker. Wieder einmal kaute sie an einer Frucht, während sie die beiden anwies, sich auf Kissen vor ihr niederzulassen.

»Ich weiß, dass du noch schwach bist«, wandte sie sich an Doug, ohne sich mit größeren Vorreden oder gar Begrüßungen aufzuhalten. »Aber wirst du gehen können?«

»Wenn ich mich nicht tagelang durchs Gebirge schlagen muss«, meinte Doug, bevor Nora etwas einwenden konnte. »Bis nach Kingston würde ich es schaffen.«

»Dann geht«, sagte die Queen. »Ich schicke euch als Boten zu eurem Gouverneur. Ihr könnt ihm sagen, dass wir den Vertrag annehmen. Wir alle, alle Maroons in den Bergen, zumindest diejenigen, die mir und meinen Brüdern unterstehen.«

Sie sprach den Namen Akwasi nicht aus, aber es mochte noch andere Einzelgänger wie ihn in den Blue Mountains geben.

»Aber bestanden da nicht noch Meinungsverschiedenheiten?«

Nora konnte sich nicht bezähmen, diese Frage zu stellen. Im Dorf munkelte man, die gemeinsamen Geisterbeschwörungen von Nanny und Cudjoe hätten auch nicht viel an den unterschiedlichen Einstellungen zur Sklavenfrage geändert. Cudjoe wollte flüchtige Plantagensklaven zurückschicken, wie der Gouverneur forderte, Nanny mochte das nicht unterschreiben. Bislang bot Nanny Town jedem Asyl.

»Nicht mehr«, sagte sie jetzt. »Nicht mehr seit …« Sie warf einen Blick auf Doug und seinen bandagierten Fuß. »Cudjoe war immer der Ansicht, dass ein Mann, der sich von Sklavenjägern fangen lässt, sein Los verdient …«, die Queen schaute versonnen über Nora und Doug hinweg, als führe sie die Unterhaltung mit sich selbst, »… aber ich …«

»Cudjoe hat sich selbst doch auch fangen lassen«, rutschte es Doug heraus.

Eigentlich war ihm diese Diskussion ziemlich gleichgültig, er wollte nur raus aus Nanny Town. Aber die Argumentation des schwarzen Führers schien ihm doch zu absurd.

»Mit uns war es etwas anderes«, meinte Nanny, immer noch ohne irgendjemanden anzusehen. »Die Weißen haben unser Dorf gestürmt. Sie haben alle genommen … die Sklaven und die Ashanti … Cudjoe war fast noch ein Kind.«

Nora lauschte aufmerksam. Dies also war der Ursprung des immer wieder gehörten Gerüchtes, Granny Nanny sei selbst eine Sklavenhändlerin gewesen, bevor man sie verschleppte. Nora hatte das für unwahrscheinlich gehalten. Nanny war zu jung gewesen. Aber wie es aussah, hatte ihr Dorf an der Elfenbeinküste tatsächlich vom Sklavenhandel gelebt. Bis ein paar besonders skrupellose Weiße nicht bezahlen wollten und sich stattdessen alles nahmen: Gejagte und Jäger.

»Also haben alle ihr Los verdient, außer Cudjoe und seinen Geschwistern?«, fragte Doug provozierend weiter. »Das scheint mir eine eigentümliche Einstellung …«

Nanny nickte. »Ich habe es auch nicht so gesehen«, gab sie zu. »Wenn die einen Musketen haben und die anderen Speere, dann ist der Kampf nicht zu gewinnen. Das sagt nichts aus über Stolz und Würde. Also habe ich Sklaven aufgenommen. Ich wollte ihnen ihren Stolz und ihre Würde wiedergeben. Ich wollte Afrika wiedererwecken … aber sie …«

Nora nickte mitfühlend. Sie verstand plötzlich Nannys verzweifelte Versuche, ihre Maroons von den Weißen fernzuhalten und sich auf alte Bräuche rückzubesinnen. Und ihre Enttäuschung darüber, dass sie lieber bunte Stoffe und Eisenwaren wollten als selbst gewebte Kleider und Tongeschirr. Aber das war nichts gegen die Enttäuschung, die Akwasi und seine Männer ihr bereitet hatten.

»Akwasi war nach einiger Zeit hier wie ein Sohn für mich«, sagte die Queen leise. »Ich sah ihn … ich sah ihn als einen großen Krieger. Natürlich brauchte er Hilfe, um zu werden, was ihm bestimmt war. Ich habe nicht alles gutgeheißen, was er am Anfang mit seiner Sklavin getan hat.« Sie sah Nora an, aber es war nichts um Entschuldigung Heischendes in ihrem Blick. Ein Krieger hatte das Recht, Sklaven zu halten, die Queen stellte das nicht in Frage. »Aber dann wurde es besser, er … Wir alle sahen ihn als einen kommenden King, vielleicht hätte es irgendwann irgendwo in den Bergen Akwasi Town geben können. Und plötzlich … «, Nanny rieb sich kurz die Augen – niemand sollte auch nur auf den Gedanken kommen, sie könnte weinen – »… plötzlich hat er sich benommen wie ein Backra! Sie alle haben sich benommen wie … wie die Weißen!«

»Vielleicht gibt es einfach keinen Unterschied«, sagte Nora ruhig. »Vielleicht sind alle Menschen gleich, Schwarze und Weiße. Die Frage ist immer nur, wer gerade die Peitsche in der Hand hält.«

»Aber es gibt Stolz!«, begehrte die Queen auf. »Es gibt Würde. Es gibt Dinge, die ein Mann nicht tut!«

Nora lachte auf. »Es gibt Dinge, die ein Mensch nicht tun sollte«, berichtigte sie. »Es gibt Gut und Böse, Queen. Nicht Schwarz und Weiß.«

Doug regte sich auf seinem Kissen. Ihm tat vom unbequemen Sitzen alles weh, und er hätte die Diskussion gern beendet, auch wenn Nora und Nanny ihre philosophische Debatte zu genießen schienen.

»Ein Vertragsschluss zwischen Krone und Maroons ist ganz sicher gut«, mischte er sich ein. »Über die Einzelheiten könnt ihr ja noch mal nachdenken.«

»Aber es kann nicht sein, dass Sie Menschen wie Princess demnächst zurückschicken!«, erregte sich Nora. »Oder Maalik, Khadija, Alima … Das können Sie nicht tun, Queen!«

Nanny lachte. »Die weiße Missis will die Sklaven befreien?«, fragte sie. »Wer wird dann Ihr Korsett schnüren, Mrs. Fortnam?«

»Ich bin in London auch nicht nackt herumgelaufen!«, gab Nora zurück. »Vor mir ist noch nie ein Dienstbote weggelaufen. Außer …« Schuldbewusst dachte sie an Máanu. Wenn das Mädchen nur nicht so verschlossen gewesen wäre.

Nanny verzog das Gesicht. »Die zählt nicht«, sagte sie dann. »Sie ist mir auch gerade weggelaufen …«

»Máanu ist fort?«, fragte Nora erschrocken.

Die Queen nickte. »Ihrem Akwasi hinterher. Ganze zwei Tage hat sie's ausgehalten ohne ihn.«

Nora zuckte die Achseln. »Sie liebt ihn …«

Doug rieb sich die Stirn. Er hoffte nur, die Frauen wollten das jetzt nicht auch noch erörtern. »Ein Friedensschluss zwischen Krone und Maroons ist auf jeden Fall ein Anfang«, kam er zurück zum Thema und erinnerte sich an sein lange zurückliegendes Studium der Rechte. Vielleicht konnte er jetzt endlich etwas damit anfangen. »Geben Sie mir noch mal das Vertragswerk, Queen, ich schaue es mir an. Mit ziemlicher Sicherheit kann man die Frage mit der Rückgabe der Sklaven offen formulieren. Ich schreibe Ihnen das so um, dass jeder zufrieden ist – aber niemand etwas einwenden kann, wenn Sie entlaufenen Sklaven trotzdem weiter Asyl geben …«

Nanny runzelte die Stirn. »Aber das … Ein solcher Vertrag ist etwas Heiliges. Wenn man etwas festschreibt … wenn man etwas verspricht …«

Doug lächelte. »Der Trick ist, einfach nicht zu viel zu versprechen.«

Dougs und Noras Aufbruch verzögerte sich noch zwei Tage, aber dann lag der Vertrag zwischen Krone und Maroons sauber ausgeführt und gestochen formuliert der Queen vor. Die Maroons bekannten sich darin klar zu der Vorstellung, dass ein Knecht seinem Herrn Treue schuldete. Sie erklärten sich ausdrücklich bereit, auf entflohene Sklaven dahingehend einzuwirken, den ihnen von Gott zugewiesenen Platz umgehend wieder einzunehmen.

»Woher wissen, welchen Platz Gott gewiesen?«, fragte Princess verwirrt, als Doug Nora den Passus vorlas.

Nora lachte. »Das ist es ja eben, Princess. Nanny und der Gouverneur können darüber durchaus geteilter Meinung sein.«

»Und einwirken bezeichnet alles zwischen gut zureden und in Fesseln legen«, erklärte Doug. »Ich fürchte, Cudjoe wird Letzteres tun. Aber Nanny kann so vielen Sklaven Asyl bieten, wie sie will.«

Nanny hörte sich den veränderten Vertragsentwurf mit verklärtem Gesicht an. »Du verstehst es, mit Worten zu zaubern«, sagte sie schließlich anerkennend.

Doug zuckte die Schultern. »Eine Kunst, die ich erlernt habe. Akwasi und ich haben beide unsere Opfer dafür gebracht … Kann ich dem Gouverneur den Vertrag so vorlegen?«

Nanny nickte. »Sag ihm, wir werden nach Spanish Town kommen, um ihn zu unterschreiben. Ein Friedensschluss erfordert ein Fest.«

Doug lächelte. »Wir werden am Hafen von Kingston Salut schießen!«, versprach er.

Nanny wandte sich jetzt an Nora. »Wir müssen noch über die Kinder sprechen«, sagte sie ruhig.

Nora sah argwöhnisch auf. »Ich werde nicht ohne Dede gehen, und der Gouverneur …«

»Haben wir nicht gerade Frieden geschlossen?«, fragte Nanny müde. »Wir sprechen nicht nur von deiner Tochter, weiße Frau. Wir sprechen auch von deinem Sohn Jefe.«

»Aber Jefe ist Máanus Sohn!«, wunderte sich Nora.

»Nachdem Máanu fort ist, gilt er als der deine. Auch du warst die Frau seines Vaters. Also, was ist mit den Kindern, weiße Missis? Du weißt, was ihnen blüht, wenn du sie mitnimmst. Die Weißen werden sie Nigger nennen …«

»Deirdre ist sehr hellhäutig«, murmelte Nora.

Die Queen schnaubte. »Das wird ihr nicht helfen. Aber davon abgesehen: Jefe ist schwarz wie die Nacht. Also, was willst du tun?«

»Wir werden beide mitnehmen!«, sagte Doug. »Vielleicht kann ich an Jefe gutmachen, was Akwasi widerfahren ist.«

Nanny schloss für einen Moment die Augen. »Oder du wirst die Geschichte wiederholen«, meinte sie dann. »Nun, es geht mich nichts an. Es sind deine Kinder, weiße Frau. Ich hoffe, dass die Götter dich leiten.«

Sie erhob sich majestätisch und wies den beiden den Weg aus ihrer Hütte. Doug verstand plötzlich, warum die Maroons diese kleine, unscheinbare Frau ihre Königin nannten.

KAPITEL 10

Nora und Doug brauchten vier Tage für den Rückweg nach Kingston. Doug schleppte sich auf zwei Krücken dahin, denn Nora verbot ihm, das verletzte Bein aufzusetzen. So brauchte er viele Pausen, und natürlich hielten auch die Kinder die Wanderer auf. Dede und Jefe waren überglücklich über den gemeinsamen Ausflug, aber sie wurden auch schnell müde, und Nora konnte zwar ihre Tochter, nicht aber den sehr viel größeren und stämmigeren Jefe tragen. Dabei quengelte der Junge mehr als seine drei Monate ältere, aber sehr viel zierlichere Schwester. Máanu und Akwasi hatten ihn heillos verwöhnt, er wurde schnell unleidlich, wenn es nicht nach seinem Kopf ging.

»Mama Adwe wird ihm den Dickkopf schon zurechtsetzen«, meinte Doug verärgert, nachdem der Kleine stundenlang gemault und gejammert hatte. »Sie wird überglücklich sein, wieder Kinder um sich zu haben. Davon kann sie nicht genug haben. Aber ich erinnere mich auch noch gut an das Gefühl, ihren Kochlöffel auf meinem Allerwertesten zu spüren. Das war gar nicht angenehm.«

»Wollten wir den Aufsehern nicht die Peitschen wegnehmen?«, fragte Nora lächelnd.

Doug grinste. »Und durch Kochlöffel ersetzen? Eine gute Idee, wir sollten es den Bedingungen der Schwarzen im Friedensvertrag hinzufügen.«

Nora hätte sich gern frisch gemacht, bevor sie Trelawny vor die Augen trat, aber sie hatten kein Hotel in Kingston gefunden – zumindest kein ehrbares –, und im Stadthaus der Hollisters wollte Doug lieber nicht vorsprechen. Es wäre also höchstens noch Barefoots Handelshaus in Frage gekommen, ob sich da jedoch angemessene Kleidung gefunden hätte? Schließlich schleppte sich Doug auch noch über die letzten Meilen nach Spanish Town und brachte seinen Anhang direkt zum Haus des Gouverneurs. Ihm war inzwischen alles egal, er war todmüde, und sein ganzer Körper schmerzte nach dem tagelangen Marsch über unebene Wege.

Die Wachen vor dem Gouverneurspalast schienen zunächst unschlüssig, ob sie das abgerissen wirkende junge Paar und die zwei obendrein schwarzen Kinder einlassen sollten. Der herbeigerufene Sekretär des Gouverneurs bewirkte schließlich Einlass, als Doug sie als Mr. und Mrs. Fortnam vorstellte. Trelawny empfing sie sofort.

»Sie haben ... Das ist tatsächlich Ihre vermisste ... äh ... Stiefmutter?«, fragte der Gouverneur.

Er wirkte wie immer wie aus dem Ei gepellt – und Nora, die fünf Jahre lang keine geschminkten Männer mit Perücken mehr vor sich gesehen hatte, fand seinen Aufzug fast albern. Sie ließ allerdings zu, dass er ihr formvollendet die Hand küsste.

»Das ist meine Verlobte«, erklärte Doug. »Wir werden bald heiraten. Aber sonst ... Ja, ich sagte Ihnen doch, dass ich Mrs. Fortnam befreien werde.«

Der Gouverneur ordnete eine ohnehin perfekt sitzende weiße Locke an seiner Perücke. »Womit Ihnen mehr gelungen ist als sämtlichen Armeen der Krone, die meine Vorgänger in dieses Brigantennest geschickt haben. Respekt, Mr. Fortnam! Und obendrein haben Sie ein paar Niggerkinder mitgebracht.« Er lächelte väterlich zu Dede und Jefe herunter, die ehrfürchtig die prächtigen Möbel und Teppiche in der Residenz bewunderten. »Immer an den Nachwuchs denken … Das Mädchen wird ja wohl mal eine Schönheit …« Dedes Ähnlichkeit mit Nora schien dem Gouverneur nicht aufzufallen. »Aber Sie …« Er wies etwas peinlich berührt auf Dougs Krücken und seine schmutzigen Verbände. »Brauchen Sie einen Arzt?«

»Ich hatte tatsächlich einen kleinen Zusammenstoß mit ein paar Maroons«, bemerkte Doug gelassen. »Aber bemühen Sie sich nicht, die Queen selbst hat sich bereits darum gekümmert. Mistress Nanny hat mich weiterhin als Anwalt beauftragt, Ihnen dieses Vertragswerk vorzulegen. Wenn Ihre Advokaten es bitte auch noch prüfen würden – Mistress Nanny und Mister Cudjoe, die unter ihresgleichen übrigens die Titel Queen und King tragen, was uns etwas übertrieben erscheinen mag, im Interesse der guten Zusammenarbeit aber berücksichtigt werden sollte, würden dann gern Ihrer Einladung nach Spanish Town Folge leisten. Zu einer Vertragsunterzeichnung im Rahmen angemessener Feierlichkeiten. Ach ja, und es wäre der Sache nicht förderlich, wenn Sie die Bürger von Nanny Town weiterhin Briganten oder Nigger nennen. Meine Kinder hören das auch nicht gern. Darf ich vorstellen, Exzellenz: mein Sohn Jeffrey, meine Tochter Deirdre.«

Die Augen des Gouverneurs weiteten sich, und Nora schenkte ihrem Mann einen bewundernden Seitenblick.

»Also, ich hätte jetzt gern ein Bad«, mischte sie sich ein, bevor Trelawny noch antworten konnte. »Vielleicht lässt sich das ja machen. Und mein Mann braucht Ruhe. Über die Einzelheiten dieses Vertrags können Sie dann später noch verhandeln.«

Der Gouverneur sandte noch am gleichen Tag Boten nach Cascarilla Gardens, und Kwadwo ließ es sich nicht nehmen, seinen Herrn und seine Herrin selbst in Spanish Town abzuholen. Doug war so glücklich, ihn zu sehen, dass er ihn spontan umarmte.

»Alles in Ordnung auf der Pflanzung?«, fragte Doug.

Kwadwo nickte, zupfte dabei aber an seiner Lippe herum. »An sich schon. Aber es gibt … Gerüchte …« Der schwarze Vormann wirkte besorgt. »Ich sollte Ihnen das nicht sagen, aber ich bin überzeugt, dass Mr. Ian auch etwas gehört hat. Das Mädchen Máanu soll in der Gegend gesehen worden sein. Und die Leute reden von Akwasi …«

Doug zuckte die Achseln. »Akwasi ist in den Bergen. Der wird sich nicht hertrauen. Wenn Máanu …«

»Wenn Máanu ihre Mutter sehen will, werden wir sie nicht hindern«, bestimmte Nora. »Wir werden … hm … sie einfach nicht zur Kenntnis nehmen. Denkst du, Doug, man kann das auch diesem Mr. Ian begreiflich machen? Was ist der? Aufseher? Aber die Sklaven erzählen ihm den Dorfklatsch?«

Nora war schon bei der herzlichen Begrüßung zwischen Doug und Kwadwo klar geworden, dass sie einige Zeit brauchen würde, um sich mit den veränderten Gegebenheiten auf Cascarilla Gardens vertraut zu machen. Für das neue Haus begeisterte sie sich jedoch sofort. In ihren Albträumen hatte immer noch der alte Steinklotz inmitten der Palmen und Mahagonibäume gestanden, vielleicht rauchgeschwärzt und voller böser Erinnerungen. Sie hatte sich fast davor gefürchtet, ihn wiederzusehen. Das bunt gestrichene, mit Balkonen und Türmchen, Schnitzereien und Stuck verzierte Haus, das Doug stattdessen errichtet hatte, ließ ihre Augen jedoch aufstrahlen.

»Wohnt hier der Prinz?«, fragte Dede ehrfürchtig. Sie hatte sich schon in Kingston und Spanish Town an den Herrenhäusern kaum sattsehen können, aber das neue Haupthaus der Plantage, verwunschen und verträumt im Schatten hoher Bäume, gefiel ihr noch besser.

Doug legte den Arm um sie. »Hier wird die Prinzessin wohnen!«, erklärte er.

»Und der King?«, wollte Jefe wissen. »Wo wohnt der King?«

»Einen King gibt's hier nicht«, beschied ihn Nora und drückte ihn an sich. »Nur Prinzessin Deirdre und Prinz Jeffrey. Das bist du!«

Doug und Nora waren übereingekommen, auch dem kleinen Jungen einen englischen Namen zu geben und ihn umgehend taufen zu lassen. Der neue Reverend sollte da ja zugänglich sein. Der Gouverneur hatte Doug auch dringlich angeraten, dem Kind umgehend einen Freibrief auszustellen.

»Offiziell ist der Junge Ihr Sklave, Mr. Fortnam. Beide Eltern sind zwar entlaufen, aber wenn man sie einfängt, gehören sie nach wie vor Ihnen. Das Kind also auch … Und was Ihr Vorhaben angeht, es praktisch als Ihren Sohn großzuziehen … Das halte ich für sehr unklug, Mr. Fortnam. Sehr unklug!«

Doug hatte dazu nur die Achseln gezuckt. »Na, das ist doch mal eine Ansicht, Exzellenz«, sagte er gelassen, »die Sie mit Queen Nanny vollständig teilen.«

»Mein Papa wird King!«, erklärte Jefe nun selbstbewusst.

Nora wechselte einen Blick mit Doug. Sie konnten beide nur hoffen, dass der Junge Akwasi und die großen Ziele, die der offenbar seinem Sohn mitgeteilt hatte, möglichst bald vergaß.

Bis zum endgültigen Vertragsabschluss zwischen Krone und Maroons gingen noch einige Monate ins Land, eine Zeit, in der sich Nora langsam wieder an ihr Leben als weitgehend unbeschäftigte Pflanzerfrau gewöhnte. Natürlich nahm sie die medizinische Versorgung der Sklaven wieder auf und erneuerte ihre Freundschaft mit den Baarm Maddas der Umgebung, aber sonst verstand sie gar nicht mehr, wie sie Jahre allein mit Lesen, Briefe schreiben und Blumen bestimmen verbringen konnte. Schließlich machte sie sich an die Anlage eines Orchideengartens und wies jede von den verständnislosen Sklaven angebotene Hilfe zurück.

Viel Zeit und vor allem Energie verschlang allerdings auch die Gewöhnung der Kinder an ihr neues Leben auf Cascarilla Gardens, wobei Dede keine großen Schwierigkeiten machte. Das kleine Mädchen zeigte sich anpassungsfähig und brav wie gewohnt, sie glitt ganz selbstverständlich in die Prinzessinnenrolle und musste nur gelegentlich daran erinnert werden, dass sie nicht für jede Handreichung ein Hausmädchen rufen sollte.

»Du konntest dich schon mal allein anziehen!«, rügte Nora zum Beispiel, als gleich drei halbwüchsige Mädchen um ihre eitle Tochter herumwuselten, um ihr Haar zu kämmen und ihre Schuhe zu binden.

»Da hatte ich aber noch keine Schuhe!«, verteidigte sich Dede. »Und keine Haarschleife! Und kein Spitzenkleid!« Die Kleine sah in ihrem neuen Staat entzückend aus.

»Und wir machen gern, Missis!«, erklärten die Mädchen.

Dede hatte das gesamte Personal in kürzester Zeit um den Finger gewickelt. Nora lächelte und dachte daran, dass ihr Vater das einst auch von ihr behauptet hatte. Allerdings fragte sie sich, was er von seiner Enkelin halten würde. Nun, das würde sie ihn in absehbarer Zeit selbst fragen können. Thomas Reed war so glücklich über die Rettung seiner Tochter, dass er im nächsten Jahr einen Besuch auf Jamaika plante.

»Das Spitzenkleid sollst du nur sonntags tragen!«, erklärte Nora resolut und hielt der Kleinen einen einfachen Hänger hin. »Nicht, um Mama Adwe in der Küche zu helfen.« Dann wandte sie sich an die Mädchen. »Und was euch angeht: Dede ist keine Puppe! Wenn sie sich irgendwann benimmt wie die Nichte von Backra Hollister, lasse ich euch höchstpersönlich auspeitschen!«

Mit einer Handbewegung verscheuchte Nora sowohl die kleine Prinzessin als auch ihre willfährigen Dienerinnen. Alle vier huschten lachend davon.

Jefe war ein wesentlich größeres Problem – zumal er sich nicht sicher schien, ob er den Sohn des Kings oder den Freiheitskämpfer herauskehren sollte. Einerseits ließ er sich gern hofieren, andererseits hatte ihm sein Vater eine tiefe Verachtung gegen Sklavenhalter eingeimpft und auch gegen untertänige Sklaven selbst. Jefe verhielt sich folglich ungehorsam gegenüber jedem – vom harmlosen Hausmädchen, das ihm freundlich in die noch ungewohnten Höschen und Hemdchen helfen wollte, bis zu Ian McCloud, der vorerst die Stellung des Hauslehrers bei den Fortnam-Kindern eingenommen hatte. Der junge Schotte war hoch gebildet, und es gefiel ihm sehr viel besser, der staunenden kleinen Deirdre einen Globus zu erklären und Jefe Rechnen beizubringen als im glühenden Sonnenlicht Sklaven zu beaufsichtigen, die ihn sowieso nicht ernst nahmen. Jefe tat das leider auch nicht und ließ es ihn spüren – was Nora immer wieder Sorgen bereitete.

Der Junge sah aus wie ein Sklavenkind, aber verhielt sich wie ein verwöhnter kleiner Backra. Das schuf jetzt schon Unfrieden im Haus, würde aber erst recht zu Komplikationen führen, wenn Nora und Doug endlich wieder wagten, gesellschaftliche Kontakte aufzunehmen. Bislang wurden sie von ihren früheren Freunden und Nachbarn nur misstrauisch beäugt, aber zum nächsten Weihnachtsfest planten sie eine große Hochzeit. Das Fest, so hoffte Doug, würde das Eis wieder brechen. Wie man Jefe dabei einführen sollte, wussten allerdings beide noch nicht.

Doug ritt vor der Vertragsunterzeichnung dreimal hinauf nach Nanny Town, um vom Gouverneur gewünschte kleine Änderungen im Vertragswerk mit den Windward Maroons zu besprechen. Er ging die Reise jedes Mal ungern an, obwohl ihm von Nanny sicher keine Gefahr drohte und der Weg zu Pferde auch leicht an einem Tag zu schaffen war. Allerdings beschlich ihn stets gleich, nachdem er Kingston verlassen hatte, das ungute Gefühl, beobachtet zu werden. Eine Ahnung, die sich nicht legte, bevor er die ersten Wachen von Nanny Town passiert hatte. Dabei erschien ihm die Situation völlig paradox – als Weißer hätte er sich eher im Umfeld der Maroons unsicher fühlen müssen statt im Hoheitsgebiet des Gouverneurs. Aber Doug war jedes Mal froh, wenn er auf dem Hinweg Nanny Town erreichte und auf dem Rückweg die ersten Häuser Kingstons passierte. Nora runzelte die Stirn, als er mit ihr darüber sprach.

»Denkst du, Akwasi lauert dir auf?«, fragte sie.

Doug schüttelte ratlos den Kopf. »Das kann ich mir nicht vorstellen«, meinte er dann. »Er wäre doch verrückt, auf diese Art seinen Kopf zu riskieren. Du kannst bezeugen, dass er meinen Vater ermordet hat – und er hat's mir ja auch persönlich gestanden. Nun werde ich ihm deshalb keine Häscher auf den Hals schicken, er hatte ja gute Gründe. Aber sich jetzt in der Gegend von Kingston rumzutreiben … Mein Gott, ihm steht doch die ganze Insel offen. Die Windward Maroons haben ihn ausgestoßen, aber es gibt noch andere Gruppen, andere Orte … Er braucht nur noch ein paar Wochen zu warten, dann kann er sich als freier Schwarzer überall bewegen.«

»Ohne Freibrief?«, fragte Nora.

Doug lachte. »Gefälschte Freibriefe werden bald an jeder Ecke zu kaufen sein!«, prophezeite er. »Wetten, dass mein Freund Barefoot schon drüber nachdenkt, doch noch lesen und schreiben zu lernen? Da kommt ein heilloses Durcheinander auf uns zu, Nora, wenn freie Neger erst mal akzeptiert werden.«

Bis jetzt war es den Pflanzern auf Jamaika nicht offiziell erlaubt gewesen, ihre Sklaven freizulassen. Wer es doch tat, bewegte sich in einer Grauzone. Wenn er den Schwarzen nicht schützte, konnte ein anderer dessen Freiheit in Frage stellen und ihn womöglich wieder versklaven. Insofern besaßen auch nur wenige, meist langjährige und sehr verdiente Haussklaven Freibriefe, Leute, die ohnehin nicht vorhatten, ihre Herren zu verlassen. Doug selbst hatte Adwea und Kwadwo unlängst solche Urkunden ausgestellt. Adwea sehnte seitdem den Tag der Vertragsunterzeichnung herbei. Sie plante, ihre Tochter Mansah in Nanny Town zu besuchen. Das Mädchen hatte sich Nora bei ihrem Aufbruch mit Doug nicht angeschlossen, obwohl Nanny wahrscheinlich nichts dagegen gehabt hätte. Aber Mansah war inzwischen sechzehn und verliebt in einen der jungen Maroons … Von Máanu hatten Doug und Nora nichts weiter gehört, sie fragten allerdings auch nicht nach.

»Aber wenn Akwasi sich nun immer noch an dir rächen will …«, sorgte sich Nora, als Doug kurz nach dem Gespräch ein letztes Mal vor der Vertragsunterzeichnung nach Nanny Town ritt.

Doug zuckte die Achseln. »Wenn er mich hätte töten wollen, hätte er es längst getan. Zwischen Kingston und Nanny Town bietet jede Wegbiegung die Möglichkeit für einen Hinterhalt. Mach dich nicht verrückt, Nora, es hat sicher gar nichts mit Akwasi zu tun. Wahrscheinlich bilde ich mir die Bedrohung einfach ein.« Er lächelte. »Dein Draufgänger ist ängstlich geworden, meine Schöne. Ich glaube nicht, dass ich noch mal im Alleingang eine Stadt angreifen könnte …«

Nora küsste ihn. »Das sollst du ja auch nicht, solange ich nicht darin gefangen gehalten werde«, gab sie zurück.

Aber all ihre Scherze konnten das ungute Gefühl, das Dougs Geständnis in ihr ausgelöst hatte, nicht vertreiben. Schon deshalb nicht, weil auch sie unter vergleichbaren Einbildungen litt. Zumindest hatte sie es sich bisher so erklärt, wenn sie sich beobachtet fühlte – wobei die Bedrohung für sie näherzuliegen schien als für Doug. Nora meinte, vor allem am Strand von Cascarilla Gardens fremde Blicke auf sich ruhen zu fühlen. Nun, da dazu keine Heimlichkeiten mehr nötig waren, ritt sie fast jeden Tag dorthin. Doug hatte ihr die Hütte gezeigt, die er für ihren Geist hatte errichten lassen, und sie war zu Tränen gerührt gewesen. Es schien wirklich, als sei Doug in ihre Träume eingetaucht – der Strand sah jetzt ganz genauso aus, wie Simon und Nora es sich vorgestellt hatten. So musste sie denn auch an Simon denken, als sie zum ersten Mal meinte, eine fremde Präsenz in ihrer Nähe zu spüren. Ein bisschen schuldbewusst erinnerte sie sich daran, wie schnell sie seinen Schatten beiseitegeschoben hatte, als Doug schließlich wieder leibhaftig vor ihr gestanden hatte. Gab es tatsächlich einen Geist, der hier ihre Nähe suchte?

Als Nora ein anderes Mal in der Hütte Zuflucht vor einem Regenschauer fand, wurde das Gefühl, nicht allein zu sein, übermächtig. So stark, dass sie den Kopf hob und Kontakt suchte.

»Bist du da? Macht es … macht es dir etwas aus?«

Nora tastete nach Simons Andenken, das sie nicht mehr ständig am Hals trug, aber doch stets bei sich. Immer wieder überkam sie das Gefühl, Simon zu betrügen, weil sie mit Doug lebte und ihn liebte.

Natürlich erfolgte keine Antwort, und Nora kam sich ungeheuer töricht vor, als sie schließlich wieder in den Sonnenschein hinaustrat und ihre Füße in den regennassen Sand setzte. Außer ihren eigenen gab es hier zumindest keine Spuren.

Aber Geister hinterließen ja auch keine Fußabdrücke.

»Und ob es mir etwas ausmacht!«

Akwasi hätte fast geantwortet, als er Noras unsichere Frage hörte. Wütend schlug er die Fingernägel in den Stamm der Palme, zwischen deren Wedeln er Ausguck bezogen hatte wie so oft zuvor. Jetzt, mit der Hütte am Strand, war es noch leichter, Nora – und oft auch Doug – ungesehen zu beobachten. Der Ausguck über der Hütte machte es auch leicht, sie zu belauschen, wenn sie drinnen waren, und Akwasi musste oft genug an sich halten, um nicht hinunterzuspringen, seinen Rivalen zu töten und die Frau erneut zu entführen. Er beherrschte sich allerdings eisern. Allein mit Nora würde er nicht weit kommen – und für den Mord und die Entführung würde man ihn jagen wie einen Hund. Nicht mal in den Bergen wäre er sicher. Seit Nanny sich Doug Fortnam als ihren Hausadvokaten hielt, standen die Fortnams unter dem Schutz der Windward Maroons. Und deren Truppen würden ihn finden, da machte Akwasi sich keinerlei Illusionen.

Nein, wenn er irgendwann den Hauch einer Chance haben wollte, Nora zurückzugewinnen, dann ging das nur über den Plan, auf den er seit Monaten hinarbeitete. Er musste den Friedensschluss zwischen Weißen und Maroons verhindern – und dafür sorgen, dass Nanny und Quao, besser auch noch Cudjoe und Accompong, entmachtet wurden. Dann konnte er selbst die Maroons oder doch wenigstens einen Teil von ihnen erneut vereinen – und Nora und seine Kinder zurückholen, nachdem er Doug gegeben hatte, was er verdiente. Aber vielleicht ließ sich die Angelegenheit Doug Fortnam ja auch mit einem Schlag lösen. Wenn er ein gutes Schussfeld fand und die Pistole mehrmals laden konnte, war alles möglich.

Vorerst brauchte er jedoch Geduld. Akwasi biss die Zähne zusammen. Und überließ Nora der Zwiesprache mit ihren Geistern.

KAPITEL 11

Im Herbst des Jahres 1739 wurde schließlich der Tag für die feierliche Vertragsunterzeichnung festgesetzt, und der Gouverneur bot Cudjoe, Accompong, Nanny und Quao freies Geleit in die Stadt Spanish Town. Das war natürlich mit Schwierigkeiten verbunden, nicht jeder Weiße in Kingston unterstützte den Friedensschluss.

»Wir hätten sie besser ausräuchern sollen!«, lärmte Christopher Keensley, der natürlich wie alle anderen Pflanzer der Gegend zum Fest erschienen war.

Die bessere Gesellschaft belegte die vordersten Plätze auf dem quadratischen Platz vor dem Haus des Gouverneurs. Trelawny hatte vor, die Maroon-Führer hier im Zentrum der Stadt zu empfangen und dann nach der Zeremonie ein paar Worte zu seinen Bürgern zu sprechen. Schon jetzt waren der Platz und der Weg, der für die Maroon-Führer frei gehalten wurde, von Menschen gesäumt. Jeder, vom Pflanzer bis zum Sklaven, wollte einen Blick auf die legendäre Granny Nanny werfen. Unter den Sklaven kamen allerdings nur wenige in den Genuss dieses Privilegs. Niemand war auf die Idee gekommen, seinen Feldsklaven dafür freizugeben, und so befanden sich nur einige Hausdiener und Zofen im Gefolge ihrer Herrschaft auf dem Platz. Dazu ein paar freie Schwarze, aber die verbannte man natürlich in die letzten Reihen.

»Meine Rede!«, antwortete Hollister seinem Freund und suchte stöhnend nach einer besseren Sitzposition.

Er hatte seine Verletzungen überlebt, aber er konnte nach wie vor nur mühsam und breitbeinig gehen und sitzen. An Reiten war nicht mehr zu denken, und auch das Rütteln einer Kutsche bereitete ihm Schmerzen. Wenn er von Kingston zu seiner Plantage und zurück reiste, bediente er sich deshalb neuerdings einer Sänfte, getragen von vier seiner Sklaven.

»Wie ein römischer Kaiser«, bemerkte Nora zu Doug, als sie das zum ersten Mal sah. »Ich weiß, das ist nicht komisch, der arme Mann. Aber der Vergleich mit Nero drängt sich einfach auf.«

Zu den Festlichkeiten in Spanish Town hatte man Hollister einen Sessel gleich hinter die Absperrung tragen lassen, wo er nun thronte und das Schauspiel erwartete. Wie die meisten anderen Pflanzer vertrieb er sich dabei die Zeit mit Überlegungen dazu, was der Gouverneur im Umgang mit den Maroons hätte anders machen sollen. Wobei die Vorschläge immer drastischer wurden, je öfter die Taschenflaschen mit Rum kreisten.

Neben Hollister stand seine Frau. Sie war seit seiner Verletzung praktisch nicht mehr von seiner Seite gewichen, wofür man ihr in der Kolonie größte Hochachtung zollte. Die Lady warf gelegentlich unfreundliche Blicke in Richtung von Nora Fortnam, die sich nicht an der Unterhaltung beteiligte. Die junge Frau stand etwas abseits, elegant gekleidet und nach neuester Mode frisiert. Ihr weißes, mit Blütenranken bedrucktes Sommerkleid betonte ihre schlanke Figur – sie konnte gut auf das Korsett verzichten, das gerade aus der Mode gekommen war. Nora hatte ihr Haar gepudert, das Gesicht aber nicht – es war hoffnungslos, ihre tief gebräunte Haut mit Talkumpuder bleichen zu wollen, das ergab nur ein kränkliches Grau. Um die Bräune wirklich abdecken zu wollen, hätte sie Bleiweiß in dicker Schicht auftragen müssen – und das überließ sie nun wirklich den Stutzern aus dem Gefolge des Gouverneurs, die in ihrem schönsten Staat, Brokatjacketts, Kniehosen und reinweißen Strümpfen, vor dem Eingang zum Palast Aufstellung genommen hatten. Der Gouverneur würde gleich zwischen ihnen hindurchschreiten, desgleichen die Maroon-Führer.

Nora hielt ihre Kinder an der Hand – Dede in ihrem hinreißenden weißen Spitzenkleidchen, das die Schokoladencremefarbe ihrer Haut betonte, Jefe in kleinen Kniehosen und wattiertem Wams. Er quengelte die ganze Zeit, weil er darin schwitzte, und er hatte natürlich Recht. Alle Männer waren zu dick angezogen, auch Ian McCloud, der mit seiner Frau Priscilla bei Nora stand und natürlich Sonntagskleidung trug. Er litt klaglos unter der schwülen Hitze dieses Tages in der Regenzeit, und geduldig, wie er war, wurde er nicht müde, Jefe vorzuhalten, dass ein Gentleman das eben durchstehen musste. Jefe hörte jedoch kaum hin. Er wollte kein Gentleman sein. Nora konnte ihn nur mühsam davon abhalten, die Knöpfe seines Jacketts zu öffnen und die einengende Kleidung von sich zu werfen.

Schließlich löste seine Großmutter das Problem. Adwea stand in einem neuen roten Rock, einer Spitzenbluse und mit einem sorgfältig gebundenen roten Turban auf dem Kopf neben ihrer Herrin. Sie trug ihren Freibrief in ihrem Korb mit sich und wirkte fast etwas gekränkt, weil niemand danach fragte. Jedenfalls stand sie als einzige freie Schwarze ganz vorn vor dem Palast. Das würde sie sich durch die Quengelei ihres Enkels nicht verderben lassen. Adwea beugte sich zu Jefe herab und gab ihm zwei schallende Ohrfeigen.

»Hier. Jetzt dir heiß. Und untersteh dich, heulen. Du willst sein große Krieger? Große Krieger heult nicht!«

Jefe schaute sie völlig verblüfft an. Dann hielt er tatsächlich den Mund.

Doug war zu dieser Stunde nicht bei seiner Familie. Er geleitete Granny Nanny und ihre Brüder durch die Stadt, die Queen hatte ausdrücklich darum gebeten. Ihre Brüder schritten aufrecht und selbstbewusst durch die Reihen der Weißen, aber Nanny machte die geballte Macht der weißen Pflanzer wohl doch etwas Angst. Doug konnte es ihr nicht verdenken. Viele der Männer unter den Schaulustigen waren bewaffnet, sie trugen zumindest Säbel, oft auch Musketen oder Pistolen. Doug fragte sich, ob die Eskorte, die der Gouverneur seinen Besuchern stellte, auf ein mögliches Attentat vorbereitet war. Die Maroon-Krieger, die Nanny und ihren Brüdern folgten, waren es sicher nur zum Teil. Die Afrikaner unter ihnen beschränkten sich auf traditionelle Waffen, die eher der Schau dienten als echter Verteidigung. Nur einige der echten Maroons, seit Generationen an Wachsamkeit gewöhnt, blickten argwöhnisch in die Menge und hielten ihre Feuerwaffen schussbereit.

Nanny jedenfalls schritt nun am Arm ihres eleganten jungen Anwalts durch die Reihen der Weißen, die sie einst verschleppt und versklavt hatten. Doug hatte nicht das Gefühl, sie im Zweifelsfall verteidigen zu können, aber er spürte ihre Genugtuung. An das Gerede unter seinen Nachbarn und die Folgen, die dieser Auftritt für seine Zusammenarbeit mit den anderen Pflanzern haben würde, durfte er zwar nicht denken, aber er bot Nanny gern sein Geleit. Doug empfand tiefen Respekt vor dieser kleinen, unscheinbaren Frau, die so voller Stolz und Kraft den Weg von der Sklavin über die Rächerin zum Friedensschluss gefunden hatte.

Akwasi sah voller Verachtung zu Nanny hinüber. Er hatte sich schon vor Stunden auf dem Platz eingefunden und unter die Sklaven gemischt, die dort Absperrungen anbrachten und Tribünen zimmerten. Eine ideale Schussposition fand sich jedoch zunächst nicht, es würde sowieso nicht einfach sein, über die Köpfe der Leute hinwegzufeuern. Nachladen wäre erst recht schwierig, er musste damit rechnen, nur einen einzigen Schuss zu haben. Dabei hätte er neben dem Gouverneur gern auch

Nanny erledigt. Oder Cudjoe … oder doch Fortnam? Wenn es nur Weiße traf, fiel der Verdacht unweigerlich auf die Maroons, unwahrscheinlich, dass man Nanny und die anderen einfach gehen lassen würde … Wenn Akwasi es geschickt anfing, würden die Weißen ihm zuarbeiten. Und mit ein bisschen Glück kam es gleich zu einer Art Schlacht auf dem Platz. Aber er brauchte einen sicheren Platz … am besten einen erhöhten …

Während Akwasi noch nachdachte, füllten sich die Straßen mit Menschen – nur widerwillig machten sie Platz für die Kutschen der Pflanzer, die sich natürlich bis direkt vor ihre Plätze chauffieren ließen. Eins dieser Fuhrwerke wäre nicht schlecht …

Akwasi hoffte, dass die Kutscher sie am Rand des Platzes aufstellen würden, wurde aber enttäuscht. Soldaten, die als Platzordner dienten, wiesen die Fahrer an, die unmittelbare Umgebung zu räumen. Aber dann erschien ein ungewöhnliches Gefährt – verblüfft beobachtete Akwasi die Ankunft einer Sänfte, getragen von vier stämmigen Sklaven. Der Mann, der mühsam ausstieg, war Hollister – und er begann sofort, die Platzordner zu beschimpfen, die seine Sklaven anweisen wollten, die Sänfte wegzubringen.

Akwasi verstand nicht, was er sagte, konnte es sich aber denken. Der offensichtlich versehrte Mann – Akwasi grinste bei der Erinnerung an das, was ihm passiert war – wollte sein Fortbewegungsmittel in der Nähe haben, falls die Veranstaltung zu viel für ihn wurde. Nach kurzen Verhandlungen durften die Sklaven die Sänfte in der Einmündung einer engen Seitenstraße in unmittelbarer Nähe abstellen. Die vier lümmelten sich sofort in den Schatten. An der Zeremonie hatten sie offensichtlich keinen Funken Interesse, aber niemand in der Umgebung würde sich wundern, wenn einer von ihnen auf das Dach der Sänfte steigen und von diesem Ausguck aus alles mitansehen würde. Akwasi musterte das Holzgestell. Mehr als einen Mann seiner Statur konnte es kaum tragen, aber unter einem allein würde es auch nicht zusammenbrechen. Akwasi schlenderte zu den Sklaven hinüber.

Máanu fühlte sich erschöpft. Sie versteckte sich jetzt seit Wochen in der Umgebung von Cascarilla Gardens, ebenso wie Akwasi. Adwea versorgte ihre Tochter mit Nahrung und Dorfklatsch, von Akwasi wusste sie nichts. Máanu sprach auch nicht über ihn, obwohl sie gern mit irgendjemandem darüber gerätselt hätte, was Akwasi in die Nähe der Weißen trieb. Máanu war bereit gewesen, dem geliebten Mann in die Verbannung zu folgen, aber Akwasi hatte sie in den ersten Tagen zweimal rüde abgewiesen. Sie sollte zurück nach Nanny Town gehen und abwarten. Máanu war ängstlich und unsicher in den Bergen zurückgeblieben, nachdem er ihr wütend verboten hatte, ihm weiter zu folgen. Aber was würde es bringen, in Nanny Town zu warten? Die Queen hatte Akwasi verbannt – hoffte er wirklich, sie würde das Urteil eines Tages aufheben?

Máanu konnte es nicht glauben – und vor allem konnte sie nicht untätig bleiben. Sie hatte lange genug auf Akwasi gewartet, letztlich war sie ihm immer nur nähergekommen, wenn sie sich ihm aufdrängte. Máanu verachtete sich selbst dafür, aber wenn sie Akwasi sah, vergaß sie all ihren Stolz. Sie sah den starken, wunderschönen Mann in ihm, den sie umarmen und spüren wollte – aber sie sah auch den zutiefst verletzten kleinen Jungen, der nichts so sehr brauchte wie Trost. Seit man Doug damals nach England geschickt hatte, war Akwasi allein geblieben – er hatte keine Annäherung, keine Umarmung und Liebe mehr zugelassen, sosehr sich Adwea auch um ihn bemühte. Nur Máanu, damals noch klein und scheu wie ein Kätzchen, hatte er manchmal geduldet. Fast zerrissen von seinem Kummer war das Mädchen nachts in die Hütte geschlichen, die man dem Jungen zugewiesen hatte. Die erwachsenen Feldarbeiter, mit denen er sie teilte, hatten erschöpft geschlafen, aber Akwasi weinte und wimmerte nächtelang. Máanu kuschelte sich dann lautlos neben ihn und teilte seinen Schmerz, und manchmal ließ er es zu, dass sie ihn in die Arme nahm. Das alles blieb jedoch ein Geheimnis. Bis zum Morgen war sie fort, und der Junge tat, als hätte er sie nie gesehen.

Máanu war sich sicher, dass sich das später geändert hätte. Kurz bevor der Backra sie zum ersten Mal zu sich befahl, um ihm seinen Schlaftrunk zu bringen, hatte Akwasi die Arme selbst um sie gelegt und sie an sich gezogen. Eine unschuldige Umarmung, sie war noch ein Kind. Aber es wäre ein Anfang gewesen … wenn Elias Fortnam sich des Mädchens nicht bemächtigt und ihm seine Unschuld genommen hätte. Máanu wusste nicht, ob Akwasi etwas davon ahnte oder sogar wusste. Aber bis der Albtraum Jahre später für sie endete, hatte sie ihn nicht mehr besucht. Danach hatte sie angefangen, Akwasi als Mann zu sehen. Als starken Mann, der sie vielleicht sogar beschützen konnte. Máanus Träume hatten immer eine gemeinsame Flucht eingeschlossen. Aber für ihn war sie nie eine Frau geworden, er hatte sie nie so wahrgenommen wie Nora Fortnam.

Máanu gab jedoch nicht so leicht auf. Sie war auch jetzt bereit, die Vergangenheit zu vergessen. Nora war für Akwasi verloren, unwiderruflich. Aber sie würde da sein. Und er würde darüber hinwegkommen. Wie er über Doug hinweggekommen wäre …

Máanu nahm also erneut die Spur auf. Sie folgte Akwasi nach Cascarilla Gardens und litt Höllenqualen, wenn er Nora am Strand auflauerte und Doug während seiner Ritte nach Nanny Town beobachtete. Mehr als einmal fragte sie sich, was sie tun würde, wenn Akwasi Anstalten machte, auf ihn zu schießen. Er hatte eine Waffe gehabt; Máanu erinnerte sich dunkel, Dougs Pistole in Nanny Town bei ihm gesehen zu haben. Vielleicht hatte er sie später abgeben müssen, vielleicht auch nicht … Aber sie war fest entschlossen, es nicht zum Äußersten kommen zu lassen. Akwasi durfte keinen Mord mehr begehen! Niemand würde ihn verfolgen, wenn er jetzt unauffällig blieb, er konnte mit Máanu in den Bergen leben – oder irgendwo in einem anderen Teil der Insel. Wenn er nur Vernunft annahm!

Máanu war ungemein erleichtert, dass er Doug während seiner Ritte ungeschoren ließ und auch keine Versuche machte, Nora über die Beobachtungen am Strand hinaus näherzukommen. Vielleicht würde es irgendwann von selbst enden. Aber was wollte ihr Mann jetzt während der Vertragsunterzeichnung in Spanish Town?

Máanu behielt Akwasi im Auge, auch wenn sie sich hier, in aller Öffentlichkeit, zu Tode fürchtete. Sie hatte die festen Zöpfe gelöst und ihr Haar abgeschnitten. Mit ihrem langen glatten Haar hätte man sie vielleicht eher erkannt, denn so hatte sie es früher getragen. Aber natürlich konnte sich jemand auch an ihr Gesicht erinnern, Máanu war als Noras Zofe unzählige Male in Kingston und Spanish Town gewesen. Sie konnte nur darauf vertrauen, dass kaum ein Weißer einem Sklaven je ins Gesicht sah.

Inzwischen drängten sich die Menschen auf den Straßen, und es fiel Máanu nicht leicht, Akwasi zu verfolgen. Der unterhielt sich mit ein paar stämmigen Schwarzen am Rand des Platzes. Die vier bewachten ein komisches Gefährt, eine Art überdachte Trage. Während Máanu das Ding noch anstarrte und sich fragte, weshalb sich Akwasi wohl dafür interessierte, fuhr ihr ein Karren fast über die Füße.

»He, Mädchen, pass auf!« Ein fröhlicher, mondgesichtiger Schwarzer mit einem gelben Strohhut schaute sie halb vorwurfsvoll, halb wohlgefällig an. »Wo gucken du hin? Suchst besseren Platz, nicht? Hier hinten nix sehen, stimmt.« Auf dem Verkaufskarren des Mannes lagen auf feuchten Blättern Melonen- und Mangoscheiben aus. Darüber erhob sich ein Holzdach, um die Ware gegebenenfalls vor Regengüssen und vor der

Sonne zu schützen. Der Verkäufer betrachtete es abschätzend und kam dann grinsend zu einem Ergebnis. »Los, rauf, Mädchen, Backra bestimmt nichts haben dagegen!« Mit einem Schwung umfasste er Máanus schmale Taille und hob sie auf das Dach seines Karrens. »Macht Karren auch schöner!«, grinste er dann und setzte sich wieder in Bewegung. »Melone, Mango … süß, süßer wie kleine Ding auf Dach!«

Máanu erschrak und hätte am liebsten ihr Gesicht verhüllt, als der Verkäufer auf diese Art seine Waren anpries. Jetzt saß sie wie auf dem Präsentierteller, und jeder auf dem Platz konnte sie sehen. Dann stellte sie jedoch fest, dass niemand wirklich hinschaute. Ein schwarzes Mädchen auf einem Obstkarren interessierte hier keinen. Die Leute wollten Granny Nanny sehen und den Gouverneur. Und da kamen die Maroons ja auch schon!

Máanu hörte das Raunen der Menge, das teilweise Jubel-, aber auch Schmährufe enthielt. Sie sah Nanny am Arm von Doug Fortnam und den Gouverneur, der durch die Reihen seiner Sekretäre und Diener vortrat. Und sie sah, wie Akwasi das Dach der Sänfte erkletterte.

Máanu argwöhnte kurz, ob er irgendetwas plante. Aber dann waren Doug und Nanny auch schon an ihr vorbei, der Gouverneur küsste der Maroon-Queen die Hand – und führte alle in sein Haus. Ein kurzer Auftritt …

»Nachher du sehen mehr!«, versprach allerdings der Melonenverkäufer, der jetzt gute Geschäfte machte. »Nachher Gouverneur halten Rede. Jetzt erst mal schreiben unter. Wusste gar nicht, dass Granny Nanny kann schreiben.« Aus den Worten des Mannes klang Ehrfurcht. Máanu musste lächeln. Sie hatte Granny Nanny unzählige Male die Hand geführt, als die alte Ashanti übte, ihren Namen unter ein Dokument zu setzen. O doch, die Worte »Nanny für die Windward Maroons« würde die Queen ohne Fehler zu Papier bringen.

Akwasi machte es sich auf dem Dach der Sänfte bequem. Auch er hatte gehört, dass sich der Gouverneur und seine Besucher nach dem Unterschreiben des Vertrags der Menge stellen wollten, und er würde abwarten. Obwohl es ihm nicht gefiel, er hätte die Attentate lieber verübt, bevor der Friedensschluss offiziell erfolgte. Aber bei der Begrüßung war alles zu schnell gegangen. Er hätte höchstens einmal schießen können – und obendrein hatten Nanny und ihre Brüder den Gouverneur verdeckt. Also gleich, wenn sich alle aufreihten.

Akwasi legte Pulver und Kugeln bereit. Er würde in Windeseile nachladen können, ganz sicher erwischte er zwei seiner Opfer, wenn nicht drei oder mehr. Aber nein, mehr als drei nicht. Auch wenn es sicher dauerte, bis man herausfand, woher die Schüsse kamen – er wollte sich nicht fangen lassen. Akwasi hoffte nur, dass die vier Sklaven im Schatten der Sänfte das Fässchen Rum schnell leerten, das er ihnen als Dank für den Ausguck spendiert hatte. Wenn sie vom Alkohol beduselt waren, würden sie nicht merken, was vor sich ging. Und zu hören würde höchstens ein Schuss sein. Sobald der Gouverneur fiel, würden die Schreie und der Lärm auf dem Platz schnell infernalisch werden.

Das erneute Verlesen des Vertragswerks vor den Maroons und dem Gouverneur dauerte einige Zeit, und dann brauchten Cudjoe, Accompong, Quao und Nanny auch noch etliche Minuten, bevor sie ihre sorgfältig eingeübten Unterschriften daruntergesetzt hatten. Doug hielt ein Auge darauf, ob auch alles korrekt verlief, aber die Maroons malten ihre Namen sorglich und gut leserlich an die richtigen Stellen. Der Gouverneur ließ dann noch Champagner reichen, an dem Nanny sehr unsicher nippte, der ihr dann aber zu munden schien. Sie lachte und plauderte charmant mit Trelawny, während ihre Brüder nicht recht zu wissen schienen, was von der Sache zu halten war. Sie hätten lieber Rum gehabt als das perlende, wässerige Zeug. Schließlich unterhielten sie sich mit Colonel Guthrie, mit dem sie deutlich mehr gemeinsam hatten als mit dem Gouverneur und Gentleman Trelawny.

»Dann werden wir mal!«, meinte Trelawny schließlich und hielt Nanny chevaleresk die Tür auf, bevor er seine Gäste nach draußen führte. »Wir stellen uns nebeneinander, damit uns alle gut sehen können, und dann sage ich ein paar Worte. Wenn Sie auch was sagen wollen, Queen, tun Sie sich keinen Zwang an!« Er lächelte. »Auf jeden Fall dauert es nicht lange, das wäre ja auch unzumutbar bei dieser Hitze …« Er zückte ein parfümiertes Taschentuch und tupfte sich damit die Stirn ab.

Granny Nanny bemühte sich erkennbar um Diplomatie. Doug an ihrer Stelle hätte wohl nicht darauf verzichtet, Trelawny auf ihre Vergangenheit als Feldsklavin hinzuweisen. Der Gouverneur war sicher ein friedfertiger Mensch und netter Kerl, aber manchmal schien er nicht recht zu begreifen, wo er war und mit wem er es zu tun hatte.

Die kleine Maroon-Anführerin stellte sich also draußen vor dem Gouverneurspalast brav neben den Gouverneur – auf der anderen Seite überragte ihn ihr Bruder Cudjoe. Trelawny hob die Hand, um die Menschen zur Ruhe zu bringen …

Und dann schienen unzählige Dinge gleichzeitig zu geschehen.

Máanu erblickte die Queen auf der Treppe vor dem Palast und überlegte, ob sie ihr winken sollte. Aber dann schaute sie zu Akwasi hinüber – und entdeckte die Waffe in seiner Hand. Im gleichen Moment erspähte Jefe seine Mutter auf dem Obstkarren.

Máanu schrie auf und sprang vom Karren, Jefe brüllte ebenfalls los und befreite sich von Noras Hand.

»Mama!«

Der Kleine rannte auf Máanu zu, wozu er den abgesperrten

Bereich vor dem Palast überqueren musste. Aber ein paar uniformierte Wächter konnten keinen künftigen Ashanti-Krieger aufhalten! Jefe durchbrach die Sperre wie ein kleiner schwarzer Blitz.

»Jefe!«

Nanny hockte sich strahlend hin, um den kleinen Jungen zu sich zu locken, und dann knallte ein Schuss. Der Gouverneur wandte sich verwirrt zu ihr um, was ihn davor bewahrte, dass die Kugel ihn traf.

Doug spähte hektisch nach dem Mündungsfeuer aus, als Máanu die Sperre ebenfalls durchbrach, ihren Sohn an sich riss und sich schützend auf ihn warf. Die erschrockene Nanny wusste nicht, wie ihr geschah. Doug riss den Gouverneur zu Boden, als der nächste Schuss fiel – und diesmal sah er, woher er kam. Unsicher, ob er die Wachen verständigen oder sich selbst an die Verfolgung machen sollte, hielt er Trelawny vorerst nieder.

Máanu zeigte aufgeregt in Richtung der Sänfte und rief den weißen Soldaten etwas zu. Die luden ihre Waffen – während die schwarze Eskorte der Windward Maroons nicht lange fackelte. Schüsse wurden erwidert, Menschen schrien – und eine Brigade aufgebrachter Krieger nahm die Verfolgung Akwasis auf.

Der junge Mann floh, er hastete durch die Seitenstraße, in der die Sänfte abgestellt war – aber er konnte nicht wissen, dass die Kutschen der Pflanzer die nächste Querstraße verstopften. Akwasi zückte sein Messer und rannte auf den nächsten Kutscher zu, aber er erwischte den Falschen.

Auch Kwadwo, der Obeah-Mann, trug ein Messer bei sich, seit ihn Dougs Urkunde als stolzen freien Schwarzen auswies. Er schlug Akwasi seine Waffe mit dem gleichen beiläufigen Geschick aus der Hand, mit dem er sonst die Hühner köpfte.

»Lass es doch, Junge, sie erschießen dich nur!« Kwadwo drehte dem sich verzweifelt wehrenden Akwasi den Arm auf den Rücken. »Du musst dich ergeben. Sonst kommst du hier nicht lebend raus.«

»Na, wenn schon!« Akwasi keuchte und wand sich in seinem Griff. Die ersten Maroons, gefolgt von weißen Soldaten, kamen schon um die Ecke. »Dann hänge ich eben!« Akwasi kämpfte mit aller Kraft, aber Kwadwo war stärker.

»Du wirst nicht hängen«, sagte der Obeah-Mann gelassen. »Das wird der Backra nicht zulassen.«

Nora und Máanu bemühten sich beide um den kleinen Jefe, der wild zu toben begann, als man Akwasi in Fesseln vor die Maroons und den Gouverneur zerrte.

»Ein Schwarzer?«, fragte Trelawny verwundert. »Ich hatte gedacht …«

»Akwasi«, sagte Nanny traurig. »Ist eine einzige weiße Frau all das wert?«

Der Gouverneur runzelte die Stirn. »Sie kennen den Mann?«

Nanny nickte.

»Also ging es gegen Sie?«

Dougs Gedanken rasten. Wenn Akwasi eine Chance haben sollte, mit dem Leben davonzukommen, so sicher eher, wenn er die Absicht hatte, eine Schwarze anstatt den Gouverneur der Krone zu töten. Vielleicht konnte man die Frage also offen lassen …

»Exzellenz«, mischte er sich ein, bevor Nanny antworten konnte. »Womöglich ging es gegen mich. Oder gegen meine Frau – oder seine Frau …« Er wies auf Máanu. »Der Mann ist geistig verwirrt, man wird das später klären müssen. Lassen Sie ihn jetzt erst einmal wegbringen. Die Queen wird Ihnen sicher auch Máanu vorstellen wollen, ihre … sozusagen ihre rechte Hand in Nanny Town. Und jetzt auch noch ihre Beschützerin. Gegen wen auch immer sich das Attentat richtete, Exzellenz Máanu hat es verhindert.«

Trelawny schien etwas besänftigt, aber er hörte natürlich schon die Argumente des Anwalts aus Dougs wohl überlegter Rede.

»Wollen Sie den Kerl verteidigen, Fortnam?«, stieß er misstrauisch hervor und zeigte anklagend mit dem Finger auf Akwasi. »Ich denke, wir können es auch gleich hier erfahren. Auf wen hast du geschossen, Mann! Sag es, wir kriegen es sowieso heraus!«

Doug sah seinen alten Freund an. Sie hatten sich so viele Jahre ohne alle Worte verstanden. Akwasi musste ihm jetzt in die Augen blicken und ihm einmal vertrauen.

»Du hast uns zwei schon mal um Kopf und Kragen geredet, Akwasi!« Dougs Lippen formten die Worte tonlos.

Und Akwasi, der sich schon in seinen Fesseln aufgerichtet hatte, um dem Gouverneur die Wahrheit entgegenzuschleudern, senkte den Kopf.

»Ich gar nicht schießen, Backra«, murmelte er. »Ging los Waffe. Nicht will machen tot keinen … Akwasi guter Nigger …«

KAPITEL 12

Sie werden ihn nicht hängen?«, fragte Nora.

Doug betrat eben das Haus, und sie erkannte schon an seinem erschöpften, aber triumphierenden Ausdruck, dass er das Schlimmste abgewendet hatte. Vor sich her schob er Máanu, die nicht minder ausgelaugt wirkte. Die junge Frau hatte stundenlange Verhöre hinter sich, Doug aufreibende Verhandlungen.

»Nein«, sagte er jetzt und öffnete die zierliche Vitrine aus Blauholz, die das neue Empfangszimmer schmückte. »Noch jemand?« Doug goss sich ein Glas Rum ein.

Máanu nickte. Nora bevorzugte Weißwein, bereute diese Wahl aber gleich. Adwea pflegte Weinflaschen vor dem Servieren im Bach zu kühlen. Lauwarm, wie hier aus dem Schrank, schmeckte auch der beste Tropfen nur schal.

Doug schüttete seinen Rum rasch herunter. »Akwasi hat sich weiter dumm gestellt«, berichtete er dann. »So hart es ihn ankam. Wobei ihm das natürlich keiner abnimmt. Eine Pistole geht nicht plötzlich irgendwie los, und dann noch zweimal hintereinander in eine höchst kompromittierende Richtung. Und Máanus Geschichte ist genauso unglaubwürdig. Nur weil man sein Kind und seine alte Freundin begrüßen will, stürmt man nicht schreiend durch eine Postenreihe und reißt dann die Leute zu Boden. Aber da haben sie nicht endlos nachgebohrt. Máanu hat das Attentat zweifelsfrei verhindert, und der Gouverneur weiß das sehr zu schätzen. Nicht auszudenken, was mit dem

Friedensvertrag geschehen wäre, wenn es Tote gegeben hätte! Jedenfalls hat Máanu für Akwasi gebeten, und Nanny hat sich ebenfalls für ihn eingesetzt. Dazu meine Argumentation …«

Er grinste zufrieden, wurde dann aber ernst, als er Noras besorgte Miene sah. Ihr Gesicht war blass, und sie griff nun ihrerseits nach der Rumflasche.

»Sie … lassen ihn aber doch jetzt nicht frei, oder?«, erkundigte sie sich. Ihre Finger zitterten, als sie Rum in ihr leeres Weinglas füllte.

»Wäre es dir lieber gewesen, wenn sie ihn gehenkt hätten?«, fragte Doug heiser. »Ich … ich dachte …«

Nora schüttelte den Kopf. »Nein«, sagte sie ehrlich. »Ich habe mir zwar manchmal seinen Tod gewünscht, aber jetzt … jetzt nicht mehr. Und Hängen …«

Sie schüttelte sich. Wenn sie jedoch ehrlich sein sollte, so graute es ihr auch davor, das Problem Akwasi weiterhin in ihrer Nähe zu haben. Solange er frei war, würde sie nicht ruhig schlafen, und sie wusste jetzt, dass sie auch niemals wirklich sicher sein würde.

»Sie lassen ihn nicht frei. Sie verbannen ihn.« Das war Máanu. Ihre Stimme klang spröde.

»Ver…bannen?« Nora runzelte die Stirn. »Nach Australien oder so?«

Bevor sie England verließ, hatte sie von Sträflingstransporten in die ferne Kolonie gehört. Aber die gingen von London oder Blackpool aus, nicht von Jamaika.

»Auf die Kaimaninseln«, antwortete Máanu. »Das ist gar nicht so weit, sagen sie, kapp zweihundert Meilen nordwestlich von hier. Sie gehören auch den Engländern …«

Doug nickte. »Sind aber noch wenig besiedelt«, erklärte er dann. »Nur ein paar Familien leben da – natürlich mit ihren Sklaven. Ganz sicher keine Maroon-Kolonie. Auf den Kaimaninseln kennt jeder jeden. An Flucht ist da nicht zu denken.«

»Gibt es Zuckerrohrplantagen?«, fragte Nora leise.

Sie empfand vages Mitleid. Wenn Akwasi nach alldem wieder sein Leben lang Fronarbeit leisten sollte – vielleicht wäre er lieber gestorben.

»Eher Baumwolle und alle möglichen Gemüse und Früchte«, meinte Doug. »Es wird nicht viel exportiert, die Leute da pflanzen weitgehend für den eigenen Bedarf – und als Proviant für die vorbeisegelnden Schiffe. Wobei die Kapitäne sich da auch gern selbst bedienen. Noch mehr Piraterie als hier …«

»Er könnte also auf einem Piratenschiff anheuern«, überlegte Nora.

Sie wusste nicht, ob sie es scherzhaft meinte, ob es ihr Angst machte – oder Hoffnung.

»Auf dem die Disziplin übrigens noch strenger sein soll als auf einer Plantage oder gar in Nanny Town«, lächelte Doug. »Akwasi würde sich da schwer eingliedern, geschweige denn hochdienen. Sehr unwahrscheinlich, dass er als Piratenkapitän wiederkommt. Ich glaube nicht, dass du dir Sorgen machen musst, Nora. Akwasi wird uns nicht mehr belästigen.«

Máanu trank ihren Rum und wischte sich die Augen. Sie wollte nicht zeigen, dass sie weinte, aber Nora blieb es nicht verborgen.

»Was willst du denn nun machen, Máanu?«, fragte sie freundlich. »Gehst du zurück nach Nanny Town? Ich denke, Doug würde dich freilassen.«

Doug lächelte. »Ist schon geschehen«, bemerkte er. »Freibrief vom Gouverneur! Ich wurde gar nicht groß gefragt. Máanu kann ganz legal in Kingston leben oder in Nanny Town oder wo immer es ihr gefällt.«

»Wenn du hierbleiben möchtest … du könntest dich um Dede und Jefe kümmern. Gegen angemessene Bezahlung natürlich.«

Nora machte den Vorschlag mit niedergeschlagenen Augen.

Eigentlich konnte sie auf Máanus Anwesenheit gut verzichten. Aber sie wollte Jefe auch nicht gern wieder von ihr trennen.

Máanu schüttelte den Kopf und zeigte ihr altes, spöttisches Lächeln. »Kinderfrau für meinen eigenen Sohn? So wie damals Adwea: die gleiche Erziehung für Herren- und Sklavenkind, solange es dem Backra gefällt?«

Nora fuhr auf. »So würde es nicht sein! Jefe ist längst frei, er …«

Máanu biss sich auf die Lippen. »Ich wollte das auch nicht wirklich sagen«, bekannte sie dann. Näher würde sie einer Entschuldigung wohl niemals kommen. »Aber ich werde nicht hierbleiben. Und wenn mein Sohn wirklich frei ist, dann würde ich ihn gern mitnehmen.«

»Nach Nanny Town?«, fragte Nora und fühlte sich unendlich erleichtert.

»Nein.« Máanu fuhr sich nervös durch ihr kurzes Haar. »Ich gehe mit auf die Kaimaninseln.«

»Du gehst was?«, rief Nora verblüfft aus. »Máanu, das darf nicht wahr sein. Du läufst Akwasi nach? Schon wieder? Immer noch? Hast du den Verstand verloren?«

Máanu zuckte die Achseln. »Das ist wohl so«, lächelte sie. »Schon als ich noch ein ganz kleines Mädchen war, wusste ich, dass ich Akwasi liebe …«

»Aber er liebt dich nicht!«, sagte Nora hart. »Begreif es endlich, er hat dich nie geliebt.«

Máanu kaute auf ihrer Lippe. »Das kann sich ändern«, meinte sie dann. »Ich werde es jedenfalls noch mal versuchen …«

Doug rieb sich die Stirn. »Aber Máanu, nach allem, was ihr mit ihm erlebt habt, Nora und du … Du könntest dir hier ein neues Leben aufbauen. In Kingston. Vielleicht einen Laden, einen Marktstand? Wir könnten dir helfen.«

Máanu schüttelte den Kopf. »Wenn Sie mir wirklich etwas schenken wollen, Backra …«, sie lächelte, bei den Maroons hatte sie Doug noch geduzt wie damals, als sie Kinder waren, »… dann könnten Sie mir … vielleicht mit einem Huhn aushelfen …«

Die Gefangenen wurden in Ketten an Bord des kleinen Frachtschiffs gebracht, das vor allem Sklaven, aber auch ein paar Handelsgüter wie Stoffe und Haushaltswaren von Jamaika zu den Kaimaninseln brachte. Es hatte ein kleines Vermögen an Bestechungsgeldern und ziemlich klare Verweise auf die Wünsche des Gouverneurs gebraucht, um für Máanu und ihren Sohn einen Verschlag anzumieten, der als Unterkunft dienen konnte. Und Doug hatte noch einen gehörigen Betrag daraufgelegt, bis sich der Kapitän bereiterklärte, Akwasi zu ihr zu führen, sobald das Schiff den Kingstoner Hafen verlassen hatte.

»Im Alleingang wird er das Schiff schon nicht kapern!«, hielt er dem besorgten Seemann vor.

Der ließ sich schließlich auf einen Kompromiss ein. Der Sklave sollte seine Privilegien bekommen, aber die Ketten würde man ihm nicht abnehmen. Doug verstand das dann auch. Die Gefangenen auf diesem Schiff waren durchweg Sklaven, die sich irgendeines schweren Vergehens schuldig gemacht hatten, meist eines Angriffs auf ihre Herren. Keiner von ihnen hatte Skrupel, keiner hatte mehr etwas zu verlieren. Außer vielleicht Akwasi, aber Doug konnte dem fremden Käptn auf keinen Fall die ganze Geschichte erzählen.

Nora würde sich um Jefe sorgen, wenn der seinen Vater erneut in Ketten sah. Aber da konnte man dem Kind nicht helfen, und Doug hielt es auch gar nicht für richtig, dem Jungen etwas vorzumachen. Sein Vater würde niemals ein King sein. Er blieb ein Sklave.

Akwasi verspürte mehr Angst als Erleichterung, als zwei Matrosen kurz nach Ablegen des Schiffes in den Frachtraum kamen und seine Ketten vom Boden lösten. Er hatte sich auf den harten, salzwassergetränkten Planken bereits eingerichtet – keiner der Gefangenen sollte während der mehrtägigen Überfahrt die Sonne sehen, die Bewegungsfreiheit beschränkte sich auf ein halbes Aufsetzen beim Fassen der kargen Essensrationen. Akwasi wusste, womit er zu rechnen hatte. Er hatte genug Afrikaner zerschunden und halb verhungert vom Schiff kommen sehen.

Aber jetzt führte man ihn wieder ans Licht … wobei Akwasi nichts Gutes erwartete. Es war knapp gewesen mit seiner Begnadigung – und womöglich hatte der Gouverneur es sich ja noch anders überlegt. Akwasi bereitete sich auf den Tod vor. Wenn man ihn in Ketten ins Wasser warf, war es vorbei – mit dem Gewicht des Eisens konnte niemand schwimmen. Außerdem gab es hier Haie.

Aber dann ging es nicht nach draußen, sondern nur auf ein Zwischendeck – trockener und weniger dunkel als der Bauch des Schiffes. Die Männer klopften an eine Tür.

»Da wär er dann … Madam!«

Sie feixten ein wenig, als sie das letzte Wort aussprachen, und Akwasi begriff den Grund dafür, als Máanu die Tür öffnete.

»Du?«, fragte er, nachdem ihn die Männer in den kleinen, aber sauberen und trockenen Raum geschoben hatten, in dem Máanu und Jefe warteten.

»Papa!«

Jefe wollte auf ihn zurennen und sich in seine Arme werfen, aber die Ketten schreckten ihn ab. Er sah Akwasi fragend an. Aber der hatte vorerst keinen Blick für seinen Sohn, sondern nur für die Frau, die ihn gelassen ansah.

»Du gehst mit?«, fragte er heiser.

Máanu nickte. »Ich bin deine Frau«, sagte sie dann fest. »Wir gehören zusammen. Wenn du willst … wenn du … es endlich einsiehst …«

»Máanu …« Akwasis Mund war trocken.

Máanu reichte ihm ein Glas Wasser. »Trink«, sagte sie ruhig. »Und du musst natürlich nicht mit mir leben. Wenn du willst, baue ich mir eine Hütte abseits von deinem Quartier. Aber ich … ich dachte, ich versuche es noch einmal …«

Sie wies auf einen großen Korb, durch dessen Flechtwerk eine dicke weiße Henne argwöhnisch ins Licht spähte.

Akwasi brachte tatsächlich ein Lachen zustande. »Du hast ein Huhn besorgt?«, fragte er. »Für eine Obeah-Zeremonie?«

Máanu nickte. »Es wird sich ja wohl ein Obeah-Priester finden auf den Inseln. Und vielleicht ein willfähriger Duppy. Diesmal ist keine Nora in der Nähe. Und ich werde dich auch nicht aus den Augen lassen. Diesmal muss der Zauber wirken.«

Akwasi schwieg ein paar Herzschläge lang. Máanu sah ihn nicht an, sie blickte angestrengt durch das winzige Bullauge der Kajüte aufs Meer hinaus. Und dann spürte sie plötzlich eine harte, kräftige Hand in der ihren. Akwasis Ketten klirrten, aber sie waren lang genug, um Máanu zu erreichen.

»Lass das Tier am Leben«, sagte er leise. »Du bist Zauber genug.«

»Was war das jetzt mit der Henne?«, erkundigte sich Doug.

Die Fortnams waren an den Strand geritten und sahen das Schiff, das Akwasi und seine Familie in eine schwere, aber gemeinsame Zukunft trug, in weiter Ferne vorbeiziehen. Dede hockte vor Doug in Amigos Sattel und krähte vor Vergnügen, wenn der Hengst galoppierte. Der Ausflug diente vor allem ihrer Ablenkung. Die Kleine hatte sich nur schwer von Jefe getrennt und trauerte jetzt schon um ihren Bruder.

Nora zuckte die Achseln. »Du kennst doch Obeah-Zeremonien«, sagte sie dann. »Das Blut der Henne beschwört einen Duppy.«

Doug nickte. »Sicher«, meinte er. »Aber wozu braucht sie den? Ich meine … sind drei nicht einer zu viel?«

Nora lachte. »Man kann Duppies aus verschiedenen Gründen rufen«, führte sie aus. »Aber Máanu hofft auf einen einsamen, liebebedürftigen. Der nimmt dann mit etwas Glück Besitz von dem Menschen, auf den sich die Zeremonie richtet, woraufhin der sich dem Menschen zuwendet, der die Zeremonie bezahlt hat.«

Doug rieb sich die Stirn. »Und das hält dann ewig?«, fragte er ungläubig.

Nora schüttelte den Kopf. »Nein. Kein Geist bleibt ewig. Aber manche … manche begleiten einen sehr, sehr lange.«

Sie warf einen fast entschuldigenden Blick auf die Hütte am Strand.

Doug seufzte. »Das kann ich bestätigen«, sagte er dann.

Er wusste, dass Nora Simons Andenken nach wie vor bei sich trug. Und wenn es immer noch keinen genauen Termin für ihre Hochzeit gab, so führte er das auch auf ihr ewiges schlechtes Gewissen gegenüber ihrem ersten Geliebten zurück.

Nora atmete tief durch. Dann traf sie einen Entschluss.

»Komm«, sagte sie gelassen und setzte ihr Pferd in Galopp.

Aurora lief brav bis zum Wasser, dann scheute sie vor den anbrandenden Wellen. Nora stieg ab und ließ die Zügel los.

Die Gemme, die sie aus Simons Siegelring hatte anfertigen lassen, lag in der Tasche ihres Reitkleides und fühlte sich warm und sicher an. Sie wartete wie immer auf ihre Berührung, aber das würde nun aufhören.

Nora winkte Doug, bis er neben ihr im Wasser stand. Dann griff sie in die Tasche ihres Kleides und fuhr noch einmal liebevoll über ihr Andenken an Simon. Sie nahm es heraus, ließ die Sonne sich darin spiegeln – und warf es dann weit ins Meer hinaus.

Nora lehnte sich an den Mann, den sie liebte, und meinte zu

spüren, wie der Wind die Palmen zauste und die Wolken über das Meer schob. Die Wellen umschmeichelten sie, und sie war sicher, Simons sanfte Stimme einen Abschied flüstern zu hören, bevor sich sein Geist in der Weite der Karibik verlor.

NACHWORT

Wenn das so einfach war, warum sind dann nicht alle Sklaven geflohen?

Die Frage drängt sich auf, wenn man in diesem Buch – oder in meinem Fall beim Recherchieren für dieses Buch – liest, wie nah die Dörfer der Maroons den Städten der Weißen waren und wie wenig die Sklaven bewacht wurden. Das raubte auch den damaligen Backras oft den Schlaf. Auf jeder größeren Plantage auf Jamaika oder anderen Inseln kamen lediglich eine Pflanzerfamilie und etwa zehn Aufseher auf um die zweihunderfünfzig Sklaven – die meisten davon junge, kräftige Männer, die alle entweder Zugang zu Macheten oder zumindest scharfen Küchenmessern hatten. Es wäre leicht gewesen, die Weißen zu überwältigen, zumal auch deren Feuerwaffen das Kräfteverhältnis kaum beeinflussten. Man schoss im 18. Jahrhundert noch mit Steinschlosspistolen oder -musketen, die nach jedem Schuss nachgeladen werden mussten. Bei einem ernsthaften Angriff der Arbeitsbrigade hätte der Aufseher nicht mehr als einen Schuss gehabt.

Dennoch gab es in der Geschichte der Karibik, ebenso wie der Südstaaten der USA, nur sehr wenige Sklavenaufstände, und es versuchte auch nur eine kleine Minderheit von Schwarzen die Flucht. Selbst dann, wenn das Ziel so verhältnismäßig leicht zu erreichen war wie die Blue Mountains auf Jamaika. Über die Gründe dafür kann man nur mutmaßen, und sie waren sicher vielschichtig. So muss man zum Beispiel berücksichtigen, dass die Population von Sklaven auf einer Plantage starker Fluktuation unterworfen war. Die Lebenserwartung eines Feldsklaven war äußerst niedrig, dazu raubte ihm die fast pausenlose Schwerstarbeit sicher auch die Energie, um Fluchtmöglichkeiten zu erkunden und Risiken einzugehen. Hinzu kamen Sprachbarrieren, wie im Buch schon angedeutet: In Afrika gab und gibt es eine Vielzahl von Stammessprachen, und die Sklaven kamen aus den unterschiedlichsten Gebieten des schwarzen Kontinents. So diente das Pidgin-Englisch, das die neu eingetroffen Afrikaner erst mühsam erlernen mussten, oft nicht nur als Kommunikationsmittel mit den Backras, sondern war auch die einzige Verständigungsmöglichkeit der Schwarzen untereinander. Zur Planung und Koordination eines Aufstandes mag das einfach nicht gereicht haben.

Es ist sicher kein Zufall, dass nahezu alle Sklavenaufstände der Geschichte von Männern angeführt wurden, die schon mindestens in der zweiten Generation versklavt waren. Die gebürtigen Afrikaner Granny Nanny und ihre Brüder bilden hier eher die Ausnahme. Und letztlich – auch dies wurde im Roman angesprochen – muss berücksichtigt werden, dass sich im Bereich des Sklavenhandels Gut und Böse nicht mit Schwarz und Weiß gleichsetzen ließ. Nur wenige weiße Sklavenhändler fingen ihre menschliche Fracht selbst ein. Die weitaus meisten neuen Schwarzen kauften sie von Stämmen wie den Ashanti, die in der Nähe verfeindeter Stämme gezielt Menschenjagd betrieben. Dabei kannten die Kapitäne der Sklavenschiffe keine Skrupel, Händler und Ware gleichermaßen mitzunehmen – in meiner Geschichte werden Nanny und ihre Brüder Opfer eines solchen eher unschönen Geschäftsgebarens. Und wenn sich dann ein Dogon oder Mandingo in Ketten neben einem Ashanti-Sklavenhändler fand, so wird ihn wohl eher Schadenfreude erfüllt haben als der Drang, sich möglichst schnell mit seinem früheren Jäger gegen den jetzt gemeinsamen Feind zu verbünden.

Wie in allen meinen Büchern habe ich auch in *Die Insel der tausend Quellen* versucht, das Schicksal meiner fiktiven Protagonisten möglichst stimmig mit der tatsächlichen Geschichte des Schauplatzes zu verknüpfen. So habe ich das Leben auf den Plantagen authentisch zu schildern versucht – die erwähnten Pflanzungen Cascarilla, Hollister, Keensley und andere sind jedoch fiktiv. So genau wie möglich recherchiert habe ich auch die Geschichte der Maroons. Granny Nanny und ihre Brüder sind historische Persönlichkeiten; allerdings differieren die Angaben über ihr Alter, ihre Vorgeschichte und später auch ihren Tod sehr stark, verschiedene Quellen machen sie um Jahrzehnte jünger oder älter. Ich habe mir damit geholfen, in diesem Buch vieles offen zu lassen, und teilweise mit den Gerüchten rund um Nannys Biografie gespielt. Niemand weiß heute noch genau, ob sie Priesterin und heilkundige Kräuterfrau war, ob sie überzeugte Gegnerin der Sklaverei war oder selbst als junge Frau mit Sklaven handelte.

Sicher ist nur, dass Granny Nanny sich länger als ihre Brüder gegen den Abschluss des Friedensvertrags mit den Weißen wehrte – möglicherweise aufgrund der darin festgeschriebenen Verpflichtung, entlaufene Sklaven zu ihren Herren zurückzuschicken. Bis heute wird sie auf Jamaika als Nationalheldin gefeiert.

Unumstritten ist, dass die Hütten in Nanny Town nach afrikanischem Vorbild errichtet waren und dass Nanny das Gemeinwesen in Anlehnung an ein Ashanti-Dorf führte. Ob ihre offensichtliche Suche nach den Wurzeln allerdings tatsächlich zu Konflikten mit anderen Gruppen der Maroons führte, ist nicht sicher, die Überlegung drängte sich mir nur auf. Die gebürtig freien Schwarzen lebten schließlich seit Generationen ohne Verbindung nach Afrika, sie werden sich in Sachen Lebensstandard und Lebensvorstellungen zwangsläufig an westlichen Gegebenheiten orientiert haben.

Von den geografischen Angaben abgesehen ist die gesamte geschriebene Geschichte Nanny Towns verwirrend. Je nach Quelle finden sich unterschiedlichste Angaben dazu, wann es erbaut wurde, wie oft es angegriffen und wann und ob es von den Engländern zerstört wurde. Ich habe es irgendwann aufgegeben, die Wahrheit herausfinden zu wollen. In meiner Version bleibt Nanny bis zum Vertragsabschluss 1739 unbesiegt – und unterschreibt den Vertrag schließlich selbst. Unter Geschichtsschreibern ist auch das umstritten, und sicher fand die feierliche Vertragsunterzeichnung nicht in Spanish Town statt. Hier habe ich meiner Fantasie und meiner Geschichte freien Lauf gelassen, Historiker mögen mir verzeihen.

Auf Annahme statt auf sicherem Wissen beruht auch die Existenz von Muslimen unter den Sklaven auf Jamaika im 18. Jahrhundert – das Letzte, über das karibische Pflanzer Buch führten, war schließlich die Ursprungsreligion ihrer Feldarbeiter. In den Gebieten, in denen die Afrikaner gefangen wurden, gab es allerdings viele Dorfgemeinschaften, die einem sehr afrikanisch geprägten gemäßigten Islam anhingen. Es ist unwahrscheinlich, dass keiner ihrer Vertreter auf Jamaika strandete. Sicher ist, dass Sklaven muslimischen Glaubens zu der fraglichen Zeit und später nach Amerika gelangten. Wer sich dafür interessiert, dem sei Alex Haleys sehr gut recherchierte Familiengeschichte *Roots* empfohlen. Auch sein Vorfahr Kunta Kinte war Moslem.

Der Obeah-Kult, der bis heute auf Jamaika praktiziert werden soll und unter Sklaven zu der Zeit, in der meine Geschichte spielt, äußerst populär war, ist dem Voodoo anderer Karibikgebiete nah verwandt. Beide Religionen verbinden afrikanische Kulte und Geisterglauben mit mehr oder weniger großen Bestandteilen des Christentums. Die Praktiken sind immer ähnlich, differieren in Einzelheiten aber oft von einem Priester zum anderen. Die von mir geschilderte Obeah-Zeremonie muss deshalb nicht mit jeder anderen Obeah- oder Voodoo-Zeremonie identisch sein, ich habe mich aber auch hier um größtmögliche Authentizität bemüht.

Schließlich noch ein Wort zum politisch korrekten Sprachgebrauch in diesem Buch. Möglicherweise haben sich Leser an der Verwendung der Worte Neger und Nigger in der wörtlichen Rede gestört. Tatsächlich habe ich sie bewusst benutzt – es zielt darauf, den Lesern die das Thema Sklavenhaltung betreffende Stimmung im Europa des 18. Jahrhunderts möglichst genau zu vermitteln. Der Handel mit schwarzen Menschen, die Ausbeutung ihrer Arbeitskraft und die Annahme, sie wären nach Gottes Ratschluss minderwertig, waren um diese Zeit unumstritten. Ich strapaziere die Authentizität der Handlung schon sehr durch Noras und Simons konsequent ablehnende Haltung zur Sklaverei und selbst Dougs gemäßigte Einstellung. Religiöse Bewegungen, die Sklaverei verdammten, wie etwa die Quäker, gewannen erst später an Einfluss.

Es ist auch keineswegs erfunden, dass schon vor Granny Nanny und ihren Brüdern Abkommen zwischen Weißen und Maroons bestanden, entflohene Sklaven zu ihren Besitzern zurückzuschicken. Man verstand das nicht als Verrat an der eigenen Rasse, das Prinzip der Versklavung von Gefangenen, meist Kriegsgefangenen, war praktisch überall auf der Welt bekannt und verbreitet. Allerdings war das System kaum irgendwo so undurchlässig und so grausam in seiner Ausprägung wie in den europäischen Kolonien – wahrscheinlich aufgrund seiner relativ neuen rassistischen Komponente. In Afrika (Polynesien, Arabien, selbst ehemals in Rom und Griechenland) musste zumindest theoretisch jeder damit rechnen, im Zuge von Kampfhandlungen, Raub und Überfällen irgendwann versklavt zu werden. Die Sklaven, die man hielt, galten nicht grundsätzlich als minderwertig, sie hatten einfach Pech gehabt.

Infolgedessen gab es fast in jeder Gesellschaft die Möglichkeit für Sklaven, sich freizukaufen, freigelassen zu werden oder zum Beispiel durch Heirat in die Stammesgemeinschaft ihrer Herren aufgenommen zu werden. Für den schwarzen Sklaven in Händen des weißen Backras fiel all das weg, er war seinem Herrn lebenslang auf Gedeih und Verderb ausgeliefert – wobei es dem Herrn leichtfiel, auf jegliche Empathie zu verzichten: Ihn selbst schützte ja seine Hautfarbe sicher davor, das Schicksal des Sklaven irgendwann zu teilen. Daraus resultierten dann die im Buch geschilderten Misshandlungen und drakonischen Strafen – es gab kaum eine Möglichkeit, dem weißen Sklavenhalter Einhalt zu gebieten. In den wenigen geschichtlich belegten Fällen, in denen ein extremer Sadist wirklich zur Verantwortung gezogen wurde, griffen meist andere Pflanzer zur Selbstjustiz. Wie schon gesagt, befürchteten sie aufgrund der Überzahl der Schwarzen ständig Aufstände ihrer Sklaven, und hier stieg natürlich die Gefahr, wenn ein Sklavenhalter seine Arbeiter aufs Schrecklichste misshandelte.

Wie auch immer, Mitte des 18. Jahrhunderts machte sich niemand Gedanken darüber, wie mehr oder weniger abfällig man über Schwarze sprach, und auch das Pidgin der Sklaven war mit Ausdrücken wie »Feldnigger« oder »dein Nigger« für »dein Mann« gespickt. Wobei Hochzeiten unter Sklaven übrigens wirklich nicht möglich waren, Ersatzzeremonien wie das Besenspringen hatten keine rechtsgültige Bedeutung. Man erklärte das damit, dass der Sklave keine mündige Person war, er konnte also den Ehevertrag nicht abschließen. Die Taufe von Sklaven war umstritten, wie im Buch schon angedeutet. Man diskutierte allen Ernstes, ob der Afrikaner eine rettungsbedürftige Seele habe oder nicht.

Mich rettete bei der Arbeit an diesem Buch wieder meine fabelhafte Textredakteurin Margit von Cossart vor Komma- und Zeitfehlern. Vielen Dank für all das Nachrechnen und Abklopfen auf logische Schnitzer! Danke auch an meine Lektorin Melanie Blank-Schröder, die das Jamaika-Thema erst möglich machte und die mich – zusammen mit Margit von Cossart – vor mangelnder politischer Korrektheit bewahrte. Großen Dank natürlich ebenfalls an meinen wundertätigen Agenten Bastian Schlück.

Bei den Testleserinnen ist diesmal vor allem Linda Belago zu nennen, die zu einer kritischen Szene die zündende Rettungsidee hatte. Demnächst erscheint ihr erster eigener Landschaftsroman, und ich freue mich schon aufs Testlesen.

Danke außerdem an alle Mitarbeiter von Bastei Lübbe, die Anteil an der Entstehung und am Vertrieb dieses Buches hatten. Von der Umschlaggestaltung bis zur Pressestelle – es gehört so viel dazu, dass aus einer Idee und einem Text ein richtiges Buch wird! Besonderen Dank an jene aus dem Vertrieb und die Buchhändler, die meinen Roman direkt unter die Leser bringen. Und an diese selbst – ich hoffe, Sie haben genauso viel Spaß am Lesen meiner Geschichten wie ich am Schreiben!

Sarah Lark